PEQUIM EM COMA

Ma Jian

PEQUIM EM COMA

Tradução de
HELOISA MOURÃO

EDITORA RECORD
RIO DE JANEIRO • SÃO PAULO
2009

CIP-BRASIL. CATALOGAÇÃO-NA-FONTE
SINDICATO NACIONAL DOS EDITORES DE LIVROS, RJ

M11p
Ma, Jian, 1953-
    Pequim em coma / Ma Jian; tradução de Heloísa Cardoso Mourão. –
Rio de Janeiro: Record, 2009.

   Tradução de: Beijing coma
   ISBN 978-85-01-08337-1

   1. Romance chinês. I. Mourão, Heloísa Cardoso. II. Título.

09-2154
CDD: 895.13
CDU: 821.581-3

Texto revisado segundo o Novo Acordo Ortográfico da Língua Portuguesa.

Título original em inglês:
BEIJING IN COMA

Copyright © 2008, Ma Jian

Traduzido do inglês por recomendação do autor

Todos os direitos reservados. Proibida a reprodução, no todo ou em parte, através de quaisquer meios.

Direitos exclusivos de publicação em língua portuguesa somente para o Brasil adquiridos pela
EDITORA RECORD LTDA.
Rua Argentina 171 – Rio de Janeiro, RJ – 20921-380 – Tel.: 2585-2000
que se reserva a propriedade literária desta tradução

Impresso no Brasil

ISBN 978-85-01-08337-1

PEDIDOS PELO REEMBOLSO POSTAL
Caixa Postal 23.052 – Rio de Janeiro, RJ – 20922-970

EDITORA AFILIADA

Para minha mãe

Pelo buraco escancarado onde antes havia a sacada, você vê que a acácia derrubada começa a crescer novamente. É um claro sinal de que você terá que levar sua vida a sério de agora em diante.

Você pega um travesseiro e o ajusta sob os ombros, elevando a cabeça para que o sangue em seu cérebro possa descer para o coração, clareando um pouco seus pensamentos. De vez em quando, sua mãe o ajeitava desta maneira.

Manhãs nubladas estão sempre repletas de novas intenções. Mas hoje é o primeiro dia do novo milênio, e por isso a aurora nunca esteve tão carregada delas.

Embora os gelos do inverno ainda não tenham chegado, a brisa leve que lhe atinge o rosto parece bastante fria.

Um cheiro de urina ainda paira no quarto. Ele emana de seus poros quando a luz do sol bate em sua pele.

Você olha para fora. O ar da manhã não se eleva do chão como no dia anterior. Em vez disso, ele desce do céu sobre as copas das árvores, desliza lentamente entre as folhas e passa pela carta manchada de sangue presa nos galhos, absorvendo o orvalho ao cair.

Antes da chegada do pardal, você quase deixara de pensar no ato de voar. Contudo, no inverno passado, ele chegou planando pelo céu e pousou diante de você, ou, mais precisamente, no parapeito da sacada coberta adjacente a seu quarto. Você sabia que as vidraças imundas estavam cobertas de formigas mortas e poeira, e emitiam um cheiro tão azedo quanto o das cortinas. Mas o pardal não tinha asco. Ele saltou para dentro da sacada e sacudiu as penas, lançando um doce aroma de casca de árvore no ar. Depois, voou para o interior de seu quarto, pousou sobre seu peito e ali permaneceu, como um ovo.

Seu sangue se torna mais quente. Os músculos de suas pálpebras vibram. Seus olhos logo estarão cheios de lágrimas. Saliva se acumula no palato mole do fundo de sua boca. Um reflexo é provocado e o palato se ergue, fechando a passagem nasal e permitindo que a saliva flua para sua faringe. Dormentes por tantos anos, os músculos do esôfago se contraem, projetando a saliva para dentro do estômago. Um sinal bioelétrico dardeja dos neurônios de seu córtex motor como uma centelha de luz, descendo por sua espinha dorsal até chegar à fibra muscular na ponta de seu dedo.

Você já não precisará recorrer a suas memórias para atravessar o dia. Isto não é um efêmero clarão de vida antes da morte. É um recomeçar.

"Uaa, uaaah..."

O choro sufocado de um bebê atravessa o ar fétido. Um minúsculo corpo nu parece tremer sobre o frio chão de concreto... Sou eu.

Eu me lancei do meio das pernas de minha mãe, minha cabeça latejando de dor. Espalmo a mão na poça de sangue que se acumula a meu redor... Minha mãe sempre contava como foi forçada a usar uma camiseta bordada com os dizeres ESPOSA DE UM DIREITISTA quando me deu à luz. O médico de plantão não ousou oferecer ajuda para trazer este "filho de um cão capitalista" ao mundo. Felizmente, minha mãe desmaiou depois que a bolsa d'água se rompeu, e não sentiu dor alguma quando eu me empurrei para fora e nasci no corredor do hospital.

E agora, tantos anos depois, também me encontro inconsciente num hospital. Só o ocasional ruído das ampolas de injeção sendo rompidas me diz que ainda estou vivo.

Sim, sou eu. O filho mais velho de minha mãe. Os olhos de um sapo enterrado cruzam minha mente. Ainda estou vivo. Fui eu quem aprisionou o sapo num jarro e o enfiou na terra... O corredor escuro lá fora é muito longo. No final fica a sala de operações, onde corpos são manipulados como meras massas de carne... E a moça que vejo agora — qual é o nome dela? A-Mei. Ela caminha em minha direção, apenas uma silhueta branca. Ela não tem cheiro. Seus lábios tremem.

Estou deitado numa cama de hospital, exatamente como meu pai esteve antes de morrer. Eu sou Dai Wei — a semente que ele deixou para trás. Estou começando a recordar coisas? Então provavelmente estou vivo. Ou talvez eu esteja desaparecendo, vislumbrando as ruínas de meu passado uma última vez. Não, não é possível que eu esteja morto, eu ouço ruídos. E a morte é silenciosa.

— Ele só está fingindo de morto... — minha mãe murmura para alguém.
— Não consigo comer este *pak choi*. Está cheio de areia.

Ela está falando de mim. Ouço um barulho junto a meu ouvido. É o cólon de alguém, roncando.

Onde está minha boca? Meu rosto? Vejo um borrão amarelo diante de meus olhos, mas ainda não consigo sentir cheiro algum. Ouço um bebê chorando em algum lugar distante, e o som ocasional de água quente sendo armazenada numa garrafa térmica.

A luz amarelada vacila. Talvez um pássaro tenha acabado de cruzar o céu. Sinto que estou acordando de um longo sono. Tudo soa novo e desconhecido.

O que aconteceu comigo? Vejo-me de mãos dadas com Tian Yi, fugindo por nossas vidas. Será uma lembrança? Isto realmente aconteceu? Os tanques avançam em nossa direção. Há fogo ardendo por todo lado, e gritos... E agora? Perdi os sentidos quando os tanques se aproximaram de mim? Este ainda é o mesmo dia?

Quando meu pai jazia no hospital, esperando pela morte, o fedor dos lençóis sujos e de casca podre de laranja às vezes era forte o bastante para mascarar o cheiro penetrante das camas de metal enferrujadas. Quando o céu do crepúsculo se fechava sobre as janelas, as cortinas imundas se mesclavam à luz dourada e o quarto se tornava ligeiramente mais transparente, e eu ao menos podia sentir que meu pai ainda estava vivo... Naquela última tarde, não ousei encará-lo. Em vez disso, fiquei virado para a janela e fitei o lema em vermelho — ERGAMOS A GLORIOSA BANDEIRA RUBRA DO MARXISMO E AVANCEMOS COM CORAGEM — que pendia do teto do prédio de fundos do hospital, e a pequena nesga de céu acima...

Durante os últimos dias da vida de meu pai, ele falou sobre os três anos que passou como estudante de música nos Estados Unidos. Ele mencionou uma moça da Califórnia que conheceu quando estava lá. Ela se chamava Flora, o que significa flor em latim. Meu pai disse que quando Flora tocava violino, ela baixava os olhos para o chão e ele admirava seus longos cílios. Ela prometeu visitá-lo em Pequim depois que deixasse a faculdade, mas, na época em que se formou, a China já se tornara um país comunista, e nenhum estrangeiro tinha permissão para entrar.

Eu me lembro do molar podre e enegrecido na lateral de sua boca. Enquanto falava conosco no hospital, ele passava a mão em seu lençol de algodão e no cateter urinário inserido em seu abdome, escondido sob os panos.

— Tecnicamente falando, ele é um vegetal — diz uma enfermeira à minha direita. — Mas pelo menos o fluido intravenoso ainda penetra em suas veias. É um bom sinal. — Ela parece falar através de uma máscara facial e estar rasgando um pedaço de musselina. Os ruídos vibram por mim, e ganho uma vaga noção do tamanho e do peso do meu corpo por um momento.

Se sou um vegetal, devo ter passado algum tempo deitado aqui, inconsciente. Isto significa que estou acordando agora?

Meu pai aparece novamente. Seu rosto está tão nebuloso que é como se eu o visse através de uma peneira. Meu pai também estava preso a um soro intravenoso quando deu seu último suspiro. Como a vidraça de uma janela, sua íris esquerda refletia o topo do prédio de fundos do hospital, um fragmento de céu e alguns galhos de árvore. Se eu morresse agora, meus olhos fechados não refletiriam coisa alguma.

Talvez eu só tenha mais alguns minutos de vida, e isto seja apenas uma recuperação momentânea da consciência antes da morte.

— Ah! Provavelmente estou perdendo meu tempo aqui. Ele nunca vai acordar. — A voz de minha mãe soa próxima e distante a um só tempo. Ela paira no ar. Talvez meu pai tenha ouvido os sons desta maneira pouco antes de sua morte.

Naqueles últimos momentos de sua vida, a máscara de oxigênio em seu rosto e o tubo de plástico inserido em seu nariz pareciam supérfluos. Se ele não tivesse enfermeiras regularmente removendo o catarro de sua garganta, ou inserindo leite em seu estômago através de um tubo de alimentação de borracha, ele teria morrido naquela cama de metal várias semanas antes. Quando ele estava prestes a partir, senti seus olhos concentrados em mim. Eu estava puxando a camisa de meu irmão. As migalhas de bolo em suas mãos se espalhavam sobre o lençol. Meu irmão estava tentando subir na cama. A chave que pendia de seu pescoço tilintou contra a armação metálica da cama. Eu dei um repelão tão forte na alça de sua mochila de couro que a rompi no meio.

— Desça daí! — gritou minha mãe, os olhos vermelhos de fúria. Meu irmão irrompeu em lágrimas. Eu fiquei em silêncio.

Um segundo depois, meu pai afundou na jaula do equipamento médico que o cercava e adentrou minha memória. A vida e a morte convergiram dentro de meu corpo. Tudo me pareceu muito simples.

— Ele se foi — disse a enfermeira, sem tirar a máscara do rosto. Com a ponta de seu sapato, ela chutou de lado os palitos e bolas de algodão com que limpara o catarro dele, e depois disse à minha mãe para ir à recepção e completar as formalidades exigidas. Se o corpo não fosse levado ao necrotério antes da meia-noite, minha mãe teria que pagar por mais uma noite de internação no hospital. O Diretor Guo, gestor de pessoal da companhia de ópera à qual meus pais pertenciam, aconselhou minha mãe a requerer a reabilitação política póstuma para meu pai, enfatizando que o dinheiro da indenização poderia ajudar a cobrir as despesas do hospital.

Meu pai parou de respirar e tornou-se um cadáver. Seu corpo jazia na cama, tão grande quanto antes. Eu me coloquei a seu lado, com seu relógio em meu pulso.

Após a cremação, minha mãe parou no ponto de ônibus embalando a urna de cinzas em seus braços e dizendo:

— As últimas palavras de seu pai foram que ele queria suas cinzas enterradas nos Estados Unidos. Isto é direitismo! Mesmo à beira da morte, ele se recusou a se arrepender.

Quando nosso ônibus se aproximava, ela exclamou:

— Pelo menos de agora em diante não teremos que viver num estado de constante pavor!

Ela guardou a urna de cinzas sob sua cama de ferro. Antes de ir dormir, às vezes eu a puxava e olhava para dentro. Quanto mais medo eu tinha das cinzas, mais queria olhar para elas. Minha mãe dizia que se um amigo dela um dia partisse da China, ela lhe daria a urna e pediria que ele a enterrasse no exterior, para que o espírito de meu pai pudesse se elevar num céu estrangeiro.

— Você deve partir e estudar lá fora, meu filho — meu pai sempre repetia quando estava no hospital.

Pois bem, ainda estou vivo... Posso estar jogado num hospital, mas ao menos não estou morto. Fui apenas enterrado em vida dentro de meu próprio corpo... Lembro-me do dia em que peguei aquele sapo. Nosso professor nos disse para pegar sapos, para que mais tarde pudéssemos estudar seus esqueletos. Depois que capturei meu sapo, eu o prendi num jarro de vidro, fiz um buraco na tampa de metal e o enterrei. Nosso professor disse que os vermes e formigas penetrariam no jarro e comeriam toda a carne dentro de um mês, deixando para trás um esqueleto limpo. Eu comprei uma solução alcoólica, pronto para limpar quaisquer fragmentos de carne ainda presos aos ossos. Mas antes que o mês acabasse, uma família que vivia no térreo de nosso prédio construiu uma cozinha sobre o buraco onde eu o enterrara.

O sapo deve ter virado um esqueleto há muitos anos. Seus ossos continuam aprisionados no jarro, e eu sigo enterrado em meu corpo, esperando para morrer.

Uma parte de seu cérebro ainda está viva. Você vaga de um lado a outro no espaço entre sua carne e suas memórias.

Observo minha mente e vislumbro o vago esboço de uma cena. É a noite de verão de 1980 em que meu pai voltou para casa com a cabeça raspada depois de ser finalmente liberado do sistema de "reforma-pelo-trabalho" no qual fora confinado durante os 22 anos anteriores. Ele entrou em nosso quarto do bloco de dormitórios da companhia de ópera e atirou sua mala empoeirada no canto, como se fosse um saco de lixo.

Minha mãe não foi receber meu pai na estação, mesmo tendo quase certeza de que ele chegaria naquele trem.

Ela pegou as roupas, o chapéu, o cinto e os sapatos de sola de borracha que meu pai despiu antes de ir dormir naquela noite e os despejou na lixeira, junto com a caneca de metal, a toalha de rosto e a escova de dente. Ela tentou jogar fora o diário que ele ocultara entre páginas de jornal, mas meu pai o tomou dela, dizendo que precisaria daquilo para as memórias que planejava escrever.

Minha mãe o obrigou a jurar que o diário não continha a mais mínima crítica ao Partido Comunista ou ao sistema socialista. Depois que meu pai lhe assegurou que não era o caso, ela concordou em esconder o diário no baú de madeira sob sua cama.

Minha mãe passou todo o dia seguinte esfregando o quarto, tentando remover o cheiro de mofo que meu pai trouxe consigo.

O jantar de comemoração que tivemos naquela noite foi uma ocasião feliz. Meu irmão e eu tivemos copos colocados diante de nós cheios de vinho de arroz. Minha mãe subiu num banquinho para trocar a lâmpada de baixa voltagem por uma de quarenta watts. Tudo ficou tão claro que eu pude ver a teia de aranha no canto da sala.

Minha mãe cacheou os cabelos com frisadores quentes. Mandou meu irmão recolher seu trabalho de casa. Quando ele terminou, a mesa parecia bem maior. Os quatro nos sentamos diante de um prato fumegante de patas de porco estufadas. Também havia um prato de amendoins torrados sobre a mesa, e uma tigela com salada de pepino e aletria que eu comprara no mercado.

Eu costumava odiar meu pai pela desgraça que sua condição política nos impingiu. Por causa dele, fui isolado e humilhado na escola. Um dia, quando meu irmão e eu estávamos atravessando a cantina da escola na hora do almoço, dois garotos mais velhos viraram no chão o prato de frango frito que eu acabara de comprar e gritaram: "Você é um cachorro que nasceu de um membro das Cinco Categorias Negras. Por que acha que tem direito de comer carne?" Eles então puxaram minhas orelhas, bem na frente de minha amiga Lulu, que vivia no andar térreo de nosso bloco de dormitórios.

Meu pai ergueu seu copo para minha mãe e disse:

— Que você permaneça jovem e bela para sempre!

— Você ainda não aprendeu a lição, seu direitista? — devolveu minha mãe. — O que você tem na cabeça, vindo com uma baboseira burguesa como essa?

Ele estava sentado num travesseiro na beira da cama. Quando tirou os óculos, seus olhos pareceram muito maiores. Seu rosto, que lembrava um saco de papel amassado, estava iluminado pela felicidade.

Sua prisão nos campos de reforma-pelo-trabalho nos causou muita dor. Ele lançou uma sombra sobre nossa família, ligando-nos aos aspectos lúgubres e negativos da vida: o campo, as pulgas e os criminosos contrarrevolucionários. Mas, naquela noite de verão, era como se toda a nossa infelicidade estivesse prestes a acabar. Eu já não sentia vergonha de sua aparência bruta e desmazelada. Eu sabia que muito em breve teria um pai com a cabeça cheia de cabelos novamente.

Ele tomou um gole do vinho de arroz, ergueu os olhos para mim com uma expressão curiosa que eu jamais tinha visto antes, e disse:

— Como você cresceu tanto de uma hora para outra?

Ele parecia ter esquecido que, quando nos visitara em 1976, pouco antes do terremoto, eu já alcançava seus ombros.

Meu pai me perguntou o que eu queria fazer da minha vida. Em suas cartas, ele sempre me dizia que eu deveria me alistar no Exército Popular de Libertação, e então respondi que era isso que queria fazer.

Ele balançou a cabeça e disse:

— Não. Eu só escrevia isso para que minhas cartas fossem aprovadas pelos censores do campo. Você tem que aprender inglês e conseguir um diploma numa universidade. Seja discreto, fique na sua. Depois, se tiver uma chance, vá para o exterior, torne-se um cidadão do mundo. Você sabia que os britânicos podem pegar um voo para os Estados Unidos quando bem querem, e que os alemães podem andar livremente pelas ruas de Paris? Uma vez que você for um cidadão internacional, poderá viajar por todo o mundo.

— Não corrompa seus filhos com suas ideias liberais, Dai Changjie — retrucou minha mãe. — Todos os ativistas envolvidos naquele Movimento do Muro da Democracia no ano passado estão na cadeia agora. — Ela então fitou meu irmão e disse: — Não é assim que se seguram os palitos, Dai Ru! Ouça, feche seus dedos sobre o alto, assim. — Ela pegou um amendoim com seus palitos e o levou à boca.

— Se você não tivesse colocado seu despertador para tocar na hora errada, estaria vivendo nos Estados Unidos agora — comentou meu pai. Olhando para mim, ele explicou: — Seu avô, pai de sua mãe, comprou para ela uma passagem para Nova York, mas ela perdeu o navio por meia hora. Se ela tivesse chegado a tempo, hoje seria uma chinesa de além-mar.

— Você foi para os Estados Unidos, mas no fim acabou voltando, não foi? — Um pedaço de amendoim estava colado ao lábio inferior de minha mãe. Com seus palitos, ela dividiu as duas patas de porco em quatro partes desiguais. Deu o maior pedaço a meu pai e arrancou a unha de meu pedaço para chupar.

— Era 1949. Os comunistas tinham acabado de libertar a China. Todo mundo estava voltando naquela época. Além do mais, nos Estados Unidos eu era apenas um membro qualquer de uma orquestra, mas aqui eu podia ser o violinista principal da Companhia Nacional de Ópera...

— Sua arrogância foi sua desgraça. Depois de vinte anos nos campos de trabalhos forçados, você ainda fica relembrando seu passado. Já deveria ter virado um simples trabalhador a essa altura e ter aprendido a se contentar com seu quinhão e a cumprir suas responsabilidades de pai.

Enquanto meus pais se ocupavam com esta conversa, Dai Ru e eu acabamos com todos os amendoins que restavam no prato.

Meu pai cuspiu alguns pedaços de ossos e os passou para que eu e meu irmão continuássemos a chupá-los. Encontrei um dos dentes de meu pai entre os restos de carne. Ele já havia perdido a maioria.

Ele tomou o dente de minha mão e o examinou, tocou suas gengivas e depois colocou o dente sobre a mesa.

— Por todos estes anos, sonhei em voltar para casa. Quando finalmente chego, já não tenho dente nenhum. — Ele voltou o olhar para meu irmão e perguntou: — Em que ano da escola você está agora?

— Terceiro ano. Meu professor disse que você é um direitista burguês. Eu disse que você é um prisioneiro do campo de trabalhos forçados. Qual é o seu trabalho exatamente, pai?

Meu pai ergueu as sobrancelhas e respondeu:

— O Partido me impingiu este rótulo de direitista. Eu não tive escolha a não ser aceitá-lo. Mas não se preocupe, vou assegurar que você vá para Harvard, meu filho. No inverno, o campus fica coberto por um metro de neve. Esquilos correm por todo o lugar. As cadeiras das salas de aula têm estofamento macio. Quando você se sentar numa delas, jamais vai querer levantar... É verdade que aqui as pessoas voltaram a ter permissão para ter sofás em casa?

— Ah! Eu odeio neve — respondi. — Meus pés ficam tão frios.

— Não fique bufando desse jeito, Dai Wei, ou será infeliz pelo resto da vida. — Minha mãe sempre dizia isto a mim e a meu irmão quando soltávamos um longo suspiro. Voltando-se para meu pai, disse: — Quem tem contatos pessoais com chefes de fábricas pode conseguir algumas molas e vigas de aço, comprar um pouco de couro artificial e improvisar duas poltronas por menos de cinquenta yuans. A maioria dos solistas da companhia de ópera tem sofás e poltronas agora... Vá buscar o molho de soja no corredor, Dai Wei. — Minha mãe pegou um leque sobre a mesa e o abriu.

— Sofá! Eu quero um sofá americano! — gritou meu irmão.

— Primeiro vamos precisar de uma sala — respondi. — Meus colegas de classe têm salas de estar, com televisões, máquinas de lavar e geladeiras.

— Tudo que herdamos foi esta cama de metal — comentou minha mãe. — Eu não ganhei nem um bracelete de cobre. Quando o dinheiro da indenização sair, vamos comprar uma televisão. Se seu pai entrar em contato com o tio dele nos Estados Unidos, poderemos converter o dinheiro em certificados de câmbio e comprar uma televisão japonesa na Loja da Amizade. Sente-se direito quando estiver comendo, Dai Wei!

— Está vendo, o mundo mudou — disse meu pai com um sorriso. — Até você está admitindo que as coisas estrangeiras são melhores.

Também percebi que ter um parente no exterior não era algo de que sentir vergonha. Na verdade, isto agora já tinha virado quase motivo de orgulho.

— Eu apoio a reforma política de Deng Xiaoping — disse minha mãe. — Não sou como esses cabeças-duras que se apegam ao passado. O Partido prometeu erguer os padrões de vida do país a um nível de prosperidade moderada até o ano 2000. Hoje, ele dá a todos nós a chance de ter uma vida melhor.

Minha mãe falava com meu pai num tom mais brando do que ela usara na noite anterior.

— Vi dois estrangeiros na rua hoje, pai — disse meu irmão. — Eles tinham olhos amarelos.

— Espero que você não tenha seguido os dois — exclamou minha mãe severamente. — O comitê do bairro nos convocou outro dia e nos disse que, se víssemos estrangeiros na rua, não deveríamos ficar aglomerados em volta deles e olhando sem parar.

— Eles estavam andando na calçada quando eu saí do colégio. As pegadas eram imensas.

— Se há estrangeiros andando nas ruas de Pequim, não levará muito tempo até que o povo chinês tenha permissão para viajar para fora novamente. Amanhã vou escrever para meu tio nos Estados Unidos. Ele tem duas macieiras em seu jardim. No outono, caem tantas maçãs na grama que ele acaba deixando a maioria apodrecer. — Meu pai pegou uma fatia de pepino que meu irmão deixou cair sobre a mesa e a jogou na boca.

— Pai, eu nunca vi um esquilo. — Meu irmão sempre deixava cair comida na mesa quando comia. Minha mãe lhe dava um safanão sempre que isso acontecia, mas nunca teve qualquer efeito.

— Não comam de boca aberta — gritou minha mãe. — Vocês fazem um barulho igual ao dos cachorros. — Rapidamente, eu e meu irmão fechamos a boca e continuamos a mastigar.

— Mãe, hoje Dai Ru jogou pedras nos pombos outra vez — comentei, de súbito recordando o incidente. — A velha do térreo ficou furiosa. No fim, ela teve que sair e arrastá-lo para fora. — Eu sempre tinha que pedir desculpas aos outros pelo comportamento de meu irmão.

— Você vai destruir a janela de alguém se continuar com isso, e aí vai ter que pagar pelo conserto. — Minha mãe tornou a olhar para meu pai e disse: — Hoje, antes que as pessoas viajem para fora, o governo permite que elas comprem três itens livres de impostos produzidos no país. Quem vende apenas dois deles no mercado negro pode fazer dinheiro suficiente para durar um ano.

— Todos deveríamos ir para o exterior. Eu darei aulas de violino, você pode ensinar canto, os meninos irão para a universidade.

— Você ainda acha que conseguirá tocar violino com as mãos desse jeito? E, além do mais, agora eu sou apenas uma corista. Como poderia dar aulas a um estrangeiro? Nos últimos vinte anos, só cantei óperas revolucionárias. Esqueci toda a minha formação ocidental.

— Você era a solista mais talentosa da companhia quando nos conhecemos, tinha uma linda voz. Sei que se você tiver a chance de cantar óperas ocidentais novamente, toda a sua formação lhe voltará à memória. Nos Estados Unidos, o governo deixa o povo em paz. Os ricos são ricos e os pobres são pobres. Todo mundo simplesmente leva sua vida. Passei cada dia dos últimos vinte anos arrependido por minha decisão de voltar à China. A única coisa que me manteve vivo nos campos foi a esperança de um dia poder retornar aos Estados Unidos. Sem esta esperança, eu teria cometido suicídio há muitos anos. — Meu pai olhava para a mão esquerda. O dedo mindinho fora quebrado quando ele foi espancado no campo. Embora ele usasse uma camisa branca e limpa esta noite, tive dificuldade em imaginar que ele tinha sido um violinista profissional quando examinei sua cabeça raspada e as feições acabadas.

— Não elogie países estrangeiros na frente dos meninos. Agora que está de volta, você terá que ler jornais todos os dias e fazer um esforço para acompanhar o novo cenário político. Não podemos deixar que nossa família seja separada novamente.

— Mãe, você não quer cantar para mim aquela balada de Li Gu, "Saudades do lar"? — perguntei. Eu tinha passado o dia inteiro com aquela música na cabeça.

— A voz de Li Gu é fraca e sussurrada. Não tem espírito revolucionário. Nossa companhia recebeu uma declaração do Ministério da Cultura hoje, advertindo que a balada tem uma influência corrupta sobre os jovens e poderia levar à ruína do país. As rádios já não tocam mais a música, então não comece a cantarolá-la por aí como um idiota.

— Você está por fora, mãe. A balada de Li Gu já era. Agora já se pode comprar *As 200 melhores canções de amor do Ocidente* nas lojas.

— Pare de inventar coisas! Por que eu sou a única nesta família que tem consciência política? De agora em diante, nós quatro teremos que ler o jornal todas as noites e alinhar nossos pensamentos com os do Partido. Dai Changjie, amanhã você vai ajustar nosso rádio para que ele receba apenas estações chinesas. Não deixe que esse nosso filho arraste nossa família para baixo outra vez. E de agora em diante, Dai Wei, você só tem permissão para tocar gaita dentro deste quarto.

— Quando sair o dinheiro da minha indenização, poderemos comprar uma TV, e então não precisaremos mais ouvir rádio. — Meu pai tomou mais um gole do vinho de arroz. Gotas de suor escorriam por seu rosto.

— No ano passado, as três coisas mais populares para se ter eram um relógio, uma bicicleta e uma máquina de costura, mas só conseguimos comprar um relógio. Este ano, há três coisas novas que todo mundo quer ter. Eu não consigo acompanhar isso! Talvez não possamos comprar uma estante, mas estou determinada a conseguir um sofá para nós... Você não deveria tomar tanto vinho, Dai Changjie, seu estômago é fraco. — Minha mãe puxou a garrafa de vinho de arroz para seu lado da mesa.

— Estou tão feliz por estar tudo acabado. Agora posso andar de cabeça erguida. — Meu pai fitava minha mãe com uma expressão de contentamento nos olhos.

Minha mãe saiu do quarto e colocou outro briquete de carvão em nosso forno no corredor comum. Uma espessa nuvem de fumaça flutuou de volta para o quarto.

Peguei a garrafa térmica e derramei um pouco de água quente numa xícara de chá de jasmim, inalando a fumaça do tabaco que meu pai exalava. Eu tinha 13 anos e já havia fumado alguns cigarros em segredo.

Meu pai tomou um gole de chá e disse:

— Hmm, que gosto bom! — Ele tinha um cigarro na mão esquerda e um par de palitos na direita.

— Enviei diversos pacotes deste chá para o campo de Shandong.

— Você não deveria ter se incomodado. Dei todos os pacotes aos oficiais de educação. Beber um bom chá como este enquanto passava por remodelamento ideológico teria sido considerado um ato de desafio.

— Você não deu aulas de violino à filha de um deles? — perguntou minha mãe.

— Isto foi na Província de Guangxi, na fazenda-modelo supervisionada por chineses de além-mar. O Diretor Liu era um bom homem. Ele voltou da Malásia para a China após a Libertação. Foi um ato de bravura da parte dele, pedir a um direitista como eu que desse aulas à sua filha. Ele até me convidou para jantar algumas vezes. A filha, Liu Ping, era muito talentosa. Com bom treinamento, ela poderia ter sido uma violinista profissional. Quando minha reabilitação for oficializada, quero voltar a Guangxi e fazer uma visita a eles.

Meu pai guardava uma fotografia que tirara dos amigos entre as páginas de sua cópia das *Obras escolhidas de Mao Tsé-Tung*. Liu Ping aparecia vestida com uma saia branca, e estava de pé entre o Diretor Liu e meu pai, segurando um violino nos braços. Ela parecia ter 12 ou 13 anos.

Minha mãe me pregou um olhar e disse:

— Você não deve repetir nada do que ouve neste quarto para seus colegas de escola.

— Eu sei, mãe. Pai, você sabe falar inglês?

— *Of course!* — respondeu ele, orgulhosamente. — Eu vou dar aulas a você. Garanto que você será o melhor da classe em todas as suas provas de inglês.

— Pai, o Presidente Mao disse que nós temos que ser "unidos, sérios, intensos e vivazes" — exclamou meu irmão enquanto mastigava seu último amendoim.

— Você não deveria andar por aí repetindo palavras de Mao Tsé-Tung desse jeito. Contente-se em memorizá-las. — Uma expressão inquieta cruzou o rosto de meu pai.

— Além do mais, você repetiu a frase errada — retruquei para meu irmão. — O que o Presidente Mao disse foi que nós temos que nos "unir, estudar séria e intensamente, e depois tornar à casa com uma atitude vivaz".

De repente, todas as luzes se apagaram.

— Que não seja mais um corte de luz — resmungou minha mãe.

Fui para minha cama dobrável no canto do quarto para pegar minha preciosa lanterna. Eu a mantinha sob meu travesseiro para poder ler meus *Contos escolhidos do livro das montanhas e dos mares* depois que todos iam dormir. Quando estava escuro, a luz da lanterna fazia a cesta velha que pendia da parede parecer o rosto de um misterioso monstro. Os fiapos secos de cebolinhas que saíam dos buracos eram como os cabelos desgrenhados do bicho.

— Ei, eu me pergunto o que aconteceu com o diretor de arte da companhia, o Velho Li — murmurou meu pai. Em 1958, meu pai e o Velho Li foram mandados para o mesmo campo de trabalhos forçados na Província Gansu.

— Não ficou sabendo? Ele era só pele e osso quando foi libertado do campo. Em sua primeira noite de liberdade, ele engoliu um pato inteiro e quatro tigelas de arroz, e entornou meia garrafa de vinho de arroz. Saiu para um passeio em seguida, e seu estômago se rasgou. Ele perdeu os sentidos na rua e morreu.

— Perdi contato com meus companheiros de Gansu depois que fui transferido para a fazenda Guangxi. Nós direitistas não tínhamos permissão para trocar correspondências. Em Gansu, todo mundo achava que o Velho Li tinha as maiores chances de sobreviver ao campo. Depois que passávamos o dia inteiro trabalhando, a maioria se deitava no chão para descansar, mas ele continuava de um lado para o outro, cheio de energia. Certa vez, ele entrou no estábulo e comeu uma tigela de feno e algumas sementes que estavam umedecendo no fertilizante. Sua boca se inchou terrivelmente. Às vezes ele comia até larvas que encontrava rastejando nas fossas.

— Ele era o homem mais bonito da companhia. A soprano, Xiao Lu, quase se matou quando ele foi mandado para o campo.

— Ele era muito engenhoso. Um dia, três direitistas que trabalhavam na cantina do campo foram mandados ao vilarejo local para buscar uma carga de inhames. Quando voltaram, o Velho Li esperou do lado de fora das fossas e, depois que os homens cagaram, recolheu o excremento, limpou com água e separou os pedaços não digeridos de inhame. Conseguiu comer quase um quilo de inhame. Ele sabia que os três homens estavam tão famintos que não resistiriam a comer alguns inhames crus no caminho de volta do vilarejo. Havia três mil prisioneiros no campo. Passamos meio ano comendo rações paupérrimas, mas o Velho Li era o único de nós que ainda conseguia parecer saudável. Ele tinha energia suficiente até para buscar água todas as manhãs para lavar o rosto.

A vela sobre a mesa brilhava nos olhos inexpressivos de meu pai. A chama refletida em suas íris tornava-se cada vez menor.

— Que coisa asquerosa! — Meu estômago se contraiu quando ouvi meu pai falando de gente que comia excrementos e larvas.

— Meninos, se vocês mencionarem isso a qualquer pessoa, serão presos e obrigados a viver daquele jeito. Estão ouvindo? — Minha mãe colocou a mão sobre a boca e sussurrou para meu pai: — Não fale dessas coisas na frente das crianças. Se alguma coisa vazar, nossa família estará acabada.

Joguei a luz de minha lanterna sobre o pé de minha mãe. Seus dedões se esticavam para longe do resto do pé, e se moviam para cima e para baixo quando ela falava. Sob a luz branca da lanterna, os pés de meu pai pareciam escuros e enrugados. A maior parte de suas unhas retorcidas estava quebrada.

— Não podemos mencionar para ninguém que estamos pensando em sair do país — continuou minha mãe. — Se o governo se lançar em outra repressão política, talvez isso seja o bastante para nos mandar para a cadeia. Aliás, seu sobrinho, Dai Dongsheng, veio para cá e ficou conosco por uns dias há algum tempo.

— O que ele veio fazer aqui? — Meu pai empurrou a vela vermelha mais para dentro da boca da garrafa de cerveja.

— Foi logo depois que o sistema de responsabilidade foi introduzido no campo há alguns anos, permitindo que fazendeiros vendessem parte de seus produtos no mercado livre. Seu irmão enviou Dongsheng para cá com mais de cinquenta quilos de gengibre para vender. Eu levei um saco para a companhia de ópera e consegui vender dez quilos. Depois vendi outros cinco quilos a alguns amigos. Mas, sem me dizer nada, o garoto levou um saco para a rua e montou uma barraca. A polícia não apenas confiscou todo o gengibre como também lhe deu uma multa de cem yuans. No fim, eu tive que pagar sua passagem de trem de volta para casa.

— Bem, como vai meu irmão? — Havia muito que meu pai cortara relações com seu irmão mais velho que vivia em Dezhou, a ancestral vila de nossa família na Província Shandong. Durante o movimento de reforma no começo dos anos 1950, quando Mao ordenou que a terra fosse redistribuída aos pobres e classificou os proprietários como inimigos do povo, meu avô, que possuía dois terrenos e três vacas, foi rotulado como um "tirano maligno". Meu tio foi obrigado a enterrá-lo vivo. Se ele se recusasse, também teria sido executado.

— Continua não muito bom da cabeça. — Minha mãe também não gostava de falar dele.

— Ele não deveria ter voltado para Dezhou durante o movimento de reforma agrária.

Quando meu primo Dongsheng se hospedou em nossa casa, descobri que, antes da Libertação, o pai dele fora um advogado na cidade portuária de Qingdao.

— Ele queria ter certeza de que seus pais não se machucariam — disse minha mãe. — Você não deveria culpá-lo. O comitê de reforma agrária o obrigou a fazer aquilo. Forçar um homem a matar seu próprio pai, que jeito de testar o fervor revolucionário de alguém! Não era o bastante que confiscassem as terras de seu pai? E sua mãe não saiu de tudo aquilo muito bem, abandonando tudo e se casando com o chefe do esquadrão.

Meu primo disse que, quando o comitê realizou uma sessão de expurgo em Dezhou, minha avó aproveitou a oportunidade para denunciar meu avô.

Ele tinha três esposas, e minha avó queria se livrar dele. Ela se casou com o chefe do esquadrão poucas horas depois que meu avô foi enterrado vivo.

— Isso não é justo! Minha mãe foi obrigada a se casar com ele. — Meu pai odiava que criticassem sua mãe. Mas tanto ele quanto o irmão romperam todo e qualquer contato com ela depois que ela se casou com o chefe do esquadrão.

Os ruídos na sala pareciam muito mais altos agora que as luzes estavam apagadas.

No escuro, meu pai se voltou para minha mãe novamente e disse:

— Assim que os comunistas assumiram, você criou uma linha divisória entre si e sua família capitalista, mas ainda não recebeu filiação oficial ao Partido. — Quando o rosto de meu pai ficava vermelho, ele às vezes tinha coragem de enfrentar minha mãe.

— Isso porque sou casada com você. Se não fosse por sua classificação de direitista, eu teria recebido o convite para entrar no Partido na década de 50. Você arruinou minha vida. — Quando minha mãe ficava irada, todos os dedos de seus pés se esticavam, fazendo com que seus pés parecessem muito maiores.

Meu pai ficou em silêncio e enfiou os pés sob a cama. Havia apenas dois dias que os dois estavam juntos e já estavam discutindo.

— Talvez o Partido tenha sido injusto com você no passado — continuou minha mãe —, mas agora que Deng Xiaoping e seus reformadores estão à frente, tudo vai mudar. O novo secretário-geral, Hu Yaobang, está decidido a redimir os erros do passado. Ele está liderando a campanha para reabilitar direitistas. Se não fosse por ele, você não estaria sentado hoje aqui conosco. Ouviram o que eu disse, crianças? Hu Yaobang salvou nossa família.

De repente, as luzes retornaram. Minha mãe se pôs de pé e ladrou:

— Apaguem as luzes. Hora de ir para a cama!

Um feixe de neurônios faísca de luz. Talvez estejam em desintegração. As memórias cruzam num clarão, como as janelas acesas de um trem que passa.

Episódios fraturados do passado me retornam à lembrança. Minha mente volta àquela noite de verão em que meus pais se reencontraram. Posso ver o rosto irado de minha mãe — os cantos de sua boca torcidos numa careta, e gotas de suor escorrendo entre suas sobrancelhas. A chama da vela vermelha se movia de um lado para o outro enquanto meus pais se abanavam; meu pai usava um pedaço de papelão. Embora a brisa que ele criasse não fosse forte, minha pele se refrescava quando ela atingia meu rosto. As imagens vacilam como cenas de um filme velho e arranhado projetado sobre uma tela ao ar livre, tremulando ao vento.

A próxima imagem não é de meu pai, mas de Lulu, cuja pele sempre tinha cheiro de lápis apontado e borrachas. Logo que seu rosto aparece, ouço o som de tiros, e depois tudo silencia novamente. As ruas estão vazias. Uma bicicleta passa correndo. Há faixas vermelhas e amarelas gravadas com palavras de ordem penduradas entre os postes telegráficos que flanqueiam a rua. Alguém passa a pé, os braços cruzados no peito, e cospe na calçada... Agora vejo um dia frio de inverno. Lulu passa saltitando pela calçada, chutando uma tampa de garrafa enquanto avança. As tranças negras nas laterais da cabeça e a mochila em suas costas balançam de um lado para o outro enquanto ela pula. Ela usa calças azuis e sapatos acolchoados de veludo cotelê. Lulu caminha em zigue-zague, seguindo o movimento da tampa de garrafa. Quando perde o equilíbrio, ela abre os braços como um pássaro e agita seus pequenos dedos. Ela chuta a tampa com o máximo de sua força, mas, por estar muito achatada, a tampa nunca chega muito longe. Eu a sigo pelo outro lado da rua. A couve que estou chutando também não viaja muito longe, e faz ainda menos barulho que a tampinha dela. Numa tentativa de chamar sua atenção, chuto a couve contra um portão e raspo meus sapatos ruidosamente contra a barra de metal mais baixa.

Estamos voltando para casa depois do colégio. O sol se põe às nossas costas. As longas sombras de nossos corpos e das árvores enfileiradas na calçada se esticam no chão à nossa frente. Depois, a escuridão se abate e um medo terrível me domina. Deixo Lulu sozinha na rua e corro para casa o mais rápido possível.

A noite por vezes me pegava desprevenido. Ela deslizava por baixo das caçambas dos triciclos e dava a volta em esquinas, absorvendo a última luz. Eu tinha que tatear meu caminho para casa. Mas a noite sempre sabia qual rota eu tomaria e me seguia por todo o caminho. Quanto mais eu corria, mais escuro ficava. Os rostos se tornavam indistintos. Meu corpo parecia afundar no negror. A entrada do bloco de dormitórios da companhia de ópera abria sua boca negra para mim. Eu sabia que teria que me meter lá dentro para chegar ao nosso quarto. Às vezes havia uma luz acesa na escadaria, tão fraca que eu só podia divisar as bicicletas apoiadas contra os corrimãos e as palavras de ordem do Presidente Mao pintadas nas paredes. Em geral não havia luz alguma, pois os moradores tinham o hábito de roubar as lâmpadas quando ninguém estava olhando, e, já que a bateria de minha lanterna acabava com frequência, eu tinha que subir as escadas na escuridão total. Eu odiava o escuro — aquela substância vasta e intocável.

Sempre que eu chegava à entrada, meu couro cabeludo ficava dormente e eu gritava, "Mamãe, mamãe!" Quando Lulu já estava de volta, ela colocava a cabeça para fora do quarto de sua família no andar térreo — às vezes tudo que eu via era sua perna e metade de seu rosto — e fazia sons estranhos para me assustar. Ela conhecia todos os meus medos e fraquezas. Eu a odiava. Às vezes eu chutava a porta dela quando passava.

Lembro-me de quando tínhamos cerca de nove ou dez anos e a mãe dela, que trabalhava na contabilidade da companhia de ópera, levou-a numa viagem por todo o verão. Quando revi Lulu no primeiro dia de escola, ela tinha o rosto bronzeado. Seu corpo se desenvolvera como um cogumelo depois da chuva, mas a cabeça ainda tinha o mesmo tamanho. Era como se a cabeça tivesse sido plantada no corpo de outra pessoa.

No caminho para a escola, suas pernas mais longas permitiam que ela caminhasse muito à minha frente. A saia vermelha na altura dos joelhos e o braço esquerdo com a braçadeira vermelha dos Jovens Pioneiros se moviam com leveza. Eu observava as pétalas estampadas na saia tremulando sobre seu traseiro. No caminho reto que atravessava o jardim, eu não tinha como acompanhá-la. Sempre que Lulu me ouvia chegando perto, acelerava seu passo. Minha única chance de chegar perto vinha quando a trilha alcançava a rua principal. Ela sempre parava ali e olhava para trás para ver se eu ainda a seguia, e eu tirava vantagem deste momento para correr até ela. Um dia, ela me atirou uma ameixa quando se virou, mas eu não a apanhei. A fruta púrpura rolou no chão e depois parou.

— Seu idiota! — ela berrou, dando alguns passos na minha direção. — Não me surpreende que você não tenha conseguido entrar para os Jovens Pioneiros. — Quando ela falou comigo, eu pude ver seus dentes brancos...

As imagens são tão leves e frágeis quanto folhas caídas. Células navegam pelos fluidos de seu corpo, sem deixar rastro algum.

Lulu desaparece, e tudo que vejo é uma ameixa vermelha rolando pela calçada... Lembro-me do terremoto que sacudiu o norte da China em 1976, algumas semanas antes da morte do Presidente Mao. Eu estava prestes a começar a escola secundária. Meu pai recebeu uma licença de um mês do campo de Shandong para tomar conta de nós em Pequim. Embora os tremores na capital tivessem sido fracos, todos receberam ordens de dormir ao ar livre por um mês, para o caso de haver algum abalo secundário. Os moradores do bloco de dormitórios da companhia de ópera se mudaram para uma grande tenda erguida no jardim. Meus pais, meu irmão e eu tivemos que compartilhar uma única cama dobrável. Eu dormia tão perto de meu pai que nossos narizes se tocavam. Uma noite, quando a chuva batia contra a cobertura plástica sobre nossas cabeças, meu pai me encarou, os olhos frios de medo, e murmurou:

— Não vá até a árvore. Os oficiais anotarão seu nome. Lembre-se, você é filho de um direitista. Deve aprender a viver com seu rabo enfiado entre as pernas.

A árvore a que ele se referia ficava a cerca de cem metros de nossa barraca. Alguns dias depois que Mao faleceu, alguém pendurou bonecos enforcados dos quatro líderes do Comitê Central nos galhos das árvores.

Meu pai não sabia que, no caminho da escola para casa naquele dia, eu me enfiei no meio da multidão que se juntou em torno da árvore e dei uma olhada. Havia três bonecos rotulados como Wang Hongwen, Zhang Chunqiao e Yao Wenyuan, e uma boneca rotulada como Jiang Qing. Eles oscilavam de um lado para o outro na brisa.

Não tenho muitas lembranças daquele mês na barraca. Mas lembro-me de uma refeição que fizemos todos juntos. Havia frango frito e cerveja. Meu pai cozinhou uma grande panela de macarrão de arroz estufado. Ele acrescentou alguns cogumelos secos que trouxe consigo do campo. A comida estava cheia de terra, mas emanava um aroma delicioso que encheu a tenda. Enquanto mexia na panela, ele virou o rosto vermelho para mim e me deu um de seus raros sorrisos. Quando passara alguns dias em casa no ano anterior, ele me esbofeteara no rosto por arrancar um grande panfleto político escrito à mão.

Isto aconteceu durante o encontro semanal dos moradores no jardim. Ele tocou uma canção do "Destacamento Vermelho Feminino" em seu violino e depois tocou outra no acordeão. Todas as crianças cantavam com ele: "O Destacamento Vermelho Feminino tem os soldados mais fiéis do Presidente Mao..." Eu ouvia o tom desafinado de meu irmão ganindo por cima das outras vozes. Alguns minutos depois, a presidente do comitê do bairro se pôs de pé e disse:

— Por favor, que todos os pais assegurem que seus filhos compareçam às atividades culturais que organizamos todo domingo. — Depois ela apontou para o grande quadro de avisos junto aos portões de saída e disse: — Alguém arrancou o canto daquele cartaz de letras grandes criticando Lin Biao e Confúcio. Quem fez isso?

— Eu! — gritei. Todos os olhos se voltaram para mim e depois para meu pai.

Vi um olhar de terror cruzando o rosto dele. Meu pai estava sentado sob uma grande árvore. Todos podiam vê-lo. Ele ergueu as mãos do violino e enlaçou-as rigidamente.

— Por que você rasgou o cartaz? — perguntou minha mãe, colocando-me de pé.

O rosto aterrorizado de meu pai se tornou sombrio. Ninguém respeitaria um homem que tinha uma expressão tão covarde.

— Eu ia ao banheiro e esqueci de levar papel, então arranquei um pedacinho da beirada do cartaz.

— Eu também arranquei! — admitiu um menino que morava no primeiro andar. Ele enfiou a mão no bolso e sacou uma bola de papel amassado, e depois mostrou a todos o emblema do Presidente Mao que se via dentro do papel. Seu pescoço encardido começou a enrubescer.

A presidente limpou a garganta e cuspiu no chão.

— Dai Changjie, enquanto direitista, você deveria estar de olho na educação ideológica de seus filhos para assegurar que eles não sigam o mesmo caminho que você — disse ela. Depois, encarando minha mãe, acrescentou: — E Huizhen, você precisa ser mais rígida com seu filho mais novo. Ele foi visto em diversas ocasiões brincando com os sinos das bicicletas estacionadas ali.

— Sei que minha ideologia ainda precisa de um pouco mais de reforma — respondeu meu pai, torcendo os dedos. — Quero aprender com gente como você, que tem um alto nível de consciência política. — Ele então se pôs de pé, caminhou na minha direção e me deu uma bofetada. Lulu, que estava parada a meu lado, deu um salto para trás de pavor. Eu comecei a tremer incontrolavelmente. O som da bofetada sacudiu todo o meu corpo como uma trovoada.

Eu odiava meu pai. Meu professor tinha dito que mesmo que meu pai ganhasse a reabilitação, eu ainda estaria proibido de me alistar no exército.

Eu queria que a polícia chegasse imediatamente e o arrastasse de volta ao campo de trabalhos forçados.

Quando você se recolhe de volta a seu corpo, os medos de sua infância lampejam por sua mente. Todos os sentimentos que teve no passado estiveram armazenados em sua carne.

Posso ver meu corpo mergulhado na piscina quente de uma casa de banhos pública. Minhas memórias parecem tão confusas e aleatórias quanto o conteúdo de uma lata de lixo... Era uma noite fria de inverno. Com um casaco acolchoado em torno dos ombros, eu caminhava para a casa de banhos, levando sabonete e toalha numa bolsa plástica de feira. Geralmente eu levava meu irmão comigo, mas desta vez fui sozinho. Meti na cabeça que naquela noite eu mergulharia direto na água quente e ficaria lá por algum tempo, em vez da baixar na água com hesitação e depois saltar rapidamente para fora, como sempre fazia.

Vi castanhas assando no *wok* de uma barraca de rua na porta do lugar e inalei sua doce fragrância. Quando eu estava prestes a entrar na casa de banhos, captei o aroma de espetinhos de cordeiro cozinhando na grelha sobre o carvão da barraca. O cheiro me deu tanta água na boca que dei meia-volta e comprei um espetinho. Salpiquei cominho em pó sobre a carne e me sentei para comer num banco de madeira sob o poste de luz.

Paguei pelo espeto com o dinheiro que um comerciante me dera por devolver nossas tampas de garrafas. Minha mãe deixava que eu guardasse as tampinhas. Depois que meu pai morreu, ela às vezes me dava pequenas quantias em dinheiro trocado.

Um vento forte soprava naquela esquina. Parecia nunca arrefecer.

Olhei para a luz do outro lado da rua. As partes iluminadas da avenida eram mais movimentadas que o resto. O toldo da barraca de comida chacoalhava ao vento. O ar sob o toldo tinha cheiro de açúcar mascavo quente, carne de cordeiro e fumaça de carvão. As pessoas que voltavam do trabalho para casa paravam para comprar tigelinhas de tofu defumado.

Às minhas costas havia uma vitrine fortemente iluminada, coberta de fotografias de casamentos. O camponês agachado em frente à vitrine levantou a gola de pele de ovelha do casaco e retesou os ombros ao vento. Tudo que eu podia ver de seu rosto eram os olhos brilhantes. Ele estava vendendo um cesto de grandes rabanetes de carne rosa. O rabanete que ele cortou ao meio e exibia no topo da pilha era tão vermelho quanto um coração de carneiro.

Quanto terminei o espetinho, empurrei de lado a grande cortina que pendia da entrada da casa de banhos e entrei no saguão. Minha pele relaxou imediatamente no ar úmido e cálido. Havia um odor sintético de creme hidratante que ardeu em meus olhos, e, além deste, um fedor horrível que me lembrava pele de porco cozida. Depois de consumir tanta carne gordurosa de cordeiro, fui acometido de uma súbita onda de náusea.

Dois grandes retratos do Presidente Mao e do Primeiro-Ministro Hua Guofeng estavam pendurados no saguão. Abaixo deles havia uma caixa vermelha recém-pintada onde era possível colocar denúncias de má conduta política e mau comportamento. Junto à caixa, duas mulheres se olhavam num espelho, penteando os cabelos molhados. Parte da água pingava no chão, e o resto corria pelas costas dos robes amarelo e branco que elas usavam. Outras mulheres faziam fila atrás delas para pentear os cabelos diante do espelho. Os homens não se importavam em ajeitar sua aparência. Quando saíam ao saguão, apenas sacudiam as cabeças, corriam os dedos pelos cabelos úmidos e depois saíam a passos largos para o frio lá fora.

Depois que comprei um bilhete, tirei minhas roupas e me dirigi para a piscina quente. O vapor branco se erguia da superfície. Avistei um espaço junto à porta. Trinquei os dentes e baixei meu corpo na água. Atirei a água escaldante no rosto e nos ombros de modo calmo e confiante, tentando dar a impressão de que já tinha feito aquilo muitas vezes. Como esperado, os outros homens na piscina voltaram os olhos para mim, observando-me com curiosidade enquanto eu afundava um pouco mais na água. Eles examinavam minhas pernas, os fios de cabelo que acabavam de brotar de meus testículos, e depois olhavam para meus mamilos pequenos e pálidos.

Eu conseguira. Agora era um adulto, e não mais uma criança que tinha medo de água quente.

Dois garotos mais ou menos um ano mais novos que eu estavam sentados à minha esquerda. Um deles batia os pés na água e dizia ao outro:

— Nós chamamos nossa professora de "Senhorita Mula". Quando ela fica irritada, xinga feito louca e bate os pés assim...

Eu os ignorei. Agora eu era um adulto, e adultos sempre se banhavam em silêncio. Peguei meu sabonete e passei lentamente sobre o peito.

Quando as pessoas estão nuas, dificilmente falam umas com as outras, pois é quando estão despidas de suas identidades. Em geral, é possível adivinhar o tipo de vida de uma pessoa por seu corte de cabelo, mas na casa de banhos todos os cabelos ficavam colados na cabeça. Os únicos disfarces que as pessoas tinham eram as toalhas brancas idênticas em suas mãos e os sabonetes de diversos tamanhos.

Cheiros de urina e pés sujos se erguiam do vapor sobre a piscina. Ocasionalmente, um vento frio soprava da claraboia, permitindo que meus pulmões se abrissem um pouco.

O homem sentado a meu lado se levantou, o traseiro tremelicando, e saiu da água. Sua toalha deixou marcas vermelhas por seu corpo já escarlate pelo calor.

O velho franzino sentado do outro lado esfregou as mãos as coxas. A pele tinha a mesma cor do pernil que se vê no balcão do açougueiro do mercado local. Quando ele torceu a toalha, sua expressão relaxou ligeiramente. Com os modos típicos de um cliente regular, ele raramente olhava qualquer um nos olhos. Movia-se com tanta confiança e desinibição que todos os outros nos sentíamos como se fôssemos convidados em sua casa. Logo ele se ergueu para fora da piscina e se aproximou da grande banheira onde a água era aquecida a uma temperatura ainda mais alta. Ele entrou sem piscar e mergulhou na água escaldante por alguns minutos, emitindo um ocasional suspiro para expressar seu prazer.

Baixei os olhos para a água e notei que meu pênis estava inchado. Todo o meu corpo parecia maior. Meus pés agora estavam mais afastados da minha cabeça. Minha pele se esticava tensamente sobre as articulações. Eu sabia que, como meu pai, tinha uma grande verruga negra na curva das costas. Eu era a réplica que ele fizera de si para deixar no mundo depois de sua morte.

Uma rachadura se abre na escuridão e permite que mais sons o alcancem. Estes sons são mais claros do que os ruídos que você ouviu antes. Embora seus ouvidos lhe digam que você retornou ao mundo, você ainda vaga pelas vielas cruzadas de suas memórias.

— Não está tão frio. — Levantei a gola de meu sobretudo de lã. O ar não estava tão frio, mas o chão estava congelante. As solas duras de meus sapatos faziam muito barulho enquanto caminhávamos pela calçada. O vento do crepúsculo corria pela lateral da rua, que tinha árvores recém-plantadas.

Lulu sussurrou:

— Sai pra lá. Não me toque. Suas mãos estão geladas. Não seja um brutamontes...

Havia grandes tubos de concreto deixados na calçada, que seriam instalados na longa vala subterrânea. Engatinhamos para dentro de um deles.

— Eu teria medo de entrar aqui sozinha — disse Lulu, o vento assoviando em meio a sua voz.

— O vento diminuiu de novo. — Minha voz tremia no ar frio. — Você deveria ter trazido um casaco.

— Vamos entrar um pouco mais. Não quero que ninguém nos veja.

— Então você não vai voltar para casa hoje à noite? — Passei as pernas para a frente, sentei-me e fiquei aliviado em descobrir que havia espaço suficiente para que eu pudesse ficar sentado com as costas retas.

— Não. Meu pai me bateu...

— Mas ele nem é o seu verdadeiro pai... — Lulu não reagiu a este comentário, e então eu perguntei: — Sua mãe viu quando ele bateu em você?

— Fale baixo. Tem gente passando por aqui.

Eu me lembro do som daqueles passos esmagando o cascalho e a areia da calçada. Os passos ficavam mais altos e depois diminuíam vagarosamente.

— O que aconteceu com seu verdadeiro pai? Ele era um percussionista, não?

Ela enfiou o rosto entre os joelhos e disse:

— Minha mãe me disse que ele foi preso e mandado para a penitenciária.

— Por quê?

— O secretário do Partido na companhia de ópera o acusou de levar uma vida imoral e indecente.

Eu me lembrei de que tinha quatro anos de idade quando conheci meu pai. Na creche, eu era obrigado a ficar do lado de fora da sala durante as aulas de canto. A professora dizia que, como filho de um direitista, eu não tinha o direito de aprender canções revolucionárias.

— Você tem que me prometer que não vai contar a ninguém que meu pai está na prisão — sussurrou Lulu. — Principalmente para Suyun. Ela vive tentando arrancar esse segredo de mim. Outro dia ela me disse que o pai dela foi ao cinema com outra mulher. Eu sabia que era uma tramoia para que eu me abrisse com ela. — Lulu ergueu o rosto enquanto falava. O vapor branco que escapava de sua boca se desfez no vento frio.

Seu corpo era uma sombra negra espremida dentro do tubo. Não havia nada de infantil naquela silhueta.

— Mas sua mãe é boa com você, não é? Ela foi fazer compras com você na semana passada.

— Você nos viu? — Seu rosto pareceu mover-se, mas eu não podia ter certeza porque estava escuro demais para ver mais que isso.

A noite estava silenciosa e parada. Dentro do tubo, podíamos ouvir bicicletas em movimento a algumas ruas de distância. Às vezes, quando um carro passava, eu via a sombra de um transeunte movendo-se pela luz, e depois tudo voltava a ficar negro novamente. A única luz constante vinha da janela de um prédio ao longe, mas, quando fecharam a cortina, a luz também sumiu. Era um prédio de tijolos de quatro andares que ainda estava em construção. Alguns moradores se mudaram antes do tempo, prenderam lâmpadas a um cabo de eletricidade e encaixaram vidraças nas aberturas das janelas. O prédio inacabado parecia um monstro congelado no céu da noite.

— Você gosta de mim? — Seu rosto contraído pareceu voltar-se mais uma vez para mim.

— Sim, eu gosto de você. — Meu coração começou a ribombar. Trinquei os dentes para evitar que minha mandíbula tremesse.

— Você me deu dois selos seus, então acho que deve gostar de mim.

— Se você quiser, dou todos os selos. Eu também tenho uma caixa de metal que queria dar para você. Ela tem uma pequena fechadura e uma chave. — Minha voz soava estranha quando ecoava nas paredes internas do tubo de concreto.

— Agora está ficando frio — comentou Lulu.

Fiquei de cócoras e me aproximei dela. Dentro de minha cabeça, ouvi um latejar e depois um trincar que soou como um bloco de gelo atirado em água quente. Toquei seus cabelos, que tinham cheiro de aipo frito, e depois a enlacei em meus braços.

Ela soltou um brusco suspiro, sorriu e me empurrou para trás. Eu segurei suas mãos e me aproximei de seu rosto. Provavelmente, eu estava tentando beijá-la.

— Você não pode fazer isso. Eu sou muito nova...

O vapor que lhe escapava da boca quando ela falava se tornou meu alvo. Movi meus lábios na direção dele. Lulu me empurrou para trás novamente e nós lutamos por algum tempo até que os braços dela cederam. Quando ela tornou a erguer o rosto para mim, me movi novamente na direção de seu hálito branco. Acariciei seus cabelos e o nariz, e depois colei minha boca em seus lábios e forcei minha língua entre eles até que, com um suspiro, ela relaxou a mandíbula cerrada. Sua língua era quente e macia. Ela moveu os lábios e, como um peixe, sugou a saliva de minha boca.

Lembro-me de minha mão trêmula buscando suas coxas, e de minhas pernas bambeando quando abri seu cinto e toquei sua barriga quente. Quando enfiei a mão dentro de sua calcinha, a parte baixa de meu corpo se desligou de mim e começou uma dança própria. .

— Agora meu cabelo está uma bagunça — ela disse quando acabamos, agarrando minha mão. — E esqueci de trazer um pente comigo. E se alguém me vê desse jeito?

— Não se preocupe. — Soltei a mão dela e ela se sentou direito.

— Que brutamontes você é — reclamou Lulu, fechando o cinto.

— Não sou, não. Você é a primeira garota que eu toquei na vida.

— Você notou aquela presilha de plástico que Huang Lingling estava usando no cabelo hoje? Ela não vem de uma família artística. Quem ela pensa que é, tentando se embelezar desse jeito? — Lulu então se aproximou de mim mais uma vez e sussurrou: — Vou lhe dizer uma coisa sobre meu nome. Quero ver se você consegue guardar segredo. Meu nome é "Lu", o mesmo que "estrada", porque eu nasci na estrada. Minha mãe estava no campo, num programa de treinamento para preparar cidadãos para um possível ataque americano. Seu grupo era obrigado a correr por horas e depois se atirar no chão, como se aviões inimigos estivessem lançando bombas do céu. Na terceira vez que minha mãe se jogou no chão, ela não conseguiu mais levantar. Foi quando ela me deu à luz. Ela não completou o treinamento, e por isso foi rotulada como "elemento retrógrado".

— Prometo pelo Presidente Mao que não vou contar a ninguém. — O esperma preso em minhas calças estava frio e grudento. Eu não tinha ânimo para conversar.

Durante aquele momento de êxtase, você conseguiu perder a consciência e abandonar seu corpo. Aquele tubo secreto foi sua estrada para um novo lar, que parecia estranho e familiar a um só tempo.

Certa tarde, entrei pela janela do quarto de Lulu. Ela deixou a janela aberta para que eu passasse despercebido por sua avó, que estava no quarto ao lado tirando o forro das colchas. Era um domingo, e a mãe e o padrasto estavam fora.

Depois que a reabilitação de meu pai foi confirmada, minha família pôde se mudar do quarto no dormitório da ópera para um apartamento de dois quartos num grande conjunto habitacional de prédios de quatro andares. A família de Lulu se mudou para um apartamento no mesmo conjunto, e assim nós ainda éramos vizinhos.

Ela trancou a porta do quarto e nos sentamos na cama, e eu a ouvi tocando gaita. Ela transcreveu todas as melodias da fita das *200 melhores canções de amor do Ocidente*. Eu gostava de ouvir o ruído do instrumento e o som de sua respiração.

Tirei de minha bolsa a cópia que tinha feito do conto proibido *Coração de uma moça*. Eu tinha passado as três noites anteriores copiando o texto. Ela soltou a gaita e folheou as 27 páginas de bela caligrafia.

— Tenha cuidado! — avisei. — A cola ainda não secou. — Na noite anterior, eu triturara macarrão para formar uma pasta e a usei para colar as páginas.

— É um livro indecente? — Ela o colocou na cama e me fez uma xícara de chá com um saquinho de aparência cara.

— Aposto que você poderia fazer cinco xícaras só com este saquinho. Dizem que nos hotéis onde ficam os estrangeiros existem cestas de saquinhos de chá como este em todos os quartos. Dá para usar quantos quiser. — Olhei para as fotografias sob o tampo de vidro da mesa. — Você tem um monte de fotos de família.

Havia um rádio, um busto do Presidente Mao e um cisne de plástico inflável sobre a cômoda junto à parede. Um calendário emitido pela secretaria de planejamento familiar local estava pendurado acima do móvel.

— A mãe de Wang Long trabalha num hotel — respondeu Lulu. — Ela me disse que os estrangeiros realmente desperdiçam tudo. Eles jogam fora os saquinhos de chá depois de uma só xícara. E o chá nunca é o bastante para eles. Os estrangeiros sempre acrescentam leite antes de beber. — Depois Lulu disse que a polícia andava batendo às portas das pessoas e confiscando quaisquer textos copiados à mão que encontrassem, e por isso ela não queria ficar com o livro. Ela disse ter certeza de que era pornográfico.

— Vários colegas nossos já leram livros copiados à mão — respondi. — Esse é bem curto. Tem outro chamado *Maremoto*, mas tem mais de duzentas páginas. Ainda não consegui terminar de copiá-lo.

— Não sabe o que pode acontecer com você? Durante aquele último julgamento público, um jovem foi executado por copiar livros proibidos.

— Mas ele imprimiu centenas de cópias num mimeógrafo, e por isso foi acusado de envenenar a sociedade. Eu só fiz uma cópia à mão para dar de presente a você, que é a única pessoa que vai ler.

— Não são fotos de família — ela comentou, baixando os olhos para a mesa. — Eu as cortei de uma revista.

— Se você não quiser ler, vou levar de volta para casa. — Recostei-me contra a mesa, soltei um longo suspiro e fitei os milhares de partículas de pó que flutuavam num feixe de luz do sol.

— Se você quer que eu leia, vou ler. Mas não conte a nenhum de nossos colegas. Onde fica o trecho mais indecente?

— Na página sete. — Depois que copiei aquela página na primeira noite, tive que me esconder sob as cobertas e me masturbar.

— Então não vou precisar dela. — Com seus dedos delicados, Lulu arrancou, dobrou e me devolveu a página. — Leia um pouco para mim, pode ser? Se você chegar numa passagem indecente, apenas pule.

Abri o livro e comecei a ler: "... Muitas garotas de 18 anos são lindas como flores. Aos 18, eu era um encanto. Não é exagero dizer que minha silhueta era no mínimo tão bela quanto a de qualquer estrela do cinema. Eu tinha olhos amplos e cintilantes, cabelos negros e lustrosos, faces tão lisas quanto cascas de ovos e sobrancelhas curvilíneas como perfeitas folhas de salgueiro. Meus seios fartos e atraentes vibravam suavemente enquanto eu caminhava... Foi pouco depois de meu aniversário de 18 anos que me apaixonei por meu primo. Ele tinha 22 anos e voltara de Fuzhou para passar as férias. Ele era alto e elegante, com um bigode escuro que lhe dava um ar maduro e masculino... Para ser honesta, o que realmente me atraía nele era o magnífico pau que se avolumava entre suas coxas. Quando penso nele agora, minha vagina fica tão quente e pulsante que é como se um líquido estivesse prestes a jorrar dela..."

— Chega! — gritou Lulu, virando o rosto vermelho para a parede. — É nojento!

Ler a passagem em voz alta fez meu coração acelerar de excitação.

Parei de ler e olhei para Lulu de soslaio. Quando percebi que ela não estava realmente irritada, tirei do bolso do casaco acolchoado alguns frisadores de cabelo de minha mãe. Um cheiro de cabelo queimado dominou o quarto.

— Veja, eu trouxe os frisadores — comentei, mudando de assunto.

— Então é assim que eles são! — Lulu pegou os objetos e os pesou em sua mão. — Não são muito mais leves que os frisadores para carvão de minha mãe.

Os frisadores eram feitos de ferro-gusa. Se alguém os levasse ao fogo, tirasse pouco antes que ficassem vermelhos e depois enrolasse neles uma mecha de cabelo, os frisadores produziam um cacho que durava quatro ou cinco dias.

— Todas as atrizes chinesas que fazem papéis de mulheres estrangeiras usam essas coisas para enrolar o cabelo. Veja, é assim que se faz. — Peguei uma mecha do cabelo dela e enrolei em torno dos frisadores.

— Sai pra lá! — ela riu. — São assustadores!

No dia anterior, eu tinha dito a Lulu que a visitaria e lhe daria os frisadores quando a encontrei numa loja de departamentos.

Ela tomou de mim os frisadores e girou-os nas mãos, inspecionando com cuidado. Observei seus dedos, que se moviam através do feixe de luz. Suas unhas se tornavam vermelhas e translúcidas. A sujeira presa entre as unhas aparecia como pequenas luas crescentes. Aproximei-me e fechei suas mãos nas minhas. Juntos, pressionamos os frisadores, apertando cada vez mais forte. Nossas mãos começaram a tremer. Nos aproximamos até que nossos lábios quase se tocaram. Ambos ofegávamos ruidosamente.

— Quero beijar você — eu disse.

Ela enrubesceu e separou as mãos das minhas.

— Ainda está claro lá fora. Alguém pode nos ver.

Eu queria segurar suas mãos novamente, mas ela não deixou. Tornei a me sentar na cama. Baixando o olhar para as coxas dela, eu disse:

— Preste atenção para não esquentar demais os frisadores. Primeiro você deve testá-los com um pedaço de papel. Se o papel ficar amarelo, deixe que esfriem um pouco antes de usar.

— Nós só temos 15 anos — ela murmurou, e depois voltou os olhos para mim: — O que acontece se os frisadores torrarem meu cabelo?

Pensei em como os cabelos de minha mãe ficavam depois que ela fazia cachos.

— Eu faço para você. Prometo tomar cuidado. — Senti meu rosto esquentando. —Trancamos a porta. De que você tem medo?

Ela se sentou na extremidade da cama.

— E quando eu tiver que ir para a escola? Vou conseguir desfazer os cachos?

— Você pode escondê-los com um chapéu. Ninguém vai ver. Se você quiser sumir com eles, só precisa lavar o cabelo.

— As coisas estão bem mais abertas hoje em dia. As pessoas já não dizem mais "Você é agradável", elas dizem "Eu amo você".

— Eu amo você! — exclamei de repente. As palavras saíram com extrema facilidade, porque eu tinha passado a manhã inteira praticando aquela frase.

Lulu ficou em silêncio. Seu rosto se tornou vermelho vivo. Ela tentou cobrir parte dele com a mão.

— Se você quiser me amar, deve ser fiel e nunca dançar com outras garotas. Dizem que alguns garotos mais velhos do colégio andaram dando festas em suas casas quando seus pais estavam fora.

— Eu sei. Suyun foi a uma dessas festas. Ela ainda sai com aquele cara que trabalha na companhia farmacêutica.

— Você está proibido de falar com Suyun ou de ir a qualquer festa se ela convidar você. Ela só tem 15 anos, mas já tem um relógio digital. Sua moralidade é definitivamente suspeita. Você precisa prometer, pela vida do Presidente Mao, que não vai mais falar com ela.

— Eu nem sei dançar — respondi. — E, além disso, o relógio dela é falso. Ele não mostra as horas...

— Eu não quero cachos grandes — continuou Lulu. — Quero que eles pareçam naturais. — Ela desamarrou as duas pequenas tranças, mergulhou um pente num copo d'água e o correu por seu cabelo preto-azeviche, lentamente desfazendo as ondas. — Meu cabelo fica bonito assim? Se eu deixar crescer mais um pouco, terei um cabelo de tamanho apropriado, na altura do ombro.

— Só as garotas imorais usam cabelos no ombro. Nem as mulheres adultas que vão ao trabalho têm permissão para deixar o cabelo crescer tanto.

— Haha! Você é muito conservador. A mulher que fez o papel da secretária do Partido naquela ópera revolucionária que vimos semana passada tinha uma peruca que batia no ombro, então não é possível que isso seja tão imoral.

— Ainda assim, é mais seguro deixar o cabelo curto. — Senti meu coração acelerando outra vez. Movi meu olhar confuso para a janela. Lulu vivia no térreo, e às três da tarde a luz do sol já começava a deixar seu quarto. Nosso apartamento no terceiro andar continuava ensolarado por, no mínimo, uma hora mais. Uma helicônia num vaso de terracota absorvia a condensação da janela. As flores pareciam úmidas e vermelhas. As pétalas em que trombei quando entrei pela janela jaziam frágeis no parapeito.

— Quero beijar você — repeti, quando lembranças da barriga suave e da vagina quente de Lulu tornaram a me encher a cabeça.

— Não pode. Ainda não está escuro. — Ela caminhou para o espelho. — Sua mãe canta no coro. Ela deve ter uma licença oficial para fazer permanente.

— Sim, posso pedir a ela para lhe emprestar a licença... Você tem uma linda voz. Deveria ir para a faculdade de música depois da formatura no colégio. — Toquei meus cabelos, penteados para trás com um pouco de vaselina que tirei do pote da gaveta de minha mãe.

— Eu sei cantar "Saudades do lar", de Li Gu. Ouça. "Você está em todos os meus sonhos! Ao fim deste dia, jamais nos veremos novamente..."

Eu observava seu sapato preto pendendo da beira da cama, movendo-se no ritmo da batida. Os cadarços estavam amarrados num nó desconjuntado. Meu rosto estava quente. Ergui os olhos e fitei seu pescoço longo e pálido.

— Você gostou? — Ela parou de cantar de repente.

— Muito bem. Você gosta de basquete? — Pensei no cheiro fresco das paredes caiadas que cercavam a quadra da escola.

— Detesto. Pode me acompanhar? — Ela empurrou a gaita na minha direção. Peguei-a, mas minha mandíbula estava tensa demais para tocar. Busquei a mão dela, mas Lulu a retraiu. Ambos olhamos para o chão.

— Acho que vou andando — eu finalmente disse.

— Tudo bem. — Metade de seu fôlego parecia travado em sua garganta. Ela soltou o resto com o canto da boca, soprando a franja no ar.

Fitei seus olhos arrependidos e a boca sorridente, e não consegui desvendar o que ela estava sentindo.

Fui à janela sem outra palavra, passei por cima da helicônia mais uma vez e saltei para fora.

Se a polícia não tivesse interrogado e forçado Lulu a confessar, nosso caso de amor secreto poderia ter continuado por anos.

Tudo começou alguns dias antes que nos separássemos por causa do recesso das férias de verão. Havíamos terminado as últimas provas. Em meu caminho para a escola, notei que o bilhete que deixara sob o vaso de flores dela na noite anterior, convidando-a para ver um filme, não estava mais lá. Presumi que ela pegara e lera a mensagem.

Quando atravessei os portões do colégio, o tutor da minha turma, Sr. Xu, me chamou e me levou a uma sala onde dois policiais me esperavam.

Foi a primeira vez que experimentei verdadeiro terror. Meu estômago congelou, senti náuseas e meu corpo inteiro começou a tremer.

Os policiais perguntaram meu nome e depois disseram:

— Você deve vir conosco.

O Sr. Xu apagou seu cigarro e disse:

— Dai Wei, você deve confessar tudo. Esta é a oportunidade para avançar na vida que você sempre esperou.

Abri a boca, mudo de horror, e assenti com a cabeça. O barulho em minha mente era tão ensurdecedor que eu não podia ouvir o que os alunos do lado de fora estavam gritando.

Saí pelos portões da escola de cabeça baixa, com um dos policiais à minha frente e o outro atrás. Eu me perguntava se minhas pernas estavam tortas. Subitamente, eu parecia ter ficado muito mais baixo.

Quando cheguei ao posto policial, minha pele estava quente e suada, mas meus ossos pareciam gelados.

Tentei imaginar o que eles poderiam ter descoberto a meu respeito. Pensei em Lulu. Talvez ela tivesse passado adiante a cópia de *Coração de uma moça* que eu lhe dera, e alguém denunciou o caso à polícia. Talvez Shuwei, que me emprestou o livro, estivesse detido e trancado agora na sala ao lado. Eu não sabia o que fazer.

Eu tinha a incumbência de buscar meu irmão e levá-lo para almoçar em casa. Já era meio-dia. Policiais a caminho da cantina passavam pelo corredor do lado de fora segurando suas marmitas de alumínio. Um cheiro gorduroso de almôndegas fritas invadiu a sala.

Um dos policiais que me detiveram entrou e perguntou se eu tinha algum dinheiro.

Vasculhei meus bolsos e saquei cinco jiaos em moedas.

Ele me encarou e disse:

— Saia e compre rolinhos cozidos na barraca do outro lado da rua, e depois volte direto para cá.

Disparei para fora e corri até a barraca. Já tinha cruzado aquela rua uma centena de vezes anteriormente, mas naquele dia tudo me era desconhecido: as acácias pareciam mais altas e vastas, a estrada também estava maior. Um fio de fumaça amarela se elevava da chaminé da loja do tecelão e pairava no ar sem brisa. Não reconheci nenhum dos rostos que passaram por mim.

Depois do almoço, os dois policiais retornaram. Um deles disse:

— Simplesmente assuma o que você fez. É fácil entrar neste lugar, mas difícil sair. — Depois, ele deixou a sala.

— Venha cá! — disse o outro policial. Ele se apoiou contra a mesa e acendeu um cigarro. Eu não sabia o que ele tinha comido, mas podia sentir cheiro de cebolinha no ar.

Parei diante dele, segurando minhas calças. Haviam confiscado meu cinto para me impedir de fugir. Quando ele examinou a anotação que estava fazendo, me lembrou o eletricista que trabalhava na sala das caldeiras da escola. Pelos pretos apareciam nos poros sobre sua boca. Ele finalmente baixou a caneta e disse:

— Sabe por que trouxemos você aqui?

— Não.

Ele se sentou e jogou os pés sobre a mesa. Parecia pronto para tirar um cochilo.

— Nós lhe demos a manhã inteira para pensar nas coisas. Se você assumir agora, podemos deixar que vá embora. É só me dizer que tipo de coisas vergonhosas você andou fazendo recentemente.

— Eu li *Coração de uma moça*. — Havia horas que eu estava de pé. Eu ansiava por me agachar.

— Quem lhe deu isso?

— Wang Shuwei.

— Quem é ele?

— É da minha turma da escola.

— A quem mais você deu o livro?

— A ninguém. Li sozinho.

— Dai Wei. Olhe nos meus olhos. Quem mais leu o livro? É inútil mentir. Temos uma lista de nomes.

Eu não ousava responder à pergunta.

— Assuma o que você fez.

— Eu fiz uma cópia do livro à mão.

— Então você não se contentou em ler o livro; você tinha que copiá-lo também. — Ele se levantou e se aproximou de mim. — Para quem você deu a cópia? — Agora ele estava gritando. Minhas pernas tremeram e eu desmoronei sobre meus joelhos. Ele me chutou para o chão, agarrou meu cinto da mesa e me chicoteou na cabeça. Ele me bateu com mais força do que meu pai jamais havia batido.

— Eu não vou fazer de novo, prometo!

— Onde está a cópia? — Seu sapato de couro espremia meu queixo.

— Eu dei para Lulu.

— Quem é ela?

— Zhang Lulu. Também é da minha turma.

— Pelo visto você andou bem ocupado ultimamente. O que mais anda tramando? Deixe-me refrescar sua memória. Você não andou vadiando por seu conjunto e cantando "Você é uma flor em botão. Desejo tanto que você se abra"? Hein? — Ele me chutou novamente para o chão e depois pegou a garrafa térmica da mesa. Minha mente saltou de volta à Revolução Cultural, quando um grupo de Guardas Vermelhos arrastou nossa vizinha, Vovó Li, do dormitório da companhia de ópera e ordenou que o resto de nós trouxesse suas garrafas térmicas. Quando levamos as garrafas para fora, tivemos que assistir enquanto os guardas viravam dez garrafas de água fervente sobre a cabeça dela.

— Fale o que mais você fez — disse o policial, tirando a tampa da garrafa.

Eu o encarei, rijo de medo, e falei num rompante:

— Nunca mais vou ler um livro pornográfico de novo, eu prometo, nem cantar músicas indecentes, ou fumar cigarros... — Eu me pus de joelhos e solucei.

— Marginalzinho! Se não lhe dermos uma lição agora, vai acabar com uma bala na cabeça. Veja só o monte de cartas que recebemos sobre você! — Ele derramou mais água em sua xícara de chá e depois puxou algumas cartas de um arquivo.

Eu não pude ver o que as cartas diziam, então vasculhei minha mente às pressas, buscando qualquer outro crime que eu pudesse confessar.

— Eu bolinei Lulu — finalmente admiti.

— Onde?

— Num tubo de cimento.

— Só uma vez?

— Sim, não a toquei desde aquela vez.

— Você a enganou para levá-la para dentro?

— Não. Era um encontro.

— Um encontro... Um encontro o cacete! Isso não se chama encontro, isso se chama manter relações sexuais ilícitas! Abra as pernas! — Ele me deu um chute. Uivei de dor e rolei pelo chão de concreto.

— Você deve escrever os detalhes de cada crime que cometeu. Quero nomes, lugares e datas. Se confessar tudo, talvez deixemos que saia. Não se esqueça que seu pai morto era um membro das Cinco Categorias Negras. Se não fosse pela política reformista de Deng Xiaoping e suas boas notas na escola, você teria sido executado anos atrás, seu marginal, filho de direitista.

Eu me sentei e comecei a escrever. Não queria levar vergonha para minha escola. A noite caiu e eu ainda não tinha terminado. Ouvi gritos e o som de vidro quebrando enquanto alguém era espancado na sala ao lado. Eu me odiei por não ser corajoso como os heróis comunistas de nossas apostilas. Ao primeiro sinal de violência, desmoronei e entreguei tudo.

O policial examinou minha confissão escrita e disse:

— Qual mão você enfiou na calcinha dela? Quanto tempo ficou com a mão lá? Onde mais a tocou? Quero cada detalhe.

No meio da noite, ouvi minha mãe gritando no corredor:

— Meu filho ainda é um garoto! Ele tem muito que aprender. Prometo que vou dar uma boa bronca nele...

Eu me desfiz em lágrimas. Meus testículos ainda doíam do chute do policial. Eu me sentia como se tivesse afundado num inescapável buraco negro. Não sabia que tipo de punição esperava por mim. Pensei nos prisioneiros que vi sendo arrastados até os campos de execução durante julgamentos públicos que nossa turma era levada para assistir, e em como seus corpos estremeciam no chão depois que o tiro lhes atingia a cabeça. Um dia nossa turma foi colocada na primeira fila. Quando o jovem condenado de cabeça raspada se colocou diante do pelotão de fuzilamento, de repente seus olhos pareceram fixados em mim. Depois que a bala acertou sua cabeça e ele caiu no chão, suas pernas chutavam o ar com tanta força que um de seus sapatos saiu do pé.

O policial não deixou minha mãe entrar na sala. Eles se limitaram a me dar as duas maçãs que ela trouxera para mim.

Pensei em Liu Ping, a filha do oficial de educação da fazenda de Guangxi sobre quem meu pai falou com tanto carinho. Eu a imaginei com uma saia branca, tocando seu violino como um anjo. A imagem me deu força. Depois me lembrei do tempo em que minha mãe e eu visitamos meu pai no campo de Shandong. Viajamos para lá num ônibus interurbano. Dormi enrodilhado em meu banco, a cabeça descansando sobre a bolsa de lona no colo de minha mãe. Dentro da bolsa havia presentes que ela levava para meu pai: um cobertor, um jarro de banha de porco e um chapéu de lã.

O oficial chutou uma perna da mesa, arrancando-me de meu cochilo.

— Acorde! Isso aqui não é um dormitório. Por sua causa, tive que passar a droga da noite toda aqui. Quantas páginas você já fez?

Eu lhe entreguei minhas sete páginas de anotações espremidas.

Ele as examinou.

— Ainda há um monte de informações que você está ocultando. — Ele checou o relógio e acendeu um cigarro. Inalei a fumaça e me senti menos sozinho. — Vou lhe dar uma última chance. Você tem até o amanhecer. Se não confessar tudo por escrito até lá, não teremos piedade.

Vasculhei minha mente mais uma vez e desenterrei todas as coisas más que já tinha feito.

Certa vez, talhei um pedaço de madeira no formato de uma pistola e pintei de preto. Parecia bem convincente. Eu a prendi no meu cinto, como Li Xiangyang, o heroico líder guerrilheiro que lutou contra os japoneses. Minha mãe me disse que as pessoas usavam pistolas falsas para cometer roubos, e que era contra a lei possuir uma. Eu dei detalhes do tempo e do local do crime, mas não havia vítimas para relatar.

Matei uma galinha com uma atiradeira e depois fugi. A vítima era uma galinha.

Também destruí uma vidraça. Atirei a pedra numa tentativa de acertar um gato. A única vítima deste incidente foi o vidro.

A manhã finalmente chegou. Eu sabia disso não porque a sala estivesse mais clara, mas porque podia ouvir os ônibus passando pela rua do lado de fora. Captei um cheiro de desinfetante que me lembrou as fossas públicas que ficavam do outro lado da rua de nosso conjunto. Eu quase nunca as usava porque tínhamos um banheiro em nosso apartamento. Mas minha mãe sempre ia lá. Agora tínhamos que pagar pela água, o que não ocorria no antigo bloco de dormitórios, então minha mãe preferia descer seis andares correndo pelas escadas e usar o banheiro público a gastar dinheiro dando descarga em nossa própria privada. À noite, as fossas eram o único lugar da vizinhança onde ainda havia uma lâmpada acesa. Depois que aprendi a fumar, era comum passar o tempo ali com meus amigos. Quando homens entravam para cagar, eles sempre acendiam um cigarro e jogavam a guimba no chão antes de sair. Nós rapidamente pegávamos as guimbas e continuávamos a fumá-las. Às vezes surrupiávamos os cigarros da boca dos homens enquanto eles ainda estavam vestindo as calças. O máximo que eles faziam era nos chamar de moleques nojentos.

Certa noite, um garoto de nosso grupo chegou correndo para mim e disse:

— Dai Wei, uma parte da merda de Duoduo se esparramou em seu apoio de pé. — Cada um de nós tinha escolhido seu próprio buraco, e, se um garoto sujava de cocô os apoios de cerâmica de um buraco ao lado, levava uma surra.

Nós corremos atrás de Duoduo e o arrastamos de volta às latrinas. Ele tentou se soltar, chutando a parede com tanta força que pedaços de gesso se soltaram. Mas havia quatro de nós para segurá-lo, e nós o prendemos com firmeza. Eu baixei as calças dele e lhe dei um tapa na bunda, e ele teve uma ereção. Todos gritavam, "Vamos ver até onde cresce!" Eu agarrei o pênis dele e sacudi com força.

— Me soltem! Vão se foder! Me larguem! — Seu rosto contorcido ficou vermelho vivo. Ele se dobrava, tentando libertar o pênis. Lágrimas escorreram de seus olhos. Finalmente, Duoduo ejaculou. Relaxei meu punho e limpei as mãos na parede. Nós rimos e o empurramos para a rua. Ele fugiu, segurando as calças, e sua silhueta desapareceu a distância.

Três pessoas se enforcaram naquelas fossas. Uma delas foi uma velha que viera do campo. Quando chegou a Pequim, ela visitou a delegacia local e fez perguntas sobre um certo Sr. Qian que fora aprisionado pelos comunistas nos anos 1940. A polícia informou que o tal Sr. Qian fora executado pouco depois da Libertação. Mais tarde descobriram que a mulher era a esposa de Qian, e que esteve aprisionada desde o começo da Revolução Cultural. Quando ela foi libertada, o chefe do vilarejo se recusou a alocá-la em qualquer terreno, e então ela veio a Pequim para procurar pelo marido. Depois que soube da notícia de sua morte, ela se enforcou nas fossas femininas...

Eu já tinha reposto o filtro da caneta três vezes com o tinteiro da mesa do policial, e me sentia pesado como um saco de concreto. Minhas pernas tremiam de exaustão.

Algumas horas depois, minha mãe entrou para me levar para casa.

Assim que atravessamos os portões de nosso conjunto, ouvi Duoduo gritando:

— Agora você é um figurão, rapaz! Passou a noite na delegacia! Muito impressionante!

— Não enche! — berrou minha mãe.

Naquele instante, todo o medo que senti na delegacia se dissipou. Embora meus testículos inchados provocassem assaduras no lado interno das minhas coxas, eu ainda conseguia ficar em pé direito. Se a polícia aparecesse para me prender de novo, eu teria voltado numa boa para a delegacia com eles, assoviando pelo caminho.

Quando entramos em nosso apartamento, minha mãe me esbofeteou com força em ambas as faces.

— Seu marginalzinho sem-vergonha! Como posso manter a cabeça erguida agora? — Ela apontou para as cinzas de meu pai na urna sob a cama e gritou para elas: — É tudo culpa sua, Dai Changjie! Eu tive que carregar o fardo de seus crimes por vinte anos, e agora tenho que carregar os crimes de seu filho! —Chorei quando vi minha mãe soluçando, e quando meu irmão me viu chorando também se derramou em lágrimas.

Prometi à minha mãe que nunca mais leria outro livro proibido, e implorei que ela me deixasse dormir. Ela enxugou as lágrimas. Desabei na cama dela e apaguei, com minhas pernas ardendo de exaustão.

Quando acordei novamente, já estava escuro lá fora. Minha mãe tirou minhas calças e aplicou unguento vermelho nas marcas roxas das chibatadas nas minhas pernas.

Ela me disse que eu dormira por 36 horas.

— Eles foram complacentes com você. Se tivessem algum bom senso, teriam feito desaparecer toda a linhagem Dai! Nada de bom pode sair dos filhos de um direitista! — Ela empurrou uma bandeja para junto de mim. — Aí tem um pouco de bolo e leite para você. — Depois ela resmungou: — Fui eu quem o trouxe para este mundo. Eu deveria decidir sua punição. Eles não têm nenhum direito de espancá-lo dessa forma.

O bolo que eu comia se dissolveu rapidamente em minha saliva amarga.

— Mãe, eu juro pela vida do Presidente Mao que de agora em diante vou estudar muito. Você quer dizer que eles não me rotularam como "jovem delinquente"?

— Acho que não, mas agora você está nos registros deles. E por sua causa, sua amiga Lulu foi levada para interrogatório também.

Meus membros ficaram flácidos. Eu traí Lulu. Não deveria ter dado aquela cópia de *Coração de uma moça* para ela, nem dito seu nome à polícia ou revelado que a toquei. Eu sentia náuseas de arrependimento.

— Você cresceu muito rápido — disse minha mãe, com uma expressão mais dura em seu rosto. — Esses comportamentos decadentes já deveriam ter sido apagados de você há muito tempo. Seu pai foi envenenado por ideias ocidentais. É culpa dele que você tenha saído desta forma. Hoje em dia há tanta gente ruim, corrompendo a sociedade com seus modos burgueses. Falam de liberação sexual, liberdade sexual; seu único objetivo é envenenar as mentes de nossa juventude, permitindo que os países imperialistas mudem a China através de um desenvolvimento pacífico. Se você não se dedicar a seus estudos políticos, vai acabar no mau caminho. Aquele menino que lhe deu o livro pornográfico também foi levado. Eu acho que você fez uma boa ação expondo o crime sujo dele à polícia. Deve ser por isso que trataram você com tanta tolerância.

Minha mente ficou vazia. Tudo que aconteceu na delegacia se tornou um borrão. Mas eu me lembrava de ter escrito minha autocrítica. Isso eu lembrava.

— Sinto muito, mãe, é tudo culpa minha — eu disse, sentindo um súbito desejo de abrir a janela e saltar.

As memórias lampejam em sua cabeça como o feixe de luz de uma lanterna. A cena que você acabou de recordar afunda no negror, e outra assume seu lugar.

Minha mãe não faz ideia do quanto eu ainda me odeio por todo o mal que causei naquele tempo.

Pouco depois de meu aniversário de 16 anos, saí da escola e fui para o sul, para a cidade costeira de Guangzhou, onde a economia de mercado da China tinha começado a alçar voo. Eu queria recobrar minha paz de espírito e juntar um pouco de dinheiro também. Vendi revistas pornográficas por algum tempo e depois passei a comprar alguns eletrodomésticos contrabandeados pela fronteira com Hong Kong e vendê-los do lado de fora de uma casa de câmbio. Eu vivia com um filtro de cigarro estrangeiro pendendo da boca e um relógio digital no pulso. Quando consegui juntar bastante dinheiro, comecei a fazer viagens de volta a Pequim, levando mercadorias baratas do sul e vendendo por um preço bem mais alto no mercado negro. Em apenas seis meses eu cresci trinta centímetros. Eu tinha a aparência de um homem do mundo.

Durante minha segunda viagem de volta a Pequim, meu primo Dai Dongsheng e sua esposa apareceram para se hospedar em nossa casa. A esposa estava grávida do segundo filho, em contravenção à política do filho único. Temendo perseguição dos oficiais de controle de natalidade, eles deixaram a filha de dois anos com uma vizinha na Vila Dezhou e vieram para Pequim na esperança de encontrar um hospital particular que concordasse em fazer o parto.

— Veja só como você cresceu! Agora já é um jovem adulto — disse Dongsheng. Em sua visita anterior, eu tinha que erguer a cabeça quando falava com ele, mas agora ele tinha que olhar para cima para falar comigo.

— O que você esperava? Vou fazer 17 esse ano. — Minha voz se tornara mais grave também. Eu lhe ofereci um cigarro.

Ele tinha as típicas mãos ásperas e nodosas de um camponês. Por ser neto de um rico dono de terras, foi proibido de ingressar na escola secundária e forçado a trabalhar na terra desde os 15 anos.

Sua esposa estava sentada no sofá que meu irmão e eu montáramos alguns dias antes. O volume de sua barriga era tão redondo quanto um globo terrestre. Ela tinha a beleza pura e desafetada que só as mulheres do campo possuem. Sua expressão era honesta, mas ela parecia lerda de cabeça. Dongsheng tinha envelhecido muito desde a última vez em que nos víramos. Ele estava desajeitadamente sentado na beira da cama de minha mãe, com as pernas juntas e as mãos educadamente entrelaçadas sobre o colo. A seus pés havia uma mala de couro falso gravada com os dizeres VIDA LONGA AO PENSAMENTO DE MAO TSÉ-TUNG. A carpa salgada e as duas bolas de lã vermelha que eles haviam levado para nós estavam no centro da mesa. A sala fedia a peixe e a poeira e ranço das estações de trem.

Minha mãe fritara algumas sementes de girassol e as serviu em xícaras de chá. Quando eu já não conseguia pensar em mais nada para dizer ao casal, liguei a televisão que comprara para minha mãe. Eles imediatamente moveram os olhos para a tela.

— Veja, aquela estrangeira está usando um relógio e um colar de ouro — disse a esposa de Dongsheng.

O noticiário estava relatando o encontro de Deng Xiaoping com a Sra. Thatcher, e a proposta do líder para trazer Hong Kong de volta à soberania chinesa. Dongsheng disse:

— Se Hong Kong retornar à China, logo todos poderemos viajar para lá.

— Você pode viajar para lá agora, se quiser — respondi. — Vi muita gente de Hong Kong em Guangzhou. Eles são idênticos a nós.

A expressão de surpresa em seus rostos me deu um agradável sentimento de superioridade. Eu tinha comprado minha primeira passagem para Guangzhou com o dinheiro que minha mãe me dera para comprar uma bicicleta. Não fiquei num hotel quando estive lá. Estava tão quente que pude dormir nas ruas. Eu vagava pelo mercado noturno do Lago Ocidental todas as noites, e visitava a loja isenta de impostos do Hotel China para admirar os relógios importados, isqueiros, canetas esferográficas e garrafas multicoloridas de perfume. Em meu último dia em Guangzhou, só me restavam trinta yuans no bolso. Fui a uma barraca de rua e comprei quatro baralhos de cartas com fotografias de mulheres nuas impressas nos versos. Levei os baralhos comigo para Pequim e os vendi por uma fortuna na porta do cinema local.

— Quantos filhos os moradores de Hong Kong podem ter? — perguntou a esposa.

— Quantos quiserem — respondi. — Muitas mulheres grávidas em Guangzhou escapam pela fronteira e dão à luz em Hong Kong, e depois retornam com os bebês alguns meses depois. E, depois do nascimento, uma vez que os bebês têm cidadania de Hong Kong, as famílias podem viajar por todo lado quando bem querem.

— É uma ótima ideia! — disse a mulher, entusiasmada.

Minha mãe veio da cozinha e disse:

— Não deem ouvidos a Dai Wei. Ele esteve em Guangzhou algumas vezes e de repente acha que já é adulto. A única coisa que mudou é que ele agora anda por todo lado com esse filtro de cigarro ridículo na boca. Ele nem fez a primeira barba ainda!

— Já fiz sim, mãe. — Embora minha voz estivesse mais grave, ela ainda tendia a vacilar em indignos agudos, e por isso eu tinha que mantê-la sob constante controle.

Minha mãe se sentou no sofá e perguntou sobre os planos futuros do casal.

— Para quando é o bebê?

— Para meados do mês que vem — respondeu Dongsheng. — Nosso condado recebeu uma nomeação para Condado Modelo de Planejamento Familiar, e por isso os oficiais de controle de natalidade são especialmente rígidos. Se uma mulher engravida do segundo filho, eles a obrigam a fazer um aborto. Minha esposa conseguiu manter sua gravidez em segredo. Antes de sair de casa, ela sempre amarrava um pano na barriga para esconder o volume.

No mês passado ela vomitou enquanto caminhava na rua. Tínhamos certeza de que alguém nos denunciaria. Foi quando decidimos fugir. — Dongsheng removeu o cigarro da piteira de plástico, prendeu-o entre os dedos e sugou uma última e profunda tragada.

— Não tivemos coragem de pegar um trem em nossa estação local — continuou a esposa. — Ouvimos dizer que os oficiais de controle de natalidade patrulhavam os trens, tentando impedir que mulheres ilegalmente grávidas fugissem do condado. Quando encontravam uma mulher grávida sem permissão, eles a arrastavam para a clínica de planejamento familiar da estação e abortavam a criança ali mesmo. Ao que parece, no fim de cada dia, havia dois ou três baldes com fetos mortos na clínica. — Quando a mulher falava, seus olhos ficavam mais vivos que os do marido.

— Se você não tem uma permissão de nascimento para esta criança, a polícia de Pequim também vai prender você. — Minha mãe parecia angustiada. Ela não sabia o que podia fazer para ajudar.

— Não podemos voltar — disse a mulher. — Nossa casa provavelmente foi depredada. Quando os oficiais de controle de natalidade descobrem que um casal fugiu, eles chegam em grandes furgões e levam embora todas as coisas de valor da família: o rádio, o espelho, os baús de madeira. Tenho a sensação de que este bebê é um menino. Não me importa o que digam, não vou abortá-lo.

— Se um casal consegue escapar e dá à luz um segundo ou terceiro filho, os oficiais de controle de natalidade os obrigam a pagar uma multa enorme. Eles são brutais. Se você não pode pagar a multa, é espancado.

— As regras governamentais proíbem estritamente que os oficiais usem a força — disse minha mãe, tentando defender o Partido.

— Ouvimos dizer que a polícia é menos violenta nas cidades. É por isso que viemos para cá. No campo, é terrível. As milícias do povo têm armas carregadas com balas explosivas. Em certas vilas vizinhas, se uma mulher dá à luz sem permissão, o bebê recém-nascido é estrangulado até a morte. Algumas famílias fazem buracos no chão para que as mulheres deem à luz em segredo. — A atenção de Dongsheng se voltou para a tela da TV novamente, para o vídeo da visita do secretário-geral Hu Yaobang à Zona Econômica Especial de Shenzhen, junto à fronteira de Hong Kong.

— E se for uma menina? — perguntei, acendendo outro cigarro. Desde que minha mãe desistiu de reclamar de meu tabagismo, eu era capaz de acabar com um maço inteiro por dia.

— Um astrólogo nos disse que é um menino — respondeu Dongsheng. — Nós já demos um nome a ele: Dai Jianqiang.

— Veja, ele chutou novamente! — disse a mulher. — Ele se moveu o tempo todo nestes últimos dias. Meninas nunca se movem tanto assim.

— Vocês podem dormir aqui esta noite — disse minha mãe, desanimada. — Amanhã vamos inventar um plano. Dai Wei, vá desligar o fogo da chaleira.

Um sorriso cruzou o rosto de Dongsheng. Sua esposa sorria também, e disse:

— Sinto muito por trazer tantos problemas para vocês.

— Quem está cuidando do seu pai agora? — perguntou minha mãe.

— A mente dele é instável, mas ele é capaz de tomar conta de si mesmo — replicou Dongsheng. — Se tivermos um menino, vou conseguir um trabalho aqui, fazer dinheiro suficiente para pagar a multa e depois podemos voltar para casa e ficar juntos. — Ele silenciou e fitou a tela novamente. — Vejam todos esses prédios enormes de Shenzhen. Como as pessoas conseguem viver neles? Eu molharia as calças antes de ter tempo de chegar às fossas do lado de fora. — Ele terminou o cigarro e cuspiu uma bola de catarro no chão.

— Os prédios estão equipados com elevadores. E, de qualquer forma, todos os apartamentos têm banheiros. — Olhei para minha mãe. Ela odiava que as pessoas cuspissem no chão.

— Eles estão vivendo no céu — disse a mulher, sorrindo. — Se abrirem as janelas, os pássaros devem voar direto para dentro.

— Imagino que Dai Wei logo estará na universidade, não é? — perguntou Dongsheng.

— Estou estudando para minhas provas da secundária — respondi, limpando o catarro dele com a sola do meu sapato. Não revelei que tinha largado a escola. Depois da manhã de novembro em que Lulu foi chamada ao palco durante a congregação, nunca mais voltei.

Tínhamos acabado de completar o costumeiro exercício matinal em grupo. O diretor da escola chamou Lulu para o palco diante do campo de futebol. Eu a vi subindo de cabeça baixa. Seu pescoço alvo e delgado me parecia lindíssimo no contraste com o casaco vermelho vivo. Não nos falávamos desde que a polícia nos levou a interrogatório.

O diretor disse a Lulu para remover o chapéu.

— Vejam isso, alunos! Uma estudante de segundo grau usando esmalte e ruge! Que desgraça! — Ele correu o dedo pela bochecha dela e depois tirou os óculos e examinou de perto, procurando por traços de ruge.

Sem encontrar nada, ele então esfregou a boca de Lulu, e desta vez, apesar de sua visão fraca, foi capaz de detectar alguma cor em seus dedos.

— Batom vermelho? É um caso sério de "liberalismo burguês", minha jovem! Como você espera fazer parte das classes revolucionárias depois que sair da escola se passa essas coisas na cara? E veja só essas ondas no seu cabelo. Está tentando se transformar numa cadela de pelo enrolado da América imperialista?

Eu queria que a terra me engolisse. Nunca tinha imaginado que minhas ações colocariam Lulu em tanta confusão. Vendo seus lábios vermelhos, os milhares de estudantes no campo de futebol abriram a boca e soltaram gritos de desdém e desprezo.

Depois de minha primeira viagem a Guangzhou, consegui comprar uma televisão, uma bicicleta nova para meu irmão e um casaco de viscose e um guarda-chuva de nylon para minha mãe.

Depois de minha segunda viagem, voltei a Pequim com vinte fitas pirata de baladas românticas cantadas pela taiwanesa "decadente" Deng Lijun, e fiz mais de dois mil yuans vendendo-as no mercado negro. Também trouxe mais de mil isqueiros decorados com adesivos de mulheres nuas. Cada um me custou cinco fens em Guangzhou e eu pude vendê-los por dez vezes este preço em Pequim. Pedi ao vendedor de quem os comprei que me mandasse mais alguns pelo correio, mas ele foi preso por importar produtos obscenos e condenado a cinco anos de prisão.

Em minha última visita a Guangzhou, comprei vinte cópias da edição de Hong Kong da revista *Playboy* e as mandei pelo correio para Pequim embaladas num longo vestido de algodão. No trem de volta, um homem da Província de Hunan sentado a meu lado foi preso por porte de baralhos pornográficos. Ele tinha escondido as cartas numa caixa de sapatos. Quando dois policiais patrulhando o vagão avistaram a caixa no chão e lhe perguntaram a quem pertencia, ele ficou apavorado demais para falar. Os policiais abriram a caixa e, depois que viram o que havia dentro, algemaram o homem e o arrastaram para fora do trem. Em seu assento, ele deixou para trás uma cópia de *O livro das montanhas e dos mares* — o livro que eu amara tanto quando criança. Eu o coloquei na minha bolsa e comi todo o pacote de sementes de girassol da marca Garoto Travesso que ele também deixara para trás.

Como um prisioneiro numa câmara de execução, você rememora uma vida que pode acabar a qualquer momento.

As células basais do órgão olfativo em minha cavidade nasal começam a se religar intermitentemente com as fibras nervosas adjacentes. Respiro lentamente pelas narinas, e por um instante percebo um leve aroma de casca de laranja.

Ouço com atenção em busca de qualquer som que possa me ajudar a formar uma imagem mais clara de meu ambiente. Quando percebi pela primeira vez que estava num hospital, não podia ouvir nada. Eu me sentia como se tivesse mergulhado até o fundo do oceano. A batida de meu coração era a única coisa que me dizia que meu corpo ainda não tinha acabado de morrer.

Lembro a manhã em que saí de casa para ir à universidade pela primeira vez. Acordei na cama de ferro. Como alcancei um metro e oitenta de uma hora para outra, minha mãe trocou de quarto comigo.

Em apenas seis meses de estudos privados, completei todo o curso de ciências do preparatório, e graças ao tratamento preferencial dado aos estudantes com parentes no exterior, consegui uma vaga na Universidade do Sul da Cidade de Guangzhou para estudar por um diploma de biologia. Eu tinha visitado a universidade em minha última viagem à cidade. Muitos jovens de Hong Kong e Macau estudavam lá, e os requisitos acadêmicos não eram tão altos.

Minha mãe me deu um pastel frito e disse:

— Você deve estudar muito. Não faz sentido ir à universidade se você não tira um diploma no final.

Continuei deitado, mastigando o pastel.

— Eu já tenho quase 17 anos, mãe. Meu pai dizia que queria que eu lesse seu diário quando saísse da escola. Deixe-me vê-lo.

A expressão de minha mãe endureceu.

— Dai Wei, embora seu pai tenha sido reabilitado, sua visão de mundo continuou distorcida. O Partido aprendeu uma lição quanto ao jeito com que tratou gente como ele e não vai repetir os mesmos erros. Você deve se lembrar disso quando ler o diário, e não julgar as coisas de modo negativo demais. Eu queria queimá-lo, mas seu pai pediu em seu leito de morte que você lesse o diário um dia. Se eu realmente lhe der o diário, você deve prometer que não vai mostrá-lo a mais ninguém.

— Os tempos mudaram, mãe. Não há mais estigma por ser filho de um direitista ou capitalista. Agora que Deng Xiaoping está liberalizando a economia, pessoas como você, que vêm de um passado abastado, são mais respeitadas.

Infelizmente para minha mãe, sua família não tinha ligações com o exterior. Ela tinha um irmão mais velho e uma irmã mais nova. Eram meu tio e minha tia, mas fazia décadas que minha mãe não falava com eles, muito embora sua irmã vivesse em Pequim. A esposa do tio de minha mãe viajou desde Tianjin para nos visitar quando eu tinha 11 ou 12 anos. Ela trouxe amendoins, colocou-os sobre nossa mesa e falou sobre sua vida. Foi aí que descobri que o tio de minha mãe tinha sido um general do Kuomintang antes da Libertação. Quando os camponeses comunistas o arrastaram para o alto de um morro e estavam prestes a executá-lo, a esposa foi resgatá-lo. Ela gritou que, assim que a próxima campanha política acontecesse, só lhes restaria escolher outro inimigo da classe entre um de seus próprios familiares. Os camponeses decidiram deixar meu tio-avô partir para que pudessem usá-lo como bode expiatório em campanhas futuras. Durante o movimento de reforma agrária alguns anos mais tarde, ele foi novamente apontado como foco de ódio, salvando muitas vidas na vila. Depois que todos os donos de terras e camponeses ricos das dez vilas vizinhas foram executados, ele era emprestado a elas para ocupar o papel do inimigo também em suas campanhas.

— Dai Wei, quando você for à universidade, deve se concentrar em sua educação política. Você tem que fazer de tudo para conseguir filiação ao Partido.

Não me dei ao trabalho de discutir com ela. Eu não estava particularmente interessado no passado de meu pai. O país era diferente agora. Os contatos estrangeiros de meu pai podem ter arruinado a vida dele, mas salvaram a minha. Graças a ele, eu estava agora prestes a entrar na universidade.

Dai Ru me disse adeus e saiu para a escola. Estava com 15 anos, e com a mesma altura que eu tinha quando fui detido pela polícia.

Sua carne e espírito ainda estão vivos, enterrados no caixão da sua pele.

A Universidade do Sul ficava na fronteira da Cidade de Guangzhou. O campus era dez vezes maior do que minha escola secundária. Mosquitos dançavam através das densas folhas e galhos espraiados de árvores centenárias.

Nossos dormitórios ficavam em dois velhos blocos de hospitais que pertenceram à antiga Academia Militar de Medicina. Os blocos paralelos de dois andares eram ligados no primeiro andar por uma alameda aberta, que provavelmente foi construída para que os pacientes fossem facilmente levados sobre rodas de uma ala à outra. Esta passagem era o único lugar no campus onde era possível gozar de uma brisa fresca. Em todos os outros lugares — nos dormitórios, salas de aula, cantinas e quadras de basquete — o ar era quente e úmido.

Comecei a transpirar em abril, e durante os seis meses seguintes continuei lavado em suor da cabeça aos pés. O calor dissipava minha energia. Compreendi por que as pessoas do sul eram tão pequenas e magras. Todos os estudantes sofriam com o calor, sorvendo o ar como peixes dourados, mas estudantes do norte, como eu, sofriam mais. Durante as aulas, os professores tinham ainda mais suor na testa do que nós. Nas refeições, nosso suor pingava nos pratos, e o engolíamos com a sopa e o arroz.

No crepúsculo, algumas alunas apareciam limpas e secas de seus dormitórios, acabando de sair do banho, com os cabelos negros penteados. Elas não jogavam basquete, não corriam para a biblioteca e nem liam livros sob os postes de luz como os garotos. Em vez disso, elas andavam vagarosamente de um lado para o outro na alameda aberta, caminhando em pares, segurando um lenço ou um leque nas mãos. A visão das meninas passeando era tão refrescante quanto um sopro de ar fresco.

Eu me sentia como um peixe dentro d'água. Gradualmente me acostumei a viver num mar de transpiração. Como qualquer outro animal, tive que me adaptar a meu novo ambiente. Meus poros se ampliaram para liberar mais umidade. Meus pés, que antes sempre estavam limpos e secos, agora viviam constantemente mergulhados num suor fedorento.

O bloco de ciências ficava num ponto sem vento no pé de um morro inclinado. À tarde, as janelas e paredes caiadas eram torradas pelo sol. Ficávamos sonolentos quando o ventilador de teto circulava o ar quente pela sala. Passei meu primeiro período assando naquela fornalha sulista, estudando a teoria darwinista da evolução das espécies.

Comecei a ler *O livro das montanhas e dos mares* mais uma vez. Quando criança, eu amava esta pesquisa da China antiga devido a suas mágicas descrições de deuses e monstros. Mas agora eu recomeçava a ler o livro pelos interessantes dados científicos que fornecia. Há mais de dois mil anos, o autor anônimo deste livro se lançou na exploração das paisagens e mitos da China. Ele viajou para os quatro pontos cardeais do Império e ao desconhecido além, e relatou o que viu. Embora estudiosos modernos acreditem que o livro é uma obra da imaginação, eu estava convencido de que era baseado numa experiência real. Decidi que, depois de minha graduação, seguiria os passos do autor desconhecido e compararia as plantas e animais que encontrasse com as descrições do texto. Eu queria identificar as estranhas espécies que ele listava e investigar sua evolução. Assim, *O livro das montanhas e dos mares* se tornou meu livro favorito.

Foi só na universidade que me ocorreu que eu poderia fazer um nome como cientista, e não ser mais destratado como mero filho de um direitista morto. No fim das contas, a perseguição de meu pai e minha prisão aos 15 anos ajudaram a aumentar meu prestígio entre meus colegas de classe, que também ficavam impressionados por eu ter comercializado revistas pornográficas no mercado negro. Pela primeira vez na vida, eu tinha um sentido de valor próprio.

Nós éramos uma geração de mentes vazias. Tínhamos sede de conhecimento. Agora que a China abria as portas para o Ocidente, devorávamos cada fragmento de informação que soprava para dentro. A China emergiu da catástrofe da Revolução Cultural, e nós estávamos ansiosos por reconstruir nosso país. Éramos inflamados por um sentido de missão.

Em meu primeiro período na universidade, a febre por Hemingway logo foi sobrepujada por uma mania de Van Gogh, inflamada pela recente publicação de sua biografia ficcional, *Sede de viver*. A loucura e a individualidade criativa de Van Gogh nos deram nossa primeira grande lição na vida, isto é: acredite em si mesmo. Todos copiávamos citações do livro e passávamos adiante.

Durante uma aula de dissecação no começo do segundo período, conheci uma estudante de medicina de Hong Kong chamada A-Mei.

Seu rosto era liso e praticamente desprovido de expressão, embora às vezes ela parecesse sorrir secretamente para si mesma. Seus olhos eram cristalinos como vidro e plácidos como a água de um poço. Ela era muito diferente de Lulu.

Sua mãe era uma cantora folclórica profissional, e quando eu disse que minha mãe também era cantora, formamos uma amizade. Ela nasceu no Condado de Zhongshan na Província de Guangdong. Sua família emigrou para Hong Kong quando ela tinha um ano.

Um dia, trombei com A-Mei na biblioteca. Ela usava um vestido branco, e seu limpíssimo cabelo negro estava preso num perfeito coque. Ela sabia que se quiséssemos ler um livro recém-publicado, tínhamos que dar entrada num cartão de reserva e esperar por meses a fio. Então ela me disse:

— *Sede de viver* não está vendendo bem em Hong Kong. Eu posso conseguir uma cópia facilmente. Na próxima vez em que eu estiver lá, compro uma para você.

Depois disso, ela sempre me trazia livros difíceis de conseguir na China continental.

Embora suas células e nervos já não interajam apropriadamente, o mecanismo de transmissão dos sinais ainda funciona, permitindo que vestígios físicos de eventos passados reapareçam em sua mente.

— Vá se foder! É lógico que eu sei quem é Freud! Faz séculos que li a respeito dele!

Wang Fei estava sentado no beliche acima de mim, com as pernas pendendo da beirada. A pele pálida de suas canelas era coberta por pelos finos e negros. Os dedos, projetados como ganchos de carne da ponta de seus pés, se contraíam sempre que ele falava. Ele nasceu no Condado de Wanxian na Província de Sichuan. Havia um boato de que ele vinha de uma família de camponeses, mas ele alegava que tinha um certificado de residência urbana, e que seus pais possuíam uma TV em cores. Ele falava com um pesado sotaque de Sichuan, e sempre que ficava empolgado com alguma coisa voltava a falar em seu dialeto local. Como eu, ele sentia uma grande raiva das injustiças da Revolução Cultural e gostava de especular sobre a verdadeira história dos conflitos de Lin Biao com a esposa de Mao, Jiang Qing.

— Então diga em que país nasceu Freud! — retrucou Mou Sen, duvidoso. Ele correu os olhos pelo índice do livro em suas mãos e leu em voz alta: — O chapéu é um símbolo dos genitais masculinos... Ser atropelado é um símbolo da relação sexual... O órgão masculino é simbolizado por pessoas e o feminino por paisagens...

Foi neste dia que ouvi falar de Freud pela primeira vez, do livro *A interpretação dos sonhos* e dos termos "repressão sexual" e "mente inconsciente".

— Parece interessante! Deixe-me dar uma olhada! — Wang Fei saltou de seu beliche e apoiou o pé na minha cama.

Se Mou Sen queria ler alguma coisa, isso significava que era bom. Ele tinha a maior coleção de livros de nosso andar do bloco de dormitórios. Eles ficavam arrumados em duas fileiras na parede junto à cama dele. Quando adquiria livros novos e não conseguia espaço para guardá-los junto à parede, Mou Sen os arrumava sob o travesseiro ou sob a colcha dobrada a seus pés. Nunca o vi sem um livro na mão. Seu pai fora escritor, e, como o meu, foi denunciado como direitista e confinado num campo de trabalhos forçados por vinte anos. Depois de ser libertado, o pai forçou Mou Sen a se formar em ciências, argumentando que a literatura era um assunto perigoso, mas isso não desencorajou o voraz apetite de Mou Sen por romances e poesia. O tataravô de Mou Sen fora um grande erudito durante a dinastia Qing e recebeu a honra de pendurar uma bandeira estampada com o selo do imperador do lado de fora de sua casa.

Mou Sen me passou *O vermelho e o negro*, *O velho e o mar* e *Cem anos de solidão*, e, embora eu não tivesse um conhecimento profundo de literatura, gostei muito deles.

Sun Chunlin estava de pé no meio do dormitório. Sua camisa estava abotoada até o colarinho, que era apertado demais. Ele pegou uma garrafa térmica e colocou um pouco de água em sua xícara de chá verde. Enquanto ele tomava um grande gole de chá, o suor escorria por sua nuca. Ele era certinho demais para tirar a camisa. Mas eu não tinha inibições. Assim que voltava para nosso dormitório depois das aulas, eu tirava toda a roupa, menos a cueca ou me dirigia ao chuveiro completamente pelado. Se uma garota entrava para falar com alguém, eu enrolava uma toalha em torno da cintura.

Era julho, e a temperatura subiu a quarenta graus. Eu não tinha apetite para almoçar, então apenas me estiquei sobre a esteira de palha de minha cama. Tínhamos terminado nossas provas e a pressão diminuíra um pouco. Em geral, era possível ouvir estudantes no prédio tocando fitas cassete de aulas de inglês ou recitando a matéria nos chuveiros ou no banheiro. Mas neste dia estávamos todos jogados em nossas camas, arfando no calor sufocante como bolinhos cozinhando no vapor. Assim, quando Sun Chunlin entrou no dormitório gritando, "Eu tenho um livro aqui de Sigmund Freud sobre sexualidade e o inconsciente!", todos tivemos um ligeiro sobressalto.

Mou Sen encontrou outra passagem no livro que atraiu seu interesse:

— Ele está dizendo que, sob nossa consciência, existe um nível inconsciente de desejos e memórias que são reprimidos pela mente consciente. Sem esta repressão, nossos cérebros não poderiam funcionar...

— Eu tenho um desejo inconsciente de quebrar a cara do presidente do grêmio de recreação e esportes — disse Wang Fei. — Aquele babaca imbecil! Ele só entrou no Partido porque quer um bom emprego depois que se formar. Ele nem leu o *Manifesto comunista*! — Wang Fei cuspia tanta saliva quando falava que nossos olhos eram sempre atraídos para sua boca e queixo. Eu fazia questão de nunca partilhar uma refeição com ele.

— Wang Fei, você acendeu e apagou a luz umas cem vezes na última noite — disse Sun Chunlin. — Você só parou quando a lâmpada queimou. Qual motivo inconsciente você acha que está por trás disso?

Tang Guoxian estava no beliche ao lado do meu. Ele deu um murro na parede e gritou para Wang Fei:

— Você queria meter o dedo numa garota, e não no interruptor! Haha! — Ele era alto, bem-humorado e espalhafatoso, e sempre gostava de bater em alguma coisa quando dava uma risada. Se não saíssemos do caminho a tempo, suas mãos enormes acabavam dando em nossa cara.

— Eu definitivamente não tenho um inconsciente — disse Wu Bin de seu beliche. Ele tinha uma cabeça raspada, olhos zombeteiros e um fino bigode preto. Estava sempre tagarelando sobre a SS de Hitler, sobre agentes duplos soviéticos ou Sherlock Holmes. Era frequente que ele sumisse por alguns dias. Um boato se espalhou de que ele era um espião plantado pela polícia local. Sempre que ele estava por perto, todo mundo tomava cuidado com o que dizia.

— Se você não tem um inconsciente, de onde acha que vem toda a sua ambição? — respondeu Wang Fei. — Você não disse que queria ser um grande detetive um dia? A ambição é alimentada por desejos inconscientes. — Wang Fei sempre falava o que pensava, e às vezes terminava ofendendo as pessoas. No mês anterior, levara uma surra de alguns alunos de educação política do lado de fora da cantina.

— Leia outra passagem para nós, Mou Sen — disse Sun Chunlin. Seu beliche era o mais próximo da porta, e por isso ele era a primeira pessoa a desfrutar de uma brisa quando ela entrava.

Wang Fei circulou pela sala vagarosamente, e depois se inclinou e arrancou o livro das mãos de Mou Sen. Sun Chunlin correu para perto, gritou, "Não estrague!", pegou o livro de volta e começou a ler outra passagem:

— Se o inconsciente, como um elemento dos pensamentos de vigília do indivíduo, deve ser representado num sonho, ele pode ser substituído muito apropriadamente por regiões subterrâneas. Estas, quando ocorrem sem qualquer referência ao tratamento analítico, simbolizam o corpo feminino ou o útero. "Abaixo" em sonhos geralmente se relaciona aos genitais, "acima", ao contrário, ao rosto, boca ou seio... — Quando ele chegou ao fim da página, disse: — A livraria de Guangzhou recebeu só cem cópias deste livro. Venderam todos em uma hora.

— Os sonhos não são mais que uma série caótica de impulsos nervosos. Eu nunca tenho sonhos — disse Wu Bin, esfregando seus olhos triangulares. Na semana anterior, depois que sua bolsa de estudos saiu, ele nos evitou por dias, temendo que o obrigássemos a nos convidar para comer.

— Uma vez eu sonhei com o cadáver de um homem. Havia musgo verde crescendo da pele. — Mou Sen alisou os cabelos para trás. Ele era o único estudante de ciências cujo cabelo era tão longo que lhe caía nos olhos.

— Isto significa que você tem um desejo inconsciente de matar seu pai! Haha! — Tang Guoxian socou a estrutura de madeira de seu beliche e soltou uma gargalhada. A temperatura na sala pareceu subir novamente.

— Freud era um gênio! — disse Sun Chunlin, tomando mais um gole de chá.

— Cuidado para não serem acusados de poluição espiritual — disse Wu Bin, pegando uma garrafa de limonada que alguém deixara sobre a mesa. — Se as autoridades da universidade me chamarem e perguntarem sobre esta conversa, vou dizer que não ouvi coisa alguma.

Wu Bin era extremamente egoísta. Se ele queria alguma coisa, não importando se fosse o pente, a pomada de menta ou os sapatos novos de alguém, ele simplesmente se servia sem se dar ao trabalho de murmurar uma palavra de agradecimento. A única vez em que ele demonstrou generosidade foi quando roubou um frango que pertencia à Sra. Qian, que trabalhava na cantina da universidade. Ele o cozinhou no pequeno fogareiro elétrico do corredor e dividiu com todo mundo no nosso dormitório. Ele matou o frango depois que o reitor da universidade exigiu uma limpeza nos campus, reclamando que as aves e os cães pertencentes ao pessoal da universidade estavam emporcalhando os passadiços e gramados. A Sra. Qian não ficou sabendo que os funcionários não tinham mais permissão para criar animais no campus.

Alguns minutos depois que Wu Bin entrou no nosso dormitório com o frango morto, a Sra. Qian apareceu em nossa porta. Ela viu um aluno fatiando gengibre e adivinhou que estávamos planejando fazer um cozido de seu adorado bicho de estimação. Neste momento, Wu Bin já tinha levado o frango para os banheiros masculinos e o escondido no tanque d'água. Presumindo que seu animal ainda estava vivo, a Sra. Qian assoviou e estalou a língua, tentando atrair o bicho de seu esconderijo. Depois de meia hora, ainda não havia sinal do frango, e ela relutantemente desistiu e foi embora.

— Está vendo, você realmente tem um inconsciente afinal, Wu Bin! — disse Wang Fei. — Você tem medo de não ganhar filiação ao Partido se tiver problemas com as autoridades da universidade! Escute uma coisa, o Partido Comunista é um cadáver podre. Não se engane pela máscara de reforma que jogaram sobre ele. Embaixo, ele ainda é o mesmo.

— O livro não me pertence — disse Sun Chunlin, devolvendo-o a Mou Sen. — Vou ter que entregar amanhã. Se todos nos espremermos na sua cama, poderemos ler juntos! — Sun Chunlin vinha de uma história privilegiada. Ele era um dos poucos estudantes que tinham uma bicicleta. Seu tio era chefe do Departamento Municipal de Comunicações. Ele sempre tinha dinheiro. O relógio digital importado em seu pulso brilhava quando ele passava.

Corri para a cama de Mou Sen e me espremi ao lado de Wang Fei. No mês anterior, tive que esperar até as duas e meia da manhã pela minha vez de ler *A segunda onda*. Terminei o livro em duas horas, e depois acordei Mou Sen e passei para ele. Mas o livro de Freud era muito mais grosso, e aparentemente levaria a noite toda para ser lido, então todo mundo estava desesperado para pôr as mãos nele primeiro.

— Peça à sua namorada de Hong Kong para arrumar uma cópia para você! — gritou Wang Fei, tentando me empurrar para fora da cama.

— Cale a boca! Você nunca lê livros, mas é só ouvir as palavras "clímax sexual" que de repente fica interessado. — Olhei para o corte de cabelo que tinha acabado de fazer nele. Depois de anos cortando o cabelo de meu irmão, fiquei bastante eficiente no trabalho.

— Por que você não volta para *O livro das montanhas e dos mares* e planeja sua expedição? — disse Tang Guoxian, e depois soltou uma gargalhada. Ele era campeão de maratonas. Embora fosse mais alto que ele, eu era bem mais fraco. Ele estava sempre fazendo ridículo de minha ambição de ser um explorador.

No fim, Wang Fei e Sun Chunlin perderam interesse, então eu li o livro com Mou Sen. Ele planejara ir a uma exibição privada de *Casablanca* no campus da Universidade de Guangzhou, mas logo mudou de ideia quando viu o livro. Ele insistiu que lêssemos em meu beliche, dizendo que achava meu travesseiro mais confortável que o dele, e que era capaz de pensar com mais clareza quando deitava a cabeça ali, e portanto eu não tive escolha a não ser deixar que ele se espremesse a meu lado. Começamos o primeiro capítulo. Sempre que ele parava para tomar notas, eu lia até o fim da página e depois fechava os olhos e esperava que ele terminasse.

Depois que a polícia me forçou a escrever a confissão, desenvolvi uma aversão à escrita. Eu raramente escrevia um diário. A única vez em que escrevi alguma coisa depois daquilo foi quando copiei as anotações de aulas de Mou Sen.

Escurecia lá fora. Depois de uma hora com as cabeças coladas uma contra a outra, nossas orelhas começaram a doer. Decidimos nos revezar lendo o livro em voz alta um para o outro. Para poupar tempo, acendíamos um só cigarro e o partilhávamos. Continuamos até as cinco da manhã. Todos os outros dormiam pesadamente sob seus mosquiteiros. Quando já não conseguíamos ficar acordados, caímos no sono com as cabeças repousando na *Interpretação dos sonhos*.

Sonhei que, quando estava prestes a me afogar num rio, descobri que podia voar. Bati meus braços e subi ao céu, gritando no máximo volume de minha voz.

— Cale a boca! — reclamou Mou Sen. — Eu estava no meio de um ótimo sonho.

— Pare de se enganar, você nunca vai escrever um romance — retruquei. Ele estava sempre falando sobre seus sonhos, e os anotava assim que acordava. Ele dizia que os sonhos eram o lugar de onde os escritores tiravam sua inspiração.

Eu gostei das ideias de Freud, especialmente de suas teorias sobre a repressão das memórias pela mente consciente.

Seu corpo continua a funcionar, dirigido por instintos próprios. Ele não precisa de sua assistência. Como Freud dizia, "O objetivo de toda a vida é a morte".

Depois de ler Freud, compreendi por que eu odiava tanto meu pai. Inconscientemente, eu o via como meu inimigo e opressor. Enquanto ele esteve vivo, fui incapaz de erguer a cabeça.

Também compreendi por que minha mãe continuou casada com meu pai, apesar de toda a desgraça que ele lhe causou. Quando jovem, ela rompeu com sua família "burguesa". Quando seu pai se atirou do topo de um prédio alto depois que os comunistas se apropriaram de sua fábrica, ela nem mesmo foi identificar o corpo. Para provar sua lealdade ao Partido, ela abandonou a mãe e os irmãos. Mas quando meu pai teve problemas, ela não pôde se separar dele. Ela sabia que, se o perdesse, não teria mais ninguém.

Por volta da época em que conheci A-Mei, peguei um jornal literário na biblioteca e li uma tradução de trechos do romance de Kafka O *castelo*. Mou Sen me dissera que uma pessoa que não tinha lido Kafka jamais compreenderia os princípios subjacentes à biologia.

Quando terminei de ler os trechos, lembrei-me de meu pai mais uma vez. O protagonista é um agrimensor que é convocado a um castelo para conduzir uma medição de terras. Mas, quando ele chega à vila governada pelo castelo, descobre que não é necessário e nem compreendido. Alguns habitantes até suspeitam que ele seja um impostor. O agrimensor luta para ganhar reconhecimento de sua posição, mas é repetidamente frustrado por uma burocracia ilógica. Ele vai morar com uma atendente de bar de que não gosta, na esperança de que o relacionamento dela com um importante oficial o ajude a conseguir acesso ao castelo. Em sua luta para resistir a seu destino, ele é forçado a se tornar ardiloso e baixo, mas por dentro seu espírito frustrado sofre.

Meu pai foi condenado como direitista. Como o protagonista de Kafka, ele não teve qualquer controle sobre seu destino ou posição. Minha mãe era sua esposa por lei. A família que ela deu a meu pai lhe permitiu ao menos a sensação de que ele existia na sociedade. Mas não havia amor entre os dois. Seis anos depois que meu pai retornou dos Estados Unidos para a China Comunista, ele já não era um violinista profissional. Perdera sua identidade. Meu pai sabia que, a qualquer momento, poderia ser executado por dizer algo que desagradasse o Partido ou por levar no bolso um objeto que eles desaprovassem. Ele era tão vulnerável quanto um coelho num laboratório. Covardia e gagueira se tornaram suas únicas habilidades na vida. Mesmo tendo pena dele, eu e minha mãe o víamos como um estranho. Nunca sabíamos realmente o que lhe passava pela cabeça. Mas eu jamais esquecerei o olhar de terror que assombrava seu rosto com tanta frequência.

De repente, passei a querer saber tudo que podia sobre meu pai.

Saquei o diário dele de um bolso de minha mala. Era um caderno de aparência comum. Quando o folheei no dia em que minha mãe me entregou, tive vontade de atirá-lo no lixo. Odiei a forma como meu pai arrematava suas anotações sobre a vida no campo com observações lisonjeiras sobre o Partido. Mesmo escrevendo seus pensamentos, ele vivia em constante terror do que poderia acontecer se fosse descoberto. Esta me parecera uma forma muito desajeitada de viver.

Mas agora eu começava a ler o diário com mais atenção. No último terço, que foi escrito no hospital, descobri, para minha surpresa, que ele encontrou fé em Deus secretamente. Agora eu compreendia por que ele dissera que se arrependia muito de não ter visitado uma igreja ou lido a Bíblia enquanto estava nos Estados Unidos, e por que ele pedira para ter suas cinzas enterradas num cemitério de uma igreja americana depois da morte, enfiando o endereço em minha mão.

Meu pai escreveu que sentia que o espírito de Deus o protegia. Ele acreditava que o sofrimento que suportou nos campos foi um teste de fé. Na última página do diário, ele escreveu: "Pai Todo-Poderoso, passei tempo demais no Inferno. Resgata-me agora e me leva ao Paraíso."

Meu pai foi tratado como um animal nos campos de trabalhos forçados. O único momento em que ele pôde comer carne foi no dia em que Nixon chegou à China em 1972. Para não ser acusado de maus-tratos aos prisioneiros políticos, o governo ordenou que todos os campos de trabalhos forçados dessem aos prisioneiros bolinhos recheados com carne de porco para o almoço. Alguns anos depois, as condições melhoraram um pouco. Os prisioneiros recebiam tiras de jornal para limpar os traseiros, e por isso podiam ao menos ler fragmentos de notícias do mundo exterior.

Meu pai retornou à terra natal após a Libertação por patriotismo. Ele queria construir uma nova China e não fazia ideia de que, dentro de alguns anos, seria reduzido à total subserviência. Quando finalmente foi libertado do sistema de reforma-pelo-trabalho, ele tentou encontrar um lugar para si na sociedade, mas descobriu que era um pária, sem nenhuma unidade de trabalho ou talento apresentável. Ele gastou todas as energias que lhe restavam lutando para recuperar sua permissão de residência urbana. Tudo que ele queria era ser um cidadão comum como qualquer outro.

Eu me perguntava onde esteve esse Deus quando meu pai precisou dele, e que direito Ele tinha de testar a fé de meu pai daquela maneira.

Enquanto eu lia o diário, via paralelos com as passagens de *O castelo*. Em ambos os textos, os espíritos das pessoas excluídas e oprimidas por um sistema louco e irracional tornaram-se distorcidos e desfigurados. Embora eu não dissesse uma palavra a ninguém, algo em mim se transformava. Eu estava determinado a evitar o destino de meu pai, para dizer o mínimo.

Meu pai começou seu diário em 1979, quando se encontrava no campo da Província de Shandong. Mao Tsé-Tung já estava morto. Eu duvidava que meu pai teria coragem de escrever um diário durante a vida do Presidente. Às vezes as anotações eram apenas uma frase, como: "Começo de novembro. Neve pesada. Chen Cun foi transferido para outro campo." Ou: "Descobrimos que é possível fazer mingau de sementes de capim silvestre. Mas não se pode comer enquanto ainda está quente, ou o estômago estoura. Foi assim que Wang Yang morreu."

Depois de sua libertação, ele se tornou mais corajoso e começou a escrever sobre suas experiências em maiores detalhes. Uma passagem dizia: "Durante a sessão de 'expressão de opiniões' na companhia de ópera daquele dia, alguém mencionou a foto em que apareci trocando um aperto de mão com o maestro americano convidado, depois da performance da *Sinfonia heroica* de Beethoven por nossa orquestra no Salão de Música de Pequim. Ele disse que eu humilhei o povo chinês ao tentar me insinuar para as forças imperialistas americanas. Eu expliquei que, em países estrangeiros, é costume que o principal violinista troque um aperto de mão com o maestro após um concerto, e, além do mais, foi o maestro americano quem se ofereceu para apertar minha mão, e não o contrário. A foto esteve pendurada na principal sala de reuniões por três anos, como um exemplo de uma troca cultural de sucesso entre a China e o Ocidente. Todos na companhia a conheciam. O secretário do Partido na companhia me acusou de erguer o olhar para o maestro como um cão servil. Expliquei que o maestro estava de pé numa bancada, e então não tive escolha a não ser olhar para cima..." Se alguém fizesse uma pesquisa pelos jornais de 1954, tenho certeza de que encontraria uma impressão da fotografia que mudou a vida de meu pai.

No passado, o que mais me irritava em meu pai era a forma como ele comia. Ele não deixava um grão de arroz lhe escapar à atenção. Se um fiapo de comida caísse na mesa, ele o pegava imediatamente e jogava dentro da boca. Depois de cada refeição, guardava ossos descartados e cascas de frutas discretamente em sua marmita. Algumas horas depois, ele levava a marmita para um canto do quarto e silenciosamente mastigava o conteúdo. Minha mãe tentava descobrir suas reservas secretas mas nunca conseguia achar todas, e então sempre havia um cheiro de mofo e coisas podres no apartamento. Mas depois que eu li a seguinte passagem do diário, perdoei seu comportamento excêntrico: "(...) Havia alguns restos secos de batata-doce e polpa de abóbora do lado de fora do chiqueiro hoje. Assim que vimos aquilo, saltamos sobre os restos e enfiamos tanto quanto pudemos em nossas bocas. O guarda em serviço era um jovem, mais gentil que a maioria. Ao menos ele não nos espancava. Ele só torceu o nariz e disse, 'Que nojo! E vocês se dizem intelectuais...'"

Eu sabia que não podia contar à minha mãe o que li. Se ela soubesse que seu marido foi reduzido a viver como um cão, saberia quão ridículos eram seus esforços para entrar no Partido.

Uma página do diário de meu pai era dedicada a um colega direitista chamado Zhang Bo. "(...) Quando me recusei a espancar meu amigo Zhang Bo, os oficiais algemaram minhas mãos às costas. Eles não tiraram as algemas por um mês. Na hora das refeições, eu tinha que lamber meu mingau de arroz de uma folha de jornal, como um cão. Eu não podia me deitar para dormir. Sequer podia limpar as fezes do meu traseiro. Mas eu não era um guarda de segurança, como podiam me pedir que atacasse meu próprio amigo? (...) Todos sabiam que Zhang Bo era míope. Quando ele escreveu 'Mao Tsé-Tung' em sua caixa de fósforos, não poderia ter visto as palavras 'Abaixo Liu Shaoqi' impressas embaixo. Ele estava distraído naquele momento. Foi só um rabisco inocente. Os líderes do campo o acusaram de transmitir ao povo chinês a mensagem 'Abaixo Mao Tsé-Tung'. Que ridículo! (...) Mesmo que tivesse sido deliberado, era um erro menor. Ele certamente não merecia ser executado por isso."

Meu pai listou os objetos que Zhang Bo deixou para trás: "Um par de sapatos de couro; um cachecol de lã xadrez; um descascador de frutas sem cabo. Seu parente mais próximo se chama Cai Li. Endereço: Escritório de Assuntos Culturais, Distrito Hongqiao, Xangai."

Meu pai sofreu muito por se recusar a espancar aquele homem. Ele foi obviamente menos covarde do que eu imaginava.

Também não ousei mencionar o diário de meu pai para A-Mei. A única pessoa com quem falei foi Mou Sen. Ele disse que o sofrimento que nossos pais suportaram faria com que nossa geração questionasse o sistema autocrático sob o qual vivíamos.

Um impulso se espalha por seu coração embotado, subindo pelas fibras nervosas do tronco cerebral até o núcleo central do tálamo. A-Mei flui por sua mente como um belo e vagaroso lamento.

A-Mei e eu subimos num trem para a Província de Guangxi. Era a primeira vez que pegávamos um trem juntos, e a primeira vez que eu viajava com uma garota.

A Universidade do Sul entrou em recesso de verão, e decidi ir até a província vizinha de Guangxi para visitar a fazenda-modelo para chineses de além-mar para onde meu pai foi enviado em 1963. Quando a Guerra do Vietnã estourou em 1965, a área estava na linha direta de ataque. As autoridades tinham medo de que os direitistas encarcerados na fazenda tirassem vantagem do caos para escapar pela fronteira, e então os transferiram para a província nativa de meu pai, Shandong.

A-Mei queria visitar sua tia na vizinha Liuzhou, e eu esperava fazer uma breve viagem a Guilin para visitar o Diretor Liu, que foi tão bom com meu pai, e sua filha Liu Ping. Em minha imaginação, Liu Ping assumiu as feições de um anjo, com os cabelos em coques, as orelhas pequenas e delicadas e os braços abertos como asas. Além disso, Guilin, com seus picos verdejantes e rios sinuosos, era um famoso ponto turístico, e eu imaginava que A-Mei gostaria da viagem.

A-Mei e eu não éramos oficialmente um casal, mas eu a levei para jantar no pequeno restaurante do lado de fora dos portões do campus. Pedi patas de porco assadas em molho de amendoim, uma especialidade local que eu ainda não havia experimentado. Era delicioso. Também a levei para nadar no centro esportivo de Guangzhou e segurei sua mão quando cruzamos a avenida.

Depois de sua primeira viagem de volta a Hong Kong, ela me trouxe um pacote de cigarros Marlboro. A-Mei disse que todo mundo estava comprando os cigarros nas lojas isentas de impostos e ela não quis perder uma pechincha. Mas eu sabia que ela só estava tentando me ajudar a fazer algum dinheiro, porque era possível vender aqueles cigarros do lado de fora da estação de trem de Guangzhou por 15 yuans o pacote, o suficiente para me pagar o almoço por uma semana.

Desde então, sempre que ia a Hong Kong, A-Mei me trazia alguns pacotes. Depois de sua terceira viagem, ela me deu uma fita cassete com o *Concerto para violino* de Beethoven conduzido pelo maestro Karajan. Infelizmente eu não tinha um toca-fitas. Tantas pessoas pediram a fita emprestada que ela arrebentou depois de uma semana.

Creio que estávamos no que chamam de "primeiros estágios da corte".

O vagão do trem estava lotado. Nos sentamos num banco de madeira, espremidos contra a porta de metal. Em cada estação, éramos golpeados pelas malas dos passageiros que se acotovelavam para entrar. Quando os homens sentados na nossa frente arrancaram coxinhas de suas galinhas fritas e abriram garrafas de cerveja com os dentes, gordura e álcool respingaram sobre as sandálias de A-Mei. Ela escondeu os pés sob o banco e virou o rosto para a janela. Depois de uma longa noite em claro, finalmente chegamos à Cidade de Liuzhou.

Assim que desembarcamos, decidimos partir para o Monte do Pico do Peixe. A distância, o monte era mais parecido com um pênis do que com um peixe.

Tirei uma foto de A-Mei com sua câmera Instamatic. Através do visor, consegui olhar diretamente em seus olhos. Eu me movi a seu redor, tentando encontrar a melhor foto, mas ela parecia bela de todos os ângulos. Quando deixei a câmera imóvel, ela me devolveu o olhar através da lente, erguendo as sobrancelhas para ampliar seus olhos.

Na metade do caminho morro acima, chegamos a uma caverna. Uma brisa fresca nos atingiu quando paramos na entrada. A-Mei me disse que o morro tinha sete cavernas interligadas, como os sete orifícios da cabeça humana, e, segundo a crença local, quem conseguisse passar através de todas elas atingiria a iluminação espiritual. Contudo, era uma tarefa muito difícil. Alguns buracos eram tão estreitos que apenas as crianças pequenas podiam atravessá-los.

— Vamos entrar — eu disse. — Adoro entrar em cavernas. O que você acha que é esta, o nariz ou o ouvido? Sorte que eu trouxe minha lanterna. — Abri o botão do alto da camisa. No trem, eu abrira todos os botões, para desgosto de A-Mei. Ela era uma moça muito recatada e bem-educada.

— Não... Eu tenho medo de cavernas — respondeu ela. — Vamos apenas seguir a trilha até o topo do monte. Dizem que quem chegar ao topo viverá anos de prosperidade.

— Por que vocês de Hong Kong são tão obcecados com dinheiro e prosperidade? Vocês são materialistas. — Sempre que eu acusava o povo de Hong Kong de ser aculturado, A-Mei não conseguia dizer nada, pois ela mesma tinha comentado comigo que as pessoas de Hong Kong nunca liam livros.

Um grupo de turistas parou logo ao lado para desfrutar da brisa fresca que soprava da caverna. Pedi que um deles tirasse uma foto minha com A-Mei. Felizmente, A-Mei não protestou. Depois que a foto foi tirada, continuamos a subir o morro.

Mais tarde, quando descíamos o morro à tardinha, pus os braços em torno dela e a beijei. Ela acabara de parar para beber água de sua garrafa, e eu me aproximei e pedi um gole.

No pé do monte, nos abraçamos novamente, mas não nos beijamos. Ela me fitou com um sorriso ligeiramente nervoso e disse:

— Quem é você? — Depois ela parou de falar em seu mandarim hesitante e murmurou algumas frases em cantonês.

— Não entendi uma palavra — comentei.

— Não era para entender mesmo — ela respondeu lentamente.

— Eu gosto de você — falei, e depois ela baixou a cabeça e fitou os próprios pés.

Coloquei meus braços em torno de seus ombros e A-Mei se entregou ao meu abraço. Começamos a caminhar novamente, bem devagar. Um grande lago se estendia diante de nós. O reflexo do pico do monte às nossas costas mergulhava de cabeça nas águas de tom verde profundo. Eu queria mergulhar minhas mãos e língua em cada cavidade do corpo dela. A única garota que toquei desde Lulu foi uma menina na festa de aniversário de um amigo. Dancei de rosto colado com ela e passei a mão por suas costas quando as luzes se apagaram.

Não havia muitos outros turistas por perto, e então eu me inclinei e beijei A-Mei novamente. Ela parou de caminhar. Seu corpo pareceu ficar mais fechado.

— É muita ousadia sua! — ela disse, sorrindo e me afastando suavemente. À luz tênue, eu a vi brincando com uma mecha de cabelo. Suas mãos delicadas eram mais alvas que o rosto. Ela ergueu os olhos para mim e não se moveu. Senti um súbito transbordar de amor por aquela menina de saia branca, tão diferente de mim. Estávamos muito próximos, olhando-nos nos olhos. Eu a fechei em meus braços e colei a boca em seus cabelos, dedos, nariz, orelhas, presilha, sobrancelhas. Não me importava o que eu estava beijando, contanto que fosse parte dela.

Daquele momento em diante, ela se tornou o centro da minha vida.

O amor que você sentiu por ela está aprisionado num feixe remoto de neurônios motores, muito distantes para que você os alcance. Tudo que você pode fazer é esperar aqui, imóvel, enquanto seu corpo se calcifica vagarosamente.

Naquela noite, nós nos hospedamos no quarto vago do apartamento da tia dela. Depois que apaguei as luzes, eu me sentei na beira da cama de A-Mei e coloquei minha mão entre suas pernas. Fiquei ali sentado, acariciando A-Mei a noite toda, até que, quando estava quase amanhecendo, vi o cansaço nos olhos dela e fui dormir na minha cama.

Pela manhã, deixei A-Mei com a tia e peguei um ônibus interurbano que me deixou em Wuxuan às três da tarde. Era uma cidade comercial movimentada e lotada. A estrada poeirenta do lado de fora da estação de ônibus tinha cheiro de óleo diesel e esterco. Pequenas barracas de rua vendiam roupas, chapéus e sapatos de couro falso que tinham sido comprados nos mercados de Guangzhou. As paredes sujas e descascadas às nossas costas estavam cobertas de cartazes rasgados, mostrando mulheres estrangeiras de biquíni e tigres saltando por montanhas rochosas. Pendurado por uma corda suspensa entre um batente de porta e um poste telegráfico, como um pedaço de carne seca, havia um cartaz de uma loura inclinando-se sobre uma limusine. Pedi orientação e logo achei meu caminho para o Quartel-General do Comitê Revolucionário de Wuxuan, onde me encontrei com o Dr. Song, um velho colega de faculdade da tia de A-Mei. O Dr. Song foi cirurgião no Hospital do Condado de Wuxuan, mas durante a campanha nacional para retificar erros passados, lançada pelo líder de inclinações liberais Hu Yaobang, ele foi transferido para o Comitê Revolucionário para pesquisar a história da Revolução Cultural na Província de Guangxi.

Ele verificou minha carteira de estudante, leu a carta de apresentação da tia de A-Mei e disse:

— Por que desperdiçar suas férias de verão vindo aqui? Você poderia visitar os pontos turísticos de Guilin. E por que diabos você quer visitar um campo de reforma-pelo-trabalho?

Expliquei que meu pai viera a Wuxuan em 1963 e passara dois anos trabalhando na fazenda-modelo para chineses de além-mar na vizinha Guangxi. Eu queria visitar a fazenda, mas não sabia exatamente onde ficava.

O Dr. Song pareceu surpreso.

— Qual era o nome do seu pai? — perguntou ele, verificando minha carteira de estudante novamente.

— Dai Changjie. Ele tocou na orquestra da Companhia Nacional de Ópera. — Eu não queria revelar que meu pai tinha sido classificado como direitista. Estava muito escuro dentro do casebre de tijolos e teto baixo. Voltei os olhos para a luz do lado de fora da janela. Havia tanta poeira nas janelas que tudo parecia borrado. A maior parte do céu estava escondida por uma fileira de barracões de tijolos.

— Seu pai era o direitista que tocava violino? — Quando o pensamento lhe veio à mente, as rugas sobre suas sobrancelhas se torceram por um momento.

— Você o conhecia?

— Sim. Eu me lembro de muitos prisioneiros daquela fazenda. Seu pai veio se consultar certa vez em que ficou doente. Ele tinha uma inflamação estomacal. Desenvolveu a doença no campo de trabalho de Gansu. Como ele está agora?

— Ele morreu há três anos, de câncer no estômago. Apenas um ano depois de ter sido solto. — Quando estas palavras deixaram minha boca, senti minha garganta ardida e seca.

— A classificação de direitista foi removida?

— Sim, alguns meses antes de sua morte. Você conheceu o Diretor Liu, o oficial de educação da fazenda?

— Foi uma coisa boa que seu pai tenha sido transferido para Shandong — murmurou o Dr. Song, desviando os olhos. Era como se ele estivesse falando sozinho.

— Por quê?

— Ele poderia acabar devorado, devorado como os outros.

O Dr. Song falou com tanta tranquilidade que tive dificuldade em compreender exatamente o que ele estava dizendo.

— Eles comeram o Diretor Liu — ele balbuciou. — Quando fomos inspecionar a fazenda no último mês, confiscamos de um camponês que vive nas proximidades dois fígados humanos secos. Ele os guardou durante todos esses anos. Sempre que ficava doente, ele quebrava uma pequena parte e fazia tônicos medicinais com ela. Um dos fígados pertencera ao Diretor Liu. Embora estivesse seco, ainda tinha mais ou menos este tamanho. — O Dr. Song olhou para mim e mostrou o tamanho com as mãos.

— Eles o comeram? — Recordei uma passagem do diário de meu pai que descrevia um ato de canibalismo que ele testemunhou no campo de Gansu: "Três dias depois que Jiang morreu de inanição, Hu e Gao secretamente cortaram a carne da nádega e da coxa de seu cadáver e a assaram numa fogueira. Eles não imaginavam que a mulher de Jiang apareceria no campo no dia seguinte e pediria para ver o corpo. Ela chorou por horas, prendendo o corpo mutilado em seus braços. Quando a imagem lampejou em minha consciência, meus dentes começaram a tiritar.

— Você ainda é jovem. Não viu muito do mundo. Eu não deveria lhe contar estas coisas.

— Sou estudante de biologia e fiz disciplinas de medicina, então não me choco com facilidade. Mas não consigo imaginar como alguém consegue chegar ao ponto de comer a carne de outro ser humano. Meu pai me disse que, dos três mil direitistas enviados ao campo de reforma-pelo-trabalho de Gansu, mil e setecentos morreram de inanição. Às vezes os sobreviventes ficavam tão famintos que tinham que comer os corpos.

O Dr. Song se aproximou do armário trancado, pegou duas garrafas térmicas que estavam no alto, deu uma sacudida, abriu a tampa de uma delas e derramou um pouco de água quente numa xícara vazia. Depois ele pegou um pequeno pote de chá, tirou algumas folhas na mão em concha, jogou-as na água e colocou uma tampa na xícara.

— Obrigado, obrigado — agradeci, pegando a xícara. Eu queria sorver um grande gole, mas o chá estava quente demais.

— Aqui em Guangxi, não foi fome o que levou o povo ao canibalismo. Foi o ódio.

Eu não sabia do que ele estava falando.

— Foi em 1968, um dos anos mais violentos da Revolução Cultural. Em Guangxi, matar os inimigos da classe não foi o suficiente, os comitês revolucionários locais forçaram o povo a comê-los também. No começo, os corpos dos inimigos eram cozidos em grandes caldeiras junto com pernis de porco. Mas, à medida que a campanha progredia, havia corpos demais com que lidar, então só eram cozidos o coração, o fígado e o cérebro.

Eu não conseguia acreditar no que estava ouvindo.

Lembrei-me do corpo de meu pai pouco antes de morrer e fiquei aliviado em pensar que ele se foi intacto e ileso.

— Havia tantos inimigos. Se não fosse a transferência de seu pai para Shandong, ele também teria sido devorado. Quantos anos você tem? Quase 18? Bem, então você só tinha mais ou menos dois anos naquela época... Em 3 de julho de 1968, o Presidente Mao emitiu uma ordem exigindo a supressão implacável dos inimigos da classe. Ele queria que todos os membros das Cinco Categorias Negras fossem eliminados, junto com 23 tipos de inimigos da classe, que incluíam qualquer um que tivesse trabalhado como policial antes da Libertação ou que tivesse passado por prisões ou campos. E não apenas estes, mas a família imediata e os parentes distantes também.

— É um bocado de gente.

— Pois é. Pense só: o significado literal dos ideogramas chineses usados para "revolução" é "eliminação da vida". Veja esta coleção de livros que minha equipe de pesquisa acabou de encontrar: *Crônicas da Revolução Cultural na Província de Guangxi*. Veja, diz aqui que, em 1968, mais de cem mil pessoas foram mortas na Província de Guangxi. Somente no Condado de Wuxuan, 3.523 pessoas foram mortas, e destas, 350 foram canibalizadas. Se eu não estivesse na prisão em agosto daquele ano, talvez também estivesse morto.

Os dez volumes estavam perfeitamente organizados numa pequena prateleira de madeira. Eles pareciam bem mais pesados que os volumes de *Mistérios do mundo* de minha mãe.

— Então quem eram os assassinos?

— Quem eram os assassinos? Você poderia argumentar que o único assassino verdadeiro foi o Presidente Mao. Mas a verdade é que todo mundo esteve envolvido. Em 15 de junho de 1968, um combate político aconteceu aqui em Wuxuan, no qual foram mortos 37 ex-camponeses abastados. Depois de condenados publicamente, eles foram obrigados a ficar em fila e, em seguida, foram espancados até a morte, um atrás do outro. Quando uma camponesa chamada Li Yan, segunda na fila, viu o homem na frente sendo atacado com vergalhões de metal e urrando de dor, ela se soltou e tentou correr de volta para casa. Mas as multidões que se reuniram para assistir ao espancamento público correram atrás dela e a lincharam com tijolos e pedras. Ela morreu na porta de uma casa não muito distante da sua. Fica na rua principal pela qual você deve ter passado depois que saiu da rodoviária. Eles a classificaram como camponesa rica, mas ela só tinha três vacas. Você me pergunta quem eram os assassinos. A resposta é: todo mundo! Nossos vizinhos, nossos amigos do outro lado da rua.

— Temos uma colega de classe chamada Li Yan — murmurei vagamente.

— Depois que Li Yan foi morta, seus filhos e pais também foram assassinados. Toda sua família foi exterminada. Durante aqueles anos, os soldados do EPL enviados ao Condado de Wuxuan ficaram aquartelados aqui na cidade.

Eles tinham ordens de realizar as execuções, e os habitantes das vilas adjacentes só tinham que fazer as prisões. Mas os aldeãos estavam ansiosos por mostrar seu comprometimento com a revolução, e então assumiram a tarefa e começaram a executar os inimigos da classe com suas próprias mãos. Veja esta passagem. É um discurso do Diretor do Comitê Revolucionário de Wuxuan na época: "(...) As massas das bases da sociedade têm permissão para realizar execuções, mas não devem desperdiçar projéteis. Em vez disso, devem ser encorajados a espancar os inimigos até a morte com as próprias mãos ou com a ajuda de pedras ou porretes de madeira. Desta forma, serão capazes de extrair maior benefício educacional da experiência." Quando seu pai foi mandado para cá, havia cerca de mil prisioneiros na fazenda. Depois de alguns anos, os cem direitistas entre eles foram transferidos para outros campos. Dos novecentos trabalhadores que restaram, mais de cem pertenciam às 23 categorias indesejáveis. Todos foram mortos. Os cadáveres dos poucos que tinham doenças foram enterrados, mas o resto foi devorado.

— Você é médico. O que está fazendo aqui? — Tudo que eu queria era que ele fechasse o grande livro que tinha na mão.

— É apenas um emprego temporário. Uma vez que eu termine de supervisionar este projeto, poderei voltar ao hospital. Mas eu gostaria de ser transferido para outro lugar. Foi muito difícil retornar ao hospital depois de minha libertação. Minha mente ficava voltando ao dia de verão de 1968 quando vi os funcionários do hospital enfileirando o diretor, o vice-diretor, e vinte dos melhores cirurgiões, ginecologistas, farmacêuticos e enfermeiros contra uma parede e linchando-os até a morte com tijolos e vergalhões de metal. Vi nosso técnico de laboratório, Wei Honghai, caído no chão. Sua cabeça estava aberta, mas os membros ainda tremiam. Um soldado do EPL se aproximou e pôs um fim naquilo dando-lhe um tiro no peito. Eles não gostavam de usar armas naquele tempo. Sempre que atiravam em alguém, a família da vítima era obrigada a pagar pela bala.

— E onde essa gente toda foi enterrada? — Eu não queria prolongar aquela conversa, mas não conseguia arranjar uma forma de mudar de assunto.

— Ninguém queria recolher os corpos. Quando parentes dos mortos eram vistos chorando, eram assassinados por "simpatizar com maus elementos". Uma mulher chamada Wang Fangfang, da Vila Wuling, atirou-se sobre o cadáver do marido depois que ele foi morto e se desfez em lágrimas. Ela tinha um bebê atado às costas. Os camponeses espancaram Fangfang até a morte e depois acertaram o bebê com uma pá de metal. Centenas de pessoas foram mortas durante aqueles meses. As ruas e rios estavam carregados de corpos. Havia moscas em todo lugar. Foi horrendo.

— Cem mil pessoas foram mortas nesta província e ninguém tentou impedir isso?

— Não. Às vezes, quando as milícias cansavam de fazer as execuções, forçavam os inimigos da classe a se matarem entre si. Ouça esta passagem sobre o Distrito Daqiao: "Depois da sessão de expurgo, ficou decidido que os maus elementos trancados no Prédio Quatro da comuna deveriam ser mortos. Os maus elementos foram imediatamente amarrados com cordas e levados a uma mina desativada de carvão a trezentos metros de distância. Eles foram forçados a fazer fila e a empurrar a pessoa da frente para dentro de uma lagoa que ficava dez metros abaixo. Já que os maus elementos resistiram, os guardas e milicianos tomaram o controle e começaram a empurrar os condenados pessoalmente. Uma das mulheres tinha vivido num barco e sabia nadar. Depois que ela foi empurrada para a água, ela conseguiu nadar até o outro lado, e então os guardas tiveram que atirar pedras nela. No fim, um miliciano a arrastou para fora da água e a esfaqueou no pescoço..."

Eu não podia mais aguentar. Eu me senti um idiota por ter feito tanto drama em torno de meu espancamento pela polícia quando tinha 15 anos. Fitei o Dr. Song e disse:

— Na escola, a única coisa que nos contam sobre a Revolução Cultural é que três milhões de pessoas perderam suas vidas. Mas eu nunca tive noção da escala do horror. Eu só tinha dez anos quando tudo acabou.

— Recebemos ameaças de morte enquanto pesquisávamos este material. O governo nacional nos disse para fazer esta pesquisa, mas as autoridades do condado se recusam a cooperar porque a maioria das pessoas que organizou as atrocidades está agora em altos cargos do governo local. Todo este projeto é um embuste. Apenas cinco cópias destas crônicas foram publicadas. Duvido que o público chegue a ler isto um dia. Uma vez que as vítimas que listamos sejam reabilitadas, as crônicas provavelmente serão trancafiadas nos cofres do governo. Nenhum dos altos oficiais vai perder seu emprego.

O Dr. Song ergueu a tampa de minha xícara e disse:

— Beba antes que esfrie. — Eu fingi tomar um gole. Estava nauseado demais para engolir qualquer coisa ou para folhear os dois volumes que ele me entregou: *Crônicas da Revolução Cultural no Condado Liuzhou* e *Crônicas da*

Revolução Cultural no Distrito Nanning. Eu ansiava por escapar daquele escritório sombrio e tenebroso.

Pensei no diário de meu pai guardado no fundo de minha bolsa, mas não tive ânimo para sacá-lo e perguntar sobre todas as pessoas que ele mencionava. Tudo que pude me obrigar a perguntar foi:

— A filha do Diretor Liu, Liu Ping, ainda toca violino? Ela ainda vive em Wuxuan?

— Liu Ping tinha apenas 16 anos quando foi morta. Ela era a menina mais bonita da fazenda. Sabia dançar e tocar violino. Na noite em que a milícia matou o pai dela, a estupraram e depois a estrangularam com um pedaço de corda. Quando ela morreu, cortaram seus seios e arrancaram seu fígado, e depois os fritaram no óleo e os devoraram. — O Dr. Song virou outra página do livro. — Veja, aqui tem uma foto da família do Diretor Liu. A impressão é muito fraca. Esta menina de saia branca segurando o violino é Liu Ping.

Era exatamente como a fotografia que meu pai me mostrara, mas nesta o queixo de Liu Ping estava um pouco mais erguido. Eu tinha certeza de que meu pai também havia tirado aquela foto.

Agora, o céu do lado de fora estava negro. Minhas mãos e pés estavam frios como gelo. Eu me levantei e disse que era hora de ir embora.

— Você perdeu o último ônibus de volta a Liuzhou. Sinto muito. É melhor passar a noite no albergue do condado. Haverá outro ônibus pela manhã.

Não respondi. Não conseguia pensar em nada para dizer. Tudo que eu queria era sentir um pouco de sol em meu rosto. Cresci vendo página após página de avisos públicos contendo listas de criminosos executados: milhares de nomes escritos em tinta negra, cada um marcado com uma cruz vermelha. Mas o horror das mortes nunca se abateu sobre mim com tanta clareza quanto agora. Lembrei-me de quando eu e alguns colegas notamos o nome Chen Bin em uma das listas e corremos até um colega nosso de mesmo nome e desenhamos cruzes rosa em sua pele, gritando, "Só sua morte aplacará a ira do povo! Bang! Bang!" Mas no escritório do Dr. Song, senti terror real, de um modo físico que jamais havia experimentado antes.

Folheei brevemente as *Crônicas da Revolução Cultural no Distrito Guilin*, lembrando que tinha planejado viajar para lá com A-Mei. Depois me pus de pé, troquei um aperto de mão apressado com o médico e saí.

Enquanto eu caminhava do escritório até o albergue, a pele de minhas costas ficou dormente. Eu sentia que todos à minha volta — as pessoas caminhando atrás de mim, ou na minha direção, ou atravessando a rua, ou até o mendigo sem perna apoiado contra o poste de luz —, todos estavam prestes a me atacar e me comer vivo.

A noite passou muito lentamente. As revelações do Dr. Song me perturbaram tanto que eu não ousava fechar os olhos. Enquanto acariciava e beijava A-Mei na noite anterior, eu ejaculara três vezes, e agora estava débil de exaustão, tremendo como um avião espiralando fora de controle. Mas, apesar de meu cansaço, não dormi a noite toda.

As trilhas circulares dentro de seu corpo não levam a lugar algum. Nenhuma rota o levará para o mundo lá fora.

Na manhã seguinte, peguei o primeiro ônibus de volta para Liuzhou e cheguei à tarde num confuso estupor.

A-Mei ficou surpresa em me ver, porque eu tinha dito que ficaria fora por uma semana. A única explicação que dei foi que as pessoas que eu pretendia visitar estavam mortas.

— Como você não sabia disso antes de sair? — perguntou ela.

— Eram amigos do meu pai. Eu não os conhecia.

— Quando morreram?

— Na Revolução Cultural.

— Apague este cigarro. Você não deveria fumar tanto. Seu cabelo e suas roupas estão fedendo a tabaco. — Depois ela disse que era apenas um bebê quando a Revolução Cultural começou, mas, quando ficou mais velha, seus pais lhe contaram que cadáveres com mãos e pés amarrados chegavam pelos rios da China até os portos de Hong Kong todos os dias dos anos mais violentos.

Eu não queria mais falar sobre aquilo. Disse a ela que queria voltar para Pequim alguns dias antes do planejado.

A-Mei me encarou inexpressivamente por um momento e disse:

— Tudo bem. Então eu também vou para Hong Kong um pouco mais cedo.

Decidimos que partiríamos para Guilin na manhã seguinte, ficaríamos por lá alguns dias e depois nos separaríamos.

Eu estava cônscio de que uma mudança ocorrera em mim. Eu sentia a fria indiferença que se desenvolve depois da experiência de um evento traumático. No ônibus interurbano até Guilin, não segurei a mão de A-Mei. Eu me sentia desconfortável quando as pernas dela tocavam as minhas. A-Mei parecia triste. Imaginei que ela achava que eu tinha perdido o interesse por ela.

Eu mal disse uma palavra durante nossa estadia em Guilin, e ela também não falou muito. A intimidade tão recente que tínhamos desenvolvido parecia ter evaporado. Eu sabia que qualquer mostra de afeição pareceria falsa, então não ousei tocá-la, e muito menos beijá-la. Quando me sentei diante dela num restaurante, tudo que eu percebia era o fedor gorduroso da cozinha. Os neurônios que ela trouxe à vida nos centros emocionais de meu cérebro pareciam ter definhado e morrido. Eu me sentia desequilibrado. A luz do sol e o céu pareciam turvos e opressivos.

No Monte Tromba do Elefante, em Guilin, perguntei se ela queria que eu tirasse uma foto sua. Ela disse que não. Fiquei aliviado, pois me sentia incapaz de fixar minha atenção nela.

Uma multidão de turistas estrangeiros surgiu, seus cabelos louros brilhando ao sol. Eles colocavam chapéus multicoloridos e sorriam, fazendo pose para tirar fotos diante do cenário panorâmico. Eu queria dizer a todos que corressem, porque os corpos de cem mil pessoas massacradas estavam enterrados sob nossos pés. Eles não faziam a mínima ideia de que a China era um imenso cemitério.

Na noite seguinte entramos num albergue. A moça na recepção não tinha muita experiência e deixou que eu e A-Mei ficássemos no mesmo quarto. Era um grande dormitório com sete camas de solteiro. Éramos os únicos hóspedes.

Depois que apaguei a vela, A-Mei ficou com medo e eu também, então dividimos uma das camas de solteiro e nos abraçamos.

Eu comecei a chorar. Disse a ela que estava abalado por meu pai, pois as pessoas que ele queria que eu visitasse estavam mortas. A-Mei disse que depois que sua avó morreu, ela ficou tão abalada que não comeu nem dormiu por uma semana, e por isso ela compreendia o que eu estava sentindo.

Eu disse que esta era a primeira vez que eu partilhava uma cama com uma menina. Ela disse que era a primeira vez que partilhava uma cama com um menino. Senti o desejo acender em mim. No quarto escuro e cavernoso, seus braços e pernas pareciam quentes e vivos. Rolamos um com o outro pela cama. Era como se eu não conseguisse segurá-la. Sua pele macia deslizava por meus dedos. De vez em quando, os cheiros de seu corpo, de seu creme facial e o cheiro de suor que hóspedes anteriores deixaram no travesseiro e no colchão se elevavam no ar entre nós e penetravam nossos pulmões.

— Eu amo você — ela disse.

— Eu também.

Inalei seu hálito e depois me aproximei dela e suguei sua língua cálida. Minhas pernas roçavam nas dela e, antes que me desse conta, eu a penetrei. A pavorosa escuridão tornou-se um vento que me levava para a frente e para trás, estremecendo num transe. Senti meus neurônios irrompendo em seu sangue. Minha garganta se fechou e meus olhos queimavam.

— Você me mata, me mata! — gritei, entrando num extasiado estupor.

Por fim, ela me empurrou, gemendo.

— Você está me machucando... Saia daqui... — Ela pressionou a mão contra minha coxa e eu parei de me mover. — Você é muito mau — ela disse. Suas palavras pairaram por algum tempo na escuridão.

— Você é muito boa — respondi. — É minha mulher...

— Agora não há nada de bom em mim. Você me estragou... — Percebi que ela falava através de lábios mordidos.

Mesmo com meus olhos arregalados, eu não conseguia ver nada. Todo o quarto parecia deslizar e fluir.

Homens e mulheres são líquidos negros. É só quando fazem amor que são capazes de fluir para fora e preencher os vácuos entre seus corpos e almas. Se os líquidos ficam trancados no interior por muito tempo, acabam por secar.

A recepcionista do albergue bateu ruidosamente na porta e nos avisou que deveríamos dormir em quartos separados. Ela disse que a polícia tinha vindo e verificado a registradora à meia-noite e lhe informou que era contra a lei que namorados não casados compartilhassem o mesmo quarto. Agarrei meu cobertor, tateei meu caminho para fora e fui dormir no quarto ao lado.

Caí no sono e sonhei que o rosto gigante de Mao Tsé-Tung, pendurado na Praça da Paz Celestial, começava a sorrir. Uma multidão de milhões de pessoas se ajoelhava diante dele, as cabeças baixas. Algumas corajosamente erguiam os olhos e viram que Mao sacudia os braços no ar e gargalhava alucinadamente. E então a multidão desapareceu e tudo se tornou um vasto e vazio deserto.

As células brancas de seu sangue varrem pequenos coágulos e partículas de gordura e começam a cobrir aquelas memórias como uma trepadeira cobre uma parede de tijolos.

Uma foto tirada em nosso apartamento lampeja diante de meus olhos. A princípio, é uma imagem em preto e branco, mas depois as cores se derramam vagarosamente. Ao fundo vejo os dez volumes de *Mistérios do mundo* enfileirados no armário de madeira. Meu irmão está de pé com minha mãe em primeiro plano, com um sorriso forçado no rosto.

Quando abri o envelope que meu irmão me enviou, a foto caiu de dentro. Eu estava sentado diante de uma escrivaninha de madeira em meu dormitório na Universidade do Sul. Meu irmão provavelmente tinha 16 anos na época. Agora que meu pai estava morto, eu me sentia responsável por ele. Peguei minha caneta e comecei a responder a carta.

Lembrei-me de uma noite, quando éramos bem mais novos, em que ele se recusou a ir dormir depois que apaguei as luzes, insistindo que eu explicasse por que as formigas chinesas eram vermelhas e as americanas eram pretas. Ele disse que as formigas pretas, que mordem as pessoas, são mais corajosas que as vermelhas, e, pela lógica, elas deveriam ser formigas chinesas, e não americanas. Eu me recusei a responder e, para me punir, ele me roubou um par de meias e as escondeu sob seu travesseiro.

No envelope também havia uma carta de minha mãe. Ela escrevera que, pela primeira vez em mais de vinte anos, sua companhia recebera permissão de voltar a tocar óperas ocidentais. Eles estavam agora ensaiando *Carmen*, e ela fora escolhida para soprano de uma ária de quatro vozes. Ela estava muito entusiasmada, e começara a correr todas as manhãs na tentativa de perder peso. "Seu pai teria sentido orgulho de mim", dizia. "Minha voz melhorou muito recentemente. Está tão boa como quando eu tinha vinte anos. Posso até alcançar um dó maior." Quando minha mãe usava uma caneta-tinteiro, sua caligrafia ficava bastante elegante.

Imaginei seu rosto ficando vermelho enquanto ela trinava dramaticamente pela escala maior, e então lembrei minha mãe de beber as infusões da fruta do monge seca que lhe enviara. "Você deve praticar no parque", escrevi. "O ar no apartamento é muito empoeirado. Vai prejudicar sua voz."

Minha mãe sempre salpicava suas cartas com exortações políticas. "Você tem altas ambições e ideais, mas deve se precaver e alinhar-se com as políticas do Partido e acompanhar a atmosfera política. Se você der atenção apenas a seus estudos e falhar em realizar qualquer avanço político, sofrerá o destino de seu pai..."

Em minha carta de resposta, retorqui: "Meu pai não cometeu nenhum erro. Eu vivo repetindo isto para você, mas você nunca me ouve. Se ele tivesse feito algo errado, o governo não o teria reabilitado... Nosso país precisa agora é de conhecimento, e não ideologia. Metade dos professores da nossa universidade é formada por direitistas reabilitados. A era da luta de classes à qual você se apega é coisa do passado. Os únicos estudantes que querem entrar no Partido hoje são uma meia dúzia de caipiras que temem ser despachados de volta para seus vilarejos depois da formatura..."

Na verdade, eu sabia que o desejo de minha mãe de entrar no Partido era motivado por pensamentos de autopreservação. Ela era como as vítimas de desastres naturais que instintivamente buscam segurança nos morros.

"Acho que Dai Ru arrumou uma namorada", escreveu minha mãe. "Ouvi dizer que ele levou uma menina para ver um desfile de moda. Só casais comprometidos fazem coisas desse tipo. Os ingressos eram muito caros. Quando perguntei sobre isso, ele negou que tinha ido. Você precisa ter uma conversa séria com ele e dizer que você fez coisas erradas. Não quero que ele cometa os mesmos erros que os seus."

Pensei novamente em meu interrogatório na delegacia em 1982 e percebi o quanto a sociedade havia mudado. Naquela época, alguém podia ser preso por copiar um livro que continha algumas passagens eróticas. Mas agora, apenas dois anos depois, filmes pornográficos eram exibidos em salas de vídeo privadas em cada esquina. Embora fosse contra as regras da universidade que estudantes namorassem entre si, ninguém dava muita importância. Nos feriados, quando o campus ficava bem mais vazio, meninas e meninos entravam nos dormitórios uns dos outros. Estudantes de Hong Kong e Macau podiam pagar por quartos alugados na cidade, o que lhes dava mais privacidade. Quando alguém tem dinheiro, tem liberdade. Havia pouco, o governo anunciara que cidadãos tinham permissão para comprar seus próprios apartamentos na Zona Econômica Especial de Shenzhen. A propriedade privada finalmente deu as caras na China Comunista. Eu não queria interferir na vida de meu irmão. Tudo que eu lhe dizia era que ele deveria começar a fazer planos para estudar no exterior.

Escrever cartas era um fardo para mim, mas minha mãe me escrevia toda semana, e de vez em quando eu dedicava algum tempo a responder.

Wang Fei estava a sono solto no beliche de cima. Ele sempre dormia com a perna caída na lateral. Aquilo me enfurecia.

— Bote sua perna de volta na cama ou vou cortá-la fora! — gritei. — Além do mais, já está na hora de você se vestir. Temos que chegar à aula num minuto. — A aula a que eu me referia aconteceria no laboratório. Estudantes das faculdades de medicina e ciências assistiriam à dissecação do cadáver de um prisioneiro executado.

Eu planejara ajudar A-Mei a fazer a mudança para seu novo dormitório antes da aula. Ela se mudaria para um bloco da universidade que acabara de ser construído para estudantes chineses de além-mar, onde o aluguel era de quinhentos yuans por período. Mas ela mudara de ideia e decidira adiar a mudança para a parte da tarde.

No dia 1º de outubro de cada ano, prisioneiros no corredor da morte eram executados em celebração ao Dia Nacional. Com a melhoria dos procedimentos cirúrgicos e a liberalização da economia chinesa, qualquer paciente com bastante dinheiro podia agora comprar para si os órgãos de prisioneiros executados. Os órgãos do cadáver que nos foi entregue naquela manhã tinham sido usados para o primeiro transplante de pulmão bem-sucedido na China. Houve um artigo sobre a operação no jornal do dia anterior, e agora o coração e os pulmões funcionavam dentro do corpo de um empresário de Hong Kong.

Entramos no laboratório. A sala estava apinhada de coisas e tinha cheiro de formol.

O Professor Huang era um laureado especialista cardiovascular. Os transplantes de coração de sucesso que ele realizava eram frequentemente noticiados pela imprensa. Suas aulas eram fascinantes. Até os estudantes mais sensíveis ficavam até o final.

Aquela foi a primeira vez que nos mostraram um cadáver fresco. Todos os corpos que vimos antes estavam preservados em formol. Todos os alunos estavam ansiosos para ver de perto.

O cadáver sobre a mesa era de um jovem condenado. Ele tinha sardas no nariz. A bala que o matou estraçalhou um de seus olhos. Tudo que restava era uma órbita vazia e salpicada de sangue negro coagulado e pólvora.

O Professor Huang vestiu um par de luvas cirúrgicas e disse:

— Esta dissecação se concentrará no cérebro e na espinha dorsal. Temos que deixar o resto do corpo para que os outros departamentos o estudem. Vocês devem prestar muita atenção. Não foi fácil conseguir este corpo.

Minha visão era boa — aproximadamente 1,5 no olho direito e 1,5 no esquerdo. Eu podia ver a caspa que caía do couro cabeludo do professor.

— Olhem aqui. Eles precisavam do coração e dos pulmões para o transplante, e por isso o balearam na nuca, e não no peito. A bala entrou pela medula oblongata, dando aos cirurgiões um espaço de 15 segundos para remover o coração e os pulmões antes que o doador perdesse a consciência e morresse. — Ele torceu o pescoço do cadáver um pouco para o lado e apontou para o buraco de bala.

— Argh! — gritaram os alunos.

— Isso não lhes dava tempo nem para desinfetar a pele — disse um aluno de pé ao lado de A-Mei.

— Não acredito que eles conseguiram fazer isso tão rápido! — disse Mou Sen, jogando para trás sua longa franja. — Eles levariam pelo menos dez minutos só para localizar a aorta e a artéria pulmonar.

— Eu não acabei, pessoal... A tecnologia médica se desenvolveu muito rápido. Assim que a bala atinge o metencéfalo, fazemos uma traqueotomia e drogas intravenosas são administradas para permitir que o doador continue com um batimento cardíaco normal. O peito é aberto, os órgãos são removidos rapidamente e levados para a sala de operações, onde os órgãos doentes do recipiente já foram removidos e a circulação extracorpórea foi estabelecida...

— Eu não sabia que campos de execução eram equipados com salas de operações — disse Wu Bin, os olhos triangulares se iluminando. Quando ele falava das câmaras de gás nazistas, nos dava cada detalhe, até as dimensões das portas e janelas. Era como se ele as tivesse visitado.

— As diretrizes do Ministério da Saúde no ano passado permitiram que operações cirúrgicas fossem realizadas em ambulâncias estacionadas do lado de fora dos campos de execução. Mas a taxa de sucesso das operações era baixa. A demanda por órgãos se elevou recentemente, especialmente para pacientes estrangeiros que podem pagar em moeda estrangeira, o que é bom para nossa economia. Assim, para aumentar a eficiência e suprir a demanda, o governo agora permite que execuções sejam realizadas no hospital onde o transplante ocorrerá. Isto já aconteceu no Hospital China Sul, junto à Academia Militar de Medicina Número Um, assim como no Hospital da Universidade Militar de Ciências.

— Ouvi dizer que é desumano remover órgãos de uma pessoa viva — disse Tang Guoxian do fundo da sala.

Wang Fei deu um passo à frente.

— No julgamento de Nuremberg, os médicos nazistas alegaram que os judeus participaram de seus experimentos por livre e espontânea vontade. Mas os juízes argumentaram que prisioneiros que viviam temendo por suas vidas eram incapazes de dar consentimento livre e espontâneo. — Quando Wang Fei argumentava, ele sempre gostava de falar no volume máximo de sua voz. Ele não se importava se as pessoas conseguiam entender seu sotaque de Sichuan ou não.

— Antes que a contrarrevolucionária Li Lian fosse executada em 1971 por criticar a Revolução Cultural, quatro policiais enfiaram sua cabeça pelo vidro de um caminhão, levantaram sua saia e arrancaram seus rins com um bisturi — disse Mou Sen, o rosto pétreo e branco. — Acho que remover órgãos de prisioneiros enquanto eles ainda estão vivos é demais. É uma total violação da ética médica.

— Isto é uma aula de dissecação, e não uma reunião política — disse Sun Chunlin, com ares de superioridade. Em nosso dormitório, sempre que nossas discussões chegavam a um ponto crítico, ele se intrometia com um comentário negativo que assassinava a conversa.

O Professor Huang não parecia incomodado com estas interrupções, mas ele usava uma máscara facial, então era difícil saber. Ele limpou a garganta e disse:

— Não seria um desperdício cremar um cadáver sem fazer uso de seus órgãos? Não temos muito tempo, então se alguém quiser sair, que saia agora. E se vocês quiserem dizer algo, primeiro levantem a mão.

Nisto, Wang Fei se virou e saiu. Mou Sen, apoiado contra o microscópio elétrico, hesitou por um momento, mas decidiu ficar.

O Professor Huang desenhou uma linha em torno da cabeça do cadáver e depois apontou para mim e me disse para começar a serrar. A serra de aço não era grande, mas, quando a peguei, ela me pareceu muito pesada. Afastei a orelha do cadáver. Era a primeira vez que eu tocava uma pessoa morta. Cortei a pele abaixo do lobo da orelha. O cabelo fora raspado, provavelmente pouco antes da execução. O couro cabeludo parecia escorregadio quando o segurei. Minhas mãos tremiam. Eu estava tão nervoso que não sabia em que direção cortar. Empurrei e puxei a serra mais algumas vezes, e depois desisti.

Eu me voltei para Wu Bin e pedi que ele assumisse a tarefa. Só havia um par de luvas cirúrgicas, então as removi e entreguei para ele.

Até ali, só havíamos realizado dissecações em partes corporais preservadas. Fitei A-Mei com o canto dos olhos para ver como ela estava lidando com tudo aquilo.

Os rapazes se aproximaram do corpo e se revezaram em serrar a cabeça até que finalmente o tampo do crânio foi removido, revelando o cérebro róseo e manchado de sangue no interior. Parecia muito mais esponjoso que os cérebros preservados em formol que víramos antes. Uma fina teia de capilares vermelhos cobria a membrana externa, e uma intricada rede de veias azuis corria pelas dobras do córtex cerebral abaixo. O Professor Huang pediu aos estudantes que apontassem para os lobos frontal, parietal, occipital e temporal, e explicou suas respectivas funções. Depois ele pegou um bisturi e fez uma incisão vertical ao comprido no cérebro.

— É como cortar um bolo de aniversário — brincou o Professor Huang, mas ninguém riu. Olhei para A-Mei novamente. Eu tinha comprado um bolo para ela em seu aniversário, mas o creme derreteu e ela teve que jogá-lo fora. Ela tinha os olhos pregados em seu caderno. Certa vez, A-Mei recebeu um pedaço de músculo da panturrilha humana para praticar suas habilidades de dissecação e ficou tão horrorizada que vomitou no chão. Ela não parecia talhada para ser médica.

No passado, eu imaginava Hong Kong como uma cidade indecente e corrupta de capitalistas e prostitutas, mas depois que conheci A-Mei percebi que ela mantinha muitos valores familiares tradicionais da China que nós do continente havíamos perdido. A-Mei era muito próxima de sua família, ao passo que eu não sabia as datas dos aniversários de meus pais, e nem mesmo os primeiros nomes de meus avós.

Um dia, A-Mei me perguntou por que eu só disse que a amava depois de nosso primeiro beijo. Eu respondi que dizer uma vez era o bastante, e que não havia necessidade de repetir agora que ela era minha. Minha resposta a abalou tanto que ela caiu no choro.

Na verdade, A-Mei esqueceu que eu repetira que a amava apenas alguns dias antes, quando estávamos deitados no topo de um monte. Era um domingo. O tempo estava maravilhoso, então decidimos tomar um ônibus até uma reserva natural a uma hora de viagem. Eu cheguei ao topo do monte antes dela e me joguei na grama, arfando. Quando A-Mei chegou, ela engatinhou para perto e se deitou a meu lado. Os tênis que ela trouxera especialmente para a viagem estavam ensopados. Eu os tirei e vi seus pequenos dedos se agitando e se contraindo. Eu me deitei sobre seu corpo. Ela ergueu os quadris e depois tornou a baixá-los, e logo nos dissolvíamos um no outro. Quando fechei meus olhos, senti que estava flutuando com ela pelo céu azul. Eu gritei, "Estou no Céu!", e depois suspirei em seu ouvido, "Amo você, A-Mei…"

Durante uma discussão que tivemos depois, ela me disse que tinha objetivos e ambições, e que não queria ser apenas a esposa de alguém. Afirmou que declarar amor não era o bastante, e que era preciso dar apoio e incentivo ao outro todos os dias. Verdade é que, antes de conhecê-la, eu sabia muito pouco sobre o amor.

O Professor Huang se aproximou do microscópio elétrico, voltou para o cadáver e disse:

— Esta fina e enrugada camada externa do córtex cerebral é a parte mais desenvolvida do cérebro. Ela é responsável por pensamentos conscientes, percepção, linguagem e memória de longo prazo. Ela se divide em neocórtex, paleocórtex e arquicórtex. A seção que separei é do lobo frontal. — Ele pegou a pequena fatia com pinças e mostrou-a para todos. — Este pedaço aqui pode conter informações sobre a conta bancária do homem, seus sonhos, a aparência de sua mãe ou esposa. Não passa de alguns miligramas de tecido cerebral, mas contém um universo que, apesar dos avanços em neurociência, ainda permanece um mistério para nós... Sun Chunlin, por favor, dê um passo à frente e descreva para nós a função do neocórtex.

— O neocórtex é esta região aqui. Não... aqui! Em termos evolucionários, esta é a parte mais desenvolvida do cérebro, e é associada a funções superiores como conceitualização e planejamento... É comumente aceito que gênios e grandes figuras da história têm cérebros altamente desenvolvidos. Pensem em Lênin, Tolstói, Karl Marx. Todos eles tinham testas grandes. — O tecido cerebral que Sun Chunlin estava pressionando era tão macio e flexível quanto tofu.

— Dai Wei, venha e diga algo sobre a função do arquicórtex — disse o Professor Huang.

— O arquicórtex é basicamente o hipocampo, aqui embaixo... — eu disse, com meu rosto começando a avermelhar. — É a parte mais antiga e primitiva do cérebro e está ligada a memórias e emoções... Se esta parte do cérebro é danificada, o paciente entra em estado vegetativo. — A-Mei, que estava de pé à minha esquerda, tentava me encorajar com um olhar de apoio.

Agora não estou mais numa sala de dissecação. Sou um vegetal. Não posso me mover, tocar ou ver. Sou um espírito aprisionado numa sala escura, um neurônio buscando uma saída, uma pequena pedra afundando no vasto universo.

Anseios melancólicos convulsionam você. Medos e esperanças esquecidos escorrem por seus ossos como escura medula.

Eu me lembro de estar ao lado de A-Mei junto à pia após a aula de dissecação. Seu rosto estava cinza. Lavei as mãos rapidamente com o sabonete antes de passá-lo para ela, porque antes o sabonete estivera depositado na palma de uma mão humana preservada que sobrara de uma dissecação anterior. Em vez de ir para a cantina, decidimos almoçar no pequeno restaurante do lado de fora dos portões do campus.

O restaurante estava movimentado. O gerente mandara construir um segundo andar sobre o salão original, e estudantes de diversas universidades vizinhas agora comiam lá regularmente. Eu tinha uma tigela de frango e sopa de raiz de dangshen. A-Mei pediu um prato de salada de feijão-mungo, mas não conseguiu comer muito porque a aula de dissecação arruinara seu apetite.

O restaurante estava cheio de mosquitos. Pedi ao gerente que ligasse o ventilador. Uma antiga música pop tocava do velho toca-fitas sobre o balcão. O tempo se arrastava.

A-Mei mal disse uma palavra. Estendi o braço e corri a mão por seus cabelos.

— Você quer outro cigarro, não quer? — ela perguntou.

Eu já havia fumado três, então respondi que não.

A-Mei me disse que, em Hong Kong, criminosos eram colocados na prisão por no máximo cinquenta anos, mas nunca executados. Ela não conseguia aceitar a noção de que um governo podia ordenar que um cidadão fosse morto. Ela disse que não desejava estudar medicina na China, que tinha sido ideia de seus pais.

Eu não sabia que Hong Kong não tinha pena de morte.

— E quanto aos assassinos e estupradores? — perguntei. — Se o governo não se livra deles, eles representam uma ameaça à segurança pública.

— Mas e se o julgamento estiver errado? Como se pode compensar por tirar a vida de um homem inocente? E, em todo caso, não é civilizado matar outro ser humano, seja ele culpado de um crime ou não.

A-Mei contou que, enquanto estava em treinamento hospitalar na zona rural, viu um médico matar um recém-nascido injetando álcool em sua cabeça. A mãe sequer teve permissão de pôr os olhos na criança. À tarde, a mãe voltou à sala de parto, pegou seu bebê morto na lixeira e fugiu com ele.

— Eu ouço histórias como esta o tempo todo — comentei. — A esposa de meu primo fugiu depois que ficou grávida do segundo filho. Ela veio a Pequim para ficar conosco, mas a polícia a rastreou e a mandou de volta para sua vila. Assim que ela chegou, os oficiais de controle de natalidade cortaram sua barriga, arrancaram o feto e o afogaram num balde de água... E, na última vez em que você viajou para Hong Kong, vi um jovem casal sendo perseguido pela polícia depois que me despedi de você na estação de trem. A mulher estava grávida, mas não tinha uma permissão de nascimento. O homem conseguiu escapar, mas a mulher era muito lenta. A polícia a agarrou e a atirou no chão. Ela caiu de cara. Havia sangue por todo lado. Eles a amarraram como um porco e a levaram embora.

— Chega, chega, não aguento mais! — gritou A-Mei. — Quero ir para o Canadá e estudar administração de empresas ou música.

Eu sempre ficava nervoso quando via A-Mei fechando a cara. Puxei um cigarro de meu maço.

Notando minha expressão preocupada, ela mudou de assunto.

— Apague esse cigarro. Você gostaria de ver a exposição do Parque Yuexiu hoje à noite? Haverá uma festa com fogueira e um espetáculo de dança tradicional de uma minoria étnica de Yunnan.

Embora fosse pequeno o quarto de A-Mei no recém-construído bloco para chineses de além-mar, ele tinha uma sacada grande o bastante para comportar duas cadeiras. Poder sentar ao ar livre tornava o calor subtropical da cidade um pouco mais tolerável. A-Mei me pediu para morar com ela. Eu disse que moraria, com a condição de que ela me deixasse pagar o aluguel do período seguinte. Ela concordou. Assim, no começo do recesso de inverno, levei algumas das minhas coisas do dormitório para o apartamento.

Ela decorou o quarto com miudezas que trouxera de Hong Kong. Eu gostava especialmente do par de pequenos tapetes com formato de pés colocado junto à cama, e do guarda-roupa retrátil de plástico. Pendurei na parede o mapa topográfico da China, no qual tentei marcar as rotas descritas em *O livro das montanhas e dos mares*. Ela descansava numa esteira de fibra de bambu colocada sobre o colchão de espuma. A escrivaninha que partilhávamos estava apinhada com seu toca-fitas, pilhas de livros e fitas de música clássica.

Era a primeira vez na vida que eu tinha um abajur na cabeceira da cama só para mim. Eu podia decidir se o ligava e lia meus livros ou se o desligava e ia dormir. A luminária de A-Mei, do outro lado da cama, tinha uma cúpula que ela fizera com um tecido laranja florido. Quando ela a acendia à noite, o quarto parecia acolhedor e elegante.

A-Mei decidiu que, na próxima vez que fosse para Hong Kong, traria seu violino e começaria a praticar novamente. Ela me perguntou se o barulho me incomodaria. Respondi que era filho de uma cantora profissional, e que cresci ouvindo minha mãe garganteando arpejos.

Foi também a primeira vez que partilhei um quarto com uma garota. Era uma sensação muito estranha. Suas sandálias de borracha tinham metade do tamanho das minhas. Eu podia dormir com ela, acordar com ela e observá-la enquanto ela se levantava e vestia a calcinha e o sutiã. Eu podia contemplá-la enquanto ela passava hidratante no rosto e alongava os cílios com uma pequena escovinha preta. Eu podia vasculhar sua bolsa de maquiagem e torcer os tubos dos batons. O quarto era uma suíte, e por isso quando ela ia ao banheiro eu ouvia todos os barulhos que ela fazia. Eu podia ver e cheirar seus absorventes manchados de sangue. Eu já não podia atirar as guimbas de cigarro no chão e esmagá-las com o calcanhar. Se eu queria um cigarro, tinha que fumar na sacada, e depois depositar a guimba apropriadamente no cinzeiro que ela colocara do lado de fora. Também tive que começar a escovar os dentes duas vezes por dia.

Alguns segundos depois que A-Mei adormecia, ela estremecia um pouco, como os sapos nos quais fazíamos experimentos no laboratório. Ela se deitava em meus braços, a luz do abajur recaindo suavemente sobre seu rosto. Ela sempre me dizia como gostava de adormecer com a cabeça em meu peito. Então, sempre que ela fazia isso, eu ficava muito feliz e me esforçava para não peidar.

Durante as férias, frequentamos muitas palestras promovidas pela universidade. Ela se sentava na garupa da minha bicicleta e partíamos para o campus através de uma sucessão de trilhas e alamedas. O mês passou muito rápido.

Nossos amigos começaram a se referir a nós como "os casados".

Na última semana das férias, A-Mei anunciou que viajaria para Hong Kong para acompanhar a mãe numa viagem de cinco dias à Tailândia.

Na véspera de sua partida, entrelaçamos nossos corpos suados, que tinham o cheiro do mesmo suor. As mechas úmidas de cabelos sobre suas orelhas flutuavam na brisa do ventilador. Ela deixou seus braços repousarem langorosamente junto ao corpo e murmurou:

— Nós ficamos tão próximos um do outro. É maravilhoso. Eu sou sua, toda sua... — Depois ela rolou e deitou a cabeça no meu peito. Antes que eu tivesse a chance de acender um cigarro, caí num sono profundo.

Enquanto você segue inconscientemente para a morte, busca os sentimentos fragmentados que flutuam à sua volta, tentando encontrar algum que esteja ligado a você de alguma maneira.

Eu achava que estávamos apaixonados... O capítulo de *O livro das montanhas e dos mares* intitulado "Caminhos pelas Montanhas do Sul" fala de um Monte de Bronze que assoma sobre o Mar Ocidental. Era lá que eu planejava começar minha jornada. Em suas encostas cresce uma planta que bane a fome. Eu queria comer algumas de suas folhas e depois partir para encontrar a Árvore Negra do Vale Perdido, cujos botões são tão radiantes que se alguém usar algum no cabelo jamais se perderá no caminho. O Rio Li nasce no pé da montanha e flui para o oeste na direção do mar...

Eu me pergunto por que *O livro das montanhas e dos mares* interrompeu minhas lembranças de A-Mei.

Lembro-me de ter dito a ela certa vez que, depois que me formasse, eu queria partir numa longa jornada, seguindo as rotas descritas no livro. Eu disse que começaria pelas Montanhas do Sul, subiria o Monte de Bronze e depois seguiria o caminho até as montanhas do oeste, do norte e do leste.

— Você acha que terá dinheiro suficiente em sua vida para viajar para todos estes lugares? — ela perguntou. — Só as Montanhas do Sul se estendem por quase dois mil quilômetros. Além do mais, o livro não é um texto científico apropriado. Ele é cheio de mitos e fábulas. Você mesmo me disse que muitos dos nomes de lugares são impossíveis de localizar. Alguns deles provavelmente jamais existiram, para começo de conversa. E quanto a todos os animais estranhos? Você realmente acha que há uma espécie de pássaro que só tem uma asa? — Ela ergueu as sobrancelhas e sorriu para mim.

Apontei para o mapa da China pendurado na parede e respondi:

— Quanto mais as pessoas dizem que uma coisa não existe, mais quero tentar descobri-la. O livro foi escrito há dois mil anos, então é natural que os nomes dos lugares tenham mudado. Eu não identifiquei muitas cidades ou rios, mas, veja, consegui delinear a maioria dos limites das montanhas.

Ela olhou inexpressivamente para a parede por um momento e depois disse:

— Eu fiz a conta. Se você quer viajar por todas as rotas mencionadas no livro, levará no mínimo cinquenta anos. Eu terei setenta anos quando você voltar... Se já não estiver morta.

— Foi só uma ideia — gaguejei. — Sei muito bem que levaria mais de uma vida para completar a jornada...

— Então por que você se deu ao trabalho de pendurar esse mapa? — perguntou ela com impaciência.

A adrenalina é o lubrificante da vida. Ela faz o coração disparar, o rosto enrubescer, a respiração acelerar, e ajuda a curar seu coração partido.

Dez dias se passaram e A-Mei ainda não tinha retornado de Hong Kong. Ela me dissera que só ficaria na Tailândia por cinco dias.

Não compareci à palestra obrigatória na primeira terça-feira do período, temendo que ela telefonasse enquanto eu estivesse fora. Fiquei no quarto e revirei suas malas e gavetas, buscando algo que pudesse explicar sua ausência prolongada. Descobri que ela possuía quatro saias brancas e diversos relógios diferentes. A única coisa que aumentou minha suspeita foi que ela levou os dois diários que geralmente guardava na escrivaninha.

Saí à sacada e olhei para a loja da esquina do outro lado da rua. Eu ficava frustrado por ver que sempre tinha alguém usando o telefone público que ficava no parapeito da janela da loja.

Na noite de quarta, pouco antes do jantar, alguém gritou do andar térreo:

— Quarto 413, quarto andar! Uma garota de Hong Kong no telefone da loja para você!

Sem me importar em colocar as sandálias, me lancei escada abaixo.

Eu estava de mau humor. Peguei o telefone e exclamei:

— O que está havendo? Você perdeu a noção do tempo? Sabe que dia é hoje?

A-Mei ficou em silêncio por um longo tempo e finalmente disse:

— Contei para minha mãe sobre você. Mostrei fotos nossas.

— E daí? Há séculos que contei para minha mãe sobre nós dois... Faz duas semanas que você está fora. Já não está na hora de voltar?

— Eu acho que não voltarei para este período.

— Do que você está falando? Por que não me telefonou antes?

— Eu tentei falar com você todos os dias. O telefone da loja está sempre ocupado.

— Bem, podemos falar sobre isso quando você estiver de volta. A ligação não está muito boa. — Eu nunca gostava de falar muito em ligações interurbanas, porque tinha medo da conta. Mas A-Mei estava ligando desta vez, então eu só tinha que pagar uma pequena quantia ao dono da loja.

— Minha mãe não aprova, Dai Wei. Ela disse...

— Essa mulher nem me conhece! — exclamei com desprezo. — Que direito ela tem de dizer a você o que fazer?

— Quer se acalmar? Estou ligando agora porque meus pais saíram. Ouça: minha mãe quer que eu rompa com você. Ela não quer que eu volte para Guangzhou. — Eu nunca tinha ouvido A-Mei falando tão alto.

— Então você faz o que sua mãe manda, é isso?

— Estou tentando dizer a você como está a situação. Por que não me deixa explicar as coisas? — Ela provavelmente esqueceu que eu estava de pé do lado de fora da loja da esquina. Havia uma longa fila de pessoas esperando para usar o telefone, e todos estavam olhando minha boca e ouvindo cada palavra que saía dela.

— Eu não tenho tempo para toda essa enrolação. Vá direto ao ponto. — Olhei para os estranhos na fila atrás de mim e extraí algum conforto da atenção que estavam prestando. Se não houvesse tantos deles esperando, provavelmente eu não teria falado tão bruscamente. Eu tinha pelo menos uma compreensão mínima de delicadeza.

— Tudo bem — ela respondeu. — Se vamos terminar, é melhor terminar logo de uma vez. Não há razão para arrastar as coisas. — Quando A-Mei ficava com raiva, ela voltava a falar cantonês, mas em geral eu conseguia captar o sentido do que ela estava dizendo.

— Certo, se você quer terminar, vamos terminar! — Eu estava furioso por ela deixar que a mãe ditasse sua vida daquela maneira.

— Bem, então está certo... — ela gaguejou e depois desligou o telefone.

Uma sensação de paz me dominou. Era como se eu tivesse me livrado de um problema incômodo. Saí da loja, corri de volta ao quarto, coloquei alguns livros em minha mochila e parti para a biblioteca. Uma nova edição do *Jornal de Ciência e Modernidade* era entregue à biblioteca no começo de cada mês. Passava por tantas mãos que, se não fosse possível pegá-lo rápido, não sobrava nada para ler depois.

Mesmo agora, não tenho certeza sobre quem rompeu com quem exatamente. Fui eu quem desligou na cara dela? Não, ela definitivamente desligou primeiro. Tenho certeza disso.

Foi só quando retornei para o quarto naquela noite que finalmente percebi que ela não voltaria mais e que estava tudo acabado entre nós. Ocorreu-me que, se era ela quem tinha pedido a separação, então eu seria o namorado rejeitado e, como todo namorado rejeitado, eu ficaria triste por um tempo. Mas se eu tivesse rompido com ela, então ela ficaria triste e seria a namorada rejeitada. Contudo, já que eu não conseguia decidir quem tinha terminado com quem, eu sabia que só me restava esperar e ver qual seria minha reação.

Este foi o primeiro dia de nossa separação.

Antes de ir dormir naquela noite, li o capítulo do *Livro das montanhas e dos mares* chamado "Rotas através das regiões entre mares". Fiquei fascinado pelas descrições de criaturas que eram meio humanas e meio pássaros: seres humanos com caras de pássaros e pássaros com cabeça de gente. Eu me perguntava se seriam criaturas puramente míticas ou estranhos híbridos que já tinham sofrido mutações havia muito ou entrado em extinção.

Quando terminei o capítulo, peguei o diário de meu pai novamente e folheei as páginas, mas não consegui me concentrar em uma única palavra.

Algumas semanas antes, dera uma olhada em edições da década de 1950 do *Diário da libertação* e descobri uma crítica da performance da *Heroica* de Beethoven executada pela orquestra da Companhia Nacional de Ópera. Como eu esperava, havia a fotografia de meu pai segurando seu violino em uma das mãos e esticando a outra para apertar a mão do maestro americano. Ele usava um terno ocidental e parecia jovem e vibrante. Percebi o quanto eu era parecido com ele.

Wu Bin tirou uma foto da página do jornal e revelou algumas cópias para mim. Mandei uma para minha mãe e dei outra para A-Mei. Mesmo sem ser músico, eu queria que ela soubesse que eu era filho de um violinista.

Examinei minhas fotos de A-Mei, joguei-as de lado e depois olhei novamente e comecei a notar detalhes dela que não tinha percebido antes. Numa imagem tirada durante a visita que fizemos à Loja da Amizade de Guangzhou, ela usava sapatos de salto alto. Nunca tinha notado que ela tinha um par. Depois, numa foto de close de seu rosto, notei uma penugem de finos cabelos sobre seu lábio superior, e uma dobra em sua pálpebra esquerda. Às três da manhã, eu ainda marchava pelo quarto, murmurando para mim mesmo, "Ótimo, então vamos nos separar, mas você vai se arrepender. Você vai voltar para mim. Eu sei..."

Por volta da meia-noite, senti uma dor fria e pesada em meu peito e tive uma premonição de que quem sofreria seria eu, e não ela.

Tentei resistir à depressão. Num pedaço de papel, listei os defeitos dela: "Indecisa, inflexível, preguiçosa, fraca, dorme demais, leva muito tempo para se vestir e se maquiar, sempre se esconde do sol." Depois, no pé da folha, acrescentei, "Nada muito sério, acho eu. Ninguém é perfeito."

Isso me ajudou a atravessar o resto da noite.

No dia seguinte, compareci às aulas como sempre, mas, quando voltei para o quarto à noite, podia sentir o cheiro dela emanando da cúpula laranja do abajur, da escrivaninha, das sandálias de borracha, da xícara, da camisola, das meias, das manchas menstruais nos lençóis, do livro deixado aberto na última página que ela leu, do tomate que ela deixou no frigobar junto à porta, do creme de hidratação intensiva Vaseline que ela comprara para minha pele seca. Eu não conseguia ligar o botão do ventilador porque sabia que os dedos dela o tinham tocado. Preferi suar no calor abafado. O cheiro dela pairava no quarto e, a cada inspiração, eu a sorvia.

Com um arrepio, tive que reconhecer que eu estava deprimido, e não ela. A-Mei era um lago, e nela eu me afogava. Eu era um peixe de água doce arrastado para o mar salgado. Não... Eu era um peixe de mar, fervendo num oceano que se tornava cada vez mais quente...

Até A-Mei me deixar, eu não tinha percebido que o amor podia ser tão perigoso.

Sementes de dor, enterradas no fundo de sua carne, começam a se deslocar em suas artérias e veias.

Álcool e pílulas para dormir não me ajudaram a esquecê-la. Ela era minha gêmea siamesa. Eu sabia que, separado dela, morreria.

No terceiro dia após nossa ruptura, o lado esquerdo do meu tórax começou a inchar. Fiquei sem ar e minha garganta parecia bloqueada. Só as pessoas rejeitadas por quem amam conhecem o verdadeiro peso do coração humano. Eu estava à beira do colapso. Ouvia sons de choques em minha cabeça. Saí à sacada e fitei o céu azul. Era o mesmo azul de antes de A-Mei me deixar. Mas até o azul parecia lhe pertencer agora. Baixei os olhos e senti que jamais conseguiria erguê-los para o céu novamente.

Eu queria arrancá-la de dentro de mim. Caminhei nas ruas e circulei pelo campus. Quando passei pelo pequeno restaurante do lado de fora dos portões, me lembrei da cicatriz escura deixada na palma direita de A-Mei por uma porta que se fechou em sua mão na infância, e quantas vezes eu a beijei, tentando fazer sumir o lembrete daquele momento de dor com minha vontade. Havia alguns banquinhos de plástico do lado de fora do restaurante. Embora nós jamais nos sentássemos neles, meu coração afundou quando os vi. O cão do gerente do restaurante e as duas pedras no chão também me faziam lembrar A-Mei. Ela detestava o cachorro; dizia que ele tinha cara de gente.

Tentei ligar para a casa dela em Hong Kong, mas a mãe sempre atendia e me dizia agressivamente para deixar de importunar sua filha.

Wang Fei tentou se matar depois que foi dispensado por uma menina que ele namorou por apenas dois meses. Fazia um ano que eu estava com A-Mei. Eu me perguntava como conseguiria me recuperar.

Na quarta noite, acordei no meio de um sonho e escrevi o começo de uma carta para ela: "... Sou como um pássaro que perdeu uma asa. Sem sua asa para me ajudar, nunca serei capaz de voar..." Quando desci para comprar um pouco de vinho de arroz, pensei no estudante de matemática que cometeu suicídio no verão anterior depois que sua namorada o dispensou. Eu sabia que, se queria viver, teria que apagar todas as lembranças de A-Mei da minha cabeça.

Eu me perguntava se a ruptura tinha sido predestinada. Quando a levei para a estação de trem, olhei em torno no grande saguão e disse, de mau humor:

— Aqui estamos novamente, na fronteira. — Os turistas de Hong Kong entrando no saguão estavam bem-vestidos, com cabelos arrumados e malas organizadas. Não pareciam pertencer ao mesmo planeta que as hordas desleixadas de turistas do continente, que se arrastavam com dificuldade pelo saguão com pés descalços e bolsas de plástico pendendo dos ombros.

Eu não tinha permissão de ir para onde ela ia. O cartaz acima dizia SOMENTE COMPATRIOTAS DE HONG KONG E MACAU.

— Não fique triste — disse A-Mei. — Li no jornal que Hong Kong vai retornar para a China em 1997. E, de qualquer maneira, não existem fronteiras entre nós dois.

— Os chineses vão adotar uma política de "um país, dois sistemas", para que a devolução não mude nada — retruquei, impertinente. Sempre me sentia distante dela quando a levava para a estação. A-Mei percebia isso.

— Vou pensar em você todos os dias — ela disse. — Não se esqueça de tirar minha saia da sacada quando estiver seca. Você pode pendurá-la do lado do mosquiteiro.

Vi que lágrimas se acumulavam em seus olhos.

— Lembre-se de me trazer alguns cigarros da loja isenta de impostos. — O dinheiro que eu ganhava vendendo cigarros para as barracas de rua cobria a maior parte de nossos custos de vida. A-Mei trouxera uma câmera e duas lentes de sua viagem anterior, e eu consegui vendê-las por mil yuans, o que cobria o aluguel do nosso quarto por um ano inteiro.

A cada vez que eu tentava esquecê-la, minha mente se enchia de imagens de seu rosto, tão reais que eu sentia que podia tocá-las. Eu via os dentes que ela revelava somente quando sorria, e as covinhas que apareciam quando ela ria. Eu recordava as imagens triviais e mundanas, como o frasco vazio de sabonete líquido que joguei na lata de lixo depois que ela saiu, e a marca de batom numa xícara de chá. Levei apenas alguns segundos para limpar o batom da xícara, mas não conseguia limpar a imagem da minha cabeça.

Alguns fragmentos de conversas ainda estavam aprisionados em meu lobo temporal: "Você deve estar cansado. Quer que eu fique por cima?..." "Um adivinho de Hong Kong disse que fomos marido e mulher em outra vida..." "Se vamos terminar, é melhor terminar logo de uma vez..."

Eu continuava frequentando as aulas, comendo, ficando bêbado e dormindo. Mas por dentro eu estava morto, e tudo a meu redor estava morto. Tranquei as portas, inclusive a que se abria para a sacada. Não queria que nenhuma parcela do amor que ainda estava no quarto escapasse.

Alguns dias depois, Mou Sen e Wang Fei me resgataram do quarto e me levaram para o hospital. Fui colocado numa divisão que tinha quatro — não, três — cristaleiras, três camas, e três banquinhos. As palavras HOSPITAL UNIVERSITÁRIO DE GUANGZHOU estavam pintadas nas cabeceiras das camas. O formulário preso ao pé da minha cama dizia: "Número de registro: 0046, Departamento de Medicina Interna, Bloco Sul. Diagnóstico: debilidade física e inflamação do fígado."

Hidrocortisona se infiltra em suas células, preenchendo-as com tristeza e fermentando suas lembranças dela.

Mou Sen me disse que ser dispensado por uma garota é como perder um trem: sempre aparece outro para pular dentro. Sun Chunlin me disse que eu estava muito preso a minhas emoções e que eu deveria me esforçar para ter um sentido de equilíbrio. Wu Bin disse que eu deveria atravessar a fronteira clandestinamente e procurar por A-Mei em Hong Kong. Wang Fei só me disse para sacudir a poeira e partir para outra.

    No hospital, os dias passavam muito devagar. O chão de cimento era lavado com desinfetante todas as manhãs, e o cheiro forte ficava no ar durante todo o dia. As pernas de madeira da minha cama ficavam inchadas com água, como os órgãos no meu corpo. Um trapo que caiu do esfregão estava enrodilhado como uma cobra junto a uma das pernas. Eu o fitava por horas.

    — Número 46! Por que você não tomou suas pílulas da manhã? — gritou a enfermeira.

    — Eu estava enjoado — murmurei.

    Quando fui admitido no hospital, eu tinha uma febre de quarenta graus. Tinha fumado e bebido demais, e não dormira o bastante. Meu corpo estava exausto. Eu sabia que estava entrando em depressão e queria mergulhar direto até o fundo. Não tinha condição alguma de partir clandestinamente para Hong Kong.

    Desviei o olhar para o estômago da enfermeira. Ela estava usando uma longa saia vermelha. Com as mãos quentes, ela enrolou uma tira de tecido em torno do meu braço.

    — Coloque a língua para fora. Está na hora do seu remédio. — O hálito da enfermeira atingiu meu rosto.

    Olhei para o lado e vi o anel deixado junto ao copo em minha mesa de cabeceira. Os respingos de loção antisséptica junto ao copo combinavam com as manchas de urina em meus lençóis. Uma mosca que perdera uma asa rastejava em torno de migalhas gordurosas presas numa rachadura da madeira.

    A corrente de ar que soprava do corredor tinha cheiro de absorventes usados. Fechei os olhos e recordei minha mãe contando como me deu à luz num corredor de hospital.

    O corredor do lado de fora era como o interior de um longo tubo de cimento. A maior parte da luz das lâmpadas azuladas do teto era absorvida pelas paredes verde-escuras. Havia uma escarradeira branca no chão marrom. A laca ao longo da faixa central no chão estava desgastada, expondo o cimento cinza abaixo.

    Eu continuava em minha cama úmida, esperando que meu corpo se recuperasse. Cinco dias se passaram. Eu tentava não pensar em A-Mei, mas a voz dela não parava de me retornar à memória, repetindo suavemente, "Se vamos terminar, é melhor terminar logo de uma vez..."

Foi somente quando desenvolvi hepatite que a voz começou a desaparecer e minha respiração retornou ao ritmo normal.

Havia uma enfermeira magra que se movia como uma sombra. Ela agitava o ar quando cruzava a sala. Enquanto o tom alvo de seu vestido se modificava quando ela passava pelas luzes, eu me lembrava de cheiros femininos que sentira no passado. Eu não tinha forças para pedir a ela que não passasse tão perto de mim.

No fim, o que me salvou foi o diário de meu pai. Quando lembrei toda a desgraça e a morte que ele descreveu, meu sofrimento me pareceu banal. Durante meus últimos três dias no hospital, eu só pensava na angelical Liu Ping e nos homens monstruosos que a mutilaram e devoraram. E eu murmurava para mim mesmo: "Dai Wei, você precisa parar de se comiserar por seus sentimentos e fazer algo de sua vida. Faça algo para tornar este país um lugar melhor..."

Axônios no órgão olfativo das paredes de sua cavidade nasal brotaram novas terminações nervosas, religando-se às fibras nervosas ao redor. Quando você inala a brisa, um sinal elétrico dardeja pelas novas rotas neuronais até seu cérebro.

Minha mãe está falando com alguém.

— Hoje é dia 4 de fevereiro de 1990 — ela diz. — Faz exatamente oito meses que ele entrou em coma, senhor. Mesmo que ele acordasse agora, seria um retardado. Não poderia lhe dizer nada.

Agora eu devo estar de volta ao apartamento. Presumo que minha mãe me instalou na cama de ferro. Não tenho qualquer lembrança de ter sido removido do hospital. Eu me pergunto quem me carregou pelos seis lances de escadas acima.

— Ele só está fingindo que está morto, esse moleque — disse o policial, dando-me tapinhas no rosto. — Ele tem medo de que o atiremos na cadeia se acordar.

Ao que parece, a mudança de local teve um efeito benéfico sobre mim. Os ruídos ao redor soam mais claros e meu sentido de olfato melhorou. Posso sentir o aroma de casca de árvore na brisa que sopra da janela, e os odores estagnados no apartamento. Estes odores são os cheiros familiares da casa: as cinzas de meu pai; as palmilhas, meias e luvas secando no radiador; todas as coisas que caíram atrás do radiador, como migalhas de pão cozido no vapor, tampas plásticas de canetas esferográficas, pedaços de papel que um dia embalaram bolos de carne, frango frito ou couve em conserva; as roupas e pele de minha mãe, e o desinfetante que ela salpica no chão.

— Canalhas! — diz minha mãe assim que o policial deixa o lugar. — Apontam armas contra gente inocente e depois classificam todos os mortos como criminosos. Que tipo de moralidade é essa?

Imagens do apartamento e de suas imediações enchem minha cabeça, enxotando pensamentos sobre A-Mei e sobre o Hospital Guangzhou, e minha vaga lembrança do Hospital de Pequim que acabei de deixar.

Eu me esforço para captar ruídos distantes. Tudo soa como se estivesse nevando. Imagino o cenário frio e duro do lado de fora da janela: o gelo branco no chão lanhado por dejetos amarelos emitidos pela alta chaminé do gerador elétrico. Pela manhã, antes que as cinzas caiam dos telhados e galhos da grande acácia de nosso conjunto, o gelo ainda está escorregadio. Vendedores de comida dos subúrbios acendem seus *woks* na rua do lado de fora e vendem pães chatos. Grandes moscas varejeiras cruzam a fumaça fragrante que se ergue do carvão em brasa. À tarde, as moscas se deslocam para os engradados de iogurte empilhados numa esquina. Todos os dias, os mesmos velhos se sentam ao lado dos engradados, tentando pegar alguns raios de sol. Um deles não fala nem fuma, apenas olha inexpressivamente para os transeuntes. Ocasionalmente, uma caminhonete sai da avenida principal e desce a rua para recolher lixo ou entregar refrigerantes para a quitanda, bloqueando o caminho dos ciclistas, que esperam no frio congelante tocando suas sinetas com impaciência...

Se seu cérebro produzir um pouco mais de proteína, o fluido que foi bloqueado circulará novamente, e você poderá retornar ao mundo.

— A polícia o arrancou do hospital no mês passado. Descobriram que ele esteve envolvido nos protestos estudantis e não queriam que vazassem notícias sobre seu estado. Ele foi colocado sob constante vigilância. Dois policiais me visitam todos os dias para me lembrar de levá-lo ao escritório de segurança pública assim que ele acordar. Nem mesmo Tian Yi ousa visitá-lo mais.

Minha mãe está falando com Yanyan, velha amiga minha da Universidade do Sul.

— Vou entrar em contato com ela... — A voz de Yanyan me leva de volta à noite de outono de 1986, quando ela, Wang Fei e Mou Sen vieram a este apartamento para tomar uma cerveja. Eles tinham acabado de chegar a Pequim. Difícil acreditar que quatro anos se passaram desde então.

Depois de meu período no Hospital Guangzhou, consegui me recuperar e me formar na Universidade do Sul com distinção. Wang Fei e eu fomos para a Universidade de Pequim para fazer pós-graduação em biologia molecular. Mou Sen foi para a Universidade Normal de Pequim para a pós em literatura chinesa. Ele encontrou coragem para dar as costas à ciência e seguir sua paixão. Yanyan conseguiu emprego como repórter no *Diário dos trabalhadores*.

— Sempre há insetos entrando pelas orelhas e nariz dele, então eu tive que comprar estas pinças — disse minha mãe, tocando meu rosto. — Seus braços ficam cobertos de manchas vermelhas. Ele parece um peixe doente...

Lembro-me de quando instalei os amplificadores na cantina certa tarde de nosso primeiro período na Universidade de Pequim. Frustrados pelo ritmo lento da reforma política, os estudantes criaram "salões" não oficiais para debater assuntos-tabu como liberdade, direitos humanos e democracia. Alguns formandos de ciências e eu criamos um grupo de discussão chamado Sociedade Panteão e convidamos o renomado astrofísico Fang Li para dar uma palestra sobre o futuro político da China. Ele era um crítico aberto do governo. Os estudantes tinham muito respeito por ele. Nós o apelidamos de Sakharov da China. No mês anterior, o Salão Democracia — fórum rival fundado por alguns estudantes de arte liberais — convidou o respeitado repórter investigativo Liu Binyan para fazer um discurso. Assim, sentimos que nossa sociedade precisava convidar alguém da estatura de Fang Li para ganhar a dianteira.

Passei bem meus primeiros dois meses na Universidade de Pequim. Fui nomeado para tutor e comecei debates preliminares sobre minha dissertação, "Biologia primitiva e o *Livro das montanhas e dos mares*". Em meu tempo livre, devorava jornais científicos na biblioteca ou ajudava a organizar as numerosas reuniões abertas da Sociedade Panteão.

Eu estava ansioso pela palestra de Fang Li e preparei algumas perguntas para ele, como: "Por que o povo do sul da China tem tão pouco interesse em política? Esta apatia política foi fundamental para o sucesso econômico da região?" Mas depois de ligar os amplificadores, tive que sair para comprar um suprimento de inverno de couve para minha mãe. Fiquei numa fila de duas horas no frio enregelante e depois carreguei as vinte couves de volta para o apartamento e as depositei do lado de fora de nossa porta da frente. Quando consegui retornar ao campus, a palestra de Fang Li estava quase no fim. A cantina estava lotada. Postei-me do lado de fora de uma janela aberta e captei as palavras finais: "Se o governo fala sério sobre reforma, deve nos garantir liberdade de expressão e liberdade de imprensa. Estes são direitos humanos fundamentais. Embora não sejam tudo, sem eles não temos nada!"

Quando a plateia irrompeu em aplausos, tentei me espremer pela porta. Não queria ser acusado de driblar minhas obrigações.

— Uma cátedra para Fang Li na Universidade de Pequim! — estudantes gritavam por cima dos aplausos.

Wang Fei ergueu o cartaz que preparara e gritou:

— Queremos liberdade de expressão! — Todos se levantaram e ecoaram seu grito. De repente parecia muito quente no interior da cantina.

Shu Tong, fundador da nossa Sociedade Panteão, pediu que os estudantes repetissem seu grito, "Viva a Democracia, abaixo a Tirania!", e depois limpou a garganta e disse:

— Agora é hora das perguntas da plateia.

Shu Tong era um astuto e inteligente formando de física de Xangai. Era rechonchudo e tinha a pele pálida, com cabelos bem cortados e penteados de lado, e um bigode ralo que parecia um pente fino pendurado sob seu nariz. Ele gostava de cultivar a aparência e a postura de um alto líder do Partido.

— O desenvolvimento econômico não depende de reforma política — disse Bai Ling, pondo-se de pé. — O sucesso da Zona Econômica de Shenzhen é prova disto. A China precisa erigir sua economia. Esta é a prioridade agora. Não importa se chamamos nosso sistema de capitalista ou socialista, o que importa é que ele eleve os padrões de vida do povo. — Bai Ling fazia licenciatura em psicologia. Eu a via com frequência em nossas reuniões abertas. Ela era minúscula. Tinha um corte de cabelo curto, mas isso não fazia com que ela parecesse nem um pouco mais alta.

— Nunca fui a Shenzhen, mas li muito a respeito — respondeu Fang Li, empurrando os óculos mais para o alto do nariz. — Sem um sistema político democrático instaurado, nossa economia terminará por naufragar. A riqueza do povo será engolida pelas instituições corruptas deste Estado monopartidário.

— Meu nome é Nuwa — disse outra garota. — Faço licenciatura em literatura inglesa. Professor Fang, se exigirmos o direito de eleger nosso governo e formar partidos de oposição, isso não nos tornaria contrarrevolucionários, criminosos conspirando para subverter o Estado? — Ela era membro da companhia de dança da universidade. Notei que neste dia ela estava usando um batom rosa. Ela ergueu as sobrancelhas e acrescentou: — O senhor não gostaria de nos dar uma máxima e um aforismo?

— O povo chinês não quer ser comandado pelo Partido Comunista — respondeu Fang Li. — O povo quer ser capaz de eleger seus servidores públicos e exigir responsabilidade deles. A Universidade de Pequim tem uma grande tradição democrática. Em 4 de maio de 1919, três mil estudantes desta universidade se reuniram na Praça da Paz Celestial para protestar contra a incapacidade da China em fazer frente ao Ocidente. Eles argumentavam que a única forma de salvar a nação era introduzir a democracia e a ciência. O protesto deu origem ao Movimento de Quatro de Maio, o período mais intelectualmente vibrante da história da China. Anos de comunismo esmagaram o espírito do Quatro de Maio, mas eu tenho confiança de que sua geração o trará de volta à vida e levará a China a uma nova era de luzes. Pela primeira vez em décadas, os estudantes têm permissão para organizar debates públicos sobre o futuro do país. Vocês devem tirar vantagem deste novo clima político e pressionar o governo para acelerar o passo da reforma. Lembrem-se de que a democracia não se ganha, mas se conquista... Minha máxima é: "Não faça aos outros o que não gostaria que fosse feito com você." Meu aforismo vem dos *Analectos* de Confúcio: "Se caminho pela estrada com dois outros homens, pelo menos um deles será meu mestre."

Neste ponto, o Velho Fu fez uma pergunta. Ele era secretário-geral da Associação de Estudantes de Pós-Graduação. Embora fosse apenas cinco anos mais velho que nós, ele tinha um ar de sábio estadista, razão pela qual todos o chamávamos de Velho Fu.

— Estou fazendo um doutorado em física e tenho uma carga de trabalho muito pesada — disse ele. — Gostaria de me envolver com política e usar meu conhecimento para ajudar a sociedade de algumas maneiras, mas não tenho tempo para comparecer a todas estas discussões e seminários.

— Também sou cientista — disse o Professor Fang. — O futuro de nosso país é um tema que envolve cada um de nós, não importando a qual campo de estudos nos dedicamos. — Nisto, todos irromperam em aplausos novamente.

Depois de ficar preso na entrada por meia hora, finalmente consegui me espremer mais para dentro da cantina. Ergui minha mão para fazer uma pergunta, mas Shu Tong não me viu. O que eu queria perguntar era: "Quem exatamente foi libertado pelos comunistas? Depois da chamada Libertação de 1949, o Partido levou um de meus avôs a cometer suicídio, forçou meu tio a assassinar o outro e trancafiou meu pai em campos de trabalhos forçados por vinte anos. Eles alegavam que estavam libertando os camponeses. Mas os únicos camponeses que já vi vivem em tanta miséria que sequer sabem de onde virá sua próxima refeição."

Passou-se mais uma hora até que a palestra finalmente chegou ao fim. No final, tive mais esperança no futuro da China e em nossa capacidade de provocar mudanças.

Voltamos a nossos dormitórios de bom humor. Escrevi uma carta a Tang Guoxian, meu amigo espalhafatoso e risonho da Universidade do Sul, e coloquei no envelope alguns panfletos políticos da Sociedade Panteão. Contei na carta que Mou Sen achava a atmosfera da Normal de Pequim muito deprimente e passava a maior parte do tempo se divertindo em meu dormitório na Universidade de Pequim, jogando partidas de majongue que duravam dois dias seguidos.

Tang Guoxian ainda estava na Universidade do Sul. Wu Bin assumiu um cargo de pesquisador na Academia Wuhan de Engenharia. Sun Chunlin, que me emprestara *A interpretação dos sonhos*, deixou o meio acadêmico e partiu para fazer fortuna na Zona Econômica Especial de Shenzhen. Através dos contatos pessoais do tio, ele conseguiu um cargo administrativo numa companhia de construção de rodovias por lá.

No fim de novembro, Sun Chunlin veio a Pequim numa viagem de negócios e levou nossa turma da Universidade do Sul para um almoço caro. Mou Sen levou consigo Yanyan, a repórter do *Diário dos trabalhadores*. Ele me confidenciou que ela havia aceitado o pedido para ser sua namorada.

Você anseia por libertar-se de seu casulo. Sua boca é uma porta trancada sem chave.

Quando o sol se põe, um vento cortante sopra através da noite invernal. Ele corre por minha pele, sugando o calor de minhas roupas e cobertas, e logo o quarto está gelado.

Eu me imagino examinando-me através dos olhos de um pássaro. Eu me vejo deitado e imóvel na cama, o nariz projetando-se lamentavelmente do centro do rosto, e minha mãe sentada na beira da cama com mãos rijas e pés frios.

Depois eu voo para fora da janela, e dos telhados vejo a luz do poste brilhando obliquamente sobre um velho quadro de bicicleta acorrentado a uma grade. Ouço o caminhão do lixo erguendo do chão um latão de metal. Quando a corrente gira em torno do cilindro, ouço um ra-ta-tá, como uma série de tiros de metralhadora. Quando o latão chega à caçamba aberta do caminhão e se inclina, fragmentos de lixo caem no chão. O som faz o sangue correr mais rápido pelas veias que circundam meu reto. Os músculos estriados do esfíncter anal externo relaxam, permitindo que um fluxo de ar mais frio que a temperatura de meu corpo me penetre. Depois ouço um estrondo quando o latão é virado na parede interna do caminhão, e as batidas intermitentes da tampa de metal quando o latão vazio é erguido novamente. O caminhão se afasta, deixando um fedor de matéria podre que permanece no ar por horas.

Quando eu era criança, certa vez me meti dentro de um grande latão de lixo só por diversão e depois corri de volta para casa. Nosso apartamento não ficava muito longe, mas era como se eu não chegasse nunca. Um medo me agarrou a espinha e se espalhou por todo o meu corpo. Em meus sonhos, eu volto a este momento repetidamente. Corro o mais rápido que posso. Às vezes uma imensa rocha me persegue, mas diante de mim está sempre o nosso prédio retangular com seus tijolos vermelhos, plantado no solo como um caixão.

Quando ouço os ruídos à minha volta e o som do sangue correndo por meu corpo como carros disparando por uma autoestrada, sei que não posso parar de respirar e morrer, como minha mãe anseia que eu faça. Não tenho qualquer controle sobre minha vida ou minha morte. Sou um refém agora, como uma piramboia enterrada num lodaçal, hibernando durante a seca do verão. Mas o cativeiro da piramboia é apenas sazonal. Antes de mergulhar em sua falsa morte, o peixe sabe que retornará à vida quando a chuva voltar para encher o leito do rio mais uma vez. Sua morte é uma forma de sobrevivência. Ela morre, mas não apodrece.

Mas quando eu estava vivo não fiz qualquer preparação para a morte, quer fosse real ou falsa. Eu tinha pouco mais de vinte anos e estudava para minha pós-graduação em biologia molecular. Meu dormitório ficava no Bloco 29. A janela se abria para o Triângulo — um pequeno pátio com quadros de avisos que era o lugar mais animado do campus da Universidade de Pequim.

Enquanto pensamentos e desejos viajam por seus lobos temporais, você ouve os ruídos do interior de seu corpo e tenta deduzir onde está.

Eu me lembro da forte nevasca que caiu no fim de dezembro de 1986. Ela cobriu o parapeito da janela de meu dormitório.

Olhei para baixo. Estava escurecendo, mas havia um monte de gente passeando no Triângulo. Mais cedo naquele mês, protestos de estudantes explodiram na Província de Anhui, depois em Xangai, e neste dia chegaram notícias de que a elite dos estudantes de Pequim da Universidade Qinghua também tomou as ruas, protestando pelo lento ritmo das reformas do governo. Um cartaz rapidamente apareceu no Triângulo, encorajando os estudantes da Universidade de Pequim a se reunirem na Praça da Paz Celestial na Véspera do Ano-Novo para exigir mais liberdade e democracia. Mas antes que qualquer um tivesse tempo de ler, um segurança o arrancou.

Não havia mais ninguém no meu dormitório para jogar majongue com Mou Sen, então nós dois fomos procurar Wang Fei.

O dormitório de Wang Fei ficava junto ao meu. O radiador estava a pleno vapor. Através da espessa fumaça de tabaco pairando no ar, eu podia sentir seu cheiro de colônia barata. Ele e os outros caras do dormitório estavam debatendo se deveriam ir à Praça da Paz Celestial no Ano-Novo.

Ke Xi estava empoleirado numa mesa.

— A Universidade de Pequim sempre representou um papel de vanguarda no passado. Mas hoje, mais de três mil estudantes da Universidade de Qinghua tomaram as ruas. Se não nos mobilizarmos agora, ficaremos para trás! — Ke Xi estudava para conseguir um bacharelado em educação. Ele era um sujeito truculento com uma cara achatada, e tinha 18 anos. Quando ficava irritado, sua testa se crispava profundamente, e os olhos se estreitavam como os de uma águia.

— Temos que ir para a Praça — disse Shu Tong. Os linha-dura do Partido querem deter o processo de reforma. Nosso protesto fortalecerá a posição dos reformistas.

— Não perca seu tempo ajudando aqueles supostos "reformistas", pelo amor de Deus — rosnou Wang Fei. — Eles são todos membros do Partido Comunista. Só estão apoiando as reformas econômicas para consolidar seu poder. Não estão interessados em democracia. — O dialeto de Sichuan de Wang Fei se abrandou um pouco desde nossos tempos da Universidade do Sul, mas sua visão se tornara muito pior. Seus óculos eram tão espessos que era quase impossível ver seus olhos através das lentes. Independentemente do clima, ele nunca tirava seu impermeável azul, nem mesmo nos interiores.

Estava sempre inventando planos mirabolantes que nunca tinha coragem de levar a cabo. Quando estávamos na Universidade do Sul, ele frequentemente se gabava de que retornaria a Sichuan e instigaria uma revolta do campesinato, mas nenhum de nós acreditava nele, claro.

— E se eles nos prenderem? — perguntei. — Isso vai ficar marcado em nossos registros.

— Não seja tão patético! — zombou Wang Fei. — Se está com medo de ser preso, então não participe da revolução!

— Democracias não são criadas por revoluções — disse o Velho Fu em sua maneira calma e ponderada. — Elas têm de ser construídas gradualmente. O importante é que a sociedade continue avançando. Os reformistas já deram grandes passos.

Mou Sen se recostou e bufou seu desdém.

— Tivemos a caótica década da Revolução Cultural, seguida por esta década de reforma arrastada. O Partido Comunista cria grandes desastres e depois leva anos tentando se desvencilhar deles. Não deveríamos desperdiçar nossos talentos tentando salvar o Partido. É a China que precisa ser salva!

Meu companheiro de dormitório Chen Di também estava lá. Ele passava a maior parte de seu tempo no dormitório de Wang Fei, e só voltava para o nosso para dormir.

— O processo de reforma tem sido como um barco sem leme — disse ele. — Já batemos contra tantas pedras que ninguém mais sabe para onde ele está indo.

— Se vocês realmente forem à praça, duvido que eu consiga convencer qualquer um da Normal de Pequim a ir junto — disse Mou Sen, desanimado. — O lugar é dirigido como uma instituição penal. Os estudantes são deprimidos e apáticos. O Ministério da Educação acabou de nos nomear "universidade de modelo". Um ultraje!

— Se não tivermos cuidado, a Universidade de Pequim entrará pelo mesmo caminho — disse Liu Gang, fumando seu cigarro. Liu Gang era um organizador talentoso, admirado por todos nós. Ele editava uma revista estudantil não oficial chamada *Liberdade de Expressão*. —Temos que extrair inspiração de nossos corajosos predecessores. Na década de 1950, uma estudante de jornalismo daqui chamada Lin Zhao criticou abertamente a perseguição de Mao aos direitistas. Ela própria foi classificada como direitista e colocada em confinamento solitário. Foi espancada e torturada, mas se recusou a se retratar. Por fim, foi executada por ordens de Mao. Nós somos homens adultos. Não podemos ter medo de ir à praça. Nossa covardia é vergonhosa.

— Uma estudante da Universidade de Pequim foi condenada como direitista? — perguntou Ke Xi.

— Sim — intrometeu-se Mou Sen. — Também li a respeito dela. Lin Zhao era uma das estudantes mais talentosas da Universidade de Pequim. Ela editava uma revista estudantil literária chamada *Casas Vermelhas*.

— Por que não levamos nossa Sociedade Panteão a funcionar abertamente? — perguntou Shu Tong, voltando-se para o Velho Fu. — As autoridades da universidade sabem o que andamos fazendo. Deveríamos pedir reconhecimento oficial.

— Se nos tornarmos uma organização oficial, seremos infiltrados por espiões do Ministério de Segurança do Estado — respondeu o Velho Fu. — Hoje existem espiões infiltrados em cada departamento. — Ele já estava na universidade havia quatro anos, e a compreendia melhor que qualquer um de nós.

— O governo não precisa implantar espiões; o Sindicato dos Estudantes lhes dá relatórios regulares de nossas atividades — disse Ke Xi. — Não há razão para tentar ser sigiloso. Vamos começar a organizar o protesto e escolher nossas palavras de ordem.

— Quero saber quais serão nossas palavras de ordem antes de decidir se vou participar do protesto — disse o Velho Fu.

— Você participaria se nós gritássemos "Abaixo o Partido Comunista"? — inquiriu Wang Fei.

— Não. Mas participaria se gritássemos "Abaixo a corrupção!". — O Velho Fu se apoiou na colcha dobrada na beira de sua cama, como uma estátua de cera que derrete ao sol. Ele sofria de uma doença crônica no fígado e sempre tomava ervas medicinais para tratá-la.

— Você parou na era do Movimento do Muro da democracia, Velho Fu! — disse Wang Fei. — Os tempos mudaram. Precisamos organizar um plano mais radical.

Vi que os dois Chans reviravam os olhos. Nós os chamávamos de Grande Chan e Pequeno Chan, porque um era alto e o outro, baixo. O Grande Chan era algo como um conquistador na universidade. Ele tocava guitarra. A parede junto a seu beliche era coberta de fotografias de estrelas pop. Ele odiava sujeira e bagunça, e estava sempre lavando as mãos. Ele e seu amigo, o Pequeno Chan, que dormia no beliche abaixo do seu, eram inseparáveis. O Pequeno Chan passava boa parte do tempo arrumando seu cabelo no espelho. Nenhum dos dois tinha muito interesse em política.

— Os chineses não se importam com liberdade de expressão — disse Mou Sen. — Eles só querem ganhar dinheiro. Seus espíritos estão vazios. — Ele jogava a franja para trás ao falar. Parecia um escritor boêmio.

— E como anda o seu espírito? — perguntei, provocando-o. — Ultimamente você só pensa em majongue! O que aconteceu com aquele romance que pretendia escrever?

— Você deve ter vendido pelo menos uns dez frascos daquele Tônico de Reposição Capilar esta semana, Dai Wei — disse Ke Xi. — Então vá comprar umas cervejas para nós.

— Não, só vendi três — menti. — Os estudantes de ciências não parecem sofrer de calvície. Você quer tentar vender para aquelas garotas caretas do Departamento de Educação?

Esse meu pequeno negócio estava andando muito bem. Eu pedia a Sun Chunlin que me enviasse frascos de Shenzhen. Ele os comprava no atacado por vinte yuans cada, e eu os vendia por cinco yuans a mais. Na semana anterior, fizera um lucro de cem yuans.

— As autoridades da universidade vão instalar um escritório de segurança na área de dormitórios para nos vigiar mais de perto — disse Shu Tong. — Temos que mostrar a eles que não seremos intimidados.

— Podemos ser expulsos se formos à praça — disse o Velho Fu. — Vamos fazer nossos protestos dentro do campus e pedir por mais liberdade acadêmica e reconhecimento oficial de nossos salões democráticos. — O Velho Fu sempre desviava os olhos quando falava, mas assim que terminava tornava a fixar os olhos brilhantes no interlocutor.

— O que foi exatamente o Movimento do Muro da Democracia? — perguntei, pensando no que Wang Fei tinha dito.

— Mas como você é ignorante! — riu Liu Gang. — Foi aquele breve florescer de oposição em 1978 e 1979. Deng Xiaoping abriu seu caminho de volta ao poder depois do término da Revolução Cultural, e estava tentando expulsar os maoistas remanescentes no Partido. Durante alguns meses, ele encorajou ativistas a colarem críticas a Mao e à Camarilha dos Quatro numa parede do distrito de Xidan. Wei Jingsheng era a estrela-guia do movimento. Você deve ter ouvido falar dele. Ele escreveu um cartaz proclamando que, sem reforma política, as outras reformas que Deng Xiaoping estava implementando não tinham sentido algum. Deng percebeu que as coisas tinham ido longe demais. Wei Jingsheng foi preso e sentenciado a 15 anos de prisão, e o muro foi derrubado.

Cao Ming estava de pé junto à porta, ouvindo nossa conversa.

— Se não nos concentrarmos em nossos estudos, como seremos capazes de servir ao país? — perguntou severamente. Ele era filho de um general do exército e tinha um corte de cabelo militar e uma cicatriz na face esquerda. Ele não se misturava muito com o resto de nós.

— Dá para relaxar? — disse Chen Di. — Nós só temos que entregar as dissertações daqui a três anos.

— Liu Gang, todos os estudantes de ciências admiram você — disse Wang Fei. — Você precisa estimular todo mundo e assegurar que não façamos papel de trouxas. Os estudantes de história já prepararam suas placas e cartazes.

O Grande e o Pequeno Chan entraram novamente. Eles tinham acabado de ir ao banheiro.

— Não acredito que vocês *ainda* estão planejando aquele protesto — disse o Pequeno Chan secando o cabelo com uma toalha. — É uma ideia idiota. Se quisermos mudar as coisas, temos que começar pedindo que a universidade pare de trancar os portões às onze da noite. Afinal, isso aqui não é uma prisão.

— Sim, e que permita que fiquemos de pé e dancemos em shows de rock — disse o Grande Chan. — Detesto o jeito como eles nos forçam a ficar sentados.

O céu do lado de fora se tornara negro. Tudo que eu podia ver era um floco de neve ocasional acertando a janela. Os imundos pares de tênis no quarto tinham um cheiro pior que os banheiros. Tirei um cigarro aceso dos dedos de Mou Sen e dei uma longa tragada.

— Se marcharmos pelas ruas, os moradores locais nos prenderão antes mesmo que a polícia tenha a chance de fazê-lo — disse Cao Ming. — Suas vidas começaram a melhorar agora, eles não querem que comecemos a bagunçar tudo.

— Minha mãe seria a primeira a me entregar para a polícia — admiti.

— Mais uma razão para que saiamos às ruas. Se não falarmos às pessoas sobre o que há de errado na sociedade, nada vai mudar nunca. — Wang Fei tirou os óculos enquanto falava e os esfregou com seu lenço.

— Esta é a universidade mais prestigiosa da China — disse Shu Tong, erguendo o queixo no ar como um arrogante figurão do Partido. — Temos que assumir a liderança e sair às ruas.

— Acho que nossa Sociedade Panteão deveria recrutar novos membros — disse Chen Di. — Podemos trazer estudantes de outros departamentos, ativistas como Ke Xi, por exemplo.

— Eu não vou me juntar a vocês! — disse Ke Xi, indignado. — Vou fundar uma sociedade própria para os estudantes de educação.

— Então você vai liderar a Brigada Feminina? — zombou Wang Fei.

— Não me venha *você* falar de mulheres, Wang Fei — disse Cao Ming, tirando os sapatos e as meias e deitando em sua cama. — Estou de saco cheio de você trazendo sua namorada para cá. Assim que ela aparece, você fecha a cortina de seu beliche e entra em ação. Fica numa pressa tão grande que joga seu cigarro no chão sem nem mesmo se lembrar de apagá-lo. Se você continuar a trazê-la desse jeito, os seguranças vão bater à nossa porta.

— Você é quem vive jogando suas guimbas por todo lado!

Wang Fei e Cao Ming estavam sempre discutindo por alguma coisa. A atual namorada de Wang Fei era uma estudante de zoologia. Ela o conheceu enquanto empreendia uma pesquisa. Ela perguntou a cem estudantes quantas vezes por semana eles se masturbavam e se apaixonou por Wang Fei depois que ele revelou que sua média era três vezes por dia.

— A gente só fuma para disfarçar o fedor do seu sovaco, Wang Fei! — disse Ke Xi. — Você fede como uma porra de um gorila! — Nenhum de nós conseguia aguentar o cheiro de Wang Fei.

— Não, é você quem fuma só para disfarçar seu bafo — devolveu Wang Fei, apontando para os dentes manchados de tabaco de Ke Xi.

— Ei, e de quem é esse chulé? — perguntou Mao Da, entrando pela porta. — Está fedendo como se alguém estivesse criando fungos nas meias! Mou Sen, espero que você esteja com a carteira recheada. Estamos prestes a começar um jogo de majongue. Hoje à noite, vamos apostar com cupons de comida. — Mao Da era outro cara do meu dormitório. Ele sempre gostava de fazer pequenas apostas em cada rodada de majongue.

O dormitório estava lotado agora. Shu Tong teve que gritar para se fazer ouvir.

— Temos muitos ativistas talentosos na Sociedade Panteão. Deveríamos nos dividir em grupos amanhã e tentar persuadir os estudantes de cada departamento a irem até a praça. Podemos preparar cartazes com palavras de ordem exigindo liberdade de imprensa, mas é melhor não começar a falar sobre um fim para a ditadura.

Mou Sen bateu na coxa e disse:

— Ótimo! Vou voltar para a Normal de Pequim e incitar o pessoal de lá! Serei como o Presidente Mao clamando pela greve dos mineradores em Anyuan.

— Quem concorda que devemos ir à praça, levante a mão — disse Liu Gang.

Com exceção dos dois Chans e de Cao Ming, todos ergueram as mãos no ar.

— Pois bem, está decidido — disse Shu Tong, pondo-se de pé. — Liu Gang, conto com você para entrar em contato com os estudantes da Universidade Qinghua...

No silêncio, você busca algum som, algum murmúrio leve que possa ajudá-lo a se ligar ao mundo exterior.

Alguém está abrindo o cadeado de uma bicicleta no pátio externo. O ruído não vem da trilha, mas da árvore à direita da entrada de nosso prédio. Ouço a chave virar, mas não o som do apoio sendo chutado para cima.

A bicicleta que comprei para mim durante meu primeiro período na Universidade de Pequim fora roubada após apenas um mês. Aconteceu no dia seguinte ao protesto dos estudantes de Qinghua. Os estudantes cobriram os quadros de avisos do Triângulo com cartazes feitos à mão exigindo mais democracia. Uma grande multidão se juntou para ler. Eu abri meu caminho até a frente e, enquanto me ocupava de copiar o texto de um cartaz em meu caderno, alguém levou minha bicicleta. Fui descuidado por não colocar o cadeado. Depois disso, eu tinha que pegar um ônibus sempre que ia para casa num domingo, trocando de condução três ou quatro vezes. E no final eu ainda tinha uma longa caminhada, porque a parada de ônibus ao lado de nosso conjunto fora removida para dar espaço a um novo prédio. A velha oficina do ferreiro atrás da parada de ônibus também fora demolida, e em seu lugar fora erguido um restaurante. Duas grandes luminárias acima de sua entrada iluminavam a neve pisada na calçada e um varal de metal suspenso entre duas acácias.

A entrada do ferreiro costumava ficar apinhada de placas velhas de metal, funis e latas de combustível vazias. As latas eram de um tom verde-escuro e tinham letras estrangeiras brancas na frente e uma imagem de um crânio humano na lateral. No verão, o velho ferreiro e seu aprendiz colocavam todas as bigornas e fornos de carvão na calçada e transformavam uma lata de combustível numa chaminé de metal bem diante de nossos olhos. O ferreiro cortava o metal da lata com sua grande tesoura com a mesma facilidade que teria se fosse uma folha de jornal. No fim de cada dia, o aprendiz levava todos os restos e ferramentas para o interior da loja, deixando uma área vazia de calçada varrida. Eu vasculhava aquela área por horas, mas tudo que encontrava eram fragmentos de chumbo derretido e alguns parafusos enferrujados. Meu amigo Duoduo cortara o pé num pedaço de metal ali. Foi bem feito para ele, por sair à rua de chinelo.

O novo restaurante de massas fazia a rua parecer mais iluminada e cálida. A velha fábrica de objetos de plástico do outro lado da rua ainda estava lá, mas agora também era iluminada. Durante o Festival da Primavera, lâmpadas vermelhas eram penduradas na entrada formando os caracteres chineses para Feliz Ano-Novo, e um brilho rosado caía nas couves cobertas de neve do pequeno barracão ao lado.

Quando voltei a morar em Pequim, substituímos nosso forno a carvão por um fogareiro que funcionava com bujões de gás. Também compramos um aquecedor elétrico de água, que prendi na parede do banheiro. Assim, sempre que eu ia para casa e queria tomar um banho, só precisava colocar uma tábua de madeira sobre o buraco da fossa e ligar um chuveirinho ao aquecedor. Depois de viver no sul por quatro anos, fiquei acostumado a tomar banho todos os dias.

Nosso apartamento tem dois quartos: um deles é um pouco maior que o outro. Quando atravessamos a porta da frente, há uma estreita passagem que serve como nossa sala de estar. É grande o bastante para conter um pequeno sofá e uma mesinha dobrável. A cama de ferro em que estou deitado é grande demais para caber no quarto menor, e toma a maior parte deste quarto. Se minha mãe não fosse tão sentimental, eu a teria leiloado há anos. Eu e meu irmão odiávamos a cama, porque assim que nos deitávamos as molas de metal começavam a ranger.

Depois que compramos o fogareiro a gás, minha mãe jogou fora o velho forno a lenha e a chaminé no corredor do lado de fora de nossa porta, junto com uma velha panela de alumínio, um banquinho com uma perna quebrada e uma pilha de briquetes de carvão que sobraram.

Quando eu chegava em casa, geralmente preferia dormir na cama de solteiro de meu irmão. Fizemos um quarto para ele fechando a sacada do lado de fora do meu quarto. Havia uma tomada junto à cabeceira, e eu podia ligar meu rádio e ouvir enquanto estava deitado na cama. Eu preferia ouvir rádio a assistir televisão.

Em 1986, meu irmão foi estudar computação na Universidade de Ciência e Tecnologia de Sichuan. Quando ele morava em nossa casa, eu detestava a forma como ele me rondava o tempo todo, mas depois que ele saiu senti que havia algo faltando. Agora ele tinha quase a minha altura, mas era um pouco mais magro. Tinha o nariz largo de minha mãe, ao passo que eu tinha um nariz fino e comprido como o de meu pai.

Depois que Dai Ru partiu para Sichuan, eu me tornei a única pessoa com quem minha mãe podia conversar. Sempre que eu ia para casa, nós terminávamos discutindo. Ela estava chegando à casa dos cinquenta anos, e provavelmente entrara na menopausa. No passado, quando cortava meu cabelo, minha mãe ficava quieta e me deixava ler o jornal, mas agora ela usava a oportunidade para me criticar e implicar.

Lembro-me de uma discussão que tivemos no Ano-Novo de 1986. Era a noite anterior ao nosso planejado protesto. Na cozinha, mencionei casualmente que Deng Xiaoping tentava tornar-se o segundo Mao Tsé-Tung. Minha mãe largou os brotos de feijão que estava lavando sob a bica e disse:

— Deng Xiaoping libertou o povo chinês da tirania da Camarilha dos Quatro e ergueu a nação novamente. Você deveria estar agradecido!

Terminei de limpar o peixe-espada, sentei no sofá, sequei minhas mãos e disse:

O que você quer dizer com "libertou"? Quem ele libertou? Ele libertou você, ou meu pai? Amanhã de manhã nós iremos à Praça da Paz Celestial para exigir mais democracia para o povo chinês.

Ouvi uma colher de metal caindo e minha mãe gritando.

— Não ouse participar de qualquer protesto! Vou mandar a polícia para prender você! Já esqueceu que seu pai passou vinte anos em campos de reforma-pelo-trabalho?

Era exatamente a reação que eu esperava. Ela ainda tinha o cheiro dos tomates que cozinhara no dia anterior. A cada inverno, ela comprava um engradado de tomates baratos e os fervia por horas para fazer um molho espesso. Geralmente ela fazia o bastante para encher cinco jarros grandes.

— O governo me paga um salário e nos deu este apartamento. O que mais eu poderia querer? Você sabe quantos contrarrevolucionários eles tiveram que executar para alcançar a sociedade estável de que desfrutamos hoje? Está realmente achando que você e seu pequeno bando de colegas conseguirão virar este país de pernas para o ar?

— Eu não entendo. O Partido levou seu pai ao suicídio e aprisionou seu marido. Por que você sente que precisa defendê-lo? Se os comunistas não tivessem tomado o poder em 1949, hoje você seria uma mulher rica, vivendo numa grande casa.

— Sem o Partido Comunista, não haveria a Nova China. Sem a liderança de Deng Xiaoping e Hu Yaobang, nossa família não teria a vida de que desfrutamos hoje. — Ela entrou de volta na cozinha, limpando as mãos molhadas nas calças.

— Meu pai era um violinista profissional, mas foi obrigado a passar fome em campos de trabalhos forçados por vinte anos. Você leu o diário dele, não leu? Lembra-se do Diretor Liu e de sua filha Liu Ping, de quem ele tanto falava? Quando eu estava na Província de Guangxi, descobri que eles foram condenados como inimigos da classe durante a Revolução Cultural e seus corpos foram devorados.

— Se ouvissem o que você está dizendo, eles o arrastariam para o campo de execução — minha mãe disse num sussurro. — Por que você não consegue aprender com os erros de seu pai? Hoje o Partido encoraja as pessoas a enriquecerem. Se for esperto, você pode ir para Shenzhen e fazer sua fortuna. Lá, Lulu comprou um apartamento próprio.

— Shenzhen é um paraíso capitalista, mas um deserto cultural. A única coisa em que as pessoas pensam por lá é dinheiro. — Percebi que minha mãe não absorveu o que eu disse sobre o Diretor Liu e sua filha. A história provavelmente era horrível demais para que ela contemplasse. Eu não tinha mencionado o fato para mais ninguém, exceto Mou Sen e Wang Fei.

— Você deveria começar a ler os editoriais do *Diário do povo* todos os dias. Se não acompanhar os avanços mais recentes, vai se meter em confusão. — Minha mãe ergueu as sobrancelhas e voltou novamente para a cozinha. Os legumes estavam queimando no *wok*.

Depois do jantar, minha mãe soltou um arroto ruidoso e disse:

— Seu tio-avô dos Estados Unidos enviou outra carta perguntando se você ainda deseja estudar lá. O filho dele, Kenneth, concordou em ser seu mecenas. Acho que seria melhor se você deixasse o país o mais rápido possível.

— Meu inglês ainda não está bom o bastante. Vou esperar até terminar meu doutorado. — Não prestei atenção à expressão do rosto de minha mãe. Eu sabia que quem realmente queria que eu fosse para os Estados Unidos era ela. Na cremação de meu pai, ela colocou seu calendário favorito de paisagens estrangeiras dentro do caixão. Desde então, ela vem juntando uma grande coleção de calendários com paisagens e monumentos estrangeiros. Compra quatro ou cinco por ano. Na sala, há um calendário da Ópera de Paris e do Museu do Louvre, e no banheiro há um calendário de três anos atrás com imagens dos campos ingleses. Ela me disse certa vez que se casou com meu pai porque ele prometeu que os dois viajariam juntos e colocariam flores no túmulo de Marx. Sei que ela ainda anseia em ir ao exterior e realizar o sonho dele de ter suas cinzas enterradas nos Estados Unidos.

Embora minha mãe sempre me desse uma boa refeição quando eu ia para casa, eu só aparecia cerca de duas vezes por mês. Assim que eu chegava, já queria ir embora. Eu gostava muito mais da vida comunitária do campus.

Quando meu pai não tinha mais muito tempo de vida, ele começou a rememorar seus dias de estudante nos Estados Unidos. Eu sempre levava algumas revistas para ler quando era minha vez de acompanhá-lo no hospital. Ele gostava de falar sobre seu professor de violino de cabelos brancos que tinha três cães. O professor e a esposa sempre o convidavam para o almoço nos fins de semana. Na primeira vez em que compareceu, meu pai não percebeu que as refeições ocidentais tinham diversos pratos. Quando a sopa foi servida, ele presumiu que era o único prato, e então se empanturrou com cinco fatias de pão da cesta. Depois, para sua consternação, chegou o prato principal, e ele teve que engolir um enorme prato de bifes, batatas e cebolas fritas. Quando ele achava que a refeição já tinha acabado, uma imensa fatia de bolo foi colocada na mesa à sua frente, coberta com calda de chocolate. Em seu caminho para o alojamento, ele teve que parar e se deitar num banco. Durante os três dias seguintes, não pôde comer coisa alguma.

— Eles eram tão bons para mim — dissera meu pai. — Se um dia você conseguir chegar aos Estados Unidos, prometa que irá visitá-los. Talvez eles já tenham falecido até lá. Quem sabe? Em todo caso, este é o endereço. Eu sei de cor. — Tomando fôlegos curtos, meu pai escreveu o endereço em meu caderno. Ele não mentira para mim. Ele realmente sabia escrever em inglês.

Ele me contou sobre a ocasião em que deu seu concerto final na graduação. Estava congelando do lado de fora, e seus dedos ficaram tão dormentes que ele não conseguia segurar o arco. Mas as universidades americanas tinham aquecimento central, até nos banheiros, e ele pôde ir ao lavatório masculino e aquecer as mãos no radiador antes da apresentação. Ele tocou o *Concerto para violino* de Brahms naquele dia e recebeu a nota máxima.

Meu pai me disse que voltou para a China pouco depois da formatura e foi imediatamente aceito na orquestra da Companhia Nacional de Ópera. O estilo de execução parecia rígido e mortiço e, depois de cinco anos como violinista principal, ele sentia que sua capacidade musical havia se deteriorado.

— Toquei com eles o *Concerto para violino* de Beethoven inúmeras vezes — ele disse, fitando a janela com tristeza. — Um dia, ouvi no rádio uma gravação americana do mesmo concerto e percebi que eu passara os cinco anos anteriores tocando como um autômato. No dia em que voltei para a China, meu espírito morreu.

Eu folheava as revistas enquanto ele falava, erguendo os olhos apenas quando ele me pedia um gole de água ou dizia que precisava urinar.

Na época, eu ainda o odiava e ansiava por me libertar do estigma de ser filho de um direitista. Passei minha infância como um pássaro sem plumas, incapaz de bater as asas e reduzido a fugir de um lado para o outro pelo chão.

No último dia de 1986, esperei até minha mãe cair no sono para sacar de minha mochila o pedaço de tecido vermelho que tinha comprado e os caracteres DEPARTAMENTO DE CIÊNCIAS DA UNIVERSIDADE DE PEQUIM que recortara em papel. Eu costuraria os caracteres no tecido para fazer um cartaz, mas tive medo que o som acordasse minha mãe, e então decidi pegar agulha e linha da caixa de costura dela e fazer a faixa no dia seguinte.

Fui para a cama, mas estava excitado demais para dormir. Assim, para passar o tempo, pensei em A-Mei. Lembrei-me de como levantei sua longa saia e vi como os macios dedos de seus pés, cada um encimado por uma unha lustrosa, se contraíram por um momento e depois relaxaram.

Você observa a ferida cicatrizando e as sinapses neuronais se religando, e espera que o resto de seu corpo se recupere.

"Uma quadrilha de tráfico de mulheres foi descoberta na Vila Zhuang, Província de Anhui. Quinhentos moradores foram presos por sequestrar jovens mulheres e vendê-las como esposas para camponeses de condados vizinhos. Até o momento, 61 foram sentenciados..."

Minha mãe ligou o novo rádio. Ela deve ter comprado especialmente para mim. O som é muito nítido. Provavelmente temos ondas curtas, o que significa que eu poderia ouvir A voz da América com ele, se ela ao menos soubesse a frequência exata. Se ela deixar o rádio ligado, poderei acompanhar a passagem do tempo e saber em que dia estamos.

Uma imagem minha, partindo para o protesto do Ano-Novo com meu pano vermelho e letras recortadas em minha bolsa, cruza meu lobo occipital. Os neurônios se desligam por um segundo, e depois se religam e transmitem a imagem a meus lobos temporais.

Ao meio-dia, juntei-me à multidão de estudantes reunida abaixo dos degraus do Museu de História da China e olhei para a vasta extensão da Praça da Paz Celestial diante de nós. O enorme espaço público, do tamanho de noventa campos de futebol, estava completamente vazio. As autoridades ordenaram que a praça fosse isolada para impedir nosso protesto. Algumas patrulhas da polícia estavam estacionadas na rua que nos separava da praça, prontas para manter os manifestantes a distância. Policiais e agentes disfarçados vagavam de um lado para o outro nas imediações, batendo os pés frios no chão.

Atrás deles, no centro da praça, erguia-se o obelisco de granito do Monumento aos Heróis do Povo. Na minha infância, minha turma era levada ao monumento todo ano no dia das crianças para colocar coroas de flores para os mártires revolucionários. Atrás do monumento ficava o Grande Salão do Povo, lar do Congresso Nacional do Povo. O prédio de concreto ocre ficava no lado leste da praça, como um grande contêiner de navio. Ao norte, vi os muros vermelhos do Portão da Paz Celestial, a entrada da Cidade Proibida onde outrora viviam os imperadores da China. A distância, as patrulhas paradas diante do portão pareciam pequenos besouros. Em 1949, Mao se pôs diante do Portão da Paz Celestial e declarou a fundação da República Popular. Seu imenso retrato agora vigiava o local, e seu corpo embalsamado descansava num salão memorial ao sul. A praça era o mausoléu de Mao. Eu não podia acreditar que ousávamos invadir este sítio sagrado para expressar críticas ao partido que ele criara.

— Espero que a gente consiga uma massa maior que essa — disse Wang Fei, aproximando-se de mim. — Você trouxe a faixa? Eu sabia que Mou Sen não teria colhão de aparecer! — Ele usava seu fino impermeável azul de costume. Parecia gelado como um picolé.

— Comprei o tecido e recortei as letras, mas ainda não tive tempo de costurá-las — respondi, tirando o pano de minha mochila.

— Não faça isso na frente da polícia. Eles vão confiscar a faixa. Aqui a maioria é de estudantes de arte. Apenas uns vinte estudantes de ciências apareceram. Chen Di usou seus binóculos há um minuto e viu que alguém nos filmava do Grande Salão do Povo. Ele entrou em pânico e voltou correndo para o campus. — Enquanto Wang Fei falava, o vapor que se formava de sua boca se condensava nas lentes de seus óculos.

— Eu deveria ter tomado aqueles binóculos de Chen Di há séculos e dado alguns ovos em troca — comentei. — Vamos ficar atrás daquelas árvores. A polícia não poderá nos ver ali. — Eu estava usando um casaco com forro de penas. Meu peito estava quente, mas o rosto estava muito frio.

Quando nos aproximamos das árvores, avistei a namorada de Wang Fei, a estudante de zoologia. Ela e outras meninas tentavam se esquentar colando-se uma à outra, os braços dados apertadamente. Era como se estivessem congeladas juntas. Wang Fei disse:

— Fiz uma faixa horizontal. Você ficará impressionado quando der uma olhada.

— Acho que não tem nem mil estudantes aqui — falei. — Ao que parece, mais de duas mil pessoas apareceram para o protesto da Universidade Qinghua da semana passada.

— Os números não têm importância. O que importa é que a demonstração chegue à imprensa estrangeira. Shu Tong disse que contatou todos os correspondentes internacionais e pediu que viessem.

O organizador do protesto, um dedicado pesquisador de sociologia chamado Hai Feng, aproximou-se com um grupo de seus colegas do Departamento de Ciências Sociais.

— Fizemos uma bandeira, mas não temos um mastro — disse ele. Partículas de seu hálito condensado salpicavam a parte de seu cachecol que estava mais próxima da boca. Ouvi dizer que, no ano anterior, ele e alguns amigos levaram escovas e graxa para a Praça da Paz Celestial e ganharam alguns trocados polindo sapatos dos delegados do Congresso Nacional antes que estes entrassem no Grande Salão do Povo. Aquilo fez dele a piada do campus.

— É tão irritante — exclamou o alto estudante de direito Zhuzi, aproximando-se de nosso pequeno grupo. — Eu trouxe montes de mastros comigo e os escondi ali na passagem subterrânea. Mas um policial à paisana os levou embora. Quantos estudantes de ciências apareceram? — Nós o chamávamos de Zhuzi, que significa "caniço de bambu", devido a sua altura excepcional. Ele era a estrela do time de basquete da universidade.

— Cerca de cem — exagerou Wang Fei, acendendo um cigarro. — Mas parece que estudantes de outras universidades também vieram.

Sentei-me sob uma árvore e rapidamente costurei as letras sobre o tecido vermelho. Depois me levantei, examinei os arredores e disse:

— Vejam aqueles dois policiais à paisana parados atrás daquele estrangeiro ali. Estão prestes a levar a câmera dele. Nenhum de nós tem câmera. Quem vai tirar as fotos agora?

Policiais uniformizados e à paisana vigiavam o perímetro da praça, enxotando qualquer pedestre ou ciclista que tentasse entrar. Até os turistas chineses das províncias, vestidos em suas melhores roupas, eram empurrados para trás quando tentavam entrar na praça para tirar fotos de Ano-Novo diante do retrato de Mao.

Shu Tong, o Velho Fu e Liu Gang apareceram.

— Chegaram três jornalistas estrangeiros, portanto tudo está correndo de acordo com o plano — disse Shu Tong com ares oficiais. — Se eles não conseguirem tirar fotos, pelo menos podem escrever artigos. O noticiário internacional da BBC relatou que a praça foi isolada. Muitos estudantes de outras universidades ouviram as notícias e decidiram aparecer. — Ele então se voltou para um estudante do Departamento de Chinês e disse: — Como é que Yang Tao ainda não chegou?

Yang Tao era cofundador do Salão Democracia. Wang Fei me dissera que ele era um talentoso estrategista e sempre inventava planos astuciosos.

— Ele recebeu um telegrama dizendo que seu pai estava bastante doente, e então correu de volta para Chongqing — respondeu um estudante usando um pesado casaco militar, movimentando os pés gelados.

— Droga! — disse Hai Feng. — Ele caiu na armadilha da polícia. Logo ele! Eu também recebi um telegrama semelhante, mas por sorte tive o bom senso de fazer um telefonema interurbano para meu pai. Descobri que ele não está doente coisa nenhuma. A polícia mandou telegramas para todos os líderes estudantis para nos ludibriar a deixar Pequim.

— Nem sinal de Ke Xi — disse Shu Tong, subindo os degraus do Museu de História da China para avaliar o tamanho da multidão. — Provavelmente amarelou no último minuto.

— Os estudantes de arte definitivamente nos bateram em número — comentei. — Ei, olhem lá! A polícia está nos filmando lá da patrulha. É melhor descermos daqui. — A neve intocada da praça vazia cintilava de branco. Alguns policiais agora estavam de pé no centro, junto a um caminhão gravado com os dizeres SEMANA DO TRÁFEGO SEGURO. Pareciam minúsculos. Os quatro alto-falantes no teto do caminhão transmitiam a mensagem: "As autoridades municipais estão conduzindo uma pesquisa de tráfego de ampla escala. Nenhuma unidade de trabalho ou indivíduo deve dificultar os procedimentos. Todas as atividades de grupo na praça estão estritamente proibidas..."

— Se Yang Tao foi ludibriado a sair de Pequim, duvido que muitos membros de seu Salão Democracia tenham aparecido aqui — disse o Velho Fu.

Saímos para nos juntar à multidão de civis que se aglomerava do lado de fora do cordão policial. Todos usavam pesados casacos de inverno. Alguns eram transeuntes casuais, outros haviam ouvido rumores sobre o protesto e foram assistir ao espetáculo. Um camponês usando uma farda acolchoada de estilo Mao e segurando um saco de amendoins abriu caminho para perto de nós e disse:

— Ouvi dizer que haverá um protesto contra corrupção e enriquecimento ilícito. Eu gostaria de participar. No campo, nossas vidas foram arruinadas por oficiais corruptos. Quero falar aos cidadãos de Pequim sobre todas as injustiças que temos que tolerar. — Perguntei de onde ele vinha. Ele respondeu que era da Província de Shandong. Eu disse que éramos conterrâneos, pois meu pai também era de Shandong. Eu o aconselhei a não se unir ao protesto. Dois trabalhadores com quepes azuis a seu lado disseram:

— Você já está aqui, companheiro, então é melhor participar. Se falar em nome do povo, vamos apoiá-lo. Você não pode ficar apenas assistindo.

Os dois trabalhadores me perguntaram de que universidade eu era, e quem estava coordenando a manifestação. Disseram que queriam se envolver. Contei que era da Universidade de Pequim.

— Passe um panfleto para nós — disseram. — Aposto que sua bolsa está cheia deles. Quem está encarregado de sua propaganda?

— Eu não tenho panfleto nenhum, só a faixa da universidade — respondi. — Acho que é melhor vocês apenas assistirem. Podem ser testemunhas da história. Alguns estudantes distribuirão panfletos quando a manifestação começar.

Wang Fei se aproximou e disse:

— Os seguranças da universidade têm uma lista dos ativistas de nosso departamento. Ontem eu fui seguido por um sujeito à paisana o dia todo.

— Metade destes estudantes não é de nossa universidade — comentou o Velho Fu nervosamente. — Não reconheço nenhum deles. O que deveríamos fazer?

— Não se preocupe — disse Zhuzi, confiante. — Eu os reconheço. São da Normal de Pequim e da Universidade Popular. Minha opinião, quanto mais gente tivermos, melhor. A lei é impotente contra uma multidão. E é bom que o público queira participar. Afinal, é em nome dele que estamos fazendo esta manifestação. Ali há um grupo de gente de férias esperando para tirar fotos de recordação da praça. Tenho certeza de que assim que começarmos a gritar nossas palavras de ordem, eles correrão para perto e tirarão algumas fotos de nós.

— Wang Fei, vá descobrir quais palavras de ordem as outras universidades inventaram — sussurrou Shu Tong.

Alguém se aproximou e disse que a polícia tinha isolado a passagem subterrânea abaixo da Avenida Changan, que ligava a Praça e o Portão da Paz Celestial. Enquanto debatíamos o que fazer, uma multidão de estudantes de arte subitamente desdobrou faixas horizontais, rompeu o cordão e invadiu a praça, gritando "Abaixo a ditadura! Queremos liberdade de expressão!".

Nós corremos e os seguimos. Enquanto eu caminhava, saquei minha faixa vermelha, mas havia tanta gente à minha volta que eu não podia exibi-la direito. Eu a ergui e sacudi um pouco com uma das mãos. Wang Fei pôs a mão em seu impermeável azul e sacou uma faixa de três metros de comprimento que dizia ABAIXO A DITADURA! VIVA A LIBERDADE!

Antes que chegássemos longe, centenas de policiais avançaram e nos cercaram. Destemidos, abrimos nosso caminho através do cordão e corremos para o Monumento aos Heróis do Povo, gritando: "Abaixo a corrupção! Viva a liberdade!" Uma horda de policiais armados emergiu de um ônibus e começou a espancar os estudantes com cassetetes. Wang Fei deixou cair sua faixa e fugiu em pânico. Os dois trabalhadores que estavam a meu lado gritaram: "Ei, você deixou cair sua faixa!" Eu a peguei e continuei caminhando. Enquanto eu gritava algo para o Velho Fu, um policial me acertou na cabeça com um cassetete. Meu crânio pareceu explodir e estrelas de prata cruzaram meus olhos. Havia tanta gente espremida a meu redor que eu não tinha espaço para cair no chão. O camponês de Shandong atirou seu pacote de amendoins no policial que me bateu e berrou:

— Canalha, filho da puta! Como ousa espancar um estudante? — Ele então saltou sobre o policial, derrubando-o no chão e me levando junto. Eu me pus de pé, mas, antes que recuperasse o equilíbrio alguém me chutou para o chão novamente. Logo todo mundo à minha volta levava chutes no chão ou era arrastado para patrulhas da polícia com os braços torcidos às costas. Enquanto minha cabeça ainda latejava, dois policiais me agarraram pelos braços e me arrastaram para o Palácio Cultural dos Trabalhadores atrás do Portão da Paz Celestial.

Em menos de cinco minutos, nossa manifestação foi esmagada.

Dentro do Palácio dos Trabalhadores, os policiais empurraram minha cabeça para baixo e me obrigaram a ficar de cócoras contra a parede. Havia cerca de setenta ou oitenta de nós. Os policiais chutavam e xingavam qualquer um que não se agachasse direito. Um adolescente berrou:

— Eu não gritei nenhuma palavra de ordem! — Ele foi socado até desmoronar no chão. Depois, ele se apoiou contra a parede, rijo de terror, e não disse mais nada.

Um dos policiais mais velhos gritou:

— Qualquer um que se opõe ao governo é inimigo do povo, um contrarrevolucionário! É melhor que vocês assumam seus crimes. Se confessarem, podemos ser tolerantes. Senão, vamos jogá-los na cadeia.

Eu tinha um talho no rosto, um galo na cabeça e ombros doloridos, mas não estava seriamente ferido.

Olhei em torno e não vi ninguém conhecido, à exceção do Velho Fu. O camponês de Shandong estava acocorado junto à porta. Seu casaco estava rasgado. Ele era tão grande que, mesmo agachado, tinha a cabeça e os ombros mais altos que todo o resto.

O braseiro no meio do salão estava aceso. Eu suava dentro de meu casaco de penas.

Um policial à paisana entrou e exigiu nossos documentos. Todos que não eram estudantes foram levados para o outro lado do salão.

O camponês de Shandong ergueu os olhos e disse:

— Eu vim a Pequim para fazer alguns negócios. Não queria criar nenhum problema. Preciso pegar o trem para minha cidade hoje à noite.

— Não dê uma de inocente! Você não disse que queria reclamar sobre as injustiças que vocês camponeses sofrem? É por isso que o prendemos. Fique de cabeça baixa!

Foi só então que reconheci o policial como um dos dois homens com roupas de trabalhadores que me avisaram que eu deixara cair minha faixa.

Os não estudantes foram arrastados para fora e empurrados para dentro de um ônibus. Ouvi alguém gritando: "Vocês pegaram a pessoa errada! Eu só estava passando!", e uma mulher berrando: "Eu quero ir para casa!" Pelo barulho, ela provavelmente tentava se forçar para fora do ônibus. Eu podia ouvi-la socando e chutando as laterais de metal.

O resto de nós teve que ficar no salão. À noite, nos deram um pouco de pão. Eu me ofereci para distribuí-lo. Um jovem policial me disse para dar um passo à frente.

Ele parecia ter a minha idade. Presumi que era um novo recruta. Ouvindo que eu falava com um apropriado sotaque de Pequim, ele me disse num tom amigável:

— Não é um jeito muito bom de passar o Ano-Novo, é?

— Tem razão — respondi. — Eu não tinha a menor ideia de que faria tanto frio. Num clima como este, a melhor coisa a fazer é ir para o restaurante Donglaishun e comer um bom ensopado de cordeiro.

— Se seu bando não tivesse causado todo este problema, eu estaria em casa agora, comendo um ensopado com minha família.

Eu queria falar com o Velho Fu. Assim, depois que distribuí o pão, agachei-me junto dele e sussurrei:

— Como é que nós somos os únicos estudantes da Universidade de Pequim aqui? Acha que os outros foram levados para outro lugar?

— Acho que aquelas duas garotas são da nossa universidade.

— Wang Fei fugiu ao primeiro sinal de violência — comentei. — Ele gosta de bancar o grande revolucionário, mas é tudo teatro.

— Eu também quis fugir — disse o Velho Fu, fitando a parede inexpressivamente. — Foi meu primeiro instinto. Mas minhas pernas não me obedeceram. Como é que eles ainda podem acusar alguém de fazer "atividades contrarrevolucionárias"? Eu achava que a reforma constitucional de 1978 tinha abolido este crime.

— Eles não vão nos executar. O pior que pode acontecer é que peguemos alguns meses de prisão. — Como era minha segunda detenção, eu me sentia um veterano.

Então os policiais de interrogatório apareceram.

O Velho Fu e eu perguntamos se podíamos ir ao banheiro. O jovem policial nos escoltou para fora, e nós três urinamos contra a parede abaixo do mirante leste do Portão da Paz Celestial. Enquanto abria o zíper das calças, o policial disse:

— Eu também queria mudar as coisas quando estava na Universidade de Política e Direito, mas agora sou um policial, então tive que deixar tudo aquilo para trás.

Com os lábios tremendo de frio, perguntei se ele achava que seríamos liberados.

— Há muitos de vocês — ele respondeu. — É difícil punir uma multidão. As autoridades suspeitam que mais estudantes virão à praça esta noite, para protestar contra as prisões. Recebemos ordens de trabalhar a noite toda. Vamos esperar para ver o que acontece.

— Você acha que seremos mandados para a cadeia? — perguntou o Velho Fu, nervoso. — Eu não sobreviveria lá. Tenho hepatite.

— Não sei. Mas eles não vão deixar que os civis escapem. Eles são as galinhas, vocês são os macacos. As autoridades vão matar as galinhas para assustar os macacos.

— Não estamos mais na era Mao, Velho Fu — eu disse, com os ombros endurecidos de frio. — Na pior das hipóteses, você receberá um cargo numa região de fronteira depois que terminar seu doutorado.

Como previsto, mais tarde naquela noite os estudantes voltaram à praça em protesto contra as prisões. Eu os ouvi gritando: "Viva a liberdade! Libertem nossos companheiros estudantes!"

As palavras nos deram ânimo. O Velho Fu fechou os olhos, soltou um suspiro de alívio e disse:

— Posso ouvir muitas vozes de garotas lá fora. A polícia não poderá controlar essa situação por muito mais tempo.

A aurora se aproximava. Os sons do protesto do lado de fora diminuíam. O fogo no braseiro de carvão se apagou e o salão esfriava novamente. A maioria dos estudantes cochilava, e o resto conversava discretamente entre si. Dois policiais deitaram sobre uma grande mesa no meio da sala e dormiam sob seus casacos pesados.

Por fim chegou minha vez de ser interrogado. Contei o número de estudantes que foram chamados pelos policiais do interrogatório. Eu era o trigésimo quarto.

Seu sangue dispara adiante. A artéria pulmonar esquenta ao pulsar. Com a regular intermitência de um metrônomo, o sangue rico em oxigênio jorra através da valva aórtica do coração para a aorta.

Meu sangue me leva como um barco à deriva no mar... Existe jade no lado norte da montanha, e animais que parecem ovelhas, mas que não têm bocas. Eles vivem muito bem sem comer... À medida que o sangue novo corre por meu córtex motor, cenas de O *livro das montanhas e dos mares* são substituídas por imagens dos dormitórios enfumaçados da Universidade de Pequim.

Quando eu e o Velho Fu retornamos ao campus depois de nossa libertação, fomos saudados como heróis. Não tivemos que pagar por nossa comida ou bebida durante uma semana.

Fomos os dois únicos estudantes de ciências forçados a escrever autocríticas. Zhuzi e alguns de seus colegas de direito foram liberados com uma advertência. Mas Hai Feng e dez estudantes de ciências sociais ficaram detidos numa delegacia do subúrbio de Tongxian por três dias. Shu Tong e Wang Fei lamentavam por não terem sido detidos. Chen Di ficou constrangido por sua covardia. Na noite anterior à manifestação, ele escreveu ACABEM COM A TIRANIA em sua esteira de fibra de bambu, mas foi o primeiro a fugir. Ke Xi alegou que ficou preso no cordão policial na saída da passagem subterrânea.

Ainda inflamados por fervor político, queimamos publicamente cópias do *Diário de Pequim*, que exibiu uma reportagem tendenciosa sobre nossa manifestação, e resolvemos formar uma união estudantil autônoma com sua própria revista independente.

Alguns dias depois, contudo, jornais noticiaram que o Professor Fang Li, o astrofísico dissidente, fora expulso do Partido junto com o repórter investigativo Liu Binyan e um poeta chamado Wang Ruowang. Aqueles três homens eram nossos líderes espirituais. Ousaram criticar o sistema político abertamente e exigir mudanças. Sua coragem nos inspirara a tomar as ruas, mas nossos protestos destruíram suas carreiras.

Pressentindo uma mudança no clima político, as autoridades universitárias endureceram a disciplina dentro do campus. Patrulhas da polícia foram posicionadas em torno do Triângulo. Os cartazes no quadro de avisos foram arrancados. O comitê do Partido na universidade visitou nosso dormitório e advertiu que qualquer estudante que ousasse criar mais problemas seria entregue à polícia.

Notícias então vazaram de que o secretário-geral reformista, Hu Yaobang, fora forçado a renunciar a seu posto por simpatizar com as exigências estudantis. Deng Xiaoping, que ainda era o líder máximo, afirmou que o Partido tomaria medidas duras contra qualquer manifestação futura, e não teria medo de derramar sangue. Da noite para o dia, nosso grupo de ativistas se transformou de heróis em párias. Estudantes como o Grande Chan e Mao Da, que se opuseram à manifestação, nos culpavam pela queda de Hu Yaobang.

Alguns dias depois, a revista *Literatura do povo* publicou *Stick Out Your Tongue*, um romance de vanguarda de um autor chamado Ma Jian. O Departamento Central de Propaganda o acusou de niilismo e decadência, ordenou que todas as cópias fossem destruídas e depois lançou uma campanha nacional contra a literatura burguesa. Os linha-dura do Partido estavam reagindo. Eles queriam uma economia mais aberta, mas não as exigências de liberdade política e cultural que ela inspirava. O breve período de tolerância chegara ao fim. Era como se a China tivesse retrocedido dez anos.

Contudo, o que mais me irritou foi que, após nossa manifestação, o governo libertou os estudantes mas perseguiu espectadores inocentes. O camponês de Shandong que conheci na praça foi sentenciado a dez anos de prisão.

Passamos o resto do ano de 1987 num estado de nervosa inquietação. Prometi à minha mãe que, se eu conseguisse fazer mais de quinhentos pontos no exame TOEFL, largaria minha pós-graduação e partiria para estudar no exterior. Minha prisão fez com que minha mãe perdesse um aumento de pensão e qualquer chance de ser admitida como membro do Partido.

O fracasso de nossos protestos criou desilusão e apatia. Shu Tong dizia que política estudantil era uma perda de tempo e que seu plano agora era fazer dinheiro, fundar uma universidade independente e mudar a China de dentro para fora. Os estudantes voltaram a passar o tempo livre jogando majongue, saindo para dançar ou procurando trabalhos de meio expediente. Nos dormitórios, as meninas falavam sobre sapatos italianos e relógios suíços, e os garotos voltaram a debater sobre quais alunas ainda eram virgens.

Seus órgãos jazem espalhados em seu tronco como um exército desbaratado. Seu corpo é uma árvore derrubada, decompondo-se no chão.

Minha mãe organiza alguns objetos ao pé de minha cama. As molas de metal rangem e guincham como o motor de um carro que não pega. Ela fareja o ar e murmura:

— Está fedendo aqui...

Jamais pude escapar do fedor das fossas da universidade. Os únicos banheiros do bloco ficavam logo ao lado de nosso dormitório. Havia apenas quatro fossas para os duzentos estudantes do prédio. Dia e noite, as pessoas passavam pelo corredor para usá-las. Eu sempre ouvia as portas do banheiro abrindo e depois batendo.

Na Universidade do Sul, eu dormia bem. As noites eram silenciosas. Mas na Universidade de Pequim, os estudantes ficavam acordados até tarde da noite, ouvindo rádio ou fitas cassete. Meu sono era regularmente interrompido por um burburinho abafado de músicas e noticiários: "*Quando você voltar à minha pequena cidade natal, como ficarei feliz...* O novo secretário-geral, Zhao Ziyang, apresentou o plano para exame e aprovação... O aclamado diretor Zhang Yimou ergueu no ar o troféu do Urso de Ouro por seu filme O *sorgo vermelho... Tudo que quero é um lar para mim. Não precisa ser um palácio...* O primeiro bebê de proveta da China nasceu com sucesso hoje na Universidade de Medicina de Pequim..."

Um camponês de Sichuan vivia em nosso corredor. Nós o chamávamos de "vadio". Ele deixara sua vila miserável nas montanhas e viera à capital na esperança de conseguir trabalho. Um dos estudantes de nosso bloco teve pena dele na estação de trem e o levou para a universidade. Ele passava o dia inteiro sentado no corredor, bebendo e praguejando, e geralmente fazendo um monte de barulho. O estudante que fez amizade com ele se formara havia muito, mas os que ficamos sentíamos uma obrigação de continuar a lhe dar abrigo.

À noite, a biblioteca e as salas de aula ficavam trancadas. O único lugar em que eu podia estudar um pouco de inglês em paz era sob o poste de luz no pátio externo. Eu lembrava com saudades de meus dias de Universidade do Sul, quando compartilhara um quarto particular com A-Mei.

— Nem aquela sua namorada aguenta seu cheiro — minha mãe resmunga. — Faz meses desde a última visita dela.

Eu não tenho qualquer lembrança de Tian Yi me visitando. Será que isto significa que houve momentos em que estive inconsciente?

A árvore espalha seus galhos, deixando que o vento a atravesse. Vagarosamente, sua pele começa a recordar.

Conheci Tian Yi em setembro de 1988. Provavelmente saímos do campus na mesma hora daquela manhã e acabamos pegando o mesmo ônibus. Estava lotado. Como sempre, os passageiros evitavam contato visual fitando o teto ou o chão.

Na segunda parada, alguns passageiros saltaram. Um espaço se abriu diante de mim e eu percebi a presença dela.

Furtivamente, espremi-me até onde ela estava, os olhos inexpressivamente fixos, como se perdida em devaneios.

Corpos quentes pressionavam contra mim. Em geral, quando os passageiros estão tão espremidos que podem sentir o cheiro do suor, dos cabelos e do hálito uns dos outros, dão-se as costas por instinto. Eu, porém, me virei de frente para ela e, num vão entre duas cabeças, observei seu perfil.

Ela olhava para fora da janela, e por isso eu estava livre para admirá-la o quanto quisesse. Mas ela sentiu que era observada. Voltou a cabeça para procurar o olhar de seu observador, e seu rosto se revelou para mim. Ela me fitou por um segundo, como se por acidente. Estava tão próxima que, antes que desviasse o rosto mais uma vez, eu pude ver os fragmentos de pele ressecada colados sob seu batom.

Quando os passageiros entre nós desceram do ônibus, dirigi-me para um assento vago junto dela. Fingi dúvida quanto a me sentar ou não. Como eu esperava, ela olhou para o banco.

— Pode se sentar, por favor — eu disse, baixando os olhos.

— Não, obrigada — ela respondeu, voltando-se para o outro lado.

— Por que não?

Ela fitou meu distintivo da universidade e disse:

— Então você é estudante de biologia?

Enquanto eu começava a falar sobre como era uma bobagem não pegar o assento vago, mais passageiros se espremeram para dentro do ônibus e eu fui subitamente pressionado para junto dela. Um homem colocou a perna entre nós e se torceu até conseguir se sentar no lugar vazio.

— Muito bem — ela disse —, vou lhe dizer a verdade. Eu não queria amassar minha saia. Está contente agora? — Ela então mergulhou novamente em seus pensamentos.

O distintivo de metal preso à saia dela sacudia enquanto o ônibus avançava. Todos os outros passageiros pareciam mesclar-se num só. Fossem altos ou baixos, gordos ou magros, todos sacudiam em uníssono, para a frente e para trás, de um lado para o outro, espelhando os movimentos dos outros e tentando manter o equilíbrio. Enquanto chacoalhávamos, eu observava sua orelha de formas delicadas se movendo em minha direção e depois se afastando. Era como um feto embalado num ventre de cabelos negros. A suave curva externa e as dobras internas se desenhavam elegantemente em torno do buraco negro no centro.

Depois de ter observado o buraco por algum tempo, ele começou a me parecer uma boca aberta.

Ela amarrou o cabelo com um elástico para revelar a nuca. Os fios soltos que escaparam flutuavam na brisa. A-Mei frequentemente usava os cabelos desta maneira.

Agora ela estava perfeitamente imóvel. Meu coração acelerou.

O ônibus parou em frente a uma loja de departamentos, e muitos passageiros desceram. Inspirei profundamente o ar que a rodeava e vi os passageiros que saltaram se dispersando sob a clara luz do sol.

Quando o ônibus partiu novamente, agarrei o corrimão, dei um passo para trás e a observei mais atentamente. Eu sabia que sua expressão glacial era deliberada. Servia como uma camuflagem, permitindo que ela desaparecesse no ambiente.

Enquanto ela olhava inexpressivamente pela janela, concentrei-me em seu nariz; quanto mais eu olhava, mais belo me parecia. Observei a graciosa linha oblíqua, a ponta curvilínea, o arco perfeito da narina. Notei os cravos na aba do nariz e a ruga no alto que se aprofundava sempre que ela movia as sobrancelhas. Às vezes suas narinas se expandiam um pouco, talvez reflexo de uma sensação momentânea de ser observada. Quando as mulheres sentem um olhar masculino indesejado sobre si, seus rostos assumem uma aparência mais masculina.

Antes que chegássemos à parada seguinte, o ônibus parou com um solavanco. Agarrei o corrimão sobre minha cabeça para não cair. Agora que o ônibus estava um pouco mais vazio, eu podia ver as tábuas de madeira do chão, assim como os pés dela e suas sandálias de tiras brancas. Suas pernas estavam nuas, e ela usava uma saia de algodão branco exatamente igual à de A-Mei.

Desviei o rosto e observei a rua quente e poeirenta do lado de fora da janela. Com o canto do olho, senti seu olhar movendo-se em minha direção. Era intenso, luminoso, vivo. Continuei a fitar os prédios e árvores que passavam, e a gente colorida que andava pelas poças de luz do sol.

Contei silenciosamente quantas paradas faltavam: uma, duas, três, quatro...Vi os dois botões pretos de sua blusa branca refletidos na janela.

Quando o ônibus chacoalhava, seus seios se moviam, mas o abdome permanecia imóvel. A mão se tornava translúcida sob o sol, segurando o corrimão bem junto à minha.

Logo aquela menina desconhecida passaria por mim e eu jamais a veria novamente. Em minha tristeza e frustração, percebi que sua imagem silenciosa se moveria por minha mente pelo resto de minha vida, como as memórias dos dedos dos pés e dos olhos transparentes de A-Mei.

Era um dia quente. Eu via o calor úmido se elevando das ruas indistintas.

Uma criança irrequieta subitamente colocou seu ventilador de mão para fora da janela e o ligou. As lâminas de papel verdes e vermelhas brilhavam irritantemente quando giravam pela luz do sol.

— Você quer perder a mão? — gritou o pai. O menino se virou e trombou com ela. — Sinto muito — disse o pai. — Meu filho não tem educação.

— Não se preocupe — ela respondeu.

Desviei o olhar, tentando apagar sua imagem.

Ambos descemos do ônibus no mercado Xidan. Quando ela desceu para a calçada, olhou de volta para mim. Ergui os olhos e encontrei seu olhar.

Ela disse que compraria alguns cadernos, e que três colegas suas da psicologia celebrariam o aniversário no dia 20. A festa começaria às oito.

— Se você quiser, pode aparecer — convidou. Depois ela se voltou silenciosamente e caminhou para longe.

Observei seus quadris envoltos na saia de algodão, oscilando de um lado para o outro e depois desaparecendo por uma porta escura.

Decidi que iria àquela festa. Eu tinha que vê-la novamente.

Você ouve seus pensamentos saltitando, seus órgãos ruminando, cintilantes notas de música.

Quando abri a porta da sala de aula no bloco de psicologia, fui recebido pela música alta que estrondeava do toca-fitas. Estava muito escuro para ver qualquer rosto com clareza. Tudo que divisei foram vislumbres de roupas pálidas e plástico dourado passando pela luz de velas. No meio da sala, estudantes se moviam com a música. Algumas garotas conversavam nos cantos segurando velas. Seus rostos iluminados eram belíssimos. Duas meninas de vestido longo dançavam com os braços apertados em torno uma da outra.

Olhei em torno na sala. Senti que os olhos de alguém se fixavam em mim, mas ainda não avistara a pessoa. Eu me perguntava se conseguiria encontrá-la. No escuro, todo mundo era igual. A dissolução das diferenças fazia com que as pessoas se sentissem mais seguras, e lhes dava coragem para se aproximarem umas das outras.

Gradualmente, meus olhos se acostumaram à escuridão. Começando a ficar um pouco constrangido, tentei elevar meu moral, dizendo a mim mesmo, "Ela vai saber que eu estive procurando por ela, ela me convidou, ela queria que eu viesse", o tempo todo tentando lembrar como ela era.

Os estudantes no meio da sala estavam agora saltitando e rodopiando ao som de uma música pop de Taiwan. Os membros em movimento, os gestos exagerados e a energia juvenil eram excitantes e tediosos a um só tempo. Havia um cheiro de terra no ar.

Uma garota ergueu os olhos. Nossos olhos se encontraram por um segundo, e eu soube imediatamente que era ela. Ela estava rodopiando, sempre ligeiramente atrás da batida, os dedos abertos na frente do corpo ou repousando nos quadris. Seu cabelo se agitava em torno dos ombros. Havia suor em sua testa.

Meu coração batia no compasso da música. Caminhei de volta para a porta e fiquei num canto.

A maior parte das mesas e cadeiras fora organizadamente empilhada contra as paredes. Sobre a única mesa que ficou no lugar havia um bolo de aniversário feito de papelão, cercado por velas e uma pequena maquete de papel de uma cabana, com uma lanterna no interior emitindo uma fraca luz amarela. Quatro pares de olhos femininos, recortados de um calendário, foram colados no teto. Pareciam os órgãos de um animal dissecado. Coloquei a mão no bolso e tateei os três pandas de vidro que comprara como presentes de aniversário.

Com os olhos vagos e a boca entreaberta, seu rosto parecia sem vida. Eu me perguntava se ela me reconhecera. Quase desejei que não. Mas, quando a música mudou, ela abriu passagem entre duas ou três pessoas e caminhou na minha direção.

Ela disse algo, mas sua mente ainda estava distraída, e a primeira frase foi apenas um eco ininteligível saído do fundo de sua garganta.

Eu adivinhei que o que ela disse, foi: "Então você veio mesmo."

Aproximamo-nos um do outro. Sua expressão se tornou mais vívida, e ela perguntou:

— Veio aqui para me ver?
— Eu só quis dar uma passada. É seu aniversário hoje?
— Não. Qual é o seu nome?
— Jin Mu — menti, sem conter um sorriso. — Qual é o seu?
Ela colocou a mão em concha sobre o ouvido.
— Jin Mu? Significando "madeira de ouro"? Parece o nome de um especialista em *feng shui*. Quem você pensa que engana?
Ela riu. E eu ri também. Era bom. Estávamos conversando.
— É meu pseudônimo. Meu nome verdadeiro é Dai Wei. Meus pais são originários de Shandong. — Estendi minha mão. Ela a apertou, recolheu a mão rapidamente para colocar no bolso um pequeno objeto que estava segurando, e depois trocamos mais um aperto de mão.
— Qual é o seu nome? — perguntei.
— Tian Yi.
— Significando "céu-uma", como em "primeira sob o céu"?
— Não.
— Como em "céu e homem unidos num só", então?
— Não! Não é "céu-uma", é "céu-pano". Você sabe, "tecido do céu", como em "uniforme como o tecido dos céus". — Ela era uma cabeça mais baixa que eu, e tinha que erguer as sobrancelhas para me olhar nos olhos.
— Muito original.
— Não tão original quanto seu pseudônimo, "madeira de ouro"! Pois bem, senhor doutorando, você gosta de dançar?
— Prefiro assistir. É menos exaustivo.
— Você acha que as pessoas são como livros que você pode estudar a seu bel-prazer?
— Só estou aqui para estudar você — respondi sem pensar. A música parou bruscamente e por isso minha voz soou muito alta.
Buscando algo para dizer, ela perguntou:
— Você gosta de ler? Qual é o seu livro favorito?
— O *Livro das montanhas e dos mares* — falei em voz baixa.
— Sério? É o meu também. Recite algumas frases para mim.
Tomei fôlego:
— "Há uma árvore cuja seiva se parece com laca e tem gosto de xarope. Se comê-la, ela banirá a fome de seu estômago e as preocupações de sua cabeça. Seu nome é...

— Camarada Dai Wei, esta é a tradução moderna, e não o texto original em chinês clássico. Você acha que seu conhecimento científico lhe dá uma compreensão mais profunda do livro?

— Na verdade, estou planejando partir numa jornada seguindo as rotas descritas no livro e estudando tudo que encontrar no caminho: flora, fauna, características geográficas, eventos astronômicos. Eu amo mapas. Quando eu era criança, sonhava que viajaria pelo país como aquele geógrafo da dinastia Ming, Xu Xiake, quando crescesse.

— Então você deveria estudar geografia, e não ciências. Há um professor no Departamento de História que é especialista no *Livro das montanhas e dos mares*.

— Não quero me atolar em estudos acadêmicos estéreis. O que mais me interessa é a viagem... Você é estudante de psicologia. De onde vem seu interesse por literatura clássica?

— Gosto de histórias sobre fantasmas e animais míticos. Gosto da cobra de nove cabeças, do touro de um pé só e do pássaro que tenta encher o oceano com galhos e pedras. Li o *Livro das montanhas e dos mares* por suas qualidades literárias. Depois que me formar, quero fazer mestrado em literatura chinesa.

— Poderíamos viajar juntos nas férias. Tenho um mapa antigo da China que poderíamos usar para planejar nossa rota.

Ela me observou por um momento, o peito subindo e descendo. Depois ela olhou para o grupo de pé a seu lado e disse:

— Estas são minhas colegas de dormitório. Deixe-me apresentá-lo.

Ela pegou a menina parada a seu lado. Era a garota pequenina de cabelo curto que estava na palestra do Professor Fang Li na Sociedade Panteão.

— Já conheço Bai Ling — comentei. — Participamos de algumas palestras.

— Sim — sorriu Bai Ling. — Vocês, estudantes de ciências, organizaram um monte de palestras interessantes no ano passado.

— E está é Mimi. — Mimi deu um passo à frente e acenou para mim. — Acho que você não a conhece, não é? — Quando Tian Yi ria, parecia uma pessoa diferente. — Você não tem fobia de aglomerações, tem, Dai Wei? Venha, vamos dançar!

Tian Yi avançou para o meio da sala, e, quando ela meneou seus cabelos, eu me adiantei e segui seu rastro.

Você passa através de uma teia de capilares e entra no cólon ascendente. Um emaranhado de fibras nervosas bloqueia sua passagem de volta ao tálamo.

A chuva acabara de parar. Tian Yi e eu estávamos parados no meio do campus, observando o pôr do sol no Lago Weiming. Ela se virou para mim e disse:

— Uma amiga pegou meu fogareiro elétrico emprestado. Tenho que buscá-lo.

— Levarei algumas conservas e pipocas — eu disse.

Era 27 de novembro. Meu vigésimo segundo aniversário. Tian Yi me levara para ver um filme estrangeiro num cinema próximo ao apartamento de seus pais. Ela me dissera que raramente ia para casa. Ela não gostava de sua irmã mais velha e nem de seu cunhado. Eles tomaram o segundo quarto do apartamento, e sempre que Tian Yi ficava para passar a noite, tinha que dormir numa cama improvisada no corredor estreito.

Nós nos encontramos meia hora depois no dormitório dela. Eu lhe fiz um rápido corte de cabelo e depois liguei seu fogareiro de duas bocas numa tomada, enchi uma marmita de alumínio com água e coloquei para ferver. Cozinharíamos camarões e macarrões de aniversário. Quando a água começou a ferver, joguei os camarões e o quarto instantaneamente tomou o cheiro do mar.

Ela lavava os cabelos numa bacia de água quente. Eu peguei um pouco d'água com uma xícara esmaltada e enxaguei o sabão de sua orelha direita. Quando vi a linha curvilínea dos cabelos atrás da orelha, cada fio crescendo perfeitamente de seu couro cabeludo, não consegui me conter e me inclinei e beijei o lobo de sua orelha. Ela girou a cintura e me encarou. Seu rosto estava vermelho vivo, mas os olhos eram inexpressivos como os de uma ovelha morta.

Fui à pia no fim do corredor para despejar a água usada e notei alguns fios de cabelo dela presos entre meus dedos.

— Veja como estão longos — eu disse, voltando ao dormitório e segurando os fios contra a luz. Ela estava espremendo o cabelo para tirar a água. Eu não conseguia decifrar o que ela estava pensando. Fitei sua testa ampla, ligeiramente masculina, sua boca imóvel, a curva delicada de suas pequenas narinas. Ela usava uma camiseta preta sem mangas. Quando vi seus braços nus, senti o sangue correr mais rápido por minhas veias.

— Não aproxime essas mãos de mim! Tem gente por perto.

— Eu não tive a intenção — respondi. — É só que, quero dizer... Nunca vi você de preto antes.

— Eu sempre uso preto.

— Na primeira vez em que a vi, você estava usando uma saia branca.

— Provavelmente você andou sonhando com seu anjinho branco. Eu sou uma bruxa negra, você não sabia?

Antes que eu terminasse de deitar os macarrões, a água transbordou sobre a serpentina de metal, o disjuntor desarmou e subitamente todas as luzes de nosso andar se apagaram. Fomos mergulhados na escuridão. As garotas dos outros dormitórios saíram pelo corredor gritando:

— Quem foi a maldita idiota que fez isso? Vamos! Admita! — Algumas esmurravam cabeceiras de camas, mesas e cadeiras; outras batiam palmas ritmadas ou batiam os pés. Eu não conseguia distinguir exatamente de onde vinham os sons. No escuro, é difícil avaliar as distâncias entre si e os outros. Os gritos e batidas ressoavam pelo bloco.

Tentei remover a marmita do fogareiro, mas estava muito quente para pegar.

— Rápido, esconda isso embaixo da minha cama — disse Tian Yi, dando um gritinho quando as pontas de seus dedos tocaram a marmita.

— Primeiro vamos achar um isqueiro, para ver o que estamos fazendo.

Impaciente, ela deu um muxoxo, agarrou a marmita e colocou-a no chão. Depois a chutou para baixo da cama e houve um horrível barulho metálico quando o metal se arrastou pelo chão de concreto.

As pessoas do lado de fora dirigiam luzes de lanternas para o prédio. Tian Yi já tinha escondido a marmita e o fogareiro sob a cama.

— Pegue um fósforo — ela sussurrou, soprando seus dedos queimados.

Tateei em busca de alguns fósforos na mesa e derrubei um abajur.

— Não consigo achar nenhum — respondi, hesitando em continuar a procurar.

Ela apoiou a mão em meu ombro e se levantou. Ouvi um som de tateio e depois o riscar de um fósforo, e finalmente vi a luz de uma chama.

Tian Yi estava de pé na minha frente. Ela acendeu uma vela, enfiou-a na boca de uma garrafa vazia e depois se sentou na beira da cama.

Eu toquei sua mão, mas ela a retraiu.

— Meus dedos estão queimados!

— Vou colocar molho de soja neles.

— Isso funciona?

Uma garota no corredor cantava, "Não fique triste, não é tão mau..."

Outra garota passou com um rádio que estalava e sibilava.

— Não se preocupe. Os disjuntores desarmam o tempo todo aqui. E não sou a única que tem um fogareiro elétrico. Quatro garotas no dormitório ao lado também têm os seus. — Ela colocou o dedo indicador acima da chama da vela. — Veja, uma lembrança do seu aniversário! — A grande bolha vermelha na ponta do dedo não parecia real.

Peguei sua outra mão, esfreguei a palma cálida e encontrei uma fibra de bambu que ela provavelmente puxara de sua esteira de dormir. Tian Yi sempre fechava algo em seu punho. Talvez ela se sentisse mais segura desta maneira.

Massageei cada dedo, cada articulação, e apertei os pontos de pressão de sua palma. Ela suspirava nervosamente. Quando a trouxe para junto de mim e coloquei a mão sobre seu seio, ela estremeceu e suspirou novamente. Passei a mão sob sua saia e toquei seu ventre macio. Ela empurrou minha mão para seus quadris. A pele ali parecia mais fria. Corri minha mão pelo volume de suas nádegas e depois deslizei meus dedos vagarosamente para a fenda entre elas. Quando movi meus dedos mais para o fundo, senti a umidade cálida que ansiava por tocar...

Depois que gozei, meus dedos ainda estavam no mesmo lugar, mas imóveis.

— Tire sua mão — ela sussurrou.

— Amo você, Tian Yi — murmurei dentro de seus cabelos.

Por um momento, ela não disse nada, apenas estremecia e suspirava intermitentemente. Em seguida seu corpo enrijeceu. Por fim, ela desvencilhou suas pernas das minhas e murmurou:

— Por que tudo sempre foge ao meu controle?

Pensei por um momento e respondi:

— Quando se trata de nossa bioquímica, não podemos controlar nada. Tudo que podemos fazer é ficar de lado e assistir.

— Sinto que despenquei dentro de um buraco negro. — Ela voltou o rosto para a parede. Eu a envolvi em meus braços e nós ficamos deitados em silêncio por um longo tempo.

Éramos as únicas pessoas no quarto. Havia um acordo tácito nos dormitórios: se alguém era visitado por um membro do sexo oposto, todos os demais saíam depois de dez minutos dizendo que precisavam buscar um livro na biblioteca ou pegar um pacote nos correios.

De repente, ambos sentimos cheiro de borracha queimada. Tian Yi saltou da cama, ficou de quatro e puxou as sandálias. Elas haviam sido queimadas pelo calor do fogareiro elétrico.

— Não se preocupe — eu disse. — Vou comprar um novo par para você.

— O que você entende de sapatos? Estes foram feitos na Itália.

— Bem, no próximo feriado vamos para Shenzhen, e vou comprar para você o melhor par de sapatos importados que encontrar.

— Quando se trata de roupas, não importa se você usa importadas ou falsificadas na China, elas têm o mesmo toque na pele. Mas sapatos são diferentes. Você nunca pode mentir para seus pés. — Ela levou as sandálias para a luz e as inspecionou mais de perto.

Seu rosto ficava muito alvo à luz da vela.

— Seu aniversário foi um pouco desastroso, não é? — disse Tian Yi. — Como foi no ano passado?

— Passei em casa com o pessoal da Universidade do Sul, Wang Fei, Mou Sen, Yanyan... E minha mãe, claro.

— Ganhou algum presente interessante? — ela perguntou delicadamente.

— Eles fizeram uma vaquinha e compraram uma cesta para colocar na minha bicicleta. Mas a bicicleta foi roubada algumas semanas depois, e não tive muita chance de usá-la.

— E hoje foi muito diferente do ano passado?

— Claro que sim... Eu estou com você. — Eu me sentia desconfortável. Queria enfiar alguns lenços de papel dentro das calças para limpar o esperma. Presumi que ela não tinha percebido que eu ejaculara.

— Somos como árvores que ganham novos galhos todo ano — ela falou, afagando minha nuca. — A cada aniversário que passa, precisamos podá-los se queremos chegar mais alto.

— Você sabia que não existem dois galhos no mundo com o mesmo formato? Cada um é único. — Eu provavelmente soube disso por Mou Sen.

— Se ficarmos juntos, você se apoiará em mim, e, à medida que crescer, seu tronco se torcerá. E então, um dia, quando houver uma tempestade, você partirá ao meio e morrerá. — Ela passou o ombro contra meu braço.

— Mas eu preciso de você — respondi, inalando seu hálito. — Você é meu solo e minha luz do sol.

— Você é muito tradicional — disse Tian Yi. Olhei para seu rosto inexpressivo, dei uma tragada em meu cigarro e senti meu espírito afundando novamente. — Somos muito diferentes, eu e você — continuou ela, voltando-se para mim. — Vê-se por nossos rostos que nunca poderíamos ser marido e mulher. Seu rosto é quadrado e o meu é redondo. Suas pálpebras têm dobras, as minhas são lisas... Perdão, eu não deveria falar desse jeito. É seu aniversário. — Ela esticou o braço para tocar a chama da vela. — Você é tão normal. Mas eu sou diferente. Tudo sempre me parece cinza.

Abri a janela para dissipar o cheiro de borracha queimada. O ar que soprava do campus tinha cheiro de folhas secas.

Tian Yi olhou pela janela e disse suavemente:

— As folhas logo cairão das árvores, depois estarão no chão e ficarão amarelas e quebradiças.

Ela estava convencida de que não éramos bons um para o outro.

Eu não lhe contei que, segundo um livro que lera sobre a tradicional arte chinesa de leitura facial, éramos na verdade um bom par. Monges taoistas alegavam que diferenças faciais indicavam compatibilidade emocional, porque uma boa relação dependia da união harmoniosa entre yin e yang. Eu tinha razões para acreditar nesta teoria, porque A-Mei e eu éramos muito parecidos, mas nossa relação durou apenas um ano.

As luzes voltaram de repente. Todas as garotas do bloco de dormitórios gritaram, assim como tinham feito quando as luzes se apagaram. Desta vez, eu e Tian Yi gritamos também.

Foi bom ver as coisas com nitidez novamente. Admirei a sombra sob o queixo de Tian Yi.

— Diga-me, qual é o seu desejo para este ano? — perguntou ela, instalando-se na cama de baixo do beliche oposto.

— Que você viaje comigo.

— Tudo bem. Eu concordo. — Sua voz soou estranha. Parecia um balido de ovelha.

— Poderíamos começar nossa jornada na nascente do Rio Vermelho — continuei, entusiasmado — e depois viajar por todos os outros lugares mencionados em *O livro das montanhas e dos mares*: o Rio dos Areais Dourados, o Rio Yalong, a Montanha Sem Medida e a Montanha do Calabouço das Mágoas. Vi algumas fotos da área numa revista. É cheia de lindas montanhas com platôs gramados e pequenos vilarejos de minorias étnicas. Parecia um paraíso na terra.

— Você deve estar pensando no capítulo "Terras entre mares", que diz: "À sudoeste, junto ao Rio Negro, há uma terra onde centenas de grãos crescem espontaneamente, germinando e florescendo tanto no inverno quanto no verão."

— Sim. Fica na Província de Yunnan. E tenho outro desejo também: quero montar meu próprio laboratório.

— Para conduzir aquela pesquisa genética de que falou, cultivando células de orelhas humanas, ou eram células de olhos?

— Células de placenta. Não, o que quero estudar são formas de atrasar a morte pelo maior tempo possível.

— Sem a morte, perderíamos todo o medo e a ambição.

— Cientistas russos tiveram sucesso em clonar um rato de uma célula-tronco embrionária. Não levará muito tempo até que vejamos o primeiro clone humano. Antes que você morra, poderá decidir se quer voltar à vida novamente em outro corpo.

— Ou seja, minha alma continuará. Talvez eu me case com seu neto na próxima encarnação.

— Você tem uma imaginação fértil. — Eu sempre achava exaustivo discutir assuntos científicos com pessoas que não eram cientistas.

— Se você é um cientista tão genial, faça um esforço e descubra uma forma de cozinhar aquele macarrão.

— Vamos a um restaurante — respondi, apagando meu cigarro. — Tem um em frente aos portões do campus que vende sopa de *wonton*.

— Você ainda não me perguntou o que lhe comprei de presente de aniversário, seu tonto — disse ela, entregando-me um livro.

Era uma edição ilustrada do *Livro das montanhas e dos mares*.

— Que maravilha! — exclamei. Agora eu tinha imagens do sorrateiro homem com rosto de coelho, cuja carne era suculenta e doce; da criatura que comia metal e parecia um búfalo-asiático, cujo excremento férreo podia servir como armamento, e da grama "jade vermelho", que podia fazer dormir por trezentos anos. — Eu amo você, Tian Yi — exultei, tomando-a em meus braços e beijando-a, sugando sua língua e dentes.

Ela fechou as mãos fortemente em minhas costas e disse:

— Desculpe-me por ter falado com você daquela maneira. Estou assustada, é só isso. Em psicologia, isso se chama querofobia, medo da felicidade. Tenho medo de me machucar. Prometa que nunca vai me deixar.

— Prometo — respondi, exausto. De repente, a lembrança da aparência de Tian Yi no primeiro dia em que a vi desapareceu de minha mente.

A corrente bioelétrica que corre por seu corpo crepita e chia, como um feixe vacilante atravessando o tubo de raios catódicos de uma velha televisão.

Vejo peixes mortos diante de mim, e eles mudam de tamanho. Talvez seja um sinal de morte iminente. Os peixes têm olhos negros e escamas brancas, e estão jogados sobre uma camada de cubos de gelo. Um cheiro adocicado e azedo se eleva da barraca de frutas de trás. Tudo se ilumina e cintila: as cascas de ovos quebrados no chão, as lustrosas jarras de sal, as bolas de papel amassado sob o banquinho do feirante, os pagodes dourados impressos nas bolsas de plástico de transeuntes. Não consigo compreender a importância desta cena confusa... A outros trezentos *li* a oeste,* ficam as Montanhas Di. Embora muitos rios e córregos fluam através de seus vales, suas encostas são estéreis. Um peixe que se assemelha a um touro vive nas montanhas. Ele se reproduz no verão e morre no inverno... Lembro-me de Tian Yi lendo aquela passagem para mim. Sua voz era mais grave e aveludada que a de A-Mei.

Vejo Tian Yi caminhando em minha direção. Adentro a cena, aliviado por ter uma memória a que me agarrar.

Quando ela chegou ao Lago Weiming, o céu do fim de tarde era como uma chapa de ferro. Tudo parecia frio — a terra, a grama, os insetos cruzando o ar. O cheiro de peixe do lago era menos pungente que durante o meio-dia. Estudantes estavam sentados aos pares na pequena parte gramada junto à margem. Todos estavam nos primeiros estágios do namoro, e portanto seus gestos pareciam artificiais.

Eu vinha de uma orientação em biologia e estava parado na encosta gramada, fitando o céu claro e a trilha que se abria diante de mim. Observava as pernas das pessoas enquanto elas caminhavam na minha direção. O pé se movia primeiro, depois o joelho se dobrava e toda a perna se lançava à frente. Eram pessoas vivas, corpos não dissecados envoltos em roupas. Sempre que eu via uma perna se movendo, minha mente retornava aos músculos humanos que flutuavam nos jarros de amostras do laboratório de ciências. Quando a luz começava a desaparecer, as pernas passavam a se mover mais lentamente.

Um rapaz de calça bege andava mais devagar que todo mundo. Era um estudante de línguas estrangeiras que recentemente ganhara o concurso de canto na universidade. Ele e mais dois amigos se encaminhavam para os blocos

---

Li: Unidade de medida chinesa equivalente a cerca de meio quilômetro. (N. da T.)

de dormitórios, movendo os músculos e ossos que seus pais lhes deram. Estudantes do interior, ainda desacostumados a usar sapatos pesados, davam passos amplos demais. Estudantes de regiões montanhosas caminhavam com os joelhos dobrados e peitos inclinados à frente, como se subissem uma encosta íngreme. O vadio de Sichuan que acampava em nosso bloco sempre caminhava desta maneira.

Depois, uma bela garota veio em minha direção, e minha atenção imediatamente se voltou para ela.

Garotas bonitas estavam acostumadas a serem observadas, e deliberadamente moviam as pernas de uma maneira que sabiam ser atraente ao olhar masculino. A garota que se aproximava era do sul. Ela usava jeans e estava com uma colega estrangeira. Ela se movia com a graça e fluidez típica de pessoas das cidades costeiras do sul da China. Pelo balanço de seus quadris, percebia-se que ela estava apaixonada.

Agora o frio era congelante, e Tian Yi não aparecia. Depois que o sol se pôs, o ar ficou rígido. Pensei no coelho que o técnico acabara de matar no laboratório de ciências. Quando deu o último suspiro, o animal esticou as pernas o máximo que pôde. Um segundo depois, era um corpo pronto para ser dissecado.

Gao Hua veio em minha direção. Muito embora estivesse apenas no começo da casa dos vinte, ela era séria e maternal e nos tratava como seus irmãos mais novos, e por isso a chamávamos "Irmã Gao". Ela estudava para um doutorado em filosofia. Seu pai era um importante acadêmico.

— Ei, Dai Wei! — chamou ela. — Quantos frascos daquele tônico capilar você ainda tem? Tem um cara em nosso departamento de pesquisa que quer comprar um. — Ela se vestia como uma jovem professora. Na verdade, ela era uma espécie de professora. Tian Yi me dissera que ela apresentara um seminário em pesquisa filosófica contemporânea que foi muito bem recebido.

— Sinto muito, mas vendi tudo. Semana que vem terei um novo lote. — Meu amigo Sun Chunlin ficaria fora de Shenzhen por algumas semanas, e por isso não podia repor meu suprimento.

— O Salão Democracia está organizando um debate para amanhã — disse a Irmã Gao. — Seu novo líder, Han Dan, será o presidente da mesa. Sua Sociedade Panteão não andou muito ativa neste período. — Os livros que ela carregava pareciam muito pesados.

— Han Dan? Está falando daquele cara magro do Departamento de Chinês? — perguntei distraidamente. — A Sociedade Panteão não fez muito, mas a Sociedade de Pesquisa Sobre Lei e Democracia, de Zhuzi, e o Clube Estudantil de Pesquisa Social de Hai Feng estão bastante ocupados, organizando debates e palestras.

Na verdade, a Sociedade Panteão não fazia nada desde o verão, quando Liu Gang e Shu Tong discordaram sobre como reagir ao assassinato de um estudante da Universidade de Pequim por uma gangue de arruaceiros locais. Liu Gang acreditava que o incidente oferecia um bom pretexto para lançar outra série de protestos. Ele fez discursos no Triângulo, exigindo que os assassinos fossem levados à justiça, e fez planos para um protesto na Praça da Paz Celestial. Mas quando Liu Gang ouviu um boato do pai de Cao Ming dizendo que o vice-presidente Wang Zhen exigiu uma repressão impiedosa de ativistas estudantis, e percebeu que provavelmente nenhuma outra faculdade de Pequim se reuniria a nosso protesto, sugeriu que deveríamos organizar uma marcha através da Praça da Paz Celestial, e não uma manifestação. Ele e Shu Tong discutiram por duas semanas, até que ambos abandonaram a ideia.

Como resultado desta tentativa de renovar o ativismo estudantil, Liu Gang perdeu sua filiação ao Partido e Shu Tong foi forçado a escrever uma autocrítica. Shu Tong passava pouquíssimo tempo no campus desde então. Um boato corria de que ele estava saindo com a filha de um oficial de alta patente do Partido.

Enquanto a Irmã Gao se afastava, finalmente avistei Tian Yi. Ela estava de pé, de costas para mim, esperando. Minha pulsação acelerou. Na noite anterior, tínhamos feito amor pela primeira vez. Ela estava usando a saia preta que usara para a festa de seu primo. Usava também sapatos pretos naquela noite. Notei que muitas pessoas com tendência artística começavam a usar preto. A festa foi dada pelo tio dela. Ele organizara uma exposição das pinturas de seu filho de seis anos, e amigos e família foram convidados para ver em primeira mão. As paredes da sala de estar e do corredor foram cobertas pelas pinturas infantis do menino, com árvores, peixes tropicais, meninas com flores vermelhas nos cabelos e maçãs amarelas em pratos brancos. Já que o menino era muito mais novo que Tian Yi, ele a chamava de "tia", e não "prima". Seu hálito tinha cheiro de pastel frito. Um professor da Academia Central de Artes grudou em Tian Yi como uma sanguessuga a noite inteira, coisa que me irritou.

Aproximei-me e me coloquei atrás dela, admirando suas costas, seus cabelos e braços, até que ela sentiu minha presença e olhou ao redor. Ela tornou a se virar rapidamente e, sem falar, caminhou comigo em direção à biblioteca.

Por vezes ela se recolhia a seu próprio mundo desta maneira, afastando-me completamente. Era exasperador.

Chegamos ao restaurante do campus que tinha uma pequena barraca do lado de fora vendendo sopa de *wonton*. À noite, eles penduravam uma lâmpada. Os estudantes que se entediavam de andar pelo campus às vezes se reuniam ali para papear. Tian Yi atravessou a luz diante da barraca e sumiu na escuridão mais uma vez.

Um segundo depois, ela parou e se recostou contra uma parede de tijolos. Seus olhos estavam negros. Seu cabelo, desalinhado.

Ela irrompeu em lágrimas e disse:

— Não faça isso comigo outra vez.

Começou a nevar. Os flocos pairavam no ar.

— Está com medo de engravidar? — Eu era três anos mais velho que ela, e sentia que devia protegê-la.

Ela ficou em silêncio e me afastou. Depois que fizemos amor na noite anterior, ficamos abraçados por horas, as pernas fortemente entrelaçadas.

— Veja, o vento está alterando a estrutura dos cristais de neve — comentei, notando que ela observava os flocos no chão. Nos dois meses em que estivemos namorando, descobri que o único momento em que ela não me contradizia era quando eu falava de coisas que ela não entendia. Eu sabia muito pouco sobre arte. Ela às vezes me criticava por ser incapaz de discutir Schubert, Picasso ou Shakespeare. "Existe alguma coisa que você *realmente* saiba?", ela perguntava, fitando-me inexpressivamente.

Sempre que eu sentia que ela estava pensando em terminar comigo, corria para a biblioteca e folheava os livros que ela mencionava durante nossas conversas. Na verdade, eu tinha lido um dos livros que ela comentara — *O homem que ri*, de Victor Hugo — mas esquecera o nome do autor. Eu também lia as sinopses nas capas dos romances de Mou Sen para ajudar a preencher os hiatos em meu conhecimento.

— Não quero levar mais nada adiante — ela disse vagarosamente.

— Você tem medo de que as autoridades universitárias nos punam. Não vão fazer isso, prometo. Não estou preocupado. Todo mundo namora no campus. Não é o mesmo que alugar um quarto particular juntos.

— Não tem nada a ver com a universidade. Eu só não gosto mais dessa situação. E minhas notas estão caindo.

— Eu amo você, Tian Yi, quero que fiquemos juntos — falei, agarrando sua mão. — Agora está chovendo. Vamos para a biblioteca. Podemos conversar lá. — Mais uma vez, havia algo na palma de sua mão. Parecia um pedaço de casca de árvore ou bambu.

— Eu só quero ficar em paz. Passei os últimos dois meses sentindo muita angústia. Não consegui terminar nenhum livro. — Sua voz soava fria. Vi lágrimas cintilando em seus olhos.

— E como os psicólogos chamam este estado emocional? — perguntei. Eu queria dizer a ela que aquilo era estar apaixonado, mas pensei que talvez acabasse por irritá-la.

— Por que você é tão normal? — perguntou ela, olhando-me diretamente no rosto. Eu sabia que se ela ousava me olhar nos olhos, havia uma boa chance de que fizéssemos as pazes.

— Eu poderia ser um irmão para você, em vez de namorado. Você prefere assim?

— Você realmente é muito convencional — ela concluiu, o canto da boca se curvando ligeiramente para cima. Relutantemente, Tian Yi permitiu que eu segurasse sua mão e, quando começamos a caminhar novamente, se aproximou um pouco mais de mim.

Certa vez perguntei a Mou Sen o que Tian Yi queria dizer quando afirmava que eu era "muito convencional". Ele respondera que ela queria dizer que eu era muito racional, e não suficientemente dramático ou artístico. Ele dissera que as mulheres gostavam que os homens fossem passionais e tivessem presença de espírito. Eu sabia que não era particularmente romântico, mas tinha um metro e oitenta, era honesto e confiável — o tipo de rapaz que muitas mulheres considerariam atraente.

No quadro de avisos do lado de fora da entrada da biblioteca, alguém colara um bilhete com um verso de uma música pop: AINDA ESTOU PARADO NA CHUVA, ESPERANDO POR SUA CHEGADA... Os caracteres tortos do aviso oficial ao lado pareciam fileiras de couves despedaçadas. Entramos no corredor morno e nos dirigimos para a sala de leitura.

— Vamos ficar em silêncio e ler nossos livros — disse ela. — Não quero ver você amanhã.

— Não podemos almoçar juntos?

— Se você não fizer o que estou pedindo, não irei para Yunnan com você em janeiro.

— Tudo bem. Mas eu disse a Mou Sen e Yanyan que iria a uma festa amanhã à noite na Normal de Pequim. Pensei que você também gostaria de ir.

— Quem é Yanyan?

— Uma repórter do *Diário dos trabalhadores*. Ela estudou na Universidade do Sul conosco, mas só passamos a conhecê-la de verdade depois que viemos para cá.

— Ah, eu sei, ela é a namorada de Mou Sen, não é? — Tian Yi tinha muita admiração por Mou Sen. Dizia que ele era uma biblioteca ambulante.

— Sim, mas ela gosta de manter isso em segredo. Ela é do sul, e por isso é bastante antiquada quanto a relacionamentos.

— Você está insinuando que eu sou muito liberal? — perguntou Tian Yi, fechando a cara.

Não respondi. Eu vivia com medo de dizer alguma coisa que a irritasse.

— Tudo bem, não vou encontrá-la amanhã — concordei com relutância, e depois disse adeus e parti para a sala de leitura de ciências no terceiro andar.

Eu estava profundamente apaixonado por ela, e me sentia apegado a Tian Yi. Ela curara as feridas infligidas por minha ruptura com A-Mei.

Você se dissipou na escuridão como um grão de sal que se dissolve no oceano. O que o perturba agora não é que não pode ver nada, mas que nada pode ver você.

Eu me vejo de pé no topo de um monte ensolarado, minha boca escancarada, e Tian Yi dançando a meu lado, o cabelo flutuando ao vento. Era a primeira semana de nosso recesso de duas semanas em janeiro de 1989.

Apontei para a densa floresta tropical e disse que era a Terra dos Dentes Negros descrita no *Livro das montanhas e dos mares*.

— Como é que as pessoas naquela época chegavam até aqui a Yunnan? Levamos três dias de trem para ir de Pequim a Kunming, e depois mais três dias num ônibus para chegar aqui. — Seu rosto estava coberto de suor. Ela usava sapatos de couro pesados, uma camiseta verde-clara e um macacão azul.

Assim que chegamos em Xishuangbanna, a ponta tropical da província sulista de Yunnan, nos registramos num hotel e partimos imediatamente para as florestas tropicais das montanhas.

— Eles levavam pelo menos três dias para vir da antiga capital até aqui — respondi. — E tinham sorte quando chegavam vivos. — Eu parecia um soldado americano com minhas calças militares camufladas. Também usava um boné de jeans Lee. Tian Yi se esquecera de levar chapéu, e por isso tentava tirá-lo de mim.

Havia imensas árvores por todo lado à nossa volta. Não podíamos ver o topo do monte que estávamos escalando. Caminhávamos na semiescuridão. Eu nunca tinha ido a uma floresta tropical antes. Não parecia real. Eu me sentia como se estivéssemos flutuando através de uma estranha paisagem de fábulas.

A trilha estreita estava coberta de pegadas humanas e marcas de cascos de gado. O capim úmido que crescia junto às duas margens se arqueava, quase se encontrando no meio. Nossas calças e sapatos logo estavam encharcados.

Ela reduziu a marcha.

— É lindíssimo. Aqueles ali em cima são pássaros-do-amor? — Ela apontou para uma revoada de pássaros que acabara de se elevar dos galhos de uma árvore.

— Não, são cucos. Veja as longas caudas.

— Você sabe por que os cucos têm peitos vermelhos? Havia uma princesa na China antiga que morreu de coração partido e reencarnou num cuco. Ela cantou uma canção triste por dias a fio, até que o sangue escorreu de seus olhos e manchou de vermelho seu peito branco.

— Você sabia que depois que os pássaros-do-amor se acasalam, eles ficam juntos para o resto da vida? Eles nunca voam sozinhos.

— Veja aquelas frutas imensas penduradas ali! — Ela se aproximou e tentou puxar uma para o chão.

— São frutos de cróton. Não tente comê-los, são venenosos. — Eu a ergui e ela arrancou uma fruta curvada que era tão grande quanto um chifre de boi.

— Ficaria linda pendurada em meu dormitório. Vamos, tire uma foto! — Ela deixou a fruta sobre seu pescoço e me entregou a câmera excitadamente. — Rápido, tire a foto! O ar está tão fresco. Ah! Essa grama tem um cheiro maravilhoso. — Ela estava sorrindo e gargalhando.

— Os níveis de oxigênio aqui devem ser muito altos.

— Eu não perguntei sobre os níveis de oxigênio, seu cabeçudo. — Ela sempre me repreendia por soar como uma apostila.

— A tribo bulang vive nestas montanhas — comentei, sabendo que isso lhe interessaria mais. — Eles pintam os dentes de preto. Acham que isso faz com que pareçam mais bonitos. Talvez possamos encontrar uma vila deles hoje. Vi fotos delas numa exposição em Guangzhou sobre minorias culturais do sudoeste da China. Na tribo bulang, quando um garoto e uma garota se apaixonam, eles se sentam sob uma árvore e cada um pinta os dentes do outro de preto.

— Você foi a essa exposição com sua namorada de Hong Kong? — Desde que contara sobre minha relação com A-Mei, Tian Yi frequentemente me obrigava a falar dela para que pudesse fazer algum comentário sarcástico.

Eu não quis responder à pergunta porque, por acaso, eu estava pensando em A-Mei naquele mesmíssimo momento. Em vez disso, suspirei profundamente e corri mais para cima da encosta. Logo tive uma visão da floresta engolfando o monte à frente e se estendendo ao horizonte. Avistei uma trilha que serpenteava pelas montanhas e me perguntei para onde levaria.

Virei-me e vi Tian Yi galgando a encosta em meu encalço, bufando e arfando.

Não havia sol ou brisa naquele lado da montanha. Notei pequenas frutinhas vermelhas nos arbustos ao pé das árvores verde-escuras. Mais junto ao chão havia arbustos com flores azuis, amarelas e brancas. Lembrei que A-Mei sempre gostava de ter flores frescas em seu quarto. No norte, ninguém cultivava plantas em casa. Minha mãe certa vez disse que cultivar plantas e flores era pequeno-burguês e sinal de uma mente doentia, por isso não havia flor alguma em nosso apartamento.

Tian Yi cambaleou na minha direção, o rosto vermelho.

— Não posso ir mais longe — gemeu. — Para que precisamos chegar ao topo? Teremos que trilhar todo este caminho novamente para descer.

Por que as garotas são tão fracas?, eu me perguntava, esticando a mão e puxando Tian Yi para cima.

— Esta montanha não é tão alta assim — falei. — Vamos continuar mais um pouco. Talvez encontremos um elefante.

— Elefantes numa floresta tropical? — retrucou ela, os olhos chispando.

— Sim, há muitas manadas aqui, ao que parece. Veja aquelas samambaias gigantes. São fósseis vivos. Provavelmente há cem milhões de anos que não mudam. — As samambaias assomavam sobre a vegetação rasteira como guarda-sóis abertos. Aproximei-me de uma e apertei uma folha enrodilhada. Embora tivesse visto algumas no jardim botânico da Universidade do Sul, eram bem menores que aquelas.

— Vi fotos delas numa revista geográfica — disse ela orgulhosamente. — Fique aí. Não se mexa. Vou tirar uma foto.

Eu a conduzi mais para cima na montanha. Sua pequena mão estava molhada de suor.

Na trilha à frente, lindas borboletas amarelas estavam pousadas sobre bosta de vaca. Quando nos aproximamos, elas alçaram voo. Tian Yi arrancou um feixe de capim com folhas amarelas, verdes e cinza. Todas eram magníficas, mas nenhuma tão bela quanto sua mão.

Ela estava exausta. Seu hálito tinha cheiro da farinha de arroz que comêramos no dia anterior. Ela era como A-Mei — ambas odiavam esforço físico.

Tian Yi estava prestes a se apoiar num tronco de árvore e descansar, mas saltou de volta quando viu formigas galgando o tronco e encostou-se em mim. Ela fechou os olhos, colocou a mão na testa e disse:

— Eu sofro de hipoglicemia, e provavelmente também tenho um coração fraco. Dê-me a garrafa d'água.

Segurei seu pulso e verifiquei seus batimentos. Não pareciam muito rápidos. Tirei meu boné e o usei para abanar-lhe o rosto.

— Adoro escalar montanhas — falei. — Quando você chega ao topo e baixa os olhos para os montes abaixo, tem uma sensação maravilhosa de realização.

Sem abrir os olhos, ela respondeu:

— Subir montanhas é uma forma de megalomania. Os homens acham que podem conquistar uma montanha ao subi-la. Escalam por dias, fazem todo o caminho até o topo, mas quando descem de volta continuam tão insignificantes quanto um miserável besouro.

Enquanto ela se recostava em mim, baixei os olhos para os alvos seios escondidos sob sua camiseta verde e disse:

— As vidas das mulheres são controladas por seus corpos. Elas têm músculos mais fracos, então não surpreende que não consigam subir morros.

— Você não tem direito algum de falar do corpo das mulheres! — ela devolveu, abrindo os olhos novamente. — Os homens podem ter músculos mais fortes, mas isso só faz com que uns corram atrás dos outros num campo de esportes o dia inteiro para gastar energia. É tão tedioso!

Eu me agachei e acendi um cigarro, e me perguntei se a aversão de Tian Yi a atividades em grupo era um sintoma de depressão moderada.

Quando ela pareceu recuperada para continuar, apaguei meu cigarro e disse:

— Esta floresta é linda. Seria uma pena se não chegássemos ao topo.

— Preciso de mais tempo para descansar. Você sempre anda rápido demais. Eu gosto de parar e ver as flores e árvores. — Ela sentiu o aroma das flores silvestres em sua mão. Uma delas tinha quatro pétalas azul-escuras em torno de um suave anel de estames amarelos.

Sentei-me a seu lado, e nos apoiamos na árvore e admiramos a grama e os galhos à nossa volta. Alguns raios de sol se filtravam entre as folhas. A brisa agitou a densa folhagem. Vinha de um vale ao norte e tinha cheiro de grama quente.

— O que você viu agora? — perguntou ela, perscrutando a floresta e sacudindo os cabelos.

— Há um javali atrás daquela árvore.

— Não acredito em você! — Ela riu. — Está tentando me assustar!

Pusemo-nos de pé novamente e continuamos a subir a trilha de mãos dadas.

Mais acima, junto ao cume, as árvores escasseavam um pouco, revelando áreas de rocha nua da montanha. Através dos vãos entre os galhos, avistávamos o céu azul.

Envolvi Tian Yi em meus braços e a abracei com força. Estávamos a sós na montanha. Não havia mais ninguém por perto.

— Tian Yi, você é meu anjo — eu disse.

Ela abriu a mão e o capim silvestre caiu no chão.

— Seu anjo sofre de vertigem. Tem medo de voar. Você entende?

Nós nos deitamos e nos beijamos, e eu deslizei para dentro de seu corpo com a facilidade de um pé que penetra um sapato macio. Eu oscilava sobre seu corpo. Ela se movia em uníssono comigo, e a floresta também parecia se agitar. Sempre que eu erguia os olhos, via a iluminada pedra branca do cume da montanha brilhando acima de mim. Colamos nossas bocas uma à outra até que suas pernas estremeceram e ela deu um suave gritinho.

Foi só no crepúsculo que vagarosamente começamos a trilhar nosso caminho para baixo. Provavelmente era a primeira vez na vida em que eu tinha a experiência da total privacidade. Ela deixou que eu colocasse o braço ao seu redor. Quando chegamos à margem pedregosa do rio, ela me perguntou:

— Você vai ficar comigo para sempre?

— Sim. Pelo resto da minha vida. — Embora eu estivesse exausto, senti um súbito desejo de fazer amor com ela novamente.

— Não sei por quê, mas quando estou com você minha mente sempre está em outro lugar. Você parece tão pesado, como esta grande rocha aqui. — Ela estava fitando uma rocha branca que cintilava à luz tênue. Um veio cinza corria por seu centro. O rio silencioso escurecia lentamente. Um pássaro adejou no ar, pousou sobre a água por um momento e depois alçou voo. — Não importa o que aconteça neste país, temos que ficar juntos. Você tem que me prometer. — Tian Yi tinha os olhos vermelhos.

— Diga que me ama.

— Eu lhe disse em minha carta — ela respondeu, erguendo a cabeça. Seus olhos assumiram a forma de talhos crescentes. Quando ela virou o rosto, pude ver as marcas que meus beijos deixaram na nuca de seu longo e alvo pescoço.

— Eu amo você... — sua voz falhou e ela enrubesceu. Eu a puxei para o chão novamente e a retive em meus braços. O sol poente lançava seu brilho sobre nossos corpos enlaçados. Tudo parecia mais devagar. Quando estávamos quase cochilando, mosquitos começaram a enxamear ao redor. Levantamos num salto, vestimos nossas roupas e fugimos.

Você se move como um submarino por um mar de células vermelho-terra, e vê sua dor se abrindo como uma rede branca.

Vejo-me entrando em meu dormitório. Todos estão sentados nas camas de baixo, bebendo cerveja e comendo frango.

O quarto estava mais iluminado que o habitual. Chen Di provavelmente colocara uma lâmpada mais forte. Sempre que ele fazia isso, tínhamos alguns dias de luz forte até que o zelador descobria e a substituía por uma lâmpada de voltagem menor.

Não havia espaço para que eu me sentasse, então decidi voltar para o dormitório de Tian Yi, mas quando me dirigia à porta, Chen Di me arrastou de volta para dentro.

— Você sabe que é sua vez de alimentá-lo na semana — disse ele apontando para o vadio, que estava jogado sobre a cama de Qiu Fa. Qiu Fa estava no beliche oposto. Ele era muito asseado e geralmente não tolerava que alguém se sentasse em seu lençol de algodão estampado com peônias. De manhã, ele passava dez minutos ajeitando o cabelo encaracolado e depois enchia uma jarra de vidro com água quente e a usava para alisar as dobras de suas roupas.

— Pois é, você não pode se esquivar desta maneira! — acrescentou Mao Da. — Saia e traga umas cervejas para nós! — Mao Da era o chanceler da união estudantil e também membro do Partido. Ele falava como um oficial do governo.

— Cuidado com o ladrão de cupons de alimentação — disse Yu Jin de seu beliche. — Ele anda pelo campus novamente. Eu o vi com meus próprios olhos. — Yu Jin vivia alegando que tinha visto coisas com seus "próprios olhos". Ele era um cara baixo e animado, que gostava de dobrar as mangas para expor seus antebraços musculosos e o relógio digital.

A verdade era que ele não tinha visto ladrão nenhum. Alguns dias antes, tinha sido minha vez de ir à cantina e buscar comida para todo mundo. Eu me esquecera de levar meus cupons e voltara ao dormitório de mãos vazias. Para me poupar de fazer uma segunda viagem, fingi que um ladrão roubara os cupons de meu bolso.

O vadio gostava de subir e descer o corredor com as mãos atrás das costas e um cigarro na boca, como um secretário local do Partido. Quando se cansava disso, jogava-se na cama de alguém e caía no sono, roncando ruidosamente. O zelador tentara se livrar dele diversas vezes, chutando-o para a rua ou levando-o para a delegacia. Mas de um jeito ou de outro, o vadio sempre conseguia se esgueirar de volta para nós. Sua reputação aumentava a cada novo episódio, e ele logo se tornou a estrela de nosso bloco de dormitórios.

O vadio não tinha nome. Nós o chamávamos de "vadio", mas não de modo pejorativo, e sim como uma distinção de respeito. Dar abrigo a um camponês sem posses era algo que falava a nossos espíritos rebeldes. Era sempre uma honra quando ele decidia comer em nosso dormitório, e ele concordava com isso.

— Vocês, seus malandros, deviam se considerar privilegiados — ele declarava em seu forte sotaque de Sichuan.

Ele quase não falava no começo, mas depois que um estudante do dormitório em frente armou para que ele dormisse com uma poetisa, ele se tornou mais animado. O vadio nos dizia que as mulheres de lábios grossos tinham lábios vaginais grossos também, assim como homens de nariz grande tinham pau grande, e explicou que quando as mulheres tiravam as roupas, seus seios pendiam até a cintura.

Nós nos revezávamos para levá-lo ao bloco dos chuveiros. Quando ele queria ir para o centro da cidade assistir a um filme, nós o ajudávamos a pular o muro do campus. Eu era o melhor barbeiro do nosso andar, e cobrava um jiao por corte. Mas eu sempre cortava o cabelo do vadio de graça.

Ele tinha a cabeça apoiada no travesseiro de Qiu Fa e mascava uma coxinha. Suas mãos pareciam escuras e sujas ao segurar o pedaço de carne com osso.

Sentei-me junto aos pés dele. Todos estavam se servindo da comida e conversando ruidosamente.

O vadio se virou para mim e disse:

— Vamos, garoto, vire de um só trago!

Com relutância, peguei o copo que ele me oferecia.

— Acabei de tomar uma cerveja — eu disse. — Isto é aguardente Erguotou. Não posso beber muito.

O vadio me lançou um olhar de desdém.

— Vocês da cidade são inúteis. A cerveja é fraca como mijo. Homem de verdade bebe *isso*.

— Sim, qual é, Dai Wei! — disse Dong Rong. — Amigo ou carrasco, vira de um só trago! — Eu odiava entrar em apostas de bebida com Dong Rong. Ele sempre ganhava, e era terrivelmente metido. Usava óculos escuros de grife durante o ano inteiro e gostava de se gabar do preço de suas calças esportivas americanas. Mas, embora estivesse sempre na moda, ele tinha os pés mais fedidos do dormitório.

A aguardente fez meu estômago e meu rosto arderem e minha cabeça girar. Eu tinha acabado de jantar com Tian Yi. Todas as colegas de dormitório dela estavam lá, então eu decidira voltar para o meu dormitório e ler a cópia de *O apanhador no campo de centeio* que ela me emprestara. Mou Sen já tinha lido, claro.

O vadio estava usando uma camisa de grife de Dong Rong, o que fazia com que ele parecesse o secretário do Partido de uma comuna rural. Havia um logotipo bordado no peito, de um cavaleiro brandindo um taco de polo. Ao que parece, aquela marca era ainda mais cara do que a com o logotipo do crocodilo. Dong Rong usara a camisa durante os protestos do campus que se seguiram ao assassinato do estudante de graduação, e não ousou usá-la novamente por medo de que ela o incriminasse.

Xiao Li pediu ao vadio que nos contasse uma história de mulher ou fantasma. Xiao Li vinha de uma família de camponeses pobres. Seus gastos de subsistência eram pagos por seu irmão mais velho. Nunca o vi comprando comida. À noite, ele saía para juntar legumes que tinham sido descartados na rua. No ano anterior, ele comprara um tubo de pasta de dente, mas não pudera comprar a escova, então usava os dedos. Neste ano ele conseguira comprar a escova de dente, mas sua pasta acabara, então ele pegava um pouco do meu tubo quando achava que eu não estava olhando. Eu sempre fingia que não notava. E eu lhe fazia cortes de cabelo gratuitos também.

O vadio balbuciou, embriagado:

— Não, não, não tenho histórias. — Mas estava claro que ele queria dizer algo. Após se empanturrar de comida e bebida, ele tragou um cigarro e estalou os lábios com satisfação, como um camponês que acaba de vender sua colheita por um bom preço.

Xiao Li deitou a cabeça e ligou o rádio num programa de notícias: "... Após três dias de severos distúrbios, o Primeiro-Ministro Li Peng assinou uma ordem hoje impondo lei marcial em Lhasa. Alguns monges tibetanos rebeldes foram..."

— Conte-nos daquela vez em que você xingou um policial — disse Yu Jin, dando tapinhas no ombro do vadio.

Era uma das histórias favoritas do vadio. Um dia, ele ficou apertado enquanto caminhava pela rua. Baixou as calças e estava pronto para mijar quando um policial se aproximou por trás e disse:

— Você não pode mijar na calçada! Levante as calças!

— Quem mijou? Isso aqui mijou? — disse o vadio, sacudindo o pinto.

— Então por que você tirou para fora?

— Ele é meu, não é? Só tô dando uma olhada. Isso é contra a lei?

O policial ficou desnorteado. Tudo que ele pôde dizer foi:

— Bem, agora que você já viu, ande logo e guarde isso.

Havia meses que o vadio não se barbeava. A barba tinha crescido tanto que os seguranças o prenderam duas vezes, suspeitando que ele fosse um artista dissidente. Foi durante a semana em que um bando de artistas de vanguarda fez uma exposição na Galeria de Arte de Pequim que envolveu disparar armas para o céu.

— Chen Di, pegue seu binóculo e mostre ao vadio — disse Yu Jin. — Ele é a mascote de nosso dormitório. Foi feito na União Soviética. — O binóculo de Chen Di era de um tipo que em geral só se encontrava em posse de oficiais militares de alta patente. Ele nunca disse onde o conseguiu. Até Cao Ming, cujo pai era general do exército, ficou impressionado com o quanto era poderoso.

— Ao que parece, houve problemas na Universidade de Nanquim — disse Xiao Li. — Um estudante negro foi espancado por estudantes chineses por levar uma garota chinesa para seu dormitório. — Xiao Li tinha bebido demais. Seu rosto estava escarlate. Ele tinha 18 anos, mas parecia muito mais novo. Quando Mao Da se colocava a seu lado, pareciam pai e filho.

— Ouviu isso, vadio? — perguntou Qiu Fa. — Um estudante negro foi espancado por dormir com uma chinesa. Você acha que isso está certo? — Seu cabelo encaracolado estava limpo e arrumado. Ele lavava a cabeça três vezes por semana e escovava os dentes duas vezes por dia.

— Sim, diga-nos, você acha que ele mereceu? — perguntou Zhang Jie. Ele era tão quieto e reservado que eu às vezes esquecia que ele estava ali. Quando o olhei, tudo que vi foram seus olhos escuros e vítreos e colarinho encardido.

Mao Da estava sentado junto de Qiu Fa, mastigando amendoins. Tirou o paletó cáqui e disse:

— É claro que o estrangeiro mereceu. É bem feito para ele, por trazer desonra para o povo chinês.

O vadio não sabia muito sobre pessoas negras, mas tinha opinião suficiente para dizer:

— Um cara preto, preto que nem carvão, ousa colocar a mão numa mulher nossa? Nós temos nossos próprios homens para fazer isso! Que escândalo! Arrebente com ele, é o que eu digo, tem que arrebentar! — Ele sacudiu a mão no ar como um policial, quase acertando Zhang Jie, que estava sentado a seu lado.

Todos riram.

— Dong Rong, sua namorada acabou de ligar — disse Wang Fei, entrando em nosso dormitório com um cigarro na boca. — E vocês estão sabendo? Os estudantes da Universidade de Nanquim fizeram uma marcha hoje para protestar contra o tratamento preferencial dado aos estrangeiros. Mas também exigiam reforma política e direitos humanos. — Alguns dias antes, Wang Fei me dissera que deveríamos tirar vantagem do racha entre Shu Tong e Liu Gang para remanejar os postos na Sociedade Panteão. Eu respondera que, mesmo que houvesse remanejamento, ele não conseguiria um posto. Ninguém tinha uma opinião muito boa sobre ele.

— O processo de reforma chegou a um momento crucial — disse Mao Da, nos tons monótonos de um oficial do governo. — Não é hora de tomar as ruas.

— Sim, causamos problemas suficientes da última vez — resmungou Chen Di. Ele então se voltou para Wang Fei e disse: — O que está fumando? Posso pegar um?

Wang Fei o ignorou e em vez disso me pregou um olhar astuto.

— Você anda comendo aquela garota de novo, não é? — perguntou ele. — Olhe só a sua cara! Aposto que deu pelo menos duas na última noite!

— Vá se foder, Wang Fei! — retruquei, sentindo o álcool em meu sangue descendo por minhas pernas. Eu não queria que a conversa se voltasse para mim.

Dos oito rapazes do nosso dormitório, Chen Di e eu éramos os únicos que levávamos nossas namoradas ao quarto. As namoradas de Mao Da e Dong Rong viviam fora de Pequim. Na semana anterior, Wang Fei trouxera uma estudante de turismo de Xian. Ela apareceu em nosso dormitório e, após alguns minutos conversando conosco, ficou completamente caída por Cao Ming.

Do lado de fora, o noticiário noturno retumbava dos alto-falantes da universidade: "O Conselho de Estado emitiu uma nota emergencial exigindo controle estrito sobre a mão de obra migrante..."

— Fechem a janela, não quero ouvir essa merda! — disse Wang Fei, passando seu cigarro para Yu Jin. — Vamos encher a cara hoje à noite. Vamos! Amigo ou carrasco, vira de um só trago!

Quando Dong Rong, Mao Da e Yu Jin sacaram o baralho, eu sabia que o dormitório logo se tornaria uma casa de apostas, então fui ao quarto ao lado e desabei na cama de Wang Fei.

A ferida em seu lobo temporal estremece, suas memórias se nublam.

— Uma pesquisa descobriu que sete mil das oito mil garotas que se formaram no ano passado perderam a virgindade — disse Wang Fei, sentado na beira de seu beliche. — Quem poderia imaginar?

— Vamos apagar as luzes e dormir. — Quando Shu Tong fechava os olhos, seu rosto virava uma bola pálida e inexpressiva.

Eu passaria a noite no dormitório de Wang Fei, para que Chen Di pudesse dormir com sua namorada. Xiao Li, Dong Rong e os outros tinham ido para um quarto no andar de baixo. Os dormitórios masculinos não eram supervisionados tão estritamente quanto os femininos. Se uma menina ousasse passar a noite, o resto de nós cooperava e deixava o casal em paz. Era mais fácil nos fins de semana, quando o zelador dificilmente subia para verificar.

— Você entendeu errado — respondeu Liu Gang. — As sete mil garotas na pesquisa só disseram que não desaprovavam o sexo antes do casamento, mas não disseram que fizeram. Elas nunca confessariam! — A namorada dele estudava na universidade da Província de Anhui. Eles escreviam longas cartas um para o outro.

— Uma pesquisa conduzida pelo Departamento de Matemática descobriu que 27% dos estudantes fizeram sexo antes de começar a faculdade — alguém falou de um beliche baixo. Quando homens dormem no escuro, sua conversa inevitavelmente acaba em mulheres.

As luzes do dormitório foram apagadas, mas um brilho dos postes do lado de fora entrava pela janela. Eu podia ver as fotografias de estrelas do cinema arrancadas de um calendário e coladas na parede atrás de Wang Fei, os olhos dirigidos fixamente à frente. No ar escuro e enfumaçado, as mulheres pareciam imperatrizes de algum reino misterioso.

O Velho Fu ouvia "A Voz da América" na cama acima da minha. Ele prestava o TOEFL todo ano e sempre tirava notas altas. Ele sempre tinha esperança de conseguir uma vaga em Harvard.

Eu podia sentir o cheiro do coelho ensopado que queimara enquanto era aquecido num fogareiro elétrico e do jarro de tofu fermentado e temperado que Wang Fei guardava em sua mesa de cabeceira.

Eu estava deitado na cama vazia de alguém. Tinha a cabeça angustiada, mas não queria que ninguém soubesse. Algo terrível acontecera entre mim e Tian Yi, e fazia dois dias que eu não a encontrava.

— Você é o cara que anda comendo todas as virgens — disse Shu Tong para Wang Fei, batendo na lateral da cama com um livro. — Aquela garota que você pegou atrás da cortina de sua cama ontem à noite, aposto que era mais uma.

— O que acontece atrás dessa cortina é problema meu — devolveu Wang Fei. — Você deveria respeitar meus direitos humanos.

— Ela era virgem? — perguntou o Velho Fu subitamente. Embora fosse mais velho que o resto de nós, ele nunca tivera namorada.

— Vocês fizeram tanto barulho que eu não dormi nem por um segundo a noite toda — resmungou Shu Tong.

O Grande e o Pequeno Chans entraram. A brisa que soprava do corredor sempre trazia um fedor do banheiro dos homens e dava ganas de fumar um cigarro. O Grande Chan acendeu a luz e o Pequeno Chan depositou uma garrafa térmica com água quente sobre a mesa. Quando o Grande Chan derramou água quente em sua marmita, eu imediatamente senti um aroma de brotos de feijão. Todo mundo suspeitava que o Grande Chan ludibriara o vadio a deixar o campus na semana anterior porque nesta semana seria a vez de seu dormitório cuidar dele.

Eu pensava nos formulários que enviara para várias universidades americanas alguns dias antes. Meu boletim acadêmico e a nota do TOEFL eram altas o bastante para me conseguir uma vaga em uma faculdade de nível mediano. No dia em que os mandei, Tian Yi me disse:

— Não fique na China. Você estará bem melhor na América. E, com seu tio-avô rico, sequer terá que se preocupar em conseguir uma bolsa.

Eu tentava dormir, mas minha mente retornava para o bosque atrás dos muros do campus.

Dois dias antes, Tian Yi e eu decidimos deixar o campus lotado e sair para um passeio tranquilo. Caminhamos até o fim de um campo de futebol, pulamos uma antiga muralha vermelha e entramos nos terrenos desertos do Velho Palácio de Verão. Havia botões primaveris nos pessegueiros que cresciam livremente numa elevação gramada. Ao pé da encosta, um córrego fluía silenciosamente em direção a um lago distante.

Tian Yi usava um vestido preto ajustado na cintura por um cinto de couro vermelho. As manchas de luz do sol caíam em seu pescoço e ombros.

Aquele lado do muro era mais escuro e úmido, e coberto por grossas trepadeiras. Os pessegueiros estavam irregulares e descuidados. Em contraste com suas folhas verde-claras, Tian Yi parecia uma fada celestial pronta para alçar voo. Eu estava pasmo por encontrar aquele refúgio natural escondido logo depois dos muros de nosso campus. Tian Yi e eu nos deitamos na grama sob os pessegueiros. Beijei as cálidas manchas de luz do sol sobre sua pele.

Desde que retornamos de Yunnan, havia dois meses que não tínhamos uma chance de fazer amor.

— Você quer? — ela murmurou, afastando minha mão de suas coxas. — Então tire suas calças. Eu quero vê-lo... — Seu rosto tinha o mesmo tom rosa pálido dos botões das árvores acima.

— Corpos masculinos não são muito bons para se olhar, sabe. — Desabotoei o vestido dela e vi a luz do sol se derramar sobre seus seios.

Ela se pôs de pé e passou os dedos pelos cabelos. Havia folhas de grama úmida presas no alto de seus pés alvos, e folhas finas presas entre os dedos.

Suas unhas eram como pétalas caídas. Ela tirou a calcinha, o vestido e depois se agachou a meu lado, os pelos púbicos negros tocando a grama verde.

— Está vendo? Estou menstruada...

Olhei para a carne escura entre suas coxas alvas, puxei-a para baixo e rolei sobre ela, sugando seu rosto. Ela enterrou os dedos em minhas costas e agarrou meus cabelos. Torcemo-nos um no outro. Enquanto eu me derramava dentro dela, senti suas coxas estremecendo.

— Levantem! Levantem daí! — alguém gritou, chutando minhas pernas. Atrás de nós havia três homens inclinados sob os galhos baixos.

— Levantem-se, seus marginais! Vamos levá-los para a delegacia do Palácio de Verão.

Nós nos vestimos às pressas.

— Ela é minha namorada — falei, pondo-me de pé. — Estudamos juntos na universidade. — Todos os homens eram mais baixos que eu. Cada um segurava um cassetete de madeira.

— Vocês são marginais — disse o policial gordo que parecia estar no comando. — Vamos prendê-los agora e vocês podem falar depois.

— Nós temos nossas carteiras de estudante. — Tian Yi apertava seu sutiã e um punhado de grama na mão. Fios de cabelo estavam colados em suas bochechas úmidas.

— Depressa, já! — O policial gordo agarrou as carteiras sem examiná-las. Os outros dois batiam nos galhos impacientemente com seus cassetetes.

— Nós somos namorados, não somos marginais — disse Tian Yi quando terminou de abotoar o vestido.

— Não sabe que é contra a lei fazer sexo antes do casamento? — perguntou o gordo. Ele então trocou olhares com o policial de óculos escuros e disse: — Leve a garota e faça com que ela fale tudo que sabe sobre o passado da família dele.

O policial de óculos escuros levou Tian Yi pela encosta gramada. Ela ainda apertava seu sutiã enrolado na mão.

— Qual é o nome dela? Fale! — gritavam os outros dois.

— Tian Yi — respondi.

— Qual é o nome do pai dela?

Eu sabia que se dissesse o nome do pai dela e sua unidade de trabalho, o futuro de Tian Yi estaria arruinado. Eu estava determinado a ficar calado.

— Não quer dizer? Quer levar uma surra? Vimos o que vocês dois estavam fazendo. Vamos levá-lo para a delegacia e examinar suas calças. Qualquer vestígio de esperma e você vai pegar pelo menos cinco anos! — Ele me cutucou na coxa com o cassetete.

Entrei em pânico.

— Sinto muito, camaradas. Foi um erro meu trazê-la aqui. Por favor, soltem-nos. Nunca mais vamos voltar. Seremos bons alunos de agora em diante e vamos estudar muito.

— Soltar? Você sabe onde está? Vocês invadiram ilegalmente um sítio histórico protegido pelo Estado e cometeram um ato obsceno. São dois crimes. E mais, o regulamento da universidade claramente proíbe que estudantes tenham relacionamentos durante os períodos de estudos.

— Mas nós estamos apaixonados, não pudemos evitar. Eu lhe dou minha palavra de que não vamos fazer isso novamente. Vamos nos concentrar em nossos estudos. Por favor, soltem-nos.

— Se você quer voltar para o campus, terá que nos deixar um depósito de pelo menos trezentos yuans. Mas primeiro vou ter que debater com meus dois manos.

Tirei todo o dinheiro que tinha em meus bolsos. Felizmente, no dia anterior eu tinha ido para casa e pegara 120 yuans para cobrir as despesas de um mês. O policial gordo tirou as notas da minha mão sem olhar e as meteu no bolso. Ele então acendeu um cigarro, tragou e deixou uma baforada de fumaça escapar pelos vãos entre seus dentes amarelos.

— Isso não vai cobrir nem mesmo nossa hora extra. Abaixe aí e não se mova até que nós voltemos. Vamos falar com o segurança da universidade.

Baixei os olhos para a relva suja e as sombras oscilantes dos galhos. Após algum tempo, ergui a cabeça e olhei para o caminho que Tian Yi descera. A grama na encosta estava imóvel. De vez em quando, um pássaro piava, pulando de uma árvore para outra. Perguntei-me aonde teriam levado Tian Yi.

Finalmente, juntei coragem, fiquei de pé e segui a trilha. Quando cheguei ao córrego no pé da encosta, eu a vi. Ela estava sozinha, de pé contra o muro, tremendo tanto que não conseguia falar. Eu me apressei em lhe dar um apoio para o pé, e nós saltamos o muro de volta para o campus. Havia menos árvores ali, e portanto estava muito mais claro. Estudantes jogavam bola por perto. Tian Yi ainda tremia. Ela mal podia caminhar. Sentei-me com ela na grama. Ela mordia a manga e depois soluçou em seus braços dobrados.

Durante as 48 horas seguintes, Tian Yi não falou comigo. Suas colegas de dormitório me disseram que ela estava com gripe e precisava descansar. Quando a visitei, ela me disse para ir embora. Eu não tinha coragem de perguntar o que tinham feito com ela. Eu sabia que mesmo que eu perguntasse, ela não me contaria. Eu me odiava por ter levado Tian Yi para aquele lugar, e por ter permitido que a polícia a levasse para longe.

Quando eu comia a ceia da noite na cantina, ouvi alguém dizendo que um grupo de bandidos estava atacando nos terrenos do Palácio de Verão, fingindo-se de policiais, extorquindo dinheiro de estudantes que surpreendiam fazendo sexo. Eles haviam feito uma fortuna do golpe, disse o rapaz. Algo explodiu em minha memória: policiais não se referem a seus parceiros como "manos". Como pude não perceber?

Ao que parece, os homens eram mecânicos de bicicletas. Um dia, atacaram um estudante estrangeiro que fazia sexo com uma estudante de mestrado de inglês e extorquiram duzentos dólares americanos. Eles pagavam propinas para as autoridades policiais do Palácio de Verão. Era um negócio rentável. O bando pegava uma média de sete casais por dia naqueles bosques. Fomos enganados por um bando de marginais.

Não ousei contar a Tian Yi. Eu sabia que aquilo faria com que ela se sentisse ainda pior.

O dormitório de Wang Fei estava tão enfumaçado que, após cochilar por alguns minutos, acordei com a garganta ardendo.

— Bem, da próxima vez que você trouxer uma garota, avise-nos antes — disse Shu Tong, ainda com raiva por ter ficado acordado pelos barulhos de Wang Fei na noite anterior.

— Não, nós deveríamos criar uma regra, só trazer garotas para o dormitório em noites de domingo — disse o Velho Fu.

— Mas nós somos oito. Se nos revezarmos para trazer uma menina nas noites de domingo, cada um só terá um pouco de ação uma vez a cada dois meses. — Wang Fei não estava contente.

— E isso aqui é o quê, um puteiro? — gritei, incapaz de me controlar. — Já é uma hora da manhã, pelo amor de Deus! — Minha garganta queimava quando tomei um gole d'água.

As células de seus lobos temporais começam a vibrar mais uma vez. Os neurônios espalham seus galhos dendríticos, permitindo que cálidas memórias fluam para seu tálamo.

— Dai Wei! Você está me ouvindo? É sua mãe... Meu Deus! Suas pálpebras estão se movendo. Estão se movendo mesmo. Não perdi meu tempo. Todas aquelas injeções valeram a pena. Meu Deus! Deixe-me colocar outro travesseiro sob sua cabeça!

Eu também sinto que estou emergindo de um sono profundo. Posso sentir meus quatro membros, a cabeça que minha mãe está elevando, o soro preso a meu braço. Um cheiro forte de desinfetante se inocula em meu cérebro. Percebo que meu corpo está intacto e deitado imóvel na cama.

Talvez tudo esteja bem agora. Talvez eu possa voltar para o mundo.

— Você é um sobrevivente, meu filho — diz minha mãe. — Não importa o que aconteça, vou fazer todo o possível para tirá-lo deste país. Ouça, vou cantar uma música para você. Eu cantava isso quando você era bebê. Assim que você ouvia, parava de chorar na hora... "Pegue sua pena e use como espada! O Partido é sua mãe e seu pai. Quem ousar criticar o Partido será banido para as profundezas do Inferno!" Ah, querido, você não vai gostar dessa letra. Esqueça. Contanto que possa ouvir a voz de sua mãe... Hoje é dia 23 de abril de 1990. Faz alguns meses que você foi trazido do hospital, mas provavelmente você não faz a menor ideia de que esteve lá. O médico disse que as pessoas que entram num coma como o seu geralmente morrem dentro de seis meses. Mas, veja, você ainda está vivo. Eu lhe disse para não se envolver com o movimento estudantil. Ah, Deus, você ficaria melhor se continuasse em coma. A polícia diz que assim que você acordar, vão aparecer para prendê-lo.

Meus ouvidos transmitem o ruído dos soluços e suspiros de minha mãe para meus lobos temporais. Logo, imagens e conversas que cruzaram minha mente retornam vagarosamente: Mao Da sentado na frente do vadio, mastigando amendoins... "Arrebente com ele, é o que eu digo! Que insulto para o povo chinês!"... "Apareceram poucos estudantes de ciências. Você trouxe a faixa?"... "Ponha a língua para fora e engula essas pílulas"... O reflexo de A-Mei no espelho, fitando-me diretamente nos olhos... "Já prendi muitos marginais como você antes, e todos levaram uma boa surra"...

O mundo real parece se distanciar mais uma vez.

Agora não há céu azul, nenhum universo luminoso. Todas as saídas estão bloqueadas.

A bala me acertou na cabeça. Lembro-me de uma fileira de soldados empunhando armas, e de A-Mei caminhando na direção deles. Quando as armas dispararam, ela se ajoelhou no chão. E minha cabeça se abriu. Foi assim que aconteceu.

Então A-Mei ainda estará viva? Foi ela mesma quem vi? Tian Yi fora me visitar no hospital na noite em que fui ferido? Sim, ela ficara junto de minha cama. Minha pele se recorda do toque de sua mão. Mas o que aconteceu antes de o tiro ser disparado? Mou Sen foi abatido? Wang Fei também morreu numa poça de sangue?

Imagens dardejam por minha mente. Vejo os olhos injetados de Wang Fei. Ele abriu a porta de meu dormitório e gritou:

— Vou fazer alguns cartazes para celebrar o secretário-geral Hu Yaobang! Sua morte é uma perda terrível para o movimento democrático da China! — Ele acabara de saber da notícia da morte pela Voz da América. Seus fones de ouvido pendiam do pescoço.

PARTE O HOMEM QUE NÃO DEVERIA MORRER, E SEGUEM VIVENDO OS HOMENS QUE DEVERIAM ESTAR MORTOS, ele escreveu com giz sobre as paredes e mesas do dormitório. Ele então mordeu seu dedo, e com o sangue que pingou da ferida escreveu O POVO...

— Droga! — Wang Fei reclamou quando o fluxo de sangue estancou. — Por que tem tão pouco sangue? — Recentemente, Wang Fei se apaixonara por uma estagiária de patologia do Hospital União de Pequim. Ela saíra com ele uma vez, um pouco contra sua vontade, e desde então não retornara nenhum de seus telefonemas.

— Porque você é um animal de sangue frio, só isso. — Chen Di estava deitado na cama lendo uma revista.

— Calem a boca! Tem gente aqui querendo dormir! — gritei. Desde o incidente do Antigo Palácio de Verão, eu vivia tenso e irascível. Embora Tian Yi tivesse voltado a falar comigo, não me deixava tocá-la.

— Se vocês não tivessem tomado as ruas e protestado em 1987, Hu Yaobang não teria sido forçado a renunciar a seu cargo — disse Mao Da. — E agora o pobre homem está morto.

O quarto ficou em silêncio, mas eu ainda era incapaz de dormir. Desanimado, decidi ligar para Mou Sen e perguntar como os estudantes da Normal de Pequim receberam a notícia da morte de Hu Yaobang.

Ele disse que a notícia os alarmou. Tinha certeza de que a morte acenderia a centelha para uma nova série de protestos estudantis.

Quando deixei o laboratório de ciências mais tarde naquele dia, desejei tomar uma ducha e voltei para meu bloco de dormitórios para buscar toalha e sabão. Os botões brancos das acácias enfileiradas na trilha enchiam o ar com um perfume nauseante. Por alguma razão, aquele cheiro, quando combinado a odores das janelas abertas do bloco de dormitórios, sempre me dava vontade de me masturbar.

— Já acabou a aula? — perguntou Ke Xi, aproximando-se de mim com uma trouxa de roupas molhadas nos braços. — Os quadros de avisos do Triângulo foram cobertos de homenagens. Vá lá e dê uma olhada!

— Eu vi. Alguém já pendurou um poema memorial no corredor da graduação. É triste que ele esteja morto, mas realmente não podemos começar a protestar de novo.

— Você está errado, este é o momento perfeito para a remobilização — respondeu Ke Xi, colocando a mão esquerda na cintura. — Não podemos deixar esta chance escapar.

Enquanto nos aproximávamos de nosso bloco de dormitórios, eu disse:

— Ainda me sinto culpado pelos protestos de 1987. Não conquistamos nada, a não ser empurrar liberais como Hu Yaobang para fora de seus cargos...

Sua respiração se torna mais estável. Sangue oxigenado se move de sua veia pulmonar e sobe para seu átrio esquerdo.

Anseio por falar, mas os centros de linguagem de meu córtex cerebral estão danificados, e as palavras não saem. Acredito que o termo médico para isso é "afasia expressiva"...

Posso ver o único tijolo vermelho que se projeta do gramado do lado de fora da sala de convenções. A cada vez que saio da sala, dou-lhe um chute rápido. Nunca tropecei nele, e meu ódio pelo tijolo era injustificado. Ainda assim, eu sempre queria encontrar uma pá e desenterrá-lo.

O telefone tocou quando atravessei a entrada de meu bloco. O zelador me passou o receptor.

Era meu irmão ligando da província de Sichuan. Ele disse que os estudantes da Universidade de Ciência e Tecnologia de Sichuan estavam colando homenagens a Hu Yaobang, e que até os membros da união de estudantes se envolveram.

Respondi que homenagens também estavam se acumulando na Universidade de Pequim, mas que nossas atividades não ultrapassaram os muros do campus. Aparentemente, os estudantes da Universidade Qinghua e da Universidade de Política e Direito já haviam realizado uma marcha em memória pela cidade.

— Você acha que é o começo de um novo movimento estudantil? — ele me perguntou com o leve sotaque de Sichuan que desenvolvera.

— Não, é claro que não. Não se empolgue demais. Se fizer alguma coisa que chame atenção para si, será o primeiro a sofrer numa repressão policial. — Eu olhava nervosamente de um lado para o outro. Agora havia espiões plantados em cada bloco de dormitórios. Eles relatavam qualquer atividade subversiva que notassem às autoridades e, em troca, tinham a promessa de um emprego em Pequim após a formatura. Todos em nosso dormitório suspeitavam que o informante era o cara quieto e reservado, Zhang Jie. Antes de entrar na Universidade de Pequim, ele fora preparado para um cargo alto pelo governo provincial de Henan.

— A maioria dos estudantes que ousa escrever cartazes são filhos de antigos direitistas — disse meu irmão. — Alguns de meus colegas jogaram papel branco picado pelas janelas como sinal de luto, mas não tiveram coragem de escrever nada neles.

— A polícia não vai prender você por escrever homenagens — falei. — Só não se junte a nenhuma organização não oficial.

Através da porta aberta do dormitório às minhas costas, ouvi a voz de um cantor de rock rosnando de um toca-fitas: "O mundo é uma lata de lixo. Nós somos ratos que roubam e usurpam. Engolimos tudo que é bom e depois vomitamos ideias de merda..." O som da batida me irritava. Encerrei nossa conversa rapidamente e desliguei o telefone.

Wang Fei não estava por lá, então eu e o Velho Fu fomos para o bloco das garotas para ver se ele estava no dormitório da Irmã Gao. Dito e feito, lá estava ele. Um pouco mais calmo, ele estava bebendo e fumando com Chen Di. Bai Ling e Mimi também estavam lá, preparando lanches.

A Irmã Gao era a mulher mais velha do dormitório feminino e, assim como o Velho Fu no nosso bloco, cumpria o papel de sábia anciã. Ela tinha ido a uma barraca de rua e comprado orelhas de porco para Wang Fei comer com sua cerveja. Quando entramos, Mimi estava cortando e temperando as orelhas com azeite de sésamo e vinagre.

Embora fosse primavera, os estudantes ainda estavam usando suéteres e casacos de penas. Continuei com meu casaco, mas tirei as luvas.

— Ouviu falar das homenagens que estão se acumulando no Triângulo, Irmã Gao? — perguntou o Velho Fu. — Alguns estudantes do Programa de Escrita Criativa até compuseram um poema memorial. — Ele então se voltou para Shu Tong e disse: — O que a Sociedade Panteão pretende fazer? Você não disse que 1989 seria um bom momento para lançar outro movimento de protestos, já que é o ducentésimo aniversário da Revolução Francesa e o septuagésimo do Movimento Quatro de Maio? No mês passado, o Salão Democracia de Han Dan colou alguns cartazes exigindo a legalização de organizações estudantis independentes. Pelo visto, eles têm um plano de ação.

— Meus pais foram denunciados durante o movimento Antidireitista — disse a Irmã Gao — e eu fui tachada como filha de cães capitalistas. Quando Hu Yaobang reabilitou milhões de direitistas há dez anos, nós o vimos como nosso salvador. Portanto não sou contra o luto por sua morte, longe disso. Mas não deveríamos usar a morte dele como pretexto para lançar uma nova onda de protestos. Vocês estariam caindo na armadilha do governo. As autoridades da universidade receberam ordens de permanecer em guarda.

— O poema memorial foi colocado pelos estudantes de direito — disse Shu Tong, afastando dos olhos a fumaça do cigarro de alguém. — Ao que parece, foi o suicídio de Haizi que os levou à ação. — Haizi era um poeta que estudara direito na Universidade de Pequim. Desesperado com o futuro da China, ele foi até a linha férrea junto ao pé da Grande Muralha no mês anterior e se jogou diante de um trem. — Vamos conseguir alguns estudantes de engenharia para levar uma coroa de flores em honra a Hu Yaobang para a Praça da Paz Celestial amanhã. Melhor fazer algo simples.

— Deveríamos voltar nossa atenção para coisas mais alegres — disse a Irmã Gao. — Hoje é aniversário de Bai Ling. Vou cozinhar uns macarrões de aniversário para ela. Então, chega desse papo de suicídios e memoriais, tudo bem? Dai Wei, não pense que você pode simplesmente aparecer aqui e filar uma refeição. Vá lá fora e traga umas cervejas da loja da esquina, e aproveite que está indo para lá e traga algumas velas também.

— Pois é, estou farta de morte e sangue — disse Bai Ling discretamente.
— Então, por favor, vamos mudar de assunto.

— Que falta de consideração de Hu Yaobang, morrer bem no seu aniversário, logo hoje! — sorriu Chen Di.

— Em 1986, um estudante de filosofia da Universidade de Pequim chamado Zhang Xiaohui foi preso por escrever *Um Manifesto Marxista pela Juventude da China* — falou a Irmã Gao. — Ele foi acusado de espalhar propaganda contrarrevolucionária e sentenciado a três anos de prisão. Se vocês têm algum bom senso, parem com esse absurdo e concentrem-se em seus estudos.

— É verdade que Han Dan está tomando aulas de *break-dance* agora? Achei que ele era um intelectual sério. Que piada! — Wang Fei estreitou seus olhos injetados. Percebi que ele provavelmente já tinha entornado três garrafas de cerveja, no mínimo.

— Hu Yaobang foi Presidente da China ou secretário-geral do Partido Comunista? — perguntou Bai Ling. —Nunca consigo lembrar! — Bai Ling era pequena, mas proporcional. Ela tinha grandes olhos, faces altas e um ar desafiador e teimoso.

— Secretário-geral, é claro. Zhao Ziyang tomou o posto agora. Ele é um reformista. Ajudou a criar as zonas econômicas especiais e quer fazer com que o Partido seja mais aberto e democrático. Se vocês continuarem com estes protestos, ele também será forçado a abandonar o cargo. — Mimi falava num tom controlado. Ela era estudante de literatura chinesa. Era ainda mais baixa que Bai Ling e tinha que erguer os olhos quando falava com alguém. Seu lábio inferior era puxado para baixo pelos músculos do pescoço com tanta frequência que sua boca estava quase sempre entreaberta. Sua voz masculina e rouca era muito distinta.

— Vocês não diziam que queriam estabelecer um novo governo e pedir a Hu Yaobang para ser o líder? — disse Bai Ling, virando-se para Shu Tong. — Bem, agora é tarde demais para isso.

— Sua geração deveria ser a maior esperança de nossa nação, e você não sabe nem quem é o secretário-geral! — disse o Velho Fu, sorrindo para Bai Ling.

— Hu Yaobang foi um reformista de distinção — enunciou Shu Tong, erguendo o queixo. — Os linha-dura o empurraram para o túmulo. Nós também somos culpados por sua morte. Se não tivéssemos protestado há dois anos, ele ainda estaria em seu posto agora.

— Se quisermos fazer um luto apropriado para sua morte, temos que colocar coroas de flores na Praça da Paz Celestial hoje à noite — disse Wang Fei, despertando um pouco.

— De onde vem este súbito rompante de entusiasmo, Wang Fei? — riu Chen Di.

— Não arrisquem suas vidas — disse Bai Ling. — Vocês acham que se forem mortos pela polícia, serão gloriosos mártires. Mas suas mortes não mudariam nada. O governo ainda estaria no controle.

— Outros estudantes foram à praça nesta tarde para colocar coroas de flores e recitar homenagens. — Shu Tong andava bem mais otimista ultimamente. Ele e Liu Gang tinham feito as pazes e até fizeram uma visita em conjunto à Universidade de Política e Direito para planejar o próximo estágio dos protestos estudantis.

— Então vamos para a praça! Agora mesmo! — exclamou Wang Fei, deglutindo outro pedaço de orelha de porco. — Podemos marchar daqui até lá. Eu já tenho as faixas prontas.

— Acalme-se, Wang Fei — disse a Irmã Gao, jogando os macarrões na água fervente. — Você recebeu uma advertência disciplinar depois dos protestos de 1987. Realmente quer repetir a dose?

— Você tem razão — falei. — O resto de nós até se safou sem uma advertência, mas nossos nomes entraram na lista negra, então não temos a menor chance de conseguir empregos em Pequim depois da formatura.

— Ouvi dizer que você recebeu uma carta de admissão da universidade americana para a qual escreveu — disse-me Bai Ling. Tian Yi provavelmente contara a ela.

— Não, eu enviei dez formulários de inscrição, mas ainda não tive nenhuma resposta.

— Este país vai acabar estagnando, e logo — comentou Mimi, fixando o olhar frio em mim. — Todos estão planejando partir para o exterior.

— Desta vez temos que organizar uma manifestação em massa! — Wang Fei parecia recuperado da tristeza de ter sido chutado pela patologista.

Eu não queria ficar para o macarrão, então, quando ninguém estava olhando, escapei e me dirigi para o dormitório de Tian Yi.

A luz no corredor frio falhava, como sempre fazia quando alguém estava usando um fogareiro elétrico secretamente.

Tian Yi abriu a cortina de sua cama. Todas as outras cortinas do dormitório estavam fechadas. Eu não podia ver se havia alguém atrás delas. Desde o Ano-Novo Chinês, eu não levava Tian Yi a nosso apartamento. Minha mãe me perguntou por quê. Dei uma resposta evasiva. Eu esperava que, com o tempo, Tian Yi esqueceria o que aconteceu nos bosques e poderíamos voltar ao que éramos.

Ela estava deitada na cama lendo um livro. Quando ergueu os olhos para mim, vi um súbito calor em seu olhar e suspirei de alívio.

— Bai Ling está dando uma festinha — eu disse casualmente. — Você deveria ir até lá e desejar feliz aniversário para ela.

— Eu estava esperando que você aparecesse — ela respondeu, calmamente. — Dai Wei, não se envolva nesta onda de protestos. Você não quer ser preso de novo, quer? Não vale a pena. Eu quero viver uma vida pacífica. Prometa que você será um observador neutro desta vez. — Ela estava deitada sob sua colcha, fitando-me nos olhos.

Sentei-me a seu lado.

— Tudo bem, não me envolverei demais — prometi, e depois me inclinei e a beijei. Ela não virou o rosto. Manteve os olhos fixos em mim e apagou sua lâmpada.

Meu coração latejava. Ergui a colcha, e logo nossos corpos estavam colados um ao outro. Ela deixou cair no chão o livro que estava lendo e sussurrou:

— E se você desaparecesse um dia e eu não pudesse mais amá-lo? O que eu faria? — Ela se inclinou e fechou a cortina.

— Nada vai acontecer comigo, juro. E quando eu terminar meu doutorado, vou levá-la para os Estados Unidos, o país mais seguro do mundo, e comprar para você nosso próprio jardim particular.

— Não diga bobagens — ela respondeu, e depois murmurou: — Você deve me prometer que nunca vai contar a ninguém o que aconteceu naqueles bosques. — Depois, com a mão esquerda, ou talvez a direita, ela colocou um pacote de camisinha sobre meu estômago.

Nós nos enlaçamos silenciosamente sobre sua cama de solteiro, inalando o hálito um do outro. O corpo dela tornava-se mais e mais quente e parecia afundar vagarosamente em seu colchão. Sempre que eu a penetrava, o beliche guinchava, e por isso eu tentava não me mexer muito. Ouvi outro casal fazendo amor num beliche junto à janela. Eles haviam colocado uma fita de música americana para acobertar o barulho. *"When the evening falls so hard, I will comfort you. I'll take your part. When darkness comes, and pain is all around, like a bridge over troubled water, I will lay me down..."*

Depois que meu pênis amoleceu, a camisinha escorregou para a perna dela.

— Minha fita de Inglês para Iniciantes foi amassada — disse Tian Yi arfando, em voz alta o bastante para que o outro casal escutasse. — Você me ajuda a consertá-la?

— Sim, vou achatá-la com uma jarra de água quente — respondi, sentindo um vento frio soprar por meu corpo lânguido.

Moléculas fluem por seu líquido cerebroespinhal como chuva escorrendo pelos galhos de uma árvore.

— Ele está acordando! — grita minha mãe. — Veja, ele está tentando abrir os olhos... Eu preciso desinfetar tudo; suas roupas, colcha, lençóis, tudo...

Uma mulher próxima diz:

— Você deve usar o sabão em pó Alvura. Nenhuma das outras marcas mata bactérias.

— É uma pena que cobri a sacada — comenta minha mãe. — Senão, poderia dar uma boa arejada nestas colchas.

— Algum dos amigos da universidade veio visitá-lo?

— Eu não gosto que eles venham aqui. Fico angustiada por ver outras pessoas da idade dele. Se eles batem à porta, não deixo que entrem. Veja, instalei um olho mágico na porta da frente. Só custou dois yuans. Você pode ver quem está do lado de fora, mas eles não podem ver você.

— A polícia não vai gostar disso! — a mulher soava como a contadora da Companhia Nacional de Ópera.

— Nem me importo. Todo mundo no prédio agora tem um...

... Ouço Mou Sen gritando.

— Assim já é demais! Qual é o problema com vocês alunos da Universidade de Pequim? Estão dormindo?

Os alunos vinham entrando e saindo do dormitório de Wang Fei e Shu Tong o dia inteiro, dizendo que era hora de os estudantes da Universidade de Pequim entrarem em ação.

Ke Xi acabava de voltar da praça, onde colocara coroas de flores.

— Um novo movimento estudantil começou! — exclamou ele. — Milhares de coroas foram depositadas na Praça da Paz Celestial. Os estudantes da Academia Central de Arte penduraram um retrato imenso do secretário-geral Hu Yaobang no Monumento aos Heróis do Povo.

— Milhares de colegas meus da Universidade Normal de Pequim foram à praça para chorar a morte de Hu Yaobang — disse Mou Sen. — Até os líderes das associações oficiais de estudantes participaram.

Shu Tong sacudiu a cabeça solenemente.

— Temos que elaborar uma estratégia. Não podemos enviar nossas tropas todas de uma vez. Desta vez, temos que deixar que o Salão Democracia de Han Dan lidere o protesto. A Sociedade Panteão deve cumprir um papel periférico. Desta forma, não nos meteremos em tantos problemas se houver repressão.

— Você não passa de um prevaricador — reclamou Liu Gang. — Não pode ser decidido uma vez na vida? — Eu jamais tinha ouvido tanta urgência em sua voz. Ele acabara de conseguir um emprego de meio expediente no Instituto de Pesquisa da Academia de Ciências Sociais de Pequim.

— Acho que é hora de entrar em ação — concordou o Velho Fu. — Amanhã de manhã, deveríamos ir às empresas de alta tecnologia do Distrito Zhongguancun e pedir doações. Quando tivermos dinheiro suficiente, podemos fazer as faixas para a manifestação.

— Se vocês vão entrar em manifestação, não organizem neste dormitório — disse o Grande Chan, folheando uma revista. — Não quero me envolver nisso.

— Isso, façam suas tramoias no salão de recreação — concordou o Pequeno Chan, sentado em sua cama limpa.

— Seus frouxos! Se têm medo de morrer, saiam daqui! — Wang Fei desprezava os dois.

— Isso aqui não é sua casa! — berrou o Pequeno Chan. — Você acha que pode transformar este dormitório num Museu do Primeiro Levante de Agosto? Bem, não pode!

— Dai Wei, alguém lá no térreo acabou de gritar que tem um telefonema para você — disse Shao Jian, voltando de uma visita aos banheiros. Ele era um estudante de física de rosto redondo e maneiras delicadas, e era o único sujeito do dormitório de Wang Fei que não fumava. Ele não tinha namorada, mas sempre se colocava diante do espelho à noite, aparando seu bigode, como se estivesse se preparando para um encontro.

Tive medo de que fosse minha mãe ligando, mas era meu irmão.

— Mamãe acabou de ligar — ele falou. — Ela me disse para não participar de nenhuma manifestação. Ela sabe que você colou alguns cartazes e que está pensando em participar de uma marcha. — A linha tinha ruído e a voz dele ficou cortada, mas isso era habitual em interurbanos.

— Tian Yi deve ter ligado para mamãe. Ela tem medo de que eu me meta em problemas outra vez. É melhor você ficar fora dos protestos... Não, não vou para a praça. Eu só fiquei na praça por dois minutos em 1987, mas será meu primeiro e único registro lá... — Eu não queria dizer muito a meu irmão, porque sabia que ele contaria tudo para minha mãe. Eu queria que ele estudasse muito e conseguisse um emprego em Pequim depois da formatura, para que pudesse cuidar de minha mãe e eu pudesse partir para estudar no exterior.

Alguns momentos depois, a ligação caiu. Subi novamente ao primeiro andar.

— Parem de brigar! A minoria deve obedecer à maioria! — gritava Cao Ming. Embora ele fosse membro da Sociedade Panteão, era raro que expressasse qualquer opinião.

— Temos que exigir a derrubada da ditadura do partido único — disse Ke Xi, parado na porta.

— E o fim do enriquecimento ilícito por oficiais corruptos do governo — disse Chen Di, que estava de pé a seu lado.

— Em vez de "derrubada", digamos apenas que queremos "colocar um fim" na ditadura do partido único — aconselhou o Velho Fu. — Temos que elaborar uma petição, com uma lista de exigências específicas. Por exemplo, podemos pedir que o governo dê um reconhecimento justo às realizações políticas de Hu Yaobang.

— E também repudiar as campanhas que eles lançaram contra a poluição espiritual e o liberalismo burguês — Liu Gang e o Velho Fu partilhavam de opiniões parecidas.

Mou Sen mexia em sua longa franja.

— Você pode cortar meu cabelo, Dai Wei? Está ficando comprido demais outra vez.

— Se você quer começar uma revolução, deveria raspá-lo logo de uma vez — ri. Depois lembrei que ele me dissera que seu pai fora forçado a raspar a cabeça antes de partir para o campo de reforma-pelo-trabalho. Apenas prisioneiros políticos saídos dos altos escalões da sociedade tinham permissão de manter um pouco de cabelo no alto da cabeça.

— Temos que exigir o direito de publicar jornais independentes e pedir o fim da censura à imprensa — disse Shu Tong, anotando em seu bloco. — Nossas exigências devem ser concretas.

— Sim, e uniões estudantis autônomas e democraticamente eleitas — disse Ke Xi.

— Mou Sen, você tem jeito com as palavras, e Dai Wei, você tem boa caligrafia, então vocês dois devem escrever uma petição estabelecendo as exigências da Sociedade Panteão. — O Velho Fu estava animado. Seu rosto, geralmente no tom amarelado sintomático dos doentes de hepatite, agora estava ligeiramente enrubescido.

— Sim, e temos que colar um aviso no Triângulo, incitando os estudantes a participarem de nossa manifestação — disse Shao Jian.

Havia um sujeito tocando violão e cantando uma canção de amor no gramado do lado de fora do Bloco 31. Aos berros, ele não parava de chamar alguém do bloco feminino em frente, e depois gargalhava com estridência.

— Dai Wei, você tem a voz mais alta — disse Shu Tong. — Diga a esse pentelho que galinhas não têm permissão para cacarejar à noite.

Coloquei a cabeça para fora da janela e berrei:

— Que se foda o seu avô!

Outras janelas imediatamente se abriram, e as pessoas gritavam:

— Que se foda a sua avó! Vá se foder!

Depois de fechar a janela, ouvi o cantor gritando: — Venha até aqui se você tem um pingo de colhão! Vou arrebentar sua cara!

Então eu abri a janela de novo e gritei de volta:

— Se você tem bolas, suba até aqui!

A notícia da morte de Hu Yaobang deixara os estudantes em estado de agitação. Alguns caras viram no bate-boca uma oportunidade de desabafar. Eles corriam pela grama, e outros atiraram mesas e cadeiras pela janela.

Eu não queria me envolver, então voltei a meu dormitório e tomei um gole d'água. Quando olhei pela janela, vi Wang Fei tirando o casaco, ateando fogo nele com um isqueiro e jogando-o sobre uma pilha de banquinhos e vassouras de madeira.

Todos ficaram excitados quando viram as chamas. Abriram as janelas e atiraram lixo e jornal na fogueira. Agarrei o par de calças mais fedorentas de Dong Rong e também as joguei para baixo. O fogo rugia e crepitava. Amarrei meus cadarços e desci correndo.

O cantor já tinha sumido havia muito. Uma grande turba se reuniu em torno da fogueira. As garotas gritavam das janelas de seu bloco de dormitórios. Elas não podiam sair porque sua porta da frente fora trancada às onze.

Wang Fei gritou:

— Vamos lá resgatar as meninas!

Cerca de dez caras correram para o bloco e chutaram as duas portas da frente alucinadamente, até que foram derrubadas ao chão. Imediatamente, uma horda de garotas saiu pela porta, gritando de excitação. Atirei uma pedra na janela do dormitório de Tian Yi. Ela e Mimi acenderam a luz e olharam para fora.

Shu Tong gritou de repente:

— Vamos, pessoal, vamos marchar até a praça! — Uma grande gritaria varria os blocos de dormitórios.

— Partiu o homem que não deveria morrer! — berrava Wang Fei, jogando seus sapatos nas chamas.

Outro estudante atirou uma bicicleta no fogo. Fragmentos de papel em chamas rodopiavam na brisa. Mou Sen correu para fora para ter certeza de que a bicicleta ardendo na fogueira não era sua.

Ajudadas por alguns rapazes, as meninas arrastaram as duas portas frontais que confinavam suas vidas até a fogueira.

Wang Fei já havia atirado a maior parte de suas roupas no fogo, e usava apenas um colete e ceroulas.

— Abaixo a corrupção! — ele berrava. — Combatam o enriquecimento ilegal!

Cada luz do bloco de dormitórios estava acesa agora. Mao Da e o beneficiário de meus cortes de cabelo gratuitos, Xiao Li, apoiavam-se no parapeito de nossa janela, e gritei para que os dois descessem e trouxessem meu casaco consigo. Eles me encontraram um minuto depois, e corremos juntos para o Triângulo.

Uma faixa de tecido branco de dez metros de comprimento foi desdobrada da janela do dormitório dos estudantes de escrita criativa no quarto andar do Bloco 28. As palavras ALMA DA CHINA foram pintadas em preto. Shu Tong disse que alguém deveria arrancá-la e que deveríamos erguê-la quando marchássemos pela praça, e depois deitá-la sobre os degraus do Monumento aos Heróis do Povo.

Corremos e puxamos a faixa. Os estudantes de escrita criativa a puxaram de volta para cima, mas após um breve cabo de guerra finalmente conseguimos trazê-la para baixo. Depois erguemos a faixa orgulhosamente e circulamos pelos blocos de dormitórios gritando palavras de ordem. Do lado de fora do dormitório de ciências sociais, gritamos, "A prática é o critério da verdade!" Chegando ao bloco do doutorado, gritamos: "Doutorandos, chegou a hora de usar seus talentos!".

No fim de nossa marcha, nossos números tinham dobrado. Liu Gang e o Velho Fu estavam prontos para reunir as tropas e seguir em frente. Devido a minha altura, fui encarregado da segurança. Antes de sairmos, fui procurar Tian Yi para saber como ela se sentia quanto a isto. Quando me aproximei de seu bloco de dormitórios, vi Wang Fei parado na entrada, papeando com uma garota bonita de cabelo curto. Tentei arrastá-lo comigo, mas ele se agarrou ao batente da porta e se recusou a sair, dizendo que me alcançaria em um minuto. Ele e a menina então recuaram para o corredor escuro. Eu a reconheci. Era Nuwa, mestranda de inglês e membro da companhia de dança da universidade. Eu a tinha visto numa performance da Dança do Pavão da minoria nacional Dai.

Gritei para a janela de Tian Yi. Ela colocou a cabeça para fora e disse:

— Não grite. Estou descendo...

Han Dan se aproximou, seguido por um grande grupo de estudantes de arte. Ele usava um casaco bege. Alguém havia cortado seu cabelo, deixando uma longa mecha na frente que tocava a armação de seus pesados óculos. Ele tinha o gingado desengonçado de um estudante da secundária, mas a expressão de um sábio professor.

Han Dan e Yang Tao acabavam de retornar da praça. Ele sugeriu que circulássemos pelo campus novamente, com cada departamento marchando num só bloco, e que colocássemos os estudantes mais altos nas laterais para atuar como guardas de segurança. Uma vez que reuníssemos gente bastante, poderíamos partir para a praça. Ele já conseguira reunir uma multidão de cerca de duzentas ou trezentas pessoas.

— Vamos andando! — disse Zhuzi, o alto estudante de direito, entrando no Triângulo com uma grande coroa de flores sobre os ombros. — Os estudantes da Universidade de Política e Direito estiveram na praça a tarde inteira.

— Quantos estudantes de direito da Universidade de Pequim você acha que pode reunir? — perguntou-lhe o Velho Fu.

— Pelo menos duzentos, imagino. Já temos cerca de oitenta de nossa Sociedade de Pesquisa em Lei e Democracia.

Duas horas depois, logo que os blocos de manifestantes dos vários departamentos finalmente se enfileiraram e atravessaram os portões do campus, Shu Tong nos perguntou sobre a petição. Mou Sen disse que só tinha escrito a primeira linha, e que agora não teria tempo de concluí-la.

Cerca de vinte guardas da segurança do campus se enfileiraram do lado de fora da entrada principal. Fecharam os portões com um cadeado para impedir que os estudantes saíssem do campus e se recusavam a destrancá-los. Zhuzi e eu nos aproximamos e pedimos que eles nos dessem a chave. Um deles, provavelmente oficial do Partido, disse que as regras da universidade ditavam que os portões do campus deveriam permanecer trancados a noite toda.

Os estudantes começaram a se comprimir contra as grades.

Gritei para os guardas:

— Se vocês não abrirem, serão responsáveis por todos os ferimentos que acontecerem.

Neste momento, ouvi Ke Xi exclamando:

— A Universidade de Pequim é paga pelo povo! Pelo bem do povo, entregamos nossas vidas! — Ele então berrou "À frente!" e nós nos atiramos contra as grades novamente. Os portões e as lâmpadas das laterais sacudiam. As garotas espremidas na frente da multidão gritavam de dor.

Shu Tong, Liu Gang e Han Dan se moveram à frente e tentaram falar com os guardas novamente. O Velho Fu chegou, brandindo uma grande bandeira vermelha da Universidade de Pequim. Ele deve ter conseguido uma chave com o comitê da Liga da Juventude Comunista da universidade. Quando ele sacudiu a bandeira, todos aplaudiram, e os estudantes que empurravam bicicletas tocaram suas buzinas.

Tian Yi se aproximou com Mimi. Ela segurava uma câmera.

— Você não está com medo? — perguntei.

— Só quero testemunhar o evento com meus próprios olhos, e tirar algumas fotos — ela respondeu. Como ela parecia bastante calma, pedi-lhe que tentasse tirar Wang Fei do bloco de dormitórios femininos.

Alguém conseguiu convencer os guardas a mudarem de ideia. Os portões se abriram e nós saímos em marcha pelas ruas.

Enquanto esperávamos no escuro, tudo parecia assustadoramente quieto. Na avenida à frente, eu só conseguia ver alguns homens agachados jogando cartas sob um feixe de luz do poste.

O Velho Fu e Shu Tong chamaram Ke Xi e Han Dan para decidir quais palavras de ordem seriam entoadas. Cada um escolheu uma frase e a escreveu num pedaço de papel. Ke Xi só reuniu dez estudantes de educação, e seu grupo foi forçado a acompanhar os estudantes de ciências. Ele e Shu Tong liderariam a marcha. Nomeado chefe de segurança, eu supervisionaria a frente da marcha, enquanto Zhuzi, mais alto que eu, ficaria encarregado da parte de trás. Eu disse aos estudantes mais altos que eles deveriam atuar como guardas e formar uma corrente humana em cada lado da coluna, protegendo os estudantes de ataques e impedindo que gente de fora entrasse em nossas fileiras. Yu Jin se aproximou de mim bruscamente, as mangas enroladas como sempre, e me implorou para se juntar à equipe. Embora fosse muito baixo para ser guarda, ele estava muito entusiasmado, então cedi.

— Tudo bem — falei para ele. — Vou defender a frente. Zhuzi supervisionará a parte de trás e você cuida do meio. Se houver algo errado, temos que informar os outros imediatamente.

Neste ponto, avistei Chen Di. Ele parecia muito orgulhoso, parado à frente da multidão com seu binóculo russo pendurado no pescoço. Pedi-lhe que me ajudasse, mas ele respondeu que o Velho Fu o instruíra a liderar os gritos.

Enrolei uma folha de papel num formato cônico e gritei por ela enquanto caminhava pela coluna de estudantes:

— Cada departamento deve marchar atrás de sua faixa. Organizem-se em fileiras de quatro, com as garotas no meio e os garotos na parte de fora.

— Não conseguimos achar uma bandeira do Departamento de Ciências Sociais, por isso fizemos esta faixa — disse Hai Feng, apontando para a faixa vermelha que seu grupo carregava. Desde sua detenção de três dias por organizar as manifestações de 1987, ele se dedicara a politizar seus colegas das ciências sociais.

— Quantos de vocês foram à praça ontem? — perguntei.

— Cerca de vinte. A maioria era de formandos, membros de meu Clube Estudantil de Pesquisa Social. — A luz da rua se refletia nas lentes grossas dos óculos de Hai Feng, e eu não podia ver a expressão de seus olhos.

— Shao Jian! — gritei para o colega de dormitório de Shu Tong. — Você fica à esquerda, eu fico à direita. — Arranquei minha braçadeira vermelha de papel, cortei-a ao meio, passei meu braço por uma delas e lhe dei a outra.

O Velho Fu chegou da parte de trás e disse:

— Temos cerca de duzentos estudantes agora. Vamos andando. A junta de diretores provavelmente chegará a qualquer minuto.

Wang Fei apareceu com Bai Ling. Ele usava um agasalho azul.

Bai Ling disse que o computador em que vinha escrevendo sua tese acabara de enguiçar, e ela decidira que era melhor se unir à revolução. Nuwa, com seu corte de cabelo ameninado, estava junto dela. Sua camiseta tinha um decote fundo. Seu pescoço era mais longo que o de Tian Yi. Ela era a estudante de arte mais bonita da universidade. Eu me sentia muito desajeitado quando estava perto dela.

Eu disse a Nuwa para incitar as palavras de ordem na parte de trás e ela respondeu "Ok!", em inglês. Mou Sen se aproximou, empurrando sua bicicleta. Eu a peguei emprestada e circulei na frente e atrás. Os estudantes pareciam ter formado uma coluna bastante organizada.

Quando estávamos prestes a partir, o Professor Chen do Departamento de Educação apareceu e se colocou diante de nós. Ele e alguns outros professores tinham conversado em particular junto aos portões do campus. Ele gritou:

— Alunos, seu fervor patriótico é louvável, mas se vocês saírem às ruas as autoridades os julgarão de uma forma muito diferente.

Tian Yi olhou em torno nervosamente. Eu disse:

— O pai de Cao Ming é general do exército. Se Cao Ming tem coragem de se juntar a nós hoje, isto significa que as autoridades não estão interessadas em tomar nenhuma medida dura.

Ninguém queria ouvir os conselhos do Professor Chen. Os alunos gritavam:

— Estudantes de centenas de universidades já estão na praça. Não se meta em nosso caminho!

— Ignorem o Professor Chen! — berrou Ke Xi. — Não podemos perder mais tempo aqui. Vamos!

O Professor Chen ajoelhou e soluçou.

— Pessoal, não arranjem mais problemas, eu lhes imploro! Se vocês marcharem para a praça, será o fim do novo secretário-geral liberal, Zhao Ziyang.

— Não deem ouvidos a ele! — berrou Wang Fei. — Ele é um neoditador!

Shu Tong e Ke Xi agarraram os braços do professor e o arrastaram de volta para o campus. O Velho Fu disse:

— Fique aqui, professor, e pense nas coisas por mais algum tempo.

Mou Sen sussurrou em meu ouvido:

— Talvez o professor tenha razão. Uma vez que lançarmos esta flecha, não poderemos voltar atrás.

— O processo de reforma alcançou um estágio crítico! — gritava o Professor Chen. — Não comecem a protestar agora, pelo amor de Deus! Deixem que a sociedade progrida pacificamente!

Chen Di começou a gritar as palavras de ordem.

— A Universidade de Pequim é sustentada pelo povo! Pelo bem do povo, daremos nossas vidas! — Uma onda de excitação nos varreu e nos lançamos à frente, ecoando as palavras de Chen Di.

A rua escura e vazia se estendia diante de nós. Ocasionalmente, alguém que voltava para casa de seu turno de trabalho parava na calçada e observava nossa marcha.

No cruzamento de Huangzhang, vimos duas patrulhas policiais estacionadas na lateral da avenida. Fiquei nervoso. Sabia que se fosse preso pela terceira vez, minha mãe jamais me perdoaria. Minha detenção em 1987 negou a ela a oportunidade de cantar um dueto no baile de gala anual da companhia de ópera.

Mas nossas palavras de ordem nos davam coragem. Comecei a gritar com o resto dos manifestantes:

— Combatam o enriquecimento ilícito! Abaixo a corrupção!

Nossa marcha se impeliu à frente como um trem, passando direto pelas duas patrulhas da polícia. Os policiais parados do lado de fora dos carros não tentaram nos impedir.

Quando chegamos aos portões da Universidade Popular, clamamos para que os estudantes se unissem à nossa marcha. As luzes se acenderam nos blocos de dormitórios. Os estudantes abriram as janelas e gritaram:

— Nós vamos com vocês, Universidade de Pequim! Só precisamos de um tempo para nos vestirmos!

— Não podemos esperar por eles, Dai Wei — disse Zhuzi, aproximando-se de mim. — Temos que continuar. Eles nos alcançarão em breve.

— Sim, temos que continuar até alcançar a Praça da Paz Celestial — concordou Cao Ming. O uniforme militar cáqui que ele usava alimentava nosso moral.

Yang Tao e Hai Feng, que vinham marchando no centro da coluna, correram para perto e disseram:

— Alguns estudantes já estão falando em voltar para o campus e ir dormir. Não podemos ficar parados aqui por mais tempo.

Depois que passamos o cruzamento seguinte, vimos cerca de cem policiais e dez patrulhas bloqueando nosso caminho à frente. A distância, pareciam uma parede negra. A luz dos postes se refletia nos para-brisas e nos capacetes de alguns policiais. Chen Di subiu numa lata de lixo, olhou através dos binóculos e anunciou:

— Eles não estão segurando cassetetes elétricos. Suas mãos estão vazias.

A marcha parou imediatamente. Han Dan, Hai Feng e os líderes de cada departamento se reuniram na lateral e discutiram o que fazer.

— Eles nos bloquearam antes mesmo que chegássemos à praça — disse Cao Ming. — A universidade deve ter informado que estávamos chegando.

— Eles não têm armas, não há nada a temer — disse Wang Fei.

A boca de Nuwa tremia de pavor.

— Não queremos ser presos! Estamos no meio da noite. Deveríamos dar meia-volta e ir embora para o campus.

Lembrando minha última prisão, também fiquei nervoso, mas parte de mim queria continuar e entrar na briga.

— Vamos perguntar se eles nos darão passagem — gritou Ke Xi, alto o bastante para ser ouvido pela polícia. — Senão, teremos que passar por cima deles!

Quando nossa marcha começou a avançar novamente, Tian Yi e Bai Ling recuaram. Nuwa andava de braços dados com Wang Fei, e por isso ela não teve escolha além de seguir em frente. Quando estávamos a alguns passos da polícia, paramos novamente.

Os policiais continuavam em silêncio. Não pareciam ter intenção de deter ninguém.

Nuwa deu um passo à frente e disse:

— Queridos oficiais, nós cidadãos estamos agindo de acordo com a constituição...

Contudo, ela foi logo interrompida por Ke Xi, que gritou:

— Camaradas Policiais! Compatriotas! Viemos para cá esta noite, em nome dos estudantes das universidades de toda Pequim, para chegar à Praça da Paz Celestial e colocar coroas de flores em homenagem ao Camarada Hu Yaobang no Monumento aos Heróis do Povo. Sabemos que certamente compreendem que estamos profundamente abalados por sua morte. Desejamos sinceramente que vocês abram caminho para nós...

Os policiais o fitavam e não diziam nada em resposta.

Continuamos onde estávamos e os encarávamos de volta, ainda entoando nossas palavras de ordem. Han Dan se voltou para mim e disse:

— Traga os estudantes lá de trás para cá, para que possamos nos enfileirar de cara para a polícia. Vamos continuar aqui gritando palavras de ordem e cantando músicas até que eles fiquem fartos e abram passagem.

Os moradores locais, acordados pela gritaria, saíam às calçadas para ver o que estava acontecendo.

Uma hora se passou.

Ke Xi então se aproximou dos policiais novamente e gritou:

— Vocês são cidadãos chineses, exatamente como nós. Todos choramos a morte de Hu Yaobang. Por favor, camaradas, abram caminho! — Os estudantes atrás dele aprovaram e bateram palmas.

Após alguns minutos de silêncio, ouvimos um policial anunciando por um megafone:

— Nós recebemos ordens de ficar bem aqui, e é isso que vamos fazer.

Uma vez que a multidão entendeu o que isso significava, todos riram, aplaudiram e avançaram, desviando dos policiais e das patrulhas. Alguns até gritaram:

— A polícia popular tem amor pelo povo!

Eu não cairia nesta aparente demonstração de complacência. Lembrava-me da brutalidade com que a polícia nos tratara em 1987, e me parecia improvável que sua atitude pudesse relaxar tanto em apenas dois anos. Suspeitei que eles nos atraíam para algum tipo de armadilha.

No meio da multidão, Nuwa agitava os braços e gritava:

— Os estudantes da Universidade de Pequim são destemidos! — Ela era realmente a garota mais bonita da universidade. Tian Yi e Bai Ling caminhavam de mãos dadas. Jurei para mim mesmo que, se a polícia começasse a fazer detenções, eu me certificaria de que Tian Yi não se machucasse.

Shu Tong se voltou para Han Dan, que caminhava a seu lado, e disse:

— O que faremos quando chegarmos à praça?

— Não sei — respondeu Han Dan. — Foi ideia sua marchar até lá.

— Bem, precisamos preparar um discurso e redigir a petição. Velho Fu, pegue a bicicleta de alguém e volte para o dormitório para trabalhar nisso. Vamos esperá-lo na praça.

— Tudo bem — disse o Velho Fu. — Vou clamar por uma reavaliação favorável da carreira de Hu Yaobang e pelo combate ao enriquecimento ilícito. Mou Sen, você me ajuda a escrever?

— Certo. Passe-me aquele parágrafo de abertura que você escreveu, Shu Tong. — Mou Sen agarrou a folha de papel que Shu Tong esticou para ele e disparou de volta ao campus com o Velho Fu.

Sua alma é esta massa de carne, ou talvez ela sequer exista. A paisagem interna de seu corpo é crivada de cavernas.

Quem dera minha mãe removesse a fralda que foi parar sob minha cama. Ela a deixou cair ali semana passada. Embora agora esteja quase seca, ainda sinto o cheiro da urina. Desde que meu sentido de olfato retornou, os odores que mais me repugnam são os meus próprios.

Quando chega o crepúsculo, sinto o cheiro do óleo da máquina de costura de minha mãe no quarto ao lado. Às vezes sinto o cheiro de ervas medicinais de minhas pílulas e o aroma do sabão em pó nas roupas úmidas colocadas sobre o radiador.

Ouço o tilintar dos sinos das bicicletas e os arrulhos dos pombos que se prepararam para voltar a seus ninhos, e anseio por ouvir o ruído metálico dos sapatos de Tian Yi entre estes sons, subindo a escadaria. Eu estava com Tian Yi quando ela foi à loja do sapateiro na avenida do lado de fora do campus para adicionar aquelas chapas de metal às solas... Abro meus ouvidos e narinas e, como um tubarão que traga goles de água do mar na esperança de agarrar um peixe pequeno, deixo que todos os ruídos me penetrem. Ouço minha mãe mencionando para alguém que Tian Yi me fez duas visitas. Contudo, provavelmente estive inconsciente em ambas as ocasiões, porque não tenho lembrança delas.

Desde que entrei neste estado vegetativo, consegui revisitar certos cheiros e sons de meu passado. São detalhes insignificantes que as pessoas geralmente armazenam no fundo da mente e nunca têm chance de experimentar outra vez.

Sua carne está contida em pele, seus ossos contidos em carne, sua medula contida em osso, mas onde você está contido?

Chegamos à praça antes do amanhecer. Como esperado, estava lotada de gente de luto e coroas de flores.

Um imenso retrato em preto e branco de Hu Yaobang fora pendurado no Monumento aos Heróis do Povo no centro da praça. Avançamos entre as flores de papel que cobriam o chão do lado norte do monumento, onde sete coroas foram depositadas. A maior delas era dos estudantes da Universidade de Política e Direito. Levamos nossa coroa e a colocamos solenemente junto às outras, enquanto Yang Tao lia a homenagem que preparamos. Ele usava um casaco justo estilo Lênin e óculos escuros marrons. Parecia um jovem professor recém-efetivado.

Wang Fei e Nuwa se aproximaram de mãos dadas. Eles tinham a mesma altura. Presumi que o agasalho azul que ele vestia pertencia a ela.

Subimos ao terraço mais alto no monumento e formamos uma escada humana, de modo que Wang Fei, o mais leve de todos, pudesse subir ao topo do obelisco e pendurar a longa faixa branca pintada com as palavras ALMA DA CHINA. Quando os primeiros raios de sol acenderam o céu, o pano branco assumiu um pálido tom laranja.

Hai Feng ficou ali por algum tempo, dirigindo-se à multidão.

— Fizemos nossas três exigências — concluiu ele. — Agora vejamos o que mais podemos fazer! — Sua voz ainda estava forte. Após gritar palavras de ordem por tantas horas, eu mal podia falar. Olhei ao redor. A pesada chuva que caíra alguns minutos antes expulsara muitos estudantes da praça. Alguns correram para o lado norte para ver a cerimônia diária de hasteamento da bandeira. Outros se dirigiam ao lado sul para comprar lanches no mercado Qianmen. Restavam apenas cerca de duzentas pessoas.

Consegui achar Tian Yi. Eu queria prometer que não tomaria parte em nenhuma manifestação futura, mas quando abri a boca nenhum som saiu. Eu tinha emprestado meu casaco a Chen Di e agora minha camiseta estava molhada. Eu ansiava por vestir roupas secas e tomar uma xícara de chá quente.

Tian Yi riu de mim e disse:

— Não tente falar. Você parece mais sábio quando está calado. Você fez um bom trabalho esta noite. Nunca tinha notado que era um organizador tão bom. — Ela sorria. — Nós deveríamos ir à residência privada de Hu Yaobang e depositar mais coroas lá. São só seis horas agora. — O suéter de gola em V que ela usava sob seu casaco impermeável parecia aconchegante e quente.

— Não temos mais coroas — crocitei. Mimi pegou a câmera de Tian Yi e apontou para nós. Eu segurei a mão de Tian Yi. Ela a apertou rapidamente e depois largou. Mas quando a foto foi tirada, eu ainda a segurava com uma das mãos e sacudia a bandeira da universidade com a outra.

Ela se virou para mim e sorriu.

— Por que sua cara fica sempre tão rígida? Tire essa máscara! — Ela parecia contente e relaxada. Eu estava orgulhoso por estar a seu lado.

Geralmente eu podia fazer o caminho até a praça em duas horas, mas neste dia levamos o dobro do tempo. Depois de ficar em pé por mais uma hora, estávamos tão cansados que todos nos sentamos nos paralelepípedos molhados.

Liu Gang vagava entre a multidão sentada, perguntando aos estudantes se eles estavam satisfeitos com o texto do projeto de petição que o Velho Fu e Mou Sen haviam feito. Hai Feng e Zhuzi encorajavam a massa a recitar as palavras de ordem, temendo que os estudantes perdessem o interesse e começassem a retornar ao campus. Após uma discussão ponderada, concordamos com sete demandas, que incluíam a afirmação das opiniões liberais de Hu Yaobang sobre democracia e liberdade, o repúdio a campanhas passadas contra a poluição espiritual e o liberalismo burguês, reajuste de salários para professores e orientadores, aumento da liberdade de imprensa e liberdade de expressão e o fim das restrições a manifestações em Pequim.

Shu Tong colocou o lenço no chão, sentou-se nele e disse:

— Ótimo! Finalmente sabemos o que estamos fazendo.

— Vi você tirando uma soneca nos degraus do monumento há pouco — disse Shao Jian, deitado de costas no chão, exausto demais para ficar sentado.

— Detesto passar uma noite sem dormir — disse Shu Tong. — Liu Gang, diga ao Velho Fu para vir até aqui. Precisamos revisar a petição e conseguir mais estudantes para vir à praça. Diga a ele que vamos entregar a petição ao governo nos degraus do Grande Salão do Povo.

Felizmente, alguns turistas e moradores locais começaram a atravessar a praça, fazendo nosso grupo parecer um pouco maior. Zhuzi e Chen Di disseram que todos que estavam sentados no chão deveriam se colocar em fileiras organizadas. Pedi a Yu Jin para me ajudar a gritar as ordens.

Mais e mais curiosos se reuniam à nossa volta. Wang Fei sugeriu que os informássemos de nossos objetivos. Ter uma plateia nos animava. Eles nos aplaudiam. Alguns até jogaram pastéis e bolinhos que tinham comprado para seu próprio café da manhã; outros nos davam cigarros e dinheiro. Shu Tong disse aos estudantes para não pegar a comida, mas todos estavam tão famintos que o ignoraram. Bai Ling agarrou um pão que foi atirado em sua direção e o compartilhou com o resto de nosso grupo.

Um homem que parecia um trabalhador se sentou junto de nós. Ele alegou ser um professor voluntário, e disse que estávamos nos comportando irracionalmente.

Wang Fei se irritou e perguntou:

— Vocês sabem qual é o salário médio de um professor?

— Você acha que estamos fazendo isso só por diversão? — retrucou Nuwa. — Na semana passada, os jornais noticiaram que o investimento em educação na China é o segundo mais baixo do mundo!

— Mas as coisas estão mudando agora. O investimento em educação está aumentando, e não diminuindo. E, vejam, vocês podem marchar desde seu campus até a praça sem ir para a cadeia. — O homem parecia ter acabado de fazer sua corrida matinal. Seu cabelo estava úmido de suor.

Wang Fei atirou seu bolinho meio comido no homem e disse:

— E você é porta-voz de quem? Estou farto de ouvir gente dizendo que as coisas estão melhorando. Isso é balela!

Ke Xi e Hai Feng persuadiram o homem a partir. Nuwa criticou Wang Fei por ser tão explosivo.

Quando os raios do sol alcançaram o obelisco do monumento, decidimos que Han Dan e Hai Feng deveriam visitar a recepção do Grande Salão do Povo para discutir o envio de nossa petição ao Primeiro-Ministro Li Peng.

Dez minutos depois, eles saíram do escritório e anunciaram que a petição seria recebida pelo vice-chefe da Secretaria Estatal de Correspondências e Visitas.

Wang Fei e Shu Tong disseram que não era o bastante. Cao Ming concordou que não deveríamos entregar a petição a um oficial de cargo tão baixo.

— Ela deve ser recebida por um membro do Comitê Permanente do Congresso Nacional do Povo, no mínimo do mínimo — disse Shao Jian.

Mas Liu Gang e Yang Tao argumentaram que não importava o posto do oficial, e que se conseguíssemos entregar a petição publicamente, diante de todos os estudantes reunidos na praça, teríamos alcançado nosso objetivo e poderíamos retornar ao campus em triunfo.

Recebi uma caneta-tinteiro, uma folha de papel grande e instruções de escrever as sete exigências que acordamos.

Olhei para o rosto de Tian Yi. Seus lábios estavam contraídos, mas seus olhos, calmos. Ela não parecia ter objeções ao que eu estava fazendo.

Um universo circula por seu corpo. Ruídos o penetram como fagulhas de eletricidade. Centelhas de luz se reúnem e depois se dispersam, como a cabeça e os olhos de um feto num ultrassom.

Desliguei o despertador e voltei a dormir. Tinha ficado acordado até tarde na noite anterior, montando guarda dos cartazes no Triângulo. Quando acordei novamente, já eram seis e meia da noite.

Na mesa no meio do dormitório vi as faixas de tecido que Wang Fei rasgara do lençol de sua cama e pintara com as palavras ABAIXO O ENRIQUECIMENTO ILÍCITO. Seu fervor parecia um pouco excessivo. Tian Yi achava o mesmo. Ela dizia que ele era narcisista e que não tinha o ar digno de um estudioso.

Saltei da cama e fui escovar os dentes. Embora a cantina já tivesse encerrado o jantar, eu sabia que Tian Yi ainda estaria lá, esperando por mim.

A entrada de nosso bloco de dormitórios estava emplastrada com pegadas enlameadas. Imaginei que tinha chovido lá fora.

Peguei o atalho por uma trilha de terra que atravessava um canteiro de arbustos espessos. Pegadas masculinas sobrepostas marcavam o caminho. Instintivamente, as meninas evitavam aquela área de território masculino, preferindo o passadiço de cimento que angulava à direita. Fiquei chateado por ver como meus sapatos estavam acabados. Mas ao menos eu sabia que poderia comprar um novo par, diferente de Xiao Li, que era tão pobre que tinha que jogar futebol descalço.

A voz do cantor de rock He Yong urrava do toca-fitas de um dormitório: "*Deus abençoe o povo que come sua parte. Deus abençoe os trabalhadores, os camponeses, e a milícia popular. Que sejam promovidos os que querem uma promoção, e que se divorciem os que querem um divórcio...*"

Tian Yi estava sentada sozinha na cantina.

— Eu gostaria que você não pegasse o atalho — ela disse quando me aproximei. — Seus sapatos sempre ficam cobertos de lama.

— Não posso evitar. Detesto usar o caminho mais longo.

— Ei, vamos sair para dar uma olhada nos cartazes do Triângulo. — Seu cachecol de lã branco refletia uma luz pálida sobre seu queixo enquanto ela falava. — Os estudantes de política colaram vários novos cartazes hoje.

— Não gosto de ser um espectador — comentei, bocejando. — E, em todo caso, acabei de acordar e ainda não comi absolutamente nada.

— Eu só quero ler os cartazes. Não quero copiá-los. — Embora seu tom fosse casual, eu sentia que seus sentimentos tinham mudado e ela agora estava ansiosa para se envolver com o movimento estudantil. Ela se inclinou à frente, colocou um doce de amendoim na minha mão e perguntou: — Pois bem, qual cartaz você colou? — Uma corrente de ar soprava da porta aberta. O ar da noite era limpo e frio.

— Não colei nenhum. Você me disse para não me envolver, não disse? — Lembrando-me da antipatia de Tian Yi ao sarcasmo, acrescentei delicadamente: — Vamos até lá para dar uma olhada neles, se você quiser. Só fique de olho para a presença de algum agente disfarçado.

Ela me encarou desdenhosamente e marchou para fora. Eu a segui e, para além dela, vi a grande multidão de estudantes no Triângulo. Eles dirigiam lanternas e velas para os cartazes escritos à mão em preto e branco e colados nos quadros de avisos.

Nuwa e outra menina estavam prestes a colar seu cartaz escrito à mão num quadro. O casaco amarelo de Nuwa era muito chamativo.

— Coloque acima daquele! — alguém gritou. — Que idiota escreveu isso?

O cartaz dizia: PERDI MEU GUARDA-CHUVA. QUEM QUER QUE O TENHA ROUBADO PODE FICAR COM ELE. NÃO DOU A MÍNIMA, SEU MÃO DE VACA!

Apontei para outro que dizia: UM HOMEM HONESTO MORREU. OS QUE FICARAM SÃO VIGARISTAS E MENTIROSOS!

— Eu colei esse aqui — mostrei a Tian Yi.

— Pensei que você tinha escrito um ensaio. — Tian Yi soava um pouco desapontada.

— Não sou muito bom com palavras — confessei, fitando seus olhos.

Outro cartaz prestava contas de nossas atividades do dia anterior: ...ESTUDANTES DE OUTRAS UNIVERSIDADES DE PEQUIM SE UNIRAM A NÓS NA PRAÇA AO LONGO DE TODA A MANHÃ. FIZEMOS UMA OCUPAÇÃO, EXIGINDO UM DIÁLOGO DIRETO COM OS LÍDERES GOVERNAMENTAIS...

— Por que eles escreveram numa folha de jornal? — perguntou Tian Yi. — Ficou com uma aparência tão pobre.

— Muitos departamentos instalaram urnas para doações — comentei. — Os estudantes de turismo já recolheram mais de mil yuans. Eles compraram um megafone elétrico e uma máquina de escrever.

— Cole um pouco mais alto — Nuwa disse à amiga.

— Minhas mãos estão tremendo! — falou a menina. — Só estamos aqui há cinco minutos, e já estou alucinada de pavor. Ei, Dai Wei, você pode vir aqui e me ajudar a colar isso?

Eu me aproximei. Enquanto ajudava a menina a erguer o cartaz, senti uma lufada do perfume de Nuwa. Era um perfume estrangeiro. Eu já havia sentido aquele cheiro nos saguões dos hotéis de luxo de Guangzhou.

— Por que você não chamou Wang Fei para ajudá-la? — perguntei a Nuwa.

— E por que eu precisaria dele? — respondeu ela, dando-me as costas.

— Veja só este — disse Tian Yi, arrastando-me para outro lado. — Diz: "O Salão Democracia realizará um recital de poesia em memória de Hu Yaobang. Todos são bem-vindos."

— Pelo visto Han Dan está de volta à ativa.

— Ele parece ser muito metódico. — Tian Yi olhou em torno e continuou: — Por que essa lâmpada não está funcionando? Venha, vamos até ali... Está mais claro.

— Alguém deve ter destruído a lâmpada. — Eu não contara a ela da briga em que me metera na noite anterior. Ela odiava violência. As autoridades da universidade transmitiram uma série de anúncios para lembrar aos estudantes que deveriam retornar a seus dormitórios até as onze da noite. Wang Fei suspeitava de que eles tinham algum plano na manga, então nós dois saímos e montamos guarda no Triângulo. Quando todos os estudantes deixaram a área, quatro ou cinco homens, que pareciam seguranças, apareceram e arrancaram os cartazes. Um deles destruiu a única lâmpada do Triângulo. Nós decidimos segui-lo. Ele tentou correr quando percebeu que estávamos em seu encalço, mas eu o alcancei, agarrei seu casaco e lhe dei um soco na cara. Wang Fei berrou: "Eu vou matar você, filho da puta!" O sujeito confessou que o comitê da Liga da Juventude na universidade lhe dera instruções de destruir a lâmpada.

A universidade proibiu que pequenas lojas dentro do campus vendessem baterias ou velas aos estudantes. Já não era possível comprar nem mesmo uma folha de papel no campus.

— Veja como escreveram "Reunião de Emergência" — reclamou Tian Yi. — Os ideogramas estão uma bagunça. Eles não entendem nada de caligrafia?

Meus olhos pousaram em outro aviso que dizia, PROCURANDO AMIGAS: VIVO NO TERCEIRO ANDAR DO DORMITÓRIO MASCULINO DOS ESTUDANTES

DE ECONOMIA. SOU UM POUCO INTROVERTIDO E NÃO TENHO NENHUM PASSATEMPO ESPECÍFICO ALÉM DA LEITURA. GOSTARIA DE FAZER AMIZADE COM ALGUM MEMBRO DO SEXO OPOSTO, PARA NÃO TER QUE PASSAR SOZINHO ESTES PRECIOSOS ANOS DE UNIVERSIDADE... No pé da página, à direita, outra pessoa rabiscou, VÁ SE FODER!

— Está muito escuro aqui. Veja, alguém acendeu uma lanterna ali, vamos voltar — disse Tian Yi, me arrastando para longe.

Nós nos esprememos para passar pela aglomeração. Estudantes na frente liam os cartazes em voz alta para os do fundo. Mas havia tanta gente gritando que não dava para entender muita coisa. Estudantes que tomavam notas pediram que os outros lessem mais devagar. Apenas alguns fragmentos eram audíveis para mim, pois todos, homens e mulheres, falavam ao mesmo tempo, com diferentes sotaques e em diferentes velocidades: "Perderam os corações do povo... Para o além-vida... Boicotem as aulas... Resistiram à polícia... De suas bocas imundas... Jornalistas deveriam falar a verdade... Que não podia ter morrido... Que o vento o leve embora... Se seguirmos estas sugestões... Consagrar às chamas..."

Ouvi a voz de Bai Ling cortando o burburinho. Era mais clara e rápida que as outras. Em voz alta, ela lia um cartaz que incitava os estudantes a boicotarem as aulas. Mas ela falava tão rápido que os estudantes no fundo pediam que ela repetisse. Ela lhes avisou que sua lanterna se apagara e que não podia ver coisa alguma.

Tian Yi agarrou uma lanterna de alguém e pediu que os estudantes à sua frente a passassem para Bai Ling. Enquanto a lanterna se movia de mão em mão, alguém a ligou. O feixe de luz tremeluziu entre a massa de gente, até que finalmente a lanterna foi colocada nas mãos de Bai Ling.

Uma menina junto dela lia um cartaz à luz de uma vela. Sua mão tinha o tom laranja da trêmula chama.

Lembrei-me de um incêndio que irrompeu enquanto eu e Tian Yi fazíamos fila para comprar passagens na estação ferroviária de Kunming. Eu segurei sua mão, e ela estava tão aterrorizada que enterrou seu dedo médio na palma da minha. Quando o fogo foi apagado, ela olhou para o hematoma roxo e perguntou secamente: "Está doendo?"

Enquanto nos espremíamos através da multidão, Tian Yi disse:

— Você ouviu aquilo? Foi escrito por um estudante de direito. Está muito persuasivo.

A Irmã Gao e o Velho Fu se aproximaram. A Irmã Gao não carregava seu caderno.

— O que os estudantes estão pretendendo com todos estes cartazes criticando os linha-dura do governo? — perguntou ela.

— Eles só estão frustrados — respondeu Tian Yi. — Precisam desabafar um pouco.

— Os cartazes estão ficando pessoais demais — disse o Velho Fu. — Não podemos começar a apontar dedos para o Primeiro-Ministro Li Peng. Como vamos saber se ele é um mau sujeito ou não?

— Tem razão — disse a Irmã Gao. — Li Peng só está em seu cargo há um ano. Além disso, ele é apenas o primeiro-ministro. Zhao Ziyang é o secretário-geral, então *ele* é o homem no comando. Se queremos um combate à corrupção, temos que começar por examinar seu histórico. Ouvi boatos de que o filho dele esteve envolvido com enriquecimento ilícito.

Liu Gang se uniu a nós:

— O movimento estudantil realmente deslanchou. Teremos que estabelecer algum tipo de organização, ou será um caos. — Ele se voltou para a Irmã Gao e disse: — Você conhece um monte de estudantes do Programa de Escrita Criativa. É importante convencê-los de que devem se envolver.

— A maioria deles é de oficiais do governo — respondeu a Irmã Gao. — Eles são parte da elite. Não vão arriscar os pescoços por nossa causa.

— Mas eles fizeram os melhores cartazes — comentou o Velho Fu.

— Zheng He escreveu todos eles. Os outros escritores ficaram de lado.

Liu Gang acendeu um cigarro e disse:

— Precisamos de ideias de gente do Departamento de Filosofia como você, Irmã Gao. Uma vez que o movimento ganhe força, vocês serão nossa espinha dorsal intelectual. Será como uma segunda Guerra dos Boxers.

Tian Yi ficou entediada com o debate e sussurrou para mim:

— Han Dan está fazendo um discurso. Vamos até lá ouvir. — Gotas de chuva caíram em sua franja. Ela passou a mão pelo cabelo, expondo sua ampla testa. — Depressa! Se você não quer ir, vou sozinha. — Ela transbordava de energia naquela noite.

Tudo que eu queria fazer era encontrar uma barraca de rua e tomar uma tigela de sopa de *wonton* e comer um bolo de carne.

— Estou faminto. Vá sozinha, e eu encontro você depois que tiver comido alguma coisa.

— Por que está tão carrancudo esta noite? — ela perguntou friamente, deu a volta e se afastou.

Eu estava pasmo por sua mudança súbita. Depois de passar apenas um dia na praça, ela se tornara uma pessoa diferente. Dois dias antes, ela me falava para ter cuidado com o que eu dizia em público, porque dois terços dos estudantes eram informantes do governo. Agora ela era destemida e não dava a mínima para quem ouvia nossas conversas.

Depois de minha refeição, fui lhe fazer companhia. Não retornamos a seu bloco de dormitórios até as duas da manhã. O zelador já tinha ido para casa, e ela se sentiu segura para me levar para dentro. Alguém removeu a lâmpada do teto de seu dormitório, sinal de que uma ou mais meninas também tinham trazido seus namorados. Tian Yi e eu tivemos que tatear nosso caminho até seu beliche no escuro.

Enquanto você vagueia por seu corpo, vê células vivas disparando pela escuridão, chocando-se umas às outras, dividindo-se e morrendo.

"Semana passada, nas primeiras horas do dia 2 de agosto, soldados iraquianos invadiram o Kuwait, país do Golfo Pérsico..."

— Esta porta deveria estar aberta, tia?

— Tian Yi! Que bom ver você! Entre, entre! Deixe a porta aberta. Está muito quente aqui. Como você conseguiu tirar uma folga?

— Acabei de terminar minhas provas. Entraremos em recesso dentro de alguns dias. Não foi fácil conseguir permissão para deixar o campus. Agora ele está vigiado como uma prisão.

— Sim, ouvi dizer. Olhe, sua pele está muito mais escura, e seu cabelo parece mais ralo também. Quando nos vimos da última vez, você tinha o cabelo atado em dois coques grandes.

Essa é mesmo a voz de Tian Yi? Não posso acreditar. Ela veio: a menina em que eu penso todos os dias. Ela está viva, ao passo que eu estou aqui, coberto de moscas, imóvel como um cadáver.

Lembranças de seu rosto, de seu cheiro e até de suas cartas de amor que eu guardava numa lata de biscoitos me voltam numa torrente. Meu cérebro lança em minha corrente sanguínea uma mistura de feniletilamina e serotonina que é conhecida como amor.

Ela está na sala de estar. Minha mãe acabou de massagear meus pés e coxas.

— Como está Dai Wei?

— Agora é só pele e osso. Ainda estou dando remédios a ele. Enquanto ele não tiver mais febres ou convulsões, sua condição não vai piorar. A cada duas horas eu tenho que mover suas pernas e pés para impedir que suas articulações se atrofiem. Dai Wei está numa condição muito frágil, mas, por alguma razão, ele se recusa a morrer.

— Eu trouxe alguns morangos. Aqui estão, coma. Estão frescos. Vou lavá-los para a senhora.

— Não se preocupe, eu mesma lavo. Você pode entrar e dar uma olhada nele.

Ela caminha para dentro de meu quarto. Quando ela se aproxima, sinto o cheiro de suor entre seus dedos do pé, o que antes me excitava tanto. Posso ouvir couro roçando contra couro. São as sandálias dela.

Tian Yi suspira e diz:

— Dai Wei. Estou aqui de novo... Tia, vou ligar o ventilador para ele. — Ela liga um interruptor e o ventilador começa a girar.

Ela não se senta na cama, e por isso não posso ouvir o som de sua respiração. Desejo ardentemente que ela estenda a mão e acaricie meu rosto. Estou nu. Cada centímetro de minha pele espera por seu toque.

Ela abre as cortinas. Provavelmente quer se livrar das moscas. Eu espero que ela tire o rádio que está colocado junto da minha cabeça.

— Estes são os registros médicos dele? Pela aparência deste eletrocardiograma, parece que o cérebro ainda está ativo.

— Você consegue entender estas frases? — Minha mãe respira com dificuldade.

— Não, estão cheios de jargão médico. Este primeiro parágrafo diz que ele foi admitido no hospital no dia 4 de junho de 1989, com uma perfuração de bala no cérebro e sofrendo de insensibilidade e paralisia. No dia 6 de junho de 1989, a bala foi retirada de sua cabeça, sob anestesia geral.

— Não precisa continuar. Mesmo que eu entendesse o que as frases significam, não mudaria nada. Diga, como andam as coisas?

— A polícia e a universidade ainda estão investigando meu caso. A autocrítica que escrevi ainda não foi avaliada.

— Meu conselho é fazer o que mandam. O importante é que você se forme. Você não quer terminar como eu, importunada pela polícia durante o dia e olhando o rosto de meu filho a noite toda. É um inferno na Terra.

— A senhora precisa ser paciente. Ele pode acordar um dia.

— Os hospitais estão proibidos de tratá-lo devido a seu passado político, então eu tive que pagar por médicos particulares para tratá-lo em sigilo. A princípio, os vizinhos foram compassivos. Apareciam e me diziam para não me preocupar, e comentavam que o governo logo reverteria seu veredicto oficial sobre os protestos da Praça da Paz Celestial. Mas assim que a polícia começou a me vigiar, eles pararam de me visitar. Quando passo por vizinhos na rua hoje em dia, eles viram a cara aterrorizados, como se tivessem visto um fantasma.

— Chen Di me disse que a polícia vem muito aqui.

— Duas ou três vezes por semana. Dizem para eu não falar com jornalistas nem deixar o apartamento. Exigem os nomes de todos que vêm aqui. Mas você não quer saber dessas coisas! Conte-me, já fez a inscrição para estudar no exterior?

— É inútil me inscrever. Eles nunca me deixariam partir. O velho companheiro de dormitório de Dai Wei, Xiao Li, cometeu suicídio outro dia. Pulou do alto do bloco de dormitórios. A universidade o pressionava a escrever uma autocrítica. Um dos crimes de que ele foi acusado foi cantar o hino nacional em público. Disseram que ele colocou a segurança pública em risco. O povo chinês já não pode nem mesmo cantar o hino nacional!

— Sim, eu me lembro dele. Era aquele menino que vinha de uma família de camponeses. Talvez ele esteja melhor morto do que vivendo como presidiário. Os líderes da companhia de ópera queriam que eu escrevesse uma declaração dizendo que eu apoiava a repressão do governo. Fiquei enfurecida. Parei de ler os jornais. Perdi todo o interesse em política. Nem quero ouvir falar deste sujeito, Jiang Zemin, que assumiu como secretário-geral.

Então Xiao Li se matou. Não consigo absorver a informação. Minha cabeça lateja. Agora quem resta de meu dormitório? Acho que me lembro de Mao Da me visitando há alguns meses, dizendo que Wang Fei fora liberado do hospital e retornara à cidade dos pais. Pelo menos Wang Fei está vivo. Mas talvez minha mente esteja me pregando uma peça, e Mao Da nunca tenha me visitado. Contudo, a voz de Tian Yi soa muito real. Não pode ser apenas minha imaginação.

O rádio está perto demais de meu ouvido. A locutora esganiça: "Os jornais de hoje estão apinhados de propaganda mentirosa, que pergunta: você quer ganhar um lugar na universidade? Viajar para exterior? Ficar mais alto? Ter pele mais branca? Ter seu nome no *Dicionário Oxford de biografias nacionais*? Se quiser, favor enviar dinheiro para..."

Eu me esforço para compreender as palavras de Tian Yi através do ruído, e tento imaginar o que ela está vestindo.

— A Universidade de Pequim se tornou um campo militar — ouço-a dizendo —, ou uma Academia do Partido Comunista...

— O tio-avô de Dai Wei morreu há algumas semanas. Seu filho Kenneth nos enviou um dinheiro que foi deixado para nós por testamento. A princípio, a polícia não me deixava sacar o dinheiro, mas cederam no final. Kenneth perguntou se você ainda quer fazer mestrado nos Estados Unidos. Você pode escrever uma carta em inglês para ele?

— Sim, é claro. Mas se ele enviar uma resposta para minha casa ou endereço na faculdade, provavelmente a carta não me alcançará.

— Vou adiantar o jantar. Você fique sentadinha aí...

— Não, não se incomode, tia. Vou jantar na casa dos meus pais.

— Você fez toda essa viagem até aqui, então fique mais um pouco, por favor. É bom ter alguém com quem conversar... Ninguém mais fala comigo. Dai Wei teve uma convulsão há alguns meses, e eu sabia que teria que levá-lo ao hospital. Gritei por ajuda, mas meus vizinhos correram para fechar suas portas. Esses marxistas-leninistas! Ficam apavorados de sair da linha...

— A devoção deles ao Partido é uma neurose obsessiva. Ninguém que vive numa ditadura tem um estado mental saudável... Fique à vontade para ir à cozinha. Eu vou ler para ele uma passagem de *O livro das montanhas e dos mares*. É o livro favorito de Dai Wei.

— Oh, Deus, faz muito tempo que não vejo este livro. Acho que o irmão dele levou.

— Não se preocupe, vou recitar algo de memória. — Tian Yi queria que minha mãe saísse e a deixasse em paz por algum tempo.

A melodia da voz dela provoca pensamentos inquietos. Talvez hoje uma fenda se abra na muralha que o encerra.

— Dai Wei, está me ouvindo? Você está esquelético como aquela estranha criatura de *O livro das montanhas e dos mares* que tem rosto de homem e corpo de macaco. Mas, diferente de você, aquela criatura podia falar e trocar de forma. — Tian Yi baixa o volume do rádio e continua: — Lembra-se de como você sonhava em sair numa grande jornada, explorando todas as montanhas e rios descritos no livro? Agora já não pode ir a lugar nenhum, por isso vou recitar uma passagem para você viajar até lá em sua mente. Hum. Você quer ir para Norte, Sul, Leste ou Oeste? Acho que vou levá-lo para o Norte... Se você seguir caminhando por mais 110 li, chegará à Montanha da Beira da Fonte, onde crescem cebolas, pêssegos e peras silvestres. O Rio Cajado nasce do sopé e deságua no Rio Amarelo abaixo. Um animal selvagem com tatuagens habita a montanha. Ele vive às gargalhadas, mas ao ver um ser humano se aproximando, finge estar adormecido... Você se lembra do nome daquele bicho?

Em minha mente, respondo: o que cresce na montanha são girassóis e cebolinhas silvestres, e não cebolas e peras. E o Rio Cajado deságua nos Pântanos Col, e não no Rio Amarelo. Mas eu não conseguia recordar o nome da criatura.

— Sabe aquele pássaro *jingwei* de que gosta tanto? Lembra em que montanha ele vivia?

Monte Faiju. O *jingwei* é a reencarnação de Nuwa, filha do Imperador Yandi, que se afogou no Mar Este. A cada dia, para punir o mar que a afogara, o pássaro pega ramos e pedras do Monte Faiju e os solta no Mar Este, na vã esperança de aterrá-lo.

— Você se lembra do pássaro *manman*? Ele só tem uma asa e um olho, e precisa se acasalar com uma companheira se quiser voar. Agora sou como um pássaro *manman* que perdeu o companheiro. Como voltarei a voar? — Tian Yi fica em silêncio.

Anseio por seu toque em minha mão, então lembro que sou um cadáver.

— Eu queria que você estivesse aqui para cuidar de mim. Na universidade, é como se eu fosse vigiada por lobos.

Sinto sua falta, Tian Yi. Enquanto esta frase se repete em minha mente, começo a sentir que estou retornando à realidade.

— Se eu não redigisse uma autocrítica, teria sido expulsa da universidade. Somos novamente forçados a agir como escravos.

Nós nos unimos ao movimento estudantil para deixar nossas prisões, mas agora todos tivemos que retornar a elas.

— Os policiais na universidade me interrogarão quando descobrirem que visitei você. Não tive ânimo para conversar com sua mãe há pouco. Não queria ser lembrada do que aconteceu. Estudei psicologia, mas sou eu quem precisa de psiquiatra. Qual é a razão da vida sem liberdade?

Eu gostaria de poder abraçá-la, Tian Yi. Estou inalando seu hálito. Até este momento, eu não tinha medo de morrer. Mas agora que sei que você está aqui e que a qualquer momento irá embora, a ideia de morrer me aterroriza.

— Devo colocar outro travesseiro sob a cabeça dele, tia? — Tian Yi se recompõe quando ouve minha mãe se aproximando. Imagino que há lágrimas em seus olhos.

— Não, não se incomode. Este quarto tem um cheiro horrível, não é? Sente-se nesta cadeira. É onde sento quando massageio as mãos e pés dele. Veja como estão atrofiados. Se eu não fizesse massagens, estariam rijos como cogumelos secos.

Tian Yi estende a mão e toca meu pé. Ela o aperta e tenta girá-lo no tornozelo. Embora ela não possa estendê-lo muito, o toque de sua pele me dá tanta alegria que eu poderia desmaiar...Tiramos as calças e eu me deito sobre seu corpo macio. Coloco a bacia sobre nossas cabeças para abafar o som de nossa respiração e ligo o toca-fitas. Era a fita das "Novecentas Frases em Inglês". Uma voz impostada repetia: *Alan, please take this gentleman to the nearest bus station...* — Não tão alto — você arfou em meu ouvido. Dentro da bacia, soava como se todo o dormitório estivesse tremendo. Havia suor em seu pescoço. Você estremeceu e depois se retraiu subitamente, como um coelho tocado por um fio elétrico. *Where do you want to go? To the Japanese garden...* "Desligue isso", eu tentei dizer, mas antes que as palavras saíssem, você enfiou a língua em minha boca... *No, I am not Chinese, I am American...*

O sangue dispara por suas veias. Os mecanismos reprodutivos expelem fragrâncias ácidas através de seus poros.

Tian Yi ajuda minha mãe a remover o soro de meu braço, aperta minha mão suavemente e depois a apoia na beira da cama. Imagino um elástico ou clipe de papel escondido na palma fechada de sua outra mão.

Tian Yi se levanta e parte. Ela ficou quase duas horas. Talvez o cheiro do quarto a tenha repelido. Ou a constante tagarelice de minha mãe, ou o jantar que ela preparou.

Imagino como deve se ver minha cabeça: afundada no travesseiro macio, com uma almofada de ervas medicinais, alguns cabelos caídos e o estojo dos óculos de minha mãe ao lado.

Respiro fundo. Tian Yi não deixou qualquer aroma no ar.

Incômodas centelhas de luz cruzam minhas pálpebras fechadas. A luz do abajur sobre a cômoda de madeira no pé da cama provavelmente está brilhando através das seringas de vidro. Conheço este quarto tão intimamente que, quando respiro, posso ver todas as coisas dispostas diante de mim.

Minha mãe apaga a luz, e eu novamente me fundo à escuridão.

Seus pulmões sorvem o mundo lá fora. Lembranças atravessam seu fígado.

Estava chuviscando do lado de fora da janela de meu dormitório. Percebi que acabara de cair um pesado aguaceiro. Os gramados estavam verdes e úmidos. A distância, eu via garotas de pé na grama junto ao lago. Elas eram borrões de vermelho e negro num mar de verde, com o pálido céu cinza ao fundo.

Todos se moviam silenciosamente pelo ar úmido. Ke Xi era exagerado, sacudindo as mãos no ar enquanto fazia um discurso no gramado.

O Grande e o Pequeno Chans pararam para ouvir enquanto se dirigiam para o dormitório com suas marmitas e quase foram atirados ao chão por um estudante que passou de bicicleta atrás deles.

Um casal que andava de mãos dadas caminhou lentamente na direção de Ke Xi. À medida que a chuva diminuía, mais estudantes se reuniam em torno dele.

Che Di abriu a janela e gritou:

— A Universidade de Pequim perdeu seu colhão!

— Pare de gritar! — disse Qiu Da, deitado em seu lençol de algodão com estampa de peônias. — E é melhor você me pagar por aquelas garrafas vazias.

Antes que saíssemos na marcha, Chen Di foi até a janela e atirou para fora todas as garrafas que Qiu Fa guardava embaixo da cama.

— Eu não toquei em suas garrafas — respondeu Chen Di, arrebatando seu binóculo de minhas mãos.

— Por que você não jogou sua caneca em vez delas? — resmungou Qiu Fa, tirando uma camiseta dobrada que estava sob o travesseiro. — O comerciante me dá dois jiaos por cada garrafa devolvida, e eu tinha sete delas.

— Você é tão mentiroso! Eram garrafas de aguardente Erguotou, e não de cerveja. Ninguém paga nada por elas.

— Eu colo rótulos da cerveja Yanjing nelas, e ninguém percebe a diferença. Então chega de papo-furado e me dê o dinheiro. Pelo menos me dê alguns jiaos...

Fui ao quarto ao lado para acordar Wang Fei. Alguns minutos depois, saímos. Haveria uma reunião para debater a formação de um comitê organizador. Colamos avisos e torcemos para que muitos estudantes comparecessem.

— Ke Xi é um general sem exército — disse Wang Fei, observando-o através dos binóculos. — Vejam! Ele está ali totalmente sozinho, gritando para o céu. Ninguém está prestando atenção!

Pensei no poeta Haizi, que se desesperara com o futuro da China. Se ele soubesse que os estudantes se mobilizariam novamente, talvez não tivesse se atirado na frente de um trem.

— Ele não quer que Shu Tong tome a dianteira — respondi. — Mas ele não tem muito apoio de suas colegas do Departamento de Educação. Aquelas garotas são muito conformistas. Wang Fei, faz alguns dias que Nuwa não visita você. Por quê?

— Porque eu não pedi que ela viesse, ora — replicou Wang Fei, soando orgulhoso.

— Você deu um jeito de conquistar a estudante de arte mais bonita — comentei, e minha mente subitamente retornou a Lulu, a menina por quem me apaixonara na escola secundária.

— Está com inveja? E o consenso é de que ela não é só a estudante de arte mais bonita, ela é a menina mais bonita da universidade. — Wang Fei agora passava mais tempo em frente ao espelho. Lavava o cabelo duas vezes e comprara um casaco novo na feira dos trabalhadores rurais. Era um casaco barato feito à mão, de *nylon* azul-escuro e forrado com tecido de máscara cirúrgica.

Estudantes que estavam a caminho da biblioteca se aproximaram das duas mesas em que Ke Xi estava de pé. Shao Jian dispôs cadeiras que tirara do bloco de dormitórios. Liu Gang sacou um megafone e explicou aos estudantes como era crucial formar uma organização estudantil independente e começar uma nova onda de protestos.

Quando os estudantes aplaudiram, centenas de pessoas se aproximaram. No momento em que chegou a vez do Velho Fu discursar, uma aglomeração de cerca de duas mil pessoas já havia se acumulado. O Velho Fu falou sobre a manifestação de 1987 e disse que agora deveríamos instaurar um comitê organizador. Enfatizou que seria apenas um corpo temporário, e seria desmembrado assim que o movimento estudantil chegasse ao fim para impedir que qualquer oportunista tomasse o controle e o usasse para seus próprios propósitos políticos.

— O movimento nem começou e você já está falando no que vai acontecer quando ele terminar — murmurou Zhuzi no ouvido dele. — Há alguns minutos, conseguimos alguns aplausos. Não estrague o clima. Dai Wei, é sua vez de dizer alguma coisa.

Subi nas mesas. Não tinha preparado um discurso, então gritei a primeira coisa que me veio à cabeça.

— Companheiros estudantes! O governo é muito astuto, por isso temos que nos organizar se queremos encarar a luta. — De repente, minha mente teve um branco, e eu esqueci qual era o argumento que pretendia apresentar. Pude ouvir gente abafando o riso ao fundo. — Mas, é claro, o governo é muito inteligente também... — acrescentei às pressas, mas isso só fez com que as pessoas rissem mais alto.

— Eles são astutos ou espertos? Decida-se! — gritaram os estudantes, agitando as marmitas no ar.

Antes que eu tivesse chance de responder, Ke Xi interveio:

— O governo é uma organização não eleita e ilegal. Portanto, os corpos estudantis oficiais que ele nomeou também são ilegais. Quem é a favor de formar uma união estudantil democraticamente eleita?

A multidão ficou em silêncio. A pergunta precisava de sérias considerações. Felizmente, Tian Yi deixara o campus para recolher donativos e não testemunhou minha humilhação. Jurei para mim mesmo que jamais falaria em público novamente.

Zhuzi saltou sobre as mesas e gritou:

— Companheiros estudantes! O que precisamos mais do que tudo é do Estado de direito. Só isso poderá salvar a China. Quando dizemos que nos opomos à ditadura, não quer dizer que queremos derrubar o governo. — Antes que ele tivesse a chance de dizer mais alguma coisa, a multidão irrompeu em aplauso. Enquanto ele descia da mesa, gritei:

— Queremos Estado de direito! Abaixo a corrupção! Abaixo a burocracia!

Wang Fei pediu para falar, mas Chen Di reclamou que só os estudantes de Sichuan compreenderiam seu sotaque. Isso enfureceu Wang Fei de tal maneira que ele saltou direto sobre as mesas e se lançou em seu discurso. Ele começou em mandarim, mas logo voltou a falar no dialeto de Sichuan. Embora poucos pudessem compreender o que ele dizia, ouviam educadamente.

— Se vocês apoiam estas visões, tenham a coragem de erguer as mãos e se oferecer para participar de nosso comitê organizador — gritou o Velho Fu.

Dois ou três minutos se passaram sem que ninguém erguesse a mão. Os estudantes conversavam entre si. Estavam com medo. Filiar-se a uma organização não oficial era considerado crime contrarrevolucionário pelo governo. Quando fomos presos na Praça da Paz Celestial dois anos antes, a primeira coisa que a polícia quis saber foi qual organização coordenou o protesto. Felizmente, não havia organizações naquela época. Os protestos se inflamaram espontaneamente.

O Velho Fu se içou para as mesas e disse:

— Vamos pedir aos representantes da união estudantil para liderar este estágio inicial do movimento. Se algum destes representantes está presente, por favor, apresente-se e fale!

Havia agora cerca de quatro mil pessoas. Era a maior multidão que eu já tinha visto no campus, mas não havia forma de saber se algum representante da união estudantil estava presente. Embora o Velho Fu e Cao Ming pertencessem a várias organizações oficiais, eram apenas membros de segundo escalão. Mao Da, que era chanceler da união estudantil, não era visto havia dois dias.

Ke Xi agarrou o megafone e gritou:

— Se tem alguém aqui da união estudantil, deveria ter a coragem de se apresentar e assumir a liderança! Estudantes da Universidade Popular e da Universidade de Política e Direito se reuniram no Portão Xinhua do complexo governamental de Zhongnanhai exigindo que os líderes do Partido saíssem e falassem com eles. Não podemos adiar mais. O movimento estudantil está a caminho. Está acontecendo aqui e agora. Aqueles que deixarem de participar serão condenados pela história!

Liu Gang subiu nas mesas e disse:

— Gritem comigo: "Representantes da união estudantil, venham e sejam nossa liderança!"

A grande multidão gritou em uníssono, mas ninguém apareceu.

— Muito bem, então deveríamos dissolver as uniões oficiais? — gritou Liu Gang.

— Sim! Dissolvam as uniões! — A multidão não parava de crescer e ficar mais barulhenta.

Um grupo de estudantes atravessou os portões do campus e caminhou em nossa direção. O Velho Fu disse que eram da Universidade Qinghua.

Zhuzi foi cumprimentá-los. Um deles era um cara rude de pele escura chamado Zhou Suo. Ele disse que ninguém na Universidade Qinghua estava preparado para liderá-los, e por isso eles decidiram ir até ali e juntar forças conosco.

— Então vamos instaurar nosso próprio corpo estudantil? — perguntou o Velho Fu impacientemente para a multidão. Os aplausos ficaram mais fracos.

Ke Xi gritou com as mãos em cuia:

— Se ninguém mais vai se apresentar, então nós que falamos durante esta reunião seremos os membros fundadores do comitê organizador. Vocês concordam com isso?

A multidão aprovou e aplaudiu.

— Espero que vocês compareçam a nossas reuniões e nos deem apoio! — gritou o Velho Fu. — Anuncio que, durante as próximas duas semanas, nosso comitê liderará o movimento democrático da Universidade de Pequim. Depois disso, teremos que instaurar uma união estudantil independente e deixar que ela assuma o comando.

Embora eu não tivesse intenção de participar de qualquer organização, estava de pé junto às mesas com os outros oradores e portanto não tive escolha.

Shu Tong retornou do Portão Xinhua quando a reunião chegava ao fim. Ke Xi me disse para elaborar uma lista das pessoas que falaram. Sem querer que Shu Tong fosse excluído do comitê, eu o arrastei e disse a ele para se dirigir à multidão. O Velho Fu lhe entregou um megafone e o empurrou para cima das mesas, dizendo:

— Não erga o queixo quando falar. Mantenha a cabeça baixa. — Ele temia que os estudantes achassem os modos de Shu Tong arrogantes.

Com sua voz áspera, Shu Tong disse à multidão que milhares de estudantes estavam realizando uma ocupação pacífica do lado de fora do Portão Chilua, a entrada sul do complexo Zhongnanhai, onde os líderes do governo viviam e trabalhavam. Ele disse que o movimento estudantil começara e logo estaria espalhado pelo resto do país, e incitou a Universidade de Pequim a participar imediatamente.

Sua descrição da ocupação surpreendeu a multidão, pois, algumas horas antes, a televisão estatal noticiara que os estudantes do Portão Xinhua exigiram falar com líderes do governo e que, quando seu pedido foi recusado, tentaram invadir o local. O noticiário mostrou fotos de policiais armados com sangue escorrendo dos rostos e alegou que os estudantes atiraram garrafas vazias neles. Mas Shu Tong insistiu que o ânimo era pacífico, e acusou o governo de inventar mentiras. Ele admitiu que houve algum empurra-empurra e que alguns estudantes e policiais saíram machucados, mas negou que os estudantes tivessem tentado invadir o portão. Disse que tudo que queriam era submeter sua petição.

Quando a reunião acabou, Ke Xi pediu a Shu Tong para se unir a nosso comitê também. Ele concordou, mas sugeriu que trocássemos o nome para Comitê Preparatório da União Solidária Estudantil da Universidade de Pequim, para tornar clara nossa ligação com o movimento democrático polonês.

Continuamos com o nome Comitê Organizador da União Estudantil Independente da Universidade de Pequim e elaboramos uma lista com os nomes dos fundadores: o Velho Fu, Ke Xi, Liu Gang, Wang Fei, Zhuzi, Yang Tao, Shu Tong, Shao Jian e eu. Nomeamos o Velho Fu dirigente, criamos um lote de braçadeiras e começamos a imprimir panfletos e folhetos. Yang Tao foi enviado para a Universidade Qinghua para ajudá-los a instaurar um comitê próprio. Às dez horas, fizemos uma reunião para formular um plano de ação. Depois, a maioria dos membros partiu para o Portão Xinhua para se unir à ocupação. Fazia dois dias que eu não dormia direito, então me arrastei de volta para meu dormitório e fui para a cama.

Talvez a chuva tenha parado. Tudo soa calmo do lado de fora. Você ouve apenas o cicio das rodas das bicicletas, que se torna mais alto e depois se vai.

Às cinco da manhã, fui acordado por uma gritaria. Saí ao corredor e ouvi estudantes subindo as escadas e gritando:

— Nós estávamos na ocupação do Portão Xinhua. A polícia nos espancou. Eles nos atacaram com cassetetes elétricos. Muitos estudantes foram levados ao hospital!

Vesti algumas roupas e segui para o Triângulo. Wang Fei estava lá.

— Centenas de policiais nos atacaram! — gritava ele, a voz rouca como a de um galo. — Eles arrastavam os estudantes para suas patrulhas, espancando os que resistiam. As meninas que não conseguiam fugir rapidamente eram chutadas e espancadas também!

— Às três da manhã, dez policiais esmagaram um estudante de Wuhan contra a parede — continuou Shao Jian. — Eles o chicotearam no rosto com cintos de couro. Havia sangue por todo lado. Um de seus olhos foi arrebentado. Foi horrível. — Sua voz geralmente calma estava trêmula. Ele pediu a todos que gritassem como ele: — Boicotem as aulas! Salvem nossa nação! Punam os agressores brutais!

— Os estudantes são inocentes! Patriotismo não é crime! — gritava a multidão. Estudantes acordaram e se juntaram a nós no Triângulo. Agora havia centenas de estudantes reunidos.

— Temos que organizar uma passeata para dizer ao povo o que aconteceu — exclamei, furioso.

Embora nem todos os membros do Comitê Organizador estivessem presentes, o Velho Fu deu o aval para a passeata e Shu Tong concordou. Redigi dez cartazes atacando a violência policial e exigindo um boicote às aulas. Chen Di e eu colamos os cartazes nos quadros de avisos, nos portões do campus e até nas laterais de ônibus públicos.

Han Dan apareceu de volta, fraco e arfando para respirar. Ele nos disse que agentes à paisana se infiltraram na ocupação, e tinham walkie-talkies. Roubaram alguns sapatos dos estudantes e os atiraram contra o Portão Xinhua para dar à polícia um pretexto para atacar a multidão.

— Punam os praticantes da violência! Boicotem as aulas! — gritava ele, indignado. Nenhum de nós conseguiria voltar a dormir depois de ouvir aquelas notícias, então partimos para trabalhar na organização da passeata.

Agora que o movimento estudantil tinha começado, sentíamos um fardo de responsabilidade caindo pesadamente sobre nossos ombros.

Ao amanhecer, fomos para a loja da esquina e compramos papel, tinta preta e um grande rolo de tecido vermelho — longo o bastante para fazer faixas de cinco metros de comprimento. A namorada de Chen Di recolheu dois mil yuans em donativos, muito mais do que Tian Yi coletara. Embora a menina falasse num irritante tom nasal, ela tinha maneiras persuasivas.

Levei o rolo de pano para o dormitório da Irmã Gao. Tian Yi e Bai Ling ajudaram a cortar as faixas e braçadeiras. Eu pintava PUNIÇÃO PARA A POLÍCIA! e DEIXEM QUE A VERDADE SEJA DITA! nas faixas enquanto as meninas escreviam palavras de ordem em estandartes de papel.

Milhares de estudantes se reuniram no Triângulo, prontos para sair em nossa passeata. Corri para a cantina com Tian Yi e engoli um prato de almôndegas cozidas, e depois corri de volta para o dormitório de Wang Fei e Shu Tong, que agora se tornara a fortaleza do Comitê Organizador. Quando cheguei, Wang Fei estava discutindo com o Velho Fu, que mudara de ideia e agora achava que deveríamos cancelar a passeata e nos concentrarmos em construir a democracia no interior do campus.

Sete dos nove membros do Comitê Organizador estavam presentes. Fizemos uma votação. Liu Gang concordava com o Velho Fu, mas Shu Tong, Han Dan, Wang Fei, Zhuzi e eu votamos pela passeata. Embora eu concordasse secretamente com o Velho Fu e Liu Gang, não queria que as faixas e estandartes que fizemos fossem para o lixo.

— Tudo que queremos é um pouco de democracia — disse o Velho Fu. — Não há necessidade de incitar um movimento popular.

— Se você quer democracia, precisa lutar por ela, e não perder tempo cuspindo retórica vazia! — Wang Fei jogou a guimba do cigarro no cimento e a pisou, e depois pegou a faixa que fizera de um lençol rasgado.

— O povo chinês tem vivido de joelhos desde 1949 — disse Han Dan. — Chegou a hora de se levantar e esticar as pernas.

— Você não deveria desdenhar de minhas opiniões — argumentou o Velho Fu. — Lênin disse que a verdade por vezes se esconde nas mãos da minoria.

— Espalhamos centenas de avisos sobre a passeata — disse Zhuzi, irritado. — Os alunos estão esperando para sair. Não podemos desistir agora. Você não precisa ir conosco se não quiser, Velho Fu.

— Tudo bem, eu então renuncio ao Comitê Organizador — declarou o Velho Fu, tirando os óculos quando gotas de suor lhe escorreram pela testa.

— Você não tem dormido muito ultimamente, Velho Fu — falei, levando-o para o corredor. — Seus olhos estão inchados. Você precisa descansar, dar um tempo para que seu fígado se recupere, e depois reconsiderar tudo isso quando sua mente estiver um pouco mais clara.

Ele se aproximou de mim e disse em voz baixa:

— Escrevi minhas sugestões nesse pedaço de papel. Tome, coloque em seu bolso. Se conseguirem uma aglomeração de bom tamanho, sigam em frente com sua passeata. Mas se o número diminuir, cancelem. Como chefe de segurança, a decisão é sua.

Eu lhe disse para tirar uma soneca em minha cama, e que poderíamos conversar sobre isso mais tarde.

Wang Fei retornou intacto do Portão Xinhua, e por isso tive suspeitas de que ele se esquivara da manifestação para evitar qualquer violência. Ri:

— Ei, Wang Fei, aposto que você saiu correndo assim que a polícia armada apareceu!

Ele limpou as grossas lentes de seus óculos e respondeu:

— Quando eu estava saindo, um policial me parou. Eu disse que era editor de uma revista e que só estava passando. Mas o canalha revistou meus bolsos e encontrou um pão, e adivinhou que eu estivera ali a noite toda. Antes que eu tivesse chance de inventar uma desculpa, ele me deu um chute na bunda e me mandou sumir dali.

— Aposto que você se cagou todo! — Eu ria.

— Ele era um cavalo de tão grande. Poderia ter me partido ao meio com uma só mão.

— Nuwa estava com você? — Eu imaginava que, se Nuwa estivesse presente, teria ficado chocada com a covardia dele.

— Ela foi a uma festa no Hotel Jianguo — respondeu Wang Fei, de má vontade. — Era aniversário de um sujeito francês.

— Não perca seu tempo com ciúmes — falei. — Não há nada que você possa fazer. Ela é cercada de admiradores.

Houve uma súbita trovoada. O céu que se via pela janela escureceu.

Descobrindo que o Velho Fu renunciara ao Comitê Organizador, Ke Xi entrou e disse:

— Eu assumo como dirigente durante a passeata. Quando voltarmos, faremos uma reunião e uma votação apropriada.

Shu Tong não parecia muito feliz. Eu sabia que ele não aprovava que Ke Xi tomasse a liderança.

Como eu esperava, ele respondeu:

— Dada a atual situação, eu também gostaria de apresentar minha renúncia. Acho que vocês farão um trabalho melhor sem mim. E, além disso, eu nem mesmo fui eleito para este posto.

A reunião rapidamente se desbaratou. Fiquei surpreso por Wang Fei não se opor ao plano de Ke Xi.

A Irmã Gao, Bai Ling e Mimi chegaram com cabos de cortinas e as faixas que planejávamos prender neles.

Bai Ling me disse que Tian Yi estava com dor no estômago e não poderia participar da passeata, mas que ela queria que eu tomasse muito cuidado.

As vívidas faixas vermelhas nos encheram de fervor revolucionário. Cada um agarrou uma braçadeira e a prendeu sobre a manga. Os caracteres pintados com tinta sobre duas faixas longas ainda estavam úmidos, e por isso eu e Bai Ling as levamos para o Triângulo e as penduramos para secar.

A multidão à espera se aproximou. Alguns departamentos haviam preparado faixas ainda maiores que as nossas. Estudantes de todo lado sacudiam seus estandartes caseiros no ar Ke Xi e Han Dan seguravam megafones. Embora eu fosse chefe da segurança, não me ocorrera comprar um.

Han Dan se pôs de pé e explicou as regras da passeata. Ele disse a todos para se aterem às palavras de ordem oficiais. Contou que uma menina no Portão Xinhua gritou "Abaixo o Partido Comunista!" enquanto era atirada num camburão, o que deu à polícia uma desculpa para atacar a multidão. Ele pediu aos estudantes que foram de bicicleta para deixá-las e participar da marcha a pé.

Ele então me entregou o megafone e me pediu para dizer algumas palavras.

— Vocês devem caminhar em fileiras de dez — comecei. — Os estudantes mais fortes devem dar as mãos uns aos outros para que ninguém de fora se infiltre entre nossas fileiras. Somente estudantes com carteira de identidade podem se unir a nós. Se vocês quiserem ir ao banheiro durante a marcha, levem junto um amigo. Haverá polícia por todo lado. — Assim que parei para respirar, Ke Xi ergueu seu megafone e gritou: — Companheiros estudantes! Se a polícia tentar bloquear nosso caminho ou nos dividir, fiquem firmes!

Por fim, todos cantaram a Internacional e partiram para a Universidade Qinghua.

Mou Sen nos alcançou de bicicleta e nos disse que milhares de estudantes da Normal de Pequim estavam esperando para se unir a nós quando chegássemos a seus portões.

Moradores locais parados na calçada aplaudiam quando passávamos, e motoristas que paravam nos cruzamentos buzinavam em apoio. Wang Fei e Yu Jin ergueram um lençol. Os transeuntes os observavam em estado de perplexidade, incapazes de compreender a frase QUEREMOS LIBERDADE OU QUEREMOS MORTE! escrita em inglês sobre o tecido.

O clima não estava do nosso lado. Quando chegamos à Universidade Qinghua, começou a chover. Uma voz vociferou de quatro alto-falantes presos ao teto de um jipe estacionado do lado de fora do portão principal:

— Estudantes da Universidade de Pequim, se desejam manifestar-se, voltem para seu campus! Os estudantes de Qinghua estão assistindo aulas e não querem ser perturbados.

Algumas pessoas no bloco de dormitórios abriram suas janelas e olharam através do aguaceiro para ver o que estava acontecendo.

Ke Xi disse:

— Todos os ativistas de Qinghua foram para a praça. Os estudantes que ficaram para trás são conformistas. Sequer sonhariam em sair às ruas conosco.

— Deveríamos avançar sobre os portões do campus? — perguntou Chen Di, aproximando-se de nós. Ele estava satisfeito por usar seus binóculos em torno do pescoço novamente e por liderar os gritos das palavras de ordem.

Voltando suas costas para Ke Xi, Shu Tong disse a Han Dan:

— Não, vamos ver se a Universidade de Política e Direito se juntará a nós. Mou Sen, vá de bicicleta até lá e diga a seus colegas que vamos nos atrasar um pouco.

Nós então partimos para a Universidade de Política e Direito, e enviamo Shao Jian na frente para avisá-los de que estávamos chegando.

Quando chegamos aos portões principais, a chuva era torrencial. Muitos de nossos manifestantes correram para conseguir abrigo nas lojas que ladeavam a rua. Os estudantes da Universidade de Política e Direito, contudo, permaneceram estoicamente a seus portões, esperando para nos receber. Foi como as forças militares de Chu Teh e Mao Tsé-Tung reunindo-se na Montanha Jinggang para formar o Exército Vermelho. Eles nos convidaram a entrar e espantar o frio na cantina, onde havia comida esperando por nós.

O líder do Comitê Organizador da Universidade de Política e Direito era um grande amigo de Liu Gang. Ele nos aconselhou a não marcharmos na chuva.

Eu estava molhado e com frio, e queria voltar e ver Tian Yi. Yu Jin e Chen Di também disseram que gostariam de retornar para o campus. Agora que estávamos sentados confortavelmente dentro da cantina, a ideia de marchar pela chuva novamente não era atraente.

— O governo rirá de nos — disse Zhuzi, desanimado.

— Não podemos voltar do meio do caminho! — reclamou Ke Xi, franzindo o cenho. — Há milhares de estudantes esperando por nós no Portão Xinhua e na Praça da Paz Celestial.

Shu Tong também não queria desistir.

— Se ficarmos aqui por mais tempo, os manifestantes perderão a motivação. Vamos avançar enquanto nossos espíritos ainda estão inflamados. Dai Wei, como chefe de segurança e membro do Comitê Organizador, você deve aceitar a vontade da maioria.

Han Dan se aproximou e disse que partiria sozinho para a praça para ler uma carta aberta em voz alta, e lá esperaria por nós.

Saquei o bilhete do bolso e disse a Shu Tong que o Velho Fu me aconselhou a abortar a passeata se nosso número diminuísse.

Decidi que, independentemente do que todos diziam, eu não marcharia na chuva, e portanto tornei a vestir meu casaco molhado e voltei para o campus com Chen Di.

Você está atado dentro de um corpo que não pode ver, um prisioneiro numa cela que não pode tocar.

Um frio floco de neve cai em meu rosto. Minha mãe deixou a porta aberta. Duas galinhas correram para dentro e estão bicando o chão junto de minha cama. Na noite anterior, quando todos no prédio dormiam, meus velhos colegas de dormitório Mao Da e Zhang Jie me levaram para fora do apartamento numa maca, colocaram-me no banco de trás de um táxi e me trouxeram com minha mãe para esta cabana nos limites de Pequim. Nunca prestei muita atenção neles no dormitório, e agora estou surpreso que, de todos os meus amigos, logo eles tenham vindo para me ajudar.

Ouço Mao Da caminhando em direção à porta, dizendo a minha mãe:

— Está tudo arranjado. A senhora pode levá-lo amanhã de manhã...

Mao Da e Zhang Jie enxotam as galinhas, fecham a porta e depois erguem minha cama dobrável e a colocam junto da janela. Posso sentir o cheiro de serragem e das folhas de couve apodrecidas que estão jogadas no canto da cabana.

— Vocês falaram com aquele Dr. Liang novamente? — pergunta minha mãe.

— Sim. Ele perguntou se Dai Wei já fez tratamento de oxigenação antes. Eu tive que dizer que sim, caso contrário eles teriam exigido uma assinatura do diretor do hospital. As coisas estão estritamente controladas agora. Qualquer médico considerado culpado de tratar vítimas da ação repressiva é imediatamente demitido do emprego.

— Nós pagamos por um tratamento de duas semanas para Dai Wei — disse Zhang Jie. — Custa apenas trezentos yuans. Chama-se tratamento de oxigenação de alta pressão, e usa a tecnologia mais avançada. Eles colocarão Dai Wei dentro de uma grande máquina parecida com um forno e usarão ondas de choque e eletromagnéticas para estimular as células cerebrais e melhorar o sistema imunológico de seu corpo. — Estas foram as primeiras palavras que Zhang Jie murmurou desde que ele e Mao Da nos buscaram na noite anterior. Lembro que, no começo, seu comportamento quieto e reservado levara todo mundo do dormitório a suspeitar de que se tratava de um espião.

— Ouvi dizer que, após apenas uma semana deste tratamento, paraplégicos conseguiram caminhar novamente — comenta Mao Da. Ele ainda fala nos tons monocórdios de um oficial do governo.

A voz de minha mãe soa cheia de gratidão.

— Tomem, peguem um cigarro, vocês dois. Podem pegar! Não sei nem como posso agradecer! — Ela agora sempre tinha cigarros no bolso para entregar a qualquer um que oferecesse ajuda.

— Alugamos esta cabana de um camponês — diz Zhang Jie. — Se alguém aparecer e fizer perguntas, diga que vocês são do Condado Fangshan. Aqui está o documento declarando que vocês apoiam a ação repressiva do governo. Nenhum hospital vai tratá-lo sem isto.

— Nós deixamos algumas luzes acesas quando trancamos seu apartamento na noite passada, para que seus vizinhos não suspeitem — comenta Mao Da, dando depois uma tragada em seu cigarro.

— Faz quase um mês que a polícia não nos procura — diz minha mãe. — Provavelmente é o clima do inverno que os desencorajou.

— Aqui vocês estão a apenas um quilômetro da entrada norte do hospital — continua Mao Da. — Nós pagamos ao camponês dono desta cabana três yuans a mais para que vocês possam usar o carrinho de mão dele. A senhora poderá transportar Dai Wei para o hospital sem ser vista por muita gente.

— A senhora tem dinheiro suficiente e cupons de grãos, tia? — pergunta Zhang Jie.

— No mês passado, os mercados por atacado estavam vendendo grãos a preço de custo — diz Mao Da. — Provavelmente não usaremos cupons de grãos por muito mais tempo.

— O último ônibus de volta para Pequim sairá logo — minha mãe avisa. — Vocês devem se apressar. Eu não quero que percam suas aulas amanhã.

— Nossas notas já não importam mais — responde Mao Da. — Receberemos empregos em fins de mundo independentemente de nossas notas. Eu não ligo. Decidi ir para Shenzhen no próximo ano e procurar emprego numa empresa privada. Aqui está o cartão hospitalar de Dai Wei. Vá até o prédio de tijolos para o qual levamos a senhora esta manhã e pergunte pelo departamento de neurocirurgia. Suas consultas são às cinco horas de todas as tardes. Eu o registrei sob meu sobrenome, então ele será conhecido como Mao Daiwei. Certo, é melhor partirmos agora. Voltarei para visitá-los dentro de alguns dias. Dai Wei, acorde logo, está bem? Mostre àqueles canalhas que não seremos derrotados! — Ele afaga o cobertor enrolado sobre minha barriga. Estou congelando. Tudo que estou vestindo é um colete e calças finas de algodão.

Meus membros só começam a relaxar quando sou levado para dentro da sala de oxigênio de alta pressão do hospital algumas horas mais tarde. Uma voz masculina diz:

— Primeiro temos que verificar se ele tem algum objeto de metal consigo.

— Eu já tirei todos — responde minha mãe. — Como está quente aqui! Por favor, pegue um cigarro.

— Não, obrigado, eu não fumo. — O homem liga alguns interruptores, atarraxa os tubos de metal para oxigenação, move-se pela sala por um momento e depois me empurra para dentro da câmara. — Quando a pressão começar a aumentar, talvez ele sinta dor nos ouvidos e um aumento na temperatura.

— Já me disseram isso. Não se preocupe com a dor. Ele é um vegetal, afinal de contas.

Eu conheço estas câmaras. Elas ajudam a aumentar os níveis de oxigênio no cérebro e a controlar a disseminação de bactérias. Quando lia sobre isso nos jornais, não fazia a mínima ideia de que um dia eu seria inserido numa delas. Se a pressão se tornasse insuportável, eu não teria como avisar a ninguém. E se meus tímpanos estourassem?

A porta da câmara é lacrada. Uma dor surge em meus ouvidos, e logo se torna alucinante. A ferida em minha cabeça parece pegar fogo. Quando a temperatura sobe, sinto que estou afundando em inconsciência.

Da ferida em seu lobo frontal, você desliza para a fissura central do cérebro, e depois viaja pelo nervo vago até a ruidosa cavidade torácica.

Foi Mao Da quem me acordou na manhã após a passeata cancelada. Seu rosto estava encovado e pálido.

— Aquela reunião que vocês fizeram ontem à noite... Foi neste dormitório? — perguntou ele.

— Não, foi no de Shu Tong.

— Vocês remanejaram o Comitê Organizador, não foi? Shu Tong renunciou, o Velho Fu foi limado e Ke Xi foi promovido.

— Sim. Quem lhe contou? — Sentei-me e vesti uma camiseta. Senti o fedor das calças esporte de Dong Rong. Suas meias também cheiravam mal. Tian Yi sempre reclamava do cheiro quando visitava nosso dormitório. Qiu Fa saiu para o lavatório carregando sua bacia esmaltada. Xiao Li ainda estava dormindo.

Mao Da olhou ao redor para verificar se ninguém mais estava ouvindo e então sussurrou:

— Você é a única pessoa para quem vou contar isso. Ouça bem, porque só vou falar uma vez. O braço do Partido na universidade filmou sua reunião ontem à noite com uma câmera infravermelha. Eu sou membro do Partido. Eles me chamaram e me pediram para identificar quem são vocês. Seu amigo Mou Sen está enrascado. Colocaram gente para segui-lo por dias a fio. Suspeitam que ele seja um Mão Negra, um conspirador disfarçado trabalhando para uma organização secreta. Enviaram a fita para o Ministério de Segurança do Estado. Devo lembrá-lo de que o Partido considera manifestações estudantis uma forma de "contradição entre o povo", mas vê a criação de organizações independentes como uma "contradição entre o povo e o inimigo", o que é um assunto muito mais sério. Aconselho fortemente que vocês dissolvam seu comitê agora mesmo.

— Eu nunca teria imaginado que você fosse um espião, Mao Da — falei, pasmo com a revelação.

— Decidi lhe contar porque sei que você não revelará meu disfarce. Não quero que nenhum de vocês se meta em problemas. Não dormi a noite inteira. Se vocês dissolverem o comitê imediatamente, estarão bem. — Ele dobrou sua colcha, colocou-a com cuidado na beira da cama, pegou sua mochila e saiu.

Eu estava perplexo. Minhas pernas tremiam. O rosto do condenado executado que dissecamos na Universidade do Sul cruzou minha mente. Lembrei-me do rasgo sujo acima do olho que lhe restava. Ele fora condenado à morte por criar um grupo chamado Jovens Marxistas. No passado, não ousáramos formar uma organização. Desta vez, tínhamos ido longe demais.

Acendi um cigarro. Minha garganta estava apertada. A bicicleta que Dong Rong comprara dois meses antes estava apoiada contra a parede. Ele não conseguia dormir à noite se não levasse a bicicleta para o quarto. Ele temia que, se a deixasse acorrentada do lado de fora, alguém pudesse roubá-la.

Coloquei a cabeça para fora da janela e olhei para baixo. Pude sentir o cheiro da lama dos caminhões que vinham do campo e entravam na cidade e o aroma azedo de cascas de ovo jogadas atrás da barraca de rua. Tudo parecia idêntico ao dia anterior. A única diferença era que agora havia duas patrulhas que eu nunca tinha visto estacionadas do lado de fora de nosso bloco.

Xiao Li acordou. Eu lhe disse que a polícia nos prenderia. Ele respondeu:

— Eles não nos mandarão para a cadeia. No máximo, vão nos monitorar para ter certeza de que não estamos nos reunindo com jornalistas estrangeiros ou dissidentes.

Dei-lhe um cigarro.

Após algumas tragadas, eu me sentia mais calmo. Lembrei que as autoridades reagiram com complacência à nossa manifestação do Ano-Novo de 1987 e aos protestos de 1988 que se seguiram ao assassinato do estudante de graduação. E desta vez nós estávamos menos vulneráveis, porque havia muito mais estudantes envolvidos.

— Só se lembre de não ir a lugar algum sozinho — disse Xiao Li, olhando pela janela. — Eles não podem prender alguém que está num grupo.

Eu me preocupava por ele. Sua origem camponesa não o preparara para uma situação como aquela.

Eu queria alertar Mou Sen de que ele vinha sendo seguido, então desci ao térreo para telefonar.

Felizmente, ele estava em seu dormitório. Eu o aconselhei a deixar o lugar e ir direto para o apartamento de sua namorada, Yanyan, e ficar na surdina por alguns dias.

Por sua voz, percebi que ele estava assustado.

— Yanyan saiu para uma conferência. Aonde mais posso ir?

Embora Yanyan gostasse de Mou Sen, ela era muito ambiciosa e seu emprego sempre vinha em primeiro lugar. Ela era agora assistente de reportagem de temas sociais para o *Diário dos trabalhadores*.

— Então venha para o nosso campus. Você pode ser nosso escritor residente. Nós estudantes de ciências não somos bons em escrever petições e discursos. — Eu imaginava Mou Sen esfregando o nariz. Ele sempre fazia isso quando ficava nervoso.

— Meu Deus! Escrevi um cartaz ontem convocando trabalhadores, camponeses, intelectuais e empresários privados a apoiarem nosso boicote às aulas.

O governo poderia me acusar de subversão contrarrevolucionária e me mandar para um campo de execução.

Assim como o meu, o pai dele fora condenado como direitista. Quando falávamos sobre as vidas de nossos pais, sempre ficávamos com um sentimento de impotência.

Tentei tranquilizá-lo.

— O governo não fará nada até que termine o funeral de Hu Yaobang amanhã. E, quem sabe, os protestos podem ter esfriado até lá. — Vi Yu Jin se aproximando e rapidamente desliguei o telefone.

Comprei alguns rolinhos cozidos na cantina e saí para encontrar Shu Tong. Ele estava na biblioteca, lendo a constituição americana.

— É um pouco tarde para isso, não? — comentei, sentando-me e dando uma mordida em meu rolinho. Em geral, a biblioteca ficava lotada, mas naquele dia metade dos assentos estava vazia. Baixei a voz. — O comitê do Partido na universidade filmou nossa reunião de ontem. A fita foi enviada para o Ministério de Segurança do Estado. Não me pergunte quem me contou. — Eu não queria trair Mao Da.

— Eu não preciso perguntar! O maldito informante. Esse cara é uma fraude! Assim que ele termina de comer a namorada, manda a garota dar o fora e depois se deita e finge ler escrituras budistas. Quem ele pensa que está enganando? É óbvio que ele está monitorando nossas conversas. — Ele claramente presumia que o espião era Zhang Jie.

Mudei de assunto.

— Wang Fei me disse que a Sociedade Panteão vai instalar um centro de transmissão radiofônica e publicar um jornal estudantil independente chamado *Arauto de notícias*.

— Sim, falamos sobre isto hoje de manhã — ele comentou, erguendo o queixo. — Você está realmente assustado, não é? Meu irmão é oficial no comando da guarnição de Pequim. Ele diz que não há razão alguma para preocupações. Em todo caso, se você se preocupar muito, nunca vai realizar nada.

— Eles estão observando cada movimento nosso. Sua renúncia permitiu que Ke Xi tomasse o controle do Comitê Organizador. Se ele criar problemas e forçar o governo a tomar uma medida repressora, todos os membros do comitê vão acabar na prisão.

— Líderes surgem em momentos de caos, e os radicais são sempre aqueles que ganham o apoio do povo. Nós encorajamos Wang Fei a tomar a frente.

Ele é o estudante de ciências mais militante. Deveríamos fazer com que ele tomasse a liderança do comitê, e depois mantê-lo sob controle.

— Wang Fei não é um bom orador e, mesmo quando está seguindo suas ordens, ele não é muito competente. A questão agora é: deveríamos fortalecer o Comitê Organizador ou levar o movimento para a clandestinidade?

— Não podemos ser clandestinos. Depois que o estudante foi morto no ano passado, alguns amigos me incitaram a entrar para uma organização secreta. Embora eu tentasse persuadi-los a ir a público, o escritório de segurança da universidade fez um relatório a meu respeito e interrogou minha mãe. Não importa o que façamos, temos que fazer tudo às claras. — A mãe de Shu Tong era uma oficial do Partido na Secretaria de Comércio de Pequim.

— Você vai à Praça da Paz Celestial esta noite? — perguntei, acalmando-me um pouco. — As autoridades disseram que vão isolar a área amanhã para o funeral de Estado de Hu Yaobang. Mas os estudantes que querem prestar sua última homenagem vão tentar contornar a proibição acampando na praça hoje à noite.

— Bem, *você* deveria ir, ou ficará sem emprego, Senhor Chefe da Segurança!

— Cerca de cem mil estudantes são esperados. Todas as bandeiras e estandartes das lojas de tecidos esgotaram.

— Contanto que você chegue à praça antes da efetivação do cordão de isolamento, você ficará bem — disse ele, tamborilando sobre a cópia da *Constituição da República Popular da China* que estava segurando. — Há um aviso do lado de fora do Grande Salão do Povo dizendo que o 38º Batalhão do Exército foi convocado para a cidade, mas o pai de Cao Ming, um alto general, disse que eles se recusaram a obedecer à ordem. Ao que parece, rachas entre facções estão emergindo dentro do exército.

Quando terminei de comer os rolinhos, deixei Shu Tong e voltei para o dormitório. Pouco depois, recebi um telefonema interurbano de meu irmão. Ele disse que seus colegas da Universidade de Ciência e Tecnologia de Sichuan fizeram três coroas de flores em memória de Hu Yaobang, mas as autoridades as confiscaram e as queimaram numa avenida do lado de fora do campus. Os estudantes ficaram furiosos e queriam vir a Pequim para participar de nossas atividades memoriais.

— Fique em Sichuan — respondi. — Mamãe vive me dizendo para não me envolver. Se você vier a Pequim, ela nunca vai deixar que você saia do apartamento. — Eu não queria que ele participasse de nosso movimento estudantil. Ele não tinha experiência alguma com política.

— Os membros da união estudantil estão liderando nossos protestos, então tenho certeza de que não teremos problemas.

— Não os tome por garantia. Um dos caras em meu dormitório é chanceler de nossa união estudantil. Todos pensávamos que ele estava do nosso lado, mas hoje ele me confessou que nos espiona para o governo. — Assim que eu disse isso, a linha caiu. Esperei um minuto caso voltasse a funcionar, então entreguei o telefone à pessoa que esperava atrás de mim.

Wang Fei entrou em pânico quando eu lhe disse que éramos espionados. Ele disse que ficaria no dormitório dali em diante. Tinha pânico de ser preso.

— Você tem o coração de um lobo, mas as bolas de um coelho! — ri. — Ontem você marchou pelas ruas e queimou uma cópia do *Diário do povo*, mas agora de repente está tremendo de pavor.

— Vamos esperar e ver o que acontece depois do funeral de Hu Yaobang amanhã — retrucou ele entre dentes cerrados.

Você ouve os líquidos correndo através do canal pancreático e as células sanguíneas descendo pela artéria gástrica esquerda, em direção às dobras vermelho-escuras do peritônio.

— Desta vez vamos cantar mais rápido, e com mais espírito: *A casinha branca com o teto pontudo, essa é minha casa...*

Minha mãe está dando uma aula de canto. Ela se aposentou precocemente da Companhia de Ópera Nacional depois do feriado do Festival de Primavera, e desde então vem preparando três estudantes para o exame de admissão da Academia Central de Música. Hoje é sábado e, como sempre, ela trancou a porta de meu quarto para assegurar que suas alunas não me vejam.

— Um pouco mais devagar aqui: *Abro minha janela e admiro o céu...* Não, com muito mais emoção: *O sol brilha em minha casa, e o primeiro beijo doce da primavera é meu...*

As três alunas repetem cada verso depois dela, tão alto que o apartamento inteiro sacode. Até o suporte de meu soro intravenoso está tremendo.

— Coloquem mais paixão nas palavras quando atingirem as notas mais altas. Vamos lá, mais uma vez...

— *...e o primeiro beijo doce da primavera é meu!*

Uma das três meninas tem uma voz profunda que me lembra a de A-Mei. A-Mei sempre me prometia que um dia cantaria para mim, mas nunca cantou.

— Ouvi dizer que seu pai é médico — comenta minha mãe.

— Sim, ele trabalha no Hospital Amizade.

— Há uma droga importada que ouvi ser bastante efetiva no tratamento de vítimas de derrame. Aparentemente, você precisa do consentimento de um diretor de hospital para consegui-la.

— Escreva o nome para mim, e vou perguntar sobre isso ao meu pai quando chegar em casa — responde a menina. Por sua voz, noto que ela é mais alta que minha mãe.

Assim que as três alunas saem, An Qi, que veio ontem, aparece.

Ela mora a apenas alguns pontos de ônibus de distância de nós. Seu esposo foi baleado pelo exército no Distrito Xidan, logo a oeste da Praça da Paz Celestial, deixando-o com a pelve destroçada. Ele passou por incontáveis cirurgias, mudando de hospital a cada vez para evitar ser rastreado pela polícia. Recentemente, ele contraíra um vírus após uma transfusão de sangue, e nenhum hospital trataria dele agora.

— Tome cuidado para que ele não pegue conjuntivite — diz An Qi, vendo minha mãe limpar meus olhos com solução alcoólica. — Você deveria limpá-los com colírio e aplicar uma pomada de tetraciclina dia sim, dia não. Nunca use álcool.

— Sério? — pergunta minha mãe, continuando a passar o álcool sobre meus olhos. — Sempre limpei os olhos dele dessa maneira.

— Se continuar fazendo isso, ele estará cego quando abrir os olhos. Você faria melhor se costurasse as pálpebras com agulha e linha. Se ele acordar do coma, você só precisa abrir os pontos.

— Você arranjou um monte de conhecimento médico. Soa como uma enfermeira qualificada!

— Se eu não tivesse lido essas coisas, meu marido estaria morto agora... Quantos frascos de soro ele consome por dia?

— A solução de glicose que ele está tomando agora é acrescida de vitaminas, por isso é mais cara que as outras. Tive que baixar a dose de seis para quatro frascos por dia.

— As feridas de agulha no braço do meu marido também empolaram desta maneira. Parece lepra, não é?

Minha mãe baixa o volume do rádio e se senta no sofá com An Qi.

A jovem soa como se não movesse os lábios enquanto fala. Quem mais conheço que fala desta maneira...?

— Sinto-me como se estivesse de volta à Revolução Cultural — diz ela. — Meus vizinhos me olham quando deixo meu apartamento. Quando venho aqui, aquela velhota lá de baixo me pergunta quem estou visitando, e para quê.

— Todos suspeitam de nós. Antes de minha aposentadoria, a companhia de ópera me forçou a escrever uma declaração expressando meu apoio à ação repressiva. Disseram que me expulsariam deste apartamento se eu não escrevesse. Tive que escrever três vezes. Eles não paravam de reclamar de que não parecia suficientemente sincero. Era exatamente como aquelas cartas que você tem que escrever quando se inscreve para ser membro do Partido.

Minha desgraça forçou minha mãe a questionar suas crenças políticas.

As duas mulheres continuam sentadas no sofá, conversando até o cair da noite.

— Que tipo de país é este, que pune as vítimas de um massacre e não as pessoas que dispararam os tiros? — minha mãe pergunta.

— Fui visitar aquela professora de escola primária, cujo marido foi baleado perto de Muxidi. Ela me disse que os crematórios agora estão proibidos de guardar cinzas de pessoas mortas na ação repressiva. Ela teve que pegar a urna de cinzas do marido e levá-la para casa, e a guardou no alto de seu guarda-roupa.

— Sim, fiquei sabendo que ela disse à sogra que o marido desapareceu. Não conseguiu dizer que ele está morto. Ao que parece, a velhinha não se preocupou muito com o desaparecimento de seu filho. Durante a Guerra Sino-Japonesa, ela foi informada de que seu marido tinha morrido num campo de batalha, mas alguns anos depois ele apareceu na casa dela, vivo e bem.

— Sabe aquela mulher da Via Mahua? Bem, ela ficou tão farta de ser perseguida pela polícia e de ter que tomar conta de seu marido inválido 24 horas por dia que fez as malas e saiu de casa. Ninguém sabe para onde ela foi.

— Às vezes eu também tenho vontade de fugir. Mas ajuda muito poder conversar com você...

— Meu marido gastou cinco mil yuans em um plano de saúde, mas a companhia se recusou a pagar o tratamento. Disseram que não tinham permissão para fazer compensações a vítimas da ação repressiva. Que mundo é este em que estamos vivendo?

Enquanto ouço as duas conversando, minha mente se volta para *Livro das montanhas e dos mares*... Na região norte, uma besta selvagem chamada Qiongqi devora um homem de cabelos desgrenhados. O Qiongqi parece um tigre e tem duas asas no dorso. Quando come um ser humano, ele começa pela cabeça, mas há quem diga que ele começa pelos pés...

Você se aproxima do jejuno e das dobras em leque da membrana que se liga à parede abdominal. Uma teia de veias cobre sua superfície. Canais linfáticos e arteríolas pendem como cordas.

— Todos os representantes da universidade, corram, nossa reunião está prestes a começar! — Ke Xi gritava, apontando seu megafone para os estudantes ocupando a Praça da Paz Celestial. O lenço preto que ele atara sobre a manga como sinal de luto fazia seu braço parecer mais curto.

Eu estava cochilando nos degraus de pedra que levavam ao terraço mais baixo do Monumento aos Heróis do Povo, mas os gritos de Ke Xi me acordaram antes que eu tivesse chance de mergulhar num sono profundo. O rosto de Shu Tong estava bem ao meu lado. Seus olhos ainda estavam fechados. Virei seu pulso e verifiquei as horas em seu relógio. Havia um frio inclemente no ar.

Sentei-me e observei as dezenas de milhares de estudantes e as bandeiras e faixas vermelhas e brancas que cercavam o monumento. Acima delas sobressaía uma faixa negra gravada com as palavras HU YAOBANG, OS ESTUDANTES DA UNIVERSIDADE DE PEQUIM CHORAM SUA MORTE! Senti um súbito pânico, o medo que agarra alguém quando acorda num lugar que parece inseguro. As equipes de televisão estrangeiras e chinesas que nos filmaram quando chegamos à praça na noite anterior haviam desaparecido.

O céu clareava vagarosamente. O funeral de Estado de Hu Yaobang estava marcado para começar em duas horas. O frio da noite e os cheiros que emanavam dos milhares de corpos adormecidos começaram a se dissipar sob o sol da manhã.

Algumas horas antes, Wang Fei e eu tivéramos sucesso em fazer com que os estudantes diante do Grande Salão do Povo no lado oeste da praça se organizassem em fileiras ordenadas. Wang Fei marchava confiante entre as fileiras organizadas com um megafone na mão. À frente de nossas fileiras, colocamos a coroa de flores de três metros de altura dos estudantes de direito e um grande cartaz proclamando o direito constitucional dos cidadãos ao protesto. Quando terminamos de organizar todo mundo, eu já estava cansado demais para procurar por Tian Yi, e então me deitei nos degraus.

— O que vamos fazer? — perguntou Ke Xi, acordando Shu Tong com um repelão. — As autoridades não permitirão nossa presença no funeral de Estado, e nem deixarão que enviemos qualquer representante.

— Não me pergunte! Eu renunciei ao Comitê Organizador — retrucou Shu Tong, abrindo os olhos e tendo um vislumbre da braçadeira negra de Ke Xi.

— A polícia prometeu que não vamos nos machucar, contanto que não ultrapassemos o cordão de isolamento — disse Ke Xi. — Mas eles não vão deixar que cheguemos perto para ver o corpo.

— Você teve discussões particulares com os oficiais do funeral? — perguntei. Eu temia que a sede de poder de Ke Xi destruísse nossa unidade. Durante a noite, realizamos novas eleições para o Comitê Organizador e nomeamos Han Dan líder. Ke Xi então saiu e formou um grupo coordenador temporário para supervisionar a manifestação, mas ele ainda sentia que deveria permanecer no comando do Comitê Organizador, já que tinha sido ideia sua. Eu temia que ele se intrometesse enquanto eu tentava organizar os estudantes em fileiras diante do Grande Salão do Povo. Dois oficiais se aproximaram e me pediram para recuar a multidão vinte metros, para que os convidados do funeral pudessem chegar à entrada. Conversei sobre isso com Zhuzi e decidimos fazer o que foi pedido. Han Dan se aproximou segurando um toca-fitas que estrondeava com a Internacional e disse aos dois oficiais:

— Estamos aqui para prestar nossos últimos respeitos a Hu Yaobang. Tudo que queremos é ver seu caixão sendo levado. Depois disso, deixaremos a praça. — Os oficiais ergueram as sobrancelhas e se afastaram. Parecia que o governo se resignara à nossa presença, mas eu não tinha tanta certeza de que sua indiferença duraria.

Eu e Zhuzi levamos duas horas para fazer com que os estudantes da Universidade de Pequim se deslocassem vinte metros para trás. Descobri que era essencial dizer aos estudantes aonde queríamos que fossem enquanto eles ainda estavam de pé, pois, uma vez que se sentavam, era quase impossível fazer com que se movessem novamente.

Recebi um megafone com boca de formato quadrado. Era branco e emitia um bom som. Ficava ótimo pendurado em meu pescoço.

— Quando o funeral acabar, pediremos ao governo que envie alguém para receber nossa petição — Ke Xi declarou em voz alta.

— Onde posso dar uma mijada? — Shu Tong me perguntou, abrindo seus olhos vermelhos e inchados. Ele odiava quando Ke Xi começava a tomar a dianteira.

Eu também precisava ir ao banheiro.

— Os banheiros públicos em Qianmen ficam longe demais — respondi. — Vamos ali atrás daquelas árvores.

— Os estudantes de ciências conseguiram recolher cerca de três mil yuans em doações — disse Shu Tong —, então creio que podemos comprar café da manhã para todo mundo, não acha?

— Sim, deveríamos resolver isso imediatamente — respondi. — Alguns estudantes estão se afastando para encontrar algo para comer. Não queremos que o grupo se disperse.

— Quem está encarregado da logística? — perguntou Shu Tong, parecendo mais alerta agora, e esfregando o queixo como se houvesse uma barba ali para coçar.

— Esqueci.

Nós nos espremos para sair da multidão e caminhamos para as árvores. Uma faixa pendurada no poste da bandeira nacional dizia: ESTAMOS NO AUGE DE NOSSA JUVENTUDE. NOSSO PAÍS PRECISA DE NÓS! Shu Tong sorriu quando viu a faixa.

— Alguém escalou vinte metros para pendurar aquela faixa — comentou. — Impressionante.

Eu queria encontrar Tian Yi. Mimi me disse que ela estava com alguns estudantes do Departamento de Chinês. Eu a encontrara antes de sair do campus, e ela me dissera que voltaria a seu dormitório para buscar algumas pastilhas contra indigestão. Tian Yi me contara que frequentemente sofria de dores estomacais na primavera.

Os estudantes nos degraus começavam a acordar e reclamar do frio. Alguns casais passaram a noite abraçados, envoltos em faixas para conservar o calor. As pessoas se colocavam em pé e saltitavam, tentando aquecer os pés. Músicas pop e marchas fúnebres começaram a se ouvir de toca-fitas e rádios portáteis. O grupo da Universidade Nankai de Tianjin, o primeiro a ocupar a praça na noite anterior, partiu para uma corrida matinal em torno do perímetro. Um sujeito de casaco de penas vermelho saltitava, tentando fisgar um raio de sol da manhã com a cabeça. Os amigos o empurraram para o meio da multidão. Todos riram. Ele caiu em cima de algumas meninas, que gritaram e depois rapidamente se sentaram e ajeitaram os cabelos. A confusão começou a movimentar o ar sobre a praça e a atiçar também nossos corações.

— Quantos estudantes da Universidade de Pequim você acha que temos aqui? — Shu Tong me perguntou. A terra sob as árvores emitia o vapor da urina quente. Eu estava cercado por trinta ou quarenta pênis, todos soltando jatos de mijo amarelo.

— Cerca de quatro mil estudantes deixaram o campus, mas quando organizei todo mundo em filas há algumas horas, só restavam três mil. Provavelmente muitos retornaram para dormir no campus. Eles não conseguirão voltar para a Praça agora. Veja, a polícia bloqueou todas as avenidas.

A Avenida Changan, que corria paralelamente ao lado norte da praça, e o Portão da Paz Celestial, localizado além dela, estavam completamente desertos. Eles me lembravam as fortalezas vazias sobre as quais lera, que generais da China antiga utilizavam como armadilha para encurralar inimigos.

Dei uma olhada no Monumento e vi Liu Gang e Shao Jian envolvendo as balaustradas de mármore branco na beira do terraço mais baixo com nossa faixa. Uma grande multidão se reuniu em torno para assistir.

— Veja esse monte de estudantes da Universidade Qinghua — comentei, avistando-os ao fundo. — Deve haver cerca de cinco mil deles, e estão todos sentados em filas organizadas.

— Yang Tao é responsável por isso. Eles não tinham um líder, então ele se ofereceu e assumiu o comando. — Shu Tong estremeceu quando fechou o zíper de sua braguilha. Eu me perguntava aonde iam as garotas quando precisavam urinar.

Xiao Li se aproximou. Ele estivera relutante em vir à praça, mas eu o persuadira. Ele trazia consigo um rapaz que usava um chapéu de lã azul e que queria falar com Shu Tong. O sujeito apertou a mão de Shu Tong e disse:

— Ambos temos petições para entregar, então pensei que deveríamos ter uma conversa.

— Afixamos uma cópia de nossa petição no monumento — disse Shu Tong com uma expressão cautelosa no rosto. — Vá até lá e leia, se quiser. — Antes que o sujeito tivesse uma chance de responder, ele acrescentou: — Vocês fazem suas coisas e nós faremos as nossas. É melhor que cheguemos com exigências diferentes.

— O que estou dizendo é, acho que deveríamos tornar nossas demandas específicas, como os trabalhadores que estão exigindo um aumento de salário de cinco jiaos. — Ele tinha a aparência de um daqueles peticionários que viajam das províncias para apresentar reclamações às autoridades centrais. Eu sempre cruzava com eles quando caminhava por Pequim. Alguns perambulavam com suas queixas escritas em placas de papelão penduradas no pescoço. Outros se reuniam em pequenos grupos e faziam discursos públicos sobre as injustiças que sofreram, até que a polícia aparecia e os enxotava. A maioria dormia nas ruas. Alguns construíam abrigos temporários em depósitos de lixo tranquilos, colando suas queixas nas paredes em torno. No Dia Nacional, a polícia os perseguia e os atirava em centros de detenção nos subúrbios.

Eu me dirigi ao homem e disse:

— Por que não vai falar com Ke Xi? Ele é o líder de um grupo de coordenação que está supervisionando a manifestação.

Shu Tong passou pelo sujeito e se afastou, evidentemente querendo evitar qualquer envolvimento com ele.

— Ouvi dizer que o Primeiro-Ministro Li Peng concordou em se reunir com vocês... — o homem disse, tentando acompanhar nosso passo. Então alguém se colocou no caminho dele e conseguimos despistá-lo.

Os estudantes convergiram para o monumento no centro da praça e para a frente do Grande Salão do Povo a oeste, mas o resto do vasto espaço estava deserto. Ocasionalmente, eu via linhas de policiais em uniformes cáqui e aparato de choque serpenteando como lagartas pelas sombras das árvores que contornavam o lado leste da praça.

— Precisamos ficar atentos. — Shu Tong me encarou. — A polícia interditou todas as entradas para a praça. Portanto, os únicos que conseguirem entrar agora serão agentes disfarçados. As autoridades pediram que os trabalhadores e oficiais guarnecessem os cordões de isolamento, o que é uma boa forma de assegurar que eles não se reúnam a nós. Estão matando dois coelhos com uma cajadada.

Ouvi uma baderna irromper junto ao Grande Salão. Os estudantes da Normal de Pequim resolveram se sentar em frente ao grupo da Qinghua, bem no meio da zona de exclusão de vinte metros. O grupo da Universidade de Pequim ficou de pé para ver o que estava acontecendo. Corri o mais rápido que pude até lá.

Han Dan e Ke Xi lutavam para persuadir os estudantes a retornarem a seus lugares. Hai Feng e alguns colegas seus das ciências sociais se aproximaram e tentaram ajudá-los. No caos crescente, ergui meu megafone e gritei:

— Guardas estudantis, fiquem onde estão!

Mou Sen lutava para se libertar da massa. Eu o puxei para fora e disse:

— O que os seus estudantes estão inventando? Prometemos aos policiais que deixaríamos a avenida na frente do Grande Salão vazia. Ninguém tem permissão de sentar aí.

— Eles foram ao monumento há pouco para prestar um minuto de silêncio. Quando voltaram, descobriram que seus lugares foram tomados, e por isso forçaram passagem e se instalaram na frente.

— Quem quer que seja o comandante da divisão da Normal de Pequim, faça suas tropas se moverem para trás! — berrei.

Mou Sen era presidente do Comitê Organizador da Normal de Pequim. Ele mencionou que os membros do comitê não se comunicavam bem uns com os outros.

— Assim já é demais! — ele gritou, tentando juntar as flores brancas que haviam sido derrubadas da coroa de flores no empurra-empurra. — Não faço a menor ideia de quem é nosso comandante.

— Não há razão alguma para tentar entrar na frente — argumentei. — Nós pedimos que o carro fúnebre circunde a praça para que todos vejamos o corpo de Hu Yaobang antes que ele seja levado para o Grande Salão, mas provavelmente ele entrará por uma porta nos fundos, então não veremos coisa alguma.

Alguns moradores de Pequim também passaram a noite na praça conosco. Eles começaram a abrir caminho a cotoveladas através das massas, como comerciantes num mercado movimentado. Eu estava furioso com os estudantes da Normal de Pequim por causarem tanta balbúrdia.

Centenas de policiais armados irromperam subitamente de dentro do Grande Salão. Quando os estudantes da frente os viram, tentaram recuar, mas a multidão atrás se recusava a abrir caminho para eles.

Wang Fei berrou:

— Vocês correram para a frente, Normal de Pequim, e agora têm medo? Todos os outros estudantes, não recuem por eles! Só abram uma passagem no meio e que eles façam fila para sair, se quiserem!

A multidão se dissolveu em caos mais uma vez.

Abri caminho até um poste e subi em sua base de concreto, gritando para que todos parassem de empurrar. Disse a meus guardas estudantis que formassem um cordão humano em torno da gigantesca coroa de flores na frente, mas a multidão continuava a trombar nela, derrubando mais pétalas no chão. Zhuzi e Hai Feng imploravam que todos ficassem parados. Os guardas estudantis com megafones gritavam ordens furiosas. Comparados às tropas de policiais parados em solenes fileiras diante de nós, parecíamos uma turba indisciplinada.

Quando a música funeral irrompeu dos alto-falantes acima de nossas cabeças, os estudantes finalmente ficaram quietos. Os ânimos se acalmaram e todos começamos a cantar a Internacional. Os estudantes que usavam bonés os tiraram por respeito, e subitamente uma vastidão de cabelos negros se desenrolou diante de mim.

Alguns estudantes começaram a chorar. Embora eu estivesse triste, não chorei. Não podia derramar lágrimas por um homem que não conhecia. Eu me perguntava se minha ruptura com A-Mei quatro anos antes havia embotado minha capacidade de me emocionar.

Na hora em que a voz do Presidente Yang Shangkun soou dos alto-falantes anunciando um minuto de silêncio, eu ainda não tinha conseguido uma oportunidade de procurar por Tian Yi. Este era um evento histórico. Eu sabia que ela queria testemunhá-lo. No dia anterior, ela doara trezentos yuans para o movimento estudantil, o equivalente a um ano de suas despesas de subsistência.

As dezenas de milhares de pessoas na praça, os líderes dentro do Grande Salão e as densas linhas de policiais armados entre eles respeitaram juntos o minuto de silêncio. Por um momento, todos pareciam unidos na dor.

A marcha fúnebre gradualmente se extinguiu. Alguns estudantes pareciam indignados, outros observavam inexpressivamente. Minha mente saltou de volta a A-Mei. Lembrei-me dela me dizendo: "Pense a respeito, só pense a respeito por algum tempo...", quando saíamos de uma palestra um dia.

O funeral de Estado chegou ao fim. Olhei para o Grande Salão do Povo e vi delegados do Congresso Nacional do Povo e líderes do governo descendo os degraus e sendo levados em carros com motorista. A maioria decidiu ignorar a imensa multidão de estudantes sentados à frente.

Observávamos as duas saídas do Grande Salão e tentamos imaginar de qual delas o carro fúnebre poderia emergir. Após meia hora, ainda não havia sinal dele.

Contudo, mais policiais armados marcharam para fora do Grande Salão usando uniformes cáqui, cintos de couro e luvas brancas. Eles se sentaram nos degraus em quatro fileiras ordenadas. A distância, pareciam uma cerca de bambu meticulosamente erigida.

— Você acha que o carro fúnebre saiu por uma porta nos fundos? — perguntou Shu Tong.

— Provavelmente saiu por uma passagem subterrânea — respondeu Wang Fei.

O Velho Fu ficou de pé num salto, cheio de energia. Ele tinha passado a noite em seu dormitório, retornando à praça pouco antes da interdição pela manhã, e portanto não estava cansado como nós.

— Deus sabe o que aqueles líderes do Partido andam tramando! — disse ele. — Vamos nos apressar e apresentar nossa petição!

— Isso, vamos invadir o Grande Salão! — disse Wang Fei, com os polegares para cima. — Agora eles já devem ter levado o caixão. Se não agirmos agora, seremos ignorados pelo governo. — Ele usava jeans limpos e estava muito bem-arrumado.

— Não podemos fazer isso. O Grande Salão do Povo é o parlamento da China. Os Estados Unidos são um país democrático, mas ainda assim não permitem que seus cidadãos invadam a Câmara dos Representantes. — O Velho Fu segurava nossa petição enrolada num canudo. Usava uma camisa branca e limpa embaixo do sobretudo.

— Seria perigoso invadir o Grande Salão — disse Shu Tong. — Acabamos de ter um funeral, e as emoções estão exaltadas. — Ele sempre rangia os dentes quando ficava nervoso, embora não desse para ouvir quando fazia isso.

— Não acho que deveríamos invadir o prédio, mas não podemos deixar que as coisas acabem dessa maneira — disse Shao Jian, ajustando seu colarinho e gravata.

Os estudantes na parte de trás da multidão começaram a clamar:

— Diálogo, diálogo, nós queremos diálogo! — Outra coluna de policiais armados marchou para fora e se posicionou atrás do paredão de policiais armados diante de nós.

Todos haviam deixado o Grande Salão. As únicas pessoas que restavam eram os supervisores em camisas brancas parados nos degraus.

— Os convidados que saíram por estes portões são oficiais de baixo escalão — disse Shu Tong. — Nenhum de seus carros tinha bandeira vermelha. Todos os dignitários importantes saíram secretamente por túneis subterrâneos.

A polícia começou a remover os cordões de isolamento da Avenida Changan. Os moradores de Pequim invadiram a praça e nos cercaram, tentando ver o que estava acontecendo. Os guardas estudantis se deram as mãos e fizeram um anel protetor à nossa volta, tentando repelir as massas invasoras. Logo nossos guardas do lado oeste do anel estavam quase cara a cara com a polícia armada.

— Ke Xi, você não disse que o Primeiro-Ministro Li Peng concordou em falar conosco? — perguntou Han Dan, abrindo caminho entre a multidão.

— Eu nunca disse isso — disse Ke Xi, fazendo bico com seus lábios grossos. — É um boato que anda circulando.

— Mas todo mundo acha que Li Peng concordou em se encontrar conosco — disse o Velho Fu. — Eles acham que marcamos uma audiência com ele para uma hora. Estão muito entusiasmados com isso. O que vamos fazer?

Quando um corvo negro crocitou ao alçar voo das calhas do Grande Salão, alguém gritou:

— Veja, Li Peng saiu para nos ver! — A multidão rugiu em gargalhadas.

— Se eles se recusam a debater nossas exigências, teremos que avançar contra as fileiras policiais e invadir o Grande Salão — disse Hai Feng, chegando aos repelões até nós. A camisa preta que ele usava sob seu suéter sem mangas parecia muito pequena para ele.

Já era meio-dia.

— Não podemos ser tão radicais — disse Han Dan, empurrando os óculos para o alto do nariz.

— Por que não escolhemos uma coroa de flores e a levamos para o Grande Salão? — perguntou Liu Gang, observando a multidão. Ele acabava de chegar à praça após ter ficado preso nos cordões policiais por duas horas.

— É uma boa ideia — disse Han Dan, e depois gritou para que os estudantes que seguravam as coroas as levassem até nós. Seu megafone era muito barulhento.

Mas os estudantes com as coroas ignoraram a ordem e começaram a pressionar as fileiras de policiais armados. A coroa da Universidade de Política e Direito era tão imensa que as quatro pessoas que a seguravam tiveram que pedir ajuda aos guardas estudantis para passá-las sobre as cabeças dos policiais.

Liu Gang arrancou o megafone de Han Dan e berrou:

— Estamos cara a cara com a polícia armada, então é importante não aumentar a tensão ainda mais. Nosso plano é levar apenas uma coroa para o Grande Salão do Povo e apresentá-la aos oficiais para transmitir, em nome de todos os estudantes de Pequim, nossa profunda tristeza pela morte do Camarada Hu Yaobang. — Finalmente, todos ficaram quietos.

Han Dan e Hai Feng pegaram a petição e, após uma breve conversa com a polícia armada, tiveram permissão para passar pelas primeiras fileiras. Wang Fei, Ke Xi e Mou Sen escolheram uma coroa de tamanho médio e também tiveram permissão para abrir caminho pela fileira policial.

As pessoas que estavam de pé nas bases dos postes aplaudiam animadamente.

— Precisamos de outro representante — gritou Ke Xi para os estudantes da Normal de Pequim, da Universidade de Política e Direito e do Instituto de Tecnologia de Pequim. — Algum de vocês quer se juntar a nós?

— E quem é você? — perguntaram eles. Muitos nunca o tinham visto antes.

— Meu nome é Ke Xi — respondeu ele pelo megafone atrás das fileiras policiais. — Sou chefe do grupo de coordenação que representa estudantes de 19 universidades de Pequim.

Wang Fei e Mou Sen passaram pelo segundo bloco de policiais, subiram os degraus e levaram a coroa e a petição para o interior do Grande Salão do Povo, emergindo alguns segundos depois apenas com a petição.

— Vejam, os oficiais aceitaram a coroa mas se recusaram a receber a petição — disse o Velho Fu, observando enquanto os outros desciam os degraus.

Wang Fei e Mou Sen trocaram algumas palavras com Han Dan, Hai Feng e Ke Xi, e depois os cinco subiram os degraus novamente. Dez policiais à paisana correram para fora do Grande Salão e se colocaram em seu caminho. De repente, Hai Feng caiu de joelhos e ergueu a petição acima da cabeça. Wang Fei e Mou Sen pararam junto dele, hesitando por um momento, e depois também decidiram ajoelhar. Ke Xi parecia um pouco constrangido e ficou de lado. Han Dan jogou a bolsa para as costas e desesperadamente tentou fazer com que os três se levantassem. Hai Feng se recusava a ceder. Ele ergueu a petição ainda mais alto e começou a gritar algo que não podíamos ouvir.

Os estudantes gritaram:

— Não ajoelhe! Fique em pé! Fique em pé!

O Velho Fu estava furioso.

— Estão ajoelhando como súditos submissos entregando uma petição a um imperador. É um legado insalubre da China feudal!

— Em que diabos eles estão pensando, ajoelhando dessa maneira? — esbravejou Liu Gang, abrindo caminho até nossa frente. — O Comitê Organizador não os instruiu a ajoelhar. Isso vai gerar um monte de conflitos.

Eu também achava que era estúpido que eles ajoelhassem, mas fiquei quieto. Os estudantes da frente se agitavam e ficavam de pé mais uma vez. A polícia armada se ergueu também e ambos os lados começaram a bater cabeça. Logo me vi prensado entre a polícia e os estudantes. Ergui meu megafone e gritei:

— Sentem-se! Sentem-se! Guardas estudantis, façam a corrente e contenham a multidão!

Sob o sol denso e opressivo, o Grande Salão parecia um imenso caixão. O emblema nacional afixado no teto parecia dançar no calor. Enquanto as fileiras policiais se deslocavam para a frente e para trás, as multidões ondeavam e recuavam.

— Por que os líderes do governo não saem e aceitam a petição? — perguntaram os espectadores.

— Porque estão aterrorizados, é por isso! Eles não têm coragem de mostrar o rosto em público! — outros gritaram em resposta.

Ambos os lados continuaram a empurrar e pressionar. Os estudantes recuavam para onde quer que a polícia os empurrasse, e depois empurravam de volta com toda sua força.

Chen Di incitou os estudantes a repetir como ele:

— Combatam a violência policial! A polícia não tem direito de atacar os estudantes!

— Acalmem-se! — berrou Shu Tong. — Mantenham a disciplina! Rápido, Dai Wei, faça todo mundo sentar outra vez!

— Esses três sujeitos estão ajoelhados nos degraus já faz vinte minutos — disse Liu Gang nervosamente. — Se não se levantarem logo, um confronto pode explodir.

Eu gritava para que a multidão se sentasse, mas havia tanto barulho que ninguém podia me ouvir.

Os moradores de Pequim que se reuniram atrás de nós se lançaram à frente novamente, enfrentando o lado sul das fileiras policiais. Alguns deles arrancavam os quepes dos policiais e os atiravam no ar. A fileira mais externa da polícia se desfez. Enquanto os policiais se espalhavam para os lados, a fileira logo atrás avançou agressivamente, e a multidão de moradores recuou em pânico.

Os estudantes sentados no chão gritavam:

— Saia, premiê Li Peng! Queremos diálogo com o governo!

A polícia armada se concentrava nos estudantes da Universidade de Pequim e avançava contra nós. Imaginei que vinham para nos prender.

— Deem as mãos, todo mundo — gritei. — Coloquem as garotas no meio! — Uma luva branca se fechou sobre meu rosto e torceu minha cabeça para trás. Eu a agarrei e tentei arrancá-la de cima de mim. Estava cercado por quepes de polícia. O policial com quem eu combatia havia perdido as borlas do uniforme. Ele me encarava com a boca escancarada. Era idêntico ao meu irmão. Seus lábios e orelhas sangravam. Os botões de sua camisa branca também foram arrancados. Quando ficou claro que a polícia tinha apenas a intenção de nos empurrar para trás, e não de nos prender, soltei minha mão do policial e ele me largou.

Gritei para que meus guardas organizassem os estudantes da Universidade de Pequim de volta em fileiras. Shu Tong disse em seu megafone:

— Companheiros estudantes, temos que continuar calmos e racionais.

A polícia armada voltou a suas posições originais e isolou o pátio frontal do Grande Salão com corda. Uma faixa de papel que dizia OS ESTUDANTES DA UNIVERSIDADE DE PEQUIM CHORAM A MORTE DE HU YAOBANG estava no chão, pisoteada e em pedaços.

— Eles deveriam trabalhar como servos do povo — gritou Xiao Li. — Por que nos ignoram desse jeito?

— Zhuzi, alguns estudantes do fundo também estão de joelhos! — gritou um estudante de direito. — O que devemos fazer?

Zhuzi abriu o botão mais alto de seu casaco cáqui e gritou:

— Não podemos exigir democracia de joelhos! Digam a esses canalhas para ficarem de pé! — Fumegando de ódio, ele abriu caminho até a frente da multidão e gritou, "Fiquem de pé! Levantem-se!" para os três estudantes ainda ajoelhados nos degraus.

Os estudantes atrás de nós começaram a gritar, "Levantem-se! Democracia não se conquista com súplicas!", e se moveram à frente, empurrando os estudantes da dianteira contra as fileiras ondeantes de policiais armados.

Através da gritaria, ouvi gente chorando.

— Parem de ajoelhar, parem de ajoelhar! — gritavam os estudantes. As ondas de barulho rolavam sobre as cabeças da polícia armada e ecoavam nas janelas de vidro do Grande Salão.

Então Bai Ling se espremeu entre a polícia e os estudantes, ergueu o megafone que Han Dan lhe deu e gritou com lágrimas em seus olhos:

— Oficiais do governo no Grande Salão do Povo, os estudantes estão esperando na praça há 18 horas, por favor desçam e recebam nossa petição. — Ela era tão baixa que tudo que eu podia ver era sua testa.

— Rápido, Dai Wei — disse ela, avistando-me —, diga aos guardas estudantis para formarem uma corrente.

Fiquei aterrorizado com a possibilidade de que ela fosse esmagada. Gritei rapidamente para que os guardas fizessem a corrente e disse aos estudantes às minhas costas que permanecessem parados.

Bai Ling agora estava perdida dentro das fileiras de policiais armados, com suor escorrendo de seu rosto. Ela gritou:

— Os policiais são filhos e irmãos do povo! Não podemos deixar que isto acabe num banho de sangue!

Um policial colocado atrás das fileiras policiais passou uma garrafa de água para outro policial próximo, que abriu a tampa e entregou a garrafa a Bai Ling. Os estudantes que viram o evento aplaudiram em agradecimento. Bai Ling tomou alguns goles e gritou:

— Obrigada, irmãos e filhos do povo! Os estudantes estão cansados e com fome, e nossos ânimos estão esgotados. Mas não queremos que ninguém saia machucado. Vocês são nossos compatriotas, afinal! — Os estudantes próximos dela irromperam em aplausos.

A postura dos policiais, que suavam no confuso confronto, começou a abrandar. Alguns até tinham lágrimas nos olhos.

Um homem de meia-idade correu para fora do Grande Salão do Povo e caminhou na direção dos três estudantes ainda ajoelhados. Ele atirou os braços em torno deles e soluçou. Não podíamos ouvir o que ele estava dizendo.

— Aquele é o Professor Chen do Departamento de Educação! — disse Chen Di, observando através do binóculo.

— Tem certeza? — perguntou Liu Gang.

— Como é que alguém como ele foi convidado para o funeral? — perguntou Bai Ling. — Ele é um oficial muito baixo. — Seu rosto estava afogueado e seu cabelo curto, desgrenhado.

— Nem mesmo os vice-reitores das universidades são convidados para o Grande Salão! — gritou Yu Jin. — Ele deve ser um agente secreto. Não surpreende que tenha tentado nos conter quando saímos pelos portões do campus no outro dia. — Yu Jin usava uma camisa esportiva com um pequeno logotipo bordado dos anéis olímpicos. O colarinho branco estava amassado de um lado.

Por fim, Wang Fei, Mou Sen e Hai Feng se colocaram de pé. Depois, ainda segurando a petição acima de suas cabeças, desceram os degraus, seguidos por Han Dan e Ke Xi.

Liu Gang e os outros membros do Comitê Organizador correram na direção deles. Todos se desfizeram em lágrimas. Ke Xi soluçava:

— Eu não ajoelhei, eu não ajoelhei!

Zhuzi ficou tão enfurecido com eles que começou a bater na própria cabeça com o megafone. Ele era mais alto que todo mundo, e por isso ninguém conseguiu impedi-lo. Dei meu megafone para Chen Di e depois saltei sobre Zhuzi e segurei suas mãos.

— Como puderam rastejar daquela maneira? — urrava ele, o sangue escorrendo da cabeça. — Vocês são uma desgraça para a raça chinesa!

— Eles se ajoelharam por quarenta minutos, e nenhum membro do Congresso Nacional do Povo teve a cortesia de sair e falar com eles! — Chen Di gritava pelo megafone.

— Cem mil estudantes se reuniram aqui para chorar a morte de um líder, e o governo nos tratou pior que a cães! — vociferou Xiao Li, lágrimas rolando por seu rosto.

Massas de estudantes abalados gritavam enquanto passavam uns pelos outros. Ninguém parecia saber aonde estava indo.

Embora Shu Tong e o Velho Fu tivessem renunciado ao Comitê Organizador, foram direto para Liu Gang e Shao Jian e sugeriram que estes liderassem os estudantes de volta ao campus antes que a situação na praça fugisse ao controle. Depois eles poderiam informar os moradores de Pequim dos eventos do dia e começar a organizar um boicote às aulas.

Dong Rong rasgou a manga de sua camisa branca e a atou em torno da cabeça ferida de Zhuzi. Han Dan anunciou pelo megafone que o Comitê Organizador decidira que, de modo a prevenir qualquer ocorrência inconveniente, os estudantes da Universidade de Pequim deveriam retornar a seu campus.

Os estudantes começaram a se mover para o canto sudoeste da praça. Estavam numa disposição inquieta, e não paravam de xingar.

— Grande coisa a porcaria do "Governo do Povo"!

— Telefonem para cada universidade do país e lhes digam para organizar um imediato boicote às aulas! — Chen Di gritava em sua voz clara e melodiosa.

— Vamos realizar outra manifestação no Quatro de Maio! — urrou Wang Fei, o suor pingando. — Marcharemos pelas ruas de Pequim, exigindo democracia e mudança, assim como os estudantes chineses fizeram há setenta anos no Movimento Quatro de Maio. Protestaremos contra este governo corrupto assim como eles protestaram contra os comandos militares corruptos.

— Simplesmente não podemos deixar que tudo acabe desta maneira! — disse Mao Da, que caminhava junto de Wang Fei com uma expressão de desespero nos olhos.

— Então você teve a cara de pau de aparecer, não é? — rilhei, querendo socar a cara do traidor.

— Se fizermos um boicote às aulas, não precisaremos fazer provas semana que vem — disse Yu Jin, sacudindo as mãos de alegria.

Nossas tropas arrasadas deixaram a praça e começaram a caminhada de duas horas de volta ao campus.

— Fizemos algo de errado? — gritou Bai Ling do fundo.

— Não! — rugiram os estudantes.

— Tivemos motivos escusos?

— Não!

— Daremos nossas vidas dez mil vezes pelo povo chinês! Quando o imperador perder os corações do povo, perderá seu império!

Algumas garotas soluçavam enquanto repetiam as palavras de ordem.

Moradores de Pequim enfileirados nas calçadas gritavam:

— Nós apoiamos os estudantes! O governo pode cortar nossos benefícios, se quiser! Nós vamos dizer o que pensamos!

Outro homem gritou:

— Que os estudantes sejam um exemplo para nós! — Depois ele baixou a cabeça, constrangido.

Um professor se aproximou de nós e disse:

— Vocês são fantásticos! Nunca teríamos a coragem de fazer o que vocês estão fazendo agora. Este país está política e moralmente corrupto, e a inflação está fora de controle. O preço da carne saltou de oito jiaos para cinco yuans. Não posso nem comprar roupas para mim! — O casaco que ele usava estava gasto e rasgado.

Marchamos por mais de uma hora, gritando palavras de ordem enquanto prosseguíamos. Quando eu já não podia mais caminhar, sentei na calçada com Xiao Li e Yu Jin. Foi aí que avistei Tian Yi. Ela estava mastigando uma maçã, os cabelos caídos no rosto. Eu me aproximei, peguei a maçã dela e dei uma mordida.

— Que grosseria! — ela reclamou. — E além disso, minhas gengivas estão sangrando. — Baixei os olhos e vi traços de sangue na carne branca da maçã.

— Onde você esteve? — perguntei. — Combinamos de nos encontrar junto ao mastro da bandeira ao amanhecer.

— Eu estava no fundo, com os estudantes de psicologia.

— Vi a bandeira do Departamento de Psicologia, mas não vi você.

— Eu estava ocupada — ela respondeu, mostrando a câmera em torno do pescoço. — Por acaso tenho que pedir sua permissão antes de fazer qualquer coisa?

Ela gostava de tirar fotos e depois pendurá-las em sua parede. Certa vez ela recortou uma foto sua e colou o recorte no pé de uma fotografia da Estátua da Liberdade. Ela guardava a foto que tiramos um do outro na floresta tropical de Yunnan em seu álbum particular. Nunca consegui uma cópia.

— Vamos para um restaurante — convidei Tian Yi, encarando a longa estrada à frente. — Não posso mais andar. Há 24 horas não como nada.

— A universidade enviou algumas vans para nos levar de volta ao campus, por que você não entrou numa delas? — perguntou ela, esperando que eu respondesse: "como eu poderia voltar, quando ainda não havia encontrado você?"

— Não sou um inválido — respondi. — Eu deveria ser capaz de voltar com meus próprios pés. — As poucas mordidas que dei na maçã abrandaram um pouco minha fome.

— Tudo bem, vamos comer. Pelo visto, você já não é necessário aqui.

O botão púrpura dos para-sóis-da-china enfileirados pela avenida parecia uma faixa de nuvens elevando-se para o céu.

— Há um restaurante aqui perto que serve macarrões frios coreanos — eu disse, pegando sua mão e baixando os olhos para o vão entre seus seios.

— O que você está olhando? — ela perguntou, com a pele de seu colo ficando vermelha. — Você não vai encontrar *Livro das montanhas e dos mares* aqui dentro, sabe?

A luz forte que perfura suas pálpebras se torna um campo de girassóis. Uma das flores é o olho de seu pai.

É mais um verão escaldante. Minha pele desenvolveu brotoejas devido ao calor. Minha mãe me coloca de bruços e salpica pó para brotoejas sobre minhas costas.

Ela murmura que a pele de meus ombros está apodrecendo, mas eu não sinto coisa alguma.

— Seu amigo Chen Di foi preso por apenas três meses. Seu pé foi esmagado na ação repressiva. Suponho que as autoridades acharam que isso já foi punição suficiente. Ele abriu uma loja de livros do lado de fora dos portões da universidade. — Minha mãe se acostumou a falar em voz alta comigo, enquanto eu continuo deitado, imóvel como um peixe em hibernação. — Ele disse que virá visitá-lo quando tiver uma chance. Ele fez um monte de dinheiro...

Não quero que meus amigos vejam meu saco de ossos apodrecido. Também não quero que Tian Yi apareça novamente.

— O terapeuta das ervas medicinais disse que você não está doente. Você é como uma vela que foi apagada. Tudo que precisamos fazer é acendê-lo outra vez. Ele receitou algumas ervas. Vou dar um jeito de mandá-las para o seu estômago.

É inútil colocar ervas por minha garganta abaixo. Elas não terão benefício algum. Um interruptor foi desligado em meu cérebro. É preciso apertá-lo novamente se quisermos que a luz retorne.

— Kenneth nos enviou mil dólares dos Estados Unidos. Você tem sorte de ter um parente tão bom. Com esse dinheiro, vou conseguir trazer você de volta à vida, seu baderneiro fora da lei...

Tenho uma febre furiosa. Meus pensamentos parecem desligados de meu corpo. Anseio pelo ar fresco que me atinge quando minha mãe abre a porta da geladeira. Embora o ar tenha cheiro de ervas medicinais e restos de comida azedos, é como se soprasse de uma terra de gelo e neve.

Minha mãe liga o rádio, como sempre faz quando acorda de sua soneca do meio-dia. "O Ministério de Segurança Pública anunciou que 25 cidades e condados chineses foram abertos para investimentos externos... Atualmente, existem 11 mil chineses estudando no exterior... A Associação de Mulheres de Xangai, em conjunto com as cortes judiciais locais, instaurou um Colégio de Divórcios, e mais de trezentas das quatrocentas alunas inscritas já conseguiram reparar suas relações com sucesso..."

A temperatura sufocante conjura imagens de estradas escaldando sob o sol, pele queimada, calçadas quentes e sem sombras... Na região norte da Terra dos Dentes Negros fica o Vale Escaldante, onde dez sóis se banham. Uma grande amoreira cresce da água quente no fundo do vale. Quando os sóis tomam seu banho, nove deles se sentam em galhos sob a superfície da água, e um se senta num galho acima...

As células de sua próstata absorvem ribose, ácido nucleico e proteínas, mas são incapazes de sintetizá-los. Seus capilares se tornam fracos e flácidos.

— É melhor você descer! — disse Xiao Li, colocando sua cara vermelha dentro da porta do dormitório. — O Comitê Organizador vai fazer uma nova eleição. Shu Tong está muito nervoso. Ele quer ser reempossado. Agora que está claro que o governo não planeja reprimir nossas ações, muitos estudantes estão se alistando para a eleição.

Desde que obriguei Xiao Li a participar de nossa manifestação na Praça da Paz Celestial, ele escreveu um cartaz intitulado "Minha Completa Decepção com as Autoridades" e se tornou muito engajado no movimento estudantil.

— Achei que o Comitê Organizador faria uma cerimônia de prestação de juramento esta manhã — comentei. Eu havia passado a noite inteira acordado com Tian Yi, recolhendo doações para o movimento estudantil na saída da estação de metrô de Dongzhimen, e tinha acabado de retornar ao dormitório.

— Eles cancelaram a cerimônia e em vez disso decidiram fazer as eleições nesta tarde — disse Xiao Li, sentando-se.

Chamei Chen Di, que passara a noite toda jogando cartas na sala de televisão. Depois dei uma olhada no dormitório de Wang Fei e Shu Tong, mas não havia ninguém além de alguns estudantes que tinham vindo das províncias.

— Então como foram os discursos no Triângulo? — perguntei a Xiao Li.

— Wang Fei acusou Han Dan de ser um sabotador, então Han Dan acusou Wang Fei de ser um espião. A maioria dos estudantes começou a rir e foi embora. A namorada de Wang Fei, Nuwa, persuadiu um monte de jornalistas estrangeiros a comparecer. Ela ficou tão furiosa com a discussão que atirou seu microfone no chão e saiu bufando.

— E onde está Wang Fei agora? Aquele idiota!

Xiao Li parecia exausto.

— Provavelmente foi para a reunião da eleição — respondeu ele. — Se não conseguirmos incitar os estudantes de ciências a darem seus votos, nenhum de nós chegará ao executivo.

— Esse é o quarto remanejamento. Vá até lá e veja se o Velho Fu está na reunião. Vou dar uma volta pelo bloco de ciências e pedir a todos que compareçam e votem.

Passei por todos os andares do bloco de ciências gritando com meu megafone, mas praticamente não havia ninguém por ali. Desde que começou o boicote às aulas, muitos estudantes de ciências tiraram vantagem do caos para voltar para casa ou viajar. Os que ficaram para trás passavam o dia deitados nas camas com os narizes enfiados nos livros.

Quando consegui reunir cerca de vinte estudantes para comparecer à reunião, já havia mais de três mil pessoas espremidas no salão de leitura do bloco de história.

A Irmã Gao presidia o encontro. Ela falou sobre as regras e procedimentos, explicando que os candidatos seriam chamados ao palco um por um para fazer um discurso de cinco minutos sobre a contribuição que poderiam dar ao movimento estudantil. Quando ela terminou de falar, um homem pulou no palco. Disse que era operador de guindaste numa obra próxima e que foi mandado por seus colegas de trabalho para apresentar seu apoio aos estudantes e agradecimento por seus esforços em construir uma nova China.

Shu Tong, que estava de pé junto dele, tomou um gole de água, agradeceu ao homem apressadamente e depois se lançou em seu discurso, apresentando sua visão de uma campanha democrática em três estágios. No primeiro estágio, os estudantes se concentrariam no boicote às aulas, em manifestações e em diálogo com o governo; no segundo, formariam estações de rádio e jornais independentes. Antes que ele terminasse de explicar o terceiro estágio, que envolvia tomar as ruas em outubro num movimento nacional pela democracia, seus cinco minutos acabaram e ele teve que encurtar o discurso. Ele chegou a um tal estado de empolgação que seu rosto pingava de suor.

Depois foi a vez do Velho Fu. Ele disse que o movimento estudantil não deveria ser transformado num movimento de salvação nacional, e propôs que, em momentos de emergência, os membros do Comitê Organizador recebessem poder absoluto. Terminou incitando os membros do comitê a lerem os cartazes no Triângulo todos os dias, para assegurar que ficassem em contato com a opinião pública.

Seu discurso não pegou muito bem. Soava como um administrador logístico. Eu duvidava de que ele conseguiria muitos votos.

O candidato seguinte se aproximou do microfone. Zhang Jie, que supervisionava os procedimentos, pediu para ver sua carteira de estudante. O homem replicou em voz alta:

— Não tenho carteira de estudante. Meu nome é Shang Zhao.

— De que departamento você é? — perguntou a Irmã Gao. — Quem está em sua base de apoio?

— Não tenho nenhuma base de apoio. Estudo em casa, e por isso venho pouco ao campus.

— Bem, então você não pode se candidatar à eleição — replicou a Irmã Gao.

— Fui chamado aqui porque os estudantes colocaram meu nome na lista. Esta não deveria ser uma eleição democrática? — Era verdade que ele tinha sido nomeado. Seu nome estava no quadro-negro. Mas ele não parecia um estudante. Era mais semelhante a um professor ou policial à paisana. Fez um discurso seco sobre a necessidade de que os estudantes obedecessem à constituição e ficassem atentos aos conspiradores interessados em incitar o movimento a derrubar o Estado.

Examinei a plateia, procurando pelo traidor Mao Da, e o avistei na fileira abaixo da minha. Dos três mil estudantes sentados no salão, imaginei que cerca de duzentos ou trezentos eram informantes do governo e que votariam nesse sujeito, Shang Zhao.

Quando Wang Fei estava prestes a fazer seu discurso, um estudante que testemunhara a discussão em público entre ele e Han Dan mais cedo agarrou o microfone e disse:

— Pois bem, diga para nós, você é ou não é um espião? — A intervenção criou um tumulto tão grande que a Irmã Gao e Bai Ling não tiveram escolha a não ser pedir a Wang Fei que deixasse o palco.

Ke Xi exibiu seus habituais talentos na oratória. Disse que estava preparado para dar a vida pela democracia e pela liberdade. Alegou que já tinha dado adeus a seus pais e estava pronto para lutar até o amargo fim. Os jornalistas de pé na frente rapidamente apontaram suas câmeras para ele e bateram fotos.

Os discursos de Liu Gang e Hai Feng foram bem recebidos. Zhuzi amarrou uma bandana branca na cabeça. Ele se apresentou como "um dos mais velhos estudantes de direito" e disse que se fosse eleito para o comitê, seria capaz de fornecer inestimável orientação legal.

Começaram a contabilizar os votos no quadro-negro. O Velho Fu e Han Dan iam bem. Felizmente, cerca de vinte outros estudantes de ciências apareceram no último minuto, e assim, depois que o lote final foi contado, Shu Tong tinha quase tantos votos quanto Han Dan.

No fim, Ke Xi, Han Dan, Liu Gang, Yang Tao, o Velho Fu, Shu Tong, Hai Feng, Zhuzi e Shao Jian entraram no comitê. Ke Xi teve o maior número de votos e foi nomeado presidente. A Irmã Gao decretou que o Comitê

Organizador da União Independente dos Estudantes da Universidade de Pequim fora democraticamente eleito.

Shu Tong deixou o palco pingando de suor e disse:

— Aquele cara estranho, Shang Zhao, era um agente do governo. Ele esteve a três votos de ser eleito. Como ele conseguiu tantos votos?

— Pelo menos conseguimos colocar quatro estudantes de ciências no comitê — comentei. — Nada mal.

— Eles devem distribuir os cargos agora — disse Shu Tong. — Eu quero ser o encarregado da propaganda. Deste modo, posso assegurar que nós, os militantes, tenhamos o controle do movimento. Rápido, vá dizer a Shao Jian e Liu Gang que eles devem me nomear.

— Ninguém vai trazer nada para comermos? — Wang Fei rilhou entre dentes trincados. Ele estava lívido por não ter entrado no comitê.

— Veja só a sua cara! — riu Chen Di. — Você realmente esperava que as pessoas votassem num vilão como você?

— Se você não tivesse entrado naquela briga com Han Dan, teríamos colocado mais estudantes de ciências no comitê — disse Shu Tong, encarando Wang Fei com irritação.

Shao Jian limpou o suor da testa, voltou-se para Wang Fei e para mim e disse:

— Voltem ao dormitório e elaborem uma proposta para uma unidade de discursos, uma unidade de coleta de doações e talvez um gabinete supervisor. Se eles concordarem em instaurar estes cargos, podemos arranjar alguns trabalhos para vocês dois.

— Este boicote às aulas vai mudar a história da Universidade de Pequim — disse o Velho Fu, o rosto iluminado.

— Você deveria ter aparecido mais cedo, Dai Wei — reclamou Liu Gang. — Poderíamos ter nomeado você em lugar de Wang Fei. — Ele tinha sobrancelhas grossas e pálpebras sem dobras que, segundo a antiga arte de leitura facial, denotavam um homem que seria um talentoso primeiro-ministro.

— Só gosto de fazer coisas práticas — respondi. — Não sou nada bom em discursos.

— Ke Xi agora é presidente deste comitê e da Federação — disse Liu Gang. — Ele tem poder demais.

Na noite anterior, trinta líderes estudantis de diversas universidades se reuniram nos jardins do Velho Palácio de Verão e formaram uma coalizão municipal chamada Federação dos Estudantes de Pequim.

— Bem, a culpa é sua por dar o cargo a ele, Liu Gang — reclamou Shu Tong. Todos nós ficamos em silêncio quando percebemos que Liu Gang também era o orquestrador por trás daquela organização.

Eu não estava particularmente incomodado por perder minha posição no comitê, mas Wang Fei parecia abalado. Rumamos de volta ao Bloco 29 ainda discutindo os desdobramentos da eleição.

No canto leste da Terra dos Grandes Calcanhares existe um lugar chamado Clareira do Casulo. Uma mulher que se transformou num bicho-da-seda ajoelha nos galhos de uma árvore, murmurando "Casulo, casulo" entre dentes.

Lembro-me de A-Mei me dizendo certa vez:
— Para mim, é assustador como o tempo parece simplesmente avançar e avançar para sempre...

Eu não sabia o que ela queria dizer. Desviei os olhos de suas tranças negras e falei:
— Sim. Deus sabe quanto tempo levarei para viajar por todos aqueles lugares mencionados em *Livro das montanhas e dos mares*.
— Você deveria tentar ouvir um pouco de Mozart — retrucou ela, claramente irritada por eu não ter entendido o comentário mais uma vez.

O cheiro no colchão em que estou deitado me leva de volta ao hospital de Guangzhou em que fiquei após minha ruptura com A-Mei. O cheiro penetra meus músculos, levando-me a reviver a angústia passada como dor física. Será que todas as memórias tristes ficam gravadas em nossa carne desta forma, permanecendo conosco até o dia de nossa morte?

— Coloque um lençol sobre a barriga de seu irmão, Dai Ru — grita minha mãe de seu quarto. — Não quero que ele pegue um resfriado. — Sempre que o motor da geladeira começa a ronronar, o calor no apartamento se torna um pouco menos opressivo.

— Por que você tem tantos sacos plásticos pendurados na cozinha, mãe? Eles não são calendários de parede, sabia? — As férias de meu irmão estão quase acabando. Ele ficou conosco por um mês. Ele é muito preguiçoso. Acorda tarde todo dia e passa a maior parte do tempo ouvindo música com seus fones de ouvido.

— Eles são úteis — responde minha mãe. — Eu lavo sacos plásticos toda manhã. Quando secam, dobro e guardo neste recipiente. Eles ocupam pouquíssimo espaço.

O recipiente em que ela guarda os sacos plásticos é feito de polietileno duro. Sempre que alguém passa por ele, o recipiente faz um irritante ruído intermitente que soa como feijões secos caindo sobre uma placa de vidro. Minha mãe também guarda retalhos de panos. Sempre tem algum escondido num canto do apartamento, emitindo um cheiro de umidade e mofo. Eu cresci cercado por este odor.

Presumo que os dez volumes de *Mistérios do mundo* ainda estejam enfileirados no alto do armário de madeira. Eles foram dados a meu pai depois que ele foi reabilitado, como compensação pelas posses confiscadas de nossa família durante a Revolução Cultural. Antes, eles pertenciam ao desenhista de palco da companhia de ópera, o Velho Li. Minha mãe frequentemente falava sobre os valiosos objetos que foram tirados de nós: o piano, o rádio e as colchas de seda, assim como partituras de música, o violino, a bandeja e os talheres de prata que meu pai trouxera consigo dos Estados Unidos.

— Droga! Minha passagem é para o trem desta noite, e não de amanhã — meu irmão exclama de repente.

Ele dormiu no pequeno quarto da sacada desde que voltou, e praticamente não saiu do apartamento. Apesar de sua preguiça, ele me deu muita atenção. Meu irmão massageava meus pés atrofiados todos os dias. Agora eles estão bem menos enrijecidos. Ele até me levou ao banheiro e me deu um banho quente. Na semana passada, ele colocou um tubo por minha garganta e derramou leite e suco de laranja, o que melhorou minha atividade intestinal. Minha mãe teve que limpar tanto excremento e urina que seus dedos ficaram secos e infectados.

— Hoje à noite? Então é melhor que você não leve seu irmão ao parque. Preciso ir ao banco e tirar dinheiro para você. Que horas são?

— Dai Wei mijou outra vez. — Meu irmão levanta meus pés no ar, examina a área entre minhas coxas e murmura: — Você está praticamente morto. Que negócio é esse de ficar de pau duro?

Não possuo qualquer controle sobre meus genitais, e tenho frequentes ereções. É extremamente constrangedor. Às vezes tenho uma quando minha mãe segura meu pênis e tenta me fazer urinar.

— Tire a fralda antes que a pele dele fique assada — diz minha mãe, esfregando creme analgésico nas mãos. — Depois coloque seu irmão de bruços e limpe suas costas com álcool. Quando for embora, não terei ninguém para me ajudar a levantá-lo.

— Suas mãos estão tão ásperas, mãe. Você deveria comer mais vegetais frescos.

— Eu quase nunca vou ao mercado. Tenho medo de deixá-lo no apartamento sozinho, caso ele tenha mais uma convulsão. Da última vez em que ele teve uma, as veias saltaram para fora da testa e seu rosto ficou azul-escuro. De qualquer modo, não tenho muito apetite estes dias. Quando você não está aqui, nunca me importo de me sentar e fazer uma refeição apropriada. Apenas coloco água quente numa tigela de arroz ou fervo macarrão instantâneo.

— Você precisa se obrigar a comer. Essas feridas em suas mãos são um sinal de que você não está consumindo vitaminas suficientes.

Meu irmão amadureceu muito. Ele começava a mostrar preocupação com minha mãe. Mas, na minha cabeça, eu ainda o via como o menino de quinze anos que ele era quando saí de casa para ir à Universidade do Sul. Embora nos víssemos regularmente depois disso, nunca era por mais que alguns dias.

Ao fundo, um locutor de notícias relata: "Kim Il-Sung, secretário-geral do Partido dos Trabalhadores da Coreia e presidente da República Popular da Coreia, chegou hoje à China em visita oficial..."

— Desligue esse rádio! — diz minha mãe. — Eu gostaria de destruí-lo. Só ligo por causa de Dai Wei. Não tolero a forma como eles sempre pintam um quadro cor-de-rosa das coisas.

Desde que minha mãe passou a dedicar a vida a cuidar de mim, sua visão de mundo se modificou. Era frequente ouvi-la fazendo queixas contra o governo ou a polícia.

Se Bai Ling não tivesse persuadido todos aqueles estudantes a participarem da greve de fome, se os moderados como Shu Tong e Liu Gang tivessem conseguido reter o controle do movimento, se os estudantes tivessem deixado a praça em 30 de maio, então talvez agora eu não estivesse deitado aqui... Há um lugar na montanha chamado Vale da Fonte Quente, de onde se erguem os nove sóis todas as manhãs. Assim que um sol retorna para o vale, outro se levanta. Cada um é levado pelo céu nas costas de um pássaro de três pernas...

Como uma massa de peixes arrastados do mar e atirados numa esteira rolante, suas células se movem em direção à morte.

Todos nos apertávamos no dormitório de Shu Tong. Na noite anterior, ele voltara da reunião do Comitê Organizador contando que era o novo chefe de propaganda.

Sua primeira missão foi transformar seu dormitório numa central de notícias, onde ele publicaria um jornal estudantil independente e dirigiria uma estação de rádio. Ele me deu algum dinheiro e uma lista de equipamentos para procurar e comprar na loja de equipamentos elétricos de Haidian. Eu queria levar Tian Yi comigo, então fui buscá-la. Eu ouvira dizer que ela estava ajudando a instalar o escritório de administração do Comitê Organizador.

Entrei no bloco de dormitórios dos estudantes de arte e vi um aviso colado na porta de um dormitório do térreo, que dizia COMITÊ ORGANIZADOR DA UNIVERSIDADE DE PEQUIM: RECEPÇÃO. Bai Ling estava encarregada deste escritório. Quando entrei no dormitório ela conversava animadamente com um grupo de homens de negócios que queriam marcar um encontro com Ke Xi. Eles desejavam oferecer conselhos e apoio financeiro. Um dono de restaurante chegou com um caminhão de água mineral que queria doar para o movimento, e esperava que Bai Ling encontrasse alguém para ajudar a descarregar os engradados.

Tian Yi estava no dormitório ao lado. O aviso do lado de fora dizia COMITÊ ORGANIZADOR DA UNIVERSIDADE DE PEQUIM: ADMINISTRAÇÃO. Ela me deu uma olhada breve e depois voltou a atenção às minutas da reunião do comitê que estava organizando. Han Dan, que era agora secretário do Comitê Organizador, nomeou-a sua vice.

A Irmã Gao foi nomeada presidente do escritório de segurança e porta-voz da central de notícias, mas ainda não haviam separado uma sala para ela, por isso ela apareceu para ajudar Tian Yi a organizar os panfletos recém-impressos que estavam empilhados sobre os beliches.

Os ocupantes do dormitório saíram, levando todos os seus pertences e fotografias consigo. Tudo que restava eram quatro conjuntos de beliches que agora estavam carregados de pilhas de papel branco e vermelho, caixas de frascos de tinta e pincéis para caligrafia. Agora que o quarto estava quase vazio, a sujeira e a poeira nas grandes janelas eram mais visíveis.

Dois estudantes abriram algumas caixas e colocaram uma máquina de escrever e um mimeógrafo sobre uma das camas de baixo. A sala subitamente lembrava uma fotografia em preto e branco que eu tinha visto, mostrando o esconderijo de uma facção rebelde na Revolução Cultural. Eu imaginava que aquelas máquinas tinham custado mais de mil yuans.

As folhas de papel branco sobre a mesa à qual Tian Yi estava sentada estavam ainda mais perfeitamente organizadas que as que ela tinha na escrivaninha de seu dormitório.

Quando eu estava prestes a pedir que ela me acompanhasse até a loja de equipamentos elétricos de Haidian, ela segurou a mão de um garoto que estava deixando a sala e exclamou:

— Quando eu disse não, eu realmente quis dizer não!

O garoto estava segurando um estojo de cartões de visitas que haviam sido doados por espectadores simpatizantes durante a manifestação na praça.

— Mas você pode tirar cópia deles se quiser — ela acrescentou, tornando a se sentar. — Vou chamar alguém para ajudar você.

Senti-me na obrigação de ajudar Tian Yi, e então disse ao garoto:

— Sim, este cartões são para todo o mundo. Você não pode levá-los.

— Eu mesmo os recolhi enquanto estava na praça — retrucou o garoto.

— Não estamos pedindo para que você dê os cartões para nós — disse Tian Yi. — Só precisamos manter os originais aqui, para que as pessoas possam acessá-los. Eles serão vitais para o movimento estudantil. — Ela soava como uma revolucionária.

— Mas preciso deles para o escritório de registros que estou montando — insistiu o garoto, segurando a caixa firmemente nos braços.

— É muita pretensão sua! Quem deve se encarregar dos registros é o escritório de administração. — O tom de voz de Tian Yi tornou-se mais severo.

— Vocês... Vocês são realmente muito burocráticos! — ele gaguejou, furioso.

Parecia ridículo que uma disputa antiburocrática já estivesse irrompendo numa organização recém-criada e ilegal.

— Bem, vamos deixar que o líder decida — respondeu Tian Yi, ajustando-se a seu novo papel.

Eles marcharam para a sala de Ke Xi, Tian Yi avançando à frente e o garoto em seu encalço. Decidi ir também.

Ke Xi estava vestido com roupas limpas e acabara de cortar o cabelo. Em vez de me procurar para um corte rápido, como sempre fazia, ele fora a uma barbearia e mandara cortar curto na parte de trás, no estilo conservador de um membro da Liga da Juventude Comunista.

Ele marchava de um lado para o outro na sala, conversando com seus subordinados.

— Vocês devem ter paciência — dizia Ke Xi. — É como eu lhes disse antes, os estudantes que ainda estão comparecendo às aulas não são nossos inimigos. Precisamos trazê-los para o nosso lado. A união faz a força. Instalem linhas de piquete do lado de fora das salas de aula e incitem os estudantes a participarem do boicote. Vocês são membros-chave do movimento estudantil. Esta é a hora de mostrar de que vocês são feitos!

Os sujeitos que ele orientava pareciam estudantes de ciência da computação. Quando eles deram meia-volta e se dirigiram à porta, as pessoas que esperavam do lado de fora enxamearam a sala e ocuparam os bancos vazios. Mimi anotava cada palavra que Ke Xi pronunciava.

Tian Yi não conseguiu se espremer através da aglomeração, então abri caminho à frente, toquei Ke Xi no ombro e disse:

— Ke Xi, este estudante aqui está instalando seu próprio escritório de registros. Ele quer levar consigo os cartões de visitas que recolheu e se recusa a deixar que qualquer um tire cópias. Pode tentar demovê-lo?

— Que cartões de visitas? — perguntou Ke Xi, movendo os olhos de águia na direção do garoto. Um estudante que estava do meu lado passou um cigarro para Ke Xi e o acendeu.

— Sou estudante de história — disse o garoto, tirando alguns cartões de visitas da caixa e entregando-os a Ke Xi. — Eu mesmo recolhi estes cartões na praça.

Ke Xi passou os cartões para mim, examinou o interior da caixa e disse:

— Estes cartões devem ficar no escritório de registros, mas o escritório de administração deve ter cópias deles. — Ele tragou seu cigarro. — É a única solução.

Revisei os cartões e vi alguns do *Diário de Pequim*, do *Boletim de Comércio Internacional de Hong Kong*, do Escritório de Estatísticas de Pequim e da Livraria Changsha da rua do Barro Amarelo.

— Está resolvido, então? — Tian Yi perguntou ao garoto. — Vou tirar cópias e depois lhe devolvo os cartões. — Tian Yi tomou a caixa do estudante de história e abriu caminho para fora da sala.

— Dai Wei, como andam as coisas do seu lado? — Ke Xi me perguntou, ignorando os muitos visitantes, inclusive jornalistas estrangeiros, que se amontoavam ali dentro para falar com ele. Desde a briga que tivera com Wang Fei alguns dias antes, Ke Xi não visitava o dormitório de Shu Tong. Tanto ele quanto Han Dan apoiavam a passeata planejada para o dia 27, mas todos os estudantes de ciências eram contra, com exceção do Velho Fu. O Comitê Organizador votaria o assunto à tarde.

— Estou instalando um sistema de comunicação pública, para que possamos ter nossa própria estação de rádio. Juntamos dinheiro bastante para comprar um amplificador e alguns alto-falantes.

— Excelente! Assegurem-se de que sua transmissão seja mais alta que a da estação da universidade. Nesta manhã eles estavam dizendo que todo mundo deveria sair com bandeiras e censurar os "baderneiros".

— Não poderemos abafar a transmissão deles. Eles têm centenas de alto-falantes e um monte de amplificadores e transformadores de alta voltagem. Teremos que nos virar com a eletricidade de nossos dormitórios, que poderá alimentar no máximo quatro amplificadores.

— Podemos comprar mais equipamentos quando tivermos mais dinheiro. Certifiquem-se de que os recibos sejam feitos para o Comitê Organizador, e depois eu posso assiná-los e reembolsar vocês. A estação de rádio terá um papel crucial em nosso movimento.

— Sim, ela ajudará a manter os estudantes do nosso lado. — A presunção de Ke Xi começava a me irritar.

— Como membro do escritório de supervisão, espero que você fique de olho nos membros do comitê e garanta que eles sigam as diretrizes. — Quando Ke Xi dava uma tragada em seu cigarro, parecia um daqueles jovens delinquentes que perambulavam pelas estações de trem.

Tinha me esquecido que fora nomeado não apenas para o escritório de segurança, mas também para o escritório de supervisão, junto com Wang Fei, Cao Ming e o estudante de escrita criativa, Zhen He.

Tian Yi concordou em me acompanhar à loja de equipamentos elétricos. Ela guardou os cartões de visitas e dois rolos de filme em sua maleta e disse que poderíamos parar na gráfica no caminho.

Caía um temporal lá fora. Abrimos nossos guarda-chuvas e saímos do campus.

— Ke Xi tem um "distúrbio de personalidade histriônica" — comentei, usando um termo que vira escrito nas anotações de Tian Yi. — Ele sempre tem que ser o centro das atenções.

Ela fingiu que não me ouviu. A-Mei também costumava me ignorar desse jeito. Quando um micro-ônibus apareceu, eu disse:

— Vamos pegar esse. Não quero ter que brigar por um assento. — As passagens daquele serviço dirigido por uma empresa particular eram caras, mas eu tinha três mil yuans em doações no bolso, então decidi que podíamos pagar por aquele pequeno luxo.

Abrimos caminho para entrar e sentamos no fundo. Ela enxugou as gotas de chuva do rosto, afagou meu cabelo úmido e disse:

— Você está decepcionado por não ter sido convidado para a reunião secreta?

— Você fala daquela que aconteceu no Velho Palácio de Verão, onde eles criaram a Federação dos Estudantes de Pequim, ou a Federação Provisional das Universidades de Pequim, como queríamos chamá-la? Liu Gang a organizou.

— Sim, você se sente excluído? — ela sorria.

— Não sou o cara ambicioso nessa história. No começo, você me dizia para não me envolver, mas olhe só para você agora! Não acha que está levando aquele seu escritoriozinho muito a sério?

— Se eu resolvo fazer algo, faço direito. Não podemos parecer amadores. Para que este movimento tenha sucesso, todos devem se envolver. Não consigo entender esses estudantes que tiraram vantagem de nosso boicote para sair de férias. Eu quero ficar em Pequim e ser uma testemunha da história.

— Nem todos aqueles estudantes saíram de férias. A Irmã Gao me disse que a Federação enviou trezentos estudantes em viagem para contatar as universidades provincianas e contar a elas o que estamos fazendo.

Liu Gang persuadira a Irmã Gao a participar da Federação dos Estudantes de Pequim, nomeando-a vice-presidente.

— Ouvi um boato de que metade dos membros da Federação deu entrada para retirar passaportes — disse Tian Yi. — Estão trabalhando para salvar a nação, mas secretamente têm planos de deixá-la. Eles realmente estão sofrendo de síndrome de dupla personalidade.

— Todos que tiraram mais de seiscentos pontos no exame TOEFL acabam fazendo planos de sair do país. Não é falta de patriotismo ter um passaporte, sabia?

Ela me ignorou:

— Todos querem fugir para estudar nos Estados Unidos. Não têm ideais.

Sua mão repousava em meu colo. Os telefones que ela escrevera na mão com uma esferográfica foram borrados pela chuva.

— Nós não tínhamos combinado que iríamos juntos para o exterior no ano que vem? — perguntei. — Não mude de ideia agora. Não quero ir sozinho.

Anteriormente, Tian Yi sugerira que me acompanharia aos Estados Unidos se eu recebesse uma vaga em alguma universidade de lá.

— Preciso repensar as coisas. Este movimento estudantil mudou tudo.

— Eu nunca repenso as coisas. Apenas sigo o fluxo. Se meu primo Kenneth não tivesse me enviado a carta daquele mecenas, eu não teria feito o TOEFL. Quando este movimento estudantil começou, achei que seria melhor me envolver. Parecia a coisa mais honrada a fazer. Mas não sou fanático. Se acabasse amanhã, eu não ficaria decepcionado.

Ela virou a mão, pressionando sua palma contra a minha. Estava macia e fria.

— Ouvi dizer que alguém deu aos estudantes de literatura chinesa um cheque de quarenta mil yuans, mas nenhum banco ousa autorizar a retirada — continuei.

— Não sei nada do lado financeiro das coisas. Não tolero aqueles estudantes de economia que dirigem o escritório de finanças. Meus colegas de psicologia não são muito melhores. Alguns dias atrás, eles só tinham interesse em jogar majongue. Agora todos têm bandanas amarradas nas cabeças e participam da revolução! Como se pode confiar em gente assim?

— Então por que você encorajou a participação deles no boicote às aulas? — perguntei, sentindo que ela estava sendo um pouco dura com os colegas.

Ela ignorou minha pergunta mais uma vez e disse:

— Qual dos líderes você considera o mais ambicioso?

De repente, Tian Yi me parecia menos inteligente.

— Difícil dizer. Han Dan deve assumir a presidência da Federação dos Estudantes de Pequim na semana que vem, mas duvido que Ke Xi permita isso. — Liu Gang decidiu que a federação deveria ter um novo presidente a cada semana, para irritação de Ke Xi.

— Ke Xi está iludido se acha que pode parar Han Dan.

— Sim, Han Dan e Yang Tao são os únicos membros do Salão Democracia no Comitê Organizador, mas eles conseguiram formar uma pequena panelinha.

— Odeio panelinhas — ela comentou. — Sua Sociedade Panteão também formou uma, não foi?

— Bem, eu e você não temos que nos envolver nas disputas de poder. Podemos nos ater apenas a fazer as coisas práticas. A central de notícias quer instalar uma sala de impressão. Enviaram dois estudantes para o setor gráfico da Agência de Notícias de Xinhua, para ver como se faz. Shu Tong disse que, uma vez que tenhamos instalado o sistema de computadores, poderemos imprimir quarenta mil panfletos numa só noite.

O micro-ônibus foi tomado pelo cheiro da fumaça de óleo diesel. Ficamos parados num engarrafamento diante de um cruzamento. Ciclistas passavam por nós de ambos os lados, tocando seus sinos. Quase não chovia mais.

— Gravei um programa de rádio da Voz da América ontem à noite. Era sobre a situação dos intelectuais chineses. Veja! — Ela me entregou a transcrição que tinha feito. A caligrafia era graciosa e fluida.

— Não surpreende que você não tenha aparecido para me ver ontem à noite — comentei, colocando meu braço em torno dos ombros dela. — Uma vez que consigamos colocar o sistema de comunicação pública em funcionamento hoje à noite, você poderá ler isto para os estudantes.

Ela empurrou meu braço e disse:

— Não me toque. Estou menstruada. — Havia gotículas de suor em sua testa. Seu hálito tinha um odor azedo. — Você precisa me lembrar de comprar um pouco mais de papel encerado para o mimeógrafo. Tenho que ir ao atacado. O governo proibiu que as lojas no distrito da universidade os estocassem. — Ela soprou alguns fios de cabelo que caíram sobre seu rosto e levantou o colarinho de seu sobretudo de listras vermelhas e cinza. — Precisaremos imprimir um monte de panfletos para a passeata do dia 27 — continuava ela, os olhos vermelhos de cansaço. — Pelo menos o bastante para encher este micro-ônibus, imagino.

Enquanto eu a ouvia falando sobre aquelas coisas, senti uma distância se abrindo entre nós.

De repente, o rosto de Lulu, a primeira garota por quem me apaixonei, cruzou minha mente. Ele me levou de volta àquela noite em que ela se sentou ao meu lado no grande tubo de concreto, o corpo todo tremendo de frio. Olhei para o tráfego do lado de fora e senti uma onda de tristeza me dominando.

Assim como só um peixe jamais pode imaginar o que é ser tirado do mar, você jamais imaginaria que seu amor acabaria.

— O número nove carrega a bola passando por dois zagueiros, mas é parado por Peterson. Cinco pega a bola, passa para o sete, ele chuta e, nossa mãe! Na trave! — O programa de rádio está tão alto que abafa o som da novela que passa na televisão do apartamento ao lado.

An Qi empurra minha cabeça para o peito, para que minha mãe possa cortar meu cabelo. Ela está aqui há cerca de uma hora, mas suas mãos ainda estão mais frias que as de minha mãe.

— Você limpa os dentes dele todos os dias? — pergunta ela.

— Sim, com algodão — responde minha mãe. — E dou banho nele duas vezes por dia com uma flanela úmida. Ele é completamente incontinente. Veja esse monte de fraldas que pendurei lá fora para secar. Se esqueço de colocar uma fralda nele antes de levá-lo para fora, sempre acaba em desastre.

Na verdade, minha mãe quase nunca se dá o trabalho de me lavar ou limpar meus dentes.

— Meu marido tem sua bexiga limpa regularmente — diz An Qi. — Custa três mil yuans a sessão.

— Você pode colocar aquela cobertura de plástico nos ombros dele? Os cabelos dele estão tão ralos agora que não resta muita coisa para cortar. Sim, tape as orelhas com algodão. Isso mesmo... Veja, aqui está a ferida da bala, logo acima da orelha. Veja como é mole. Os cabelos não vão mais crescer aí.

An Qi pressiona a ferida com o dedo frio.

— O cérebro está bem aí, embaixo da pele — minha mãe continua. — Não há osso entre os dois. Está congelando lá fora. Preciso colocar um chapéu de lã nele antes de irmos para o hospital.

— Você deveria passar óleo de açafrão nas costas dele — diz An Qi. — Ajudaria a curar estas escaras e baixar a temperatura também. Mas tem um cheiro horrível. — An Qi é mais jovem que minha mãe, mas não tão forte quanto ela.

— Veja como minhas juntas estão inflamadas — comenta minha mãe enquanto tira o termômetro de minha boca. — Hum, ainda quarenta graus...

Eu gostaria que a febre disparasse e me matasse. Mas enquanto ouço o sangue circulando por meu corpo, sei que não tenho controle algum sobre meu destino. Se eu pudesse, pularia num vulcão. Minha existência só traz problemas para as pessoas a meu redor.

— Devo levá-lo para baixo agora? — pergunta uma voz da sala de estar. É Gouzi, um eletricista que trabalha no restaurante do outro lado da rua. Ele foi a nosso apartamento no mês passado para pintar algumas paredes.

— Tudo bem — responde minha mãe. — Leve a colcha com você. Estaremos lá em um minuto. Só preciso terminar de fazer a mala dele.

Agora estou apoiado nas costas de Gouzi, inalando o pó de carvão de seu casaco. Minha cabeça balança de um lado para o outro enquanto ele me carrega escada abaixo. Minha mãe se esqueceu de colocar um chapéu em minha cabeça. Um vento frio sopra sobre a cicatriz de minha ferida de bala e enregela os vasos sanguíneos abaixo. Vejo um borrão de estrelas brancas.

Quando ele me coloca na caçamba de um triciclo do lado de fora, o ar congelante paralisa meus lobos frontais. Sinto uma pequena aglomeração se formando a meu redor.

— Ele está morto? — murmura um homem.

— É o cara do terceiro andar. Ele é um vegetal. Não pode comer nem beber. Está assim há mais de dois anos.

— Ele ainda respira?

— Ficou respirando com aparelhos por alguns meses, mas agora respira sozinho. Talvez ele abra os olhos um dia.

A luz dura batendo em meu rosto me deixa tonto.

— Para onde você vai levá-lo? — Reconheço aquela voz. É a Vovó Pang, a velha bisbilhoteira que mora no térreo.

Minha mãe me disse que, durante os protestos, a Vovó Pang enviou seu neto à praça para dar água e mingau de arroz aos estudantes, e que após a ação repressiva ela foi ao nosso apartamento para confortar minha mãe, dizendo que o exército logo deixaria a capital e tudo voltaria ao normal. Mas depois que os oficiais de segurança visitaram nosso conjunto e pediram que os moradores denunciassem qualquer atividade suspeita, ela começou a espionar nossa casa. Se alguém nos visita pela manhã, que é quando ela gosta de se sentar à luz do sol num banquinho do lado de fora de nosso bloco, ela sempre informa à polícia. Às vezes ela chega a pedir que nossos visitantes escrevam seus nomes e unidades de trabalho. Ela se tornou um cão de guarda humano.

— Para o hospital — responde Gouzi, apoiando minha perna no carrinho. — Achou que eu iria levá-lo para almoçar?

— Ele sabe um monte de segredos de Estado — diz uma criança, correndo para perto de nós. — A polícia está esperando que ele acorde. Minha mãe me disse para ficar longe dele.

— Caiam fora, vocês todos! — Minha mãe grita quando se aproxima com An Qi do lado de fora. Ela coloca a colcha sobre minha cabeça, mas ainda estou congelando. — Aqui tem dois yuans, eu já contei — diz ela, provavelmente entregando algumas moedas a Gouzi. Se ela chamasse uma ambulância para me levar ao hospital, teria custado cinco vezes mais.

Os ônibus passam buzinando por nós. Estamos na avenida agora. Através da colcha, ouço as pessoas na rua dizendo, "Hoje é o aniversário dele"... "Passe isso para cá"... "Dois quilos de banana, por favor." Alguém está serrando uma tábua de madeira. Outro está tirando neve da calçada com uma pá de metal. Gouzi toca sua sineta continuamente enquanto avança com seu triciclo. Quando chegamos a um engarrafamento, ele diminui a marcha e uma lufada de vento com cheiro de carne de cordeiro cozida, carvão e neve alcança minhas narinas.

Minha mãe e An Qi estão sentadas na minha frente, bloqueando um pouco do vento.

— Quando as pessoas ficam doentes nos Estados Unidos, são levadas de graça para o hospital numa ambulância — minha mãe diz a An Qi. — Elas não têm que sofrer como nós.

O vento arranca a colcha de meu rosto. Sinto minha pele se contraindo quando o ar congelante atinge meu pescoço.

— Você se esqueceu de colocar o chapéu nele — comenta An Qi, colocando a colcha sobre meu rosto novamente.

— É mesmo... — suspira minha mãe.

A escuridão o arrasta para as profundezas de seu corpo, onde você jaz como se numa caverna das montanhas.

A manhã luminosa brilhava nos choupos verdes enfileirados na calçada e nos quepes verdes dos uniformes da polícia armada que bloqueava a rua à frente. A polícia formou um paredão humano, com cerca de quarenta fileiras de espessura. A distância, eram como um cinturão de árvores nos limites de uma cidade.

Moradores locais enchiam as calçadas. Seus gritos de "Viva os Estudantes!" ecoavam pelos prédios em torno e na passarela de pedestres. Havia uma sensação de que o movimento estudantil se tornara um movimento popular. Eu estava com os membros do Comitê Organizador à frente da marcha, logo atrás do porta-estandarte.

No dia anterior, 26 de abril, o *Diário do povo* publicara um editorial intitulado "Precisamos Tomar Medidas Duras Contra os Tumultos". Descrevia nosso movimento como uma conspiração planejada para derrubar o governo. As autoridades da universidade fizeram uma transmissão do texto por todo o campus. Aquilo criou um levante. A Federação dos Estudantes de Pequim, liderada por Ke Xi, decidiu transformar a passeata que planejáramos para o dia seguinte num protesto em massa por toda a cidade contra o editorial. Usando o sistema de comunicação pública que ajudei Shu Tong a instalar, incitamos todos a tomarem parte.

— Viva o povo! — gritávamos enquanto avançávamos em direção à polícia. Os moradores aplaudiam e nos passavam copos d'água. Ke Xi usava uma camisa branca. Ele gritava pelo megafone:

— Viva o povo! Viva a paz e o entendimento!

Marchávamos em fileiras de sete, com guardas estudantis protegendo cada lado. Eu era responsável pela segurança do grupo, enquanto Zhuzi estava encarregado da disciplina e de garantir que nenhum estranho sabotasse a passeata.

Han Dan recolocou seus óculos escuros e gritou em seu megafone:

— O governo municipal proibiu que os moradores de Pequim nos ofereçam comida ou dinheiro, ou que saiam às ruas para nos ver. Está parecendo que eles fracassaram, não é?

Wang Fei disse:

— Num discurso ontem, Deng Xiaoping disse: "Não temos medo das reações públicas, da opinião internacional ou do derramamento de sangue!" Acho que deveríamos usar isso como nosso lema! — Após ler o editorial, ele ficara acordado a noite toda escrevendo uma carta de protesto de 15 páginas. Foi o texto mais longo já exibido no Triângulo.

— Aquilo foi um discurso interno, não temos uma cópia dele por escrito — replicou Yang Tao. Sua liderança prévia no Salão Democracia o preparara bem para seu novo papel como chefe do escritório de teoria política do Comitê Organizador. Ele usava óculos de armação preta. Seu pescoço era longo e delgado, o colarinho estava sempre limpo, e o cabelo, sempre penteado com perfeição.

— Temos informação privilegiada de que a polícia não nos prenderá hoje — disse Shu Tong —, mas se este bloqueio se mostrar impenetrável, será melhor voltar ao campus e continuar a manifestação lá mesmo. — Ele parecia muito aborrecido. Não tinha sido a favor da passeata. Mais cedo naquela manhã, ele e Liu Gang falaram com as autoridades da universidade, que prometeram que agiriam como mediadores e persuadiriam o governo a estabelecer um diálogo, contanto que os estudantes cancelassem os protestos. Shu Tong favorecia o acordo, mas o resto do Comitê Organizador rejeitou a proposta e ele não teve alternativa a não ser participar da marcha. O Velho Fu, que era agora chefe de logística, ficara para trás montando guarda no campus.

— Este bloqueio é muito maior que o do cruzamento de Zhongguancun — comentou Hai Feng, parecendo um professor de escola rural com sua camisa branca e sobretudo bege.

O bloqueio em Zhongguancun só teve quatro fileiras de policiais. Conseguimos ultrapassá-lo com facilidade. Os policiais estavam desarmados e recuaram para as laterais da pista quando nos aproximamos. Alguns até riram e acenaram.

Mas quando nos aproximamos daquele bloqueio, a polícia ergueu seus megafones e vociferou agressivamente. Paramos de súbito, aterrorizados. Engoli o último pedaço de meu bolinho recheado de porco e gritei:

— Guardas estudantis, de mãos dadas! Não deem à polícia um pretexto para nos atacar! — O megafone fazia minha voz soar perfeita e nítida.

— Mantenham a calma, pessoal! — gritou Zhuzi. — Lembrem que esta é uma marcha pacífica! Não estamos violando a lei.

Wang Fei e eu persuadimos muitos estudantes de ciências a se unirem à equipe de guardas estudantis. Eles agora se moviam na frente da passeata para impedir qualquer ataque policial.

A marcha do Ano-Novo de 1987 me ensinou a importância de manter a ordem. Se as coisas fugissem ao controle, a polícia faria prisões e acusaria "um pequeno bando de manipuladores" de criar tumulto. Durante as passeatas ocorridas em Changsha e Xian no dia anterior, moradores locais tiraram vantagem da comoção para saquear lojas. Zhuzi e eu já havíamos decidido que conduziríamos os manifestantes imediatamente de volta ao campus se houvesse violência.

Bai Ling e a Irmã Gao estavam na frente. Essa era a primeira passeata de que a Irmã Gao participava. Desde que se comprometera com o movimento, ela trabalhava mais duro que todos os outros. Além de ocupar um papel ativo na Federação de Estudantes de Pequim, ela elaborara novas diretrizes para o Comitê Organizador, determinando que Ke Xi não deveria ter autorização para sancionar gastos de mais de cem yuans e que todos os membros do comitê deveriam comparecer às reuniões diárias.

Os estudantes na frente da passeata começaram a se enfileirar diante da barreira policial.

Ke Xi ergueu uma cópia do *Diário do povo* e gritou para a polícia:

— Camaradas! No editorial de ontem, intitulado "Precisamos Tomar Medidas Duras Contra os Tumultos", está escrito: "Um punhado de oportunistas inclinados a fomentar a desordem tirou vantagem da morte de Hu Yaobang para deliberadamente..."

Enquanto ele lia o editorial, dois estudantes o ergueram para o selim de uma bicicleta, para que todos pudessem vê-lo. Quando terminou, Ke Xi gritou:

— Precisamos combater o jornalismo calunioso e deixar que o público saiba a verdade!

Ele então abriu caminho até a polícia e pediu que nos dessem caminho. Na noite anterior, ele escrevera um testamento, no qual repetiu seu juramento de lutar até o fim.

— Voltem para seu campus! — gritou o chefe da polícia. — A avenida está bloqueada. Se chegarem mais perto, não seremos responsáveis pelas consequências! — Ele tinha luvas brancas e chamativas borlas douradas nos ombros. Seu rosto era desprovido de expressão.

Shu Tong se voltou para Cao Ming e disse:

— Vamos recuar e tentar chegar à praça pelas ruas menores. Se avançarmos, quem sabe o que pode acontecer?

— Você disse que a polícia não fará detenções, então do que tem medo? — perguntou Shao Jian. No passado, era raro que ele discordasse de Shu Tong.

Wang Fei sacudiu o dedo indicador.

— Esse não será o primeiro bloqueio que atravessamos. Vamos tentar. Se não der certo, podemos voltar.

Liu Gang disse:

— Há cem mil estudantes marchando conosco hoje. Não podemos conduzi-los pelas vielas menores. Levaríamos horas para chegar à praça. Temos que atravessar. Todas as outras universidades estão na mesma situação. Os estudantes da Normal de Pequim acabaram de mandar mensagem de que o cruzamento Beitaipingzhuang também está bloqueado.

— A marcha da Universidade de Política e Direito foi bloqueada em Xinjiekou — comentei —, e eles estão presos numa avenida ao norte.

— Vamos trazer mais gente para se posicionar diante da barreira policial e começar a gritar palavras de ordem — disse Wang Fei, o rosto escarlate. — Vamos mostrar a eles quem é mais forte.

— Pode haver tumulto se rompermos as fileiras, e pessoas serão esmagadas — repliquei.

— Jamais passaremos por aquele bloqueio — disse Chen Di, que deve ter escalado um muro ou poste para ter uma visão melhor. — Há dois paredões de policiais, cada um com vinte fileiras de espessura, e, entre eles, uma multidão de velhas dos comitês de moradores locais. Se rompermos a primeira barreira, ficaremos espremidos no meio como carne moída numa torta.

Han Dan cutucou um guarda estudantil no ombro e disse:

— Vá e diga o que está acontecendo às outras universidades que estão vindo atrás de nós.

A parte de trás de nossa coluna subitamente começou a pressionar para a frente, ignorando o bloqueio. Os estudantes esmagados na frente debandaram para as calçadas. Eu ouvia garotas gritando.

O sol brilhava sobre o mar de rostos de estudantes. Os olhos dos policiais diante de nós se ocultavam à sombra de seus quepes verdes.

— Continuem o boicote às aulas! Exijam diálogo com o governo e retratação pelo editorial de 26 de abril! A polícia popular ama seu povo! A polícia combate a corrupção oficial, e não os estudantes patriotas! — As ondas de urros da multidão enchiam o ar sobre nossas cabeças e se chocavam contra os prédios.

— Os estudantes de Qinghua se uniram à parte de trás de nossa marcha, Han Dan! — gritou Yang Tao, abrindo seu caminho até a frente com dificuldade. — Há milhares deles!

— Ótimo! Então talvez consigamos no fim das contas. Quem me levanta?

Chen Di e eu abrimos passagem e erguemos Han Dan sobre nossos ombros. Ele gritou pelo megafone:

— Companheiros estudantes da Universidade de Pequim! Os estudantes de Qinghua vieram para nos ajudar! Estamos prestes a virar uma nova página na história de nossa universidade. Marchemos à frente com as cabeças erguidas, pelo bem de nossa pátria-mãe, pela liberdade e pelo povo da China!

— Vamos logo, porra, vamos avançar! — Wang Fei gritou entre as mãos em concha. Em alguns segundos, dois policiais apareceram diante dele. Um policial lhe deu ordem de recuar. O outro, com um distintivo oficial na manga, falou num walkie-talkie, sem dúvida dando uma descrição de Wang Fei. Momentos depois, ambos foram empurrados de lado pelas hordas agitadas de estudantes. Todos gritavam e berravam no tumulto. Bai Ling, que caíra no chão e estava de joelhos, passou a cabeça por entre as pernas de dois policiais. Quando finalmente conseguimos puxá-la para fora, ela mal podia respirar.

Estudantes da Universidade de Aeronáutica de Pequim apareceram atrás de nós, cantando, "*Marchemos! Marchemos! Nossas tropas marcham para o sol, pisando o solo de nossa pátria-mãe...*" A faixa que seguravam dizia, SE A VELHA GUARDA NÃO SE RETIRA, A NOVA GUARDA NÃO PODE SE ERGUER!

Gritei para que as garotas se deslocassem para trás. Depois dei minha bolsa a Xiao Li e meu megafone para Wang Fei e, junto com alguns sujeitos altos do Departamento de Educação Física, empurrei à frente para assumir a frente do confronto.

— Guardas da frente, deem as mãos — gritei. — Todo mundo atrás de nós, comece a empurrar... Agora! — Espremi meu rosto entre as fileiras da polícia armada. Minhas pernas ficaram imobilizadas. Se os estudantes de trás não me empurrassem à frente, eu não conseguiria me mover.

Lançamo-nos contra a polícia mais algumas vezes e, embora não rompêssemos a barreira, conseguimos empurrá-los alguns metros para trás. Todos estavam suando agora.

Abri caminho até a calçada e subi numa árvore para ter uma visão mais clara da cena. A primeira barreira de policiais armados tinha agora apenas oito fileiras de espessura. Fiquei surpreso por ver mulheres entre os policiais. Alguns sargentos estavam de pé junto às patrulhas policiais estacionadas ao lado. Eles tinham pistolas presas aos cintos e falavam nervosamente em walkie-talkies.

Por volta do meio-dia, os estudantes estavam exaustos do empurra-empurra e se sentaram no chão para descansar.

Zhuzi apareceu e me disse que queria organizar outro ataque. Ke Xi sugeriu que colocássemos o porta-estandarte na frente, mas Zhuzi disse que o mastro da bandeira poderia matar alguém no esmagamento. Ele também disse que os quatro sujeitos que seguravam o grande quadro-negro deveriam recuar. Haviam levado o quadro do salão de palestras da universidade, e escreveram nele a famosa frase de Deng Xiaoping: UM GOVERNO REVOLUCIONÁRIO DEVE OUVIR A VOZ DO POVO. NADA DEVE ASSUSTÁ-LO MAIS QUE O SILÊNCIO.

Yang Tao sugeriu que pedíssemos às meninas que ficassem na frente e cantassem palavras de ordem até que a polícia desistisse. Achamos que valia a pena tentar. Yang Tao chamou Bai Ling para decidir as palavras de ordem. Entreguei-lhe meu megafone. Bai Ling o agarrou e disse às garotas para gritar como ela:

— Elevem o prestígio social da força policial! Aumentem os salários da polícia! A polícia popular protege o povo!

Assim que Bai Ling começou a gritar, a polícia armada relaxou. Até os sargentos abriram sorrisos. Imaginei que se Nuwa aparecesse para gritar, o bloqueio teria desmoronado na hora.

— Vocês devem estar cansados, camaradas! O povo se lembrará de sua bondade... — As palavras de ordem abrandaram a polícia e eles assumiram uma posição defensiva. A multidão de espectadores era maior que nunca.

— Vamos empurrar novamente — disse Ke Xi. — Acho que podemos atravessar dessa vez. Irei na frente, levando a bandeira da universidade. Dai Wei, coloque os guardas atrás de mim para me empurrar para a frente.

Peguei o megafone de Bai Ling e gritei:

— Todas as garotas devem recuar cem metros e deixar que os garotos façam um avanço final. Qualquer um que tenha uma faixa ou bicicleta também deve recuar. A primeira barreira policial só tem oito fileiras de espessura. Nossa muralha é dez vezes maior!

Agora havia tanto barulho que quase ninguém me ouvia.

— Combatam o ataque calunioso do *Diário do povo* sobre o movimento estudantil! — gritava um grupo de estudantes ao fundo.

Berrei com toda a força que podia:

— Você, de camisa branca, abaixe esse quadro ou vá para trás! Qualquer um portando objetos duros deve recuar, agora!

— Tenho uma coisa bem dura, mas é melhor não mostrar aqui! — retrucou um sujeito. Alguns policiais armados o ouviram e abafaram o riso.

— Qualquer um com copos de vidro, garrafas ou mochilas também deve recuar! — berrou Han Dan.

Liu Gang pegou um megafone e gritou:

— Vocês devem estar exaustos, camaradas policiais. Viemos às ruas hoje para pedir por justiça e verdade. Apreciamos seu apoio! O Partido Comunista é muito poderoso, mas está contaminado do começo ao fim por oficiais corruptos e cobiçosos que abusam de seus poderes em nome do ganho financeiro pessoal. Não somos motivados por interesses egoístas. Estamos aqui hoje pelo futuro de nosso país, e para apoiar sua nobre profissão!

Eu me adiantei e berrei:

— Todos atrás da bandeira, juntem-se e empurrem quando eu der o sinal! Levantem Ke Xi, vocês dois. Sim, você e você de camisa vermelha. Todos na primeira fila, mantenham seus braços dados com força. Um, dois, três...

Empurrem! Um, dois, três... Empurrem! Abram caminho para os estudantes!
— Todos começaram a empurrar na direção da bandeira que Ke Xi agitava.

Em menos de um minuto, Ke Xi foi empurrado através da primeira barreira, que começou a se desintegrar no meio. Shu Tong agarrou meu megafone e berrou:

— Rápido, ampliem a abertura na muralha deles. Todos deem as mãos!

Os estudantes se lançaram à frente em ondas regulares e invadiram a abertura na fileira policial, expandindo-a até que toda a barreira desmoronou. Em meio a celebrações ensurdecedoras, a marcha avançou direto à frente e começou a pressionar a segunda barreira. Espectadores nas calçadas e na passarela gritavam em apoio. Os estudantes mergulharam no mar de quepes de polícia, que mais uma vez se desbaratou para as laterais.

Em júbilo, os estudantes gritavam para os policiais:

— Obrigado, camaradas! Obrigado por sua ajuda!

Os espectadores aplaudiram nossa vitória e passaram garrafas de Coca-Cola e limonada.

A polícia se colocou impassivelmente nas laterais da avenida. Alguns policiais e estudantes procuravam sapatos perdidos pelo chão e os atiravam uns nos outros.

Eu estava ensopado de suor. Minhas pernas tremiam. Um policial armado a meu lado tirou seu quepe ensopado e disse:

— Será que vocês vão se acalmar um pouco agora, meu amigo? Isso foi mais do que todos podemos aguentar.

— Sinto, mas não posso prometer nada — respondi, arfando. — Tudo depende do Primeiro-Ministro Li Peng. Vamos ter que esperar para ver o que ele fará em seguida. — Sacudi minha camiseta, tentando me refrescar. Os três botões de cima e o tecido em torno foram arrancados no empurra-empurra.

Vi uma bela jovem de pé sobre o banco de um triciclo com a caçamba apinhada de garrafas de limonada, Coca-Cola, iogurte e cerveja, que ela distribuía aos estudantes sem cobrar nada. Uma grande multidão se reuniu em torno dela, sorrindo e gargalhando. Ela disse:

— Não há mais comida ou bebida nas lojas por aqui. Os moradores locais compraram tudo para dar aos estudantes.

Enquanto eu tentava abrir passagem pela aglomeração para conseguir uma bebida, ergui os olhos novamente para a jovem e percebi que era Lulu. Senti o mesmo pânico que me dominou quando minha bicicleta foi roubada no

Triângulo. Ela me viu e fez o sinal da vitória. Eu não sabia se ela me reconhecia ou não. Meu coração começou a ribombar e tudo ficou enevoado. Eu me vi como um menino de 15 anos sendo chutado no chão por um policial, e as sombras escuras dentro do tubo de concreto gelado em que eu e Lulu nos escondemos. Lulu ergueu uma garrafa de coca no ar e a abriu para mim. Levantei os olhos e vi suas axilas. À luz clara do sol, elas tinham uma aparência escura e misteriosa e pareciam ainda abrigar segredos do meu passado.

Havia sete anos que minha confissão à polícia a colocara em apuros. Nossas famílias nunca mais se falaram, mas eu descobrira algumas coisas sobre ela. Eu sabia que ela não tinha ido à universidade, que seu irmão entrara para o exército, que sua avó surda falecera. Minha mãe também ouviu um rumor de que Lulu fizera algum dinheiro em Shenzhen e voltara a Pequim para abrir um pequeno restaurante.

Lembrei-me de uma vez em que saímos para comprar um fen de marshmallow. O vendedor da barraca geralmente cobrava dois fens, e por isso ele nos deu metade da quantidade e palitos de bambu mais curtos. Nós lhe demos o dinheiro e saímos para ficar embaixo de uma árvore. Lulu segurava um espetinho em cada mão e misturava e puxava o marshmallow, esticando a bola de cor caramelo para que ela virasse um fio fino entre os dois palitos, depois tornando a espremer o doce numa bola. Senti que ela me observava com o canto do olho e tentei esticar meu marshmallow num fio mais longo que o dela. Mas quando voltei a encará-la, meu marshmallow se rompeu no meio e um fio ficou preso em minha manga. Ela deu uma gargalhada. O fio que restava em meu espetinho estava seco demais para voltar a fazer uma bola, então o coloquei na boca e o chupei. Lulu continuou a esticar seu marshmallow até que o fio ficou branco e cintilante à luz do sol. Eu sabia que se ela o tocasse com a língua naquele momento, teria espetado como agulha. Mas ela estava segura de que podia fazer melhor que aquilo, e portanto tornou a mesclar o fio na bola e a esticá-lo novamente. Desta vez ele ficou ainda mais longo que antes.

— Não dá para fazer um fio tão fino quando se compra dois fens de marshmallow — eu disse.

— "Estique o marshmallow entre dois palitos e veja como ele passa de marrom a branco..." — ela cantarolava, esticando o fio açucarado mais uma vez. O fio ficou imóvel por um momento, derreteu no meio e se partiu. Peguei o fio fino como agulha quando ele caiu ao chão e o atirei na boca. Ela me deu um tapa na cabeça, e eu agarrei o palitinho de bambu que ela deixara cair e também coloquei na boca. Apertando o palito que restava na mão, Lulu exclamou, "Que garoto horrível!" e se afastou, bufando.

Antes que Lulu e eu chegássemos a trocar uma palavra, o movimento da multidão me arrastou à frente. Todos gritavam:

— Vida longa ao povo de Pequim! — Uni-me aos gritos, cansado mas exultante.

A distância, ouvi Mou Sen gritando pelo megafone:

— Temos que tornar este o Dia dos Estudantes! — Todos aplaudiram em apoio. Enquanto eu tentava abrir caminho até ele, avistei Yanyan. Ela usava óculos redondos e um boné branco. Sua postura tranquila e elegante fazia com que ela parecesse deslocada na multidão apertada de estudantes. Eu a chamei.

— Que grande dia, hoje! — ela exclamou, aproximando-se de mim. — Vocês estudantes são maravilhosos!

— Pela primeira vez na história da China, o povo foi vitorioso! — respondi. — Pois então, você escreverá alguma coisa sobre esta passeata para o *Diário dos trabalhadores*?

— Eu gostaria, mas duvido que seja publicado. O editor-chefe é muito conservador. Mas muitos repórteres e editores jovens também se uniram à marcha. — Ela então sorriu para mim e perguntou: — E onde está Tian Yi?

— Está no campus, organizando a transmissão da rádio. Ela não gosta de passeatas. Ela tem dores abdominais quando fica presa numa multidão... Você deveria aparecer para nos visitar.

Avancei e descobri que os estudantes da Universidade Popular se uniram à frente de nossa marcha. Eles cantavam, "*Basta de Partido Comunista, Basta de Nova China!*", enquanto atravessavam os cordões policiais no cruzamento da Liubukou e do Portão Xinhua.

Ao anoitecer, finalmente chegamos à Praça da Paz Celestial e nos unimos à imensa multidão de estudantes e cidadãos de Pequim já reunidos ali. O barulho e a comoção eram ensurdecedores.

Sob um dos postes de luz, um estudante sacudia uma camiseta manchada de sangue e dizia que tinha sido espancado pela polícia. Ke Xi subiu ao monumento para se dirigir à multidão. Quando me sentei no chão, arrasado de cansaço, Nuwa se aproximou e me perguntou se eu tinha visto Wang Fei. Ela usava o impermeável azul dele. Era como se ela só aparecesse quando eu estava com a minha pior aparência. Tentei me sentar de um jeito mais ereto.

— Hoje você e sua equipe organizaram as coisas muito bem — ela elogiou, baixando os olhos para mim. — Foi uma grande passeata.

No limite oeste dos Grandes Desertos fica o Lago Longínquo. É lar de Bingyi, Deus do Rio Amarelo. Às vezes, Bingyi vaga pela Terra numa carruagem puxada por dois dragões.

Quando a primavera chega, imagino claros brotos verdes insinuando-se de paredes cinzentas e das telhas das casas, e inalo o cheiro da terra nas cenouras das barracas do mercado e a fumaça dos fornos de carvão de nossos vizinhos. Embora esta fumaça esteja presente durante todo o ano, ela tem um cheiro diferente na primavera, porque nossos vizinhos abrem suas portas e janelas e deixam que ela se lance à luz do sol junto com todos os outros cheiros das casas.

Ainda estou deitado na cama de metal. A prolongada conversação de minha mãe com o policial não para de interromper minha linha de raciocínio.

— Qual é sua posição quanto aos eventos de 4 de Junho? — pergunta o policial Lou a minha mãe. Ele bateu duas vezes em nossa porta antes de entrar e agora está parado na entrada da sala de estar.

— Você quer que eu diga a verdade ou as mentiras que me pediu anteriormente? — Minha mãe foi importunada pela polícia com tanta frequência nestes dois últimos anos que perdeu todo o medo deles.

— A verdade, claro.

— A verdade é, eu ainda não compreendo por que o exército abriu fogo contra os estudantes, e por que, depois que meu filho foi baleado, esperam que eu me desculpe em nome dele e que diga que ele mereceu — retrucou minha mãe, indignada.

— Tudo isso é passado agora. Tente ser pragmática. Se a senhora pedir desculpas pelos crimes dele, ambos terão uma vida melhor.

— Olhe para ele, deitado ali na cama. Isso não é passado! Ele está vivo, e eu terei que cuidar dele pelo resto de minha vida. Leve meu filho agora se quiser, e coloque outra bala na cabeça dele!

— Não vim aqui para ouvir suas lamentações. Diga o que pretende fazer no Quatro de Junho deste ano.

— E eu sei? Não estou em condições de fazer planos. Pare de me perguntar.

— Amanhã é o Dia da Limpeza dos Túmulos. Há algum morto que a senhora pretenda rememorar?

— Policial Liu, faz algum tempo que você me conhece. Meu marido está embaixo daquela cama, veja, ali na urna preta de cinzas. A caixa lilás junto dela é para as cinzas de meu filho, quando ele finalmente decidir morrer. Meu pai se matou pouco depois da Libertação e sequer ganhou uma lápide. Em que túmulo você acha que eu deveria chorar amanhã?

— A senhora sabe que só estou seguindo ordens, tia. Preciso apenas lembrá-la de não deixar o apartamento amanhã, ou visitar qualquer cemitério público. Não é grande coisa. Escreva uma declaração dizendo que ficará em casa e eu a deixarei em paz.

— Se você não tivesse aparecido, eu nem saberia que dia é amanhã. Tudo bem, você escreve a declaração para mim e assina.

Minha mãe se tornou muito determinada.

O tilintar dos sinos das bicicletas na rua se debate no interior de seu crânio. Na sala ao lado, você ouve sua mãe torcendo e abrindo a tampa de uma garrafa plástica.

Eu me aproximo de Tian Yi e encosto minha colher em sua orelha. Comprei uma porção de carne de porco frita e aipo. Ela estava copiando uma petição para a Delegação Diálogo, um grupo que Shu Tong fundara para pressionar por debates diretos com o governo.

— Ouça isto — ela diz a Shu Tong, pegando a caixa de comida de minhas mãos sem erguer os olhos para mim. — "Nós exigimos: número um, reconhecimento oficial de que o movimento estudantil é um movimento patriota. Dois, aceleração da reforma política. Três, promoção da democracia e do Estado de direito..." Não acha que estas exigências poderiam ser um pouco mais específicas?

— Sim, são um pouco vagas... — murmurei enquanto me sentava numa cama e mastigava um rolinho cozido.

— Não há necessidade nenhuma de usar esses óculos escuros aqui dentro — Tian Yi sussurrou para mim. Ela tinha comprado para mim os óculos marrons que eu estava usando. Quando os experimentei na loja, ela disse: — Eles fazem com que sua cara de pedra fique um pouco mais animada.

O dormitório de Shu Tong era agora a estação de rádio dos estudantes. Meu dormitório, ao lado, era o escritório editorial de nosso novo jornal independente, o *Arauto de notícias*. Durante as três semanas anteriores de "tumulto", nosso andar se tornara o centro nervoso do movimento estudantil. O corredor estava coberto de cartazes cheirando a tinta e era mais movimentado que uma estação de trem na hora do *rush*.

— Não se preocupe — disse Shu Tong. — Estes três pontos vão abrir o debate. Uma vez que o diálogo comece, poderemos fazer sugestões mais concretas. — Ele tentou aspirar de volta o muco que pingava de seu nariz. Era frequente que Shu Tong sofresse de congestão nasal quando não dormia o bastante.

— Qual é a relação entre nossa Delegação Diálogo e a Federação de Estudantes de Pequim? — perguntou Xiao Li. — Eles entrarão em conflito? — Durante a semana anterior, Xiao Li aprendera sozinho como preparar estênceis para o mimeógrafo. Quando cortava os caracteres, ele se apoiava direto sobre a bandeja da máquina. Quando tentei fazer os cortes, fiz um grande rasgo no papel.

— A Delegação Diálogo é uma organização temporária — respondeu Shu Tong. — Ela se dissolverá assim que o diálogo seja encerrado. A Federação representa todas as universidades e colégios de Pequim, e liderará o movimento estudantil nos meses seguintes. — Ele usava uma camisa de mangas curtas. Seus braços pareciam tão macios e lisos quanto os de Tian Yi.

— Houve tantos golpes e remanejamentos recentemente que nem sei quem é o presidente da Federação agora — comentou Nuwa, emergindo de trás do quadro-negro que separava a área da rádio do resto do quarto. Seu novo cabelo curto fazia seu pescoço parecer mais longo e alvo.

— Todos os golpes aconteceram antes da passeata do dia 4 de maio — disse Shu Tong. — O Velho Fu teve a cara de pau de convocar uma reunião enquanto eu tirava um cochilo na sala gráfica e fez com que eu fosse votado fora da Federação. Se eu não fundasse a Delegação Diálogo, estaria sem trabalho agora. — Na semana anterior, dezenas de milhares de estudantes marcharam para a praça novamente, para marcar o septuagésimo aniversário do Movimento de Maio. Eletrizados pelo mesmo patriotismo dos estudantes de 1919, exigimos reformas democráticas e debates diretos com o governo.

— Pensei que o Velho Fu tinha renunciado à Federação — disse Bai Ling, estremecendo ao sorver o chá escaldante.

— Mesmo? — comentou Nuwa. — Eu o vi no Triângulo esta manhã. Ele pedia aos estudantes que assinassem uma petição para que as autoridades da universidade deem a Gorbachev uma medalha de honra durante sua visita iminente a Pequim. Ele me pediu para ajudá-lo a encontrar um tradutor. Queria discutir o assunto com o embaixador soviético! — Nuwa riu, cobrindo a boca com a mão para esconder os pedaços de pastel frito que estava mastigando. Seus gestos eram sempre graciosos. Quando vi como ela enterrava os dedos dos pés nas palmilhas das sandálias de couro vermelho, respirei fundo, mas não pude sentir o cheiro do suor de seus pés.

— Eu esperava que o Velho Fu entregasse sua renúncia no meio da noite — disse Yang Tao, aparecendo para procurar algo para comer. — Quando ele fica cansado, faz coisas precipitadas, das quais se esquece completamente na manhã seguinte.

— O Velho Fu cumpriu sua semana como presidente, então já estava na hora de renunciar de qualquer jeito — respondi, entregando um rolinho cozido a Yang Tao, que o devorou avidamente. Han Dan e Liu Gang conversavam atrás do quadro-negro. Tinham acabado de tomar parte num debate transmitido pelo rádio sobre as reformas da *perestroika* de Gorbachev, e parecia que estavam batendo boca. A sala estava incrivelmente barulhenta. Não podíamos fechar as janelas apropriadamente devido aos muitos cabos elétricos que pendiam para fora. Decidi-me a bloquear a área de transmissão com placas de compensado no dia seguinte, para diminuir as interferências.

De repente, Han Dan levantou a voz. Ele se esquecera de desligar o microfone, então corri para perto e o desliguei.

— Pare de falar sobre os protestos de 1987! — ele gritou para Liu Gang, tão alto que todos no corredor podiam ouvir. — Este movimento pertence a uma escala diferente. Tivemos petições, ocupações, passeatas, boicote às aulas, demandas por diálogo...

— Esse é o problema: estamos fazendo coisas demais — respondeu Liu Gang. — Deveríamos parar as passeatas e tornar a nos concentrar em construir uma democracia dentro do campus. — Liu Gang era presidente do Comitê Organizador desde a marcha de 4 de maio, e Han Dan era agora seu vice.

— Se vocês querem se meter num bate-boca, saiam da área de transmissão! — disse Shu Tong severamente. — Os cabos estão uma bagunça terrível. Alguém pode desenrolá-los?

— Mas nós chegamos a um impasse — reclamou Han Dan enquanto ele e Liu Gang se dirigiam para os beliches. — O boicote às aulas não conseguiu coisa alguma. A melhor opção agora seria ir em frente com uma greve de fome. Isso ganharia apoio popular e colocaria pressão no governo.

Começou uma confusão.

— Suponho que o que você quer é que todo mundo saia às ruas novamente! — esbravejou Shu Tong.

— Tanto a Federação quanto o Comitê Organizador se opõem a uma greve — disse Hai Feng —, e o mesmo ocorre com a Delegação Diálogo. Não podemos querer negociação com o governo e ao mesmo tempo fazer pressão com uma greve de fome. Eles não nos dariam ouvidos.

— Bom, até agora eles não deram muitos sinais de que pretendem nos dar ouvidos — retrucou Han Dan, enrolando as mangas. — Se não usarmos uma abordagem mais radical, seremos completamente ignorados e nosso movimento se desintegrará.

— Nossos esforços em garantir um diálogo estão progredindo bem! — continuou Shu Tong, o rosto ficando vermelho de raiva. — Se começarmos uma greve de fome, nossa relação com o governo desmoronará. Além disso, a maioria dos estudantes daqui não apoia a ideia. Aquele estudante de graduação do Bloco 46 que entrou em greve de fome é um doido.

— Greves de fome podem ser uma forma muito efetiva de protesto político — afirmou Bai Ling, saindo em defesa de Han Dan. — Elas tiveram bastante sucesso em outros países.

Han Dan bateu o punho na mesa e disse:

— Os reformistas do Partido nos mandaram mensagens dizendo que devemos avançar com os protestos. Eles disseram, "quanto maior, melhor"!

Um tanto nervosamente, Tian Yi se pôs de pé e acrescentou:

— Nós recebemos muitos bilhetes apoiando uma greve de fome. Você não está em sintonia com os ânimos no campus, Shu Tong. Os estudantes são muito mais radicais que você.

— Sim! — exclamou Nuwa. — Você passou tanto tempo trancado aqui em reuniões que perdeu contato com o que está acontecendo lá fora.

— Gorbachev chegará a Pequim no dia 15 — continuou Han Dan. — Será a primeira vez que um líder soviético visita a China em quarenta anos. O governo desejará apresentar uma grande cerimônia de boas-vindas para ele na Praça da Paz Celestial. Se fizermos uma greve de fome na praça enquanto ele estiver na cidade, o governo será forçado a fazer concessões.

— Bem, se você quer ir adiante com este plano estúpido, vai ter que fazer isso sozinho e renunciar à Federação e ao Comitê Organizador — replicou Shu Tong. Ele sabia que a greve destruiria sua Delegação Diálogo.

— Tudo que vocês fazem é falar, falar, falar, mas o que precisamos é de ação. — Eu nunca tinha visto Han Dan falando com tanta determinação. — Tudo bem, renunciarei. Ligue o microfone novamente, Dai Wei. Quero fazer meu anúncio público.

— Você não pode deixar que os estudantes saibam o quanto estamos desunidos — exclamou Tian Yi.

— Não se preocupe, eu sei o que dizer — respondeu Han Dan, retornando teimosamente ao microfone.

— Estamos retransmitindo as notícias da Rádio Pequim no momento — avisei. — Você quer interrompê-las? O Velho Fu logo apresentará o programa de seu *Fórum Democrático*. Por que não faz seu anúncio depois?

Han Dan concordou e saiu para a cantina com Yang Tao.

Bai Ling e Tian Yi disseram que estavam dispostas a fazer a greve de fome. Eu ri e disse que elas desistiriam no dia seguinte.

Wang Fei e eu saímos para jogar pingue-pongue perto do Triângulo. No caminho, encontramos minha mãe. Muitos pais estavam aparecendo no campus para perguntar aos professores se seus filhos participaram dos protestos. Minha mãe acabara de visitar o escritório do comitê do Partido na universidade e lhes dissera que implorou que eu me retirasse do movimento, mas que eu me recusava a ouvir e que ela apoiaria qualquer ação que o governo decidisse tomar.

No meio dos desertos, onde o Rio Doce se esvai, existe uma montanha que é lar de três reinos. Os habitantes destes reinos têm plumas nos corpos e nascem de ovos.

Minha mãe pede a um passageiro que me tire do trem, e depois esperamos na plataforma por meu primo Dai Dongsheng. Ele chega num trator alugado e nos transporta para sua casa em Dezhou, a trinta quilômetros de distância. É a ancestral vila Dai, onde meu pai nasceu. Nunca a visitara. Embora restem pouquíssimos membros do clã Dai vivendo ali, ainda tenho a sensação de estar voltando às minhas raízes.

Na acidentada viagem até lá, penso na carta de Wang Fei. Ela chegou há alguns dias, e minha mãe a leu em voz alta para mim no trem. Wang Fei descrevia como, após receber alta do hospital, foi interrogado pela polícia por meses e recebeu ordens de nunca revelar a ninguém que tinha visto tanques do exército esmagando os estudantes. Quando ele se recusou a concordar, foi informado de que não receberia um emprego depois da formatura. "Estou confinado a uma cadeira de rodas", ele escreveu. "Mas não desisti da vida. Recentemente, tomei parte nos terceiros jogos nacionais para deficientes... A irmã de um amigo me ajudou a encontrar um emprego na Ilha Hainan... No fim das contas, você e eu tivemos os destinos mais duros, Dai Wei. Estamos ainda piores que o pobre Mou Sen. Que terrível baderna é este mundo..."

Finalmente, o barulhento motor a diesel do trator desliga. Chegamos. Alguém joga a luz de uma lanterna em minha cara.

— Diga "Olá, tia!" — Dai Dongsheng instrui uma criança que está ofegando atrás dele. Presumo que seja sua filha, Taotao.

— Não se preocupe, agora é tarde — diz minha mãe, esbaforida. — Ela pode dizer isso amanhã.

Uma voz estridente exclama:

— Vou levar meu caso ao imperador! Um assassinato deve ser vingado...

Esta deve ser a esposa de Dongsheng. Quando ela e Dongsheng nos visitaram em Pequim durante sua segunda e ilegal gravidez, minha mãe foi incapaz de encontrar um hospital que se dispusesse a ajudar no parto do bebê. A polícia a rastreou após alguns dias e a mandou de volta a Dezhou, onde seu ventre foi aberto e o menino afogado diante de seus olhos. A perda da criança a enlouqueceu.

— Ela consegue cuidar de si mesma? — pergunta minha mãe, soando um pouco constrangida. Depois que eles deixaram Pequim, minha mãe recortou um artigo de jornal sobre os benefícios da política do filho único e o enviou para Dongsheng, dizendo-lhe para persuadir a esposa a ter o filho numa clínica do governo e depois pagar a multa. Ela nunca sonhou que os oficiais de planejamento familiar dariam ordens para que a criança fosse morta. Quando o casal nos contou as histórias sobre abortos forçados e infanticídios, minha mãe presumiu que eles estavam inventando. Dongsheng vendeu um triciclo com caçamba, cinco porcos, um armário e uma televisão para pagar o tratamento psicológico da esposa, mas ninguém foi capaz de curá-la de sua enfermidade.

— Ela faz cerca de cinquenta vassouras por dia, o que paga nosso arroz e óleo. Mas ainda atira coisas pela casa. Veja, ela arrancou tudo que havia nas paredes. Não é fácil viver com uma pessoa que perdeu a razão. Ela é ainda mais instável que meu pai. — Ele acrescenta: — A senhora se lembrou de trazer o certificado da ação repressiva, dizendo que Dai Wei não esteve envolvido nas revoltas contrarrevolucionárias? Vai ter que mostrá-lo à clínica antes que eles aceitem tratá-lo.

— Sim, paguei a alguém para forjar um para mim. É válido por dois anos.

— Eu não sabia que ele estava num estado tão ruim. Ele não consegue falar nada?

— Em sua carta, você disse que esse tal de Dr. Ma pode trazer os mortos de volta à vida, e fazer gente paralisada voltar a andar — minha mãe diz, sem se importar em responder à pergunta.

— Sim, ele é muito famoso por aqui. Há dois anos, ele era professor em tempo integral na escola primária de nossa vila e só tratava alguns pacientes em seu tempo livre. Mas depois que a sobrinha do secretário do Partido começou a tomar suas ervas medicinais, o nome dele começou a aparecer em todos os jornais. Ele ganhou muito dinheiro e conseguiu abrir uma clínica particular logo ali, descendo a rua. Agora ele tem um carro oficial para conduzi-lo. De qualquer maneira, já marquei tudo com ele. Dai Wei pode dar entrada na clínica amanhã de manhã.

— Se conseguirmos fazer Dai Wei abrir os olhos ou ficar de pé, será maravilhoso. Aqui há algumas caixas de cigarros para você distribuir como propina. E eu tenho algumas outras coisas para você nesta bolsa. — Minha mãe coloca a bolsa no colo e abre o zíper. Posso adivinhar que Dongsheng, sua filha e a esposa estão olhando para a bolsa agora.

— Somos família — murmura Dongsheng. — A senhora não precisa nos dar presentes.

— Trouxe alguns vestidos e casacos para vocês.

Agora sei por que minha mãe passou tanto tempo revirando o armário na noite de ontem. Ela tem um monte de roupas. Muitas foram presentes que eu lhe trouxe de Guangzhou.

A esposa não pega as roupas que minha mãe lhe oferece. Continua imóvel, murmurando:

— Eu vou levar meu caso ao imperador! Um assassinato tem que ser vingado...

— Esses sapatos de couro são americanos — diz minha mãe. — Experimente.

265

Ela entrega a Dongsheng os sapatos que ficaram pequenos demais em meu irmão. Provavelmente estão como novos. Ele só os usou uma vez.

— Nós nos viramos com sapatos de sola de borracha no campo. Estes sapatos se parecem com algo que um oficial do governo usaria. As pessoas vão rir de mim se eu usar isso. — Entretanto, apesar dos protestos, ele experimenta os sapatos. — Ficaram ótimos! Cabem perfeitamente. Posso usá-los quando for à cidade para fazer negócios. Vou ficar parecendo um membro do Partido. — Pela voz dele, percebo que ficou muito satisfeito com os sapatos.

— E este despertador é para você — minha mãe continua, creio que falando com a filha deles. — Qual é mesmo o seu nome? Minha memória está ficando tão ruim...

— Ela se chama Taotao — responde Dongsheng. — Rápido, diga "Obrigada, titia". Agora vá e coloque a chaleira no fogo. Encha até o topo... Ela é o oposto da mãe, essa criança. Nunca diz uma palavra.

— Quanto custa o aluguel do trator em que você nos trouxe?

— Doze yuans.

— Bem, aqui tem cem. Você pode ficar com o troco. É primavera. Tenho certeza de que há máquinas ou sementes que você precisa comprar.

— Não há necessidade disso. Somos família, afinal. A senhora tem Dai Wei para cuidar. Não é como se estivesse rica.

— As coisas não são fáceis para nós, mas ainda estamos melhores que vocês aqui no campo. Vamos, pegue.

— Eu vou levar meu caso ao imperador! Um assassinato deve ser vingado...

Sozinho em sua arca de madeira, você flutua pelo córrego infinito de líquidos linfáticos, continuando sua jornada náufraga.

Enquanto Wang Fei e eu jogávamos pingue-pongue, ouvimos a voz de Han Dan estrondeando dos alto-falantes estudantis:

— Eu renuncio ao Comitê Organizador. Planejo organizar uma greve de fome e intensificar nossos protestos...

Largamos nossas raquetes. Estava ficando escuro demais para jogar.

— Ele tem razão em convocar uma greve de fome agora — disse Wang Fei, limpando as mãos suadas nas calças enquanto caminhávamos de volta ao nosso bloco de dormitórios. — Mas eu não vou me meter nessa história. Propus uma greve semanas atrás, quando o movimento começou. Agora Han Dan está fingindo que foi tudo ideia dele.

Quando chegamos ao dormitório de Shu Tong, eu disse:

— Espero que as renúncias de Han Dan e do Velho Fu não destruam o Comitê Organizador.

— Han Dan é impulsivo demais — comentou Shu Tong. — Eu não confio nele. Ele quer usar a greve para aumentar sua autoridade. — Sua expressão relaxou depois que Han Dan saiu do dormitório.

O Velho Fu estava prestes a entrevistar o romancista dissidente Zheng He, o mais celebrado membro do Programa de Escrita Criativa. Havíamos trabalhado juntos no já finado escritório de supervisão. Ele era um homem de aparência séria com uma cabeça calva e óculos grossos. Um de seus livros foi adaptado num filme de arte de baixo orçamento.

Nós nos enfileiramos para sair ao corredor lotado e deixá-los em paz.

— Os estudantes estão muito entusiasmados com o discurso de Han Dan — disse a Irmã Gao, avançando rapidamente em nossa direção. — O boicote foi uma boa ideia, mas quem sabe o que uma greve de fome pode causar?

— Se lançarmos uma greve, o governo nos esmagará e haverá caos e derramamento de sangue — replicou Shu Tong marchando nervosamente de um lado ao outro no corredor.

— Eu concordo — comentou Liu Gang. — Como presidente executivo, eu gostaria de transmitir um anúncio informando que o Comitê Organizador se opõe à greve.

— Não vejo por que não podemos pressionar por diálogo e fazer uma greve de fome ao mesmo tempo — disse Wang Fei, tirando uma baforada de seu cigarro. — Talvez, se atacarmos o governo em ambas as frentes, ele seja forçado a fazer concessões. A pergunta é. Han Dan pretende cooperar conosco?

Nuwa se colocou junto dele. Ela usava uma saia curta. Suas pernas alvas iluminavam a escuridão enfumaçada do corredor. Ela tirou o cigarro dos lábios de Wang Fei e puxou uma tragada rápida. Eu não conseguia entender como ela aguentava ficar junto dele. O fedor de suor de Wang Fei empestava o corredor.

Bai Ling colocou a cabeça para fora de meu dormitório e disse:

— Shu Tong, acho que a petição da Delegação Diálogo precisa ser recomposta. Está longa demais.

— Estou cansado, preciso dormir — respondeu Shu Tong, fechando os olhos. — Isso fica a seu encargo e de Tian Yi.

Tian Yi estava na esquina com a Irmã Gao.

— O Partido Comunista emergiu do cano de uma pistola — a Irmã Gao lhe dizia. — É uma organização brutal e rígida. Assim que saímos às ruas, eles nos acusaram de causar tumultos. — Desde a marcha de 4 de maio, a Irmã Gao nos aconselhava a levar o movimento estudantil à frente.

— Sim, e o Presidente Yang Shangkun também é um militar — comentou Tian Yi, tonta devido à falta de sono.

— Assim como o vice-presidente Wang Zhen — disse a Irmã Gao. — Este país é dirigido por militares.

O corredor estava ficando barulhento, então entramos para sentar em meu dormitório. Cinco voluntários faziam revisão dos artigos para a próxima edição do *Arauto de notícias*. Metade dos beliches estava apinhada de faixas, bandeiras e caixas de material gráfico. Dois estudantes que chegaram de Nanquim dormiam em minha cama. Chen Di e Dong Rong estavam dobrando panfletos recém-mimeografados. Mao Da e Qiu Fa ficaram tão fartos do caos que se mudaram para outro dormitório.

Quando Tian Yi e Bai Ling terminaram de recompor a petição da Delegação Diálogo, transcreveram o discurso que o secretário-geral Zhao Ziyang acabara de dar na reunião anual do Banco de Desenvolvimento Asiático.

— Ouçam isto — disse Tian Yi, entusiasmada. — "A China não sucumbirá ao tumulto" e os estudantes "não se opõem a nosso sistema fundamental, estão apenas pedindo que retifiquemos algumas falhas".

— É fantástico! — exclamou Liu Gang, pondo-se de pé. — Temos que anunciar no rádio imediatamente. Shu Tong, acorde!

— Isso mostra que Zhao Ziyang discorda do editorial de 26 de abril — disse Shao Jian. — Ele está do nosso lado!

Xiao Li entrou e leu uma proposta de emergência que acabara de ser divulgada pelo estudante de graduação em greve de fome no Bloco 46:

— "Dada a gravidade de nossa situação corrente, sugerimos: (a) lançar uma greve de fome em massa, local e data a serem determinados; (b) ocupar a Praça da Paz Celestial durante a visita oficial de Gorbachev à China. Se não aumentarmos nossos protestos, nosso movimento estará condenado." Devo transformar isto num panfleto? — Xiao Li vinha fazendo panfletos mimeografados dos textos mais interessantes que via no Triângulo.

— Não, não deve — respondeu Shu Tong. — Se houver uma greve de fome, qual será a razão de ser da Delegação Diálogo?

— Mas todo o propósito da greve de fome é forçar o governo a entrar em diálogo — disse Bai Ling, encarando Shu Tong com irritação.

— O Comitê Organizador se opôs à greve de fome, Bai Ling — replicou Wang Fei. — Se os grevistas tomarem a frente, eles se tornarão a voz dos estudantes e nós seremos meros coadjuvantes.

— E o que tem de errado nisso? — perguntou Nuwa, dando-lhe um tapa no ombro. — Vocês deveriam estar lutando contra a ditadura, mas no fundo todos querem ser pequenos imperadores.

— É muito bom termos o secretário-geral Zhao Ziyang do nosso lado — disse Shao Jian, acendendo outro cigarro —, mas Deng Xiaoping ainda tem as rédeas, e *ele* pensa que somos perigosos contrarrevolucionários. Deng gosta de se apresentar como reformista, mas não se enganem. Ele é ardiloso. Ele foi responsável pela Campanha Antidireitista, mas conseguiu fazer com que todo mundo acreditasse que foi culpa de Mao.

— A greve de fome pode se espalhar por todo o país — disse a Irmã Gao. — Se a China cair em tumulto, será o fim de Zhao Ziyang. Ao longo dos últimos dias, a polícia recuou para os subúrbios. Pequim virou uma cidade-fantasma. Estão esperando que nós comecemos a quebrar e saquear, e depois vão lançar uma ação repressiva. Precisamos declarar nosso apoio ao discurso de Zhao Ziyang. Isso vai alimentar o moral dos estudantes e impedir que façam coisas extremas.

— Quem vai substituir Han Dan agora que ele renunciou? — perguntou Liu Gang com impaciência. — É melhor convocarmos uma reunião. Vamos chamar todos os representantes de departamentos para cá.

Wang Fei e Nuwa deixaram o quarto. Wang Fei pareceu aborrecido com a crítica de Nuwa alguns minutos antes. A relação entre os dois era bastante tempestuosa. Era comum que parecessem estar à beira da ruptura.

Todos começaram a se dispersar. Tian Yi se sentou diante da máquina de escrever e continuou a tentar aprender como datilografar sem olhar para as teclas.

— Estas teclinhas estão de cabeça para baixo — reclamou. — São impossíveis de ler.

— Autores estrangeiros fazem seus livros em máquinas de escrever — falei. — Se você praticar bastante, pegará o jeito.

— Os estrangeiros têm que lidar com 26 letras, nós temos duas mil — respondeu Tian Yi, erguendo os olhos para mim. À luz mortiça do quarto, seu rosto emanava uma luz confortadora.

Enquanto suas células seguem lutando dentro do seu corpo, você sente, mais uma vez, que foi enterrado vivo.

— Ah, finalmente você chegou, Dai Dongsheng — diz minha mãe. — Entre e dê uma olhada em seu primo. Ele está com uma terrível diarreia desde que o tratamento começou, e não melhorou nem um pouco. O que podemos fazer?

— Ele deve ficar aqui por mais alguns dias. Acabei de falar com uma enfermeira. Ela me disse que o tratamento não cirúrgico que ele está recebendo leva mais tempo para dar resultados. Ele precisará de pelo menos duas sessões, acho.

— Não posso mantê-lo aqui por tanto tempo. A polícia de Pequim pode suspeitar, vir até aqui e nos caçar. E não estou muito segura quanto ao Dr. Ma. Eu o segui ontem à noite. Ele foi ao cemitério atrás da clínica e arrancou alguns chumaços de grama e depois desenterrou algumas raízes e insetos. Não me pareceram ingredientes da medicina tradicional chinesa.

— Ele sabe o que está fazendo. A grama e os insetos do cemitério têm poderes sobrenaturais. Um espírito de raposa apareceu para ele no cemitério há algum tempo e lhe deu algumas ervas para tratar o fígado inchado de uma mulher. Ele fez uma tintura daquilo e disse à mulher para bebê-la. Ela teve uma aguda diarreia por três dias, mas, depois disso, sua doença no fígado foi completamente curada.

— Mas se isso continuar por mais tempo, Dai Wei estará morto em alguns dias — responde minha mãe, impaciente.

A sopa de ervas que o médico vem inserindo em minha boca com um funil passa diretamente por meu corpo e espirra do outro lado. Depois da primeira dose que ele me deu, minhas pálpebras se contraíram e meu estômago e intestinos se torceram. O sangue correu ao meu cérebro, estimulando meus neurônios motores. Por um momento, senti que poderia ter esticado a mão e agarrado algo, mesmo sabendo que minhas mãos estão atrofiadas como patas de galinha. Infelizmente, não tive qualquer reação às doses subsequentes.

— Trago boas notícias, tia. O secretário do Partido no condado nos convidou para uma refeição.

— Para quê? E para onde ele nos levaria? Não há restaurantes em Dezhou.

— A senhora tem parentes nos Estados Unidos, não tem? O governo local quer que as pessoas com familiares no exterior façam com que seus parentes voltem para este condado e invistam na economia local. Se tiverem sucesso, serão recompensados com uma permissão de residência urbana. Se a senhora conseguir que o tio-avô de Dai Wei instale um negócio em Dezhou, Taotao pode receber uma permissão de residência para a cidade do condado.

— O velho está morto, e seu filho Kenneth é músico profissional. Ele não gostaria de se mudar para este fim de mundo. Além do mais, que tipo de negócio alguém poderia instalar aqui?

— Um taiwanês abriu uma fábrica de macarrão que emprega mais de cinquenta pessoas. Está indo muito bem. Há uma mina de talco perto daqui também. O primo de Dai Wei poderia instalar uma fábrica de talco em pó ou uma fábrica de remédios, se quisesse.

— Qual é a utilidade do talco para uma fábrica de remédios?

— Fábricas de remédios colocam talco em suas pílulas. A senhora não sabia? É bastante seguro consumir talco em pequenas quantidades. Se eles não adicionassem o talco, as pílulas não seriam brancas ou suficientemente pesadas, e ninguém as compraria.

Dongsheng tira seu casaco acolchoado e o ar se enche com um cheiro de sobras de comida azeda e panelas gordurosas.

— O governo continua incitando todo mundo a fazer negócios — diz minha mãe. — Meu único talento é cantar. Não sei fazer mais nada. Então, quando me aposentei da companhia de ópera, decidi dar aulas de canto particulares em minha casa. Mas a polícia aparece com tanta frequência, vigiando Dai Wei, que a maioria de minhas alunas se assustou. Agora só me resta uma.

— Dr. Ma, o senhor veio! — Dongsheng exclama para o corredor num dialeto de Shandong.

Minha mãe se levanta de seu banquinho.

Ouço o médico se aproximando, pisoteando as cascas de semente de abóbora espalhadas pelo chão. Posso sentir que há um grupo de pessoas atrás dele, paradas à porta, bloqueando a pequena porção de luz que chega ao quarto.

— Você esperou demais, temo — diz o Dr. Ma. — Se tivesse trazido o rapaz há dois anos, agora ele já estaria andando.

— Ele está com uma horrível diarreia verde e tem uma febre de 39 graus — comenta minha mãe, com um tom de súplica se infiltrando em sua voz.

— Ele precisa de remédios mais fortes. Eu o levarei para o cemitério hoje à noite e pedirei que o espírito da raposa ofereça ajuda. — O Dr. Ma alfineta os lobos de minhas orelhas e depois inspeciona minha língua. — Ajude-me a erguê-lo, Dongsheng. Quero movimentá-lo um pouco. — Ele e Dongsheng me colocam numa posição sentada e depois me deitam outra vez. — Para cima mais uma vez, para baixo, para cima, para baixo... Não se pode recorrer apenas a remédios. Ele precisa fazer exercícios. As articulações e ligamentos devem estar flexíveis para que as ervas façam efeito. — Eles me dobram e esticam uma última vez, e depois me deixam descansar de costas. Uma confusão de manchas vermelhas e negras dança diante de meus olhos. Sinto como se fosse sufocar.

Você se lembra de colocar a cabeça para fora da janela da sacada coberta em certa manhã fria de inverno e observar as poucas folhas douradas ainda presas aos galhos da acácia.

As noites são muito escuras no campo. Eles me deitaram no cemitério e jogaram um cobertor sobre meu corpo. Meus membros estão gelados. Estamos aqui há muito tempo e nenhum espírito apareceu ainda, embora por um momento eu talvez tenha sentido o fantasma de meu avô, que foi enterrado vivo aqui pelo pai de Dongsheng durante a Revolução Cultural. Talvez eu já tenha consumido vestígios de seu espírito pelas ervas do cemitério que me foram administradas. Algumas horas antes, o Dr. Ma colocou uma pilha de dinheiro falso a meu lado e a queimou, murmurando:

— Venha ajudar este homem, espírito da raposa, e permita que ele caminhe novamente. Mostre-lhe sua misericórdia...

Quando minha mãe teve que me deixar por um momento, ela pediu a Taotao que ficasse a meu lado e assegurasse que nenhum cachorro ou porco se aproximasse e me mordesse. Depois que ficamos a sós, Taotao sussurrou para mim, "Pare de se fazer de morto!", e depois pegou uma vara e acertou meu rosto, mãos e estômago com ela. Graças à surra, agora posso sentir frio e ansiedade. Talvez amanhã eu consiga mover meus dedos.

Após um lapso incerto de tempo, vejo uma luz brilhante recaindo sobre meus olhos e ouço alguém dizendo:

— Dr. Ma, o secretário do comitê do Partido no condado ordenou que levemos este paciente para o departamento das forças armadas do condado.

— Pois então você deveria levá-lo. Qual é o problema?

— Um paciente que recebe tratamento por danos físicos deve ter o certificado da ação repressiva carimbado pelo gabinete de segurança pública. Só o carimbo da clínica não é mais o bastante. As autoridades da província telefonaram esta manhã para nos informar deste novo regulamento.

A luz da lanterna cruza meu rosto mais uma vez. Um estonteante prisma de manchas pretas e brancas flutua diante de meus olhos.

Seus pensamentos retornam às folhas brilhantes da acácia e ao belo momento da aurora quando a escuridão se mescla à luz.

Eu costumava ansiar pelas visitas de Tian Yi, mas agora tenho pavor delas. Sei que meu primo Kenneth enviou cartas para ela, confirmando que atuará como seu patrocinador financeiro nos Estados Unidos. Tudo que ela precisa fazer agora é entregar sua permissão de residência ao centro de intercâmbio de talentos e depois dar entrada num visto.

Ela entra em meu quarto. Há seis meses que ela não me vê. Minha aparência deve repugná-la. Meu corpo está atrofiado e seco. Há um tubo de alimentação em minha boca. Um filete de saliva desce do canto de meus lábios abertos e escorre por meu pescoço até o travesseiro. Minha mãe abriu as janelas e salpicou o chão com água-de-colônia, mas o quarto ainda tem cheiro de doença. O odor emana de meus poros para o colchão e é deslanchado no ar pelo mofo que se espalha.

Ela se senta a meu lado.

— Você perdeu muito peso, Dai Wei. Isso me deixa muito triste.

Respiro fundo e sinto o aroma de seu cabelo recém-lavado misturado com os estranhos cheiros que se elevam de sob a cama. Em algum lugar sob mim, há uma bolsa contendo diários e álbuns de fotografias dela. Dentro de um álbum está a foto que Tian Yi e eu tiramos na floresta tropical de Yunnan, aquela em que ela se apoia em mim, exausta após nossa caminhada, a boca semiaberta.

— Estou aqui hoje porque é o terceiro aniversário do Quatro de Junho. As ruas estão cheias de carros da polícia e a praça foi isolada.

Depois que ela sai, sua imagem permanece em minha cabeça por algum tempo, depois vagarosamente se esfacela e desaparece.

— Nunca fui capaz de desenvolver meus talentos na companhia de ópera — diz minha mãe. — Os outros cantores riam de mim quando eu saía para fazer exercícios vocais. Eles passavam todo o tempo jogando majongue ou lambendo botas dos líderes, tentando arranjar uma viagem ao exterior ou um novo apartamento. Todo mundo era tão corrupto. Eu tinha que sair...

Ela está falando com An Qi na sala de estar, e Fan Jing também está com elas. Na última vez em que veio, Fan Jing disse que depois que seu filho foi morto na ação repressiva, seu gato morreu de tristeza.

Sua pele está tão seca quanto casca de trigo. Seu coração jaz aprisionado entre paredes úmidas, invisível e intocável.

Na tarde do dia 12 de maio, Han Dan e Ke Xi colaram um aviso no Triângulo, convocando os estudantes a participarem da greve de fome marcada para começar na Praça da Paz Celestial às duas da tarde do dia seguinte.

No programa do Velho Fu, *Fórum Democrático*, Bai Ling e Han Dan fizeram discursos inflamados, incitando todos a participarem da greve. Ke Xi, que partiu para esconder-se por três dias após ouvir boatos de uma ação repressiva, apareceu novamente no Triângulo para receber uma delegação de estudantes de Xangai que viajaram a Pequim para entregar uma petição ao governo.

Sentindo o novo clima de entusiasmo no campus, o Comitê Organizador percebeu que seria inútil opor-se à greve. Hai Feng sugeriu que organizássemos um grupo de apoio e um time de primeiros socorros para assistir os grevistas durante sua ocupação da praça. Até então, quase quarenta estudantes já haviam se alistado.

Shu Tong apoiou-se no parapeito da janela, baixou os olhos para a multidão no Triângulo e disse desanimadamente:

— Eles incitam as massas até um frenesi e depois dizem: "Escutem a voz do povo!" Todo mundo, desde Hitler a Mao, fez isso. O movimento que trabalhamos tanto para construir será destruído por esses malditos emergentes.

— Você teve muitas chances de conseguir a liderança — comentei —, mas sempre deixou escapar. Você prevarica.

— Não, minha crença sempre foi de que se forçarmos as coisas além do limite, seremos esmagados. O Partido Comunista foi catapultado ao poder através de manifestações estudantis, e por isso ele compreende a ameaça que apresentamos ao sistema.

O Triângulo só se aquietou depois que os estudantes de Xangai foram levados aos dormitórios às duas da manhã. Eu disse a Mou Sen que ele podia dormir em meu beliche e parti para procurar uma cama vazia no dormitório de Tian Yi.

Mou Sen foi nomeado novo presidente da Federação de Estudantes de Pequim. Sua universidade era fortemente vigiada, por isso ele baseou seu Quartel-General em nosso campus. A Irmã Gao era sua secretária-geral. Eles organizaram uma reunião na noite anterior, mas ninguém apareceu. Alguns membros enviaram mensagens dizendo que tinham retornado às aulas ou que vinham sendo monitorados pelas autoridades. A Federação parecia existir apenas nominalmente.

Quando cheguei ao Triângulo, vi Bai Ling e Tian Yi se alistando para participar da greve de fome.

Não fiquei satisfeito com aquilo. Apontando para a primeira página do *Arauto de notícias*, eu disse:

— Vejam, este artigo fala que a passeata de 27 de abril foi uma vitória para os estudantes, mas adverte que, se levarmos as coisas longe demais, a China retornará ao caos da Revolução Cultural. Está escrito por um professor do Departamento de Política.

— Eu escrevi esse artigo, seu idiota! — disse Tian Yi.

— Só porque você não tem coragem de se alistar, não precisa zombar de nós — disse Bai Ling.

— Ele anda tão carrancudo ultimamente — Tian Yi segurou a mão de Bai Ling.

— Vocês perderam a noção? — perguntei.

— Somos estudantes de psicologia, por isso, cuidado com o que diz — sorriu Bai Ling. — Você tem medo de participar da greve porque vai se expor demais.

— Quer dizer que Mimi também se alistou? — comentei, avistando a assinatura. — As pessoas vão acusá-la de fazer isso para perder peso.

— Por que está tão negativo? Ninguém quer obrigá-lo a entrar na greve, então cale a boca. — Tian Yi estava irritada.

— Tudo bem — respondi. — Se vocês vão fazer greve de fome, vou parar de comer carne.

Tian Yi me encarou com desdém e marchou para o dormitório de Shu Tong. Bai Ling e eu a seguimos.

Bai Ling e Tian Yi começaram a esboçar uma declaração para a greve de fome. Sentei-me junto delas, fumando alguns cigarros. Algumas horas depois, Mou Sen entrou para dar uma olhada no rascunho e disse:

— Isso não serve. Não tem estilo. Vou ter que reescrever.

Mou Sen revertera sua posição. Alguns minutos antes, ele anunciara que renunciaria à Federação dos Estudantes de Pequim para se unir ao grupo da greve de fome na Normal de Pequim.

Na região leste dos Grandes Desertos há um cadáver com cabelos na altura do ombro. É o Deus Jubi. Ele parece um homem, mas seu pescoço está quebrado e ele só tem uma das mãos.

— Convidamos cada cidadão honrado da China, cada trabalhador, camponês, soldado, morador da zona urbana, intelectual, celebridade, oficial do governo, policial e todos aqueles que nos rotularam como criminosos a pôr a mão no coração e examinar sua consciência. Que crimes cometemos? Criamos tumulto? Por que estamos fazendo boicotes às aulas, marchas, greves de fome? Por que causa estamos nos sacrificando?...

Às oito da manhã, Bai Ling transmitia a declaração da greve de fome que Mou Sen reescrevera.

— Nós toleramos frio e fome em busca da verdade — continuou ela —, mas a polícia armada nos espancou. De joelhos, imploramos por democracia, mas o governo nos ignorou. Quando nossos líderes estudantis pressionam por diálogo, descobrem que suas vidas estão em perigo... Não queremos morrer. Queremos viver. Somos jovens e queremos desfrutar de nossa juventude e estudar muito. Ainda há demasiada pobreza na China, e queremos trabalhar duro para erradicá-la. Não buscamos a morte. Mas se a morte de uma pessoa pode permitir que muitas outras vivam uma vida melhor, então... — Quando ela chegou ao fim do discurso, soluçava por cima das palavras.

Olhei pela janela e vi uma grande multidão de estudantes parados na chuva. Eles haviam saído da cantina para ouvir a transmissão. Muitas garotas choravam. Depois do discurso, eles se moveram em direção ao quadro de avisos do Triângulo, onde os estudantes se alistavam para participar da greve de fome.

Eu também estava comovido pelas palavras de Mou Sen. Fui para uma barraca de rua do lado de fora do campus e comprei três tigelas de sopa de *wonton*, que esvaziei numa bacia esmaltada e levei para o dormitório de Tian Yi. Quando retornei, Tian Yi já estava acordada.

— A que horas você foi dormir ontem à noite? — perguntei. Eu me sentia culpado por não ter ficado acordado com ela. Tian Yi ainda estava copiando o texto de Mou Sen quando saí. — Decidi que participarei da greve de fome com você — falei, sentando-me num banquinho junto dela.

As meninas nas camas de cima dos beliches desceram e foram lavar os rostos. Outras já se olhavam no espelho, pintando as sobrancelhas.

— Você não para de mudar de ideia. Como posso confiar em você? Há mais de dez mil estudantes na Universidade de Pequim, mas apenas cinquenta se alistaram para a greve de fome até agora. É patético. — Tian Yi pegou a tigela de sopa que servi para ela e jogou a colcha contra a parede. Notei as rachaduras na pele seca de seus calcanhares.

— Uma multidão de pessoas foi se alistar. Acabaram de transmitir a declaração da greve de fome em que vocês trabalharam ontem à noite. Foi muito emocionante. — Aproximei-me para me sentar junto aos pés dela. — Wang Fei quer participar da greve de fome também, mas reluta em se alinhar com Han Dan, e por isso está num dilema.

— Eles transmitiram? Isso é ótimo! Hum, essa sopa está deliciosa. Bastante coentro. — Ela cruzou as pernas e soprou o vapor para longe da sopa. — Mimi, acorde! Tem sopa de *wonton* para você. — Ela ergueu os olhos para a outra e riu. — É o último café da manhã que teremos em algum tempo!

— Sim, é melhor que vocês encham a barriga antes de saírem para a praça — concordei. — Esta noite já não terão nenhuma comida.

Tian Yi sugou a sopa de sua colher, estalou os lábios e disse:

— Você deveria se ater à organização logística. Não participe da greve de fome.

— O Comitê Organizador fez uma reunião há pouco para discutir como vamos ajudar vocês. Vou pedir para os guardas estudantis escoltarem todos os estudantes até a praça. Os grevistas precisarão de muito apoio. O Velho Fu foi para a clínica da universidade pedir suprimentos de primeiros socorros.

Tian Yi baixou a colher e pegou uma pequena bandeira preta na qual escreveu as palavras GREVE DE FOME. Por um momento, seus olhos pareciam cinzentos e sem vida. Na noite anterior, implorei para que ela não participasse da greve, mas ela me acusou de ser um covarde. Eu queria que ela continuasse trabalhando para o *Arauto de notícias*. Ela tinha interesse em literatura e atualidades e eu achava que, depois que ela se formasse, poderia entrar para o jornalismo. A edição do dia anterior do *Arauto de notícias* incluíra alguns editoriais que ela selecionara da Campanha Antidireitista, textos que usavam o mesmo tom ditatorial do editorial de 26 de abril. Ela passara dois dias na biblioteca procurando pelos textos. Todos a elogiaram pelo trabalho que tinha feito.

— Você tem estômago fraco. Tenho medo de que acabe desmaiando depois de alguns dias sem comida. — Despejei a sopa restante numa tigela e a entreguei a Mimi, dizendo: — Cuidado, está quente. — Mimi agradeceu e pegou uma jarra de tofu fermentado. Quando ela desatarraxou a tampa, um cheiro pungente dominou a sala.

— Passe um pouco para mim — disse Tian Yi. O tom de sua voz sempre ficava mais agudo quando ela falava com garotas. — Você pode estar com medo, Dai Wei, mas eu não estou.

— Vamos cercar os estudantes com um cordão de guardas estudantis, para impedir que vocês sejam pisoteados se a polícia atacar. — Eu observava enquanto elas pegavam pequenos cubos do róseo tofu fermentado com seus palitos.

Mimi deixou a sala, sorvendo a sopa enquanto andava e usando o pé para fechar a porta atrás de si.

— Você promete que vai cuidar de mim? — perguntou Tian Yi.

— Vou ficar sentado do seu lado. Se você desmaiar, pode cair no meu colo. — Segurei os ombros dela e inalei o cheiro de seus cabelos e do coentro fresco que ela comera. Ela me afastou e olhou inexpressivamente para a sopa que sobrava na tigela. Seu nariz estava mais vermelho e lustroso que o resto da face.

Ainda chovia lá fora. Os blocos de dormitórios pareciam fileiras de indistintas caixas de madeira.

Ela se sentou na beira de seu beliche. Sua mão direita repousava sobre uma mesinha, quase tocando uma pilha de livros. Ela esfregou uma folha de coentro entre os dedos manchados de tinta de sua mão esquerda.

— Não se preocupe — eu lhe disse. — Pode desistir da greve de fome se for demais para você. É só uma demonstração, afinal.

— E se eu morrer?

— Adultos podem passar semanas sem comer. Você se sairá bem, contanto que beba bastante água.

— Mas e se eu morrer? — ela repetiu, e fechou a boca.

— Você não vai morrer. Se desmaiar, nós a levaremos ao hospital.

Era raro ver Tian Yi sorrir. Certa vez eu lhe perguntei por que ela era sempre tão séria. Ela respondera que a alegria lhe parecia artificial.

— Preciso levantar e escovar os dentes — disse ela, pondo-se de pé.

Fui ao dormitório acordar Mou Sen e pedir sua ajuda para escrever um anúncio ordenando que minha equipe de guardas estudantis se reunisse. Ele rascunhou algumas linhas e depois correu para a Normal de Pequim de bicicleta.

Assim que Chen Di transmitiu o anúncio, o campus ficou movimentado como estivera durante os preparativos para a última passeata de 4 de maio. Todos começaram a caminhar mais rápido e falar com maior urgência.

Eu estava consertando os megafones quando Tian Yi apareceu e disse:

— Vou partir para a praça. Não quero marchar com os outros. Se eu não voltar, você pode abrir esta bolsa.

Imaginei que a bolsa continha seus diários ou álbuns de fotografias. Toquei sua mão. Estava gelada de medo.

— E se você passar mal? Você precisa levar seus remédios.

— Estou com eles. Dê uma olhada na minha mochila. Guardei *Ensaios Escolhidos sobre ficção ocidental moderna* e *A metamorfose*, de Kafka, pílulas para o estômago, minha câmera e uma lanterna.

No chão junto da mochila havia também uma bolsa de viagem contendo uma saboneteira de plástico, um rolo de papel higiênico e uma viseira de plástico azul guardada entre algumas camisetas e calças.

Na porta ao lado, Chen Di transmitia as regras da greve de fome.

— ...Três: Vocês podem levar água e refrigerantes para a praça, mas nenhuma comida ou doce, a menos que não estejam planejando participar da...

— Eu gostaria que você mudasse de ideia — falei, olhando nos olhos de Tian Yi.

— Preciso ir. Cuide-se.

Ela sempre me dizia para me cuidar. Eu a puxei para junto de mim. Ela baixou a cabeça e disse "Não", mas não me afastou. Seu corpo estava rígido.

— Não se preocupe. A greve provavelmente durará apenas um dia ou dois, deve ser o suficiente para assustar o Primeiro-Ministro Li Peng. — Fitei a escuridão entre suas fileiras de perfeitos dentes brancos e inalei o cheiro de pasta de dente que emanava de sua boca. Peguei sua mão e levei Tian Yi para o andar de cima. Quando encontrei um quarto vazio, puxei-a para dentro, fechei a porta e a envolvi em meus braços.

— Você não trancou a porta... — ela murmurou quando me inclinei para beijá-la.

Fizemos amor no chão. Quando acabou, deitado sobre seu corpo, senti seu estômago roncar.

— Está chovendo, então não vá de bicicleta para a praça — aconselhei enquanto nos levantávamos rapidamente. — É melhor ir andando. Mais tarde levaremos cobertores para vocês. Temos dois triciclos com caçambas para levar e trazer coisas da praça. — Minha voz falhava, como sempre fazia quando eu ficava entusiasmado com algo.

Ela passou os dedos de uma só mão entre meus cabelos enquanto apertava seu cinto com a outra.

— Estou indo agora. Coloque meu cobertor numa bolsa de plástico antes de levá-lo para a praça.

— Claro, e vou levar seu colchonete e travesseiro também. — Passei o pé sobre as gotas de esperma que tinham caído no chão de concreto.

No caminho para baixo, ela sussurrou para mim:

— Cuide-se.

— Você também se cuide — respondi, parando no primeiro andar e dando uma tragada no cigarro que acabava de acender.

Ouvi seus passos desaparecendo pela escada abaixo. Os tênis brancos que ela usava quase não faziam ruído quando tocavam o chão de concreto.

Era como se eu tivesse acabado de deixar cair um vaso de porcelana. Pisei meu cigarro e voltei ao dormitório.

Shu Tong me pedira para verificar entre os grevistas da Universidade de Pequim quem tinha feito uma "refeição de despedida" no restaurante Yanchun e relatar qualquer acontecimento posterior. Antes de partir, pedi a Chen Di e Yu Jin que colocassem os guardas estudantis de prontidão.

Até então, trezentos estudantes da Universidade de Pequim já haviam se alistado para a greve. O restaurante estava lotado. Uma garota segurava uma placa que dizia, AMO A VERDADE MAIS QUE O ARROZ! AMO A DEMOCRACIA MAIS QUE O PÃO! Outro estudante escreveu em seu colete de algodão, POSSO SUPORTAR A FOME, MAS NÃO UMA VIDA SEM LIBERDADE! Um estudante alto tinha uma faixa enrolada no pescoço que dizia, OS GREVISTAS DE FOME NÃO VÃO ENGOLIR UMA DEMOCRACIA FALSA!

A declaração da greve de fome de Bai Ling era ouvida do toca-fitas do restaurante: "Neste mais belo momento de nossa juventude, temos de colocar a beleza da vida para trás. Mãe China, veja seus filhos e filhas..."

A maioria dos estudantes usava bandanas brancas, pretas ou vermelhas. Enquanto eu me deslocava para uma mesa, Han Dan e outros estudantes se ergueram e começaram a recitar o juramento dos grevistas de fome: — Para promover a democracia em nossa pátria-mãe, juramos solenemente que faremos greve de fome e perseveraremos até que nosso objetivo seja alcançado...

A refeição era cortesia de alguns dos professores mais jovens de nossa universidade. Uma garrafa de cerveja foi colocada diante de cada estudante.

Depois do juramento, os estudantes tiraram fotos de lembrança uns dos outros sobre uma faixa na qual os estudantes de escrita criativa pintaram OS HERÓIS ESTÃO PARTINDO, ESPERAMOS POR SUA VOLTA!

Corri de volta ao campus e disse a Shu Tong que centenas de estudantes se uniram à greve de fome e que o Comitê Organizador estava definitivamente correndo risco de ficar em segundo plano. Shu Tong propôs que preenchêssemos os cargos que ficaram vagos pela renúncia de Bai Ling, Han Dan, Yang Tao e Shao Jian. Liu Gang tirou uma baforada de seu cigarro, fez uma pausa e declarou que deveríamos apenas seguir com os cinco membros restantes.

Reuni os guardas estudantis e os liderei pela chuva enquanto escoltávamos os trezentos grevistas da Universidade de Pequim até a Normal de Pequim, onde deveríamos encontrar os outros grupos universitários e partir juntos para a praça. Nossas faixas e cartazes de papel eram tão finos que a maioria logo se desintegraria na chuva.

Avistei uma loja de revelação fotográfica na esquina e corri para comprar dois rolos de filmes para Tian Yi. Ao retornar à marcha, recebi uma mensagem de Shu Tong: "O governo acabou de concordar em estabelecer diálogo. Isto ocorrerá amanhã no Departamento da Frente Unida. A Delegação Diálogo foi convidada para uma reunião preliminar esta tarde para debater os procedimentos. Eles enviarão um carro para nos buscar. Leve os grevistas de volta para o campus imediatamente!"

Era um mau momento. Os grevistas já tinham feito seu juramento e estavam a meio caminho da praça. Eu sabia que Han Dan e Bai Ling jamais dariam ouvidos a Shu Tong e muito menos a mim, então enfiei o bilhete em meu bolso e fiquei na minha. Após algum tempo, decidi procurar Han Dan e conversar a respeito. Ele parou de caminhar e disse:

— Sério? Se ao menos a mensagem tivesse chegado antes de nossa saída... Mas temo que agora seja tarde demais para voltar.

— Quer dizer que você também teve dúvidas quanto a fazer esta greve?

— Decidimos ir adiante como último recurso. Parecia a única forma de forçar o governo a nos dar ouvidos.

— Você e Ke Xi pertencem à Delegação Diálogo. Vocês deveriam ir ao encontro no Departamento da Frente Unida para representar os grevistas.

— Vamos falar sobre isso quando chegarmos à praça.

— Tenho que voltar ao campus e atualizar Shu Tong.

Somente Liu Gang estava no dormitório quando cheguei. Ele vestia um terno, preparando-se para a reunião. Contei-lhe sobre a reação de Han Dan e ele comentou:

— Eu gostaria que ele voltasse e explicasse exatamente quais são as exigências dos grevistas. O governo está aterrorizado. Se os grevistas ainda estiverem na praça quando Gorbachev chegar depois de amanhã, a liderança do Partido será profundamente humilhada.

Quando acabávamos de sair, Hai Feng chegou correndo e disse a Liu Gang que uma jornalista estrangeira queria entrevistá-lo. Liu Gang disse que não havia tempo. Um carro já estava esperando para conduzir a Delegação Diálogo para o Departamento da Frente Unida.

— Bem, ela pode *me* entrevistar então — disse Hai Feng na hora.

Para minha surpresa, Liu Gang deu meia-volta e vociferou:

— Membros do Comitê Organizador não têm permissão para fazer encontros secretos com jornalistas. É contra as regras!

— Eu tenho o direito de expressar meus pontos de vista! — retrucou Hai Feng.

— Você sabe por que Wei Jingsheng, o ativista do Muro da Democracia, foi preso em 1979? — perguntou Liu Gang, parando de súbito. — O governo o acusou de fazer reuniões secretas com estrangeiros e trair o país. Cada jornalista estrangeiro em Pequim é seguido pela polícia secreta. É perigoso encontrá-los em segredo. — Liu Gang era cinco anos mais velho que Hai Feng e tendia a falar desdenhosamente com ele.

Eu me meti:

— Tenho que levar cobertores à praça daqui a pouco. Quando chegar lá, pretendo discutir tudo isso com Han Dan. Quando Gorbachev chegar, talvez possamos recuar para as passagens subterrâneas embaixo da praça.

— É uma boa ideia! — exclamou Liu Gang. — Se Han Dan concordar com isso, mande alguém ao Departamento da Frente Unida para nos avisar. Isso nos dará espaço para manobra durante nossos debates. — Ele então se afastou às pressas para encontrar Shu Tong e a Irmã Gao.

— Que ideia maravilhosa... — disse Hai Feng sarcasticamente enquanto descíamos as escadas lado a lado. — Às vésperas da visita de Gorbachev, a praça estará apinhada de estudantes e faixas vermelhas, e na manhã seguinte estará deserta. Isso realmente vai fazer o governo tremer nas bases...

Deixe que suas aspirações mergulhem em silêncio. Repouse no esquecimento, como o filósofo Zhuangzi. Abandone seu corpo e desapareça como a névoa no ar.

Dong Rong conhece o caminho para o nosso apartamento. Quando ele chega, minha mãe está no meio de uma aula de canto.

— Sente-se, não vou demorar muito — diz minha mãe, sem fôlego. — Você e Dai Wei eram colegas de universidade, não é?

— Ocupávamos o mesmo dormitório. Já nos encontramos antes, tia, a senhora esqueceu. Eu venho de Shenzhen, numa viagem a negócios. Não acho que aquela velha informante, Vovó Pang, me viu desta vez.

Minha mãe o leva a meu quarto e fecha a porta. Agora que nenhuma brisa sopra, o cheiro dos trapos sujos que minha mãe escondeu pelo quarto se torna mais intenso.

— Dai Wei, é Dong Rong — diz ele, sentando-se a meu lado. — É agosto de 1992. Esqueci qual dia. Vim saber como você está. Todos os nossos colegas de dormitório seguiram caminhos diferentes. Todo mundo perdeu contato. Em Shenzhen, encontrei Ge You... Você sabe, seu amigo da Universidade do Sul. Ele foi preso depois da ação repressiva e mandado para a cadeia de Guangdong por um ano. Ambos trabalhamos na Zona de Desenvolvimento de Shekou agora...

Minha pulsação começa a acelerar. Eu havia esquecido que Ge You estava na praça naquela noite.

Tentando romper o silêncio, Dong Rong continua:

— Você mudou tanto. Parece uma múmia egípcia. Será que pode ouvir o que estou falando?

É claro que posso, seu idiota. Quando as pessoas falam comigo, agem como se deixassem uma mensagem numa secretária eletrônica. Depois de algumas frases, suas vozes ficam artificiais, pois elas começam a perceber que estão falando sozinhas.

Minha mãe toca uma fita de uma performance que ela fez do Brinde de *La Traviata*. A aluna está cantando em acompanhamento. "*Bebamos, bebamos das taças da alegria, que a beleza adorna...*"

— Espero que você possa me ouvir... Em comparação com alguns de nossos amigos, tive sorte. Como você sabe, sempre tentei ficar de fora da política, mas eu tinha que vir aqui e ver você e trazer bons votos de todos os seus velhos colegas de classe que agora estão vivendo em Shenzhen. Você ficou sabendo daqueles outros dois amigos seus da Universidade do Sul, Wu Bin e Sun Chunlin? Bem, depois da ação repressiva, Wu Bin foi para Shenzhen e cruzou clandestinamente para Hong Kong com Sun Chunlin. O tio de Sun Chunlin perdeu o emprego como chefe do Departamento de Comunicações de Guangzhou por conta disso.

Por que Sun Chunlin desistiu de sua carreira de sucesso nos negócios para ajudar Wu Bin? Eles nunca foram muito próximos. Quero saber mais, mas infelizmente solto um peido que expulsa Dong Rong para a sacada fechada. A cama de solteiro ocupa todo o espaço, por isso ele não tem onde ficar.

— Ninguém mais além de sua mãe teria paciência de cuidar de você. Ela deveria contratar uma empregada. Deixei mil yuans na mesa para ajudá-la com as despesas. Estou indo agora. Está fedendo aqui.

Sei que você é cheio de frescuras, sempre insistiu em vestir uma camisa limpa a cada dia. Mas, droga, não pode ficar um pouquinho mais e conversar comigo?

Se ele vai mesmo embora, espero que feche a porta depois de sair, porque não suporto quando minha mãe alcança o dó maior no final do Brinde. A nota atravessa minha pele como uma faca afiada.

Dong Rong não participou muito do movimento estudantil no começo. A primeira vez em que realmente o vi assumindo um papel ativo foi quando a greve de fome tomou a praça, e o avistei no meio das fileiras. Se ele não tivesse aparecido hoje para me ver, provavelmente teria sumido completamente de minha memória.

Você se imagina de pé à janela, seu abdome colado no parapeito. Você agarra a maçaneta e a vira para baixo, e escancara a janela.

— A Delegação Diálogo está traindo os grevistas! — Wang Fei gritava em seu megafone dos degraus do Monumento aos Heróis do Povo. Dong Rong estava a seu lado, erguendo a faixa do Departamento de Ciências. — Eles ousaram propor que nos retiremos da praça. Vamos protestar do lado de fora do Departamento da Frente Unida! — Wang Fei fora nomeado secretário de ligação do *Arauto de notícias* na Praça da Paz Celestial por Shu Tong, mas considerou a posição muito baixa e planejava criar um escritório de propaganda na praça.

— Eles não estão traindo ninguém — replicou a Irmã Gao, pondo-se de pé. — O diálogo ainda está em progresso, e, de qualquer maneira, há representantes dos grevistas no encontro. — Ela acabava de retornar do Departamento da Frente Unida com Shao Jian e Cao Ming para relatar sobre o progresso da reunião. Haviam comprado alguns engradados de água mineral no caminho de volta para distribuir aos grevistas.

Sentei-me nos degraus do monumento e contemplei a vasta multidão ondeante na praça. Cada universidade tinha seu próprio círculo protegido de grevistas de fome, cercado por bandeiras e faixas. O sol da manhã alta tingia os cobertores e camisas claras com um amarelo sépia, dando à praça a aparência de um cenário de filme.

— Os grevistas deveriam falar diretamente com o governo — disse o Velho Fu, caminhando em nossa direção. — A Delegação Diálogo não tem direito algum de falar em nome deles.

— Ontem você era contra a greve de fome, Velho Fu, e hoje é a favor — disse a Irmã Gao, irritada. — O que aconteceu?

O Velho Fu ficou em silêncio por um momento e então replicou:

— Os grevistas são a verdadeira voz do movimento estudantil agora. Vocês voltaram para o campus ontem à noite, mas eu fiquei aqui na praça e vi o apoio que eles estão recebendo. A situação evoluiu muito rapidamente por aqui. — Ele levava um megafone, um cabo elétrico e um grande cartaz preto com as palavras GREVE DE FOME gravadas ao comprido em tinta amarela. Ele desejava instalar uma estação de rádio na praça.

Shao Jian acabava de se unir à greve. Ele chegou a passos largos com sua bandana branca e perguntou:

— Por que a praça está esse caos? Ontem à noite, todo mundo estava sentado em fileiras arrumadas.

— Os grevistas de fome precisam se deitar — expliquei. — Não é apenas uma manifestação, é uma ocupação. Vamos acampar aqui até que o governo concorde com nossas exigências.

— Temos que encontrar mais cobertores e colchas — murmurou a Irmã Gao distraidamente. — Duvido que algum deles tenha dormido bem.

Olhei para o acampamento dos estudantes de psicologia, mas não consegui encontrar Tian Yi. Eu a tinha visto uma hora antes. Ela me dissera que, embora sempre perdesse o apetite quando ficava deprimida, sua fome era intolerável agora que estava proibida de comer. Era como se milhões de formigas raspassem as paredes de seu estômago.

— Está ficando muito quente agora — comentei. — Temos que proteger os grevistas do sol. Distribuí os dez guarda-sóis que recebemos esta manhã, mas precisaremos de muitos mais. E nossa água também acabou. Zhuzi e seus guardas só conseguiram trazer este único barril. Os estudantes o secaram em cinco minutos. —Toquei a lateral do barril vazio.

Pu Wenhua, um jovem e arrogante grevista do Colégio de Agricultura, aproximou-se e disse:

— A Delegação Diálogo ousou propor ao governo que nos retiremos da praça. Que direito eles têm de falar em nome dos grevistas de fome? — Ele provavelmente só tinha 17 anos, mas parecia ser mais jovem ainda.

— O diálogo já está em andamento há duas horas e as autoridades ainda não o transmitiram ao vivo para nós, como prometeram que fariam. — Han Dan conversava com a Irmã Gao após ser entrevistado por alguns jornalistas estrangeiros. Ele se sentou, tirou os óculos escuros e limpou o suor do rosto. — Quem mais da greve de fome está na reunião?

— Ke Xi — respondeu a Irmã Gao. — Ele entrou na sala de conferências segurando a longa faixa que diz, "Tenho fome, Mãe, mas não posso comer".

— Irmã Gao, você é a secretária-geral da Federação dos Estudantes de Pequim e se opõe à greve de fome, então provavelmente é melhor que fique de fora disso — disse Bai Ling, agitando suas mãos frágeis com irritação.

— Eu *era* contra a greve de fome, mas agora ela já começou, então não há mais razão para me opor. Ontem à noite, a Federação declarou seu apoio. Estou aqui para ajudar vocês, e não para controlar ou criticar. No fim das contas, muitos membros da Federação também se uniram à greve, portanto é meu dever estar aqui.

Bai Ling a desafiou.

— O papel da Federação é ser a ligação entre as universidades de Pequim, por isso você deveria retornar ao campus e se ocupar de seu trabalho — esbravejou ela, decidida a não ser mais dirigida por sua colega mais velha. —

Os grevistas estão encarregados da praça agora. Não queremos receber ordens da Federação.

— Você e Han Dan não comem há 24 horas, Bai Ling — disse o Velho Fu. — Vocês não têm força suficiente para supervisionar as coisas na praça. Por que não deixam que nosso Comitê Organizador ou a Federação assumam um pouco da administração?

— Não precisamos da ajuda deles — retrucou Bai Ling obstinadamente. — Podemos dirigir as coisas perfeitamente bem sozinhos. — Quando chegou à praça no dia anterior, Bai Ling fundou o Grupo da Greve de Fome e se proclamou líder.

Sob o ardente sol a pino, as centenas de grevistas deitados de lado na praça pareciam camarões deixados para secar. Os guardas estudantis se colocavam em cordões ao redor deles, mantendo a distância os curiosos. Um grevista levantava um testamento que tinha escrito numa folha de papel pardo, e uma multidão logo se reuniu em volta para fotografá-lo.

Yu Jin usava uma camisa xadrez com as mangas enroladas, como de hábito. Ele não participava da greve, mas escreveu as palavras LUTANDO PELO POVO! em seu boné de beisebol. Eu o nomeei vice-chefe do time de guardas estudantis da Universidade de Pequim. Ele gostava de correr para todo lado e se fazer útil. Um novo grupo de guardas voluntários, enviado de nosso campus por Shu Tong, chegou à praça e deu a minha equipe uma chance de descansar um pouco. Até o Grande Chan, o Pequeno Chan e Zhang Jie apareceram para ajudar a recolher doações.

— Só deixaremos a praça se o governo transmitir o diálogo ao vivo, como prometeu — gritou um estudante de Nanquim chamado Lin Lu. Ele chegara a Pequim alguns dias antes. Bai Ling ficou impressionada com os discursos que ele fez no Triângulo e lhe pediu ajuda para supervisionar a greve. Ele conseguira persuadir muitos estudantes das províncias a se alistarem. Lin Lu parecia muito competente.

— Vou voltar para o Departamento da Frente Unida e ver como o diálogo está progredindo — disse a Irmã Gao. — Se os oficiais não concordarem em começar a transmissão imediatamente, direi aos estudantes que abandonem a reunião.

— Eu não confio em você — retrucou Bai Ling. — De que lado está realmente?

— Não estou do lado de ninguém. Só estou tentando ajudar. Vim aqui para descobrir o que vocês querem, para que eu possa transmitir a mensagem para a Delegação Diálogo.

— Destacaremos alguns membros do Grupo da Greve de Fome para acompanhá-la — decidiu o Velho Fu. — Instalarei um sistema de comunicação pública. Dai Wei, vá procurar alguns grevistas de fome que possam ir com a Irmã Gao.

— Realmente precisamos resolver o problema da água — lembrei. — As autoridades cortaram nosso suprimento. Mandei que alguns guardas estudantis comprem mais garrafas de água mineral, mas não podemos ficar na praça por muito mais tempo, Velho Fu. — Eu estava farto, mas não queria que Tian Yi me acusasse de não fazer meu trabalho apropriadamente.

— A praça se dividiu em pequenos reinos, cada um com seu próprio time de guardas estudantis, cada um alegando ser o verdadeiro representante dos estudantes — comentou Cao Ming. — O governo nem precisa nos dividir, já estamos fazendo esse trabalho para eles.

Eu me afastei para entregar a Tian Yi seu casaco. Estava preocupado com ela. Mesmo quando comia bem, ela sofria de hipoglicemia e às vezes tinha surtos de suor frio.

Tian Yi e Mimi estavam escoradas uma na outra. Mimi mexia numa mecha de cabelo de Tian Yi. Sua saia de xadrez vermelho lançava um tom rosado a seu redor.

Perguntei como Tian Yi se sentia. Ela respondeu que sua cabeça estava girando, e sentia que estava perdendo o controle.

— Você pode começar a ter alucinações em breve — avisei. — As enfermeiras me disseram que vocês não deveriam ficar deitados tão perto uns dos outros. Se alguém pegar uma infecção, todos acabarão doentes.

— Nós vamos ficar bem. Vários moradores locais vieram à praça nos aplaudir. Vale a pena passar fome só por ver todo esse apoio.

— Continuem bebendo muita água. Se não tomarem cuidado, seus rins vão parar devido à falta de glicose no sangue. — Embora fosse um dia de calor sufocante, ela tinha as mãos geladas.

— Pare de tentar amedrontá-la para que ela desista — reclamou Mimi, fechando o cenho. — Estamos preparadas para derramar sangue e suor por esta causa. Com tanta pressão do público, o governo será forçado a concordar com nossas demandas.

"*A terra vermelha em seu rosto amarelo, o medo branco em seus olhos negros. O vento oeste sopra para o leste, cantando seu triste refrão...*" Uma música pop taiwanesa se fazia ouvir de um toca-fitas. As baterias estavam acabando.

Uma grevista desmaiou. Quatro guardas correram, agarraram seus braços e a carregaram através da multidão. Vozes gritavam:

— Saiam do caminho! Deixem que eles passem! Não a arrastem assim! Levantem as pernas dela!

Mimi perguntou:

— Alguém pode segurar a bandeira do Departamento de Psicologia para mim? Quero tirar uma soneca. — Ela parecia estar de batom.

Peguei a bandeira e a apoiei entre duas bolsas, mas ela não ficava em pé. Cao Ming gritou, dizendo para que eu encontrasse Zhang Jie e lhe pedisse para acompanhar a Irmã Gao até o Departamento da Frente Unida.

Você viaja pela vesícula biliar e adentra a artéria hepática. Flutuando no córrego para cima, você avista o coração, suspenso na escuridão como um planeta distante.

Após ficar numa fila de duas horas no correio, enviei um telegrama para meu irmão dizendo-lhe para não vir a Pequim ou se unir à greve de fome. Depois retornei à praça.

Durante minha ausência, o diálogo com o governo desmoronou. Mou Sen esteve na reunião e me disse que a Irmã Gao invadiu o lugar e gritou, "Comecem a transmissão ao vivo imediatamente ou parem o diálogo!", exatamente como o Grupo da Greve de Fome pedira. A reunião foi interrompida na hora. A Delegação Diálogo ficou furiosa e disse que a história não a perdoaria. Desejando reconquistar a confiança deles, ela reuniu uma dúzia de intelectuais de meia-idade e os levou à praça com o objetivo de convencer os estudantes a desistirem. Quando Mou Sen chegou à praça, os intelectuais já tinham sido expulsos pelos grevistas furiosos.

Era quase meia-noite. A distância, eu podia ouvir Wang Fei gritando pelo megafone:

— Nós atingimos um estágio crucial. Seguimos em frente agora ou recuamos?... Cidadãos de Pequim, por favor, fiquem na praça conosco e continuem a nos dar seu apoio!... Os 12 intelectuais que falaram conosco há pouco recomendaram que concordássemos em deixar a praça sob duas condições. Somos gratos por seus conselhos, mas eles não têm utilidade para nós. Segundo eles, nossa primeira condição deveria ser que seu "Apelo Urgente" fosse publicado pelo *Diário de Guangming*. Eu li o apelo. É sobre liberdade de imprensa, o que talvez seja prioridade deles, mas não é a nossa! Sua segunda condição era que o Primeiro-Ministro Li Peng e o secretário-geral Zhao Ziyang deveriam visitar a praça. É claro que concordamos com isso, mas não insistiremos nesse ponto. Já vimos esses sujeitos demais em nossas TVs!

A multidão aplaudia e gritava:

— Sim! Ficaremos aqui até conseguirmos o que queremos!

— Não seremos expulsos! — Wang Fei berrou, e a multidão repetiu com ele: "Não seremos expulsos! Não seremos expulsos!".

Mou Sen desapareceu na massa. Tentei abrir meu caminho até o acampamento da Universidade de Pequim, mas não conseguia achar uma passagem e por fim me dirigi para o monumento. Eu queria dizer a Wang Fei que os grevistas precisavam dormir, e que ele tinha que parar de fazer uma baderna tão grande.

— O governo pediu que deixássemos a praça a tempo para a grande cerimônia de boas-vindas a Gorbachev amanhã — continuou Wang Fei. — Bem, não vamos sair. Eles podem fazer a cerimônia em outro lugar, se quiserem... Usaremos a força do povo para ensinar uma lição à panelinha autocrática que está dirigindo nossa nação. Não queremos derramar nosso sangue, mas, se for necessário, escreveremos com ele a página mais importante da história da China! — A multidão rugiu em apoio.

Finalmente, consegui abrir caminho até Wang Fei. Ele era flanqueado por Chen Di e Xiao Li, ambos usando bandanas da greve de fome. Nuwa estava sentada ali perto, os cabelos escuros cintilando na escuridão. Quando a vi, subitamente perdi o ímpeto de mandar Wang Fei calar a boca.

Chen Di me ofereceu um cigarro. Aceitei, lembrando-o de não fumar enquanto estava em greve de fome, e voltei para cuidar de Tian Yi.

Exausta de fome, ela caíra num sono profundo no chão, envolta numa colcha. Toquei sua testa e fiquei aliviado por ver que ela ainda não estava suando frio.

Mimi olhava inexpressivamente para o céu. Os outros grevistas dormiam. Sem querer perturbá-los, afastei-me pé ante pé e voltei ao monumento.

Lá encontrei Mou Sen. Ele estava sentando com a Irmã Gao e Fan Yuan, um estudante da Universidade de Política e Direito. Embora não fosse especialmente talentoso, Fan Yuan era muito entusiasmado e conseguira se insinuar em algumas posições de poder. Ele fora presidente da Federação de Estudantes de Pequim por alguns dias e também membro da Delegação Diálogo.

— Não quer ir até lá e mandar Wang Fei calar a boca, Dai Wei? — a Irmã Gao me pediu. — Você é amigo dele e líder da equipe de guardas estudantis. Estamos no meio da noite. Todo mundo quer dormir um pouco.

— Nuwa está com ele. Não quero me intrometer.

Mao Da se aproximou para falar com Mou Sen.

— Pena que você não estava aqui quando chegaram os 12 intelectuais. A repórter Dai Jing disse que se não tivéssemos ocupado a praça, os jornalistas nunca teriam ousado pedir por liberdade de imprensa, mas, um segundo depois, ela nos implorou para que nos retirássemos. O Velho Fu temia que o discurso dela abalasse o entusiasmo dos estudantes, e por isso transmitiu rapidamente a declaração da greve de fome lida por Bai Ling pelo sistema de comunicação pública, aquela declaração que fez todo mundo chorar. Quando os intelectuais ouviram a declaração, perceberam que não tinham chance alguma de persuadir a massa a partir.

Mao Da chegou à Praça à tarde, depois que Liu Gang lhe pediu ajuda com o trabalho de segurança.

— Isso foi muito leviano da parte do Velho Fu — disse Mou Sen. — Ele, como eu, lamentou ter perdido a visita dos intelectuais. Aqueles escritores e estudiosos eram os heróis dele.

— Vocês estudantes de Pequim são um desastre — exclamou Fan Yuan. — Bai Ling impediu que a Delegação Diálogo falasse com o governo, o Velho Fu impede que os intelectuais falem com os estudantes, e você, Irmã Gao, não para de confundir todo mundo, pulando de um lado para o outro. Como é que esse movimento vai chegar a algum lugar?

— Eu pulo de um lado ao outro tentando ajudar a resolver conflitos, mas tudo que consigo é ofensa — reclamou a Irmã Gao. — Agora que está claro que o governo não vai lançar nenhuma ação repressiva, todos estão lutando por poder. Realmente é um caso de "líderes emergindo em tempos de caos".

Sabendo que eu não tinha mais nada a fazer ali, peguei uma colcha, cruzei a Avenida Changan e subi em uma das plataformas de observação que flanqueavam o Portão da Paz Celestial. Era ali que os dignitários se sentavam para assistir a desfiles. A maioria dos estudantes sequer sonharia em entrar lá. Mas eu sabia que estaria tranquilo e eu seria o primeiro a saber de movimentos policiais durante a noite, já que a delegacia ficava no pátio logo atrás.

Você ouve as vozes flutuando a seu redor, invejoso como um tronco de árvore fitando as folhas que caem.

Acordo no ponto de observação com o sol se derramando sobre meu rosto e rapidamente desço para a praça. Gorbachov chegaria a Pequim dentro de duas horas.

— Você viu Yanyan ontem à noite? — perguntou Mou Sen, dando uma longa tragada em seu cigarro.

— Não, por quê? Vocês tiveram mais uma briga?

Mou Sen mencionara que eles andavam numa fase ruim.

— Não, não.

Houve uma súbita erupção de aplausos. Ouvi Pu Wenhua, o garoto do Colégio de Agricultura, gritando para a multidão:

— Vamos mostrar a eles! Ficaremos aqui até o final, até que a vitória seja nossa! — Além dos acampamentos da greve de fome, vi moradores de Pequim usando bandanas brancas e sacudindo faixas vermelhas enquanto posavam para fotos de recordação diante dos estudantes em jejum.

— Você não deveria fumar quando está em greve de fome — avisei a Mou Sen. — Os níveis de açúcar e oxigênio em seu cérebro devem estar perigosamente baixos agora.

— Veja, Bai Ling formou um Quartel-General da Greve de Fome da Praça da Paz Celestial no terraço mais baixo — disse ele, o cigarro pendendo do canto da boca.

— Quando ela fez isso? Não estava ali quando fui dormir há três horas.

— Às cinco da manhã. Depois de uma conversa rápida com Lin Lu, aquele estudante de Nanquim, ela foi ao sistema de comunicação que o Velho Fu instalou e anunciou que o Grupo da Greve de Fome é agora o Quartel-General da Greve de Fome, e que ela é a comandante, com Lin Liu como vice.

— E quanto a Han Dan e Ke Xi?

— Ela disse que todos os membros do Quartel-General devem prometer que atearão fogo em seus próprios corpos se o exército aparecer para esvaziar a praça — Mou Sen continuou, ignorando minha pergunta. — Assim já é demais!

— Isso é barbarismo! Todo mundo está inventando estratégias cada hora mais radicais num esforço de ganhar a liderança da praça. Quem teve a ideia da autoimolação? Não pode ter sido Bai Ling.

— Foi ideia de Lin Lu. Ele me pediu para liderar seu escritório de propaganda. Ele sabe que estou namorando uma jornalista e pensou que eu poderia usar os contatos dela com a mídia.

— Alguém sabe alguma coisa sobre esse tal de Lin Lu? — perguntei, fitando os feixes de luz da manhã. Multidões de simpatizantes continuavam a invadir a praça.

— Ele se diz estudante de graduação da Universidade de Nanquim, mas não tem carteira de estudante — respondeu Mou Sen.

— Incontáveis estudantes estão vindo das províncias e, quando chegam aqui, não querem ir embora. A praça está lotada agora. Enviei um telegrama a meu irmão ontem à noite, dizendo-lhe para ficar em Sichuan.

— Ke Xi pediu aos estudantes que se deslocassem para o lado leste da praça há pouco, para que Gorbachev pelo menos possa depositar flores no monumento quando chegar — continuou Mou Sen. — Ele subiu naquele poste de luz ali e gritou pelo megafone: "Aqui quem fala é Ke Xi. Pelo bem de nossa nação, imploro que vocês se desloquem para o lado leste. Se vocês não se moverem, será um insulto para a democracia." Quando ouviu o pedido, Bai Ling se desfez em lágrimas e ameaçou atear fogo no próprio corpo. Então Lin Lu gritou que se queimaria primeiro.

Tornei a olhar para os acampamentos da greve de fome. Alguns grevistas desmaiaram e foram levados ao hospital na noite anterior, mas centenas de outros estudantes se uniram ao jejum. Agora parecia haver cerca de três mil estudantes deitados no chão. Cada acampamento era cercado por anéis protetores de guardas estudantis, eles próprios cercados por massas de curiosos. Havia dezenas de milhares de pessoas na praça, mas ninguém estava comprimido. Estudantes voluntários caminhavam entre os grevistas, procurando por qualquer sinal de tumulto. Tudo parecia estar em ordem.

— A Irmã Gao não deveria ter pedido àqueles intelectuais que falassem com Bai Ling ontem à noite — disse Mou Sen. — Bai Ling sentiu que eles a trataram com superioridade, o que a tornou ainda mais determinada a continuar a ocupação.

— Nuwa me perguntou sobre Yanyan ontem — comentei. — Ela sabe que Yanyan é sua namorada.

Mou Sen ergueu os olhos.

— Por que ela estaria interessada em mim?

— Não comece a ter ideias! Ela é de Wang Fei.

— Foi você quem puxou o assunto — ele retrucou, baixando o olhar novamente. — Eu só a encontrei algumas vezes. Não conversamos muito. Mas, engraçado, Yanyan criou suspeitas e me perguntou qual era minha relação com Nuwa.

— O Grupo da Greve de Fome realmente estragou as coisas — eu disse, e depois me corrigi: — O Quartel-General da Greve de Fome, quero dizer. Até quando vocês pretendem levar o jejum?

Avistei o Velho Fu sentado numa caixa de papelão na base do monumento, fumando um cigarro. A Irmã Gao estava sentada junto dele, bebendo solução salina de um frasco.

— Trinta grevistas de fome da Universidade do Sul chegaram ontem à noite — disse Mou Sen, finalmente apagando o cigarro. — Eles parecem muito mais politizados do que nós éramos quando fazíamos graduação. Tang Guoxian os trouxe aqui com um grande grupo de estudantes da Província Guangdong. Sun Chunlin também está aqui, numa viagem a negócios. Ele está hospedado num hotel de luxo. O safado fez uma fortuna para si em Shenzhen.

— Isso é estranho. Tang Guoxian nunca teve interesse em política quando estávamos na Universidade do Sul. Venha, vamos falar com Liu Gang. — Puxei Mou Sen e o levei até a base do monumento.

Liu Gang e Shu Tong estavam conversando com o Velho Fu. Eles tinham conseguido uma van emprestada para levar três barris de água para a praça e estavam prestes a levar embora alguns sacos de lixo.

— Nosso movimento democrático se espalhou por todo o país — Wang Fei nos disse. — É como a fábula dos Oito Imortais que cruzaram o mar, unindo-se para alcançar um só ideal. — Ele se agachou e apagou seu cigarro numa marmita de isopor, criando uma pluma de fumaça de cheiro ácido. — Em tempos de tumulto, todos querem mostrar do que são capazes.

— Não tente usar a greve de fome para criar problemas, Wang Fei, isso seria demais — disse Mou Sen. — Você parece exausto, Velho Fu. Por que não volta ao campus e descansa um pouco?

O Velho Fu tinha os olhos vermelhos. Ele ficara acordado a noite inteira fumando um cigarro atrás do outro, incapaz de dormir.

— Gorbachev não virá — disse ele, olhando inexpressivamente para o lado oeste da praça, que agora estava quase vazio. — Tenho certeza de que o governo cancelou a cerimônia de boas-vindas.

Todos os estudantes e faixas vermelhas foram deslocados para o lado leste da praça. Alguns estudantes que não quiseram se deslocar estavam sentados em grupos isolados entre o Grande Salão do Povo e o Monumento aos Heróis do Povo.

— Wang Fei, pedi que você viesse aqui para escrever artigos para o *Arauto de notícias*, mas agora você está agindo como se fosse um líder — reclamou Shu Tong, furioso. — Veja, já são nove e meia. Vocês realmente acham que o governo sonharia em fazer uma cerimônia de boas-vindas a um estadista estrangeiro diante dessa multidão desmazelada de grevistas de fome? Vocês pensam que podem chantagear o governo, mas eles não precisam lhes dar ouvidos. Eles podem fazer a cerimônia em outro lugar, se quiserem. Não há razão para que os estudantes fiquem aqui por mais tempo.

— Se nos retirarmos da praça agora, será uma admissão de fracasso — Wang Fei estava muito elétrico. Erguia o megafone e gritava palavras de ordem aleatórias o tempo todo.

— Por que você não vai para o Quartel-General e se alista para se queimar até a morte então? — perguntou a Irmã Gao.

— O Quartel-General acabou de realizar sua primeira reunião e decidiu abandonar essa ideia — comentou Liu Gang. — Seu mais novo plano é fazer com que os grevistas se deitem na Avenida Changan depois da marcha dos intelectuais esta tarde. — Ele parecia ter perdido o entusiasmo que mostrara durante os primeiros dias do movimento.

— Pois então eles vão começar a exigir boicote às aulas, greve de professores, greve de lojistas, e, não demora muito, teremos uma revolução em nossas mãos — disse Mou Sen, passando os dedos nos cabelos.

— A greve de fome arruinou tudo — resmungou Shu Tong.

— A ala reformista do governo quer que nosso movimento progrida pacificamente — disse a Irmã Gao a Mou Sen. — Os linha-dura querem que termine em violência, para que possam expulsar Zhao Ziyang do poder. Continuando esta greve de fome, somos marionetes nas mãos deles.

— Quem disse que Zhao Ziyang e seu grupo são melhores que os linha-dura? — perguntou Chen Di. — Ouvi boatos de que o filho de Zhao Ziyang vem usando seu poder para comprar televisões coloridas por preços de custo e depois vendê-las por altos lucros no mercado negro. — Ele tinha escrito as palavras GREVE DE FOME sobre seu colete com caneta preta de ponta de feltro.

— Não há esperança de um acordo pacífico agora — disse Shu Tong. — O diálogo estava indo bem, Velho Fu. Por que vocês tiveram que insistir que ele fosse transmitido ao vivo?

— Os grevistas não confiaram na Delegação Diálogo — respondeu o Velho Fu. — Eles queriam ouvir em primeira mão o que era conversado durante a reunião.

— Veja, o lado oeste da praça está completamente vazio agora! — exclamou Wang Fei. — A Delegação Diálogo cometeu o mesmo erro de Ke Xi: recuaram primeiro e depois estabeleceram suas exigências, em vez de só recuar depois de ter suas exigências atendidas. — O megafone em sua mão apitava enquanto ele brincava com o interruptor.

— A greve de fome testará a resolução do governo — disse Mou Sen bruscamente. — Vamos ver se eles ousam brincar com as vidas de três mil estudantes. Eles têm que nos dar uma resposta até esta noite. Os grevistas não poderão continuar por muito mais tempo. Muitos já estão em estado crítico.

Perto dali, ouvíamos a voz de Nuwa através do sistema de comunicação:

— Alguns grevistas que desmaiaram estão sendo atendidos na tenda de tratamento de emergência. Eles só poderão beber água. As enfermeiras tentaram administrar solução de glicose, mas, assim que provam o líquido, os estudantes o cospem e se recusam a tomar outro gole... — Quando terminou de ler, Nuwa repetiu a declaração em inglês. Sua voz era muito bonita. O olhar de Mou Sen se deslocou para o alto-falante atrás do qual Nuwa trabalhava.

— Ouvi dizer que quando os intelectuais vieram aqui ontem à noite, você pegou o microfone deles e depois gritou para que todos deixassem a praça — Mou Sen exclamou para Wang Fei com irritação. — Em que você estava pensando, tentando roubar a atenção desse jeito?

— Nós, os estudantes da Universidade de Pequim, começamos este movimento — rosnou Wang Fei. — Formulamos todas as exigências. Se você se acha tão esperto, comece seu próprio movimento e veja até onde vai chegar. — Wang Fei estava convencido de que era o principal agitador do movimento estudantil.

— Não podemos esperar que um governo corrupto como o nosso concorde com nossas exigências — disse a Irmã Gao. — Mas se os líderes pelo menos aparecessem para se reunir conosco, nos retiraríamos da praça imediatamente.

— Estamos aprisionados entre políticos irracionais e estudantes irracionais — comentou Shu Tong.

— Agora todo mundo está concentrado na greve de fome — disse o Velho Fu. — Não temos escolha a não ser seguir com ela e oferecer nosso apoio total. — Ele pegou alguns comprimidos para o fígado do bolso e os engoliu sem água.

— Isto deveria ser um movimento democrático, e não uma revolução — argumentou Shu Tong. — Se vocês levarem as coisas longe demais, serão esmagados no final.

— Nosso problema agora é que nenhum indivíduo ou grupo é capaz de tomar controle da praça — disse o Velho Fu.

A Irmã Gao limpou o suor do rosto com um guardanapo de papel e abanou o pescoço com seu chapéu de palha.

— Ke Xi desmaiou de novo e foi levado ao hospital. Mesmo que ele volte, não terá muita chance de reconquistar o poder. Han Dan foi colocado em segundo plano. Sua única opção agora é negociar com Bai Ling e Lin Lu.

O Velho Fu deu de ombros.

— Sou apenas encarregado da logística do Quartel-General da Greve de Fome, então nem olhe para mim. Você tem que negociar direto com eles. — Ele abaixou, pegou uma maleta e se voltou para mim. — Quero instalar uma estação de rádio apropriada, Dai Wei. Nosso sistema de comunicação é muito primitivo. Venha e me ajude a comprar alguns equipamentos. Esta maleta está cheia de dinheiro. Colocamos quatro caixas para doações na praça e todas ficaram abarrotadas após algumas horas.

Eu não queria sair para comprar material elétrico, mas estava desesperado para encontrar algo para comer, então peguei minha bolsa e segui o Velho Fu para fora dali.

Você é a terra seca pelo sol escaldante, uma árvore abandonada por seu solo.

Há um rio entre as montanhas, mas nenhuma grama ou árvores. Os montes são íngremes demais para a escalada. Um animal selvagem parecido com uma raposa, mas com cabelo de gente, habita o vale. Ele tem genitais masculinos e femininos e pode se reproduzir sozinho. Quem comer sua carne estará curado do ciúme... Esta passagem é provavelmente do capítulo intitulado "Grande imensidão: oeste". Outrora eu tinha esperança de explorar aquelas terras, mas em vez disso fui forçado a vagar pela paisagem interior de meus vasos sanguíneos e órgãos.

Minha mãe deve ter removido o frasco vazio do suporte do soro. Posso ouvi-la enfiando o tubo num novo frasco de solução de glicose. Alguns segundos depois, um fluxo de antibióticos e vitaminas flui por minhas veias e é absorvido pelos lóbulos hepáticos. Bactérias do cólon, deixadas na agulha pelas mãos sujas de minha mãe, também entram em meu fluxo sanguíneo. As células sanguíneas vermelhas que elas matam por impacto são empurradas mais fundo no ducto hepático...

Ao pôr do sol, eu e o Velho Fu já tínhamos instalado uma estação de rádio no lado norte do monumento com alguma ajuda do Grande e do Pequeno Chans. Agregamos novas baterias, amplificadores e microfones e afixamos oito alto-falantes ao obelisco de granito do monumento. Quando tocamos a fita da Internacional, todos se voltaram para nós, e o monumento se tornou o coração da praça. Hai Feng trouxe algumas coberturas de plástico e construiu um abrigo para proteger nosso equipamento da chuva.

Ke Xi arrastou os pés em nossa direção, com um soro ainda preso ao braço, e disse:

— Eu me proclamei comandante temporário do Quartel-General da Greve de Fome. Lin Lu e Bai Ling não foram eleitos para seus cargos. Não têm autoridade legítima.

— Vocês estão todos morrendo de fome — sussurrou o Velho Fu, tentando não perturbar o debate que Mao Da presidia. — Onde encontram energia para se meter nessas disputas de poder?

— O Quartel-General está agora na direção do movimento — respondeu Ke Xi. — O Comitê Organizador e a Federação dos Estudantes de Pequim devem representar papéis subsidiários. — Seu rosto pálido estava coberto de suor. Duas enfermeiras estavam paradas atrás dele, segurando seu frasco de líquido intravenoso.

Eu não tinha disposição para ouvi-los discutindo, então parti para testar o novo equipamento.

Uma grande multidão se reuniu em torno de nossa nova estação de rádio e nos entregava picolés, pães, telegramas, cartas de apoio e panfletos. Em menos de uma hora, recebi dez doações em dinheiro. Algumas pessoas enfiavam as notas em minhas mãos e depois se afastavam sem dizer palavra.

Selamos uma caixa de papelão vazia com fita para fazer uma nova caixa de doações. Assim que colocamos a caixa sobre nossa mesa, um homem de meia-idade que viera das províncias tirou dez mil yuans de sua bolsa e disse que nos daria o dinheiro se deixássemos que ele dirigisse algumas palavras aos estudantes.

Ficamos perplexos. Nenhum de nós jamais tinha visto dez mil yuans em dinheiro vivo. Colocamos o microfone imediatamente em suas mãos e, já que não havia cadeiras por perto, pusemos uma folha de papel sobre um grande tijolo e o convidamos a se sentar.

Ele falou por cerca de cinco minutos com lágrimas rolando por seu rosto, mas seu sotaque de Fujian era forte demais para ser entendido pela maioria das pessoas. No fim, o Velho Fu sussurrou para mim:

— É melhor interrompê-lo. Todo mundo está se perguntando o que está acontecendo.

Desliguei o microfone e educadamente pedi ao homem que se retirasse.

Um estudante de ensino médio da Província Guangdong se aproximou, dizendo que viera a Pequim para entregar setenta yuans que seus colegas de classe tinham recolhido para nós, mas perdera sua bolsa e todo o dinheiro no trem. Dei-lhe cem yuans e o aconselhei a pegar o próximo trem para casa.

Num espaço de três horas, recebemos cem telegramas de todo o país. Nuwa, Mao Da e Chen Di quase perderam as vozes enquanto se revezavam em ler os textos na praça.

Entreguei uma caixa de suco de laranja para Nuwa. Ela enxugou o suor do rosto e sugou o canudo até ele fazer um assovio.

— Como você acha que tudo isso vai terminar? Estão preparados para o que pode acontecer? — Eu queria perguntar a Nuwa como estavam as coisas entre ela e Wang Fei, mas sentia que não tínhamos essa intimidade.

Na semana anterior, Tian Yi e eu saímos para comer com Nuwa e Wang Fei no Kentucky Fried Chicken. Ela colocou os braços em torno de Wang Fei durante a refeição, empolgada talvez pela atmosfera moderna e relaxante do restaurante, mas ao longo dos últimos dias eu detectava uma frieza crescente entre os dois.

Ela respondeu alegremente:

— Acho que o governo não pode nos ignorar por muito mais tempo. Se continuarmos com a greve de fome, sendo filmados por equipes de emissoras estrangeiras, o governo começará a se preocupar com sua imagem. E, além disso, eles não têm razão alguma para não concordar com nossas exigências.

Embora Nuwa estivesse sentada num canto escuro, eu podia ver o vale entre seus seios e o fino cabelo dourado em torno de seu pescoço. Ela parecia uma dessas garotas de calendários estrangeiros. Eu suspeitava que era por isso que Tian Yi sempre a tratava com tanta frieza.

— O que sua família pensa de seu envolvimento com o movimento estudantil? — perguntei. — Eles sabem o que você anda fazendo?

Nuwa sempre alegou que vinha da Cidade de Hangzhou, mas Tian Yi me disse que não era verdade, e que a família de Nuwa vivia num pequeno vilarejo do Condado Fuyang, a oitenta quilômetros de distância.

Ela riu e respondeu:

— "As montanhas são altas e o imperador vive longe", como diz o ditado. Posso fazer o que quiser. Não me importo com o que pensam. — Sua voz era suave como sua pele. Ela tinha uma irmã mais nova que começaria a universidade no outono.

— Ouça isto — disse Mao Da, aproximando-se de mim. — "O filho de Deng Xiaoping, Pufang, também é culpado de enriquecimento ilícito. Sua empresa, Kanghua, é uma das companhias mais corruptas da China." Acho que não deveríamos ler este panfleto. — Mao Da me contara que as autoridades lhe pediram para continuar espionando os estudantes, mas que ele se recusara a cooperar.

— Eu não decido qual material é transmitido — retruquei, tentando me livrar dele. — Eu só lido com o equipamento.

Depois, voltei-me para Nuwa e falei:

— Você é muito otimista. Tenho medo de que o governo se recuse a cooperar e que nós nos vejamos num beco sem saída.

— Não seja tão sombrio — respondeu Nuwa. — Isso traz má sorte.

Xiao Li correu para perto e disse:

— Depressa, Dai Wei! Milhares de estudantes estão tentando invadir o Grande Salão, e uma multidão de grevistas se deslocou para impedi-los. Venha e ajude a resolver isso!

Levei todo o começo da noite para persuadir os estudantes a deixarem o Grande Salão, mas quando retornei à estação de rádio ela ainda estava enxameada de gente. Foi somente à meia-noite que a massa começou a diminuir um pouco.

O gerador a diesel doado por trabalhadores de uma fábrica local estalava ruidosamente. Sun Chunlin, que passara mais ou menos uma hora papeando comigo, entregou-me uma doação de quinhentos yuans e depois voltou para seu quarto de hotel de luxo.

Eu disse a Xiao Li para assegurar que a estação de rádio estivesse bem guardada. Pu Wenhua aparecera lá querendo transmitir um anúncio de que ele assumira o Quartel-General e se proclamara comandante, rebaixando Bai Ling para o posto de oficial de propaganda, mas o Velho Fu conseguiu afastá-lo. Pedi a um voluntário que ficasse na estação para lidar com qualquer dúvida do público e saí para encontrar Tian Yi. Fazia três dias que ela não comia nada.

Ela parecia mais velha. Tinha rugas gravadas em seu rosto seco, e o cabelo era como palha. Eu detestava vê-la naquele estado.

— Ouça, estão tocando a fita em que Bai Ling lê a declaração da greve de fome — comentei, apontando para os alto-falantes presos ao monumento.

— Você a copiou? — perguntou Tian Yi, apoiando a cabeça suavemente em meu ombro.

— Não, foi o Velho Fu. — Fitei os dois frascos vazios de solução de glicose junto aos pés dela e decidi não contar sobre todos os bate-bocas que vinham ocorrendo no Quartel-General da Greve de Fome.

— Se soubéssemos que o governo decidiu realizar a cerimônia de boas-vindas a Gorbachev no aeroporto, não teríamos nos movido para o lado leste da praça. Sinto-me nauseada. Mesmo que comesse algo agora, não seria capaz de manter a comida no estômago.

Eu queria contar a ela que o diálogo dos estudantes com o governo no Departamento da Frente Unida no dia anterior terminara em fracasso; que, segundo Liu Gang, o secretário-geral Zhao Ziyang estava prestes a sofrer o mesmo destino de Hu Yaobang; e que tudo que nos restava agora era esperar que as autoridades iniciassem uma ação repressiva.

— Fiz um juramento de perseverar até o fim. Não interromperei meu jejum, mesmo que o governo me atire na cadeia. — Tian Yi soava como uma heroína da Revolução Comunista. Eu estava exausto e não tinha ânimo para conversar. Tomei um gole de água e ouvi a voz de Bai Ling:

— Enquanto oscilamos entre a vida e a morte, queremos erguer os olhos para o povo chinês e ver que o sacudimos de sua apatia...

— O som não é nada mau, não é? Prendemos oito alto-falantes ao monumento e alugamos um amplificador de alta potência.

— Quem está supervisionando a estação de rádio? — Tian Yi não tinha interesse em equipamentos elétricos. As únicas máquinas de que ela gostava eram as câmeras fotográficas.

— Shu Tong ainda está dirigindo a estação de rádio do campus, e o Velho Fu e eu ficamos encarregados da estação daqui. Mou Sen é o editor-chefe desta noite, mas ele ainda está em greve de fome, por isso tem que fumar um cigarro atrás do outro para se manter acordado. Wang Fei e Zheng He, do Programa de Escrita Criativa, também estão ajudando. Nuwa é a anunciadora. Chen Di e Xiao Li andam trabalhando sem parar, mesmo em jejum. A estação de rádio é o coração da praça agora.

— Os homens estão sempre lutando por poder — Tian Yi comentou sem forças. — Os estudantes das províncias não gostam de receber ordens da turma da Universidade de Pequim. Eles forçaram uma nova votação e agora uma estudante da Normal de Pequim foi nomeada cocomandante do Quartel-General da Greve de Fome junto com Bai Ling.

— Então os dois novos comandantes são mulheres. Como você pode dizer que só os homens são obcecados por poder? — Eu tentava falar baixo para não acordar os grevistas que dormiam em torno. Embora Tian Yi estivesse fraca pela fome, ela ainda sabia de tudo que estava acontecendo na praça.

Ela fitava a distância inexpressivamente. A bandana que usava sob o boné ainda estava ensopada do suor que porejara de sua testa durante o dia.

— Este cobertor é bem quente, não é? — perguntei após um longo silêncio. — Comprei em Guangzhou. É feito de tecido espacial. É muito leve.

— Um empresário do setor privado doou um caminhão de cobertores. Eles têm estampas horríveis.

Eu quis dizer a ela que o governo não dava a mínima se os estudantes estavam morrendo de fome, mas não queria abalá-la.

— Faz tanto frio aqui à noite — continuou Tian Yi. — Se não houvesse outros estudantes por perto, eu voltaria para dormir no campus.

— Os estudantes não são as únicas pessoas por aqui. Há um monte de espiões também. Eles têm facilidade de passar pelos cordões de isolamento. Não podemos verificar todo mundo. Veja só esses dois. — Apontei para um par de homens que vagavam diante de nós.

— Não são espiões, são grevistas de fome. Só se levantaram para ir ao banheiro. — Havia um barril de água vazio ao lado de Tian Yi. Apoiei-me nele e fechei os olhos. Meus esforços para impedir que a turba de estudantes e moradores de Pequim invadisse o Grande Salão me esgotaram. Sentia que minha cabeça estava prestes a rachar no meio.

— As autoridades da universidade concordaram em nos emprestar duzentos colchonetes — falei. — Hai Feng os convenceu. Quando chegarem, distribuiremos para as garotas primeiro. E veja todas aquelas caixas de comida empilhadas do lado de fora da estação de rádio! Um comerciante local as doou esta tarde.

— Não me fale de comida — retrucou Tian Yi, desviando os olhos.

— Gorbachev apareceu na televisão há pouco — emendei, mudando de assunto. — Ele disse que Zhao Ziyang lhe revelou que Deng Xiaoping ainda toma as decisões cruciais na China, mesmo exercendo apenas um cargo militar no Partido. Esta informação deveria ser um segredo de Estado, mas na verdade é de conhecimento de todos. Zhao Ziyang pode ser secretário-geral, mas não tem poder real.

— Eu só gostaria de poder sair e tomar um banho com meu sabonete estrangeiro — disse Tian Yi, fechando os olhos. Ela apoiou o rosto frio em minha perna. Sob a coberta, seu corpo estava quente. Ela estava chupando uma pastilha para a garganta. Quando ela falou, eu senti o cheiro de menta em seu hálito, o que me levou de volta ao tempo de Yunnan, quando nos deitamos juntos na montanha.

— A universidade me deu uma carta de autorização. Posso me inscrever para um passaporte agora, se quiser — contei. — Eles me disseram que posso comparecer à delegacia local e preencher os formulários.

— As universidades estão emitindo estas cartas para todos os líderes estudantis. Será muito mais fácil para o governo se todos vocês deixarem o país.
— Ela contemplou o céu e disse: — Quando vejo a lua, tenho um mau pressentimento. Ela brilhou sobre atrocidades demais. O famoso reformista Liang Qichao foi decapitado há sessenta anos ali mesmo, junto ao Portão Xuanwu.

Meus pensamentos voltaram à aluna de meu pai, Liu Ping. Um bando de aldeões, que tinham sido como tios para ela, arrancaram o fígado do cadáver de seu pai e depois a estupraram e deceparam seus seios. Na dinastia Song, o exército do general Fen comeu carne humana seca que chamavam eufemisticamente de "carne de cordeiro bípede". Consideravam a carne feminina mais saborosa, referindo-se a ela como "a inveja do cordeiro". Mas eles só recorriam ao canibalismo porque não havia outra comida disponível. Os homens que devoraram Liu Ping não eram movidos pela fome, mas pelo medo.

O Partido Comunista lhes dizia: "Se não comerem seu inimigo, vocês serão o inimigo, e o Partido os destruirá."

— Você deveria deixar a China imediatamente e escapar para a liberdade — disse Tian Yi, ainda repousando a cabeça em meu colo. Eu não podia ver a expressão de seu rosto.

— Vou esperar até que a greve de fome acabe antes de me inscrever para um passaporte. Não posso deixá-la sozinha agora. E, além do mais, serei considerado um desertor se deixar a praça.

Uma nova voz se fez ouvir pelos alto-falantes do monumento.

— Eu sou o Dr. Wang, da clínica da Universidade de Pequim. Muitos de vocês já me conhecem. Estou aqui para aconselhar os grevistas a beberem leite e refrigerantes esta noite. Foi assim que Gandhi conseguiu passar 45 dias em greve de fome... — Quando ele terminou, o vice-reitor da Universidade de Pequim pegou o microfone e implorou aos estudantes que terminassem a greve.

Uma gravação do noticiário da Televisão Central foi então transmitida. "O Presidente Gorbachev chegou a Pequim nesta manhã para a primeira cúpula sino-soviética em trinta anos. Esperamos que os estudantes respeitem este evento histórico e evitem fazer qualquer coisa que venha a comprometer a dignidade nacional da China ou lançar o país em tumulto... Os líderes do Comitê Central e do Conselho de Estado estão preocupados com a saúde dos grevistas de fome e esperam que estes decretem um fim à greve e retornem a suas universidades imediatamente..."

Os estudantes da praça zombaram em desdém. Alguns rapazes se levantaram à luz mortiça e cantaram a Internacional, tentando abafar a transmissão. Um garoto se pôs de pé, envolto em seu cobertor, e gritou:

— Não estamos criando tumulto! Retirem esta calúnia! — Sua voz mal era audível, mas quando a multidão ecoou suas palavras, o clamor parecia se elevar no céu noturno.

Yu Jin marchou através da multidão erguendo uma placa que dizia A GREVE DE FOME CHEGOU À 60ª HORA!, acompanhado por Zhang Jie, que usava uma jaqueta de couro preta.

Os milhares de grevistas estavam aconchegados em suas colchas e em fileiras organizadas. Lembrei-me dos dois meses após o terremoto de 1976 em que todos em Pequim dormiram ao ar livre. De vez em quando, alguns grevistas acordavam de seu sono e eu via seus cabelos ou bonés aparecendo de sob as cobertas. Os outros permaneciam deitados e imóveis, ocasionalmente esticando um pé ou mão para fora dos cobertores ou casacos acolchoados.

Às três da manhã, ainda havia muito barulho na praça. Guardas estudantis passavam correndo em suas bicicletas para começar seus turnos da noite. Moradores de Pequim chegavam em triciclos com caçambas lotadas de donativos de *woks* e lenha. Além de nossa fileira de guardas, um grande pano branco gravado com as palavras SALVEM O POVO se agitava na escuridão. Abaixo dela dormiam dez grevistas da Academia Central de Drama. Dizia-se que tinham trazido um pouco de combustível e juravam atear fogo em seus próprios corpos caso acontecesse uma ação repressiva.

Sentindo uma súbita pontada de fome, tirei um pão do bolso e dei uma mordida. Um estudante deitado a meu lado se sentou bruscamente e disse:

— Ninguém tem permissão de comer na praça.

— O que você pensa que está fazendo? — perguntou Tian Yi, cutucando-me com o cotovelo.

Mimi, antes deitada junto dela, sentou-se.

— Um guarda estudantil foi mostrado na TV ontem, comendo pão na praça — disse ela. — O repórter afirmou que ele era um grevista de fome. Veja, todos os estudantes cobriram as bocas com fitas adesivas.

— Sinto muito, esqueci. De qualquer maneira, preciso ir agora. Alguns rapazes da estação de rádio querem que eu corte seus cabelos. — Levantei-me e me afastei. Fazia dois dias que não comia uma refeição quente. Na verdade, eu não comia muito mais que os próprios grevistas.

Sentia-me desanimado ao me afastar de Tian Yi, temendo que ela tivesse perdido o amor por mim. Não tive coragem de participar da greve. Como Wang Fei, eu não achava que tinha força de vontade. Por toda a minha vida, sonhei em ser um explorador um dia, viajando pela China como o geógrafo da dinastia Ming, Xu Xiake. Mas, após três dias de acampamento na praça, tudo que eu queria era me deitar numa cama macia.

Este é o sonho de seu corpo, e você está preso nele. Como um universo que contempla as ravinas de um pequeno planeta, você observa as ondulações na membrana plasmática de uma célula.

— O Mestre Hu agora usará seu *qigong* para curar os membros da plateia. Se algum de vocês tem uma doença que deseja que o mestre trate, por favor venha ao palco!

Minha mãe imediatamente empurra minha cadeira de rodas à frente. As pessoas começam a se acotovelar e empurrar por todo lado a nossa volta.

— Nós subiremos se vocês puderem colocá-lo aí em cima! — grita minha mãe, enquanto todo mundo continua a correr para o palco.

— As habilidades de *qigong* do Mestre Hu foram elogiadas pelo líder do governo, Liu Ruihuan... — anuncia ao microfone a apresentadora que preside a demonstração de *qigong*. — O programa *Horizontes Orientais* da Televisão Central exibiu uma matéria sobre ele, em que muitos de seus antigos pacientes fazem elogios...

— Tive que comprar um ingresso para meu filho esta noite, mesmo sendo ele um vegetal — diz minha mãe impacientemente à apresentadora. — Eu tinha esperança de que o Mestre Hu pudesse curá-lo. Não teria viajado toda essa distância se não fosse assim.

— Senhor, por favor, diga-me de que doença está sofrendo? — pergunta a apresentadora, sem ouvir minha mãe.

— Gastrite.

— Entendo. E você?

— Hepatite.

— Hum. E você. O quê? Pode falar mais alto, por favor?

— Hiperplasia óssea e enterite.

— Então a senhora está sofrendo de duas doenças, madame.

— Eu tenho colecistite... Deixe-me subir! — Berra minha mãe em sua voz de soprano.

— Sim, a senhora pode subir — responde a apresentadora, finalmente notando minha mãe. — E me diga, de que está sofrendo este jovem que a senhora trouxe consigo?

— Faz três anos que ele está em coma. Está paralisado da cabeça aos pés, sofreu um ferimento na cabeça. Ele é um vegetal agora.

— Tudo bem, traga o rapaz aqui para cima. Agora vou pedir ao Mestre Hu que cure as doenças dos membros da plateia que estão aqui no palco. Vamos dar ao mestre mais uma salva de palmas para mostrar nosso apoio!... O resto de vocês, por favor, retornem a seus lugares. Temos pacientes demais agora. Mas não se preocupem, camaradas, o *qigong* que o Mestre Hu emite se espalhará por todo o salão. Se vocês fecharem os olhos, poderão absorvê-lo. Se estão doentes, o *qigong* irá curá-los. Muito bem, fechem os olhos agora. O

Mestre Hu começará a emitir seu *qi*... Vejam, esta senhora aqui está absorvendo a energia. Suas pernas estão tremendo...

Enquanto ouço a mulher falando, lembro-me da voz suave de Nuwa. Ela sempre me fazia lembrar o som de água fluindo.

Fui erguido ao palco em minha cadeira de rodas. Sinto ondas de energia fluindo por meu corpo, especialmente em torno de meu cólon e baço. Partes de minha carne começam a estremecer.

— Vejam, aquele cavalheiro está sorrindo. Talvez o *qi* tenha tocado seu nervo do riso. Por favor, não riam, camaradas. Mantenham a compostura...

A risada e a conversa esmorecem no salão. Os sapatos altos da apresentadora ressoam ao longo da fileira de pacientes no palco. Por um momento, sinto que sua atenção está concentrada em mim. Indubitavelmente desanimada por minha expressão imóvel, ela rapidamente se dirige a minha mãe.

— Vejam esta senhora — diz a apresentadora. — Ela é claramente muito sensível às ondas do *qi*. Vejam como está balançando para a frente e para trás agora...

É difícil imaginar minha mãe, a fiel comunista, disposta a se envolver nesta prática esotérica.

Um cheiro acre de sopa azeda emana da boca de alguém. Um bipe começa a tocar. Sinto-me como se estivesse num restaurante movimentado.

— O Mestre Hu está expelindo as doenças do corpo dela. Esta jovem de pé, por favor, faça um esforço. Feche seus olhos e deixe que seus braços pendam junto ao corpo. Relaxe o máximo que puder. Todos reagem ao *qi* de diferentes maneiras, dependendo da doença que têm. Este cavalheiro disse que sofre de artrite. Podem ver como seu joelho está tremendo agora?

Eu gostaria de poder escapar deste palco e dos milhares de olhos que me examinam. Meia hora antes, minha mãe me empurrava pelas ruas ensolaradas. Eu ouvia o vento correndo por meu ouvido e depois se afastando com um assovio. Agora estou plantado no palco como um ator. A plateia espera que eu abra os olhos e fique em pé. Mas sei que sou incapaz de fazer isso, porque a parte de meu cérebro que controla estas ações foi danificada de modo irreparável... Ao norte fica a Terra dos Fantasmas. Os habitantes têm cabeça de gente e corpo de cobra, e só têm um olho...

Um vento inclemente sopra por meus olhos. Ele enche a praça com uma nuvem de poeira e dissipa os odores de frascos de remédios quebrados, jornais sujos de comida e dejetos apodrecidos...

Você imagina seu corpo pairando no ar, orbitado por suas memórias.

A grande faixa exigindo DIÁLOGO HONESTO pendia do teto do Museu de História da China, embebendo-se da brilhante luz do sol. Era o quarto dia de greve de fome, e a multidão na praça estava maior que nunca.

Han Dan e Yang Tao eram os únicos incitadores da greve de fome que ainda não tinham sido levados ao hospital. Na noite anterior, Bai Ling fora levada numa maca. Um total de seiscentos grevistas já havia desmaiado. Muitos deles retornaram à greve de fome assim que recobraram a consciência.

— A fome está deixando todo mundo louco — comentou Han Dan em voz baixa, batucando sua caneta esferográfica num jornal no chão. Seus olhos estavam escuros e fundos.

A Irmã Gao correu para perto e disse:

— Um grupo de professores da Universidade de Pequim subiu nas plataformas de observação e começou uma greve de fome em solidariedade a nós. Trinta jovens professores do Instituto Central de Nacionalidades se uniram a eles. Han Dan, você precisa decidir como reagir.

— Eu só posso falar em nome dos estudantes da Universidade de Pequim — respondeu Han Dan. — Diga a Mou Sen para escrever uma carta de agradecimento e usar a rádio para transmiti-la. Ao que parece, o Diretor do Departamento da Frente Unida visitará a praça esta tarde para tentar fazer com que os estudantes terminem a greve de fome. Sou a favor de encerrar a greve, mas se Bai Ling e Lin Lu querem perseverar nela, não há nada que eu possa fazer. — O único cargo de Han Dan agora era como chefe do Grupo Peticionário da Greve de Fome da Universidade de Pequim.

— Provavelmente há pelo menos cem mil pessoas na praça — disse a Irmã Gao. — E amanhã os professores querem organizar uma marcha em massa através da cidade. Com tanto apoio para nós, como você pode pensar em retirada? — A Irmã Gao parecia ter mudado de ideia mais uma vez.

Duas ambulâncias brancas entraram na praça com as sirenes ligadas e correram pela via de resgate que os guardas estudantis abriram para elas.

— Estudantes da Universidade de Medicina de Pequim vieram discutir a instalação de uma clínica de primeiros socorros, Han Dan — falou Chen Di, aproximando-se. — Estão esperando por você na estação de rádio. — Chen Di vinha sobrevivendo à base de leite e solução de glicose durante os últimos dias, e transmitira muitas declarações comovedoras de outros grevistas de fome. Xiao Li estava em situação muito mais frágil. Desmaiara duas vezes, tendo sido colocado no soro na tenda de emergência.

— Diga-lhes que devem conversar com Bai Ling. Não posso falar em nome do Quartel-General da Greve de Fome. — Os lábios de Han Dan estavam secos e rachados. Ele suava tanto que a tinta preta de sua bandana branca escorria por sua testa.

— Não posso voltar para eles agora — respondeu Chen Di com uma expressão lamentável. — Acabei de borrar as calças. Provavelmente tenho colite. Vou sair para comprar uma bermuda.

— Eu deveria colocar um aviso aqui dizendo: Grupo Peticionário da Greve de Fome da Universidade de Pequim — disse Han Dan, irritado. — Só vou tratar com grevistas. A Federação dos Estudantes de Pequim pode cuidar de todos os outros. — Ele parecia aborrecido porque, por volta do quarto dia de greve de fome, sua posição fora usurpada por estudantes mais carismáticos e radicais.

Uma grande multidão chegou marchando da Avenida Changan, segurando uma faixa que dizia GRUPO SOLIDÁRIO DOS CIDADÃOS DE PEQUIM. Um sujeito na frente gritava em um megafone:

— Queremos reunir uma multidão de dez mil moradores e partir em marcha. Todos que quiserem tomar parte, sigam nossa procissão! — Eles usavam macacões azuis e bonés vermelhos e brancos. Alguns seguravam pás ou vassouras, outros tinham crianças nos ombros. A colorida procissão se aproximava e espiralava vagarosamente em torno da praça, progredindo na direção do monumento central como folhas caídas e galhos sendo arrastados para um bueiro.

— Dai Wei, onde está sua guarda estudantil? — exclamou o Velho Fu. — Preciso que eles protejam a estação de rádio.

— Estão guardando o monumento e os grevistas da Universidade de Pequim — respondi enquanto ele se aproximava. — Xiao Li não pode ajudar?

— Ele desmaiou de novo. A rádio é a porta-voz dos estudantes. Se não for apropriadamente guardada, a praça acabará em caos. Você deve recrutar mais guardas e depois destacar subunidades, cada uma com seu próprio líder, e dar um número a cada um. Vá comprar alguns chapéus e braçadeiras para distribuir a sua equipe.

— Quem você está representando agora, Velho Fu? — perguntou a Irmã Gao. — O Quartel-General dos Estudantes, a Federação dos Estudantes de Pequim ou nosso Comitê Organizador?

— Os grevistas, claro! Eles estão sacrificando suas vidas por nossa causa. É nosso dever ajudá-los. — O Velho Fu arfava. Ele soava como se tivesse acabado de correr uma maratona.

— Pensei que você queria voltar ao campus, Velho Fu — comentei.

— Não posso sair agora. Bai Ling me nomeou comandante temporário, e também tenho que cuidar da estação de rádio.

— O Diretor do Departamento da Frente Unida estará aqui dentro de algumas horas — disse Han Dan. — Assegure que a estação esteja firmemente isolada até lá.

— Ele vai perder seu tempo — respondeu o Velho Fu. — Os grevistas não desistirão até que o governo concorde com nossas reivindicações. — Enquanto eu me aproximava da estação de rádio com ele, o Velho Fu disse: — Todo mundo está tentando tomar o controle da estação. Deveríamos levar os nossos caras para lá agora, Hai Feng, Zhuzi e Shao Jian, e elaborar uma estratégia.

— E quanto a Shu Tong? — Fiquei preocupado ao ver que a via de resgate que tínhamos aberto para as ambulâncias estava agora cheia de gente.

— Ele voltou ao campus novamente. Ele e Liu Gang se opuseram à greve de fome, e portanto duvido que os estudantes permitam que ele retorne à praça.

— Han Dan e Ke Xi continuaram com seu jejum, mas ambos estão pedindo a retirada. Não faz sentido.

— Nós estudantes da Universidade de Pequim precisamos estabelecer nossa autoridade, ou ficaremos presos nas disputas entre facções rivais — afirmou o Velho Fu.

— Aqueles 12 intelectuais que vieram ontem à praça também tentaram estabelecer sua autoridade, mas você achou que eles queriam dominar nosso movimento — comentei, repetindo um ponto de vista que Mou Sen expressara.

— Não, eles não estavam tentando tomar o controle. Eles só queriam que nós deixássemos a praça a tempo para a cerimônia de boas-vindas a Gorbachev, de modo que o governo não fizesse um papelão. — O Velho Fu parecia distraído. Era como se apenas metade de seu cérebro estivesse funcionando.

Enquanto entrávamos na tenda da estação de rádio, argumentei:

— Não concordo com você, Velho Fu. Os intelectuais sabem que os estudantes se colocaram num beco sem saída. Eles queriam nos dar a chance de sair da praça com a dignidade intacta.

Mou Sen estava deitado no chão escrevendo um boletim de notícias, fumando um cigarro com avidez. Arranquei o cigarro de sua boca e o apaguei. Seu rosto era como uma folha de papel cinza, ensopado de suor. Ao que parecia, Mou Sen precisava ser colocado no soro.

— Mais alguns estudantes da Universidade Nankai chegaram de Tianjin — sussurrou Mou Sen, sem querer perturbar o debate transmitido que Mao Da presidia. — Eles estão presos do lado de fora do cordão de isolamento da praça. Não têm comida ou cobertores. Assim já é demais. Eles estão furiosos.

— Então que se juntem a nossa equipe de guarda estudantil — respondeu Wang Fei, acordando de uma soneca.

Do lado de fora da tenda, centenas de estudantes faziam fila na esperança de transmitir mensagens ou declarações.

— Enviei alguns estudantes da Universidade Nankai para guardar os barris de água no terraço mais baixo do monumento — falei, sentando-me numa caixa de papel. Estava bastante fresco no interior da tenda. Eu ansiava por me esconder num canto tranquilo e enfiar um pouco de comida na boca.

— A Liga Jovem da Universidade de Pequim veio à praça apoiar os grevistas — disse-me o Velho Fu. — Eles compraram comida e água. Instalamos uma estação de suprimentos no pé do Museu de História da China. Você pode mandar alguns guardas estudantis até lá para protegê-la?

— Peça a Mou Sen para resolver isso — respondi. — Eu já tenho muito o que fazer.

— A Liga Jovem instalou uma linha telefônica — acrescentou Wang Fei, acendendo um cigarro. — Acho que deveríamos nos apropriar dela. Vocês ficaram sabendo? Os donos de restaurantes do mercado Qianmen estão dando comida de graça aos estudantes. Quem mostrar sua carteirinha de estudante ganhará uma caixa de provisões deles. É exatamente como as equipes de ajuda mútua que apareceram durante a Revolução Cultural.

— Muitas das pessoas que participaram da marcha dos cidadãos hoje trabalham em organizações governamentais. E exigem as mesmas coisas que nós. Os protestos já estão alcançando outro nível. — Mou Sen me lembrava o grande escritor Lu Xun na famosa fotografia tirada em seu leito de morte.

Mao Da se aproximou, agarrou a caneca de metal de Mou Sen, tomou dois goles e voltou ao debate que presidia atrás da pilha de equipamentos. Havia oito ou nove pessoas espremidas em torno do microfone.

— Vamos reiniciar o debate — disse Mao Da. Agora que ele tomara um pouco de água, sua voz tinha o dobro do volume.

— Sou estudante de economia. Gostaria de lembrar a todos que nenhuma nação comunista teve uma economia de sucesso...

— Sou estudante do segundo ano de sociologia. O governo vive prometendo que providenciará educação universal em língua inglesa, mas a maioria dos estudantes do ensino médio de todo o país ainda não consegue chegar ao nível mais básico do inglês. O que o governo está fazendo com todo o nosso dinheiro?

— Eu só gostaria de dizer...

— Você deve se apresentar primeiro — interrompeu Mao Da.

— Perdão, sou estudante do terceiro ano de geografia. Eu só gostaria de dizer que nunca ouvi um caso em que a democracia tenha sido criada por uma ocupação pacífica e uma multidão de curiosos. Se queremos democracia, temos que usar táticas mais radicais. Se precisarmos suar, suaremos. Se precisarmos derramar sangue, haveremos de derramar sangue!

Pude ouvir uma grande massa do lado de fora irrompendo em aplausos.

— Eu sou da Universidade Nankai de Tianjin — disse um estudante usando um boné amarelo. — Cheguei aqui há dois dias. Esta manhã, trabalhadores da Metalúrgica Shougang marcharam à praça para demonstrar seu apoio. Eles erguiam placas dizendo: "Não se preocupem, seus irmãos finalmente chegaram!"... Minha garganta está inflamada, então não posso falar por muito tempo. Obrigado a todos!

Eu conhecia aquele estudante. No dia anterior, ele me ajudara a reorganizar a via de resgate que cruzava a praça.

— Companheiros estudantes, sou da Universidade Fudan de Xangai. Fiz fila por horas para ter a chance de falar a vocês. Eu queria dizer que os estudantes de Xangai tomaram as ruas e centenas entraram em greve de fome em solidariedade a nossos companheiros estudantes de Pequim!

Shu Tong entrou na tenda, seguido por Zhuzi.

— Levamos séculos para convencer os guardas estudantis a nos darem passagem para a praça novamente. Por sorte, estou com minha carteira de estudante. De onde vieram todos esses novos guardas? Eles não parecem ter a menor ideia de quem eu sou.

— A estação de rádio do campus é bem mais organizada que este lugar — resmungou Zhuzi. Ele era alto demais para ficar de pé na tenda, mesmo com a cabeça baixa, e por isso tinha que ficar agachado.

— Trouxemos um pouco de dinheiro — disse Shu Tong. — Coloque-o num lugar seguro, Velho Fu. Ei, Dai Wei, ouvi dizer que seu irmão se uniu à greve de fome em Sichuan. — Ele se sentou numa caixa de papelão. Suor escorria por sua nuca.

— Ainda não tive chance de ligar para ele — respondi. — Minha mãe telefona para ele todos os dias, implorando para que ele desista, mas ele não ouve.

— Então você tem um irmão? Ele é tão alto quanto você? — Nuwa tomou um gole de Coca-Cola. Seu cabelo estava um pouco mais longo agora. Eu podia ver as pontas escapando por baixo de seu boné.

— Não perca seu tempo perguntando sobre ele — respondi. — Eu sou o cara alto e bonito da família!

Depois de minha fraca tentativa de humor, Nuwa desviou os olhos e não me dirigiu mais nenhuma palavra.

— Ao que parece, a Delegação Diálogo e a Federação dos Estudantes de Pequim instalaram escritórios na praça esta manhã — disse Shu Tong. — Decidimos mudar o foco do Comitê Organizador para a praça também, e usaremos esta estação como nossa base.

— Esta rádio foi instalada para servir aos grevistas de fome — retrucou o Velho Fu, os olhos agitando-se nervosamente. — Vocês não podem tomá-la.

— Mas o Comitê Organizador pagou por todo este equipamento — replicou Zhuzi. — Só trouxemos você para cá para cuidar da logística, Velho Fu. É claro que devemos manter o controle deste lugar. — Já que a polícia deixara o centro da cidade, Zhuzi posicionara times de guardas estudantis em vários cruzamentos importantes para supervisionar o tráfego, e lhes dera walkie-talkies para que todos pudessem manter contato.

Querendo desanuviar a situação, perguntei:

— As autoridades cortaram a água hoje mais uma vez. O que devemos fazer?

— Você pode conseguir água no banheiro masculino do Palácio Cultural dos Trabalhadores — respondeu Shao Jian. — Eu acabei de ir lá.

— Ouvi dizer que os guardas estudantis não comem há horas — disse Zhuzi.

— Acabei de liberar um grupo para comer algo próximo ao museu — respondi. — Os grevistas não poderão vê-los ali.

— Montei vigília com os guardas ontem, protegendo a via de resgate — disse o Grande Chan. Ele estava deitado num lençol de algodão no chão. —

Moradores locais apareceram e nos deram comida e água. Alguns colocaram cigarros em nossas bocas e os acenderam para nós. Uma senhora de idade limpou o suor de meu rosto com uma flanela limpa. Depois ela tirou outra flanela da bolsa para enxugar o rosto de outra pessoa. Foi muito comovente.

— Rodamos trezentas mil cópias do *Arauto de notícias* hoje, o que é um número de cópias muito maior do que o de qualquer jornal estudantil impresso durante o Movimento Quatro de Maio — anunciou Shu Tong orgulhosamente, erguendo o queixo.

— O *Arauto de notícias* se tornou o alimento espiritual dos estudantes — disse Chen Di. — Eles dormem com cópias sobre os rostos. — Chen Di acabara de retornar à praça depois de comprar uma nova bermuda no mercado Qianmen. Seus lábios tinham um tom roxo escuro e ele arfava. O Velho Fu lhe disse para tirar uma folga dos anúncios e ir descansar no acampamento da greve. Sua namorada desmaiara e estava recebendo tratamento emergencial no hospital.

— Trago boas notícias — disse Shu Tong. — O reitor da Universidade de Pequim concordou em fornecer comida e transporte de graça enquanto estivermos na praça. Cerca de mil estudantes das províncias apareceram em nosso campus desde que a greve de fome começou. Tivemos que dar comida e acomodação a eles. Estão dormindo em nossos beliches. Há dois estudantes em sua cama, Dai Wei.

— Mas eu tirei o colchão.

Percebendo que fazia algum tempo que não via Tian Yi, agarrei um frasco de solução de glicose e saí. Sob a forte luz do sol, a praça parecia uma praia cheia de areia, o que me fez ansiar pela brisa do mar. Parado no centro de um vasto espaço árido, tive o sentimento inquietante de que uma chuva pesada estava prestes a cair.

Encontrei Tian Yi deitada junto de Mimi.

— Veja isso — disse ela, apontando para uma rosa que colocara numa garrafa de plástico com água. — Um morador local me deu. Ela morrerá dentro de alguns dias. Que pena... O Professor Xing nos visitou esta manhã.

— De que departamento ele é? — Sentei-me atrás dela e observei seu rosto pálido e magro, e me perguntei como meu irmão estaria passando em Sichuan.

— Ele é da Academia Chinesa de Ciências. É muito influente. — A testa de Tian Yi estava coberta de suor.

— Ele falou "Sinto muito, cheguei tarde demais", como todos os outros?

— O professor tem 87 anos. Ele disse que o governo está errado em julgar os protestos como "tumulto contrarrevolucionário".

— Ele só ousou vir até aqui quando soube que o governo não lançaria uma ação repressiva.

— Acabei de receber uma transfusão de mil centímetros cúbicos de glicose — disse Tian Yi, esticando o braço. — Se eu me recusasse a tomar, eles me levariam para o hospital. Sinto-me fraca como um fiapo de palha.

Observei seu braço queimado de sol e sem pelos, e a mancha de sangue vermelha em torno da marca da injeção. Depois olhei para seu abdome e vi as dobras de sua saia erguendo-se e baixando enquanto ela respirava.

Os guardas estudantis que protegiam a via de resgate começaram a espalhar um boato de que o Diretor do Departamento da Frente Unida chegara à praça. Alguns grevistas se levantaram, entusiasmados. Uma voz gritou:

— Sentem-se todos! Fiquem calmos!

Outros estudantes gritaram:

— Diga a ele para cair fora. Expulsem-no da praça!

Assim que eu terminei de ajudar Tian Yi a ficar de pé, todos se sentaram novamente.

Subitamente, lembrei que Han Dan me pedira para assegurar que a estação de rádio fosse isolada a tempo para a visita. Eu tinha esquecido completamente.

Uma vez que a multidão se acalmou, pude ouvir a voz de Ke Xi ressoando dos alto-falantes:

— Eu gostaria de começar dizendo que o Diretor Yan Mingfu, do Departamento da Frente Unida, é um membro honrado do Partido e tem uma atitude reformadora... — Depois ouvi Han Dan atualizando o número de grevistas que desmaiaram.

Ônibus passavam ruidosamente a distância. As vozes transmitidas pelos alto-falantes silenciaram a multidão, mas, de onde eu estava sentado, só podia captar fragmentos do discurso do Diretor Yan.

— ...Vocês devem desistir agora, não por seu próprio bem, ou sequer pelo bem de suas famílias, mas pelo bem do país... Saiam agora, e eu asseguro que não haverá retaliação policial... Se não acreditam em mim, tornem-me refém... Vocês não deveriam se machucar desta maneira... O futuro pertence a vocês... Os reformistas do Partido estão trabalhando duro para...

Todos pareciam comovidos pela sinceridade de sua voz embargada.

— Mas não podemos desistir agora! — gritou Tian Yi. Fiquei perplexo. Nunca tinha ouvido Tian Yi gritando daquela maneira.

A praça estava em silêncio. Os olhos de Tian Yi se encheram de lágrimas. Vi seus dedos sujos esfregando as folhas da rosa. Os grevistas a seu redor começaram a chorar também. Uma brisa úmida se deslocava pela praça.

— Tudo que pedimos é um diálogo aberto, mas os líderes do governo estão aterrorizados demais para falar conosco — disse Chen Di em um megafone. — Eles só mandam seus lacaios do Departamento da Frente Unida.

— Não nos diga o que devemos fazer, Diretor Yan! — gritou Wang Fei em seu megafone. — Não somos crianças!

— Veja isso! — Dong Rong chamou minha atenção, erguendo o braço esquerdo. — Fui colocado num soro por meia hora e meu braço inchou até o dobro do tamanho!

A multidão se tornava impaciente. Alguém próximo gritou:

— Para que serve um Departamento da Frente Unida? Somos todos chineses, não somos? Contra quem deveríamos nos unir?

— Foda-se! — berrou outra voz. — De agora em diante vou recusar todos os soros!

Mimi estava abalada.

— Estamos colocando nossas vidas em risco aqui, mas essa gente do governo sequer se dá ao trabalho de falar conosco. São um bando de criminosos! — Ela também tivera uma reação alérgica à transfusão, e seu braço estava tão vermelho e inchado quanto o de Dong Rong.

A atmosfera ficou tensa. Finalmente, Lin Lu anunciou pelos alto-falantes que Ke Xi desmaiara novamente e que o discurso do Diretor Yan teria que ser interrompido. Ele pediu aos representantes da universidade que se dirigissem ao monumento para uma reunião de emergência.

O rosto de Tian Yi pingava de suor.

— Não me sinto bem — gemeu. Pressionei seu pulso. Estava acelerado. Todo o seu corpo tremia.

Quando o Diretor Yan saiu da praça, ela já estava mais calma, mas ainda parecia muito fraca. Sentia-me impotente. Não havia nada que eu pudesse fazer para ajudá-la. Zhang Jie e eu abrimos um espaço diante do monumento para a reunião. Após um longo debate sobre uma possível retirada da praça, Lin Lu anunciou que o Quartel-General tinha feito uma pesquisa e descoberto que 2.699 grevistas eram a favor de continuar a ocupação, enquanto apenas 54 eram contra.

A Delegação Diálogo e a Federação dos Estudantes de Pequim não tiveram escolha a não ser seguir o desejo dos grevistas de fome, e a proposta de deixar a praça foi rejeitada.

A Irmã Gao disse em desespero:

— É claro que os grevistas querem perseverar até o fim. Mas e quanto aos outros estudantes? Quem os representa? Eles são a maioria, afinal.

Shu Tong e Yu Jin saíram para recolher opiniões entre os outros estudantes na praça. Enquanto isso, Yang Tao se pôs de pé, limpou as lentes dos óculos e declarou:

— Nossa única opção agora é adotar a última das Trinta e Seis Estratégias de Sun Tzu, a Retirada. A situação na praça está fora de controle. Se ficarmos, nosso movimento estará condenado. A única maneira de evitar a derrota é retirar nossas tropas imediatamente. — Yang Tao era especialista em A arte da guerra de Sun Tzu. Desde que começara a trabalhar no escritório de teoria política do Comitê Organizador, ele vinha adquirindo a reputação de um moderno Zhu Geliang, o brilhante estrategista militar da dinastia Han.

Seu corpo é uma prisão, um quadrado sem portas de saída.

A Praça da Paz Celestial era o coração de nossa nação, um vasto espaço aberto onde milhões de pequenas células podiam se reunir e se rebelar, e, mais importante, esquecer as paredes espessas e opressivas que as cercavam...

— Este jovem camarada é amigo de vocês? — pergunta a Vovó Pang. Ela deve ter setenta anos agora, mas seguiu nosso visitante por toda a escadaria desde o térreo.

— Olá, tia, eu sou Yu Jin — uma voz diz à minha mãe. — Estudei na Universidade de Pequim com Dai Wei. Trabalho em Xangai agora, para uma financeira.

Eu o imagino ignorando a Vovó Pang e entrando em nosso apartamento.

— Sim, nós nos conhecemos — responde minha mãe. — Eu só não conseguia lembrar seu nome. Por favor, entre.

— Quanto tempo você vai ficar? — pergunta a Vovó Pang. Tenho certeza de que ela colocou o pé na entrada da porta. Talvez tenha até entrado em casa.

— Não muito — responde Yu Jin. — Você se arrastou por todo o caminho aqui para cima com suas pernas fracas só para me espionar? Não se preocupe, eu faço questão de sair antes que você tenha tempo de denunciar minha visita à polícia.

— Quem disse que tenho pernas fracas? Subi seis andares de escada, não subi? Tudo bem, você pode dar uma palavrinha rápida, mas não fique por muito tempo. — Ouço Pang girando nos calcanhares e se preparando para sair.

— Cuidado para não escorregar no caminho, Vovó Pang — minha mãe diz sarcasticamente. — Quem é que vai pagar pelo tratamento médico?

— Tudo bem, basta de suas chacotas — retruca ela. — Apenas tomem cuidado. Só estou fazendo isso por vocês, sabia? Se a polícia viesse aqui, quem sabe o que poderia acontecer...

— Nada vai acontecer se você não se meter na minha vida. Eu estou avisando, estou ficando sem dinheiro. De agora em diante, se você ousar colocar o pé neste apartamento, vou cobrar dez yuans. — Minha mãe bate a porta e resmunga: — Essa velha cascavel perdeu o juízo. Assim que alguém me visita, ela liga para a polícia e depois pede deles um reembolso pelo preço da ligação. Até *eles* já estão fartos dela.

— Deixe-me dar uma olhada em Dai Wei, tia.

— Sim, sim. Pode entrar. Vocês eram do mesmo dormitório. Mao Da falou de você quando veio.

Posso sentir Yu Jin olhando para mim.

Um odor de tabaco e perfume de mulher emana de seu casaco de penas. Antigamente, eu era muito mais alto que ele, mas agora estou deitado e atrofiado sob seus olhos nesta cama de ferro. Não posso lhe fazer qualquer pergunta. Só posso esperar pacientemente e torcer para que ele me diga algo que não sei, como quando Mao Da e Zhang Jie me visitaram e eu descobri que o Velho Fu e Ke Xi criaram a Frente Democrática da China em Paris e que Shu Tong e Lin Lu apareceram num documentário de TV estrangeiro e tiveram suas memórias publicadas nos Estados Unidos.

— Dai Wei! Meu Deus! Como é que você ficou desse jeito? Em 1989, você era o nosso general. Você botava todo mundo na linha. Ah! Não posso acreditar.

— Sente-se — diz minha mãe. — Eu me lembro de Tian Yi falando de você...

— Nem me fale nesse nome! As fotos que ela tirou na praça colocaram centenas de nós em apuros. Os reveladores enviaram os negativos para o comitê do Partido na Universidade de Pequim. Eu sei que foi um erro inocente, mas muitos estudantes suspeitaram de que ela trabalhava para o governo por causa disso.

Que desastre! Lembro-me de ter levado aqueles rolos de filme para revelar para Tian Yi. Eu não disse aos funcionários qual era minha universidade. Como eles descobriram para onde mandar os filmes? Eles poderiam ter destruído os negativos. Não precisavam passá-los adiante.

— Ele parece horrível agora, eu sei — diz minha mãe —, mas, por algumas semanas no outono, ele de repente parecia um menino novamente. Sua pele ficou lisa e macia. Todo o rosto se iluminou. Foi muito estranho.

— Ele deve ter recebido uma visita de Tian Yi. — A voz de Yu Jin não mudou. Vozes sempre permanecem as mesmas. Quando o ouvi falando há um minuto, soube imediatamente que era ele. — Sinto por não ter visitado antes — ele continua. — Devo ser o último dos colegas de Dai Wei a aparecer aqui para ver vocês. Mas esta foi a primeira chance que tive. Passei dois anos na prisão com Zhuzi e Fan Yuan. Depois de minha libertação, não tive permissão de continuar meu doutorado, então me mudei para Xangai e consegui um emprego numa empresa de segurança do Distrito Pudong. Só consegui me colocar nos eixos novamente há pouco tempo. Nunca falo sobre política hoje em dia. Vim a Pequim a negócios. Cheguei ontem e consegui seu endereço com Mimi.

Quer dizer que esse cara é um agente financeiro agora? Ouvi no rádio que o governo criou uma Zona Econômica Especial em Pudong, semelhante à de Shenzhen. Muitos formados com mestrado ou doutorado foram para lá em busca de empregos em companhias estrangeiras.

— Há meses que Mimi não nos visita — comenta minha mãe. — Tian Yi só vem duas vezes por ano. Todo mundo está concentrado em suas carreiras. Acho que Dai Wei teve sorte de escapar com vida, mas é tão duro cuidar dele que às vezes eu gostaria que ele estivesse morto. Se o primo americano não tivesse mandado dinheiro para nós, estaríamos na rua agora.

Zhou Suo foi aprisionado, mas eu não sei o que aconteceu com nenhum outro estudante da Universidade Qinghua. Sei que pelo menos 36 estudantes da Universidade de Pequim foram mortos. Não sei bem quem eram todos, mas alguns definitivamente eram da última equipe de guardas estudantis que enviei para defender os cruzamentos.

— Eu trouxe mil yuans para vocês, para financiar as despesas médicas de Dai Wei — diz Yu Jin. — Não faz muito tempo que estou neste emprego, mas ele tem boas perspectivas. A Zona Econômica Especial de Pudong tem grande potencial de crescimento. Persuadi muitos de meus antigos colegas de universidade a se mudarem para lá.

— Não posso aceitar tanto dinheiro desta maneira — protesta minha mãe. — Não faz muito tempo que você saiu da prisão, precisa cuidar de si mesmo. Seus pais estão bem?

— Sim, estão ótimos. Eles vivem em Wuxi. Mas ambos perderam os empregos quando fui mandado para a cadeia.

Ouço um telefone tocando. O ruído me assusta.

— Alô — diz Yu Jin. — Sim. Tudo bem. Às sete horas, então. Faça seu irmão aparecer também. Não se preocupe, é por minha conta. Vamos nos encontrar na porta do McDonald's da rua Wangfujing. Eu? Estou na casa do Dai Wei. Haha! Tudo bem, tudo bem. Vejo você mais tarde. — Ouço Yu Jin apertando um botão.

— O que é isso? — gagueja minha mãe. — É maior que aqueles que a polícia carrega.

— Isso não é um walkie-talkie, tia. É um telefone celular. É como os telefones que as pessoas têm em casa, mas você pode levá-lo por aí.

— Ah, eu li sobre isso nos jornais. São chamados "Big Brothers". Ao que parece, todos os empresários ricos têm isso agora. Quando saem para uma refeição, eles só têm que colocar o telefone sobre a mesa e os gerentes dos restaurantes imediatamente rastejam a seus pés.

— Bipes são passado agora. É assim que as coisas andam. A informação é uma moeda de troca. Se você não tem um aparelho desses, ninguém vai respeitá-lo.

— Quanto custa?

— Mais de dez mil yuans — respondeu Yu Jin, impassível.

— Não acredito! Isso é mais que três vezes o preço de um telefone comum. Você se deu muito bem na vida. Você é a primeira pessoa que conheço que tem um "Big Brother".

— Não é grande coisa. Muita gente em Shenzhen e Xangai está usando isso agora. Diga, como anda o tratamento de Dai Wei?

— Sente-se. Vou fazer uma xícara de chá para você. Aqui, pode se sentar nesta cadeira.

Enquanto ouço minha mãe tirando os frascos de remédios da cadeira e colocando-os sobre o aparador, tento adivinhar a aparência do jovem corretor financeiro Yu Jin. Eu o imagino de terno e gravata, meias limpas e lustrosos sapatos de couro. Seu cabelo é curto, ou talvez calvo. Pela manhã, ele marcha para seu escritório com confiança e meneia a cabeça para cumprimentar seus colegas ou troca com eles um firme aperto de mão.

Enquanto minha mãe sai para fazer o chá, sinto os olhos de Yu Jin fixos em mim. Após algum tempo, ele diz:

— Dai Wei, eles podem ter conseguido nos separar, mas nós precisamos continuar lutando. Quando me prenderam, eu me recusei a confessar culpa. Apenas contei o que aconteceu. Eu disse que você era o líder da militância, claro. Ali eu já sabia que você estava em coma e que não teria problemas. Todos que tinham contatos no exterior partiram. Os que ficaram desistiram da academia e entraram para o comércio. Se você quiser viver sua vida com um pouco de dignidade hoje em dia, precisa fazer dinheiro. A Universidade de Pequim perdeu sua alma. Ninguém mais quer estudar lá. Agora, os estudantes são obrigados a cumprir um ano de treinamento militar antes que comecem os cursos, e por isso levam quatro ou cinco anos até a formatura.

O que há de errado com nossa geração? Quando já havia armas apontadas para nossas cabeças, ainda perdíamos tempo brigando entre nós. Éramos corajosos, mas inexperientes, e tínhamos pouca compreensão da história da China.

Você se lembra de estar parado no meio da praça, o vento quente soprando em seu rosto. A praça era como o quarto em que você está deitado agora: um espaço quente com um coração vivo, aprisionado no centro de uma cidade gelada.

Pouco antes do anoitecer, um anúncio é emitido pelos novos alto-falantes que tinham acabado de ser agregados ao outro lado do monumento. Yu Jin correu para ver o que estava acontecendo e voltou alguns minutos depois.

— A Federação dos Estudantes de Pequim e os estudantes da Universidade Qinghua instalaram sua própria estação de rádio no canto sudeste do monumento. Estão chamando a estação de "Voz de Qinghua".

O Velho Fu conversava com Mou Sen sobre a criação de um novo sistema editorial. Ambos foram nomeados vice-comandantes do Quartel-General da Greve de Fome por Bai Ling. Quando o Velho Fu ouviu as notícias, levantou-se e disse:

— Venha, vamos dar uma volta e verificar.

— Parece que o equipamento deles é pelo menos três vezes mais potente que o nosso — disse o Pequeno Chan. — E eles também têm muitos alto-falantes mais. Vejam, estão todos empilhados ali no terraço mais baixo.

— Será um caos se todos começarmos a transmitir ao mesmo tempo — comentou o Grande Chan, aproximando-se de nós. Desde que se uniram a minha equipe de guardas estudantis três dias antes, o Grande e o Pequeno Chans não saíram mais da praça. Eles levavam seus trabalhos muito a sério, e agora eram responsáveis pela supervisão da segurança da área do monumento.

— Tenho certeza de que podemos chegar a algum entendimento — disse o Velho Fu calmamente.

O acampamento Qinghua do outro lado parecia bem mais organizado que o nosso. Haviam erigido uma grande tenda branca para proteger seus grevistas do calor e esfriavam o chão de pedras diante da tenda com água e grandes blocos de gelo.

Sua estação de rádio era um abrigo quadrado encostado na base do monumento, assim como a nossa. A porta era voltada para o sul. Havia tantos guardas estudantis protegendo a entrada que eu nem podia ver o interior. Tentamos entrar, mas bloquearam nossa passagem. O Velho Fu disse:

— Por favor, peçam ao chefe da rádio para sair. Trouxemos uma fita para que ele transmita.

Zhou Suo saiu da tenda. Ele era presidente do Comitê Organizador da Universidade Qinghua. Por sua pele escura e curtida e feições rudes, via-se que ele crescera nas zonas ventosas do Platô Amarelo na Província Shanxi.

Yu Jin se aproximou dele.

— Somos da estação de transmissão da Universidade de Pequim. Acho que já nos conhecemos.

— Trouxemos uma fita para vocês — disse o Velho Fu, num tom amigável, mas ligeiramente paternalista. — É muito comovente. Podem usá-la se quiserem. Nós só a transmitimos para os estudantes da Universidade de Pequim. As pessoas deste lado não podem ouvir nossa rádio.

— A Federação de Estudantes de Pequim decide o que nós transmitimos, e você não é mais o presidente, Velho Fu — retrucou Zhou Suo, gelidamente.

Um vestígio de constrangimento cruzou o rosto do Velho Fu quando ele percebeu que havia perdido sua autoridade. Ele argumentou:

— Bem, eu ainda sou membro do comitê que lidera a Federação. Quem mais da Federação dos Estudantes de Pequim está aqui?

— Fan Yuan e a Irmã Gao. Se quiser, pode perguntar a eles se querem tocar a fita. — Estava claro que Zhou Suo não queria assumir a responsabilidade por coisa alguma.

Entramos na tenda. Estava muito escuro. Tirei meus óculos de sol.

O Velho Fu avistou a Irmã Gao.

— Você pegou dinheiro emprestado conosco — disse ele, aproximando-se dela. — Eu não sabia que era para montar uma rádio rival!

— O dinheiro que peguei era para comprar chocolate e biscoitos para os grevistas que foram levados para o hospital. Cao Ming estava comigo quando distribuí os alimentos. Se não acredita em mim, pergunte a ele. — A Irmã Gao estava ajoelhada no chão, organizando uma pilha de roteiros.

— Vocês só transmitem para os estudantes da Universidade de Pequim — disse Fan Yuan friamente. — Mas a Federação tem o dever de disseminar a informação para a ampla massa de estudantes e civis na praça. Não gastamos nada do seu dinheiro neste equipamento. Aquele gerador foi doado por trabalhadores de Pequim.

— Não precisamos da Federação na praça — retrucou o Velho Fu, a expressão endurecida. — Vocês deveriam voltar para o campus.

— Você já não é mais o presidente ou comandante — devolveu a Irmã Gao. — Não pode nos dizer o que fazer. A maioria dos comitês organizadores das universidades apoiou este plano. Todos nos apoiam. — Ela costumava se repetir quando ficava irritada.

— Se continuarem com isso, ninguém poderá ouvir nossas transmissões lá atrás — eu me intrometi, vendo que o Velho Fu estava mudo de ódio.

— Bem, então parem de transmitir! — disse Fan Yuan. — Tudo que vocês fazem é trazer intelectuais famosos para repetir que este é o momento mais grave da história de nossa nação e que é nosso dever tomar uma posição. Mais do que uma rádio estudantil, vocês são um show de celebridades. — Fan Yuan estava usando óculos de armação de metal. De perfil, ele parecia fino como uma tábua de madeira.

— Nós chegamos aqui primeiro — disse o Grande Chan. — Vocês estão destruindo a solidariedade estudantil ao instalar esta operação rival.

A bela anunciante deles se aproximou e disse:

— Todo mundo está farto de suas transmissões. Pela manhã, elas são sombrias e deprimentes, mas quando os doadores aparecem à tarde, elas ficam bem-humoradas e otimistas. Todos esses altos e baixos estão deixando todo mundo louco. — Ela sorria enquanto falava. O som de sua voz límpida era tão refrescante quanto um sorvete num dia quente. Mas ela não era tão bela quanto Nuwa.

— Aquela transmissão que vocês fizeram há pouco não foi tão impressionante — disse o Pequeno Chan. — Vocês só estavam lendo nossos telegramas e petições. Não conseguem ter ideias melhores?

— Seria mais sensato se vocês tivessem discutido seus planos conosco antes de instalar este lugar — disse o Velho Fu humildemente, consciente agora de sua falta de influência.

— Sem uma estação de rádio, não poderíamos fazer qualquer trabalho de propaganda — Fan Yuan falou. Após uma pausa, ele acrescentou: — Acho que seria melhor se vocês fechassem sua rádio e deixassem que prosseguíssemos com nosso trabalho.

— Naquela reunião conjunta que tivemos há algumas horas, vocês não disseram uma palavra sobre a instalação desta rádio — disse o Velho Fu.

— A reunião foi sobre nos retirarmos da praça ou não — respondeu a Irmã Gao. Ela e o Velho Fu tinham sido grandes amigos no passado.

Percebendo que a discussão não estava indo a lugar algum, demos meia-volta e saímos.

— Nossa única opção agora é comprar um amplificador maior e instalar mais alto-falantes — falei em nosso caminho de volta para a rádio.

Próximo dali, alguém pendurara uma pequena garrafa sobre uma placa que dizia O POVO DE SICHUAN O CONVIDA A VOLTAR PARA CASA, CAMARADA DENG. Era claramente um trocadilho com o nome de Deng Xiaoping, que, embora significasse "Pequena Paz", soava idêntico a "Pequena Garrafa". As pessoas reunidas por perto riam ao ler a mensagem.

— Quando a Federação se transferiu para a praça hoje, os guardas estudantis da Universidade Qinghua lhes deram acesso ao terraço mais alto do monumento — disse o Grande Chan.

— A Federação deve ter recolhido um monte de doações — acrescentou o Pequeno Chan. — Vejam, eles organizaram um escritório de comunicações e um de finanças ali em cima, e todos estão usando lenços vermelhos no pescoço. Parecem um organizado exército em miniatura. — Ele e o Grande Chan estavam usando bermudas jeans da mesma marca.

O Velho Fu pareceu recuperar sua autoridade subitamente.

— Temos que convocar uma reunião dos representantes das universidades imediatamente e decidir quem é responsável pelo quê. Vamos começar. Vou abrir um espaço na frente de nossa estação de rádio e você vai notificar os representantes, Dai Wei.

Circulei pela multidão com os dois Chans. Fomos a cada acampamento universitário e pedimos que mandassem um representante à reunião. Logo tínhamos reunido mais de cem pessoas. Quando retornamos à rádio, vi a Irmã Gao e Fan Yuan parados na frente, com Lin Lu e Chen Bing, a garota da Normal de Pequim que era agora cocomandante do Quartel-General da Greve de Fome. Bai Ling, que acabara de receber alta do hospital, também estava lá. Liu Gang, que voltara do campus para dar uma palavra com o Velho Fu, estava sentado junto deles.

A reunião começou com uma discussão sobre como administrar a praça.

Examinei o grupo reunido. Ke Xi e Han Dan não estavam lá. Ambos haviam desmaiado e ainda estavam em recuperação no hospital. Lin Lu e Liu Gang eram os únicos que pareciam compostos. O rosto de Wang Fei estava vermelho escarlate, assim como o de Nuwa, que estava sentada a seu lado. Ele colocara uma mesa no terraço mais baixo do monumento e fixara um aviso que dizia Escritório de Propaganda da Praça da Paz Celestial. Enquanto eu o examinava, Wang Fei se pôs de pé e gritou:

— Qualquer um que queira participar do Esquadrão Suicida de Propaganda, por favor aliste-se aqui. Partiremos esta noite e chegaremos à Metalúrgica Shougang antes que o primeiro turno comece amanhã de manhã. Faremos discursos na entrada da usina, informando os trabalhadores de que nossa ocupação não acabará até que nossas exigências sejam atendidas...

— Havia tantos estudantes das províncias na praça que o sotaque regional de Wang Fei já não parecia estranho. Liu Gang se pôs de pé e propôs que os estudantes retornassem a seus campus, mas foi imediatamente vaiado.

Um morador de Pequim riu e disse:

— Esse movimento é uma farsa! O que um bando de amadores como vocês acha que pode conseguir?

Shao Jian parecia muito frágil. Ele se pôs de pé vagarosamente e, franzindo a testa, propôs que os estudantes que não estavam em jejum deveriam assumir a administração da praça.

Mas Bai Ling não concordava. Ela estava sentada numa caixa de madeira, com suor escorrendo por seu pescoço. Seu rosto estava emaciado e amarelo.

Duas enfermeiras em jalecos brancos montavam guarda atrás dela, as mãos pousadas em seus ombros.

— Há centenas de milhares de pessoas na praça — eu disse em voz alta. — O governo tirou a polícia da cidade, então somos responsáveis por manter a ordem pública agora. Os grevistas estão desmaiando a cada minuto. Precisamos assegurar que a via de resgate esteja bem protegida para que as ambulâncias possam chegar a eles e levá-los ao hospital. Se quisermos que tudo corra tranquilamente, precisaremos de uma equipe de administração forte. Como vocês grevistas esperam supervisionar tudo isso num estado tão frágil?

O rosto de Chen Di estava áspero e pálido como papel de cânhamo. Ele não parava de se levantar e pedir para falar algo.

Mou Sen estava deitado de lado numa maca, segurando um megafone. Ele abriu os olhos e disse fracamente:

— Os grevistas da Academia Central de Drama anunciaram que recusarão todos os líquidos! Não deveríamos perder tempo com estas discussões sem sentido quando os estudantes estão à beira da morte.

— Os grevistas estão em estado muito frágil — disse um jovem médico que prendia um soro ao braço de Mou Sen. — Não digam nada que possa causar preocupações desnecessárias a eles. — Três outros representantes estudantis estavam deitados em macas junto a Mou Sen, sendo atendidos por duas enfermeiras.

Hai Feng apareceu e anunciou em voz alta:

— O hospital informou que muitos dos estudantes que desmaiaram estão agora em estado crítico, e alguns até entraram em coma. — Ele se aproximou de onde eu estava sentado e acrescentou: — A Delegação Diálogo veio à praça nesta manhã dizendo que queria unir forças com a Federação. Mas a Federação se despedaçou. Quando Fan Yuan convoca uma reunião, ele é a única pessoa que aparece. O que a praça precisa agora é de algum tipo de liderança central.

— Como você pode falar essas coisas... quando estamos lutando para continuar vivos? — perguntou Bai Ling, tendo que parar no meio da frase para tomar um gole d'água.

As multidões marchando pela Avenida Changan gritavam:

— Os estudantes se matam de fome e os líderes do governo enchem as panças de comida!... Se os oficiais corruptos venderem todos os seus Mercedes, acabarão com a dívida nacional de uma só vez! — O barulho era tão grande que, por um momento, eu não podia ouvir nada do que era dito na reunião.

— Se seu bando entrar em greve de fome, interrompemos nosso jejum e vamos cuidar da praça — disse Cheng Bing roucamente. Ouvi dizer que ela desmaiara de desidratação no dia anterior. Embora Tian Yi estivesse muito frágil, ela ainda não havia desmaiado.

— O Pelotão 27 já entrou nos limites da cidade, pelo amor de Deus! — gritou Hai Feng, sacudindo as mãos em exasperação. — Precisamos nos organizar!

— Os estudantes estão desmaiando de fome e tudo que vocês fazem é continuar suas disputas por poder — reclamou Lin Lu, o rosto inexpressivo.

Enquanto a discussão mais uma vez acabava na questão de ficar ou sair da praça, Bai Ling desmaiou de repente. As enfermeiras gritaram para que alguém chamasse uma ambulância. Ninguém tinha ânimo para continuar a reunião. Liu Gang se voltou para o Velho Fu e disse:

— Vamos injetar ânimo nisso, Velho Fu. Temos uma rádio. Deveríamos usá-la para promover a democracia na praça e informar os estudantes de nossos vários pontos de vista. — Ele deu duas tragadas em seu cigarro em rápida sucessão e observou enquanto os representantes se levantavam e saíam.

Ao anoitecer, grupos de moradores de Pequim continuavam a entrar na praça para mostrar seu apoio. Sempre que passavam por um acampamento de grevistas de fome, gritavam:

— Vida longa aos estudantes! — O Grande Chan, o Pequeno Chan e eu tínhamos que correr para perto o tempo todo e pedir que não gritassem.

Quando voltei para a estação de rádio, Mao Da apareceu com Yan Jia e Bao Zunxin, dois intelectuais reformistas da Academia Chinesa de Ciências Sociais. Mou Sen e eu convidamos a dupla a se acomodar nos bancos diante do microfone. Mou Sen, que tinha grande admiração por aqueles homens, disse:

— Sinto muito pelo cheiro estranho. Vem dessa tenda à prova d'água que acabamos de levantar... Fiquei muito decepcionado por não estar aqui quando vocês visitaram a praça há alguns dias. Faz muitos anos que leio seus livros e ensaios. — Ele fitava os olhos de Yan Jia como um garoto de escola ávido por conhecimento. Achei que sua cortesia era um pouco exagerada.

— Tenho notícias importantes para transmitir a vocês — disse Yan Jia. — Deng Xiaoping renunciou a seu cargo. Vocês estudantes fizeram um grande trabalho! — Yan Jia era um respeitado cientista político. Ele e a esposa escreveram uma arrebatadora história da Revolução Cultural. Sempre presumi que se tratava de um jovem, mas na verdade ele era um homem de meia-idade. Seus óculos de lentes grossas se acomodavam pesadamente na ponte larga de seu nariz.

— Deng Xiaoping renunciou? — repeti, mal acreditando em meus ouvidos. — Meu Deus! Isso significa que o secretário-geral Zhao Ziyang e seus reformadores ganharam a batalha interna. Nosso movimento venceu!

— Você tem certeza de que esta informação está correta, Professor Yan? — perguntou Mou Sen, também não ousando acreditar no que acabara de ouvir.

— É uma informação completamente confiável — respondeu Yan Jia solenemente.

— Trouxemos uma cópia da Declaração de 16 de Maio que acabamos de escrever em apoio a seu movimento — disse Bao Zunxin. — Ninguém a viu ainda. — Bao Zunxin era pesquisador no Instituto de História da Academia, um comitê de especialistas que provia a ala reformista de Zhao Ziyang com ideias políticas.

Mou Sen jogou seu cabelo longo para trás.

— Por obra da sorte, temos um âncora profissional conosco hoje. Ele é o homem perfeito para anunciar esta importante notícia. Vou apresentá-lo a vocês. Este é o Sr. Zhao. Ele trabalha para a Televisão Central da China.

— Sim, sim, sou Zhao Xian. Durante o dia, sou porta-voz do governo, e à noite, sou o porta-voz dos estudantes! — disse o âncora da TV, rindo para si mesmo.

— Quando sua voz sair pelos alto-falantes, os estudantes pensarão que estamos retransmitindo um programa da Televisão Central — comentei, surpreso por ver que na vida real o Sr. Zhao falava com o mesmo mandarim impostado que usava para anunciar as notícias do meio-dia.

Mou Sen redigiu um breve boletim sobre a renúncia de Deng Xiaoping e pediu a Zhao que o lesse. A notícia lançou ondas de choque por toda a praça. Todos gritavam em celebração. Moradores de Pequim soltaram fogos de artifício. Algumas pessoas atearam fogo a fotografias de Deng Xiaoping. Uma coluna de estudantes se reuniu do lado de fora do Grande Salão do Povo e se preparava para marchar pela cidade, gritando, "Vida longa a Zhao Ziyang e seus companheiros reformistas!" e "Que Zhao Ziyang assuma a Presidência da

Comissão Militar Central!". Lin Lu se aproximou e me disse para levar um grupo de guardas estudantis para a rua Wangfujig, para assegurar que ninguém tiraria vantagem da situação para saquear lojas. Ele não queria que qualquer distúrbio irrompesse nas ruas, para que o governo não o usasse como pretexto para lançar uma ação repressiva contra nós. Fiquei impressionado por sua previdência.

Embora seus nervos estejam dormentes, você sente a lembrança do amor pulsando em seu cérebro como o tique-taque de um relógio.

Naquela noite, sonhei que Tian Yi corria para mim com lágrimas nos olhos, gritando para que eu escapasse enquanto soldados avançavam para nós em ruas estreitas. Assim que acordei, procurei por ela. Por fim a avistei, deitada sob sua familiar colcha de estampa florida, dentro de uma nova tenda improvisada. O chão estava coberto de tábuas de madeira doadas por oficiais do governo local que simpatizavam com nossa causa.

Cruzei a massa de corpos prostrados e me sentei junto dela. Era o começo de seu quinto dia de greve de fome. Os estudantes de psicologia estavam acampados junto aos alunos de literatura chinesa, e portanto Bai Ling e Han Dan estavam por perto. Nossos guardas tinham feito um bom trabalho em proteger o acampamento. Os médicos de jalecos brancos foram os únicos estranhos que deixamos entrar. As sirenes das ambulâncias acordaram a maior parte dos grevistas, inclusive Tian Yi.

Olhei para seu rosto pálido e lábios rachados, e senti suas mãos gélidas. Ela não parecia apenas velha agora, parecia estar morrendo. Uma brisa fria corria pela manhã nublada.

— Sinto muito por ter me perdido de você ontem à noite. Tive que levar alguns guardas para a rua Wangfujing e garantir que as lojas não fossem saqueadas, e quando voltei não consegui encontrá-la. O que há nesse frasco que você está segurando?

— Solução salina. Tem cheiro de leite de coco. Ontem eu não parava de sentir ânsias de vômito, mas não há nada em meu estômago para colocar para fora.

— Está muito úmido aqui — falei, afagando seus braços por dentro da colcha.

— Quase não dormi à noite.

— Estávamos certos em ocupar a praça — continuei, tentando animá-la. — Há um novo clima de otimismo na cidade. Todos se uniram a nosso movimento. Até os ladrões e punguistas prometeram parar de trabalhar em apoio a nós!

— Veja como estou fraca... — disse ela, lutando para erguer as mãos. — Você foi ao apartamento de sua mãe ontem à noite?

O céu começava a tomar uma doentia cor branca, e o rosto dela tinha quase a mesma cor.

— Não, só fui até lá uma vez desde que viemos para a praça. Eu precisava buscar roupas limpas. Ela me perguntou por que faz tanto tempo que não a levo para vê-la. Ela não sabe que você se alistou na greve.

— O que ela pensa de nossos protestos? — Tian Yi não gostara de minha mãe até vê-la cantando *As bodas de Fígaro*. Ela ficara comovida com o canto.

— Minha mãe disse que estamos certos em combater a corrupção, mas acha que a greve de fome é um passo muito radical e fará com que a China perca respeito internacionalmente. Ela começou a reclamar de meu pai novamente e me aconselhou a não cometer os erros dele. "Não chame atenção para si. Lembre-se de que o pássaro que deixa seu bando é sempre o primeiro a ser morto", foi o que ela me disse. Mas todos os jovens cantores de sua companhia de ópera vieram à praça. É o que está na moda.

— Não há oxigênio suficiente entrando em meu cérebro — murmurou Tian Yi. — Se eu continuar por mais tempo, vou virar um...

— Tome um pouco deste leite — eu disse, mostrando o saco de leite que levara para ela. — O governo terá que concordar com nossas exigências em breve. Quando a greve acabar, vamos ao restaurante árabe do lado de fora do campus e eu vou pagar um grande prato de macarrões fritos para você.

Tian Yi se inclinou à frente e repousou os braços frágeis em meu colo.

— Odeio o gosto do leite... — resmungou. — Ele me lembra a minha infância... Minha mãe estava com seis meses de gravidez quando meu pai foi condenado como contrarrevolucionário. O choque foi demais para ela. Nasci prematura e pesando apenas três quilos. Ela não me deu de mamar, por medo de ofender o Partido ao alimentar a filha de um contrarrevolucionário. Alguns dias depois, ela me jogou nos braços de meu pai e fugiu. Meu pai comprou duas garrafas de leite de vaca e lentamente me trouxe de volta à vida.

— Se você não quer leite, posso conseguir outra coisa.

— Meu cérebro está uma bagunça... Detalhes banais não param de me vir à cabeça. Acabei de me lembrar do pijama vermelho e branco que usava quando criança. Quando estamos vivos, temos que pensar em um monte de coisas. É tão exaustivo. Não sei se posso continuar. — Com o rosto enterrado em meu colo, ela agora falava nas dobras de minhas calças.

— Você não vai morrer. Quando o corpo passa fome, as células trabalham em dobro. Sua força vital é grande.

Ela segurou meu cinto e tentou se sentar.

— Por que estou fazendo greve de fome? — Suas mãos, tão frias alguns momentos antes, agora estavam quentes e trêmulas.

— Você se alistou no Grupo Peticionário da Greve de Fome da Universidade de Pequim — respondi.

— O que quero dizer é: para quem estou fazendo isso? Para aqueles líderes do governo? Nós realmente temos que nos matar de fome para conseguir que eles falem conosco? — ela fechou os olhos novamente.

— Não há necessidade de se sacrificar. Não vale a pena. Quando o movimento acabar, podemos sair do país e viver nossas vidas em liberdade. — Eu queria apertá-la em meus braços, mas tinha medo de machucar seu corpo frágil.

Tian Yi ergueu os olhos para mim. O branco de seus olhos estava amarelado. Suas íris refletiam o contorno escuro do Portão da Paz Celestial.

Tentei abrir o saco de leite. O plástico rasgou e o leite se derramou na colcha. Tinha um cheiro azedo.

— Acho que estou fazendo isso por meu pai — ela continuou. — Desde que meu avô foi executado pelos comunistas, meu pai viveu com medo. Quando eu tinha nove anos, ele me fez ler o *Romance dos três reinos* porque queria que eu aprendesse como os homens podem ser ardilosos e enganadores... Mas ele não percebeu que o livro despertaria em mim o amor pela literatura...

No dia anterior, Tian Yi escrevera um poema em chinês clássico. Eu o entreguei a Mou Sen, na esperança de que ele o publicasse em seu *Expresso da Greve de Fome*, um jornal que lançara com alguns colegas de classe.

— Na infância, eu só via meu pai como um velho camponês que nos visitava a cada ano — comentei. — Minha mãe criou os dois filhos sozinha.

— Quero mostrar a meu pai que não temos que passar a vida inteira em estado de docilidade e submissão — Tian Yi prosseguiu. — Confúcio dizia que os três exércitos podem ser roubados de seu comandante, mas o homem comum não pode ser roubado de sua vontade. Não quero que meu pai passe o resto de seus dias com medo.

— Não estamos pedindo muito. Pessoalmente, eu ficaria feliz se eles simplesmente nos dessem o direito de ter relacionamentos amorosos enquanto estamos na universidade... Agora deite-se, Tian Yi, e tente dormir um pouco. Tomarei conta de você.

— Um dia, durante a Revolução Cultural, minha mãe colocou uma máscara branca — murmurou ela, tornando a deitar a cabeça em meu colo. — Seus chefes acharam que ela estava acusando o Partido de iniciar um Terror Branco... Ela foi convocada a uma sessão de crítica... Os Guardas Vermelhos a despiram e rasparam seus pelos púbicos... Ela foi tão humilhada que se matou no dia seguinte.

— Minha mãe foi raspada pelo Partido e rotulada como esposa de um direitista, mas permaneceu uma comunista devota. Talvez sua mãe tenha perdido a fé no Partido.

Naquele momento, cem motociclistas conhecidos como os Tigres Voadores chegaram fazendo um estardalhaço na praça, seguidos por uma horda de moradores em bicicletas e triciclos. Eles vinham todas as manhãs para entregar doações de leite, pães, pastéis fritos, mingau quente e conservas para os estudantes que não estavam jejuando.

— Quer dizer que estamos no Quinto Dia agora — constatou Tian Yi, os olhos arregalados. — Por que minha boca está tão dormente?

Entrei em pânico.

— Isso é um sinal de que você chegou ao limite. Vou levá-la à tenda de emergência e pedir que lhe deem uma transfusão de glicose. Depois você deve voltar a comer.

Estava ficando quente. Um estudante distribuía picolés. Peguei um e, sabendo que Tian Yi não tinha energia para mastigar, mordi um pedaço e coloquei em sua boca.

— Vou buscar um pouco d'água para aquecer suas mãos — falei, mas de repente seu rosto se tornou branco como pedra. Os lábios ficaram imóveis, os olhos vidrados. — Enfermeira, enfermeira! — gritei. — Venha aqui! Minha namorada desmaiou!

Tirei o pedaço de sorvete de sua boca e abotoei sua camisa. Eu estava prestes a erguê-la em minhas costas quando a enfermeira correu para perto e gritou:

— Não a levante! Coloque-a deitada de costas no chão! — Colocamos Tian Yi numa maca e a levamos para a tenda de emergência, onde um médico a colocou no soro.

— Obrigado por ajudar — eu disse à enfermeira e suspirei aliviado quando vi o fluido intravenoso descendo pelo tubo e penetrando o braço de Tian Yi.

— Você precisa ter cuidado quando alguém desmaia — ela me advertiu. — Se levantá-los pelas mãos e pés, causará pressão no coração.

— Ela vai ficar bem?

— Ela estará bem depois da transfusão. O que você estuda?

— Estou fazendo doutorado em biologia molecular na Universidade de Pequim — respondi.

— Então ambos somos cientistas. Estudei farmacologia na Faculdade de Medicina de Pequim.

— Você não tem medo de ser punida por ajudar os estudantes?

— O secretário-geral Zhao Ziyang elogiou seu movimento, e, além disso, toda a cidade veio para cá apoiar vocês. A lei não pode punir uma multidão.

— A que unidade de trabalho você pertence? — perguntei.

— Você parece um policial. Tudo bem, vou lhe contar. Meu nome é Wen Niao. Trabalho no Instituto de Pesquisa Farmacêutica de Pequim. É muito entediante. Quando entrei para lá, senti-me como se estivesse caminhando para o túmulo. — Quando ela ergueu os olhos para mim, algumas rugas se formaram em sua testa. Seu rosto era parecido com o de Tian Yi, mas a ponte do nariz era um pouco mais alta e as sobrancelhas mais grossas.

— Tem certeza de que ela ficará bem? — perguntei, olhando de volta para Tian Yi.

— Outros cinquenta grevistas já desmaiaram esta manhã. Eles chegaram aos limites de sua resistência. Espero que isso acabe até o anoitecer.

— Se isso acontecer, os esforços deles terão sido em vão. O governo ainda não concordou com nossas reivindicações. — Quando eu falava com uma garota simpática, tendia a expressar opiniões opostas às minhas próprias.

— Eles não deveriam colocar suas vidas em risco — ela disse. — Vocês já conseguiram muito. Abalaram a autoridade do governo e trouxeram o povo chinês para seu lado. Mas se continuarem com esta ocupação, as coisas não acabarão bem. Em junho, as temperaturas vão disparar e haverá surtos de epidemias. — Wen Niao tinha uma voz irritante. Não parava de variar entre um guincho agudo e um tom grave e rouco. Seu pescoço era muito fino, e imaginei que ela tinha uma laringe estreita.

— Eu jamais poderia fazer greve de fome — falei. — Como diz o ditado: "O homem é de ferro, a comida é de aço, duas refeições perdidas e ele vira um bagaço."

Um médico se aproximou e me perguntou:

— Sua namorada tem algum histórico de doenças?

— Por quê? Qual é o problema? — perguntei, entrando em pânico novamente.

— Os batimentos cardíacos dela são muito erráticos.

— Ela sofre de hipoglicemia. E também é claustrofóbica. Ela desmaiou certa vez quando estávamos num trem lotado.

— Pois então ela não deveria ter participado da greve de fome. Teremos que mandá-la para o hospital. Wen Niao, vá chamar uma ambulância. — Depois, voltando-se para mim outra vez, perguntou: — Você sabe qual é o tipo sanguíneo dela?

— O. Eu também sou O. Irei com ela para o hospital.

— Rápido. Só há um espaço vago na ambulância — disse Wen Niao, correndo de volta. — Ajude-me a levá-la.

Você vem jejuando há três anos, imóvel como uma cobra que hiberna.

Lembro-me de como joguei meu irmão no chão quando éramos crianças. Eu o vejo soluçando no chão, junto a três tampas de garrafa, um pente e um pequeno bastão de giz. Depois vejo meu pai assomando sobre nós, gritando:

— Cale a boca! Cale a boca!

Minha mãe está ouvindo o resultado da loteria anunciado pelo rádio enquanto tenta achar espaço para os novos objetos que comprou. Ela copia os números de seu bilhete de loteria num caderno e me promete que mandará instalar uma linha de telefone quando ganhar.

Alguém bate à porta e minha mãe vai atender.

— A polícia andou por aqui recentemente? — pergunta Zhu Mei enquanto entra e se senta no sofá. Esta é sua segunda visita. O marido foi morto a tiros pelo exército na Avenida Changan.

— Eles estão sempre aparecendo — resmunga minha mãe. — Eles se metem aqui como se fosse um supermercado, mas não têm a delicadeza de deixar seus chapéus ou bolsas na entrada. Estão esperando que meu filho acorde para mandá-lo para a cadeia. Ele está muito melhor morrendo neste apartamento do que apodrecendo numa prisão.

Minha mãe mencionara que o velho mercado coberto da rua virou um supermercado. A comida é embalada em plástico e os clientes podem pegar os produtos que querem. O único inconveniente é que eles têm que deixar as bolsas na entrada.

— Se ele morresse agora, o governo acessaria seu caso e o rotularia como bandido contrarrevolucionário — comenta Zhu Mei. — Depois que meu marido foi morto, ele e eu fomos rotulados como criminosos. Quando o presidente do Comitê Olímpico visitou Pequim há alguns dias, quatro seguranças foram colocados do lado de fora de minha porta e meu prédio foi cercado por patrulhas. Alguém podia imaginar que sou uma assassina ou coisa parecida.

— O comitê local do bairro não para de importunar todo mundo para apoiar nossa candidatura olímpica. Ao que parece, interditaram as latrinas públicas antes que o presidente do comitê visitasse a área, para que ele não sentisse o fedor.

Um anúncio no rádio informa que grandes prêmios são distribuídos aleatoriamente aos clientes da loja de departamentos Haidian. Minha mãe visitou a loja regularmente durante os seis últimos meses, comprando coisas de que não precisa como abajures, espelhos, garrafas térmicas e bolsas de água quente, na esperança de ganhar um prêmio. Agora há 12 bolsas de água quente embaixo da minha cama.

— E você foi ao cemitério durante o Festival da Limpeza dos Túmulos? — pergunta minha mãe.

— A polícia me disse para não ir. Aconselharam-me a não gastar dinheiro comprando flores ou oferendas porque os portões seriam trancados e ninguém teria permissão de entrar. Mas eu pensei, danem-se, e fui mesmo assim.

— Eles vieram aqui também. Sabem que os estudantes que foram mortos naquela ação repressiva foram enterrados no cemitério, em contravenção às diretrizes. No ano passado, jornalistas estrangeiros entraram e tiraram fotos dos pais queimando dinheiro falso sobre as sepulturas dos estudantes. A polícia me disse que qualquer um que entrasse num cemitério durante o Festival da Limpeza dos Túmulos teria problemas. Se meu filho morrer, não vou enterrá-lo num cemitério. Vou guardar as cinzas dele embaixo da cama.

— Não vi nenhum jornalista estrangeiro por lá — comenta Zhu Mei. — Tantas pessoas apareceram que, no fim das contas, desistiram e nos deixaram entrar. Mas só permitiam uma família de cada vez. Não queriam que conversássemos com os outros lá dentro. Depois que tive permissão para entrar, ignorei os policiais à paisana que vagavam e fui direto à sepultura de meu marido, coloquei o vinho e o pato assado, ajoelhei e chorei.

— Eles deixaram você chorar?

— Tentei não fazer muito barulho. Mas enquanto queimava o dinheiro falso, recordei como ele cortou a mão em certa noite quando estava construindo uma cobertura para a chaminé do lado de fora de nosso apartamento e soltei um grito de tristeza. Segundos depois, dois policiais apareceram e me arrastaram para fora.

— Você tem sorte de conseguir chorar. Todas as minhas lágrimas secaram.

— Mas pelo menos seu filho ainda está vivo. Malditos! Se não me deixarem chorar por meus olhos, chorarei por meu nariz e orelhas. Vamos ver o que eles dirão sobre isso!

— Esses últimos anos foram tão difíceis...

— Eu sei... As injustiças que tivemos que suportar... As injustiças...

A sala de estar se enche com o barulho do choro de Zhu Mei e das tentativas de minha mãe em confortá-la. Sinto minha urina se espalhando pelo lençol de algodão.

Um cheiro de almôndegas gordurosas paira no ar muito depois que Zhu Mei vai embora. É um cheiro que muitos visitantes trazem ao apartamento depois que passam pelas barracas de comida do lado de fora. Às vezes eles também trazem o cheiro dos peixes à milanesa que estalam quando damos uma mordida. Meu estômago se acostumou com a fome, mas nesta manhã comecei a fantasiar de repente com sopa de *wonton* — aquela combinação deliciosa de sabores: vinagre de arroz, coentro, camarões e couve em conserva. Sempre que pedia uma tigela, começava a tragar os pequenos bolinhos cozidos junto com o caldo em que flutuavam. Depois eu pegava um bolinho isolado com uma colher, dava uma mordida, jogava um dente de alho cru na boca e mastigava lentamente, deixando que o recheio de carne de porco e camarão envolto em massa fina como papel se misturasse ao alho e às folhas frescas de coentro. Eu os mastigava até formar uma polpa deliciosa que descia suavemente por minha garganta. Depois de cada bocado, fazia uma pausa para inalar o vapor fragrante que subia da tigela. Uma súbita dor de fome força meu estômago a se dilatar e ansiar por um naco de comida para digerir.

Outra imagem cruza a ferida em minha cabeça. Vejo uma única asa batendo no ar, agitando uma brisa, e depois arremetendo para uma caverna montanhosa que se torna meu estômago vazio... O cheiro de almôndegas e óleo de sésamo ainda perpassa o ar. Durante a greve de fome, tive anseios deste tipo com muita frequência.

As células tubulares de sua mucosa estomacal voltam à vida novamente e secretam gastrina em sua corrente sanguínea.

Quando o ar começava a esquentar, a voz de Nuwa irrompeu dos alto-falantes.

— Bom dia, companheiros estudantes! O sol se ergue aos gloriosos acordes da Internacional. Esta é a única rádio no país que ousa dizer a verdade. NosOsa greve de fome está agora em seu sexto dia. Quem sabe quantos grevistas mais desmaiarão hoje enquanto seguimos lutando pela democracia e pelo futuro de nossa nação...

Sentei-me e vi que minha mochila estava enterrada sob uma pilha de roupas, cobertores e colchas que moradores de Pequim levaram para os estudantes. Nuwa soava como se também tivesse acabado de acordar. Sua voz estava frágil e rouca.

Devo ter caído no sono por uma hora.

Havia quatro mil grevistas acampados na praça agora, junto com dezenas de milhares de outros estudantes. Corpos adormecidos, cobertores, faixas vermelhas e bandeiras se estendiam a distância. Jornais e caixas de papelão ensopados pela chuva da noite estavam colados nas pedras de concreto do calçamento. Provavelmente aquela era a maior greve de fome em massa da história. Era como se a cena diante de mim não fosse real. Os estudantes pareciam figurantes deitados num cenário de filme, esperando que as câmeras começassem a filmar.

Tian Yi ainda estava no hospital. Embora ela tivesse recobrado a consciência e sua condição fosse estável, os médicos queriam que ela ficasse por mais um dia. A enfermeira Wen Niao e eu ficamos acordados a noite toda, levando grevistas doentes para o hospital.

Wen Niao disse que os grevistas eram movidos por ardor revolucionário, e que isso era perigoso. Ela temia que, se a greve continuasse por mais tempo, seria difícil parar, e muitos estudantes morreriam. Respondi que os líderes comunistas eram lobos e não davam a mínima se sobrevivíamos ou morríamos.

Chamei Zhang Jie, Mao Da, o Grande Chan e o Pequeno Chan e parti com eles para a inspeção matinal de nosso acampamento de greve de fome. A Cruz Vermelha aconselhava que checássemos os grevistas regularmente. Descobrimos que sete estudantes entre a multidão adormecida haviam perdido a consciência. Chen Di estava delirando. Seus olhos não paravam de rolar nas órbitas. Colocamos os estudantes doentes em macas e os levamos para a ambulância estacionada junto à tenda de emergência.

— Um estudante da Universidade do Sul entrou em coma — disse Mao Da, abrindo o casaco no chão e deitando-se sobre ele. — Sua mochila e os óculos ainda estão em meu beliche em nosso dormitório. Ele os deixou lá para que eu tomasse conta.

— Não pode ser meu velho amigo Tang Guoxian. Ele só entrou na greve há cerca de dois dias. — Eu tinha visto Tang Guoxian no dia anterior. Wang Fei e eu tentamos persuadi-lo a desistir do jejum e nos ajudar com nosso trabalho. Dissemos que era importante que mais estudantes das províncias se envolvessem na administração da praça.

— Os guardas ficaram em alerta por toda a noite — disse Mao Da, os olhos fechados. — Alguém deveria ir até lá e dar um pouco de comida a eles.

A voz do Velho Fu se fez ouvir pelos alto-falantes.

— Outro grevista desmaiou. Abram caminho para os médicos.

Então a voz de Nuwa irrompeu novamente.

— Han Dan está prestes a presidir uma reunião de emergência atrás da grande faixa negra da greve de fome. Que cada universidade mande um representante... Agora eu gostaria de ler uma carta que recebemos de alguns homens que assinaram como "jovens generais da República": "Queridos estudantes, suas ações corajosas fizeram o orgulho da raça chinesa. Vocês são as pessoas mais admiráveis da história da China moderna. Gostaríamos de desejar a todos..."

— Você ouviu alguma notícia sobre Dong Rong e Liu Gang? — perguntei a Zhang Jie. Ambos haviam sido levados ao hospital na noite anterior.

— Não. Xiao Li é o único grevista de nosso dormitório que ainda está na praça. Ele desmaiou uma vez, mas prossegue com o jejum. — Zhang Jie tinha um cantil de água do exército pendurado no pescoço. Em nosso dormitório, ele vivia com o nariz metido num livro e praticamente nunca trocava uma palavra com ninguém. Mas desde que a greve começara, ele passara a demonstrar mais preocupação com os outros.

— Vamos voltar para o acampamento — disse Mao Da, pondo-se de pé e sacudindo a poeira do casaco. — Imagino que os grevistas desmaiarão a cada cinco minutos hoje.

O Dr. Li, um cirurgião do hospital da Universidade de Pequim, correu para perto e gritou:

— Guardas estudantis, protejam os grevistas! Eles estão sendo arrastados à força!

— O que está havendo? — assustei-me, ficando de pé.

— Aqueles sujeitos da Cruz Vermelha ali, de coletes laranja, estão tentando arrastar os grevistas para fora da praça. É algum tipo de tramoia do governo!

Agarrei meu megafone e gritei:

— Guardas estudantis! Formem um círculo fechado em torno dos grevistas e não deixem nenhum intruso alcançá-los! — Em seguida, nos dirigimos aos sujeitos de coletes laranja.

Um deles veio na minha direção.

— Não se mova — gritei. — Sou encarregado da segurança.

— Nós somos da Cruz Vermelha — respondeu o homem. Ele tinha um nariz chato e falava com um tom fanho.

— A Cruz Vermelha não usa coletes laranja — retrucou Zhang Jie.

— Nós vamos tirá-los daqui, se vocês quiserem. Ou vocês pretendem ficar assistindo enquanto seus colegas morrem, sem fazer nada para ajudá-los?

— O que quer dizer com isso, "sem fazer nada"? — perguntou o Dr. Li. — Nós demos colchonetes e cobertores a eles. Deslocamos os mais fracos para aqueles abrigos, resfriamos o chão com água e blocos de gelo e temos médicos de prontidão para observá-los dia e noite.

— Isto é o acampamento da greve de fome — falei. — Ninguém de fora tem permissão de entrar, a não ser em caso de emergência.

— Viemos para ajudar os estudantes — exclamou o homem em voz alta.

O Grande Chan deu um passo à frente.

— Se querem se envolver com o trabalho de assistência emergencial, vão até o monumento e discutam com a comandante do Quartel-General da Greve de Fome.

— Não podemos chegar ao monumento! É necessário ter uma credencial para chegar ao terraço mais baixo, mas elas só são emitidas no terraço mais alto — reclamou o homem e se afastou bufando.

Percebi que tinha me esquecido de dizer aos guardas estudantis que embora Wang Fei tivesse emitido novas credenciais que davam acesso ao monumento para membros do Quartel-General da Greve de Fome, as credenciais originais que Ke Xi produzira para a Federação dos Estudantes de Pequim ainda eram válidas. Decidi ir até a estação de rádio e fazer um anúncio.

Quando entrei na tenda, ouvi Han Dan dizendo que os sujeitos de coletes laranja eram na verdade médicos pesquisadores do Ministério da Saúde, e não agentes do governo como presumíramos. Aparentemente, todos os funcionários daquele departamento queriam ir à praça e ajudar a cuidar dos grevistas, e tiveram que tirar na sorte quem poderia ir. Eles haviam falado com Lin Lu e o aconselharam a mandar trazer ônibus públicos para a praça, de modo a proteger os grevistas da tempestade prevista para a tarde. Mas o Velho Fu se opusera à ideia. Ele temia que alguém levasse os grevistas embora se os transferíssemos para os ônibus. Eu disse que era uma boa proposta e destaquei que, se quiséssemos impedir que os ônibus fossem levados, só precisávamos esvaziar os pneus.

Enquanto você vegeta, seus neurônios disparam, removendo coágulos e células mortas, tentando limpar as teias enferrujadas de seu cérebro.

Algumas horas depois, Wang Fei e eu fomos a um restaurante pequinês do distrito de Qianmen, logo ao sul da praça. Sun Chunlin, que só estava em Pequim havia três dias, oferecia um almoço para a turma da Universidade do Sul. Ele tinha feito uma fortuna na companhia de construção de estradas de Shenzhen. Em seguida, ele fundara uma empresa comercial e comprara uma mansão junto ao mar em Shekou, perto da mansão de férias da atriz de cinema Liu Xiaoqing.

A meu lado estava Ge You, um cara magrelo que era sempre o último a entender uma piada. Na Universidade do Sul, ele me parecia desajeitado, mas agora estava mais confiante. Ele havia se mudado para Shenzhen depois da formatura e encontrara um emprego de bom salário numa empresa de chá. Sun Chunlin estava conversando com ele.

— Meu tio acabou de ser nomeado diretor da Secretaria de Transportes de Shenzhen. Posso usar meu contato com ele para conseguir um contrato e construir uma rodovia de vinte quilômetros. Se você juntar forças comigo, garanto que será um milionário dentro de dois anos.

— Sério? — perguntou Ge You, os olhos se iluminando.

Tang Guoxian chegou com Wu Bin e se serviu de um pedaço de panqueca de pato.

— Achei que você ainda estava em greve de fome — comentei.

— Eu sou o líder do grupo — ele respondeu. — Se continuar com o jejum, não terei energia para cuidar de todo mundo. — Ele levara um grupo de quinhentos estudantes da Província Guangdong para participar da greve de fome em Pequim.

Wang Fei tirou os óculos e pregou os olhos em Ge You e Sun Chunlin.

— Seus pulhas de Shenzhen! — gritou ele. — A principal razão por que estamos nos matando de fome é para acabar com essa escória corrupta como vocês!

— Não finja que você fez greve de fome! — zombou Tang Guoxian. — Aposto que você não conseguiria ficar nem sem cigarros por uma hora.

Wu Bin envelhecera muito desde a última vez que eu o encontrara. Ele agora usava um cavanhaque, e seus olhos triangulares tinham menos brilho. Ele já havia cumprido metade de sua pesquisa financiada na Faculdade de Engenharia de Wuhan. Wu Bin chegara a Pequim naquela manhã, depois que Wang Fei lhe mandou um telegrama incitando-o a participar do movimento.

O restaurante estava lotado. As garçonetes serviam chá para todos. Assim que ouviram que eu era um estudante da Universidade de Pequim, elas pediram meu autógrafo. Depois que eu lhes disse que Wang Fei era chefe do escritório de propaganda da praça, uma multidão se reuniu para lhe oferecer cigarros e apertar sua mão. Em seu novo trabalho, Wang Fei era importunado dia e noite por estudantes que queriam fazer sugestões sobre a direção que nosso movimento deveria tomar.

— Eu tenho uma grande ideia! — disse Wang Fei, desfrutando da atenção que recebia. — Acho que nossa pequena turma deveria formar uma associação nacional estudantil.

— Ouvi dizer que você está namorando uma garota que estuda inglês — comentou Sun Chunlin. — O que ela tem na cabeça, saindo com um caipira como você?

— Vá se foder! — retrucou Wang Fei. Ele tinha convidado Nuwa para almoçar conosco, mas ela recusara. Fazia dias que os dois não se falavam.

— Alguns estudantes de Xangai falaram com nosso grupo ontem sobre formar uma associação nacional — disse Tang Guoxian. Ele pegou uma asa de frango do prato que acabava de chegar. — Meu Deus, estou faminto! Enquanto eu viver, não faço mais outra merda de greve de fome! — Ele socou a mesa com entusiasmo, exatamente como costumava socar as paredes de nosso dormitório.

— Sim, se quisermos tomar o poder, temos que tomá-lo agora — disse Wu Bin, tragando três longos goles de um copo de cerveja.

— Você não mudou nada... Ainda bebendo do copo dos outros? — reclamou Ge You, arrebatando seu copo de volta.

— Já faz um ano que você está saindo com aquela garota e eu ainda não a conheci — Sun Chunlin me disse. — Ouvi dizer que ela é parecida com A-Mei. Como você pôde deixar que ela participasse da greve de fome?

— Ela não tem nada a ver com A-Mei — respondi, e depois me perguntei se elas realmente eram parecidas. Aquilo nunca havia me ocorrido antes.

— Encontrei uma velha colega de dormitório de A-Mei numa marcha estudantil em Guangzhou — disse Tang Guoxian. — Shi Ye, acho que esse era o nome dela. Ela estuda agora na faculdade de educação de Guangzhou. Está planejando vir para Pequim em breve.

— Aquela garota baixinha de óculos? — perguntei. Depois que A-Mei rompeu comigo, visitei Shi Ye várias vezes para ver se conseguia notícias dela. A-Mei pedira a Shi Ye que enviasse suas coisas de volta a Hong Kong e fizesse a transferência do reembolso das despesas da universidade.

— A Federação dos Estudantes de Pequim também quer estabelecer uma associação nacional — disse Wang Fei. — Temos que manter distância deles e fazer nosso próprio negócio.

Um jovem se aproximou e pediu que Wang Fei recomendasse alguns livros. Ele explicou que embora não tivesse conseguido entrar na universidade, ainda queria se aperfeiçoar. Wang Fei pensou por um tempo e escreveu num guardanapo de papel *Jean-Christophe* de Romain Rolland e *Confissões* de Jean-Jacques Rousseau.

Sun Chunlin bateu o cigarro na beira do cinzeiro de vidro e todos os olhos foram imediatamente atraídos para o Rolex de ouro em seu pulso.

— Se você tivesse esse relógio quando éramos colegas de dormitório, eu teria afanado e nunca devolveria — murmurou Wu Bin. Lembrei-me de como ele tagarelava sobre câmaras de gás nazistas quando estávamos na Universidade do Sul.

— Não é falso — comentei, examinando o relógio mais atentamente. — É um verdadeiro Rolex.

— Há quanto tempo Mou Sen está em greve de fome? — perguntou Ge You, voltando-se para mim.

Subitamente, a voz de uma âncora se elevou acima do burburinho do restaurante. Uma garçonete aumentou o volume da televisão no canto. "Hoje, no Grande Salão do Povo, o Primeiro-Ministro Li Peng e outros líderes do alto escalão se encontraram com representantes dos estudantes em greve de fome: Ke Xi, Han Dan, Shao Jian..."

Todos ficaram de pé e fitaram a tela da TV em silêncio.

Li Peng estava sentado rigidamente num sofá vermelho, dirigindo-se aos estudantes com uma voz severa e resoluta.

— O governo nunca disse que as amplas massas de estudantes estão criando tumulto. Nunca dissemos isto. Elogiamos o fervor patriótico dos estudantes unanimemente. Muitas das reclamações que os estudantes fazem são justificadas, e estamos trabalhando duro para resolvê-las. Portanto, os esforços dos estudantes vêm sendo positivos. Entretanto, os acontecimentos assumiram um curso próprio. A desordem irrompeu em Pequim e se espalha pelo resto do país. Pequim encontra-se em estado de anarquia. O governo não pode ignorar esta situação. Temos que proteger os estudantes e o sistema socialista. Os operários das fábricas, os funcionários de organizações governamentais e os moradores urbanos foram à Praça da Paz Celestial no intuito de encorajar os estudantes a continuarem sua greve de fome. Eu não aprovo suas ações...

A imagem seguinte foi de Ke Xi, ainda usando a camisola hospitalar listrada, censurando Li Peng severamente.

— Eu pensei que não havia mais necessidade de reiterar este ponto, mas parece que o senhor ainda não compreende. Portanto, vou repetir mais uma vez: só deixaremos a praça sob a condição de que o editorial calunioso de 26 de abril seja revogado e o governo se envolva conosco num diálogo imediato, aberto, igual, direto e sincero. Se estas exigências não forem cumpridas...

A âncora então anunciou que o diálogo chegara ao fim sem que qualquer questão fosse resolvida.

Discussões acaloradas irromperam por todo o restaurante. Nos quarenta anos de história da República Chinesa, aquela foi a primeira vez que líderes do governo se envolveram num debate televisionado com um grupo de cidadãos comuns. Todos estavam perplexos. As garçonetes estavam tão pasmas que sequer tiraram os pratos vazios de nossa mesa ou trouxeram o restante dos pratos que pedimos.

— Ke Xi foi muito corajoso em falar com o primeiro-ministro daquela maneira! — disse uma das garçonetes, saltitando de empolgação. — Foi sensacional!

— Puta merda! — Wang Fei resmungou, mal-humorado. — Ke Xi roubou a cena. Eu sabia que deveria ter entrado em greve de fome!

— Vocês estudantes realmente têm coragem, exigindo falar com os líderes do governo dessa maneira, de igual para igual — gritaram dois clientes para nós do outro lado do salão.

— Vamos fazer um brinde aos estudantes! — disseram os clientes em outras mesas, erguendo seus copos. Eu rapidamente agarrei um copo e derramei nele um pouco de suco de laranja. Todos celebravam e riam, e depois gradualmente se aquietaram novamente.

Imediatamente começamos a comentar os detalhes da transmissão.

Wu Bin esfregava seu pequeno cavanhaque:

— Vocês ouviram o que Li Peng falou no começo? Ele declarou categoricamente que os estudantes não estão criando tumulto! Isso é uma grande concessão.

— É como uma raposa desejando feliz ano-novo às galinhas — disse Tang Guoxian, tirando a camisa. — Não confiem cegamente nas palavras dele. — Estava óbvio que Tang Guoxian continuara seu treinamento como maratonista nos três anos anteriores. Os músculos de seu peito pareciam duas vezes maiores que os meus.

— Precisamos formar uma associação nacional estudantil imediatamente — Wang Fei exortou, puxando uma profunda tragada de seu cigarro. — Nós que estamos aqui em torno desta mesa vamos constituir o comitê organizador. Se queremos ter algum impacto, temos que agir agora.

— Muito bem, eu concordo — declarou Tang Guoxian. — Eu posso representar os estudantes de Guangdong, mas quem representará as outras províncias? Os estudantes de Pequim não se juntarão a nós, e por isso eu acho que deveríamos nos chamar Federação dos Estudantes das Províncias.

— Eu não seria um bom líder — disse Wu Bin. — Odeio fazer discursos.

— Bem, não venha se arrepender quando outras pessoas assumirem a liderança — retrucou Sun Chunlin.

— Qual será nossa relação com a Federação dos Estudantes de Pequim? — perguntei. — Suponho que eles deveriam receber ordens nossas, já que somos uma organização nacional. — Eu ansiava por voltar ao campus e descansar apropriadamente.

— É claro que eles receberão ordens nossas — disse Wang Fei, meneando a cabeça com confiança. Eu havia aparado o cabelo dele antes de sairmos da praça, mas ainda estava irregular em algumas partes.

— De que recursos financeiros dispomos? — perguntou Ge You. — Custa dinheiro dirigir uma organização.

— Eu gostaria de ser o primeiro a me apresentar e fazer uma doação pessoal de mil yuans — exclamou Sun Chunlin em voz alta.

— Distribuirei algumas caixas de doações e logo haverá dinheiro — falei. — O novo escritório de finanças da Federação dos Estudantes de Pequim já recolheu centenas de milhares de yuans. Na semana passada, estavam tão pobres que sequer podiam pagar para imprimir um panfleto e tinham que pedir dinheiro emprestado ao Quartel-General da Greve de Fome.

— Se mobilizarmos os estudantes das províncias e conseguirmos fazer com que os protestos se espalhem pelo país, este se tornará o movimento estudantil mais importante da história da China — disse Wang Fei excitadamente. — Vamos instalar nosso Quartel-General na praça.

— Hoje apareceram mais estudantes das províncias de Tianjin e Hunan — comentou Tang Guoxian. — É como o movimento das grandes marchas da Revolução Cultural, quando os Guardas Vermelhos viajaram pelo país compartilhando experiências revolucionárias.

— Darei a cada membro do comitê vinte yuans para cobrir dois dias de despesas de subsistência — disse Wang Fei. — Depois disso, teremos que viver de doações.

— Isso não me pagaria nem um maço de cigarros — reclamou Tang Guoxian.

— As autoridades de transportes de Pequim enviaram alguns ônibus para proteger os grevistas contra a chuva, mas só há cinquenta, em vez dos oitenta que eles prometeram — revelei. — Não podemos ficar na praça para sempre, sabem... — Eu não parava de me lembrar do aviso de Wen Niao, de que epidemias podiam eclodir se permanecêssemos na praça por mais tempo.

— Tenho que admitir, ainda não sei quais são os objetivos do movimento — disse Wu Bin, batendo os pés sob a mesa.

— O objetivo desse movimento é fortalecer nossa nação — respondi a primeira coisa que me veio à cabeça. — Você acha que os Estados Unidos seriam tão poderosos como são hoje se não fossem um país democrático?

— Quando o secretário-geral Zhao Ziyang se encontrou com Gorbachev, ele confirmou que Deng Xiaoping ainda é o líder máximo da China — afirmou Wu Bin. — Como presidente da Comissão Militar Central, Deng controla o exército. E quem controla o exército controla a nação. Portanto, o primeiro objetivo deste movimento não deveria ser retirar este poder das mãos de Deng?

— Eu acho que Deng Xiaoping renunciou àquele cargo — comentou Tang Guoxian.

— Isso acabou se revelando como um falso rumor — respondi. Mais cedo naquele dia, a Irmã Gao recebera informação privilegiada de que Deng Xiaoping ainda estava firme no poder.

— Eu me sinto péssimo enchendo a pança desse jeito enquanto milhares de pessoas estão morrendo de fome na praça — disse Tang Guoxian. — Não peçam mais comida alguma.

Eu também me sentia constrangido. Queria voltar para a praça.

— Vai chover logo. Temos que deslocar os grevistas para os ônibus.

— Para quê? Para onde vão levá-los? — perguntou Wu Bin, parecendo confuso.

— Eu já lhe disse, os ônibus estacionaram na praça para abrigar os grevistas contra a chuva. — Ocorreu-me que Tian Yi talvez já tivesse retornado à praça e à greve de fome, o que me tornava ainda mais ansioso por voltar.

— Dizem que muitos estudantes se recusaram a entrar nos ônibus — afirmou Wang Fei.

— Pois então teremos que convencê-los! — exclamou Tang Guoxian imperiosamente, após comer sua refeição. — Quando a tempestade cair hoje à tarde, a praça ficará inundada. Vamos voltar e chamar alguns representantes das universidades das províncias para entrarem em nossa associação. Venham!

Você navega adiante em seu cerebelo, serpenteando pelo cadafalso de um bilhão de células neuróglias estreladas.

— A polícia me chamou à delegacia esta manhã — minha mãe comenta. — Disseram que se eu prometer não falar com qualquer jornalista estrangeiro nem revelar a ninguém a agressão a meu filho, posso me inscrever para uma pensão de desagravo.

Ela tem três visitantes hoje: Zhu Mei, que apareceu na semana passada, An Qi e outra mulher cuja voz não reconheço. Todas as três se alistaram como "Mães da Paz Celestial", um grupo clandestino fundado por uma professora chamada Ding Zilin, cujo filho de 17 anos foi morto na ação repressiva.

Zhu Mei trouxe uma caixa de peixes-espada. Minha mãe está muito satisfeita por comer um pouco de peixe. Ela quase nunca tem chance de ir ao mercado.

— Quanto eles vão lhe dar? — pergunta An Qi.

— Cerca de noventa yuans por mês — minha mãe exclama da cozinha enquanto joga os peixes num *wok* de óleo quente. — Só vai cobrir dois dias da solução intravenosa dele.

— Eles me deram um pagamento único de duzentos yuans depois que meu marido foi morto — esganiça Zhu Mei em sua voz aguda. — Dizem que agora que ele está morto não devo falar dele novamente.

Um homem e uma mulher estão subindo as escadas. Ouço o som dos saltos altos da mulher e as batidas abafadas das solas de borracha do homem quando se chocam contra os degraus de concreto. Tenho pavor de que a polícia apareça e descubra minha mãe falando com estas mulheres.

— Agora já encontramos 17 pessoas que estão preparadas para declarar que perderam parentes durante a ação repressiva. A Professora Ding disse que deveríamos mandar uma carta coletiva ao governo, exigindo uma declaração pública das mortes. — Esta mulher nunca nos visitou antes. Ela soa como se estivesse no começo da casa dos trinta, e fala com o tom monocórdio e arfante típico de mulheres em luto.

— Nossa polícia local não é tão ruim — diz An Qi. — Eles dizem que o governo deveria ter mais o que fazer além de implicar com gente como nós. Eles nos aconselham a mudar para uma cidade diferente, para algum lugar em que ninguém nos reconheça.

— Não se deixe iludir — diz minha mãe, voltando da cozinha. — Seus arquivos pessoais vão segui-la para onde você for. — O cheiro carbonizado dos macarrões que ela queimou ontem à noite ainda emana de seu cabelo.

— A Professora Ding não teve permissão para comparecer à conferência da ONU sobre direitos humanos — comenta An Qi. — Mas pelo menos a declaração escrita que ela enviou expôs o sofrimento que os parentes dos mortos vêm sofrendo.

— Meu filho ainda está vivo — minha mãe lembra às amigas.

— Meu marido também — diz An Qi. — Mas isto não é razão para que não nos envolvamos.

— A Professora Ding parece ser uma mulher muito corajosa — exclama minha mãe. — Eu deveria fazer uma visita a ela. Essa é a lista que vocês fizeram das pessoas mortas durante a ação repressiva? Tem quantos nomes?

— Cento e cinquenta e dois — diz a jovem. — A vítima mais velha tinha 56 anos, a mais jovem, apenas nove.

— Não consigo ver nada sem meus óculos — murmura minha mãe. — Vejam como minhas mãos estão ressecadas! Tenho que passar um pouco de vaselina nelas. O Festival da Primavera chegará em breve. Quero pintar as paredes e arrumar o apartamento.

— Temos uma fotocópia da lista?

— Não preciso de uma — afirma An Qi. — Memorizei cada nome, então mesmo que a polícia confisque a lista, ainda terei uma cópia em minha cabeça.

— Somos apenas mulheres de meia-idade. O que podemos esperar conseguir?

— A China perdeu sua candidatura olímpica devido a seu histórico em direitos humanos. Isso mostra que nossos apelos não foram ignorados...

As lembranças espiralam a meu redor, às vezes cruzando caminhos, às vezes colidindo. Vejo a poeirenta corda de cabeças de alho pendendo de um gancho na porta da cozinha; meu pai agachado diante de uma bacia de água, esfregando as pernas com um pano molhado; um emaranhado de bicicletas velhas brilhando ao sol como um campo de trigo. As imagens flutuam no ar tomado de vapores gordurosos e cheiro de peixe frito. Talvez hoje seja o dia em que meu cérebro vai parar de pensar e minha vida finalmente chegará ao fim.

Você quer subir às costas da besta Yingzhao — o cavalo alado com rosto humano — e voar sobre os prados do imperador do Céu.

A tenda de nossa estação de rádio parecia um abrigo contra terremotos. No começo da tarde, o sol a pino se abateu sobre a tenda e seu interior ficou tão quente e abafado que todo mundo tinha o rosto escarlate. O pesado odor de óleo diesel do gerador pairava no ar úmido, junto com um fraco aroma de algas que se elevava da caixa de sushi que uma japonesa nos dera. O sushi estava delicioso. Embora eu ainda estivesse empanturrado pelo almoço de pato do restaurante pequinês, consegui comer cinco ou seis peças. Pelo visto, a ordem de não comer na praça fora abandonada.

Todos se ocupavam em organizar panfletos e escrever novas pautas. Avistei o Velho Fu dormindo no chão com um aviso em papelão em torno do pescoço que dizia: COMANDANTE DO QUARTEL-GENERAL DA GREVE DE FOME.

— Então você está de volta ao cargo, não? — ri, agachando-me para acordá-lo.

— Bai Ling foi mandada para o hospital novamente. Tive que assumir as rédeas.

— Lin Lu é o vice de Bai Ling, então ele certamente deveria ter assumido — comentei, acendendo um cigarro. — E, aliás, por que você e Mou Sen não foram àquele encontro televisionado com Li Peng?

— Nenhum de nós estava perto quando os oficiais foram buscar os líderes estudantis — respondeu ele.

— Circulam boatos de que boa parte do dinheiro doado desapareceu.

— Sim, é um grande problema. De agora em diante, só vou distribuir dinheiro para comida. Temos que esperar até ter um sistema de contabilidade apropriado para dar dinheiro aos outros. — O Velho Fu se sentou e fitou seus pés.

Chen Di, que estava sentado a seu lado, disse:

— Teremos que comprar mais equipamento de transmissão. — Ele desistira de seu jejum e agora tinha mais energia para examinar as pautas.

— Há caixas de donativos por toda a praça, mas as que estão do lado de fora das estações de rádio recebem a maior parte do dinheiro — comentei. — Este lugar e a Federação dos Estudantes de Pequim já devem ter recolhido um milhão de yuans.

Mou Sen entrou na tenda.

— Nada bom. Os militantes estão tomando o poder. Lin Lu está reorganizando a praça sem se dar ao trabalho de consultar a Federação dos Estudantes de Pequim. — Ele tinha recebido uma transfusão na tenda de emergência. Seu braço esquerdo estava vermelho e inchado.

— Acabei de almoçar com nossa turma da Universidade do Sul — contei a Mou Sen. — Wang Fei quer formar uma associação nacional estudantil.

— É uma boa ideia — disse Mou Sen. — Não podemos deixar que Lin Lu monopolize as coisas. Ele está agindo como um tirano.

— Wang Fei também é um déspota — retrucou Chen Di, arquivando um comunicado que acabara de ser transmitido.

Nuwa saiu de trás dos amplificadores.

— Eu gostaria que vocês abandonassem a greve agora — afirmou, encarando Mou Sen. — Não precisam se matar de fome. O Centro de Resgate Médico de Pequim nos disse que outros quinhentos grevistas desmaiaram. A maioria está sofrendo de diarreia e desidratação. Eu realmente acho que agora já foi longe demais. — Fiquei surpreso por ver que ela não saiu em defesa de Wang Fei quando Chen Di o chamou de déspota.

— Transmita esta informação imediatamente — pediu Mou Sen. — Se não anunciarmos, a Voz de Qinghua vai anunciar, ou a Voz do Movimento Estudantil, como agora se chamam. — Mou Sen era um editor muito consciente. Ele se tornara muito mais cauteloso quanto ao material que escolhia para transmitir depois de anunciar o falso rumor sobre a renúncia de Deng Xiaoping.

— Esta manhã foi anunciado no rádio que Zhao Ziyang e Li Peng visitaram alguns grevistas em recuperação no Hospital Xiehe — revelei. — Parece que a ala reformista e os linha-dura ainda estão metidos num cabo de guerra.

— Ei, Velho Fu, tem um micro-ônibus estacionado ali — exclamou Chen Di, voltando para a tenda depois de sair rapidamente. — Acho que foi doado aos estudantes. Devo mandar trazê-lo para cá? Pode ser útil.

— Se agregarmos um alto-falante ao teto, podemos fazê-lo circular pela praça e transmitir anúncios por ele — disse Mao Da.

— Você tem certeza de que não é um dos ônibus que Lin Lu trouxe para a praça? — perguntei. Lin Lu e Cheng Bing ainda estavam supervisionando a chegada dos cinquenta ônibus públicos e dispondo os veículos em fileiras organizadas no lado norte da praça.

— Não, é definitivamente um micro-ônibus — disse Chen Di.

— Vou dar uma olhada nele num minuto. — O Velho Fu se pôs de pé e ajeitou a placa de papelão pendurada em seu pescoço.

— Transmitimos a declaração de 16 de maio dos intelectuais e agora eles nos mandam uma declaração de 17 de maio — reclamou Mou Sen, os olhos pousados no documento que Nuwa acabara de lhe passar. — Não podemos continuar transmitindo essas coisas, Velho Fu.

— Cale a boca! — Nuwa gritou para o barulhento gerador a diesel que estertorava num canto. — Ninguém consegue entender seu dialeto caipira. Você faz tanto barulho quanto aquele maldito gerador elétrico!

— Você não parece ter nenhum problema em entender o dialeto caipira de Wang Fei! — provocou Mou Sen, sorrindo insolentemente.

— Pelo menos é mais inteligível que o de Yanyan — disse Nuwa, zombando da namorada de Mou Sen. Nuwa estava usando uma saia curta. Eu podia ver o labirinto de finos capilares sob a pele de suas coxas. Quando ela caminhava pela tenda, eu via seus joelhos macios movendo-se como os seios escondidos em seu sutiã, e observava as pernas elegantes que se estreitavam suavemente em direção aos tornozelos delicados e sapatos de couro vermelho.

— Isso aqui diz "Abaixo a Ditadura!" — disse o Velho Fu, lendo a página que Mou Sen acabara de lhe entregar. — Não posso deixar que seja transmitido.

— Assim já é demais! — berrou Mou Sen, acendendo outro cigarro. — Tivemos falsos rumores de que Deng Xiaoping renunciou, de que o governo abdicou. Temos que examinar as pautas com cautela. Quem sabe que tipo de porcaria vai aparecer em seguida? — Ele então olhou para Nuwa e disse: — Você notou que sempre que transmitimos um poema a Voz do Movimento Estudantil toca a Internacional? É como se eles tentassem abafar nossa transmissão de propósito. — Mou Sen acabara de ser nomeado vice-chefe de finanças da Federação dos Estudantes de Pequim. Todas as despesas que o Velho Fu sancionava agora tinham que ser aprovadas por ele e pela Irmã Gao.

— Você não deveria fumar enquanto está em greve de fome — reclamou Nuwa, arrancando o cigarro dos dedos de Mou Sen. O cavanhaque curto que ele deixara crescer lhe dava ares de erudito.

— Nunca vi você tentando fazer Wang Fei parar de fumar — ele riu. Nuwa tirou algo de seu bolso e enfiou na boca dele. Imaginei que era uma bala ou um bombom de chocolate. As garotas sempre levavam pequenos lanches consigo, para dar aos garotos de quem gostavam. Eu me perguntava se ela tinha um caso com Mou Sen pelas costas de Wang Fei.

— Nossa fita do hino nacional é muito mais emocionante que a Internacional deles — disse Chen Di. — Eles não podem nos derrotar. Ei! Mao Da está gritando para nós. Vamos nessa. — Ele ajudou o Velho Fu a se levantar e o arrastou para fora da tenda.

Senti uma onda de exaustão me dominando e saí para tomar ar fresco. Enquanto eu observava as duas cadeiras escolares na recepção improvisada na entrada nordeste da praça, uma moradora de Pequim se aproximou de mim e disse que a filha de sua vizinha, que viera à praça para apoiar os estudantes, fora atropelada por um carro no caminho para casa. Ela queria fazer um apelo por doações para ajudar a pagar pelo tratamento médico da menina. Eu não sabia se ela estava dizendo a verdade ou não, portanto não deixei que ela entrasse na rádio.

Você observa enquanto o líquido cerebroespinhal flui entre o crânio e o cérebro. As tortuosas células da micróglia e seus filamentos trêmulos parecem gotas de chuva que se retorcem ao escorrer pelos galhos de uma árvore.

Eu me deitei no chão, tirei um cochilo rápido e depois voltei para a tenda.

— Vejam todos aqueles ônibus parados ali — dizia Zhang Jie quando entrei. — Isso é o trabalho duro de Bai Ling. — Ele me deu a pilha de papel que estava segurando. — Só estou nesta tenda há dez minutos, e veja quantos relatórios e declarações recebi.

Havia uma garota alta parada junto dele. Perguntei de que universidade ela vinha, e ela respondeu que era estudante de geologia e que desenhara um grande mapa da praça.

Eu lhe disse que não tinha conhecido muitos estudantes de geologia até então. Ela segurava o mapa enrolado na mão. Parecia uma turista chinesa de além-mar, de boné, óculos escuros marrons e roupas limpas e recém-passadas. Ela tinha acabado de tomar um banho. Todos nós parecíamos sujos e desgrenhados em comparação. Nos reunimos em torno dela para dar uma olhada no mapa que ela desenhara.

— Meu nome é Chuchu — ela disse, tirando o impermeável cinza e revelando a blusa de algodão e gola baixa. Quando ela se inclinou, a cruz dourada de seu pescoço balançou sobre o mapa. — Já que esta é a estação de rádio, achei que deveria ser o centro de comando da praça também. Deixarei o país em alguns dias, e queria entregar o mapa a vocês antes de partir. Passei dois dias fazendo este desenho. Vejam, este é o acampamento da Universidade de Pequim, e esta é a via de resgate para as ambulâncias. — Ela era mais alta que a maioria dos garotos na tenda.

— Quantos detalhes você colocou! — exclamou Mao Da. — Será muito útil para nós quando precisarmos reorganizar a praça. Vamos assegurar que não caia em mãos inimigas.

— Pu Wenhua desenhou um mapa, mas este é muito mais profissional — disse Wang Fei, inclinando-se.

— Mas as coisas não param de mudar — comentei. — Os ônibus estacionaram nesta área aqui, então esta parte precisa ser redesenhada.

— O acampamento dos estudantes das províncias não mudará de lugar, e me disseram que os escritórios de finanças e propaganda do monumento também são bem estáveis — disse Chuchu.

O Grande Chan deu um tapinha no ombro de Wang Fei.

— Este cara é o chefe da propaganda, e ele acabou de me dizer que quer deslocar o escritório para o Museu de História da China.

Chuchu encarou Wang Fei, que era consideravelmente mais baixo que ela, e continuou:

— O mapa mostra como as coisas estão hoje. Se houver mudanças, vocês podem consertar sozinhos.

— Para que país você está indo? — perguntou Mou Sen, com uma nota de inveja se revelando em sua voz.

— Inglaterra. Vou fazer mestrado na Universidade de Manchester. — O rosto de Chuchu assumiu o ar superior de alguém prestes a descobrir a aventura dos lugares estrangeiros.

— É uma grande universidade, acho que fica em oitavo lugar no Reino Unido — disse Nuwa, falando em inglês. Ela não olhava para Chuchu enquanto falava. Fazia dias que ela não escovava o cabelo, e estava com uma aparência um tanto desgrenhada.

— Há informações importantes aqui! — disse Hai Feng, aproximando-se com um jornal nas mãos. — A mídia oficial informou que Zhao Ziyang e Li Peng visitaram alguns grevistas de fome no hospital. — Em sua calça branca de *training*, ele parecia uma criança numa colônia de férias.

— Isso é notícia velha — disse o Velho Fu, torcendo o nariz. — E, de qualquer modo, se eles quisessem falar com os grevistas de fome, deveriam vir até a praça!

— Ainda assim, é uma grande concessão deles — disse Shao Jian, após entrar calmamente na tenda. Seu cabelo estava bem penteado. Era como se ele tivesse acabado de sair de um hotel.

— Você não parece um grevista de fome! — brinquei.

— Queria ver você tentando fazer greve — respondeu ele, apontando para a marca da agulha em seu braço inchado. — Há cinco dias que não como.

— Há previsão de uma forte tempestade para esta tarde — falei. — O que vamos fazer com todas aquelas caixas de mantimentos empilhadas lá fora? — Notei que Chuchu parecia um pouco cabisbaixa. Todos tinham esquecido o mapa dela.

— Há uma longa fila de furgões ali, esperando para entregar mais suprimentos — disse o Grande Chan. — Camponeses dos subúrbios acabaram de mandar um caminhão de alho e pepinos, uma fábrica de alimentos doou uma tonelada de pão de forma, e temos quatro pilhas de *woks* naquele local.

— Não parece certo ter essas montanhas de comida aqui enquanto os grevistas estão morrendo de fome — argumentou o Pequeno Chan, erguendo os olhos curiosamente para o Grande Chan. Eles haviam trocado os relógios entre si. O relógio digital que o Pequeno Chan usava não tinha luz noturna.

— Dai Wei, trouxemos o micro-ônibus para perto — contou o Velho Fu. — Será nosso "micro-ônibus de transmissão". Quero que você instale um sistema de comunicações. Gaste o que for preciso.

— Não se preocupe, vou fazer isso — interveio Chen Di, obviamente pensando que eu não estava à altura da tarefa. — Limite-se a cortar cabelos, Dai Wei.

— Bem, se precisar de alguma ajuda, diga — respondi, aliviado por ser liberado da tarefa.

O Velho Fu então se voltou para Hai Feng e lhe disse para voltar ao campus e pedir a Liu Gang e Shu Tong que transferissem o Comitê Organizador para a praça e que deixassem apenas um escritório de logística no campus. Ele tinha esquecido que fora contra a proposta de convidar Shu Tong de volta à praça dois dias antes.

— O clima está tão quente agora que nossa prioridade deve ser prevenir qualquer surto de doenças infecciosas — comentei. Vendo que Chuchu estava prestes a sair, aproximei-me e disse: — Muito obrigado por seu mapa. Eu sou o chefe da equipe de guardas estudantis, então ele será especialmente útil para mim.

— Não há de quê, eu só quis ajudar — ela respondeu, virando-se para sair.
— Adeus, então. — Chuchu passara dez minutos em pé sozinha. Garotos sempre têm má vontade para falar com garotas que são muito mais altas que eles.

Quando ela saiu, uma forte lufada de vento soprou subitamente pela praça, erguendo no ar sacos plásticos, revistas e caixas de papel. As lonas da tenda da rádio sacudiam, e todos as pautas e jornais voaram para fora. Nossos olhos foram cegados pela poeira.

— Meu Deus! — balbuciou Nuwa, agachando-se no canto da tenda. O teto de lona estava atado à estrutura de bambu com cordas grossas e amarrado em ambos os lados à balaustrada de mármore do lado de fora. Eu sabia que não cairia.

— Droga, a tempestade está quase chegando! — gritou Chen Di, sacando o cobertor da cama dobrável e atirando-o sobre o equipamento elétrico.

— Ainda há alguns grevistas deitados do lado de fora, sem abrigo — exclamei, ajudando a recolher as pautas espalhadas pelo chão.

— Eu distribuí guarda-chuvas a eles — disse o Velho Fu, agachando-se e agarrando sua mochila. — Dai Wei, convoque suas tropas e vá inspecionar o nosso acampamento.

— Meus guardas foram ajudar Lin Lu a convencer o resto dos grevistas a embarcar nos ônibus — respondi. — Os grevistas da Universidade de Pequim entraram nos ônibus há algumas horas.

O vento agora uivava. Zhang Jie e Mao Da entraram cambaleando com as mãos no nariz e na boca.

— Achei que receberíamos oitenta ônibus — Zhang Jie gritou para o Velho Fu —, mas só há cinquenta estacionados ali. Lin Lu quer que você vá até lá e dê uma olhada.

Lufadas quentes de poeira varriam a praça, então o céu escureceu e uma chuva torrencial desabou. Metade do teto da tenda se soltou no ar e ficamos imediatamente encharcados. Todos se espremeram num canto, exceto Nuwa, que se escondeu sob a cobertura plástica que protegia os amplificadores. Vi as caixas de papelão com pães de forma desmoronando na tempestade. Estudantes ensopados e com frio corriam para nós, perguntando se tínhamos guarda-chuvas ou capas impermeáveis.

Quando a chuva começou a alcançar os amplificadores sob o plástico, nós os desligamos rapidamente e os passamos para a cama dobrável que estava sob o único pedaço de teto restante. Depois eu desloquei o resto do equipamento e comecei a religar os cabos. Mou Sen disse a Nuwa para fazer um anúncio. Ela pegou o microfone por um segundo e depois decidiu tocar "A bandeira vermelha das cinco estrelas tremula ao vento" para aliviar o clima de crise que tomara a praça.

Embora eu não tivesse um guarda-chuva, decidi subir no monumento e ter uma visão melhor da situação. Agarrei uma balaustrada e me icei para o terraço mais baixo. A praça estava envolvida numa espessa cortina cinza de chuva. Olhei para os cinquenta ônibus parados em fileiras organizadas ao norte. Os grevistas correram para dentro assim que as nuvens de chuva desabaram. Seus acampamentos abandonados agora pareciam um imenso estacionamento vazio. O retrato do presidente Mao no Portão da Paz Celestial era um borrão atrás das camadas de chuva.

No dia anterior, eu tinha visto um morador de Pequim marchando para a praça segurando uma grande fotografia de Mao. Ele dizia que fora apoiar os estudantes. Perguntei se ele sabia do incidente da praça em 1976, quando Mao sancionou o uso da força para reprimir um protesto de dezenas de milhares de cidadãos de Pequim contra a Camarilha dos Quatro. Ele disse que nunca tinha ouvido falar do evento. Não era culpa dele. Por quarenta anos, o Partido Comunista trabalhou duro para apagar a história. Se meu pai não tivesse deixado seu diário, eu não teria conhecido os verdadeiros horrores da Campanha Antidireitista e da Revolução Cultural. Ninguém sabe ao certo quantos milhões de pessoas morreram sob o governo de Mao. Wang Fei me disse que, depois do insano Grande Salto para a Frente de 1958 a 1960, quando Mao ordenou que os estudantes abandonassem suas universidades e produzissem aço em pequenas fornalhas "de fundo de quintal", 12 milhões de pessoas morreram de fome somente na Província de Sichuan.

Por fim, a torrente parou e as nuvens foram sopradas para longe pelo vento. Água pingava de caixas, bolsas e abrigos de plástico. Jornais, panfletos, caixas vazias de suco, cartazes e faixas flutuavam no lago raso que cobria a praça.

— Rápido, façam uma transmissão dizendo a todos para limparem o lixo que está flutuando por ali — disse Cheng Bing ao Velho Fu. Ela estava com o cabelo encharcado. Parecia muito doente. Eu não sabia se ela ainda estava em greve de fome ou não.

— Você tem uma pauta para mim? — disse o Velho Fu, passando por cima de uma poça de água manchada de tinta. — Não? Bem, não há nenhum papel seco aqui para que eu possa escrever. Por que não pede a um médico da tenda de emergência para fazer o anúncio?

Dentro da tenda, todos ainda estavam ocupados em organizar o equipamento.

— Que pena! — disse Chen Di, pescando de uma poça o mapa que Chuchu desenhara. — Ficou arruinado antes que sequer tivéssemos chance de usá-lo.

Eu não tinha nenhuma roupa seca para me trocar, então fui procurar Tang Guoxian, que tinha a mesma altura que eu, para ver se ele podia me emprestar algumas.

Quando voltei para a tenda, subitamente lembrei que ainda não tinha enviado um telegrama para meu irmão, que estava em greve de fome em Sichuan, e fui procurar alguns estudantes da mesma universidade para ver se tinham notícias dele.

Eu entrava e saía do labirinto de ônibus estacionados ao longo do lado norte da praça. Faixas de universidades começaram a aparecer novamente nas janelas. Os cartazes que tinham sido colados nas laterais dos ônibus pingavam sua tinta vermelha e preta no chão. Enfermeiras de jalecos brancos corriam para cima e para baixo, dando transfusões a estudantes doentes ou transportando grevistas em macas. Dentro dos ônibus, só havia espaço suficiente para que três ou quatro estudantes se deitassem. A maioria dos grevistas tinha que ficar sentada nos bancos, descansando a cabeça nos ombros uns dos outros.

Finalmente encontrei alguns estudantes da universidade de meu irmão. Haviam deixado seu ônibus e estavam se preparando para subir no teto. Eles não conseguiram abrir as janelas, e o cheiro do lado de dentro se tornara insuportável. Um dos garotos conhecia meu irmão. Ele me disse que Dai Ru se opôs ao movimento no começo, e que sequer participou da marcha de 4 de maio. Mas desde que se alistou na greve de fome, Dai Ru se tornou um dos ativistas líderes da universidade.

— Eu disse a Dai Ru para não se juntar ao movimento — falei. — Minha mãe só tem dois filhos. Se ambos formos mortos, não sobrará ninguém para cuidar dela.

— Seu irmão é um grande orador — disse o garoto. — Ouvi seu discurso da greve de fome. — Ele usava uma bandana branca. As espessas armações de metal de seus óculos brilhavam à luz do sol. O estudante parado junto dele se meteu numa caixa de papelão em que tinha escrito ROMPAM AS CORRENTES DA TIRANIA. Ele colocou a cabeça e os braços para fora através de buracos que fizera no topo e nas laterais da caixa e pediu que seus amigos o ajudassem a subir no teto do ônibus.

— Isso é difícil de acreditar — respondi. — Ele sempre teve medo de falar em público. Aliás, a Federação dos Estudantes das Províncias será inaugurada esta tarde. Lembrem-se de mandar um representante.

— Isso é uma boa notícia. Os estudantes das províncias passam maus bocados por aqui. Temos que implorar aos estudantes de Pequim por esmolas. Já é hora de criarmos a nossa própria organização.

— O que vocês acham desta greve de fome? — perguntei. — Têm medo de que ela leve o governo a usar de violência?

O garoto me ofereceu um cigarro, deu uma tragada no seu e disse:

— O governo não ousará usar a força. Temos todo o país conosco. Todos querem democracia.

— É exatamente porque todos querem democracia que o governo vai reprimir nosso movimento — respondi. Afastei-me e depois tornei a olhar para ele e disse: — Você não deveria fumar enquanto está em greve de fome.

Depois de uma longa busca, finalmente encontrei Tian Yi. Ela estava deitada no chão de um ônibus junto de Mimi, com uma colcha dobrada apoiando sua cabeça e um soro preso ao braço. Ela parecia tranquila. Sem querer perturbá-la, saí na ponta dos pés e voltei para o monumento.

As células da glândula pituitária na base de seu cérebro parecem ossos humanos espalhados por um campo.

Depois da tempestade, o ar tinha um cheiro rançoso. Fiquei aliviado por Tian Yi estar escondida em segurança num dos ônibus.

A distância, avistei três garotas de Hong Kong entrando no acampamento da greve de fome com grandes faixas vermelhas. Elas tinham cabelos imaculadamente escovados, assim como A-Mei costumava usar os seus. Um bando de jornalistas saltou as poças e tirou fotos quando elas passaram.

Subi no terraço mais alto do monumento. Estava imaculado. Imaginei que a chuva lavara tudo, mas depois Shu Tong apareceu e me disse que pediu a sua equipe de guardas estudantis que lavassem o lugar. Ele fora à praça para formar ali o escritório do Comitê Organizador.

Até então, o monumento tinha sido território da Federação dos Estudantes de Pequim e do Quartel-General da Greve de Fome. Era necessário ter uma credencial para passar pelo cordão de guardas estudantis que cercava a base, outro documento para entrar no terraço mais baixo, e para ganhar acesso ao terraço mais alto era preciso ter uma credencial especial assinada pessoalmente por Bai Ling, Lin Lu, Ke Xi ou Han Dan. Apesar deste estrito controle, os terraços estavam frequentemente lotados.

Mas agora estavam vazios, e não havia um grão de sujeira no chão. Shu Tong ordenou que seus guardas estudantis fizessem um cordão em torno do perímetro e dessem os braços.

— Agora tudo parece tão bem organizado — comentei.

— Vocês deveriam ter limpado esse lugar há séculos — resmungou Shu Tong.

— Eu só posso dar ordens a estudantes da Universidade de Pequim — respondi. — Ninguém mais me dá ouvidos. Estudantes de todo o país vieram para cá. É uma reunião nacional de sem-tetos! — Vi uma faixa a distância que dizia DEUS DECRETOU QUE LI PENG DEVE MORRER! Apontei para a faixa. — Veja aquilo. Não acha que é um pouco extremo? Estamos entrando num beco sem saída.

— Pensei que você fosse um dos radicais, Dai Wei — disse Shu Tong. — Por que ficou tão cauteloso? Os grevistas colocaram suas vidas na linha de frente. É natural que queiram forçar a barra.

— Eu achava que você era contra a greve — respondi, sentindo que ele havia mudado, e não eu.

— Um indivíduo precisa se adaptar à evolução das circunstâncias — ele respondeu enquanto descia para o terraço mais baixo. — A praça se tornou uma zona de batalha. Se o Comitê Organizador da Universidade de Pequim não se envolver na administração, será marginalizado do movimento.

— Por que você não esteve na reunião televisionada com Li Peng hoje?

Antes que ele tivesse tempo de responder, o distinto contralto de Nuwa se fez ouvir pelos alto-falantes:

— Os sapatos de todos estão ensopados. Se alguém puder conseguir um lote de sapatos secos e trouxer à rádio, ficaremos muito agradecidos...

— Então você vai voltar para o campus? — perguntou Shu Tong.

— Não posso, não enquanto Tian Yi ainda estiver aqui. — Descemos o segundo lance de escadas e abrimos caminho através do cordão de isolamento na base do monumento.

— Os estudantes da Universidade de Pequim não devem abdicar do controle da praça — disse Shu Tong. — Zhuzi formou um grupo de ação secreta com comandantes de segundo e terceiro escalões, que podem assumir nosso lugar caso sejamos presos.

— Você sabia que Wang Fei criou uma Federação de Estudantes das Províncias? Ele já levou um grupo de membros para o complexo governamental de Zhongnanhai. Ele diz que o complexo é um tigre de papel, e que conseguirão invadi-lo com muita facilidade. — Eu sentia que era meu dever informar Shu Tong sobre estes acontecimentos.

— Estudantes das províncias não podem começar a querer tomar o controle desse jeito. Diga a Wang Fei para acabar com essas palhaçadas e fazer algo útil uma vez na vida. — Ele então me deu um tapinha no ombro e se afastou.

Começava a ficar escuro. Notei que todos os estudantes que estavam na tenda da Voz do Movimento Estudantil usavam camisetas brancas com as palavras ESTAÇÃO DE RÁDIO escritas com caneta preta. O aviso pendendo na entrada parecia mais profissional que o nosso.

Uma das três garotas de Hong Kong estava na tenda, fazendo um discurso em cantonês.

— A Associação Estudantil de Hong Kong nos mandou aqui para transmitir o apoio de nosso território a seu movimento. Estamos recolhendo doações de toda Hong Kong e trouxemos este dinheiro hoje conosco, na esperança de que seja útil a vocês. Esta noite, como prova de solidariedade, nós três entraremos em sua greve de fome!

Estudantes do lado de fora que entendiam cantonês gritaram em agradecimento. As entonações pronunciadas da garota me fizeram recordar como A-Mei de repente começava a falar cantonês quando ficava irritada ou empolgada, sabendo que eu não entenderia muita coisa do que ela dizia.

— Dai Wei, Chen Di precisa que você ligue os cabos no micro-ônibus da rádio — disse Lin Lu, aproximando-se com um grande grupo de estudantes.

— Shu Tong limpou o monumento — contei. — Ele quer instalar um escritório ali.

— Eu sei, nós saímos assim que ele chegou. Não queremos ser obrigados a partilhar aquele lugar com ele.

— Vocês resolvam a questão do micro-ônibus, eu não estou à altura do trabalho — respondi e depois me afastei, mal-humorado. Estávamos nos arriscando a ir para a cadeia a qualquer momento, mas os líderes estudantis continuavam envolvidos em mesquinhas disputas territoriais.

Uma membrana nuclear se rompe. Os túbulos que forram a superfície interna se retorcem como vermes.

Meu quarto fede a tinta de emulsão. Dois trabalhadores estão sentados na beira da minha cama fumando um cigarro. Estão fumando a marca estrangeira 555. Minha mãe mandou redecorar o apartamento para que esteja perfeito para o Festival da Primavera.

A janela está aberta. A brisa fria que entra traz o ranço de pólvora dos fogos de artifício que soltaram ontem à noite.

— ... Então você acha que eles vão entrar em cana?

— Depende de que tipo de contatos eles têm por baixo dos panos. Aquele sujeito, Zhang, tem um telefone celular, e portanto não pode ter pouco dinheiro, mas ele foi atirado na cadeia mesmo assim.

— Wang tem duas contas no banco. Tenho certeza de que ele vai deixar que a gente esconda nosso dinheiro numa delas...

O céu do lado de fora provavelmente está cinza pálido. A luz além de minhas pálpebras estava cor de malva esta manhã, mas agora é branca, e o quarto parece menos opressivo.

A tinta que pinga do teto se infiltrou nas folhas de jornal que os pintores espalharam por cima de mim, e molhou a colcha abaixo também.

— Então esse cara está morto ou não?

— Veja a mão dele! É só pele e osso. Essas veias parecem vermes.

— Um vegetal... É como chamam as pessoas assim. O cérebro dele parou de funcionar anos atrás. Ele só fica deitado como uma tábua de madeira, os olhos fechados. Mas ele ainda respira.

— Uma vez eu vim aqui quando era criança e perguntei se ele deixaria o irmão jogar futebol comigo, mas ele não deixou. Mandou o irmão para o mercado em vez disso, para ficar na fila da couve para o inverno.

Agora percebo quem é esse cara. É o neto da Vovó Li, a velha senhora que fui obrigado a ver escaldada até a morte pelos Guardas Vermelhos durante a Revolução Cultural. Ele estudara na mesma sala que meu irmão.

— Mas ele era um garoto bem legal. Foi preso quando tinha 15 anos. Ele teve um caso com aquela menina, Lulu, que dirige aquela cadeia de livrarias.

— Você está falando da menina que foi mandada para o campo de reforma-pelo-trabalho por ter namorado um estrangeiro?

— Sim. Ela conhece um alto funcionário numa editora e conseguiu arranjar uma licença de impressão com ele. Ela vai fazer uma fortuna naquilo. Lulu se casou com um empresário do setor de reformas imobiliárias de Hong Kong. Eles têm uma mansão em Shenzhen. Aposto que são milionários!

— Ele tem um cheiro asqueroso. Vamos colocar um cobertor em cima dele. Quando acabarmos de retocar aquela parte atrás do armário, podemos dar o fora daqui.

Então Lulu agora é esposa de um empresário do setor de reformas imobiliárias de Hong Kong. Eu não sabia que ela tinha sido mandada para reeducação pelo trabalho. Deve ter sido quando eu estava na Universidade do Sul. Seu cartão de visita provavelmente ainda está na minha carteira. Depois que a vi na praça, telefonei para Lulu e marquei um jantar com ela em seu restaurante, mas uma disputa de poder estourou na rádio naquela noite e eu não pude ir.

Somente no segundo de silêncio antes da morte você poderá contornar a ferida da bala em sua cabeça.

Abri os olhos e contemplei o céu vazio da noite. Eu conseguira permissão para voltar ao campus para descansar, mas quando chegou a hora de partir, estava cansado demais para me mover, e portanto me deitei no chão e caí no sono. Provavelmente o que me acordou foi o anúncio. Uma voz alardeou pelo alto-falante:

— Ao meio-dia de 20 de maio, os trabalhadores de Pequim lançarão uma greve de 24 horas em toda a cidade...

Nuwa deixara a praça por algumas horas, e uma estudante do Instituto de Radiodifusão a substituíra. Ela estava sentada no tapete marrom no canto da tenda. Sua saia era bastante curta. Ela não parava de puxar a barra da saia, tentando cobrir o máximo possível de suas coxas nuas. Após cada par de frases ela parava para enxugar o suor do nariz. O Sr. Zhao, âncora da Televisão Central, também apareceu para ajudar.

A voz de Han Dan subitamente se fez ouvir pelos alto-falantes da Voz do Movimento Estudantil.

— Quem fala é Han Dan. Por favor, pedimos aos estudantes da Universidade de Pequim que parem de transmitir, caso contrário...

— O que é isso? — exaltou-se o Velho Fu, pondo-se de pé num salto. — De que lado ele está agora?

— Vá falar com ele — disse Bai Ling. — Não podemos deixar que a praça tenha dois centros de poder separados. — Ela estava sentada no outro canto da tenda com soro preso ao braço.

— Se eles podem transmitir, então nós podemos também — falei, tentando me manter acordado.

— Faça um anúncio convocando nosso Comitê Organizador, o Quartel-General da Greve de Fome e a Federação dos Estudantes de Pequim para nossa estação de rádio imediatamente — demandou o Velho Fu.

— Dai Wei, sua mãe está aqui! — gritou Wang Fei, entrando na tenda.

— Que nova organização é essa que você está inventando agora, Wang Fei? — inquiriu furiosamente o Velho Fu.

— Não, não, é Ke Xi que está formando todos os grupos secretos — mentiu Wang Fei. — Eu só estou circulando para informar as pessoas da reunião marcada para amanhã de manhã.

— Ainda discutindo a esta hora da noite! — reclamou Bai Ling.

— Onde está Nuwu? — perguntou Wang Fei, notando a outra garota ao microfone.

— Ela voltou para dormir um pouco no campus — respondeu Chen Di. Ele escrevia números nos bonés que comprara para nossa equipe de guardas estudantis.

Eu saí e avistei minha mãe com seu cabelo com permanente. Ela parecia muito séria e convencional no meio de uma multidão de jovens estudantes desmazelados. Até então, nenhum outro pai tinha ousado ir até a estação de rádio.

— O que você está fazendo aqui? — perguntei secamente.

— Você percebe o crime que está cometendo? — começou ela. — Vocês estão atacando o Partido e o sistema socialista.

— Quem lhe disse isso? Até o próprio premiê Li Peng disse que não estamos criando tumulto.

— Um punhado de gente está causando distúrbios para derrubar o governo — disse ela, olhando de um lado para o outro. — Vocês estão sendo manipulados por um pequeno bando de conspiradores malignos!

— Não tem nenhum conspirador maligno aqui. O governo está espalhando falsos rumores. Por favor, vá para casa.

— Ouça, eu vim aqui para lhe dizer uma coisa. Nossa companhia de ópera recebeu uma transcrição de um discurso de um líder do governo. Eles vão impor lei marcial nos próximos dias. Você precisa voltar para casa comigo. Eu já fui punida uma vez por ser casada com um contrarrevolucionário. Não posso passar por aquele inferno outra vez.

— Olhe à sua volta, mãe. Não estou sozinho aqui. Toda a China se levantou. A lei não pode punir uma multidão.

— Seu pai costumava dizer a mesmíssima coisa. Por que você é tão parecido com ele? — Minha mãe tinha os olhos vermelhos. Percebi que ela não andava dormindo bem.

Wang Fei e o Velho Fu olharam para fora da tenda para ver o que estava acontecendo. Eu estava constrangido.

— Dai Wei, Bai Ling está aqui? — perguntou Shao Jian, aproximando-se.

— Ela está lá dentro.

— Você pode convocar seus guardas para cá? Vamos fazer uma reunião.

Depois Zhuzi apareceu e disse:

— Se você quer expressar sua opinião, tia, vá falar com os estudantes no balcão de recepções. Precisamos nos preparar para nossa reunião agora.

— Como ousa falar comigo desse jeito? — gritou minha mãe. — Ele é meu filho! — Ela tinha o rosto tão desgastado que parecia uma velha flanela cinza.

— Não posso ir para casa com você, mãe. Tian Yi entrou em greve de fome...

— O quê?

— Não se preocupe, ela já parou. Mas ainda está muito fraca. Se ela se sentir melhor amanhã, prometo que vamos até lá fazer uma visita a você. — Eu sabia que se dissesse que Tian Yi ainda estava jejuando, ela insistiria em vê-la.

— Vocês sabem quantos danos uma greve de fome pode causar ao corpo? Provavelmente ela nunca vai poder ter filhos depois disso.

A frase me causou uma onda de pânico.

— Eu sei, eu sei, vivo querendo mandar um telegrama para Dai Ru e dizer a ele que pare... — balbuciei, e imediatamente me arrependi.

— O quê? Ele também entrou em greve de fome? Meu Deus! Por que você não me disse? Que tipo de irmão você é? Como pôde deixar que ele fizesse isso? Você quer vê-lo morrer? — ela agarrou meu braço. — Você vai voltar comigo para casa agora. Não é o bastante que você lance vergonha sobre o país, depois de tudo que o Partido fez por você, agora também quer mandar sua mãe para a cova!

Arranquei sua mão de meu braço e disse friamente:

— Isto é a Praça da Paz Celestial. Há centenas de milhares de estudantes e moradores aqui lutando pela democracia. É uma temeridade que você fale dessa maneira. Nem mesmo o Primeiro-Ministro Li Peng ousaria aparecer aqui e dizer o que você acabou de dizer.

A distância, pude ouvir uma grande multidão gritando:

— Vendam a coroa imperial, e o povo terá comida. Livrem-se da corrupção dos oficiais, e o povo terá camas para dormir! — Agora estava tão escuro que era difícil dizer de que parte da praça vinha o barulho.

— Viremos aqui todos os dias até que Deng Xiaoping renuncie! — gritou um grupo de operários de fábricas enquanto marchavam em nossa direção. Atrás deles vinham dois ônibus, cada um equipado com dois alto-falantes. A multidão rugiu em aprovação. Era como se todas as pessoas na praça estivessem gritando ao mesmo tempo. Eu estava tão acostumado com o barulho e a gritaria que por vezes esquecia que estava no meio de um mar de gente.

Zhuzi me levou para longe. Minha mãe parecia assustada. Ela murmurou entre dentes:

— Você não é mais meu filho. Se for morto, não espere que eu vá recolher seu corpo. — Depois, ela se virou e partiu.

A visita de minha mãe me deixou de mau humor. Lembrei-me de todas as vezes em que ela me censurou e amedrontou quando eu era criança.

No canto sudoeste da Terra Entre Mares se encontra o Monte Shu. O Senhor dos Céus capturou um assassino nesta montanha. Ele amarrou os cabelos e as mãos do homem num tronco de árvore e colocou seu pé esquerdo em correntes.

Enviei meus guardas estudantis de volta ao campus para descansar e os substituí por um novo grupo de voluntários. Depois voltei para a tenda da rádio, ensopado de suor, na esperança de cochilar por algumas horas. Tinha passado a noite inteira de pé, guardando a via de resgate, e senti que não podia ficar acordado por mais nenhum minuto. Deitei-me e fechei os olhos, mas a lâmpada acesa pendurada no teto da tenda e o constante barulho das sirenes de ambulância tornavam o sono impossível.

— Então você esteve na tenda de emergência novamente? — Mou Sen perguntou ao Velho Fu, notando a marca de agulha em seu braço. Mou Sen acabara de acordar. A cabeça estava apoiada em meu casaco dobrado. Ele se virou para mim e sussurrou: — Não posso continuar mais, Dai Wei. Vou precisar admitir a derrota. Não sou tão corajoso quanto seu pai foi.

— Eu não acho que você chegou a seu limite — sussurrei de volta. Lembrei-me da noite em que ele leu o diário de meu pai na Universidade do Sul. As histórias o repugnaram tanto que ele foi incapaz de tocar seu jantar. Ele jurou que, dali em diante, abandonaria a política estudantil e faria o que quer que o Partido pedisse. O que mais o horrorizou foi que, para conservar suas vidas, os prisioneiros famintos tiveram que comer a carne de conhecidos.

— Fui receber uma transfusão rápida — explicou o Velho Fu. Ele estava muito pálido. Embora já fossem quatro horas da manhã e as transmissões estivessem encerradas, a tenda ainda estava muito movimentada. As pessoas entravam e saíam o tempo todo, entregando notícias e passando informações.

— Vá ver o que está acontecendo no monumento — sugeri. — Houve um golpe na Federação dos Estudantes de Pequim há algumas horas. Eles tentaram depor Fan Yuan, mas ele se recusou a renunciar. Ele se renomeou presidente e pretende fazer um discurso delineando seu plano de ação.

Shu Tong não voltara ao monumento desde que o limpara. Vários grupos de estudantes haviam se deslocado para lá novamente, e o lugar estava uma bagunça outra vez.

— Estão todos enlouquecidos por poder — disse o Velho Fu, sentando-se.

Wang Fei invadiu a tenda e gritou:

— O secretário-geral Zhao Ziyang está na praça!

— Não acredito! — todos gritaram. — Onde ele está?

— Está prestes a partir. Ele está naquele carro ali. O Primeiro-Ministro Li Peng também está com ele. — Wang Fei não tivera tempo nem de colocar os sapatos. Ele estava dormindo numa cama dobrável no escritório de propaganda quando soube do ocorrido.

— Cale a boca, não há tempo a perder — exclamou o Velho Fu em pânico. — Rápido, vá ver se alguém tomou notas ou fez uma gravação.

— Ao que parece, um estudante anotou o discurso, mas alguém agarrou seu caderno e o passou adiante, e agora ninguém consegue encontrá-lo — respondeu Wang Fei.

— E o que ele disse, afinal? — perguntou Mou Sen, as sobrancelhas contraídas enquanto acendia um cigarro às pressas.

— Ele disse que veio tarde demais e que decepcionou os estudantes. E disse: "Nós somos velhos, mas vocês ainda estão jovens. Vocês devem pensar em seus futuros."

Xiao Li, que acabara de entrar, contou:

— Eu estava parado ao lado do carro agora mesmo. Alguém acendeu uma lanterna na cara de Zhao Ziyang, e vi lágrimas em seus olhos. Parece que ele implorou para que encerremos a greve de fome.

— Lágrimas? — repetiu Mou Sen, jogando os cabelos para trás. — Não acredito nisso. Ele é um revolucionário endurecido pela guerra. Não choraria por isso!

— É muita coragem dele vir até aqui — comentei. — Temos que encerrar a greve imediatamente. Se fizermos o que pediu, ele ganhará mais autoridade.

— Quanto tempo ele ficou? — perguntou o Velho Fu.

— Cerca de dez minutos — respondeu Xiao Li, sentando-se. Era seu sexto dia em greve de fome. Ele chegara a desmaiar uma vez, mas parecia que podia aguentar por mais algum tempo. Estava em melhor forma que Mou Sen. Pus-me de pé e senti uma dor aguda na curva das costas. Mais cedo naquele dia, eu havia estirado um músculo enquanto descarregava caixas de água mineral de uma van.

— Tragam Han Dan, Bai Ling e Cheng Bing para cá imediatamente — disse o Velho Fu.

— Está um pouco tarde para fazer um anúncio, Velho Fu — argumentou Mou Sen, vendo o outro ligar o equipamento de transmissão.

— Não importa. Os estudantes devem saber da visita de Zhao Ziyang. Isso muda tudo. Xiao Li, é melhor você encerrar sua greve de fome. Vou precisar de sua ajuda para cuidar do equipamento. Não podemos nos dar ao luxo de que algo saia errado agora.

Quando Bai Ling, Han Dan e Cheng Bing chegaram, fomos ao microônibus de transmissão para falar com Lin Lu. Xiao Li apareceu com uma transcrição do discurso de Zhao Ziyang que conseguira copiar do caderno de alguém.

Mou Sen começou a ler em voz alta com um cigarro aceso pendurado na boca. Han Dan tossiu ruidosamente e disse:

— Apague esse negócio!

Mou Sen esmagou o cigarro de má vontade e continuou:

— "Se vocês não encerrarem a greve de fome, os linha-dura vencerão a disputa interna no Partido e será o fim para todos nós..."

Cheng Bing olhou para Lin Lu e murmurou, desanimada:

— Quando você viu Zhao Ziyang na televisão há alguns dias, disse que ele estava radiante de confiança.

— É claro que os reformistas perderam a briga — comentou Lin Lu, pessimista. — Sugiro que todos os membros do Quartel-General da Greve de Fome encerrem seu jejum.

— Bem, eu não desisti — disse Han Dan, irritado.

Bai Ling estava com febre alta. Ela arqueou o pescoço, deixando a cabeça cair no ombro.

— Fan Yuan estava prestes a fazer seu discurso inaugural como presidente da Federação dos Estudantes de Pequim há pouco — continuou Han Dan friamente —, mas quando ele ouviu que Zhao Ziyang veio à praça, renunciou e fugiu, aterrorizado. Ele não tem fibra nenhuma.

— Temos que adotar uma nova forma de luta — propôs Yang Tao. Fazia dias que eu não o via. Imaginei que ele tinha passado pelo hospital.

— Se alguém do Quartel-General encerrar sua greve de fome, terá que renunciar a seu cargo — decretou Cheng Bing, inflexível.

— Estamos jejuando pelo bem do povo chinês — falou Bai Ling. — Não podemos decepcioná-los.

— Hu Yaobang perdeu o emprego por simpatizar conosco em 1987, e se não fizermos o que Zhao Ziyang pediu, ele será deposto também — concluí.

— Três caminhões da polícia se uniram a uma marcha estudantil ontem — disse Han Dan. — Temo que se nos rendermos agora, antes que alcancemos nossos objetivos, muita gente que veio para nos dar apoio terá problemas.

— Mesmo se terminarmos a greve de fome, podemos continuar na praça e prosseguir com nossa luta — disse Mou Sen.

— Poderíamos criar um sistema de rotatividade, com cada estudante jejuando por um só dia — sugeriu Bai Ling, franzindo a testa. — Não podemos deixar que a greve de fome perca a força.

— A praça está uma imundície agora — disse o Velho Fu. — Depois da tempestade de ontem, ficou parecendo um campo de refugiados.

Continuamos a discutir por um tempo, até que Lin Lu encerrou o debate e disse que deveríamos fazer uma plenária dos acampamentos pela manhã.

Mou Sen voltou para a tenda para pedir que Chen Di e Nuwa transmitissem um anúncio sobre a visita de Zhao Ziyang. Os alto-falantes no micro-ônibus ainda não estavam corretamente conectados.

Vendo que o céu começava a ficar mais claro, deixei o micro-ônibus e fui encontrar Tian Yi. Eu queria dizer a ela para encerrar sua greve e convencê-la de que não valia a pena sacrificar a vida só para obrigar o maldito governo a falar conosco.

Tian Yi se desloca por seu lobo parietal como fios transparentes de mofo se espalhando pela superfície de um lago pantanoso.

O barulho dos fogos de artifício faz uma lembrança ressurgir. Subitamente, recordo a noite em que Tian Yi veio a meu quarto para me dizer adeus antes de partir para os Estados Unidos. Como pude me esquecer daquela visita? Eu sabia que era ela no momento em que ouvi seus passos cuidadosos nas escadas. Minha mãe abriu a porta e disse:

— Você está coberta de neve, Tian Yi. Entre e tire seu casaco. Vou colocá-lo no radiador.

— Não, não coloque — respondeu ela. — É de lã mesclada. Vai encolher...

Psicólogos acreditam que lembranças muito difíceis de encarar são enterradas em nosso inconsciente pelo mecanismo de autodefesa do cérebro. A informação nunca se perde, apenas se torna inacessível. Contudo, parece mais provável que meus lapsos de memória se devam mais ao dano cerebral que à repressão.

— Comprei um calendário para a senhora, com fotos do Polo Sul — disse Tian Yi. — É o calendário mais popular deste ano.

— É lindo. Mas onde posso pendurá-lo? Não há mais espaço nesta parede.

— Veja, pode colocá-lo ali no alto, junto daquele calendário dos Castelos da Europa.

Elas se sentaram no sofá com suas xícaras de chá e reclamaram do aumento de preços. Depois, Tian Yi contou que muitos de meus antigos colegas de classe entraram em contato com ela para perguntar sobre mim. Ela trouxera uma lista com nomes e endereços.

— A senhora se lembra de Shao Jian? — perguntou. — Agora ele trabalha para uma grande empresa de internet em Pequim. Mimi morava no mesmo dormitório que eu. Ela abriu um salão de beleza. Se a senhora tiver qualquer problema, é só entrar em contato com eles.

— Sim, Shao Jian. Ele veio aqui com outro garoto. Qual era mesmo o nome dele? Estou ficando esquecida. Ele me disse que conhecia a Professora Ding, a mulher que formou as Mães da Praça.

— Deve ter sido Fan Yuan, da Universidade de Política e Direito. Ele deixou o telefone com a senhora?

— Acho que não. Bem, aqui está o número de Kenneth. Quando você o encontrar, não lhe diga nada sobre a perseguição que sofri da polícia. E lembre-o de não mencionar política em suas cartas. Na verdade, seria melhor se ele mandasse as cartas para o irmão de Dai Wei, e não para mim.

Tian Yi quebrou 29 sementes de abóbora entre os dentes. Eu as contei. Imaginei as cascas vazias se escondendo na palma de sua mão.

Tento me lembrar do que aconteceu em seguida, mas meus pensamentos retornam ao momento em que a ouvi subindo as escadas. Quando ela chegou diante da porta de nosso apartamento, ouvi um barulho seguido por um longo silêncio. Imaginei que ela tinha batido a cabeça na perna do banquinho que estava no alto da grande pilha de briquetes de carvão e levantava a cabeça para ver o que tinha acertado. A entrada estava apinhada de coisas que minha mãe não se dava ao trabalho de jogar fora. Todos no prédio deixavam pilhas de entulho do lado de fora das portas, mas a pilha de minha mãe era a maior de todas. Alguns minutos depois, ouvi Tian Yi tossindo e depois batendo discretamente à porta... Perdi a sequência novamente. Minha mente está tão confusa que é difícil desenrolar os fios. Já que minhas lembranças de Tian Yi são muito recentes, sua imagem entra e sai de foco nas regiões centrais de meus lobos temporais. A-Mei, por sua vez, estava espalhada por toda a rede de neurônios de meu córtex cerebral. Pensei nela com tanta frequência nestes últimos dias que ela entrou em minha medula óssea.

Agora lembro como terminou a visita de Tian Yi.

— Posso ter alguns momentos a sós com Dai Wei, tia? — perguntou ela. — Tenho algumas coisas para dizer a ele.

— Sim, entre. Eu fecho a porta.

Finalmente, ficamos juntos e a sós. O quarto estava quente. Eu podia ouvir o muco que se acumulava no interior de suas narinas, e sentia que ela estava prestes a chorar.

— Tenho algo a dizer, Dai Wei — começou Tian Yi. — Não quero que você acorde sem saber o que aconteceu. Vou deixar o país. Estou indo para os Estados Unidos. Por quatro anos, ou talvez mais... Eu lhe trouxe uma fita. É a *Sinfonia nº 2* de Mahler... Ressurreição. Espero que você a escute às vezes.

Lembro-me de quando ouvimos aquela sinfonia no rádio. Comentei com Tian Yi que tinha gostado, e ela anotou o nome do compositor em seu diário. Mas eu sabia que se ela tocasse a fita agora, eu provavelmente não reconheceria a música.

Ela deslizou sua mão para dentro da minha. Após algum tempo, senti que sua mão se movia. Ela tinha segurado minha mão em sua visita anterior, mas minha mãe estivera no quarto o tempo todo, e seus dedos ficaram imóveis. Contudo, desta vez ela movia o polegar, lentamente acariciando o centro da palma até o monte sob meu indicador.

— Talvez nunca mais nos vejamos novamente — ela continuou —, mas sempre pensarei em você e nos momentos que passamos juntos... — Embora eu estivesse trancado no fundo de meu corpo, sua voz soava cristalina. Ela começou a soluçar baixinho. — Sempre sonhei que poderíamos viajar juntos para o exterior. Nunca lhe dei uma resposta quando você me pediu para irmos juntos aos Estados Unidos, mas decidi secretamente que, se você fosse, eu também iria. Não sei se um dia conseguirei amar outro homem...

Eu sabia que esta separação seria definitiva. Mesmo que conseguisse acordar do coma, eu seria uma pessoa diferente de quem ela conheceu.

— O destino nos uniu e o destino nos separou. Se você acordar um dia, talvez sequer saiba quem sou...

Ela não percebia que as mudanças que causara em minhas sinapses cerebrais durante nosso tempo juntos eram irreversíveis, e que eu jamais poderia apagá-la de minha mente.

Tian Yi colocou sua outra mão sobre a minha. Seus dedos estavam frios.

Senti o sangue correr para minha pelve e meu pênis começou a endurecer. Infelizmente, Tian Yi não notou este sinal de vida.

— Depois da última vez em que fizemos amor, junto à Grande Muralha, fiquei grávida. Conservei o bebê dentro de mim por cinco meses. Só fiz um aborto depois que me disseram que havia poucas chances de que você acordasse de seu coma. Era uma menina. Sinto muito, Dai Wei...

Aquelas palavras ainda pairam em meu lobo temporal. Se eu as recordar mais algumas vezes, entrarão em minha memória de longo prazo e ficarão fixas em minha mente para sempre.

Tian Yi saiu bruscamente. Acho que me lembro dela colocando a mão em meu rosto. A pele de meu rosto ainda estava dormente naquele tempo, mas meus instintos me disseram que a leve pressão que senti vinha de sua mão pressionando minha face. Depois houve uma segunda pressão. Talvez de seus lábios, porque desta vez pude sentir seu hálito. Seu rosto estava muito próximo do meu quando ela sussurrou suas últimas palavras: "Cuide-se, Dai Wei."

— Tia, a senhora está com meus três cadernos? — ela perguntou quando minha mãe entrou no quarto. — Lembro que Dai Wei me disse que tinha trazido para cá.

— Ah, sim, há uma bolsa em algum lugar — respondeu minha mãe, ajoelhando-se e vasculhando sob a cama. — Ele veio aqui uma noite para deixar a bolsa. Disse que havia diários particulares dentro dela, e que eu não deveria abri-la.

Eu também tinha guardado alguns de meus livros e roupas na bolsa. Resolvi tirá-los de meu dormitório, caso fosse preso.

— Sim, meus cadernos são estes — disse Tian Yi. — Que gentileza a dele... Dai Wei trouxe meu espelho e minhas fitas também. Essa edição ilustrada do *Livro das montanhas e dos mares* é o livro favorito dele. Se tiver tempo, a senhora deve ler algumas passagens para Dai Wei. Ele adora ouvir sobre aquelas criaturas estranhas e fabulosas...

— Ah, aqui está o diário que meu marido deixou para ele. Faz anos que procuro por isso...

Depois, Tian Yi partiu. Desde que ela desapareceu de minha vida, penso nela como uma estatueta de barro que me guarda e que me acompanhará até meu túmulo.

Não há mapas para ajudá-lo a encontrar uma rota de fuga. A estrada em que segue leva apenas ao jardim além do vazio.

Ao meio-dia, nos reunimos do lado de fora da estação de rádio, ainda abalados pela visita do secretário-geral Zhao Ziyang na noite anterior. A praça estava tão imunda e bagunçada quanto um estádio de futebol depois de um grande jogo.

— Vamos substituir a greve de fome por uma simples ocupação — sugeriu Yang Tao, agachando-se e enxugando o suor da testa. — Se o governo usar a estratégia de "pegar o ladrão bloqueando as saídas", reagiremos com a estratégia da "fortaleza vazia".

— A via de resgate foi invadida novamente, Velho Fu — disse Xiao Li, aproximando-se. — As ambulâncias não podem chegar aos acampamentos.

— Ele se serviu de alguns morangos que um morador acabara de nos dar. Fiquei satisfeito ao ver que ele tinha encerrado sua greve de fome. Coloquei alguns morangos em minha marmita para dar a Tian Yi mais tarde, torcendo para que ela se sentisse tentada a voltar a comer.

— Se os grevistas se recusarem a abandonar seu jejum, é melhor deslocá-los para o monumento e fazer com que os outros estudantes formem um cordão protetor em torno deles — disse Yang Tao. — Dessa forma, se o governo mandar o exército, teremos tempo de carregá-los para fora daqui.

— Andem logo e tomem uma decisão. — Eu estava quase desmaiando de calor.

— Quem deve decidir? — perguntou o Velho Fu, exasperado. — O Quartel-General, a Federação dos Estudantes de Pequim ou a Federação dos Estudantes das Províncias?

— Estamos nisso juntos — respondeu Yang Tao, com um gesto de impaciência. — Temos que nos unir e chegar a um acordo.

— Quando começa a reunião? — perguntou Pu Wenhua. Embora ele não fosse mais membro do comitê permanente do Quartel-General, ele ainda comparecia às reuniões como delegado não votante da Faculdade de Agricultura.

— Assim que todo mundo aparecer — disse o Velho Fu. — Ela acontecerá no ônibus público que Lin Lu transformou num centro de comando móvel. Você deveria convocar alguns guardas para isolá-lo, Dai Wei.

— A reunião deve acontecer em segredo — aconselhou Yang Tao. — Se os grevistas descobrirem que estamos considerando encerrar a greve, talvez nos ataquem. Eles não querem ver seus esforços terminando em fracasso. — Com suas constantes estratégias, Yang Tao fazia jus à reputação de um general Zhu Geliang dos tempos modernos.

— Duvido que apareçam muitos representantes — comentou Zhuzi. — Todo mundo está muito desanimado.

Uma procissão de cidadãos de Pequim em camisas azul-celeste marchou para a praça, batendo tambores. Os homens da frente repetiam:

— Se os oficiais não ouvem o povo, que renunciem a seus cargos e passem a vender batata-doce!

Outra marcha passou por eles, gritando:

— Podemos viver sem comida, mas não sem liberdade!

As multidões ondeavam de um lado ao outro da praça. A luz que se refletia nos óculos e viseiras plásticas ou na tinta metálica das bicicletas tremeluzia no ar. O chão sob meus pés também vibrava.

Enquanto você jaz no interior de seus sonhos silenciosos, as memórias rasgam sua carne como pregos de aço.

Mais de setenta representantes de universidades apareceram para a reunião. Verificávamos suas carteiras de identidade e lhes dávamos passagem para dentro do ônibus do comando. Quando Fan Yuan e Han Dan se espremeram para dentro, já não havia espaço para mais ninguém, e finalmente fechei a porta.

Já eram cinco da tarde. Cobrimos as janelas do ônibus com jornal para que ninguém pudesse ver o interior. Alguns retardatários batiam à porta, mas Mao Da me disse para não abrir.

Enquanto comandante, Bai Ling apresentou a todos um resumo da situação, mas foi quase imediatamente interrompida por Hai Feng, que gritou para ambos os vagões do ônibus articulado:

— Acabei de voltar do Departamento da Frente Unida e tenho informações muito confiáveis. O secretário-geral Zhao Ziyang renunciou a seu posto, e os linha-dura resolveram lançar uma ação repressiva. Proponho que encerremos a greve de fome. Isso pegará o governo de surpresa e fará com que qualquer imposição da lei marcial pareça desnecessária e injusta.

— Por favor, atenha-se aos procedimentos apropriados — reclamou Lin Lu. — Bai Ling não terminou seu discurso.

Chen Di sussurrou para mim:

— Lin Lu é tão rígido e burocrático. Não me surpreenderia se ele fosse um agente do governo.

A forte luz do sol se infiltrava pelas folhas de jornal presas às janelas, fazendo com que os cantos escuros do ônibus parecessem ainda mais sombrios.

— Devo lembrar a todos que esta discussão é confidencial — interrompeu o Velho Fu. — Se os estudantes lá fora souberem o que estamos planejando, uma revolta explodirá e vidas serão perdidas.

Liu Gang se intrometeu, determinado a dar sua opinião. Ao longo das semanas anteriores, ele fora gradativamente empurrado para segundo plano no movimento que ajudara a instigar.

— Em 1976, cidadãos de Pequim vieram à praça em luto pela morte do Primeiro-Ministro Zhou Enlai, mas ousamos vir até aqui para clamar por liberdade e democracia. Despertamos a consciência da nação, que é o que desejávamos fazer, então agora podemos retornar para nossas universidade em triunfo.

— Conseguimos trazer o povo para o nosso lado — disse Tang Guoxian. — Se pararmos a greve de fome agora, este apoio desmoronará. — Desde que formara a Federação dos Estudantes das Províncias com Wang Fei e Yang Tao, ele passara a exibir um novo ar de autoridade.

— Se alguém morrer, a história não nos perdoará — disse Bai Ling calmamente. — Temos que assegurar que ninguém se machuque. — Sua voz era tão baixa que a maioria das pessoas não ouvia o que ela estava dizendo.

— Você lançou esta greve de fome, Bai Ling, e agora quer terminá-la — retrucou Wang Fei, dando um tapa em seu megafone. — Tudo isso não passa de um jogo para você?

— A greve de fome não terminará até que cada grevista tenha desmaiado — declarou Mou Sen, virado para o lado escuro do vagão.

— Ou podemos encerrá-la no décimo dia — disse Shao Jian, também sem querer admitir derrota. — Se pararmos agora, os grevistas se sentirão traídos.

— Vocês vão prolongar a greve até que cada reformista do governo seja deposto? — desafiou a Irmã Gao. — Temos que terminar a greve de fome imediatamente e substituí-la por uma simples ocupação. Logo haverá duzentos mil soldados do EPL aparecendo por aqui, e teremos que nos defender. — Ela pôs o braço sobre o rosto e tossiu na manga.

— Aliás, Han Dan, Ke Xi e eu terminamos nosso jejum — confessou Cheng Bing. — Comemos macarrões na cantina do Departamento da Frente Unida há algumas horas.

Todos ficaram em silêncio. O ônibus tinha cheiro de suor e desinfetante. Ocasionalmente, um feixe de luz se infiltrava por uma fresta entre as folhas de jornal, recaindo sobre o aviso de NÃO FUME escrito nas paredes amarelas do vagão ou sobre a pele tostada de alguém.

— Como ousam encerrar sua greve de fome antes que o governo concorde com nossas exigências? — reclamou Pu Wenhua com ar petulante. — Como puderam fazer isso, depois de tudo que passamos?

— Os grevistas da Academia Central de Drama estão recusando líquidos — disse Shao Jian. — Dei uma olhada neles por uma abertura entre a multidão. Tudo que vi foram oito pares de pés descalços, deitados e completamente imóveis.

— Não somos covardes — disse Lin Lu. — Se a maioria dos estudantes apoiasse a greve, também o faríamos. Mas a verdade é que eles não apoiam. — Do lado de fora do ônibus, as pessoas gritavam e zombavam.

— Estudantes de todo o país viajaram para cá — comentou Wu Bin. — Mas eles não percebem que, uma vez que entram na praça, não há mais volta.

— Temos que tomar o controle da situação e chegar a uma decisão, ou haverá gente morrendo — disse o Velho Fu.

— Anuncio aqui que, de agora em diante, vou parar de ingerir líquidos — disse Pu Wenhua. — E se o governo continuar a nos ignorar, atearei fogo a meu próprio corpo. — Ele estava muito fraco e parecia a ponto de desmaiar.

— Faça o que quiser — devolveu Han Dan, limpando os óculos. — Mas você estará agindo sozinho.

— Como eu disse, acho que deveríamos terminar a greve de fome, mas ficar na praça e enviar uma nova petição — propôs Lin Lu.

— A Federação dos Estudantes de Pequim votou pelo fim do jejum — disse a Irmã Gao a Bai Ling. — O Quartel-General da Greve de Fome deve seguir o desejo da maioria. Se continuarmos com estas disputas internas, os estudantes perderão sua confiança em nós.

— Parem de perder tempo — exclamou Mou Sen. Ele também parecia estar a ponto de desmaiar. — Podemos falar sobre táticas futuras na próxima reunião, mas a pergunta agora é: seguimos com a greve de fome ou não? Vamos votar levantando as mãos.

— Sim, vamos fazer uma votação — concordou Lin Lu. — Dai Wei, quantas pessoas há no ônibus?

— Noventa e sete.

Seguiu-se uma votação. Cinquenta e um estudantes votaram pelo fim da greve de fome.

Estudantes do lado de fora começaram a esmurrar a porta novamente. Mao Da, Chen Di e eu a abrimos e saímos. Uma grande multidão cercava o ônibus. Vi jornalistas e moradores de Pequim no meio da massa. Algumas pessoas ergueram suas câmeras e espocaram flashes sobre nós.

— Ke Xi quer entrar no ônibus, Dai Wei — disse o Grande Chan, abrindo caminho até mim.

— Não pode! — gritei. — Não deixe que ele passe! — Eu temia que Ke Xi tentasse inflamar as coisas novamente.

— Ele já conseguiu atravessar o terceiro cordão de isolamento e está vindo para cá — avisou Chen Di, vendo a aproximação de Ke Xi.

Peguei o megafone de Chen Di, liguei-o e gritei:

— Por favor, não tirem fotos com flash. Os grevistas estão muito fracos e os flashes os perturbarão. Tenham consideração, por favor!

Um jornalista estrangeiro era empurrado de um lado para o outro na confusão e gritava num mandarim atonal, "Não me batam! Não sou um cão! Isso não é nada amistoso!", o que fez todo mundo rir.

Ke Xi abriu seu caminho a cotoveladas até nós e exclamou:

— Ouvi dizer que há uma reunião importante acontecendo aí dentro. Por que não me deixam entrar? — Ele estava acompanhado de um médico, duas enfermeiras e quatro estudantes que atuavam como guarda-costas.

— São as regras — respondi, bloqueando seu caminho. — Ninguém tem permissão de entrar depois que a reunião já começou.

— Ke Xi, finalmente você chegou! — gritou Zhuzi de dentro do ônibus, depois de ouvir nossa conversa. — Abra a porta logo e deixe Ke Xi entrar.

Ke Xi se deslocou fracamente na direção do ônibus. As duas enfermeiras se agitavam atrás dele, gritando:

— Não o esmaguem! Ele pode desmaiar a qualquer momento!

Embora Ke Xi tivesse comido um pouco de macarrão mais cedo no Departamento da Frente Unida, fingia que ainda estava em greve de fome.

Chen Di e eu empurramos Ke Xi para dentro do ônibus e fechamos a porta às nossas costas.

— Você não é membro do comitê permanente, Ke Xi — disse Bai Ling duramente. — Você só pode dar um voto individual.

— Dê seu voto imediatamente — demandou a Irmã Gao.

— O que estamos votando? O que aconteceu? — Ke Xi estava tão espremido que mal podia falar. Eu estava parado bem a seu lado, quase sufocando pelo fedor de suor e desinfetante hospitalar que emanava de seu corpo.

— Decidimos terminar a greve de fome — explicou Han Dan. — Você concorda ou discorda de nossa decisão?

— Concordo — disse Ke Xi, erguendo a mão no ar.

— Ótimo, então a reunião está encerrada agora — gritou Lin Lu. — Dentro de duas horas, vamos fazer com que os grevistas se reúnam em frente à estação de rádio e anunciaremos à mídia e a todos os estudantes que a greve de fome está oficialmente encerrada.

— Todos entenderam? — Shao Jian gritou com mãos em concha. — Vamos acabar com a greve de fome e substituí-la por uma ocupação comum.

— Vou invadir Zhongnanhai! — exclamou Pu Wenhua, socando as paredes do ônibus com lágrimas rolando por seu rosto infantil. — Essa greve de fome foi ideia minha! Vocês não têm o direito de encerrá-la!

— Os grevistas deveriam decidir por si mesmos se param ou não! — declarou Tang Guoxian. — Estudantes que não participaram da greve de fome não têm direito de votar!

Contudo, a maioria dos estudantes já se retirara do ônibus. Alguns estudantes de universidades de províncias tiravam fotos com Bai Ling, Ke Xi e

Han Dan, e depois pediam que eles autografassem suas camisetas e chapéus. Parecia que planejavam voltar para casa.

— Quem vai anunciar o fim da greve de fome? — perguntou Liu Gang ao Velho Fu, puxando-o para um canto.

— Bai Ling, claro. Ela é a comandante do Quartel-General.

— Muito bem, Bai Ling anunciará a decisão, e depois a Federação dos Estudantes de Pequim fará uma coletiva de imprensa às oito da noite — anunciou Liu Gang solenemente.

— Zheng He já escreveu uma Declaração de Encerramento da Greve de Fome — disse Mou Sen, passando o texto a Han Dan.

— Entregue isso a Bai Ling — retrucou Han Dan, empurrando-o.

— Deixe-me ler primeiro — disse o Velho Fu, arrebatando o texto de Mou Sen.

Lin Lu entregou um pedaço de papel a Mou Sen e disse:

— Este é o número da secretaria geral do Conselho de Estado. Ligue para lá pelo telefone do lado de fora do Museu de História da China e diga que a greve de fome está oficialmente terminada. Temos que transmitir esta mensagem a eles antes que imponham a lei marcial. Depressa!

Lin Lu se voltou para os poucos estudantes que ainda estavam dentro do ônibus e disse:

— Lembrem-se de que esta decisão é ultraconfidencial. Bai Ling precisa anunciar a notícia aos grevistas pessoalmente. Antes disso, ninguém deve dizer uma palavra. Não queremos que estoure uma revolta.

Mou Sen abriu a porta, olhou para a vasta multidão do lado de fora e sussurrou:

— Você me ajuda a abrir caminho, Dai Wei?

Tang Guoxian e Wu Bin correram para nós e disseram:

— Vocês estudantes de Pequim podem atiçar as coisas o quanto querem e depois se safar com se nada tivesse acontecido. Mas quando o resto de nós retornar a nossas universidades das províncias, seremos atirados na cadeia.

— Vamos ver o que vai acontecer — respondi. — De qualquer maneira, ninguém vai voltar para casa agora. Este movimento está avançando, e não recuando. — Enxugando o suor de meu rosto, peguei a mão de Mou Sen e comecei a puxá-lo através da multidão.

No momento antes da morte, não haverá tempo para galgar as dobras de seu cérebro e admirar os pensamentos que passam flutuando.

Uma longa fila de gente esperava para usar o telefone. Caminhei direto para o estudante que estava na frente e disse que precisava fazer um telefonema urgente. Quando Mou Sen agarrou o telefone, olhei para trás e gritei:

— Por favor, pessoal, façam silêncio. Estamos ligando para o Conselho de Estado. — A fila de pessoas imediatamente silenciou e se reuniu num círculo fechado à nossa volta.

Mou Sen discou os números nervosamente, colocou o telefone na orelha e disse:

— Alô? Estamos ligando para informá-los de que encerramos a greve de fome. Agora lerei nossa declaração. Vou falar devagar para que você anote, se quiser.

— Não há necessidade. Esta conversa está sendo gravada. Dê-me seu nome e seu título. — A pessoa do outro lado do telefone soava como uma secretária.

— Meu nome é Mou Sen. Sou vice-comandante do Quartel-General da Greve de Fome...

Embora Mou Sen tentasse manter a voz baixa, as pessoas pescavam fragmentos do que ele dizia. Depois que ele desligou o telefone, um jornalista da Agência de Notícias Xinhua deu um passo à frente e pediu uma cópia da declaração. Respondi que haveria uma coletiva de imprensa diante do monumento mais tarde, e que a comandante Bai Ling leria a declaração pessoalmente.

Mou Sen e eu nos sentamos, sorvemos goles das garrafas d'água que um estudante nos entregou e vimos a cor fugindo do céu a oeste. Mou Sen disse que seria difícil impor lei marcial em Pequim.

— Quando o governo colocou Lhasa sob cerco em março, conseguiu isolar a cidade e atacar os tibetanos fora das vistas da mídia ocidental. Mas Pequim está lotada de diplomatas e equipes de televisão estrangeiras. O mundo inteiro está observando. O governo não ousaria usar a violência. — Logo depois que ele disse isso, seus olhos rolaram e ele desmaiou como um saco no chão. Eu o ergui e o carreguei de volta para a estação de rádio para lhe dar algo de comer.

Depois que deitei Mou Sen numa colcha e lhe dei pão e amendoins, saí para organizar a equipe de guardas estudantis. Rumores de que a greve de fome fora encerrada se espalharam pela praça, e uma grande turba se reuniu em torno da estação, exigindo expressar suas ideias. A maioria estava furiosa com a decisão. Os guardas estudantis usando bonés amarelos lutavam para segurá-los.

— Veja este panfleto — disse um homem suado na casa dos quarenta anos, puxando-me para perto. Parecia um agente do governo. — Diz que oficiais em dez organizações governamentais decidiram aderir à greve. Seria loucura acabar com isso agora! Deixe-me entrar para que eu possa transmitir esta notícia a todos.

— Por que você não faz cópias do panfleto e distribui aos estudantes? — retruquei. — A estação de rádio está lotada.

Uma mulher com cabelo com permanente como o de minha mãe se aproximou e disse:

— Se vocês acabarem com a greve agora, o governo concluirá que se renderam e os esmagará como moscas quando vocês retornarem às universidades.

— Este é o sétimo dia de nossa greve de fome e o governo ainda não respondeu às nossas exigências — falei, enquanto uma jovem numa bicicleta se juntava à mulher. — Na verdade, ouvimos rumores de que eles estão prestes a impor lei marcial. Uma greve de fome não será capaz de forçar qualquer concessão de um governo como esse.

— Estamos encerrando a greve de fome, mas nossos protestos vão continuar — Chen Di explicava a um homem de meia-idade na minha frente. — Vamos prosseguir numa ocupação.

Exausto do constante empurra-empurra, afastei-me por um momento e pedi a Mao Da e Zhang Jie que instruíssem os guardas das províncias a buscarem suas marmitas. Estudantes das universidades de Pequim traziam refeições para seus colegas na praça, o que criou um enorme ressentimento entre os estudantes das províncias. Por isso, o Velho Fu dera dez mil yuans ao Grande e ao Pequeno Chans para que estes comprassem refeições para distribuir.

Embora o fim da greve de fome ainda não estivesse oficialmente decretado, muitos grevistas começavam a deixar os ônibus. Alguns se sentavam no chão e metiam biscoitos na boca, outros arrastavam os pés para a tenda de emergência, apoiados por médicos em jalecos brancos. Os que estavam fracos demais para andar se deitavam no chão enquanto médicos prendiam soros em seus braços.

Um homem de camisa preta me puxou de lado.

— Você é o chefe da segurança, isso faz de você um dos líderes, suponho. Em meados de junho, haverá uma reunião no Congresso Nacional do Povo.
— Ele apontou seu dedo grande e sujo para o Grande Salão do Povo. — Se vocês ainda estiverem aqui quando a reunião acontecer, o governo jamais poderá alegar que representa o desejo do povo.

— Sim, é um bom argumento — respondi. Minha braçadeira vermelha exibia as palavras CHEFE DE SEGURANÇA. Descobri que a única maneira de me livrar das pessoas irritantes era concordar com qualquer coisa que elas diziam.

Um homem me entregou um cigarro e depois se afastou murmurando:
— A nação chinesa alcançou o mais perigoso estágio de sua história, meu amigo!

Continuei a falar com as pessoas, repetindo que, embora a greve estivesse acabando, nossa ocupação da praça continuaria. Minha equipe de vinte guardas estudantis lutava para manter a multidão furiosa sob controle. Quando cheguei ao meu limite, esgueirei-me de volta para a tenda, sentei e abanei o rosto com meu boné. Minha boca estava cheia de aftas, e eu tinha dificuldade para falar. Suspeitava que Tian Yi provavelmente não ficara tão abalada pela decisão de terminar a greve, mas muitos outros grevistas receberam a notícia muito mal e foram levados às pressas ao hospital.

Ke Xi entrou. Presumi que ele tinha feito outra refeição, porque estava empertigado como uma vara e, embora ainda tivesse dois guarda-costas consigo, as enfermeiras e o médico não estavam mais.

— Vim dizer a vocês que formei um Centro de Comando Interino — anunciou ele.

— É uma boa ideia — comentei. — O Quartel-General da Greve de Fome deveria se dissolver agora.

— E o que o seu Centro de Comando Interino pretende fazer? — perguntou Mou Sen, comendo um biscoito que Nuwa lhe dera. Os biscoitos eram de uma marca de Hong Kong. Havia uma mensagem impressa na lateral da lata: QUE TUDO CORRA COMO VOCÊ DESEJA!

— Assumir o controle! — Quando Ken Xi encarava alguém com os olhos arregalados, parecia sofrer de uma tireoide hiperativa.

— Qual será a relação entre vocês e as outras organizações estudantis? — perguntei.

— Eu serei o comandante — disse ele, ignorando a pergunta.

— Vocês pretendem incitar os estudantes a deixarem a praça ou a continuarem a ocupação? — perguntou Mou Sen.

— Eu serei o comandante — repetiu Ke Xi, num transe.

Mou Sen balançou a cabeça e suspirou.

— Você perdeu a cabeça, Ke Xi — exclamei, empurrando-o para fora da tenda. — Vá para o monumento se quer fazer um discurso. Estamos no meio de uma transmissão. — Eu o vi cambaleando para longe e me sentei na entrada da rádio para impedir que qualquer outro tentasse entrar. Eu sabia que a rádio se tornaria o foco de qualquer nova disputa de poder.

Ke Xi subiu ao terraço inferior do monumento e começou a gritar em seu megafone. Uma grande multidão se reuniu em torno dele e aplaudiu cada uma de suas palavras. Quando ele terminou de falar, passou seu megafone para um de seus guarda-costas e desceu para trocar apertos de mão com moradores de Pequim e autografar cadernos que eles enfiavam em suas mãos.

Mou Sen sacudiu a Declaração de Encerramento da Greve de Fome que reescrevera e disse:

— É isto. Não vou fazer mais nenhuma mudança. Bai Ling pode ler na coletiva de imprensa depois que anunciar o fim da greve de fome para os estudantes.

— Agora eles só recebem ordens da Irmã Gao — falei.

— Bem, forje a assinatura dela e diga que ela deu seu aval — disse Mou Sen, apontando para o canto da página.

— Peça a outra pessoa para levar isso a eles. Estou cuidando deste lugar. — Eu não queria que Nuwa pensasse que eu podia receber ordens de Mou Sen.

Eram quase nove horas. Alguns grevistas cambaleavam para nossa estação sozinhos, outros eram carregados sobre macas. Mas a maioria já estava reunida em torno da tenda, ouvindo a fita da Internacional e esperando que Bai Ling fizesse seu anúncio.

Os grevistas não sabiam da ameaça de lei marcial que pairava sobre nós, então quando Bai Ling anunciou que a greve de fome estava encerrada, muitos se sentiram traídos. Alguém gritou:

— Vocês nos enganaram, seus criminosos!

A multidão começou a empurrar. Se eu não tivesse conseguido outros cinquenta guardas para fortalecer o cordão, a tenda teria sido feita em pedaços.

— Ouçam estes urros! — gritou Velho Fu de dentro da tenda. — Não podemos encerrar a greve de fome. Uma revolta vai explodir!

Lin Lu agarrou o megafone da mão de Bai Ling e gritou:

— Calma, pessoal! Precisamos mudar de tática. O exército está se preparando para entrar na cidade. Se não encerrarmos a greve de fome, não teremos força para nos defender.

Levantei-me e examinei a cena. Grevistas começavam a se afastar em direção ao mercado Qianmen ou a cantos mais calmos para comer alguma coisa. Duas ambulâncias foram bloqueadas pela multidão em movimento. De repente, o sentimento de propósito coletivo pareceu evaporar.

O queixo de Nuwa desabou.

— Acabei de perceber que três mil grevistas vão querer comer agora, mas não temos nenhuma comida para dar a eles! O que vamos fazer?

— Desligue o microfone e toque alguma música — respondi. Agora Nuwa já sabia como operar o equipamento sozinha.

— Assim já é demais! — exclamou Mou Sen. — Liguem para as cantinas de cada universidade de Pequim e peçam que tragam engradados de bolinhos e sopa de *wonton*.

O Velho Fu olhou para fora e gritou:

— Vocês traíram os grevistas! Vejam a multidão. Todos estão chorando.

— Na semana passada você era contra a greve de fome, mas agora não quer que acabemos com ela — reclamou Mou Sen, furioso. — Assim já é demais!

— Escutem, companheiros estudantes! — gritou o Velho Fu, agarrando o microfone. — Ignorem o anúncio que Bai Ling acabou de fazer! Proponho que reiniciemos a greve de fome imediatamente.

— Não seja um déspota, Velho Fu! — esbravejou Bai Ling. Depois de ler o anúncio, ela ficara deitada no interior da tenda, arfando por ar. Ela ainda não tinha comido nada. A intervenção do Velho Fu a enfureceu tanto que lágrimas rolaram por seu rosto. Seus pequenos ácios tremiam como tofu. O angustiado médico a seu lado lhe dizia para manter a calma.

— Você destruiu esse movimento, Bai Ling! — vociferou o Velho Fu.

Pu Wenhua e outros grevistas da Faculdade de Agricultura chegaram aos repelões até a tenda e berraram:

— Agora que você pôs um fim à greve de fome, aposto que renunciará a seu posto, Bai Ling.

O médico se colocou no caminho de Pu Wenhua e disse:

— Ela ainda está em greve de fome. Não a importune.

Pu Wenhua o empurrou de lado e saltou em nossa direção. Lin Lu o atacou enquanto eu enfrentava os outros dois.

— Trago informação confidencial! — berrou Wang Fei, correndo para perto. — É dos contatos militares de Cao Ming. Ao que parece, se continuarmos a greve de fome por mais um dia, a resolução da linha-dura será abalada e Zhao Ziyang talvez reconquiste sua autoridade. A ala reformista está em situação precária. Wan Li, o presidente liberal do Congresso Nacional do Povo, foi detido em Xangai e não terá permissão de voltar a Pequim, a menos que apoie a abordagem linha-dura do governo.

— Chegamos à nossa decisão por votação democrática — Mou Sen disse ao Velho Fu. — A minoria deve obedecer à maioria.

À exceção de Bai Ling, agora todos estavam de pé.

— Por que vocês nunca transmitem uma declaração da Faculdade de Agricultura? — inquiriu Pu Wenhua, apontando para Mou Sen.

— Eu tomo as decisões editoriais por aqui — respondeu Mou Sen severamente. — Não permito que declarações extremistas sejam transmitidas.

— Bem, então vamos ter que tirar esse poder de você!

Pu Wenhua ordenou que seus colegas arrancassem o megafone das mãos de Lin Lu. Mou Sen e o Velho Fu tentaram pegá-lo também, mas Lin Lu deu meia-volta e o passou para Bai Ling. Apertando o megafone fracamente contra o peito, ela foi até a cama dobrável e exclamou em voz rouca:

— Enquanto eu ainda estiver aqui, eu dirijo esta estação de rádio!

— Todos sabemos que você é um agente do governo, Lin Lu — disse Wang Fei, empurrando-o para trás.

Pu Wenhua chegou aos tropeções até Bai Ling e tentou arrancar o megafone dela. Muito fraca para combater, Bai Ling enterrou os dentes na mão dele. Pu Wenhua também estava muito fraco, então Mou Sen lhe deu um leve empurrão e ele desabou no chão. Depois Mou Sen escorregou e caiu em cima dele, o Velho Fu saltou sobre os dois e os três lutaram no chão como uma maçaroca de gente.

Corri para a área de transmissão e desliguei o microfone.

Uma grande massa de jornalistas estrangeiros esperando para entrevistar Bai Ling estava sentada do lado de fora entre as furiosas multidões de estudantes e moradores. Os médicos colocaram Bai Ling numa maca e a levaram para fora da tenda.

— Saia daqui, Wang Fei! — vociferou Nuwa, empurrando-o para fora. — Caia fora! — Ela tinha o rosto vermelho de fúria.

— Vocês acham que são as estrelas deste movimento! — Pu Wenhua gania enquanto eu o arrastava para fora da tenda. — Mas esperem para ver! Logo serei mais famoso do que todos vocês!

— Há sete dias que você não come — a enfermeira gritou para Pu Wenhua. — Seu coração está muito fraco. Se não se acalmar, vai acabar tendo um colapso e morrendo. — Ela o seguiu para fora e o incitou a tomar geleia real de um frasco, mas ele a empurrou. A enfermeira caiu no chão e começou a chorar. Eu sabia que o filho dela também estava em greve de fome. Era um estudante de graduação do Instituto de Ciência e Tecnologia de Pequim.

— Assim já é demais, Velho Fu! — berrou Mou Sen. — A maioria votou pelo fim da greve. Você não tem o direito de reverter essa decisão.

Ouvindo a gritaria, Han Dan e Cheng Bing correram para ver o que estava acontecendo.

Lin Lu ajeitou a camisa e disse:

— Embora eu seja contra o fim da greve, a decisão foi tomada em uma votação democrática. O que você está tentando agora é completamente inconstitucional, Velho Fu!

— Não podemos perder de vista o objetivo maior — disse Han Dan calmamente. — Temos que parar de brigar e colocar este movimento de volta nos trilhos.

— Vocês não se sentem culpados por decepcionar os milhares de grevistas lá fora? — perguntou o Velho Fu, ainda fervendo de ódio.

Os médicos que tentavam levar Bai Ling para onde ela planejava dar sua coletiva de imprensa foram incapazes de abrir caminho pela multidão, e por isso a levaram de volta à tenda para esperar que as coisas se acalmassem. Fiquei feliz por ver que Bai Ling tinha um biscoito na mão.

— Agora estão todos aqui — disse Mou Sen. — Deveríamos começar a coletiva de imprensa.

Lin Lu e Han Dan concordaram. O Velho Fu saiu da tenda bufando e gritando:

— Não se deem ao trabalho de me depor. Eu renuncio!

— O Velho Fu ficou maluco! — constatei. —Temos que proteger a estação de rádio. Se perdermos este lugar, a praça mergulhará em caos. — Empurrei a grande TV em cores que moradores de Pequim haviam nos dado para a entrada da tenda, para evitar que qualquer outro entrasse.

Nuwa tinha escovado o cabelo e agora preparava uma tradução em inglês da Declaração de Encerramento da Greve de Fome.

— Ao que parece, um grevista que foi levado ao hospital teve um derrame — disse Mou Sen. — Ele é um vegetal agora. — Ele tirou um punhado de amendoins do bolso e os enfiou na boca com voracidade. Eu o aconselhei a não comer tão rápido. — Não há mais tempo a perder — continuou ele. — Peça aos grevistas que se sentem com calma, Lin Lu. E Nuwa, faça um anúncio dizendo aos estudantes que os médicos nos aconselharam a ter toalhas molhadas e máscaras à mão, caso o exército use gás lacrimogênio contra nós.

— Será que A Voz do Movimento Estudantil pode convocar todo mundo para vir ao monumento, Han Da? — perguntou Lin Lu. — Seus alto-falantes são mais fortes que os nossos. Uma vez que o governo declare lei marcial, temos que ficar junto ao monumento. — Lin Lu já tinha uma flanela molhada em torno do pescoço, para se proteger de um eventual ataque.

— Muitos grevistas se recusam a encerrar seu jejum — disse Wang Fei, parado atrás da televisão. — O que deveríamos dizer a eles?

Ninguém prestou atenção nele, exceto Bai Ling, que agora estava deitada na cama dobrável.

— Também não sou a favor de encerrar a greve de fome, Wang Fei. Mas temos que seguir a decisão da maioria.

— Há centenas de milhares de pessoas na praça, então é vital que fiquemos unidos — disse Mou Sen a Wang Fei. — Você e o Velho Fu estiveram neste movimento desde o início. Como puderam se comportar tão mal num momento tão crítico?

— Eu não fui tão longe quanto o Velho Fu — argumentou Wang Fei. — Mesmo assim, realmente agi de modo estúpido. Sinto muito, Bai Ling. — Wang Fei se acalmara muito depois que Nuwa gritou com ele.

— Todos os grupos universitários em greve de fome abandonaram o jejum — disse Bai Ling. — Os estudantes que continuam estão agindo por conta própria. Podemos ignorá-los, mas temos que tomar o controle do próximo estágio do movimento. Você é o chefe de propaganda, Wang Fei. Imprima algumas cópias da Declaração de Encerramento da Greve de Fome, para que possamos distribuí-las na coletiva de imprensa.

— Eu disse ao esquadrão suicida para formar uma corrente protetora em torno dos estudantes e emiti uma ordem de combate de primeiro grau — afirmou Wang Fei, mostrando o punho cerrado.

— Apenas garanta que tenhamos toalhas úmidas e máscaras suficientes — disse Bai Ling. — Precisaremos de pelo menos cinquenta mil de cada.

Chen Di entrou com Hai Feng e exclamou:

— O Velho Fu foi até a Voz do Movimento Estudantil e anunciou que a greve de fome ainda não atingiu seu objetivo. Está usando os grevistas como reféns. Ele não vai deixar que desistam até que o governo concorde com nossas exigências. — Depois, vendo a expressão de medo em todos os rostos, zombou: — Qual é o problema? No momento em que ouvem as palavras "lei marcial" vocês tremem feito um bando de varas verdes!

Mou Sen se levantou.

— Eu vou presidir a coletiva de imprensa hoje. Dai Wei, pode me ajudar a instalar o microfone?

— Não vejo razão para fazer uma coletiva de imprensa agora — murmurei. Mas Mou Sen me ignorou. Ele pediu que alguns de seus colegas da Normal de Pequim instalassem mesas e cadeiras do lado de fora e pendurassem um grande cartaz no fundo que dizia: QUEREMOS QUE AS QUATRO MODERNIZAÇÕES DE DENG XIAOPING SEJAM IMPLEMENTADAS AINDA EM NOSSO TEMPO DE VIDA.

Pedi que Yu Jin e Xiao Li me substituíssem, e depois fui procurar Tian Yi. Eu queria levá-la para o apartamento de minha mãe e fazer um mingau de arroz ou alguma outra comida de fácil digestão para ela.

Fiquei aliviado ao encontrá-la sentada numa colcha, comendo um pedaço de bolo de chocolate que um estudante estrangeiro levara para os grevistas que desistiram do jejum. Eu lhe disse que assim que a coletiva de imprensa estivesse encerrada, a levaria para o apartamento de minha mãe e cuidaria dela. Tian Yi não conseguiria descansar no campus. Os dormitórios estavam lotados de estudantes que tinham vindo das províncias.

— Vamos para minha casa — ela disse. — Posso tomar um banho lá. Tudo que quero é tomar um banho quente.

— Sua irmã não acabou de ter um bebê? — perguntei. — Não haverá espaço para todos nós. — Deitei-me junto dela, estiquei os braços para trás e fechei os olhos. — Eu gostaria de dormir por 24 horas. O Velho Fu e Bai Ling tiveram uma grande briga na estação de rádio, mas esqueceram de desligar o microfone.

— Sim, eu ouvi.

— Deng Xiaoping emitiu uma ordem secreta para que o exército cerque Pequim — comentei, os olhos ainda fechados.

— Vocês parecem tão apavorados agora. No começo, estavam prontos para cortar fora suas cabeças por este movimento. — Ela tomou um gole de uma garrafa. Era escura demais para que eu visse o que tinha dentro.

— Berkeley me mandou uma carta de admissão — falei.

— Então você tem uma rota de fuga.

— Ainda preciso pedir um passaporte e um visto para os Estados Unidos, então ainda há um longo caminho pela frente.

— Não tente me enganar. Você agora já está com um pé nos Estados Unidos.

Os alto-falantes do governo, presos às centenas de postes de luz enfileirados em torno da praça, subitamente chiaram de volta à vida. Uma gravação do último discurso de Li Peng, feito numa reunião de oficiais governamentais e militares, ecoou pelo ar da noite: "... Está claro agora que se não tomarmos medidas firmes para reverter a situação, nossa grande nação, fundada no sangue de mártires revolucionários, estará em grande perigo..."

Depois a voz inflamada do Presidente Yang Shangkun declarou: "Pequim foi colocada sob lei marcial. O exército cercou a capital. Impusemos novas restrições à mídia, proibindo que jornalistas estrangeiros façam entrevistas nos limites municipais..."

— Deveríamos voltar para o apartamento agora, ou você quer ficar para a coletiva de imprensa? — perguntei a Tian Yi, subitamente me sentindo sufocado e encurralado.

— Vamos para a coletiva de imprensa. — Tian Yi se pôs de pé. Segurei seu braço e vagarosamente voltei com ela para o monumento.

Logo ouvimos a voz de Bai Ling gritando na noite.

— Companheiros estudantes, a quadrilha linha-dura chefiada por Deng Xiaoping, Li Peng e Yang Shangkun encetou um golpe, e o secretário-geral Zhao Ziyang foi deposto de seu cargo! Imploro a todos os grevistas que encerrem seu jejum, e que todos se reúnam em torno do monumento para que nos preparemos para a lei marcial... — Enquanto ela repetia o anúncio, ouvi Wang Fei sussurrando ao fundo, pedindo a ela para ler a declaração que ele acabara de escrever.

A mão de Tian Yi começou a tremer. Tentando acalmar seus nervos, falei:

— Não se preocupe. Se eles realmente impuseram lei marcial, vamos voltar para o campus. Não é nada demais.

— Zhao Ziyang era um político tão correto e honrado — disse Tian Yi, obviamente abalada. — Como puderam se livrar dele desse jeito?

As multidões de estudantes e moradores estavam em tumulto. Todos corriam de um lado para o outro, chorando e berrando.

— Que fraude é este maldito "Premiê do Povo"! Que tirano!

— Esses déspotas linha-dura não têm a menor ideia de como dirigir este país!

— Convoquem cada cidadão de Pequim para a praça! Vamos construir uma Grande Muralha humana para bloquear as hordas de nossos inimigos!

— Abaixo o governo-marionete de Li Peng! Abaixo o regime militar corrupto! Abaixo Yang Shangkun...

Todos estavam abalados e furiosos. Gente que nem se conhecia se envolvia em bate-bocas inflamados. Garotas se abraçavam e choravam. Enfermeiras de jalecos brancos gritavam, "Calma, gente!", e depois resmungavam: "Que tipo de governo trata seu povo desse jeito?".

— Fico nauseada em pensar que quase nos matamos de fome por este regime podre! — murmurou Tian Yi, afastando-se de mãos dadas com Mimi. Fui procurar mais guardas estudantis para proteger a estação de rádio. Eu sabia que se as tropas da lei marcial aparecessem, seu primeiro objetivo seria destruir nossa tenda.

A área que isolamos para a coletiva de imprensa já estava lotada. Avistei alguns jornalistas estrangeiros de cabelos louros falando para câmeras. Seus relatos eram transmitidos via satélite para televisões de todo o mundo. O Velho Fu e Han Dan ainda não haviam chegado. Mou Sen parecia muito estiloso com seu cabelo na altura do ombro, jeans e pochete de couro. Ele ergueu a Declaração de Encerramento da Greve de Fome nas mãos trêmulas e a leu em voz alta em nome de Bai Ling. Quando chegou ao último parágrafo, lágrimas começaram a escorrer por seu rosto. Nuwa então leu a tradução em inglês, mas sua voz não era alta o bastante. Arrependi-me por não termos usado os alto-falantes da Voz do Movimento Estudantil.

Mou Sen pegou o microfone de volta e disse:

— Eu agora conclamo todas as centenas de milhares de estudantes aqui na praça a começarem uma greve de fome em massa.

Eu não podia acreditar em meus ouvidos. Uma greve de fome em massa? Ele estava louco? Houve um súbito clarão de luzes quando flashes de milhares de câmeras dispararam.

A multidão explodiu em aplausos e ecoou as palavras de Mou Sen, exigindo uma greve de fome em massa. Lin Lu cutucou Mou Sen nas costas e sussurrou algo em seu ouvido. Uma expressão de horror apareceu no rosto de Mou Sen. Ele tornou a erguer o microfone rapidamente e disse:

— Perdão, isso foi um engano! Eu quis dizer uma ocupação em massa, e não uma greve de fome em massa! — A multidão zombou dele. Desconcertado e confuso, Mou Sen apalpou os bolsos em busca de um cigarro, o rosto coberto de suor.

Depois Han Dan se aproximou. Ele tinha uma toalha úmida amarrada em torno do braço, pronto para um ataque a gás, mas retirara a bandana da greve de fome da cabeça. Pegou o microfone de Mou Sen e lembrou aos estudantes do sexo masculino que estes tinham o dever de proteger as garotas, e pediu que todos os estudantes do ensino médio retornassem às suas casas imediatamente.

Bai Ling, que encerrara sua greve de fome oficialmente, estava parada junto dele com as costas arqueadas e uma toalha molhada amarrada em torno da cintura. Assim que ela pegou o microfone, os jornalistas correram para perto com suas câmeras. Ofuscada pelos flashes, ela fechou os olhos e disse:

— Se o exército nos expulsar da praça, buscaremos refúgio nas casas dos moradores locais. Depois, quando for seguro sair novamente às ruas, retornaremos às nossas universidades.

Temendo que os soldados estivessem prestes a aparecer a qualquer momento, os estudantes entraram em pânico e correram por todo lado pedindo toalhas molhadas e máscaras para se protegerem de um eventual ataque a gás. Um grupo de professores do Departamento de Direito da Universidade de Pequim que tinha aderido à greve de fome no dia anterior se afastou arrastando os pés, desanimado.

Assim que a coletiva de imprensa foi encerrada, Wang Fei pegou algum dinheiro da bolsa do Velho Fu e saiu com Yu Jin para comprar mais toalhas e máscaras.

Enquanto o ar lá fora cintila à luz do sol, seu coração dorme na escuridão e seus pulmões aguardam para respirar.

Meu irmão está na sala de estar, papeando com um antigo colega de escola sobre pessoas que eles conheciam.

— Sim, você se lembra dele? — meu irmão pergunta. — Ele costumava fugir para cá para ver televisão. Agora ele é uma estrela pop. Dá para acreditar? Provavelmente ficou milionário.

— Jiang Tie largou seu emprego no instituto de pesquisa e entrou para os negócios. Ele se mudou para a Ilha Hainan no ano passado e abriu uma empresa de softwares. Ele me propôs sociedade, mas não tenho dinheiro suficiente para investir.

— Encontrei Hong Zhi outro dia. Sabe, a garota cujo ovo cozido você afanou naquele passeio da escola no Festival da Primavera. Ela agora tem uma barraca de roupas na Alameda da Seda.

— Eu achava que ela tinha ingressado na Universidade Qinghua. Lembro que quando nosso professor nos pediu para matar moscas, ela matou o bastante para encher um pote de geleia inteiro.

Meu irmão se levantou e pôs para tocar a fita que Tian Yi me dera. Continuo a ouvir a conversa, mas logo sou elevado aos céus pelas vozes angelicais dos meninos do coro. Um violino toca suavemente, tingindo o céu de azul profundo. Em seguida, uma flauta se junta à melodia e minha mente embotada começa a vibrar. A orquestra retorna e uma voz de contralto penetra as cordas. Enquanto uma nota única paira no ar, sinto uma profunda tristeza que se acalma vagarosamente e submerge numa sensação de êxtase...

Ruídos de meu passado me retornam, banhados em ouro...

— Veja meu braço — diz Lulu, dobrando a manga. Estou parado no quarto dela, meu rosto aquecido por um feixe oblíquo de luz do sol.

— Não posso ver nenhuma mancha vermelha, juro — respondo.

Ela examina a pele atentamente.

— Bem, você terá que ver de novo amanhã. — Ela assistia Momoe Yamaguchi na novela japonesa *Sangue* e se convencera de que contraíra leucemia como a heroína da trama...

Agora me vejo esperando por meu irmão do lado de fora dos portões da escola. As garotas que passam pela calçada sob o sol da tarde cantam: "*Não tão perfumado quanto uma flor, não tão alto quanto uma árvore...*"

Meu irmão desliga a fita e eu recuo lentamente de volta a meu corpo.

Lembro-me de A-Mei dizendo que a música podia levar uma pessoa aos céus. Naquela época, eu não compreendera o que ela queria dizer. Não quero ouvir essa fita novamente. Se essa música pode me afetar de modo tão poderoso, serei arrastado pelos portões da morte na próxima vez em que a ouvir.

— Quer ir àquela discoteca hoje à noite? — pergunta o amigo de meu irmão, acendendo um cigarro.

— Sim. Estou de saco cheio de passar minhas férias cuidando desse maldito vegetal. Se eu ficar nesse apartamento fedido por mais uma hora, vou me atirar da janela.

— Ele é seu irmão, seu canalha! Ele vai chutar sua cara quando acordar.

— Dai Wei nunca vai acordar. Olhe só para ele!

Meu irmão parece farto. Mas eu não fico irritado. Se eu fosse atacar alguém depois de despertar, não seria ele, seriam aqueles malditos líderes governamentais no complexo Zhongnanhai. Mas se eu de fato acordar um dia, duvido que vá atacar qualquer pessoa. Provavelmente desejarei esquecer a política e me esforçar para ter uma vida feliz.

Meu irmão e o amigo se servem de um pouco mais de cerveja. Eles precisam esperar que minha mãe volte antes de sair para a discoteca.

— É melhor virá-lo de costas. Venha e me ajude a levantá-lo. — Meu irmão entra no meu quarto e pega meu braço.

— Eu não quero encostar nele... Olhe só esses tubos presos na boca e no pau dele. Parece um aquário.

Meu irmão cruza minhas pernas, agarra meus ombros e cintura e depois me puxa com força, virando-me de bruços. Uma luz atravessa meu cérebro quando meu corpo vira. Depois, ele ajeita os travesseiros novamente entre minhas pernas.

— Ei, você podia arrumar um emprego como enfermeiro profissional...

— Quem poderia imaginar que ele terminaria desse jeito? Naquele dia na praça, ele me disse: "Não pense que você é invencível. Lembre-se: balas não têm olhos...".

Você anseia por abandonar seu corpo e escapar desta falsa morte.

O micro-ônibus de transmissão circulava em torno da praça, tocando o hino nacional e a Declaração de Encerramento da Greve de Fome. Estava muito tarde e o céu era negro como piche, mas a praça ainda estava tão barulhenta quanto antes.

Dentro da estação de rádio, alguns estudantes escreviam artigos à luz de lanternas. Outros imprimiam panfletos. O Grande Chan, o Pequeno Chan e eu distribuíamos as novas credenciais de segurança que eram estampadas com uma imagem do monumento. Nossas mãos estavam cobertas de tinta vermelha.

Os tons calmos das vozes de Nuwa e Chen Di ecoavam continuamente pela praça.

— Todos devem ter suas máscaras e toalhas úmidas à mão, caso o exército lance gás lacrimogênio — Nuwa anunciava. — Você pode usar um pedaço de tecido, se quiser, contanto que esteja molhado... Acabamos de receber notícias de que 450 caminhões do exército que tentavam entrar na cidade foram bloqueados por moradores na terceira rotatória sob a Ponte Liuli. Os cidadãos de Pequim estão usando seus próprios corpos para impedir o avanço das tropas. Por favor, que os estudantes com bicicletas corram até lá imediatamente e ofereçam assistência aos moradores...

— Isto é um anúncio urgente — interrompeu Chen Di. — Cidadãos dos subúrbios a oeste precisam de nossa ajuda. Precisamos que uma centena de guardas estudantis se desloque para lá assim que possível... O exército já chegou ao cruzamento Hongmiao, mas foi impedido por uma muralha de manifestantes. Uma senhora de idade se deitou diante dos caminhões e gritou: "Se quiserem avançar mais, terão que passar por cima do meu cadáver."

Eu corria de um lado para o outro, tentando assegurar que a estação de rádio e o lado norte do monumento estivessem bem protegidos. Guardas estudantis da Universidade Qinghua e do Instituto Central de Minorias Nacionais protegiam o lado sul. Don Rong e Mao Da reuniram um grande grupo de estudantes e partiram para ajudar a compor as barricadas nos subúrbios a oeste.

A maioria dos estudantes e grevistas já tinha deixado os ônibus e abrigos agora, e se reunia em torno do monumento. Embora não estivesse mais dividida em grupos universitários distintos, a multidão estava organizada, com os guardas estudantis e homens do lado de fora e as garotas bem protegidas no meio.

Tang Guoxian e Wu Bin marchavam para cima e para baixo sacudindo seus megafones e lanternas no ar. Eu estava fraco de exaustão e sentia minhas pálpebras despencando. Fui procurar Tian Yi, na esperança de me sentar a seu lado por algum tempo.

Ela tinha acabado de escrever um boletim para o escritório de propaganda e estava deitada num canto ventilado do terraço superior do monumento.

Seu rosto estava cinza como uma folha de jornal. Ela ainda tinha a câmera pendurada em torno do pescoço.

Abri sua marmita para verificar se ela tinha comido os morangos que lhe dera. Eles estavam intocados e cobertos de mofo.

Entretanto, ela se inclinou para perto e disse:

— Hum, que cheiro delicioso. Nem preciso comê-los. Só o cheiro já é o bastante!

— Trouxe macarrão instantâneo, mas não temos água quente. — Os panfletos sujos no chão voavam quando as pessoas passavam. Deitei-me junto dela nas pedras frias do calçamento.

— Veja, meu cabelo está caindo — ela disse, coçando a cabeça. — Você viu meu frasco de condicionador?

— Por que não volta para o campus para tomar um banho? — perguntei, tentando me manter acordado.

— Eu seria acusada de deserção. De qualquer maneira, agora é muito tarde. Eu não acharia um táxi a esta hora da noite.

— Não posso mais ajudar você. Estou exausto. Ke Xi quer ser comandante outra vez. Não sei de onde ele tira energia! — Deitei-me de lado e olhei meu relógio. — Meu Deus! É meia-noite. O governo disse que o exército já estaria aqui a esta hora.

Enquanto eu caía no sono, o clamor da multidão ressoava por meus ouvidos.

— Eles podem cortar nossas cabeças ou fuzilar nossos corpos, jamais sairemos da Praça da Paz Celestial!

Nuwa falou pelos alto-falantes, soando tão confiante e tranquila quanto uma apresentadora da Voz da América:

— O governo quer destruir nossa estação de rádio. Todos devem protegê-la e assegurar que este plano maligno não tenha sucesso...

Seu grito é como o choro de um bebê. Ele come seres humanos. Quem consumir sua carne será protegido contra espíritos malignos.

O vento atira a chuva contra as janelas da sacada coberta.

Sinto a umidade entrando no quarto e penetrando os biscoitos sobre a mesa, as cinzas de meu pai e os velhos sapatos jogados no canto. Eu adoraria enfiar meus pés num par de tênis úmidos. Mas sapatos são feitos apenas para corpos eretos. Corpos prostrados devem permanecer descalços sobre a cama.

O ar úmido do corredor também penetra o apartamento e absorve o cheiro dos nabos que apodrecem na cozinha.

Minha mãe começa o primeiro dia de abril cantando. Ela canta sem parar, "*Eu dou adeus à vida, à vida!*", lutando para acertar a nota mais alta. No passado, ela não tinha qualquer problema em alcançar o dó maior. Depois ela para de cantar, e sua voz mais teatral começa a recitar a lista de telefones para mim, lendo os números de tudo, desde cabeleireiros a universidades.

Será que seu desejo de ter um telefone a deixou louca? Ela só fez o pedido há dois meses. Muitas pessoas tinham que esperar um ano para ter uma linha funcionando.

Meu irmão se mudará para a Inglaterra. Ele já reservou sua passagem de avião. Vai começar um curso de quatro anos na Universidade de Nottingham.

— Se esta chuva não parar logo, nossos visitantes não conseguirão chegar. Já são duas horas. — Minha mãe finalmente fecha o catálogo de telefones e toca minha testa. Ontem ela cortou meu cabelo com uma tesoura gelada. Ainda posso sentir o cheiro do querosene com que ela a lubrificou.

Ouço uma discreta batida na porta. É alguém com tato, e não um policial bruto ou uma velha bisbilhoteira.

— Pode entrar, Mestre Yao. Esta chuva não é terrível? Não para desde a noite passada!

O Mestre Yao diz à minha mãe que não apenas conhece An Qi, mas que também conhece uma velha amiga dela da Companhia Nacional de Ópera. É difícil deduzir sua idade pela voz. Seu jeito de falar é impostado e preciso.

Eles entram em meu quarto e se sentam na beira da minha cama.

— Posso notar que seu filho possui a raiz da sabedoria — diz o Mestre Yao.

Na noite anterior, minha mãe não parava de falar que tinha convidado um mestre de *qigong* de reputação nacional para me ver.

— Este meu filho, ele é tão alto, tão inteligente. Leva jeito para fazer de tudo, exatamente como o pai. — Fico surpreso por ouvir minha mãe falando bem de meu pai uma vez na vida.

— Deve ser difícil cuidar dele completamente sozinha.

— Sim, tenho certeza de que você pode imaginar! Uma mãe cuidando de um filho adulto, isso põe a filosofia dos *Vinte e quatro exemplos filiais* de cabeça para baixo. Nunca consigo deixar esse apartamento por mais de meia hora. Há três anos que não tenho uma boa noite de sono ..

Por vezes não consigo saber se estou acordado ou dormindo. Meu relógio biológico já não funciona direito. Quando sinto luz sobre minhas pálpebras, mais pensamentos tendem a vir à mente. Ocasionalmente, sei que é aurora ou crepúsculo por intuição.

— Às vezes as mãos dele ficam frias como pedra. Tenho que massageá-las para evitar que suas articulações se atrofiem. Veja o pé esquerdo. Está imóvel há tanto tempo que os ossos se dobraram.

— Há associações para os deficientes. Você entrou em contato com alguma?

— Sim, e instituições de caridade também: nacionais, locais. Contatei todas, mas nenhuma quer ajudar. Telefono e eles dizem que vão me escrever, mas nunca escrevem. Quem não tem um contato por baixo dos panos não tem a menor chance. Há tanta gente inválida implorando ajuda deles, por que escolheriam ajudar a nós?

— Não sei como você aguenta. Você deveria arrumar uma empregada.

— É claro que eu gostaria, mas não poderia pagar. Tenho que pedir ajuda a meus parentes para comprar os remédios dele. Meus vizinhos costumavam participar muito, sempre aparecendo e fazendo perguntas. Mas depois que pedi dinheiro emprestado, de repente pararam de me visitar. Quando bato às portas agora, eles não respondem. Até pararam de denunciar minhas atividades para a polícia local.

Nunca fui muito próximo de minha mãe. Sequer consigo me lembrar de ter tocado sua mão. Quando eu cortava seus cabelos, o cheiro de suor de seu pescoço grosso me repelia. Agora tenho que tolerar a humilhação de tê-la lavando meu corpo nu todos os dias e removendo minhas fraldas usadas.

— Onde está a ferida? Deixe-me ver.

— Aqui. Sinta só. É mole. O pedaço de crânio que falta ainda está na geladeira do hospital.

O Mestre Yao passa seu dedo frio sobre a ferida acima de minha orelha. Quando ele pressiona o ponto, sinto o tecido cerebral sendo empurrado de lado e alguns nervos estremecem um pouco. Não importa o quão quente esteja o resto de minha cabeça, a ferida é sempre como a abertura fria de uma caverna.

Sei que fui baleado na cabeça e que a bala não explodiu. E sei que o tiro foi disparado da pistola de alguém que estava perto de mim e à mesma altura, parado na calçada. Deve ter sido um policial à paisana. Um soldado não usaria uma pistola.

— An Qi me disse o que aconteceu com ele. Não ligo para política. Nós praticantes de *qigong* só temos interesse em fazer boas ações. Posso ver que seu filho é um sobrevivente. Farei o melhor que posso para despertá-lo de seu coma.

— Como tenho sorte de ter encontrado alguém tão bondoso quanto você! Devo admitir, ainda não compreendo como o governo pôde matar todos aqueles estudantes a sangue-frio. Depois da repressão, passei três dias procurando o corpo dele. Andei de hospital em hospital. Cada um parecia um abatedouro, cadáveres por todo lado. Sinto náuseas só de pensar nisso.

— Eu ainda estava trabalhando no Hotel Pequim nesta época, no escritório de contabilidade. Na noite de 3 de junho, policiais à paisana apareceram e disseram que todas as lojas e butiques do hotel deveriam fechar mais cedo, e pediram que os recepcionistas lhes dessem os números dos quartos de cada jornalista estrangeiro hospedado. Eu sabia que algo sério estava prestes a acontecer... Vou começar com uma massagem nos pontos de pressão. Uma vez que os canais estejam desbloqueados, terei mais facilidade de transferir meu *qi* para ele. Veja estas manchas vermelhas nas unhas dele. São sinais de obstrução do fluxo sanguíneo no cérebro. Quanto mais escuras as manchas, mais grave o problema. Quando elas ficarem pretas, não lhe restará muito tempo de vida.

— Você tem razão. As unhas dele parecem muito estranhas...
— Pode abrir a janela?
— Mas ainda está chovendo lá fora.
— Não importa. O quarto deve estar bem ventilado quando eu transmitir meu *qi*, senão ele não poderá absorvê-lo apropriadamente.

Mestre Yao segura meu pé em suas mãos e faz firmes movimentos circulares na sola do dedão com o polegar. Um sinal de dor é disparado até meu cérebro, fazendo com que a massa de células mortas em torno de minha ferida se contorça, e por um momento tenho uma visão de minha filha. Ela está parada na chuva, segurando um guarda-chuva com as mãozinhas, as sobrancelhas expostas sob a franja recém-cortada.

Desde que Tian Yi me contara sobre o aborto, eu frequentemente imaginava como minha filha seria agora se tivesse nascido. Ela não seria uma versão em miniatura de Tian Yi. Teria um rosto redondo, olhos amplos e duas pequenas covinhas nas bochechas.

— As pessoas só se importam com dinheiro hoje em dia. Se você não suborna os médicos com envelopes de dinheiro, eles nem se importam de lhe dar tratamento...

Assim que o Mestre Yao se levanta para sair, Mimi e Yu Jin chegam. Agora eles estão sentados no sofá, falando sobre Tian Yi.

— Ela me mandou um e-mail com um monte de artigos sobre novos tratamentos para pacientes em coma — Mimi diz à minha mãe. — Estão em inglês, mas posso traduzi-los para a senhora.

— O que é um e-mail? Você quer dizer um telegrama?

— Não, é uma carta que você pode mandar por um computador. Ela chega quase instantaneamente.

— Que incrível. Eu gostaria de aprender como mandar isso.

— Contanto que a senhora saiba escrever chinês no alfabeto latino, é muito fácil.

— Se a senhora quiser aprender, posso lhe emprestar um computador — diz Yu Jin. Ele está sentado na cama de meu irmão na sacada coberta, fumando um cigarro. Eu o ouço balançando as pernas curtas enquanto fala. Fico aterrorizado em pensar que a sacada vai desabar e ele despencará por quatro andares até o chão. Minha mãe jamais conseguirá aprender como usar um computador. Às vezes ela tem problemas em ligar o rádio. Eu costumava passar muito tempo na sala de computadores da universidade, lendo artigos de pesquisa arquivados nas grandes e desajeitadas máquinas. Estranho pensar que, apenas alguns anos depois, as pessoas têm computadores em suas casas.

— Tian Yi se acostumou com a vida nos Estados Unidos? — pergunta minha mãe. — Ouvi dizer que a comida ocidental é difícil de digerir.

— Os estrangeiros são como coelhos. Eles gostam de mastigar alface crua! — Mimi sempre joga a cabeça para trás quando ri.

Você quer voar pela escuridão como Hun Dun, o deus sem cabeça que tem seis pés e quatro asas.

O queixo de Mimi desabou quando ela viu a Irmã Gao caminhando em nossa direção.

— Ouvimos dizer que você tinha sido sequestrada — gritou ela. — Como escapou? — Havia um pedaço de casca de alho preso em seu lábio.

— Não entendi o que aconteceu. Alguém me arrastou para o hospital ontem à noite e me colocou no soro. Pode me passar um destes pepinos?

A Irmã Gao se sentou e enxugou o suor do rosto com um lenço de papel. Estávamos no terraço superior do monumento, almoçando.

— Bem, graças a Deus você está aqui agora! — disse Tian Yi.

— Os novos guardas estudantis quase não me deixam chegar até aqui — reclamou a Irmã Gao, sem fôlego. — Nenhum deles parecia saber quem eu era.

— Você deveria ter entrado pela entrada particular ao sul — ri, aludindo ao poder que ela detinha na tenda da Voz do Movimento Estudantil.

— Um avião passou voando hoje às dez da manhã e lançou um pacote de panfletos na praça — comentou Tian Yi, e rapidamente colocou a mão na boca para conter a ânsia de vômito. Ela vomitara duas vezes desde que abandonara o jejum.

— Todos os grupos estudantis parecem dissolvidos — disse Hai Feng. — Não há ninguém encarregado do centro de comando da Federação dos Estudantes de Pequim. É melhor que vocês assumam o controle, ou estaremos em sérios apuros quando o exército aparecer.

Olhei para o centro de comando da Federação do outro lado do terraço. Tudo que eu podia ver era uma mesa quebrada e algumas caixas de papelão vazias.

Abaixo dela, a meia distância, Bai Ling se inclinou para fora da janela do micro-ônibus da rádio, gritando:

— Companheiros estudantes, vamos devotar nossas vidas a defender nossos direitos constitucionais... — Sua boca estava perto demais do microfone, e suas palavras saíam abafadas.

Agora fazíamos todas as transmissões a partir do micro-ônibus. Transferimos nosso equipamento para lá, de modo que pudéssemos continuar funcionando se o exército aparecesse para nos enxotar. A tenda de transmissão só era usada para o trabalho editorial.

Zhuzi, sentado a meu lado, disse que Bai Ling era uma heroína e que todos ali a admiravam. Contudo, enquanto chefe de segurança, Zhuzi era mais poderoso que Bai Ling. Ele estava encarregado de todos os guardas estudantis na praça, bem como daqueles que protegiam as principais rotas de tráfego da cidade. Caso ocorresse uma crise, ele teria condições de assumir o controle.

— O governo cortou o suprimento de água e eletricidade para a praça — berrou Lin Lu, tomando o microfone de Bai Ling. — É uma situação de emergência! Camaradas trabalhadores de Pequim, precisamos de seu apoio!

O micro-ônibus branco se deslocou para o outro lado da praça.

— Vocês devem se preparar para a violência política — avisei. — Não é brincadeira ser atacado por cassetetes elétricos, isso eu garanto! — Mais cedo naquela manhã, eu tinha acompanhado Zhuzi numa inspeção das barricadas que os moradores ergueram por toda a cidade. Ainda sentia o suor de medo em minhas costas.

Mao Da distribuiu alguns pães e abriu uma lata de carne. Os pepinos não estavam lavados, por isso esfreguei o meu nas calças antes de dar uma mordida. Foi uma refeição deliciosa. Shu Tong passara toda a manhã na praça, reorganizando o escritório de propaganda de Wang Fei. Ele pedira que alguns professores do ensino médio ajudassem a escrever panfletos e artigos.

A praça estava cheia de gente outra vez. Colunas de manifestantes apareciam de todas as direções, seguidas por caminhões de caçambas abertas apinhadas de manifestantes e placas. Provavelmente havia um milhão de pessoas ali, conversando e gritando. Alto-falantes esbravejavam em uníssono:

— Oponham-se ao controle militar! Defendam Pequim! — A massa de gritos humanos se elevava em ondas que se chocavam contra o obelisco central do monumento e rolavam de volta a nossos ouvidos. Naquele mar de barulho, tínhamos que gritar para poder conversar.

— Não será fácil para o exército invadir a praça — disse Mao Da, examinando a vasta multidão.

— Eles não tiveram muita dificuldade em sufocar as manifestações em Lhasa há alguns anos — comentou Liu Gang. — Deus sabe quantos tibetanos foram mortos. Vocês viram as imagens do secretário-geral do Partido, Hu Jintao, dando a ordem de repressão em seu uniforme e capacete do exército? Parecia um pequeno Hitler. — Liu Gang estava deitado de costas, mastigando um pepino, o rosto obscurecido por um chapéu de palha. Em nosso caminho para o monumento, ele me dissera que havia dois dias que não dormia.

— Aquele massacre aconteceu num fim de mundo — comentou Mao Da. — Isto é Pequim. O exército não ousaria abrir fogo aqui.

— Liu Gang e eu vimos cerca de oitocentos soldados da tropa de choque na Ponte Liuli — contei a Mao Da. — Estavam espancando cada estudante que viam.

— Gás lacrimogênio é uma coisa terrível — disse Mimi. — Pode apavorar uma multidão quase tanto quanto balas de borracha.

— É um milagre que nenhum estudante tenha morrido durante a greve de fome — murmurou a Irmã Gao. — Naquela noite no dormitório, quando Bai Ling anunciou que queria lançar a greve, eu disse que ela seria decapitada se alguém morresse.

Yu Jin se aproximou.

— Recebemos muitos relatórios. Este vem da Ponte Dabeiyao, este do cruzamento Hongmiao. O exército cercou a cidade, desde o distrito Changping até os subúrbios a oeste. — Com seu colete e boné vermelhos, ele parecia um peru. Pegou um pão e um dente de alho com Chen Di e mastigou seu pepino, cuspindo a casca no chão enquanto engolia.

— Há um milhão de pessoas na praça agora, e grandes massas guarnecendo as barricadas em torno da cidade — disse a Irmã Gao nervosamente para Shu Tong. — Como a Federação pretende manter todo mundo sob controle?

— A Federação deveria fazer uma reunião — respondeu Shu Tong. — O Quartel-General da Greve de Fome está fazendo uma reunião agora mesmo. Passe um dente de alho. — Ele pegou seus palitos e enfiou na marmita de isopor com carne de porco frita e brotos de mostarda que comprara na cantina da universidade. Perto do Museu de História da China, guardas estudantis distribuíam refeições pagas pela Associação de Estudantes de Hong Kong, mas era preciso ficar horas na fila para pegar uma.

Zhang Jie e Xiao Li vieram da tenda do Quartel-General, procurando alguma coisa para comer. Os dois tinham passado toda a manhã supervisionando as equipes de guardas estudantis.

— Centenas de guardas estão protegendo este monumento há horas, sem tempo nem para almoçar, só para que o seu bando possa se deitar aqui e tomar sol — reclamou Zhang Jie, pegando o pepino que Mimi lhe oferecia.

— Pois bem, a que decisão chegou o Quartel-General? — Hai Feng perguntou.

— Bai Ling e Lin Lu acabaram de aparecer — ele respondeu. — Estão discutindo se devem convocar uma greve nacional. — Ele pegou dois pães, esmagou-os um contra o outro e deu uma grande mordida.

— A praça está infestada de policiais à paisana — a Irmã Gao disse a Mimi. — Se alguém lhe perguntar qual é o seu nome, não diga.

— Você quer dizer que há espiões por aqui? — A voz de Mimi se tornara bem mais audível desde que ela encerrara sua greve de fome.

— É claro — comentei. — Quando você estiver num tribunal dentro de alguns meses, mostrarão vídeos de você comendo pepinos com Shu Tong.

Mimi olhou nervosamente para os lados.

— Nem imagino como é ter homens investindo contra a gente com cassetetes elétricos. — Ela estava usando a viseira de plástico de Tian Yi. A luz do sol refletida nela me ofuscava os olhos.

Levantei-me, sacudi as migalhas da calça e olhei a distância. Podia ver centenas de estudantes nos tetos dos ônibus estacionados ao longo do lado norte da praça. Alguns se deitavam em colchas, outros estavam sentados, sacudindo bandeiras vermelhas. Parecia um palco de teatro suspenso.

— Dez banheiros portáteis foram colocados do lado de fora do Museu de História da China — disse Hai Feng.

— Faça um anúncio, senão ninguém vai saber que estão lá — pediu Tian Yi, erguendo-se.

Ela e Mimi planejavam partir para o Hotel Xuanwumen. A Associação de Estudantes de Hong Kong montara uma secretaria num dos quartos do hotel. Os estudantes da Universidade de Pequim podiam usar a ducha no banheiro da suíte.

— Vejam a enorme multidão que temos aqui — exclamou Mao Da. — A ordem de lei marcial não teve muito sucesso, não é?

— Dê uma lida nisso — disse Shu Tong, passando para Mimi a pilha de relatos que Yu Jin recolhera. — Se achar algo interessante, pode colocar em nossos noticiários.

— Todos falam dos bloqueios dos moradores — comentou Mimi, folheando os relatórios e organizando-os em três pilhas separadas. — Podemos usar este aqui, sobre moradores formando uma parede humana cruzando uma rua, e este, sobre os soldados abrindo passagem por um bloqueio com violência. Deve ser o bastante.

Tian Yi selecionou alguns relatórios e se ajoelhou para escrever um boletim rápido. Quando ela terminou, peguei e li em voz alta.

— "A polícia, protegida por seus capacetes de metal, avançou do complexo governamental de Zhongnanhai com cassetetes elétricos contra os estudantes que faziam uma ocupação pacífica do lado de fora. Dois estudantes da Universidade de Pequim, Liu Wei, mestrando de inglês, e Gu Yanting, estudante de pós-graduação do Departamento de Estudos Africanos e Asiáticos, sofreram ferimentos na cabeça e no peito e foram levados ao hospital."

— Acho melhor você não anunciar nada sobre estudantes feridos — declarou Shu Tong, erguendo o queixo.

—Também não quero ouvir esse tipo de notícia — concordou Mimi.

— Dai Wei, vá e tente pescar alguma coisa da reunião do Quartel-General — disse Shu Tong. — Quando soubermos o que eles decidiram, podemos formar nosso plano. — Ele remexeu os lábios depois que falou, como se tentasse remover um pedaço de comida preso entre os dentes.

— Eles não me deixariam entrar. Não sou membro do comitê permanente.

— Não se preocupe — disse Hai Feng. — É uma plenária. Você não terá que votar. Vá, depressa...

Na tenda do Quartel-General da Greve de Fome, do outro lado do terraço, Ke Xi pegou um panfleto e disse:

— Vejam isso! Diz que seria um grave erro se deixássemos a praça agora! — As costas de sua camisa estavam ensopadas de suor. Ele perdera muito peso durante seu jejum.

A reunião do Quartel-General parecia estar no fim.

Wu Bin correu para dentro, com suor escorrendo por seu rosto. Ele fora nomeado chefe do escritório de inteligência do Quartel-General, e se preparava para formar um sistema antiespionagem ao estilo da KGB. Ele reclamara que os guardas ainda não sabiam quem ele era e tentaram impedi-lo de chegar ao terraço. Sempre que terminava de falar, erguia as sobrancelhas, ou, para ser mais preciso, flexionava os músculos das pálpebras, já que não tinha sobrancelha nenhuma para erguer.

— Se você se aproximar deles com um alicate como este e disser que veio reparar os cabos, eles dão passagem na hora — disse Shao Jian, erguendo seu alicate. — É o que sempre faço.

Cheng Bing se pôs de pé para falar. Seu rosto se tornara bem mais rosado desde que ela abandonara o jejum. Ou talvez o rubor fosse causado pelo sol. O panfleto cor-de-rosa em sua mão parecia uma fatia de carne crua.

O Velho Fu conversava em particular com Lin Lu. Seu rosto estava doentiamente amarelo. Era como se ele estivesse sofrendo de outra doença. Mou

Sen estava no canto, fumando um cigarro. Seu cavanhaque estava muito comprido. Agora ele parecia um pintor boêmio.

Um anúncio oficial esbravejou dos alto-falantes do governo: "Enquanto a lei marcial estiver em vigor, estrangeiros são proibidos de participar de quaisquer atividades que violem o édito da lei marcial. A polícia militar tem o direito de usar quaisquer meios necessários para lidar com os violadores..."

A multidão gritava e vaiava. Um lado da praça gritava, "Reempossem Zhao Ziyang!", enquanto o outro lado pedia: "Protejam Zhao Ziyang!"

— Se vamos nos defender contra o exército, temos que comprar armas e começar um treinamento militar! — exclamou Tang Guoxian, socando o chão com o punho. Ele atara um pano vermelho em torno do pulso para proteger seu relógio.

— É contra a lei que civis usem armas — respondeu Yang Tao.

— Vamos arrancar o poder das mãos do governo, como os revolucionários franceses que invadiram a Bastilha! — berrou Wang Fei em seu megafone. — Com nosso sangue, formaremos uma nova Comuna de Paris! — Na noite anterior, ele conseguira comprar dezenas de milhares de toalhas e máscaras. Bai Ling ficara impressionada, e lhe dera um abraço de agradecimento.

Os alto-falantes amarrados ao obelisco do monumento chiaram novamente, e uma voz anunciou:

— Aqui quem fala é a Irmã Gao, vice-presidente da Federação dos Estudantes de Pequim. Tenho um anúncio urgente. Queremos enviar cem estudantes às barricadas para tentar persuadir nossos camaradas soldados a recuarem. Estudantes de ambos os sexos são bem-vindos como voluntários... — Sua voz foi afogada pelo discurso de Wang Fei. Os membros do comitê permanente rapidamente nomearam Lin Lu como comandante em exercício e encerraram a reunião.

Dois guardas estudantis escoltaram três soldados para o terraço superior. Os soldados disseram que queriam anunciar aos estudantes sua recusa em implementar a lei marcial. As abas de seus quepes estavam molhadas de suor.

— Um soldado se dirigiu à praça esta manhã — contou Lin Lu. — Ele não parava de tagarelar sobre desbaratar as forças do inimigo e penetrar nos campos adversários. Para mim, não tinha pé nem cabeça. Vá ouvir o que essa gente está dizendo, Dai Wei. Veja se consegue entender do que eles estão falando. — Lin Lu então pediu a Tang Guoxian para levá-lo aos principais pontos de entrada da cidade de modo a verificar o estado das barricadas.

Ao norte dos Desertos Orientais fica a Terra dos Nobres. Os habitantes têm espadas de jade presas à cintura e se alimentam de feras selvagens. Dois tigres os acompanham aonde quer que vão.

O vento frio soprando do lado de fora da ambulância em que estou deitado me faz ansiar pelas ruas do sul da China — o cheiro do incenso repelente de mosquitos que emana das barracas de rua, a luz fluorescente recaindo sobre baldes de plástico e vassouras que pendem de janelas e portas. Às vezes eu me sentava numa calçada, bebendo uma garrafa de Coca-Cola e esmagando os mosquitos que pousavam em minhas pernas. Quando as janelas começavam a se iluminar ao entardecer mas o céu ainda estava claro o bastante para que pudéssemos ver as folhas das árvores distantes, eu fechava minha apostila e decidia aonde levar A-Mei naquela noite...

Fragmentos de várias conversas que tive com A-Mei flutuam em torno de meus lobos parietais, mas as locações em que ocorreram se tornaram nebulosas.

— Vá ver a peça, se quiser — disse ela. — Não gosto daquela atriz.

Lembro que estávamos sentados num restaurante. Havia uma janela atrás dela. Do outro lado, eu via pedestres, ônibus e os grandes galhos de uma árvore baniana que crescera presa entre dois prédios. Mas agora eu a ouço me dizendo estas mesmas palavras durante uma conversa por telefone, e portanto a lembrança do restaurante talvez seja inventada. Minha memórias são como velhas fitas que foram regravadas em tantos lugares que a música original se tornou incompreensível.

Minha lembrança mais clara de A-Mei é dela dizendo:

— O que você ama em mim? — Quando disse isso, ela estava nua, deitada em nossa cama, os mamilos marrons apontando para os lados. Mas aquela pergunta é tudo de que consigo lembrar da conversa. O que veio antes e depois é um vazio.

— Concordamos que se eu lhe desse 18 yuans, você nos levaria direto para a sala de emergência! — minha mãe reclama, soando congestionada e angustiada ao mesmo tempo. — Você não pode largá-lo na porta do hospital dessa maneira!

Tenho uma febre de 42 graus. Ao que parece, meus lábios ficaram azuis. Contudo, não me sinto prestes a desmaiar. Na verdade, meus pensamentos me parecem estranhamente claros.

— Isto é uma ambulância profissional, tia! Teríamos cobrado dez yuans da senhora somente para carregá-lo escada abaixo, ainda mais quando vocês moram no terceiro andar, mas cobramos apenas oito. E agora a senhora está tentando baixar o preço ainda mais. Como espera que ganhemos nosso sustento?

— A ambulância de Xicheng cobra vinte yuans, mas os motoristas levam os pacientes até o carro e os carregam por todo o caminho até a sala de espera quando chegam ao hospital. — Minha mãe foi a um telefone público e ligou para muitas companhias de ambulância antes de escolher aquela.

— É mentira. Só há duas companhias de ambulância em Pequim, e nós somos a melhor. Os motoristas têm treinamento médico, e nossos carros possuem equipamento de primeiros socorros.

— Por favor, camaradas médicos! — grita minha mãe. — Pelo menos me ajudem a carregá-lo até a entrada do hospital. Fica a apenas cinquenta metros. Eu lhes dou dois yuans a mais. Está tão frio lá fora. Se o deixarem na rua, como poderei arrastá-lo até lá sozinha? — ... Você não me ama — A-Mei murmurou quando se sentou na cama. — O que você sente é um anseio por retornar ao ventre. Como aqueles peixes que voltam para os córregos onde nasceram para se reproduzir e morrer... — A luminária da cabeceira lançava um brilho amarelo sobre seu abdome nu.

Sentindo súbitas ganas de fumar um cigarro na sacada, sentei-me, peguei meu maço e disse:

— Sim, seu corpo é um túmulo de carne. Você quer me atrair para dentro e me aprisionar aí pelo resto de minha vida.

Ela me encarou com os olhos arregalados, assustada com minha explosão, e ficou em silêncio por um longo tempo, apertando um travesseiro contra o peito.

O amor que você sentia por ela se espalhou por seu cerebelo e se infiltrou na medula oblongata na base de seu tronco cerebral.

Mais de vinte horas se passaram desde que o governo declarara lei marcial.

Como cervos reunidos à beira de um lago para beber, os estudantes se reuniam no monumento, sem perceber que a praça era uma zona de caça, e o monumento, a isca.

— Se os soldados estão equipados com verdadeiras armas e balas, o governo deve ter mandado que nos ataquem — disse Fan Yuan a Bai Ling, que o encarava inexpressivamente.

Todos no terraço superior estavam tomados por um estranho e horrível medo. Olhávamos em torno nervosamente, ouvíamos, esperávamos, cada um alimentando suspeitas sobre os outros.

— As tropas da lei marcial foram enviadas para proteger a capital e restaurar a ordem — disse Tian Yi, baixo demais para ser ouvida por alguém. — Eles não querem nos atacar. — Na noite anterior, ela fora à tenda de emergência sofrendo de exaustão, e adormeceu no chão. Os médicos presumiram que ela havia desmaiado e a enviaram para o Hospital Fuxing, mas ela voltara à praça pela manhã.

— O Primeiro-Ministro Li Peng traçou planos de esmagar este movimento no primeiro dia da greve de fome — disse a Irmã Gao, o rosto corroído de ansiedade.

— Claro que ele pretendia uma coisa dessas — comentou o Velho Fu. — Este lugar não é o Recanto do Orador do Hyde Park de Londres, onde você pode se plantar e dizer o que quiser. Ele é o coração simbólico do Estado comunista. — Um grande molho de chaves pendia de seu cinto. Estávamos parados à sombra do escritório de finanças do Quartel-General da Greve de Fome que ele chefiava. O Velho Fu comprara um cofre e colocara um guarda sentado em cima dele 24 horas por dia.

— Há um milhão de pessoas aqui — disse Lin Lu com uma expressão impassível. — É como estar cercado por uma Grande Muralha humana. — Han Dan estava parado junto dele, o rosto tomado de confusão. Os dois guarda-costas que o flanqueavam eram membros do time de futebol da universidade. Um deles usava tênis que pareciam tamanho 43, no mínimo.

— Esta é a era Deng Xiaoping — disse Zhou Suo, o duro líder da Universidade Qinghua. — O governo não ousaria usar de violência contra os estudantes. — Ele usava um training e tinha uma mochila pendurada no ombro. Observava a praça com o mesmo olhar de obstinada determinação com que um camponês de Shanxi contemplava os montes estéreis do Platô Amarelo.

— Nós também estávamos na era Deng Xiaoping há dois anos, quando eu e o Velho Fu fomos presos ali — falei, apontando para o lado norte da praça. Vi uma faixa dizendo SOCIEDADE BUDISTA DE PEQUIM tremulando no local. Monges de túnicas amarelas estavam sentados numa longa fileira diante da faixa, segurando placas que exigiam liberdade religiosa. Em meio às multidões apertadas, pareciam uma linha de pontos amarelos correndo por uma toalha de mesa estampada.

— Mas os cidadãos não podem continuar guardando as barricadas todos os dias e noites. Eles também têm que comparecer a seus empregos. — Wu Bin tirou um cigarro do bolso de sua camisa azul, colocou-o entre os lábios e acendeu um fósforo.

Tian Yi estava agachada, vasculhando sua bolsa de couro marrom. Quando ela abriu o zíper da frente, uma caneta esferográfica vermelha caiu e rolou pelas pálidas pedras do calçamento do terraço.

— Tudo bem, então vamos apenas esperar aqui até que eles apareçam e nos prendam! — gritou a Irmã Gao, perdendo a cabeça. A camiseta sem mangas que ela usava tinha sido lavada tantas vezes que estava coberta de minúsculas bolinhas de fiapos.

— Deveríamos formar um escritório de assuntos militares — disse Wang Fei. Ele acabara de enxotar um garoto que subira ao terraço superior querendo tirar fotos. Havia estudantes constantemente saltando para os terraços, mas normalmente os guardas conseguiam empurrá-los para baixo antes que eles tivessem a chance de nos alcançar.

— Ouvi boatos de que líderes estudantis andam desviando dinheiro das caixas de doações — comentei. — Eu achava que estávamos aqui para combater a corrupção e o enriquecimento ilícito!

— Sim, ouvi dizer que a Federação tem dez mil yuans guardados, tudo em notas de cem! — Bai Ling disse furiosamente a Fan Yuan. — Vocês estão enchendo seus bolsos com o dinheiro suado do povo!

— Isso é um boato falso! — retrucou Fan Yuan.

— Se seu bando não tivesse começado a greve de fome, não estaríamos enfrentando a lei marcial agora — disse a Irmã Gao. — Você chegou a dizer aos estudantes para atearem fogo em seus próprios corpos se a polícia tentasse prendê-los. — A Irmã Gao sabia que a crítica de Bai Ling à Federação dos Estudantes de Pequim era um ataque velado a ela, e queria discutir às claras.

— Isso não foi ideia minha! — gritou Bai Ling. Ela era muito mais baixa que a Irmã Gao, mas sua voz tinha o dobro do volume. Ela tinha o ar determinado e insistente típico das garotas de Shandong.

— Bem, você alegou que tinha sido ideia sua na entrevista para o jornal que foi publicada ontem — devolveu a Irmã Gao. — Alguém precisa manter um controle sobre as finanças. Estamos gastando dezenas de milhares de yuans todo dia com comida.

— Então você deveria parar de fazer refeições no Kentucky Fried Chicken! — berrou Bai Ling, o rosto vermelho vivo. — As doações que você está gastando eram para os grevistas de fome, e não para a sua turma!

— Diga quanto dinheiro é doado para vocês todos os dias! — gritou Wang Fei, apontando para o nariz de Fan Yuan. — Quero o número exato.

— Isso varia. Temos dois secretários que cuidam das finanças. — Fan Yuan parecia temer que Wang Fei partisse para a violência.

— Quando não tínhamos dinheiro bastante para comprar toalhas e máscaras, pedimos que vocês nos emprestassem, mas vocês só nos deram setecentos yuans — reclamou Wang Fei. — Vocês se comportam como pequenos imperadores! — Voltando-se para a Irmã Gao, ele disse: — Ouvi dizer que você desviou um milhão de yuans que foi doado aos grevistas de fome.

— Mentira! O Velho Fu também está cuidando das finanças da Federação, então, se você não acredita em mim, pergunte a ele — replicou a Irmã Gao.

— Mou Sen sabe mais das finanças que eu — defendeu-se o Velho Fu, sentando-se num barril de plástico.

— Vocês estão deliberadamente sabotando nosso movimento! — acusou Bai Ling, apontando o dedo agressivamente para a Irmã Gao, com o pequeno peito arfando de ódio.

Tian Yi me puxou de lado e sussurrou:

— Estou farta de Bai Ling. Ela agora vive dando chilique. Ela nunca discutia desse jeito no dormitório.

Caminhamos para as balaustradas de mármore na beira do terraço. Tian Yi ergueu a câmera e estava prestes a tirar uma foto, mas a imensa multidão abaixo fez com que ela se sentisse constrangida e ela tornou a baixar a câmera rapidamente.

— Agora Mou Sen também tem um guarda-costas — disse Tian Yi. — Ele está agindo como um líder. — Sua pele estava amarelada, e os olhos pareciam amarelos também.

— Assim que os estudantes das províncias aparecem, ele lhes dá tarefas e dinheiro, e por isso formou um enorme exército de partidários — expliquei.

Os trabalhadores de Pequim formaram uma federação autônoma e ergueram uma tenda no limite norte da praça. Fragmentos de sua transmissão chegavam pela brisa quente:

— Muitos soldados já invadiram a cidade em roupas civis... Hoje à noite, cinco divisões do exército invadirão a praça de paraquedas...

Olhei além da tenda, para o Portão da Paz Celestial onde o enorme rosto do Presidente Mao baixava os olhos à multidão; e depois para o sul do mausoléu, onde jaziam seus restos embalsamados. A visão daquele prédio de concreto cinza me nauseava. Eu gostaria que os estudantes invadissem aquilo, arrastassem o cadáver de Mao para fora e o atirassem por sobre os muros de Zhongnanhai. As duas imensas esculturas de camponeses e trabalhadores revolucionários que flanqueavam o mausoléu estavam salpicadas de estudantes. Eles se empoleiravam como aranhas nos ombros, nas pernas e nos braços estendidos de mármore. Alguns estavam sentados sobre as cabeças, fazendo com que as estátuas parecessem as criaturas míticas do *Livro das montanhas e dos mares*.

— Vamos arranjar algo para comer — falei.

— Nunca vou conseguir atravessar essa multidão — disse Tian Yi. Ela usava um cordão de contas de vidro coloridas em torno do pescoço que comprara em Yunnan.

— Ande atrás de mim. Estou de tênis, então posso abrir caminho com facilidade.

Os corpos exaustos e suados abaixo de nós subitamente pareciam vermes se arrastando sobre um pedaço de carne. Descemos para o terraço inferior e vagarosamente abrimos caminho pela multidão fortemente comprimida. Era quase impenetrável. Quando alguém diante de nós queria ir ao banheiro ou procurar um amigo, uma pequena fenda se abria e seguíamos seu rastro por algum tempo. As pessoas flanqueavam as estreitas passagens que cruzavam a praça como veias, instintivamente tirando o pé ou deslocando os ombros para abrir caminho enquanto passávamos. Se por acaso estavam sentadas no chão, não tínhamos escolha a não ser saltar por cima delas. Quando alguém gritava uma nova palavra de ordem, o foco da multidão se alterava e um novo caminho se abria por um segundo antes de se fechar rapidamente outra vez, como uma ferida que cicatriza. Mas sempre havia um círculo em torno de qualquer um que segurasse uma bandeira do Partido Comunista, uma bandeira nacional ou uma faixa da Liga da Juventude Comunista.

Com grande esforço, conseguimos saltar as grades de metal que circundavam a base do monumento, abrir caminho até o Museu de História da China, atravessar a massa sob as árvores e deixar a praça por seu canto nordeste. Quando finalmente conseguimos nos desembaraçar da multidão, os biscoitos em minha bolsa estavam esmagados num farelo e meu corpo era como um ábaco quebrado.

— Droga, minhas lentes foram roubadas — suspirou Tian Yi, os cabelos desgrenhados.

Quando a luz do meio-dia angula até seu rosto, um cheiro de sopa se eleva de sua pele. Você jaz tombado em seu corpo, assim como seu corpo jaz tombado na cama de ferro.

Ouço um pombo agitando o ar quando pousa num galho da acácia do lado de fora, e por um momento vejo o mundo através de seus olhos. O teto de telhas vermelhas do prédio de trás está coberto de poeira e folhas caídas. A acácia é cinza escura. Quando o sol sai, moradores prendem varais a seu tronco, amarram os fios às janelas e penduram suas colchas para secar, fazendo com que a árvore pareça a estrutura aberta de um guarda-chuva decorado com roupas úmidas. Quando chove, a casca da árvore se torna preta e as folhas parecem mais verdes e claras. A árvore é quase tão alta quanto nosso prédio. À noite, quando as luzes brilhavam das janelas, ou mesmo quando um corte de luz lançava o conjunto na escuridão, eu sempre me sentia seguro quando me colocava sob seus galhos.

Minha audição se tornou mais nítida depois destes anos vivendo no escuro. Posso distinguir os diferentes sons de cada apartamento deste prédio. Os sons são especialmente claros na última hora antes do amanhecer. É tarde, e posso ouvir os ganidos do cão que uma vizinha comprou na semana passada e os cacarejos da galinha do térreo que logo será canja. Em seu apartamento no térreo, Vovó Pang diz:

— Aquele garoto Dai Wei não tem mais muito tempo de vida. Havia sangue em sua urina há alguns dias.

— Ele não está em coma de verdade, só está fingindo — replica a filha, baixando uma maçaneta rangente da porta. — Mas ele arruinou o *feng shui* de nosso bloco.

O homem do apartamento em frente diz:

— Ela tem sorte de ter um filho para quem cantar. Ninguém mais aguentaria aqueles guinchos! — Ele não tolera o canto de minha mãe, e eu não tolero o filho dele atirando objetos contra as paredes. As batidas constantes me fazem pensar nas camadas de tijolos deste prédio sendo comprimidas umas contra as outras.

Por um momento, deixo meu corpo adormecido e pairo no ar fétido do quarto. Vejo-me jogado na cama, agora sem pijamas, mas de camiseta e calça. Posso sentir a fivela de latão do cinto fazendo uma fria pressão contra meu umbigo. Depois me vejo de pé e caminhando pela rua. Corro e me dou um tapinha nas costas.

Após perder a batalha, o general Fu Yu se afogou num rio. Se ele aparecer para alguém dentro de uma casa, o imperador morrerá. Se for visto vagando pelos desertos, uma calamidade se abaterá por todo o império.

Foi logo depois das três da manhã. O governo anunciou que o exército desocuparia a praça ao amanhecer. Sentia-me como se estivéssemos aprisionados num armário de madeira, esperando que os lobos aparecessem.

Os líderes do Quartel-General da Greve de Fome faziam uma reunião secreta dentro do micro-ônibus de transmissão para discutir se deveriam deixar a praça antes da chegada do exército.

— Quando o exército chegar, nosso grupo será o primeiro a ir para a cadeia — disse Bai Ling, o rosto pálido de medo. — Ouvi dizer que há regimentos esperando dentro do Grande Salão do Povo e nas passagens subterrâneas para pedestres. Deem sua opinião agora, pessoal, digam o que acham que deveríamos fazer.

— Sim, e se um de nós for morto? — indagou Cheng Bing. Ela estava discutindo com Tang Guoxian quando fui buscá-la. Tang Guoxian e alguns amigos estavam fazendo bombas caseiras com combustível, querosene e garrafas de cerveja.

Mou Sen acendeu mais um cigarro. Mimi gritou palavras de ordem para fora da janela e depois se voltou para nós e disse:

— Não fumem dentro do micro-ônibus! A fumaça vai arruinar as garrafas de água mineral.

— Agora só restam cerca de dez mil estudantes na praça — comentou o Velho Fu. — O exército poderá marchar diretamente para dentro e encurralar os chamados "arruaceiros", entre os quais estou incluído, e também todo mundo que está dentro desse micro-ônibus.

— Mas um milhão de pessoas marcharam por Pequim ontem — disse Shao Jian. — Em Washington, seis mil chineses de além-mar marcharam em solidariedade, e em Hong Kong membros do comitê constituinte da Lei Básica ameaçaram renunciar se o governo não ouvir suas exigências. Tendo um apoio como este, não temos razão para ter medo.

Mimi e Chen Di estavam sentados nos assentos da frente, transmitindo boletins de notícias aos estudantes, a maioria agora dormindo:

— Muitos líderes do governo, como Wan Lin e o veterano da Longa Marcha, Xu Xiangqian, apoiam nosso movimento. Xu Xiangqian até disse ao exército, "Matarei qualquer soldado que ouse atirar no público..."

— Veja este boletim, Velho Fu — disse Mimi, virando-se. — Diz que a Voz da América relatou que o presidente dos Estados Unidos declarou apoio inequívoco ao nosso movimento. Deveríamos ler no rádio?

— Não, acho que já leram o bastante — respondeu o Velho Fu. — Já são quase três e meia... Deveríamos arrumar tudo e dar o fora daqui.

— A Federação dos Estudantes de Pequim pode assumir a administração da praça — sugeriu Bai Ling.

— Primeiro nós deveríamos fazer uma reunião com eles e informá-los do que estamos planejando — disse Mou Sen.

— O exército não aparecerá agora — disse Pu Wenhua em sua voz esganiçada. — Está muito tarde. — Ele tinha algo que parecia ser um binóculo de brinquedo pendurado no pescoço e estava sentado apertadamente junto de Wang Fei.

— Pois bem, proponho que deixemos a praça imediatamente — declarou Bai Ling. — O comandante Han Dan e o comandante em exercício Lin Lu podem ficar e defender o forte. O resto de nós deve partir. — Bai Ling estava cabisbaixa. Na noite anterior, ela confessara a Tian Yi que estava pronta para abandonar o movimento.

— Poderíamos instalar uma nova base nos Morros Fragrantes e pedir a mensageiros que nos mantenham a par dos acontecimentos — sugeriu Wu Bin. — Se o governo não puder localizar nosso centro de comando, não se dará ao trabalho de enviar um exército.

— Ainda há alguns membros da Federação no monumento. Eles têm uma secretaria lá em cima. — A boca de Lin Lu não parecia se mover quando ele falava.

— Não acho que podemos cair fora sem contar a ninguém — disse Shao Jian. — Os estudantes nunca nos perdoarão.

— Você vai ficar aqui e esperar que a polícia nos atire na cadeia? — perguntou o Velho Fu. Ele estava abalado por um boato que ouvira de que o exército abriria caminho a bala para dentro da cidade. Uma hora antes, ele dissera que queria partir e se esconder no apartamento de seus pais.

— A greve de fome agora está acabada — disse Bai Ling asperamente. — Se queremos manter viva a chama do movimento, temos que deixar a praça e partir para a clandestinidade.

— Os estudantes ainda não partiram. Portanto, também não deveríamos partir — protestou Shao Jian.

— Eu ainda tenho duzentos mil yuans em donativos aqui — disse o Velho Fu, mostrando sua maleta de couro. — Darei o que resta ao Comitê Organizador da Universidade de Pequim. O dinheiro da Federação é controlado por cinco tesoureiros. Não tenho nada a ver com ele. Distribuirei o que resta entre nós e podemos usá-lo como despesas de manutenção.

— Você não tem autoridade para fazer isso — disse Cheng Bing. — Esse dinheiro pertence ao movimento.

— Ouvi dizer que a Federação enviou seu dinheiro para a Universidade de Política e Direito — disse Pu Wenhua.

— Nunca distribuí dinheiro antes, a não ser para pequenas despesas — retrucou o Velho Fu, franzindo a testa. Percebi que ele odiava ter que lidar com dinheiro. Ele só sugerira distribuir o dinheiro porque não queria ser pego em flagrante com uma mala cheia de dinheiro se o exército o prendesse.

— Não sou membro do núcleo da liderança — falei —, mas, em minha opinião, todos os estudantes deveriam deixar a praça agora, e não apenas nós.

— Todos neste micro-ônibus são membros da liderança — disse o Velho Fu nervosamente. — Quando o exército chegar, terão fotografias de todos nós. Eles saberão exatamente quem devem procurar.

— Vamos dividir o dinheiro logo de uma vez — exclamou Bai Ling, desesperada para ir embora. — Você pode fazer recibos, Velho Fu. Chame de auxílio-sobrevivência, ou auxílio-escapada. Temos que partir agora antes que seja tarde demais. — Ela fechou os olhos. Parecia prestes a desmaiar.

— Podem ir se quiserem, mas vou ficar aqui — declarou Cheng Bing. — Eu me sentiria culpada em sair de fininho desse jeito. Portanto, não me deem dinheiro algum.

— Bai Ling tomou a decisão certa — disse Wang Fei. — O exército recebeu ordens de expulsar os estudantes da praça e prender o núcleo de líderes. Se escaparmos agora, poderemos manter viva nossa luta política. — Ele colocou o braço em torno de Bai Ling para evitar que ela caísse.

— Assim já é demais! — exclamou Mou Sen. — Não podemos sair sem dizer nada a ninguém. Vamos fazer um anúncio e explicar nossas ações.

— Vamos entrar na clandestinidade e levar o movimento por toda a cidade — disse Wu Bin. — Deng Xiaoping mobilizou um terço das forças armadas da China. Mais de trezentos mil soldados cercaram Pequim. Isso é mais que a força militar enviada para atacar o Vietnã. — Desde que Wu Bin fora nomeado chefe do escritório de inteligência, ele se tornara o conselho-de-um-homem-só de Bai Ling.

— Ouviram isso? — perguntou o Velho Fu. — Se ficarmos aqui, seremos trucidados. Vou distribuir o dinheiro agora. Podemos chamá-lo de auxílio-emergencial. Quem tem uma lanterna? — Ele tirou o dinheiro de sua maleta e olhou para o relógio, mas provavelmente estava escuro demais para que ele visse as horas.

— Veja quanto dinheiro! — exclamou Shao Jian, fitando os maços de notas. Mimi e Chen Di desligaram os alto-falantes e foram dar uma olhada.

— Daremos mil yuans a cada um — declarou o Velho Fu, começando a contar o dinheiro. — Deve ser o bastante.

— Se vamos para a clandestinidade, precisamos de um plano — resmungou Mou Sen. — Não podemos sair sem elaborar uma estratégia.

— Tudo que precisamos fazer agora é manter a chama acesa — disse Wang Fei. — Se escaparmos à prisão desta vez, podemos nos dedicar a trabalhar em prol de uma campanha nacional pela democracia.

— Pois então nos diga, Wang Fei, você fica ou cai fora? — perguntei.

— Acho que vou me esconder por um tempo — respondeu Wang Fei, trocando olhares com Bai Ling.

Eu queria fazer o mesmo, e levar Tian Yi para se recuperar no apartamento de minha mãe, por isso disse:

— Então vamos todos nos esconder.

— Bem, eu fico aqui — retrucou Cheng Bing.

— Eu também — grasnou Pu Wenhua.

— Tudo bem, mas o resto de nós vai partir — decidiu Bai Ling, pondo-se de pé. — Quando for a hora de tomar a próxima decisão, podemos fazer contato através de Lin Lu.

— Teremos que nos disfarçar um pouco antes de partir — sugeriu Wu Bin, estreitando os olhos conspiratoriamente.

— Eu ficarei em Pequim — declarei, pegando o maço de dinheiro que o Velho Fu me entregara —, e assim posso verificar a situação no campus antes de partir para a clandestinidade.

Quando chegou a vez de Pu Wenhua receber sua parte do dinheiro, restavam apenas duzentos yuans, o que deixou Pu Wenhua muito irritado. Wu Bin lembrou-o de que ele não era membro do comitê permanente, e portanto tinha sorte de estar recebendo alguma coisa.

— Deveríamos sair do ônibus um por um e seguir direções diferentes — disse Wang Fei num tom sussurrado.

— E quanto a Nuwa? — perguntei, olhando pela janela. — Faz séculos que não a vejo.

— Nem eu — respondeu Wang Fei, desviando os olhos. — Talvez ela tenha retornado ao campus.

— Muito bem, pessoal — disse o Velho Fu. — Lembrem-se, isto é ultraconfidencial. Nenhum de vocês deve contar a ninguém o que estamos fazendo. Eu saio primeiro. Adeus! — Ele pegou sua maleta vazia, abriu a porta e saltou.

Mimi acendeu sua lanterna e disse:

— Não sei para onde ir.

— Por que não vem comigo? — ofereceu Bai Ling.

Wu Bin disse que ficaria num hotel por alguns dias para ver como os eventos se desenvolveriam e que voltaria a Wuhan assim que o exército deixasse a praça.

Guardamos o dinheiro em nossas mochilas e começamos a nos enfileirar para deixar o micro-ônibus.

— Wang Fei, seu... seu... desertor! — cuspiu Pu Wenhua, sacudindo o binóculo de plástico no ar enquanto Wang Fei e Bai Ling saíam do micro-ônibus.

Eu os segui para fora, mas, enquanto me afastava, algo me pareceu errado. Eu sabia que teria sido impossível fazer com que todos os estudantes evacuassem a praça, mas não parecia correto que os líderes fugissem daquela maneira, especialmente considerando que tinham incitado todos a ficar.

Tian Yi estava dormindo numa tenda com três outras garotas. Eu a acordei, puxei-a para fora e pedi que ela viesse para casa comigo. Eu não ousava contar a ela que os líderes tinham fugido. Ela disse que não deixaria a praça até que o exército aparecesse e a arrastasse para fora. Contei-lhe que o governo lançaria uma ação repressiva, que os soldados atirariam para matar e que, se ela morresse, só poderia culpar a si mesma.

— Por que não vem para casa comigo e espera para ver o que acontece? — supliquei. — Você sempre pode voltar para cá depois, se quiser.

— Vá você para casa. Se o exército nos levar, você deve retornar e continuar a luta. — Ela entrou novamente pelo pano estampado com um duplo ideograma da alegria que servia como porta da tenda. — Tem mosquitos demais aqui — reclamou Tian Yi. Por sua voz, percebi que ela se deitava outra vez. — Pode me dar um repelente de insetos? Pomada de menta também serve.

Eu sabia que seria impossível fazê-la mudar de ideia. Vi algumas luzes cintilando dentro do Grande Salão do Povo e me perguntei se de fato havia dez mil soldados esperando no interior, prontos para atacar. Deixei a tenda e subi ao terraço superior do monumento. Fan Yuan e Hai Feng estavam lá, com centenas de repórteres estrangeiros e chineses.

Eu me perguntava como o exército conseguiria expulsar os estudantes adormecidos enquanto o mundo assistia a todos os nossos movimentos. Dois estudantes enfiaram um panfleto em minha mão. Li-o sob a luz do poste. Era uma cópia de uma petição assinada por mais de trezentos intelectuais e acadêmicos de Pequim clamando ao Comitê Permanente do Congresso Nacional do Povo pela deposição de Li Peng. O panfleto dizia: "Na atual situação, somente a deposição do premiê Li Peng será suficiente para apaziguar a fúria do povo..."

— Que perda de tempo! — murmurei para mim mesmo. Eles realmente achavam que os delegados do chamado Congresso "do Povo" davam a mínima para a fúria do povo? Aqueles caras também eram membros do Partido, pelo amor de Deus.

Decidi ficar na praça, mas eu sabia que teria que me livrar do dinheiro. Não queria ser pego com ele. Vaguei na direção do abrigo do Departamento de Ciências, na esperança de dormir um pouco.

Xiao Li e Mao Da haviam colocado um cartaz do lado de fora que dizia ESTUDANTES DE CIÊNCIAS DA UNIVERSIDADE DE PEQUIM, e penduraram um lençol na entrada. Algumas das vigas de bambu que seguravam o teto de lona se partiram e foram presas com lenços de chiffon. Havia uma lâmina de plástico no chão. Minha colcha ainda estava úmida da chuva da noite anterior. Eu não queria me deitar nela.

Liu Gang e Dong Rong estavam nos fundos do abrigo dormindo profundamente. Yu Jin e Zhang Jie estavam sentados, bebendo cerveja.

— Você está procurando por voluntários novamente, Dai Wei? — perguntou Zhang Jie, fitando sua garrafa de cerveja. — Vou logo avisando, estou tão bêbado que não posso nem ficar em pé direito. Quando o exército vai aparecer para evacuar a praça? — Ele engoliu mais um gole de cerveja. O abrigo estava em total escuridão e fedia a tênis sujos.

— Parem de beber! — reclamei. — Vocês têm que ficar sóbrios. Quando os soldados investirem contra este lugar com cassetetes elétricos, vocês precisam estar firmes em seus pés. — Não havia espaço suficiente para mim no abrigo, então apoiei a cabeça numa mochila no canto e me deitei com as pernas do lado de fora. Pensei nos mil yuans enfiados em meu bolso. Se o exército encontrasse o dinheiro comigo, presumiriam que eu era um líder estudantil. Tirei o dinheiro, envolvi-o numa folha de papel que estava jogada por ali e o escondi sob as costas. Depois fechei meus olhos e comecei a contar... Um, dois, três, quatro...

Quando eu estava começando a cochilar, ouvi a voz de Ke Xi gritando dos alto-falantes da Voz do Movimento Estudantil:

— Companheiros estudantes, não entrem em pânico. Aqui quem fala é Ke Xi! Ke Xi! Fiquem calmos. Estamos numa situação extremamente perigosa, portanto peço a todos que evacuem a praça imediatamente e se dirijam para o distrito das embaixadas.

— Sobre o que ele está falando agora? — perguntou Xiao Li, acordando. — Estamos tentando dormir um pouco.

— Ele parece estar delirando — disse Mao Da, sentando-se.

— Quando o exército chegar, vamos simplesmente ficar sentados aqui em silêncio — disse Dong Rong. — Por que ele está tão agitado?

— O exército já chegou? — perguntou um estudante atrás de mim. — Rápido, toquem aquela música militar, "Três regras de disciplina e oito pontos de atenção". Isso pode impedir que os soldados recorram à violência.

Sentei-me também, a mente embotada de exaustão.

Os estudantes que dormiam do lado de fora começaram a se mover como grama ao vento. Eles se levantavam, esfregavam os olhos e batiam os pés. Mastros de bandeiras caíam no chão. Ouvi o som reconfortante de meninas conversando e rindo.

Todos no abrigo agora estavam sentados, fazendo perguntas nervosas. Alguns estudantes saíram para buscar máscaras e toalhas.

— Por que ele quer que a gente vá para o distrito das embaixadas? — perguntou Xiao Li. — Onde está Chen Di?

— Vamos até a tenda da Voz do Movimento Estudantil — falei, olhando para meu relógio, sem querer contar que Chen Di fugira. Já eram cinco da manhã. Enfiei o maço de dinheiro rapidamente no bolso e me levantei.

Xiao Li e eu não tivemos permissão para entrar na tenda de transmissão da Voz do Movimento Estudantil. Não reconheci nenhum dos guardas estudantis que protegiam o lugar.

— Temos mesmo que nos deslocar para o distrito das embaixadas? — gritavam os estudantes. Uma grande multidão cercara a tenda de transmissão para pedir por mais informações. Um estudante havia tirado um guarda-sol de uma torre de observação da polícia e arrancara o cabo de madeira para usar como arma quando o exército chegasse.

Uma nova voz esbravejou pelos alto-falantes estudantis:

— Ke Xi acaba de desmaiar novamente. Ele foi levado para o hospital. Por favor, ignorem a ordem dada por ele. Não houve apoio da liderança estudantil. Eu sou Lin Lu, o comandante em exercício.

Então Han Dan pegou o microfone e disse:

— Aqui quem fala é o comandante Han Dan. Ninguém decidiu deixar a praça ainda; nem o Quartel-General, nem a Federação dos Estudantes de Pequim, nem a Federação dos Estudantes das Províncias. Então todos devem ficar onde estão...

Alguém gritou em um megafone:

— São seis horas! O exército não apareceu! Companheiros estudantes, nós triunfamos! O povo triunfou! Rápido, toquem o hino nacional! — Era Chen Di. No fim das contas, ele não fugira.

Seu anúncio trouxe um sorriso aos lábios de todos. Uma sensação de alívio e celebração varreu a praça. Olhei a distância e vi pálidos raios de luz assomando no horizonte.

Seu espírito flutua pelo Rio de Sangue que o trouxe ao mundo.

Minha mãe está falando em seu novo telefone.

— Foi instalado há duas semanas, mas ainda dou um pulo sempre que toca. No passado, só os altos líderes do governo tinham telefones em casa... Americanos? Sei que todos eles têm telefones... O quê, eles têm até na rua? Eles não têm medo que alguém roube? Se você pudesse voltar à China, Tian Yi, poderíamos nos sentar e ter uma conversa decente. Meu filho vegetal aqui talvez não pense em você, mas eu penso... Seu aniversário é na próxima semana, não é? Ele anotou a data em seu diário... Sinto muito, sei que o diário dele é particular, mas o médico me disse que eu deveria ler para ele em voz alta. Ele disse que poderia ajudá-lo a recuperar algumas memórias...

Detesto que minha mãe leia meu diário, especialmente as passagens sobre A-Mei e Tian Yi. Há um monte de referências a sexo, mas felizmente ela não entende a maioria delas. Quando ela chegou à passagem, "Quero morrer no interior de seu lindo túmulo de carne", ela disse furiosamente: "Veja só isso! Quando fala com uma menina sobre amor, tudo em que ele pensa é morte."

— ... Dizer a jornalistas americanos o que aconteceu com Dai Wei? — minha mãe continua. — Imagine o problema em que vou me meter! Bem, vou conversar com os parentes das outras vítimas e ver o que eles pensam... O filho dela também foi morto? Qual é o nome dela? Fan Jing? Sim, eu a conheço. Ela colocou o gato na cesta da bicicleta e andou pela praça por horas, buscando o corpo do filho. Nunca o encontrou. O gato ficou arrasado. Recusou-se a comer e acabou morrendo de inanição... Você está me ouvindo? Sinto muito, vou baixar o volume. Sempre deixo o rádio ligado para ele...

O telefone fica na sala de estar. Posso ouvir o murmúrio da voz de Tian Yi, mas não consigo entender o que ela diz.

Minha mãe finalmente termina a conversa e depois bate o telefone ruidosamente no gancho.

— Sua namorada está indo muito bem nos Estados Unidos — murmura. — Ela passou no exame de direção e visitou todos os pontos turísticos de Nova York. Ela até subiu na cabeça da Estátua da Liberdade. Disse que é mais alta que o Portão da Paz Celestial. Veja que vida maravilhosa ela está levando agora! Quem dera você tivesse voltado comigo no dia em que fui buscá-lo, você não teria acabado com uma bala na cabeça. Estaria em Nova York com

Tian Yi, estudando numa universidade americana. Por que todas as coisas ruins acontecem comigo? Será que um dia alguma coisa vai mudar?

Quero dizer a minha mãe que meu coração ficou dormente desde que Tian Yi partiu, e que tudo que resta de mim agora é uma massa de pele e ossos esperando para se esfacelar em pó.

Quando a linha telefônica foi instalada há duas semanas, minha mãe ficou tão excitada que passou o dia todo no telefone. Quando ela não podia pensar em mais nenhum amigo para chamar, ligou para as lojas locais e depois folheou a lista telefônica e discou números aleatórios. Mas desde que uma amiga disse a ela que cada ligação custava no mínimo dois jiaos, ela praticamente deixou de usá-lo.

Todas as memórias são reconstruções. Quando minha mãe lê as páginas de meu diário, as memórias que se desfizeram em ruínas são reconstruídas de uma forma diferente. Quando ela lê minha descrição da subida à Montanha de Yunnan, vejo-me caminhando com Tian Yi de mãos dadas, mas de um ponto de observação que fica acima e mais atrás. Embora realmente tenhamos galgado aquela montanha juntos, a cena que vejo é uma ficção. Afinal, como eu poderia me ver de costas? Além disso, a floresta tropical em que caminhávamos era tão densa que teria sido impossível nos ver através das folhas. Quem é aquela pessoa que me vê de cima? Será que uma parte de nós abandona nossos corpos e vigia nossas vidas, transmitindo imagens de volta a nossos cérebros como um satélite?

Imagino uma multidão e procuro por meu rosto. Provavelmente estou usando uma camisa branca, um colete branco e um casaco cinza por cima. Tian Yi estava certa. Quando me coloco no meio de uma massa de estudantes, não há nada de especial que me diferencie além de minha altura. Meu rosto não tem expressão, não há nenhuma gordura em excesso. É um rosto que poderia ser visto uma centena de vezes sem que ficasse gravado na mente. A única característica notável são os óculos escuros que Tian Yi me deu. São pretos e um pouco grandes demais, mas pelo menos acrescentam um pouco de personalidade a meu rosto. Eu sabia que ela gostava deles, e por isso os usava o tempo todo. Também me vejo de costas, colocando a mão nos ombros dela e dizendo:

— Dia 28 é seu aniversário. Por que não colocamos uma cópia do *Livro das montanhas e dos mares* numa bolsa e vamos escalar o Monte Tai?

— Não faça essa cara de satisfação — disse ela, franzindo a testa. Bai Ling tinha acabado de encerrar a greve de fome.

— Bem, eu lhe disse que a greve não conseguiria nada. E eu tinha razão. Agora estamos vagando no limbo.

— O que lhe dá tanta certeza? — Percebi por seu hálito que ela ainda não tinha escovado os dentes.

Se as águas da vida tivessem que correr por meus canais secos mais uma vez, será que ela emergiria do lodo e me arrastaria de volta à velha vida? Ah, deixe para lá. Talvez eu esteja melhor deitado aqui com minhas memórias. O tempo não perdeu todo o significado para mim. Mesmo que eu recuperasse minhas lembranças perdidas e acordasse deste coma, a única mudança real seria que meu corpo horizontal se tornaria vertical novamente.

O cheiro do corpo de Tian Yi desliza junto à ferida da bala e depois se mescla ao aroma de folhas e chuva em seus lobos frontais.

É quase crepúsculo. O Velho Fu apareceu do nada e gritou para Mou Sen, que retornara à praça algumas horas antes:

— O que estes estrangeiros estão fazendo aqui? Eles não podem participar da reunião. O governo nos acusará de "conluio com organizações reacionárias de além-mar"!

— Não são jornalistas. São membros da Associação de Estudantes de Hong Kong e do Grupo Estudantil Solidário de Americanos e Chineses de Além-Mar.

Mou Sen, como secretário-geral da Federação dos Estudantes de Pequim, convocara uma reunião de cem representantes universitários para discutir se deveríamos deixar a praça. Ele voltara ao campus para dormir um pouco, e agora estava cheio de energia.

— Não me importa — disse o Velho Fu. — Eles não podem ficar.

— Para onde você foi, Velho Fu? — sussurrei.

— Fui para a casa de um amigo e dormi no sofá. — Ele não me perguntou para onde eu fora. Provavelmente notou que eu não havia deixado a praça.

A namorada de Mou Sen, Yanyan, instalava o gravador. Eu a tinha visto várias vezes ao longo dos dias anteriores. Ela se tornara muito mais envolvida com o movimento desde o fim da greve de fome.

— Assim já é demais, Velho Fu — disse Mou Sen. — Eu organizei esta reunião. O Quartel-General da Greve de Fome se dissolverá agora, então você não tem nenhum direito de me dizer o que fazer.

O Velho Fu ficou calado e saiu de fininho.

Avistei Nuwa subindo às pressas do terraço inferior do monumento.

— Wang Fei fugiu? — perguntou, furiosa. Ela agora estava parada nos degraus de pedra. Quando ergueu os olhos para mim, sua testa ficou crivada de rugas.

— Não tenho permissão para revelar esta informação — respondi.

Ela se virou para Mou Sen.

— Ouvi dizer que vocês todos fizeram uma reunião secreta no micro-ônibus e decidiram fugir.

Mou Sen fugira, mas me telefonara no fim da manhã para perguntar como as coisas estavam. Eu disse que tudo estava bem, e que o exército afinal não aparecera.

Ele não ousara mentir para Nuwa, porque Yanyan, que estava parada a seu lado, sabia a verdade, e por isso ele apenas gaguejou:

— Minha intenção nunca foi fugir.

— Então até Bai Ling caiu fora, não foi? — disse Nuwa, o nariz ficando vermelho de fúria.

— Mou Sen não estava na reunião do micro-ônibus nesta manhã — menti, tentando ajudá-lo. — Ele bebeu um pouco demais ontem à noite e teve uma ressaca. O Quartel-General da Greve de Fome decidiu que deveria se dissolver agora que a greve de fome acabou, por isso todos partiram para fazer suas próprias coisas. Wang Fei provavelmente foi para o campus dormir um pouco. Tenho certeza de que ele retornará em breve.

Nuwa subiu no terraço e voltou sua raiva contra mim:

— Não tente me enrolar com suas mentiras revoltantes! — gritou. — A rádio recebeu relatos sobre o que aconteceu. Veja, tenho um bem aqui. Diz que às três da manhã vocês tiveram uma reunião secreta e repartiram todo o dinheiro das doações entre si. — Ela pregou os olhos em Mou Sen, deu meia-volta e partiu.

— Parabéns! — Yanyan disse furiosamente em seu sotaque sulista. — Sua turma realmente trouxe vergonha para o movimento! — Eu nunca tinha visto Yanyan perder a cabeça antes.

Eu sabia que se o resto dos estudantes descobrisse sobre a reunião secreta, estaríamos liquidados. Dividir as doações entre nós e depois fugir... Ninguém nos perdoaria. Imaginei que o que mais enfureceu Nuwa foi que Wang Fei fugiu sem contar a ela. Afinal, teoricamente, ela era sua namorada.

— Eles estão reagindo de um modo muito ruim — murmurei para o Velho Fu. — Se você decidir fugir, duvido que consiga permissão para voltar.

— Fale baixo — pediu o Velho Fu, olhando em torno nervosamente. — Não queremos que ninguém nos ouça. Tudo que posso dizer é que a situação parecia muito diferente na última madrugada.

— Quero devolver minha parte do dinheiro — sussurrei.

— Todos vocês deveriam ter vergonha de seu comportamento — reclamou Yanyan. Ela parecia muito cabisbaixa. Eu não sabia o quanto Yanyan estivera com Mou Sen recentemente, mas durante a greve de fome ela o visitara diversas vezes, trazendo livros e lenços antissépticos.

Para minha surpresa, Mou Sen subitamente explodiu com ela.

— O que lhe dá o direito de meter o nariz em nossos assuntos? — gritou, atirando a guimba do cigarro no chão. — Assim já é demais!

Embora já fizesse dois anos que Yanyan trabalhava como jornalista em Pequim, ela ainda era muito imatura emocionalmente. Depois da explosão de Mou Sen, ela prendeu a respiração por um momento com lágrimas se acumulando em seus olhos e depois agarrou sua mochila e partiu, atirando no ar o isqueiro, os cigarros e a sacola de panfletos que Mou Sen colocara sobre a mochila. A discussão aconteceu sob as vistas de estudantes e acadêmicos que estavam esperando pelo começo da reunião.

Mou Sen agarrou a garrafa de água mineral que eu segurava e tomou um gole. Dei-lhe um tapinha no ombro e disse:

— Você não deveria ter sido tão duro com ela. O que ela disse está correto.

— Tivemos muitas brigas como esta antes. Ela vive me dizendo para deixar o movimento e pensar em meu futuro. Mas, se eu fizesse isso, não realizaria nada.

— Deixar o movimento não é necessariamente um sinal de derrota. Você é um enxadrista. Deveria saber disso.

— Mas desde que entramos na praça foi impossível sair. Não há saídas. Estamos aprisionados aqui, sob os holofotes. Não temos escolha a não ser ficar e lutar.

O terraço superior estava lotado. A ausência do exército nos deixou confusos, e ninguém sabia o que fazer.

Chen Di subiu numa cadeira e gritou:

— Nossas palavras de ordem mais recentes são: "Li Peng é corrupto, incompetente e pulha. Não demora muito e estará no olho da rua!"

A multidão rugiu em aprovação e depois repetiu em uníssono:

— "Primeiro prendam Li Peng, Deng Xiaoping depois. O mundo só terá paz quando sumirem os dois!"

— Diga a Chen Di para calar a boca! — rilhou Liu Gang.

— Essas palavras de ordem são radicais demais — disse Han Dan. — Não estamos aqui para derrubar o governo...

Lin Lu subiu numa escada que um câmera francês deixara e começou um discurso.

A reunião levou muitas horas. Tarde da noite, Bai Ling e Wang Fei apareceram, desgrenhados e constrangidos. Ninguém perguntou onde eles estiveram. Bai Ling fez um discurso breve e depois foi ao micro-ônibus com Tian Yi e Mimi para descansar.

Quase todos os líderes que fugiram na madrugada já haviam retornado à praça. Todos presumiram tacitamente que o governo decidira não lançar uma ação repressiva.

Zhuzi trouxe uma centena de novos voluntários para a equipe de guardas estudantis. Mandei que dez deles guardassem o escritório de finanças, posicionei os outros em torno do perímetro do terraço superior do monumento e depois também me sentei para descansar.

Zhuzi acendeu dois cigarros e me passou um deles. Quase simultaneamente, dissemos:

— Porra, eu bem que podia tomar uma cerveja agora!

— Ainda não temos guardas suficientes aqui — comentei, minhas costas pingando de suor. Pouco antes, enquanto eu mostrava aos novos guardas onde deveriam se posicionar, um grupo de pessoas que eu suspeitara serem agentes do governo me arrastou para a base do monumento. Um deles tentou me socar quando o empurrei.

— O Monumento dos Heróis do Povo pertence ao povo da China! — gritou ele. — O que dá a vocês o direito de ocupá-lo? — Fui pego de surpresa pela pergunta e não consegui pensar numa resposta.

— Como vão as coisas nas universidades? — perguntei a Zhuzi.

— Formei uma rede de segurança que envolve toda a cidade. Cada universidade tem sua própria divisão de segurança. Todas as principais estradas de Pequim estão agora vigiadas por nossos guardas. Shu Tong transferiu o escritório editorial do *Arauto de notícias* para o Bloco 31. Estudantes estão imprimindo panfletos em ataque à ordem de lei marcial, e os distribuem na estação de trem e no aeroporto para que sejam levados por todo o país.

— Este lugar é um hospício — comentei. — Se Tian Yi não estivesse tão decidida a ficar, eu teria partido há dias. — Eu tinha levado Tian Yi para casa para descansar um pouco, mas depois de um breve cochilo, ela insistira em voltar à praça, e senti que era meu dever ficar com ela.

— Você tem medo de que ela fuja com outro cara! — brincou Zhuzi. Depois de cada tragada em seu cigarro, ele erguia o queixo e exalava uma grande nuvem de fumaça.

— Vá se foder! — murmurei. Através das fitas de fumaça do cigarro, a multidão parecia um mar de sangue espumando.

— Todos os estudantes estão dormindo juntos. À noite rola muito sexo naquelas tendas...

Ocorreu-me que havia semanas que Tian Yi e eu não fazíamos amor.

— Você deveria tomar o controle da segurança da praça, Zhuzi. A Associação de Estudantes de Hong Kong nos mandará alguns walkie-talkies em breve. Somos como verdadeiros policiais.

— Isso será ótimo. Quando tivermos organizado um sistema de comunicação apropriado, poderemos tomar o controle de toda Pequim.

— Acho que vou me deitar agora e tentar dormir um pouco. — Eu sempre achava fácil conversar com Zhuzi, talvez por sua altura semelhante à minha.

Quando eu estava quase fechando os olhos, Shu Tong apareceu e me entregou um telegrama de meu irmão.

Eu me sentei e li em voz alta.

— "... estudantes de 15 universidades de Chengdu marcharam hoje na chuva, protestando contra o ataque militar a Pequim. Carregamos 11 caixões nos ombros em homenagem aos 11 estudantes que atearam fogo em seus próprios corpos na Praça da Paz Celestial..." Quem disse a eles que houve um ataque militar? — Li o resto do texto rapidamente e ri. — Ha! Eles acham que Han Dan foi morto!

Shu Tong, contudo, não achou graça.

— Nós éramos os enxadristas no começo, mas agora somos peões e não temos a menor ideia de quem nos levará para a próxima jogada. — Ele se sentou cansadamente sobre um grande samovar velho. Em geral, a esta hora ele já estava dormindo.

Na área de tendas abaixo, a maioria dos estudantes ainda estava acordada, ouvindo fitas de Simon & Garfunkel, tocando gaita ou jogando pôquer. Eles entravam e saíam dos abrigos uns dos outros. Era tão movimentado quanto um mercado noturno. Eu ouvia alguém roncando nas proximidades. O barulho me dava vontade de me enfiar numa cama macia.

Wang Fei se uniu a nós. Ele se agachou e deu tragadas profundas e nervosas em seu cigarro.

— Qual é o problema? — perguntei. — Teve uma briga com Nuwa? Ela ficou furiosa por você ter fugido sem contar nada a ela.

— Não, não, acabei de contar os resultados da pesquisa da Irmã Gao — ele sussurrou. — A maioria dos estudantes quer deixar a praça. Se esta informação vazar, teremos que nos retirar.

— Bem, talvez isso não seja uma coisa tão ruim.

— Fale baixo — disse ele, enrolando as folhas de papel em sua mão. — Ninguém pode saber disso.

— Veja esse jornal que a Associação de Estudantes de Hong Kong nos deu — disse Xiao Li, aproximando-se animadamente. — É fantástico! Um milhão de pessoas marcharam pelas ruas de Hong Kong em solidariedade a nós.

Tomei o jornal das mãos dele, ansioso para ver as fotos. Depois que A-Mei rompeu comigo, dei suas fotos a Shi Ye e pedi que ela as mandasse para A-Mei pelo correio. Mas a imagem de A-Mei ainda estava talhada em minha mente. Eu sabia que poderia identificá-la imediatamente numa multidão, mesmo que ela tivesse as costas viradas para mim.

— Está procurando por seu amor perdido? — perguntou Wang Fei. Às vezes ele podia ser surpreendentemente perceptivo.

— Cale a boca! — retruquei, socando seu braço. — Ela não mora mais em Hong Kong. — Examinei as fotos e devolvi o jornal a Xiao Li, com o pulso acelerado.

Uma garota da Associação de Estudantes de Hong Kong chamada Senhorita Li me dissera que uma amiga sua estudava na mesma universidade canadense de A-Mei. Ela sorriu para mim e comentou:

— Você é o chefe de segurança aqui. Isso é muito impressionante. Vou pedir à minha amiga para contar a A-Mei. Tenho certeza de que ela ficará orgulhosa de você.

— A barraca de provisões que a Associação de Hong Kong instalou aqui é excelente — disse Xiao Li, após supervisionar a segurança da barraca por uma hora. — Estão distribuindo comida, bebida, roupas, guarda-chuvas. Vocês deveriam ir até lá e pegar algumas coisas antes que acabe tudo.

— Como você é caipira! — retruquei, irritado. Zhuzi estava deitado agora, pronto para cair no sono.

Meus pensamentos se voltaram para A-Mei. Embora eu estivesse apaixonado por Tian Yi, as feridas de minha separação de A-Mei ainda não estavam completamente curadas. Agora que os olhos do mundo estavam voltados para a praça, talvez ela tivesse visto meu rosto na televisão ou nos jornais e quisesse entrar em contato. Infelizmente, eu não era um dos líderes mais proeminentes e sabia que as chances de ser visto por ela eram remotas.

— Onde está Bai Ling? — perguntou Mimi. — Ela estava aqui há um minuto, e agora desapareceu. — Mimi e Tian Yi não conseguiam dormir, por isso passeavam pelo terraço de braços dados para passar o tempo.

— Ninguém sabe onde ela dorme — riu Zhuzhi. — Esta informação é ultraconfidencial!

— Você deve estar exausta — eu disse a Tian Yi, enquanto ela se afastava. — Se quiser voltar para o campus para dormir, posso arranjar um carro. — Quando ela andava com as costas eretas, seus cabelos soltos esvoaçavam em torno dos ombros.

— Veja estas picadas de mosquito — disse ela, virando-se brevemente para me mostrar os braços. Depois ela se afastou novamente, os quadris meneando sob a saia.

O tímpano e o ossículo vibram, atingindo a janela vestibular de seu ouvido interno e permitindo que os tons familiares da voz dela se elevem pelo nervo auditivo ao tronco cerebral.

A voz de Tian Yi soa grave do outro lado do telefone.

— Nova York é muito mais fria que Pequim. Deve ser pelas janelas enormes. Os apartamentos são tão cavernosos quanto igrejas... Sei que você acordará um dia, Dai Wei. Não perca a esperança... Você sempre foi tão impassível e distante. Isso me deixava louca. Nunca pudemos ter uma conversa apropriada... Faz muito barulho lá fora. Vou fechar a janela... Você me ouviu? Eu disse que o destino nos aproximou, mas depois nos separou. Não fomos feitos um para o outro... Você se lembra da Terra da Coxa Negra do *Livro das montanhas e dos mares*? Seus habitantes usam roupas de pele de peixe e omem gaivotas, e são acompanhados por dois pássaros que esperam por eles dia e noite. Você dizia que queria partir para morar lá um dia... Eu preciso ir agora. Cuide-se...

Tian Yi provavelmente percebeu que minha mãe não para de tirar o telefone de meu ouvido para escutar o que ela está dizendo. Sua voz soa um pouco tensa. É estranho imaginar que já faz quase um ano que ela está nos Estados Unidos.

Como um fio invisível, seu hálito frágil viaja pelo oceano e entra no córtex auditivo de meu cérebro. Imagens se formam em meus lobos parietais. Vejo chuva escorrendo pelo vidro de uma grande janela...

Sua mente desenterra memórias que você agarra e depois liberta no ar.

— Não restam muitos de nós agitadores na praça — disse-me o Velho Fu na manhã seguinte, quando retornávamos dos lavatórios do Museu de História da China. — Precisamos continuar firmes. É muito simples: tudo que temos a fazer é esperar aqui pacientemente até que o exército chegue.

— O governo enviou a polícia para nos prender na manifestação de 1987, mas desta vez está mandando o exército. Isso é guerra. — Olhei ao redor. Agora os discursos apaixonados e debates acalorados que caracterizaram os primeiros dias de nosso movimento eram bem menos numerosos. Alguns estudantes estavam sentados, cantando com fitas de música pop de Taiwan, mas a maioria estava deitada, papeando entre si.

— Se o exército aparecer, vamos ficar sentados e imóveis. Eles podem usar gás lacrimogêneo, mas isso não será o bastante para nos expulsar. Eles ousariam usar baionetas? Duvido. Cassetetes elétricos, talvez, mas não baionetas. — O Velho Fu parecia ter esquecido que, apenas 24 horas antes, distribuíra dinheiro aos líderes estudantis e fugira, alucinado de terror.

— Velho Fu, você muda de ideia três vezes por dia. Não para de inventar planos, mas nunca tem coragem de levá-los adiante. Se você não fosse alguns anos mais velho que nós, ninguém lhe daria ouvidos. — Senti uma súbita vontade de escovar meus dentes.

A multidão estava tão esparsa que eu podia ver o outro lado da praça. Alguns grupos de estudantes ajudavam os garis a varrerem o lixo para dentro de sacos plásticos. Embora o metrô tivesse voltado a funcionar, poucos moradores apareceram para oferecer seu apoio. Menos estudantes chegavam das províncias, e muitos dos que já estavam ali começavam a voltar para casa.

— O governo está usando o conceito taoísta de controlar o caos com o silêncio — disse o Velho Fu. — Foram inteligentes em não ceder às nossas demandas.

— Estas constantes discussões sobre ficar ou partir são inúteis. O fato é que estamos aprisionados aqui, como galinhas numa gaiola. Tudo que podemos fazer é esperar até que o exército apareça e nos arrebente.

— Eu achava que você era um dos corajosos, Dai Wei.

— Não quero discutir com você. Shu Tong e Liu Gang falaram com você ontem à noite e não conseguiram fazer sua cabeça. Alguém da companhia de ônibus veio perguntar se poderíamos tirar os estudantes dos ônibus. Eles precisam levá-los embora.

— Diga que podem levá-los. Temos que nos livrar desses ônibus antes que o exército apareça, ou serão destruídos. Diga para alguém transmitir um anúncio pedindo que todos esvaziem os ônibus imediatamente.

Wang Fei se aproximou segurando um megafone. Seus sapatos de couro preto brilhavam à luz do sol. Ele não estava usando meias. Seus tornozelos nus pareciam muito pálidos, mesmo através das lentes de meus óculos de sol.

— Acabei de falar com um jornalista — disse ele. — Adivinhem quem ele encontrou no Estádio dos Trabalhadores? O filho de Deng Xiaoping, Deng Pufang. Vocês sabem, aquele da cadeira de rodas. O jornalista perguntou o que ele achava das manifestações estudantis e ele respondeu: "O céu deve permanecer acima e a terra abaixo. Quem quer que tente mudar a ordem natural perecerá."

— Agora você entende? — perguntei, voltando-me para o Velho Fu. — O governo acha que estamos tentando derrubar o Estado, e está determinado a nos esmagar. Vamos arrumar tudo e voltar para nossas universidades.

— Não se renda tão rápido — disse Wang Fei. — Este é o momento em que finalmente forçaremos o Partido Comunista a entregar o poder ao povo. Somente os bravos saem vitoriosos.

— Ao que parece, outro estudante que fez greve de fome entrou em coma — disse o Velho Fu. — Você pode pedir a Tian Yi para descobrir quem foi?

— Eu quase entrei em coma também! — gritei. — Estou tão exausto que não consigo nem pensar direito.

— Preciso encontrar Bai Ling — disse o Velho Fu. — Precisamos comparecer a outra reunião do Grupo de Coligação das Capitais.

— Han Dan foi à última dessas reuniões, alegando ser representante dos estudantes de Pequim — comentou Wang Fei, mexendo no interruptor de seu megafone. — Ele é tão nocivo quanto o Partido Comunista. Nenhum de nós pediu que ele nos representasse.

— Você cuida da logística enquanto eu estiver fora, Dai Wei? — pediu o Velho Fu. — Um gerente de fábrica doou mais toalhas e lanternas. Arranje alguns voluntários para distribuí-las. Wang Fei, você precisa imprimir mais panfletos informando aos estudantes como devem se proteger contra o gás lacrimogênio. Chen Di conseguiu um antídoto especial. Se houver um ataque a gás, você só precisa mergulhar sua toalha no antídoto e colocar no rosto. Agora depressa, não temos tempo a perder. — O Velho Fu fitou o relógio e saiu para procurar Bai Ling.

— Só há pão para o almoço de hoje — comentei enquanto seguia Wang Fei para o terraço superior. Os três estudantes que dirigiam seu escritório de propaganda estavam imprimindo panfletos no mimeógrafo.

Você observa enquanto uma célula se desintegra no interior do caixão de sua membrana plasmática.

Tian Yi estava sentada no micro-ônibus de transmissão, conversando com os estudantes de Hong Kong. A Senhorita Li estava lá, o cabelo puxado para trás num perfeito rabo de cavalo, tão lustroso que parecia molhado. Percebia-se que ela estava hospedada num hotel. Eu lembrava que o cabelo de A-Mei também era brilhante e macio daquela maneira. Ela o lavava todos os dias. Tian Yi e Mimi pareciam desarrumadas em comparação.

— É claro que não podemos rechaçar duzentos mil soldados, mas ficaremos dispersos se voltarmos para as universidades agora, e o governo terá mais facilidade em nos prender — dizia Mimi, repetindo uma opinião que tinha ouvido da boca de Bai Ling.

— Por que temos que usar métodos tão tediosos? — reclamou uma garota de Hong Kong chamada Jenny. — Há formas mais emocionantes de resistir à violência do que sentar no chão! — Ela era presidente da Associação de Estudantes de Hong Kong e falava com um pesado sotaque cantonês. Usava calça folgada que se estreitava no tornozelo, um estilo que ainda não tinha chegado a Pequim.

— Sim, deveríamos organizar um gigantesco carnaval estudantil — disse Mou Sen, erguendo os olhos da pilha de contas que estava avaliando. Mais cedo naquela manhã, a Associação de Estudantes de Hong Kong entregara dezenas de milhares de dólares de Hong Kong para ele, ou melhor, para a Federação dos Estudantes de Pequim. Ele deveria ter guarda-costas para protegê-lo.

— Vocês têm razão, não se aprende democracia nos livros — murmurei. — Deveríamos ser criativos e inventar estratégias próprias.

— Nosso único ponto de referência é a Revolução Cultural, e sempre há o perigo de que este movimento democrático degenere numa rebelião de estilo comunista — Mou Sen disse severamente às duas garotas de Hong Kong, erguendo a cabeça dos papéis mais uma vez.

— Eu só tinha sete anos quando a Revolução Cultural acabou — disse Mimi. — Que influência ela poderia ter sobre mim? — Ela então abriu a janela e gritou: — Ei, Velho Fu! Venha até aqui! Recebemos uma pilha de carteiras de estudante perdidas. Não podemos anunciar os nomes dos estudantes porque os espiões do governo podem estar ouvindo, por isso só pedimos a quem perdeu a identidade que verifique entre estas, mas ninguém apareceu até agora.

— Bem, então guarde as carteiras por enquanto — gritou o Velho Fu de volta, irritado pela falta de bom senso de Mimi.

Cinco helicópteros militares apareceram no céu de repente, voando tão baixo que quase resvalaram a ponta do obelisco do monumento. Todos ficaram agitados. O chão estrondeava quando o vento que lançavam se abatia sobre nós. Tian Yi colocou a cabeça para fora da janela, ergueu os olhos para os helicópteros e buscou a câmera entusiasmadamente, mas suas mãos tremiam tanto que ela não conseguiu abrir o zíper do estojo. Mais cedo naquela manhã, Chen Di transmitira um anúncio pedindo aos estudantes que soltassem pipas ou balões para impedir que helicópteros do exército soltassem paraquedistas sobre a praça. Um comerciante doara uma caixa de grandes balões prateados, mas não foram de nenhuma utilidade para nós porque não tínhamos gás hélio.

Os helicópteros completaram outro círculo em torno da praça, soltaram uma nuvem de panfletos no ar e partiram.

— Assim já é demais! — reclamou Mou Sen. — Como o governo ousa lançar folhetos quando o édito de sua própria lei marcial proíbe terminantemente estas ações? — Ele então saltou do micro-ônibus e, como todos os outros estudantes, correu por todo lado freneticamente, agarrando tantos folhetos quanto era capaz.

O céu estava tão azul e límpido depois que os helicópteros partiram que, quando alguém caminhava pela praça naquela manhã, tinha o olhar inevitavelmente atraído para o alto.

O dragão alado Yinglong vive na ponta nordeste dos Grandes Desertos. Desde que matou Ziyou, ele não pôde retornar aos céus e fazer com que as chuvas caíssem das nuvens. Sempre que uma seca se instaura, o povo local se veste como Yinglong e ora para que as chuvas venham.

À tarde, Hai Feng correu para o micro-ônibus procurando pelo Velho Fu. Ele contou que uma grande multidão se reunira abaixo do Portão da Paz Celestial porque três homens tinham acabado de jogar ovos cheios de tinta no retrato do Presidente Mao. A multidão junto ao portão entrou em tumulto, e ele temia que acontecesse um quebra-quebra.

Todos ficaram chocados com a notícia e suspeitaram que os culpados fossem agentes provocadores do governo, deliberadamente vandalizando o retrato para dar ao governo uma desculpa para começar um ataque.

— O Velho Fu e Bai Ling ainda não voltaram da reunião do Grupo de Coligação das Capitais — disse Mou Sen. — Saiam e descubram se os três homens estão trabalhando para o governo.

— É uma trama do governo! — berrou Wang Fei, erguendo o dedo indicador. — Não há nenhuma dúvida! Venham, vamos dar uma olhada.

Corremos para o Portão da Paz Celestial e olhamos para o retrato. O rosto pálido do Presidente Mao estava salpicado com tinta preta e vermelha. Um grande jato entre as sobrancelhas escorrera até sua boca. Mas a pintura era tão grande que as manchas não diminuíam o ar intimidante de Mao. Hordas de estudantes e moradores de Pequim se reuniam abaixo do retrato para olhar.

Alguns elogiavam os vândalos, outros os acusavam de estupidez impensada, mas a maioria estava ocupada demais em tirar fotos para dizer qualquer coisa.

Guardas estudantis detiveram dois dos três culpados num ônibus estacionado do lado de fora do Museu de História da China. Quando abrimos caminho para dentro, vimos os dois jovens ajoelhados no corredor.

— Estes caras se chamam Yu Zhijian e Lu Decheng — disse Zhuzi. — Não são estudantes. Eles nos deram suas identidades. Não temos direito legal de interrogá-los, só podemos fazer perguntas.

— Eles danificaram a integridade e a boa disciplina de nosso movimento, e temos de puni-los na mesma medida — ladrou Tang Guoxian, socando a parede do ônibus. Ele ainda era tão espalhafatoso quanto fora na Universidade do Sul, mas desde que entrara na Federação dos Estudantes das Províncias perdera sua jovialidade. Também se tornara bastante implacável. Muito embora Wang Fei tivesse fundado a Federação, Tang Guoxian o expulsara com o argumento de que Wang Fei estudava em Pequim.

— Deveríamos fazer uma coletiva de imprensa imediatamente e deixar claro que não temos nada a ver com esses homens — disse Wu Bin, arregalando seus olhos triangulares. — Depois deveríamos entregá-los à polícia e deixar que ela lide com eles.

— Vocês vieram aqui para sabotar nosso movimento e dar ao governo um pretexto para nos atacar — acusou Wang Fei, tirando os óculos.

Yu Zhijian foi o primeiro a replicar. Ele ergueu os olhos e disse:

— Nossa ação foi mais radical que as palavras de ordem que vocês vêm gritando. — Suas sobrancelhas espessas se encontravam no meio de seu rosto quadrado e tristonho.

— Para ser franco, sempre pensei em fazer uma coisa assim — comentou Wang Fei. — Eu adoraria reunir uma grande multidão e arrastar o corpo de Mao para fora do mausoléu. Só há dois policiais armados guardando a entrada. Diga, quem mandou vocês aqui?

— Fazer isso foi ideia nossa — respondeu Yu Zhijian —, ninguém nos mandou. Somos da província natal do Presidente Mao, Hunan. Queríamos expressar nossa raiva pelos crimes que ele cometeu contra o povo chinês. — Ele abriu o zíper de seu blusão bege e deixou que o suor acumulado em torno do colarinho deslizasse por seu pescoço.

— Querem algo para beber? — perguntou Mou Sen, agachando-se. — Sei que seus motivos foram bons, mas suas ações podem voltar o povo contra nós. Muitos cidadãos que vieram para nos apoiar estão segurando retratos do Presidente Mao. Para eles, Mao ainda é um herói.

— Escrevemos uma declaração expressando nossas opiniões, mas vocês se recusaram a transmiti-la — disse Yu Zhijian, passando uma cópia para Mou Sen. — É por isso que recorremos à ação direta.

— Sim, eu li — retrucou Mou Sen, devolvendo a cópia ao homem. — Não podemos transmitir nenhuma crítica a Mao agora. Estamos tentando manter o exército a distância. Os soldados que estão à espera para marchar sobre a cidade veneram o Presidente Mao. Ficariam loucos se ouvissem críticas nossas a ele.

— Vocês conhecem alguém aqui em Pequim que possa confirmar suas identidades? — perguntou Wang Fei, abrandando o tom um pouco. — Como podemos saber se suas identidades não são forjadas?

— Um repórter da Televisão Central quer fazer algumas entrevistas — disse Wu Bin, entrando novamente no ônibus.

— Ótimo — disse Tang Guoxian, acendendo um cigarro. — Isso nos dará a chance de deixar claro que não fomos responsáveis por este ato de vandalismo. — Eu nunca tinha visto Tang Guoxian fumando. Ele parecia muito nervoso.

— Fale com os estudantes de Hunan — disse Lu Decheng. — Talvez algum deles me conheça. — Ele era um sujeito baixo, com sobrancelhas arqueadas e um fino cavanhaque. A camisa sob seu suéter de lã preto estava encardida. Não me parecia um agente do governo.

O repórter da Televisão Central entrou no ônibus. Wu Bin verificou sua identidade e disse burocraticamente:

— Só podemos lhe dar meia hora.

Tang Guoxian se aproximou de mim e de Zhuzi e pediu nossa ajuda para organizar uma coletiva de imprensa.

— Não somos uma força policial — respondeu Zhuzi em desaprovação. — Não temos direito de prender pessoas. Acho que deveríamos deixar estes caras partirem.

— Mao pode ter sido um tirano, mas vocês não deveriam ter vandalizado seu retrato! — Hai Feng gritou para os dois homens. — O governo agora nos tratará como inimigos. Vocês criaram um incidente político muito sério. — Seu rosto estava tão contorcido de raiva que ele parecia estar chorando.

— Esta praça é um fórum público — disse Yu Zhijian. — Todos deveriam ter liberdade de vir aqui e expressar seus pontos de vista. Estávamos protestando contra a autocracia, como todas as outras pessoas.

— Eu gostaria de começar a entrevista — pediu o repórter, ligando o gravador. — Vocês se importam de nos deixar a sós por um momento?

Enquanto saíamos do ônibus, ouvimos o jovem chamado Yu Zhijian explicando o que ele e seus dois amigos haviam feito, com um pesado sotaque de Hunan.

— Chegamos a Pequim no dia anterior à declaração da lei marcial. Estávamos entusiasmados por entrar no movimento, mas logo ficamos frustrados com a direção que estava tomando. A greve de fome não conseguiu nada. Sabíamos que teríamos que usar táticas mais radicais se quiséssemos continuar pressionando por reforma política. Nosso plano original era derrubar o retrato, mas ele está fortemente afixado à parede...

— Aquele cara é orgulhoso demais para ser agente do governo — constatei, ouvindo do lado de fora.

— Você pode chamar os jornalistas para cá, Mou Sen? — perguntou Tang Guoxian quando saiu do ônibus.

— Não há necessidade de fazer uma coletiva de imprensa — retrucou Mou Sen, irritado. — Deveríamos emitir uma declaração dizendo que os estudantes não têm nada a ver com este ato de vandalismo.

— Sim, não podemos deixar que esse evento assuma um peso desproporcional — disse Wang Fei, movendo os pés nervosamente, consciente de que tinha reagido de modo exagerado. — Eles realmente foram longe demais, mas estavam certos em atacar Mao. Ele simboliza tudo que está errado em nosso país.

Dois homens na casa dos trinta anos se aproximaram e disseram:

— Entreguem-nos estes homens. Vamos cuidar deles.

De cara, percebi que eram genuínos agentes do governo, mas Tang Guoxian não se deu conta.

— Quem são vocês? — perguntou.

— Somos do escritório de segurança — um deles respondeu. — Deveríamos resolver este problema. — Ele era muito parecido com os policiais que me interrogaram em 1987.

— Antes de entregá-los a vocês, precisamos deixar claro que eles não têm qualquer ligação com o movimento estudantil — replicou Tang Guoxian.

— Vocês são da delegacia da Praça da Paz Celestial, não são? — perguntei. — Conversei bastante com o Inspetor Zhang. — Ao longo das semanas anteriores, eu tinha feito algumas visitas à delegacia local para discutir assuntos de segurança.

— Qual é o seu cargo? — o agente do governo me perguntou bruscamente.

— Sou vice-comandante de segurança da praça. Peço que vocês tenham paciência. Não podemos fazer nada que ponha em risco a segurança dos estudantes. — Percebi que meu tom de autoridade teve sucesso em impressioná-los.

— Bem, então você compreende que este assunto precisa ser resolvido. — Sem querer continuar a conversa, os dois se viraram e partiram.

— Esses sim são agentes do governo — falei.

— Talvez todos estejam nisso juntos — disse Tang Guoxian, ainda interpretando a situação equivocadamente.

— Temos que perguntar ao Quartel-General o que eles acham — sugeriu Wang Fei, passando a mão pelo cabelo.

— Você está falando do Quartel-General da Greve de Fome? Ele se dissolveu há séculos! — retrucou Tang Guoxian, entrando no ônibus novamente.

Zhuzi e eu fomos para a tenda da Federação dos Trabalhadores de Pequim para saber o que eles achavam que deveria ser feito.

O calor era sufocante. Provavelmente a tenda tinha no mínimo 36 graus de temperatura. A praça não tinha abrigos e era calçada com concreto, e o calor se tornava intolerável num dia quente. A maioria dos estudantes se deslocara para se refrescar às sombras das árvores. Moradores de Pequim que apareceram para oferecer apoio ou apenas para observar a cena passeavam pela praça quase vazia protegendo-se contra os raios escaldantes com óculos escuros, chapéus e sombrinhas.

— Não acredito que seja uma tramoia do governo — disse Zhuzi, enxugando o suor da testa quando entramos na tenda da Federação dos Trabalhadores.

Como suspeitávamos, Yu Dongyue, o terceiro dos três manifestantes de Hunan, estava lá, sentado num banquinho, a camisa suja e manchada com respingos de tinta preta. Fan Yuan perguntava se ele gostaria de comer uma tigela de macarrões. Zhuzi se aproximou e disse:

— Não se preocupe. Seus dois amigos estão com a Federação de Estudantes das Províncias. Eles estão sendo entrevistados por um repórter de televisão.

— Vocês estão muito fodidos! — exclamei. — Os estudantes querem entregá-los às autoridades, e a polícia secreta está na sua cola também. — Estava insuportavelmente quente dentro da tenda. Tirei minha camiseta e imediatamente me senti muito melhor.

— Assumiremos a responsabilidade por nossas ações — disse Yu Dongyue. — Não jogaremos a culpa em mais ninguém.

— Vocês estão livres para partir agora, se quiserem — declarou Fan Yuan. — Aqui estão seu relógio e seus documentos. — Fan Yuan vinha ajudando a Federação dos Trabalhadores desde que fora expulso da Federação dos Estudantes de Pequim por fugir da praça durante a visita de Zhao Ziyang.

Yu Dongyue ergueu os olhos e disse:

— Não fugiremos. Vamos levar isso até o fim.

— Eles não violaram a lei — afirmou Zhuzi. — Por que vocês tomaram o relógio dele? Vocês não são policiais.

— O Esquadrão Ousar Morrer confiscou o relógio quando o trouxeram do Portão da Paz Celestial. — Era frequente ver membros do Ousar Morrer correndo por ali com suas braçadeiras vermelhas. A Federação dos Trabalhadores criara o esquadrão para lidar rapidamente com qualquer problema que irrompesse na praça.

— Quantos anos você tem? — perguntei a Yu Dongyue. Ele parecia muito jovem.

— Vinte e dois — respondeu ele, tomando um gole d'água.

— Somos alguns anos mais velhos que você — disse Zhuzi. — Temos mais experiência. Sou estudante de direito. Sei que se você queimar a bandeira nacional, que é um símbolo do país, passará três anos na prisão. Portanto, se você vandaliza o retrato de Mao, provavelmente terá uma pena semelhante.

— Não há nada na constituição dizendo que o retrato de uma pessoa pode ser considerado um símbolo da nação — replicou Yu Dongyue.

— O que você estuda? — perguntou Zhuzi.

— Estudei Belas-Artes na Universidade. Agora trabalho para a Editora Changde, em Hunan.

Wu Bin entrou na tenda, acompanhado de quatro guardas estudantis. Ele disse que queria entregar Yu Dongyue e seus dois amigos à polícia de segurança nacional. Seu tom era muito rude. Aconselhei-o a telefonar para a Editora Changde e verificar a identidade de Yu Dongyue, mas ele replicou severamente:

— É óbvio que eles estão trabalhando para o governo. Não podemos deixar que este evento se torne outro Incêndio do Reichstag. — Ele nunca se comportara de modo tão imperioso. A vastidão da praça parecia ter inflado o ego de todo mundo.

— Dai Wei está encarregado da segurança da praça — disse Zhuzi, sentando-se. — Deixe que ele resolva isso.

— Ele não tem autoridade nenhuma. O Quartel-General da Greve de Fome foi dissolvido e a Federação dos Estudantes de Pequim também se esfacelou. A Federação dos Estudantes das Províncias é a única organização estudantil que resta na praça, portanto deveríamos controlar os assuntos de segurança por aqui. — Wu Bin recitava suas falas como um ator num palco. Ele fora nomeado recentemente vice-presidente da Federação dos Estudantes das Províncias.

— Você não tem o direito de tomar a lei em suas mãos! — contra-argumentou Zhuzi.

— Se vocês não deixarem estes homens partirem, não serão diferentes dos milhares de oficiais à paisana que já estão infestando a praça — falei para Wu Bin. — Se o Esquadrão Ousar Morrer atirasse tinta no retrato, vocês também os prenderiam?

O líder da Federação dos Trabalhadores entrou na tenda e disse:

— As tropas cercaram Pequim. Não podemos dar ao governo qualquer desculpa para lançar uma ação repressiva. Se eles assumirem uma postura linha-dura agora, vocês estudantes pegarão sentenças de três anos, mas nós trabalhadores seremos trancados em prisões pelo resto de nossas vidas.

Wu Bin agarrou o braço de Yu Dongyue e o arrastou para fora da tenda.

— Sou estudante de direito — gritou Zhuzi furiosamente. — Estou lhe dizendo, esta é a decisão mais idiota e perigosa que você poderia tomar na vida, Wu Bin.

— Há tantas equipes de segurança diferentes agora — comentei ao vermos Wu Bin arrastando Yu Dongyue e seus dois amigos para a delegacia de polícia. — Ontem os estudantes da Universidade Lanzhou criaram um esquadrão chamado Lobos do Noroeste.

— A maioria dos estudantes da praça agora vem das províncias, portanto, como presidente da Federação de Estudantes das Províncias, Tang Guoxian tem muito poder — respondeu Zhuzi.

Voltamos para o micro-ônibus da rádio. Garotas nos olhavam enquanto passávamos, sussurrando umas para as outras:

— Vejam esses dois caras altos. Aposto que jogam basquete.

Quando estávamos a meio caminho, um vento forte soprou, erguendo sacos plásticos e pedaços de papel no ar. O céu acima se cobriu de nuvens negras. Houve um trovão e raios, e desabou uma chuva torrencial. Quando finalmente chegamos ao micro-ônibus, ele estava lotado e não conseguimos nos espremer para dentro.

Os cinquenta ônibus que antes estavam estacionados na praça haviam partido, e não havia lugar para nos abrigarmos. Os únicos objetos que nos cercavam eram bandeiras, cartazes e mosquiteiros sujos que a enxurrada estava destruindo.

Uma voz gritou:

— Esta tempestade é o Presidente Mao lançando sua vingança!

Um arrepio correu por minha espinha. Virei-me para ver o retrato de Mao, mas ele estava coberto por um grande pedaço de pano.

— Ele tem razão! — alguém gritou. — Aqueles três vândalos serão abatidos por raios.

— Não diga isso! Vai trazer má sorte para nós!

Alguns estudantes corriam desesperadamente, procurando um guarda-chuva com que se protegerem. Ouvi garotas gritando de pavor a distância:

— Não se esqueçam de que o corpo de Mao está deitado bem no meio desta praça.

— Eles ousaram atirar tinta no rosto do imperador!

— Foda-se, Presidente Mao! — berrou Wang Fei, parado obstinadamente sob a chuva. As lentes grossas de seus óculos pareciam duas bolas de pingue-pongue.

Uma atmosfera de catástrofe tomou a praça. Estava frio e escuro. Mesmo durante as tempestades mais violentas, nunca tinha visto o céu ficar tão negro.

Alguns minutos depois, contudo, as nuvens se foram e o céu clareou novamente.

Tian Yi correu para fora do micro-ônibus, sacou a câmera e começou a fotografar o resultado da enxurrada. Todos tremiam de frio. Partilhamos toalhas e pedaços de papel higiênico e tentamos nos enxugar.

Tendas, lençóis de algodão, colchas, tábuas de madeira, faixas e cartazes flutuavam nas poças de água que cobriam o chão. Num transe confuso, os estudantes começaram a se mover na direção do novo retrato de Mao que as autoridades acabavam de pendurar para substituir o retrato vandalizado.

O ânimo só começou a se elevar um pouco cerca de uma hora depois, quando uma grande procissão de moradores de Pequim chegou marchando e declarando seu apoio a nós.

Moradores locais doaram dez caixas de guarda-chuvas e casacos acolchoados. Nós os distribuímos entre a multidão sob o luminoso sol da tarde. Logo ficou tão quente que tivemos que despir nossos coletes. Bai Ling finalmente reapareceu. Ela ficou furiosa quando soube que os três rapazes de Hunan foram entregues à polícia. Ela tirou seu boné e, usando-o para abanar o rosto, disse:

— Isso não teria acontecido se não houvesse um vazio de poder na praça. Meu plano agora é estabelecer um grupo chamado Quartel-General de Defesa da Praça da Paz Celestial.

Lembrei-me do camponês que conheci em 1987, que fora sentenciado a dez anos de prisão, e subitamente tive vergonha por não ter feito mais nada para impedir que Wu Bin entregasse aqueles três homens à polícia.

— É um grande plano, Bai Ling — disse Wang Fei. — Não deixaremos esta praça até que alcancemos a vitória! — Ele e Bai Ling pareciam ter formado um forte laço desde que fugiram juntos.

— Você deve persuadir a Federação dos Estudantes das Províncias a se acalmar e parar de causar problemas — retrucou Bai Ling. Seus grandes óculos escuros haviam escorregado até a metade de seu nariz.

— Eu lhe dou minha palavra de honra! — respondeu Wang Fei, saudando-a de modo teatral. — Posso lidar com Tang Guoxian. Sem problema! Ele sempre obedecia às minhas ordens na Universidade do Sul.

— Como aquela universidade conseguiu produzir esse bando de formandos tão convencidos? — perguntou Bai Ling com um sorriso sugestivo, limpando os óculos de Wang Fei para ele.

— Realmente está na hora de deixarmos a praça — resmunguei.

— Deixe de ser tão mal-humorado, Dai Wei! — reclamou Tian Yi. Ela concordara em voltar para casa mais cedo comigo, dizendo que deixaria seus filmes para revelar no caminho, mas, depois que Bai Ling voltou, ela mudara de ideia e decidira ficar.

Sob a mortalha dos cheiros de ervas medicinais e restos de comida azedos, seu corpo se aproxima da terra.

— Partiremos amanhã — diz minha mãe, caminhando de volta ao quarto.

A polícia, que andou monitorando nosso apartamento durante a última semana para assegurar que ninguém nos visitasse durante o quarto aniversário do massacre de Quatro de Junho, já foi embora, e minha mãe está telefonando para amigos e parentes, tentando organizar nossa viagem para a província de Sichuan. O Mestre Yao, professor de *qigong*, aconselhou minha mãe a me levar à Montanha Qingcheng para visitar um curandeiro que se especializou em tratar as complexas e variadas aflições de pacientes inválidos.

As portas e janelas do apartamento estão abertas. As novas lajotas de plástico que minha mãe instalou no piso cozinhavam sob o sol, enchendo o quarto de um pungente cheiro de cola.

— Quem dera você morresse logo de uma vez! Será que não pode fazer um pouco mais de esforço para se controlar e mostrar algum respeito por sua pobre mãe? É tão humilhante ter que limpar sua sujeira. — Minha urina transbordou de novo e pingou no chão. Minha mãe tira meu cateter da garrafa cheia de urina e depois o insere numa garrafa vazia. O cateter preso a minha bexiga emite um cheiro de borracha quente. — Que crime cometi em minha vida passada para merecer um destino assim? — reclama minha mãe enquanto arrasta os pés para o banheiro.

Hoje ela se esqueceu de ligar o rádio e baixar as persianas. Passei a manhã sendo queimado pelo sol abrasador. Sinto-me como os fétidos sacos de lixo que fritam na esquina do lado de fora. Uma colagem de formas vaga por minha mente. Primeiro parecem fatias de ovos cozidos presos às paredes íngremes de meu cérebro. Depois os núcleos amarelos se expandem, revelando a intricada estrutura das células... Vejo A-Mei entrando em meu quarto no hospital de Guangzhou em que fui admitido depois de nosso rompimento. Ela emerge do corredor escuro, por um momento imóvel à luz clara, e se dirige para minha cama. Seu vestido negro envolve a curva suave de seu ventre e se dobra entre suas coxas. Ela se inclina, cabelos e mão tocando meu rosto febril.

— Estou aqui há semanas — balbucio, meus olhos se enchendo de lágrimas. — Por que demorou tanto?

Embora este episódio nunca tenha ocorrido, ele está alojado em minha memória de longo prazo junto com eventos que de fato aconteceram. A cada vez que minha temperatura sobe acima de 39 graus, ele reaparece diante de meus olhos.

Quando eu estava deitado naquela cama de hospital com uma febre furiosa, o outro paciente no quarto me assegurou que nenhuma garota de vestido preto apareceu para me visitar. Ele sofria de constipação intestinal. A dor o deixava acordado a noite toda, por isso ele saberia se alguém me visitasse. Ainda me lembro de como ele analisou minha expressão, como um cão fitando seu dono, tentando determinar que emoção deveria sentir. O homem tinha um queixo quadrado, olhos honestos e dentes que brilhavam sempre que sua boca se torcia. Cada órgão de seu corpo parecia estar esperando para receber ordens sobre o que sentir. Jamais me esquecerei do olhar culpado que ele me pregou depois que gritou de dor, tão alto que assustou até a mim.

Minha relação com A-Mei é como um pedaço de tecido jamais cortado. Nunca terei a chance de criar nada com ela. Talvez ela já tenha se transformado em pó.

Dentro de meus lobos parietais, estou sempre repassando os últimos momentos antes de ser baleado, tentando decifrar o que vi. Alguns segundos antes que a bala acerte minha cabeça, há um disparo ruidoso e a imagem de uma menina usando o que parece ser a saia branca de A-Mei. Ela cai de joelhos. Depois, a cena se interrompe. Talvez não seja A-Mei coisa nenhuma, apenas alguém que se parece com ela. Não ouvi nenhuma notícia dela desde então. Ninguém mencionou seu nome. Mas, até onde sei, nenhum estrangeiro ou cidadão de Hong Kong foi morto durante o massacre. Se ela tivesse sido baleada, a esta altura eu já saberia.

O pedaço de meu crânio que foi arrancado quando a bala me acertou está agora guardado numa geladeira de hospital. Embora a pele tenha crescido sobre o buraco, a medula e as células nervosas que circundam as bordas da ferida estão mortas. Fagócitos as corroeram, deixando para trás minúsculos grânulos que jazem espalhados entre as células vivas como grãos de areia numa tigela de arroz, fortalecendo o tecido sobre a ferida.

Minha mãe sempre se esquece de ligar o rádio. O silêncio é um tormento porque me lembra que estou deitado e imóvel numa cama de ferro. Sempre que encaro esta verdade, retorno às pressas para as ruas em que eu costumava caminhar e tento me esconder entre as multidões. Depois de algum tempo, minha mente se limpa e a morte me mostra seu rosto. Na verdade, há anos que a morte espreita dentro de mim, esperando para me abater quando uma doença der o sinal. Na maior parte do tempo, finjo não saber que ela está ali.

Estou num aeroplano, elevando-me aos céus. Não há nada diante de mim, nem mesmo um anjo de asa quebrada... Quando um feto feminino atinge o tamanho de uma banana, ele já tem todos os óvulos que usará em sua vida. E dentro de cada um destes óvulos jaz outro anjo em miniatura...

— Se esta viagem não curar você, não vou me dar ao trabalho de trazê-lo de volta — minha mãe resmunga enquanto faz nossas malas às pressas.

Aqueles lagos e montes míticos são a carne e o sangue de seu corpo. Você parte mais uma vez das Montanhas Ocidentais, aquela vasta expansão de 77 picos, e viaja por 17.510 li até o...

Wang Fei entrou no escritório de propaganda com Zheng He, o escritor careca inscrito no Programa de Escrita Criativa. Ambos usavam óculos quadrados de armação marrom. Wang Fei sacudia uma folha de papel e dizia em voz alta:

— Aqui está uma lista de membros do comitê permanente do Quartel-General de Defesa da Praça da Paz Celestial. Corra e faça uma cópia disso para nós.

Peguei a lista e li.

— "Comandante: Bai Ling. Vice-comandantes: Wang Fei, Velho Fu e Lin Lu. Secretário-geral: Hai Feng. Conselheiro-chefe: Liu Gang. Chefe de Segurança: Zhuzi..." — A Irmã Gao, representando a Federação dos Estudantes de Pequim, também ganhara um lugar no comitê.

Depois que Mou Sen viu a lista, disse:

— Assim já é demais! E quanto a Shu Tong e Han Dan? E por que Ke Xi também não recebeu um cargo? Eles também foram agitadores deste movimento, afinal.

— Han Dan é o dirigente do Grupo de Coligação das Capitais — respondeu Zheng He. — É um papel importante. Datilografem a lista e depois imprimam algumas cópias... Duzentas devem ser o bastante. Acrescentem uma nota no pé da página dizendo que nossa primeira tarefa será unificar as credenciais de segurança e as equipes de guardas estudantis da praça. — Seus olhos de peixe dourado brilhavam atrás das espessas lentes de seus óculos.

Fiquei desapontado por não ver meu nome na lista. Quando voltei à praça naquela manhã após passar a noite em casa, a Senhorita Li, da Associação dos Estudantes de Hong Kong, me dissera que tinha telefonado para A-Mei no Canadá, que ficara muito contente por saber que eu era chefe de segurança. Ela disse que a Associação de Estudantes Chineses no Canadá mandaria uma delegação para Pequim para apoiar nosso movimento, e que A-Mei talvez participasse dela.

Avistando-me num canto, Wang Fei disse:

— Você pode ser vice-comandante de segurança, Dai Wei. Zhuzi não vem muito à praça, e você ainda pode cuidar dos acampamentos de estudantes de Pequim, bem como do monumento e da área da rádio.

Empurrei meus óculos para o alto do nariz e resmunguei minha anuência. Depois, Wang Fei se voltou para Mou Sen e disse:

— Nomeei você vice-chefe de meu escritório de propaganda. — O cheiro de suor velho que emanava de suas axilas estava estranho hoje. Eu suspeitava que ele havia salpicado um pouco de colônia.

Por volta do meio-dia, chamei os guardas estudantis mais altos para o terraço inferior do monumento, dando um boné e uma braçadeira vermelha a cada um, e lhes informei que o Quartel-General decidira tomar o controle da estação da Voz do Movimento Estudantil.

Mou Sen se concentrava em trabalhar na reorganização do escritório de propaganda de Wang Fei, que agora pertencia ao Quartel-General. Ele era um administrador muito mais competente que Wang Fei. Recrutou um novo grupo de voluntários, trouxe de volta o mimeógrafo, os estênceis e os papéis encerados que tinham sido devolvidos ao campus e ergueu uma nova tenda para proteger o escritório contra sol e chuva. Quando entrei, o lugar estava fresco e bem ventilado.

Eu disse a Mou Sen que, se conseguíssemos tomar a estação da Voz do Movimento Estudantil, ele poderia transferir seu escritório de propaganda para aquela tenda, se quisesse. Eu observava Nuwa enquanto falava. Além de ser a âncora de notícias, agora ela também era a oficial de imprensa estudantil.

Todos pareciam apreciar este novo sopro de atividade, especialmente Tian Yi, que agora era editora-chefe. Ela estava organizando uma pilha de documentos no canto da tenda, ocupada demais para falar comigo. Centenas de voluntários correm por todo lado no terraço, entregando caixas de material de papelaria, distribuindo panfletos e credenciais de segurança e removendo lonas plásticas sujas e bicicletas abandonadas.

— Parece que estamos nos dirigindo para outra grande onda de protestos — comentei, desanimado, pisando uma lata vazia de carne em conserva.

— Vamos continuar por mais alguns dias e ver o que acontece — respondeu Mou Sen, erguendo os olhos da carta que estava escrevendo. — Quando tivemos aquela reunião secreta no micro-ônibus há alguns dias, fui a favor de deixar a praça. Mas agora sinto que há possibilidade de que este movimento democrático finalmente alce voo e se espalhe pelo resto do país. O Partido Comunista matou seu pai, e também o meu. Nossa geração agora tem a chance de se levantar e protestar. Temos que extrair o máximo disso. Talvez nunca aconteça novamente.

— Demos um susto no governo. Não é o bastante?

— Não, não é o bastante! Chegamos a esta praça agitando a bandeira nacional e cantando o hino. Isso mostra como somos aterrorizados por este governo. Você pensa que estaria mais seguro em seu quarto no dormitório, mas a polícia poderia arrastá-lo facilmente para longe dali se quisesse. Não há onde se esconder neste país. Cada casa está tão exposta quanto uma praça pública, vigiada dia e noite pela polícia. Se queremos criar um país onde todos se sintam seguros, teremos que fazer muito mais do que dar um susto no governo... — Ele se levantou e foi falar com Nuwa, que estava datilografando uma pauta de notícias. Quando observei Nuwa novamente, tive um vislumbre de seu decote e de uma pequena parte de seu sutiã branco.

Uma voz esbravejou de um alto-falante a distância:

— Quem fala é Bai Ling. Sou agora comandante do Quartel-General de Defesa da Praça da Paz Celestial... Quero mobilizar cada cidadão chinês em todo o mundo a resistir à lei marcial! Se o governo não teve sucesso em impor a lei marcial após quatro dias, então não terá sucesso depois de dez dias, nem depois de um ano ou de uma centena de anos!... — Quando ela chegou ao fim de seu discurso, as multidões explodiram em aplausos.

Você jaz em sua cama como uma árvore derrubada decompondo-se no chão.

A brisa que sopra da janela tem cheiro de tâmaras azedas. O cheiro acre e pungente sempre me lembra Tian Yi. Sempre que penso em garotas, vários cheiros me vêm à mente, especialmente os emitidos por seus pés e sandálias de couro.

Se eu conseguir chegar ao século XXI, talvez os cientistas consigam inserir um microchip em meu cérebro, que substituirá meu hipocampo ferido. Até lá, o governo já terá criado um Ministério da Memória e produzirá chips de silicato que imitarão o padrão das células nervosas cerebrais. Quando o chip for inserido em minha cabeça, ele fará a ponte entre meus neurônios, substituindo o tecido danificado. Eu me pergunto se o chip poderá registrar o cheiro do corpo de Tian Yi e armazená-lo em minha memória de longo prazo.

É a estação das chuvas, e ouço a madeira inchada do armário de minha mãe estalando no ar úmido. Isso me faz pensar em quando meu pai tirava a camisa e ia ao pátio para serrar tábuas de madeira. Todos os vizinhos saíam para ver o que ele estava inventando. Ele instalou uma bancada comprida sob a acácia. Não, não foi ali que ele fez a carpintaria — foi do lado de fora do bloco de dormitórios em que morávamos. Mas lá também havia uma acácia, acho. A Fábrica de Relógios Dongfeng colocava seu lixo para fora nas manhãs de sábado, e quem chegasse cedo o bastante podia pegar bobinas de metal e restos de cobre, mas meu irmão e eu sempre decidíamos ficar com meu pai em vez disso. Quando ele gritava "Chá!", eu corria para nosso quarto e preparava uma xícara para ele, enquanto meu irmão varria a serragem e a entregava para as outras crianças no pátio. Em apenas três dias, meu pai conseguiu construir um armário mais alto que ele.

Embora meu pai fosse violonista, nunca vi uma apresentação sua em público. Prefiro me lembrar dele como um carpinteiro e não como músico, e recordar suas mãos fortes e ásperas fazendo deslizar uma plaina por uma tábua, criando belos montes de serragem enrodilhada...

Dentro do mar de células mortas, os neurônios sobreviventes se religam, permitindo que a agitação e o entusiasmo daqueles dias apareçam mais uma vez diante de seus olhos.

— Vocês não têm nenhum direito de se meter aqui! — gritou Zhang Rui, um estudante magricela de Qinghua, quando invadimos a estação da Voz do Movimento Estudantil.

Havia apenas vinte guardas fazendo o cordão de segurança do lado de fora da tenda, ao passo que nós éramos mais de cinquenta e portanto conseguimos abrir nosso caminho com bastante facilidade.

Quando Wang Fei anunciou que o Quartel-General de Defesa da Praça da Paz Celestial tomaria a estação, os estudantes de Qinghua dentro da tenda ficaram furiosos.

Mou Sen tentou argumentar com eles.

— A Federação dos Estudantes de Pequim, à qual vocês e seu líder Zhou Suo pertencem, fundiu-se com o Quartel-General — explicou. — Assim, é natural que tomemos o controle de sua estação.

— Todo dia vem gente aqui tentando nos controlar — disse Zhang Rui. — Como podemos ter certeza de que vocês têm autoridade para fazer isso? — As duas garotas na tenda continuavam a ler seus documentos e não se deram ao trabalho de erguer os olhos.

— Esta é uma mensagem da Irmã Gao — declarou Wang Fei. — E há uma lista de instruções de Bai Ling, nossa comandante. Viemos aqui para realizar a transferência de poder. De agora em diante, tudo na praça será administrado de maneira planejada e regulamentada. — Seu casaco estava jogado sobre os ombros. Ele parecia o líder de uma gangue de delinquentes de rua.

— Eu vou poder continuar aqui e seguir com meu trabalho? — perguntou uma das garotas, finalmente erguendo os olhos.

— Não há necessidade — respondeu Wang Fei. — Temos pessoal próprio suficiente para isso.

— Só recebemos ordens da Federação dos Estudantes de Pequim — disse a outra garota teimosamente.

— Escreverei um anúncio informando os estudantes da fusão — disse Zhang Rui, percebendo que sua situação estava perdida.

— Espere um minuto — meteu-se Wang Fei. — Eu gostaria de examinar este equipamento com você. Nós lhe daremos um recibo.

— Primeiro tenho que escrever o anúncio. É lógico que vocês me deixarão fazer isso, não?

— Deixem que ele escreva — decidiu Mou Sen, apagando uma guimba de cigarro que atirara no chão.

Zhang Rui rascunhou uma declaração em inglês e disse:

— Tome, verifique, se quiser. — O inglês de Wang Fei era fraco. Ele pegou a folha de papel e fingiu ler, e depois apontou para uma palavra e perguntou: — O que significa esta palavra, Dai Wei? Pode traduzir para mim?

Peguei a declaração e comecei a traduzir para ele.

— "As organizações estudantis da praça se esfacelaram em grupos conflitantes. Fomos forçados a..."

— Não vamos deixar que você transmita isso de jeito nenhum — interrompeu Wang Fei.

Zhang Rui agarrou um megafone e começou a gritar a declaração para os estudantes do lado de fora. Wang Fei saltou em cima dele e tentou arrancar o megafone de sua mão, mas o restante de nós rapidamente separou os dois.

— Rápido! Arrastem-no para fora da tenda! — berrou Wang Fei, sem fôlego.

Fervendo de ódio, mas sabendo que sua situação estava perdida, Zhang Rui se libertou e maliciosamente desligou todos os plugues das tomadas. As duas locutoras ficaram assustadas e correram para fora da tenda de mãos dadas.

— Nós entendemos de eletrônica, é inútil tentar destruir alguma coisa — falei, segurando outro estudante que tentara puxar um cabo disfarçadamente.

Uma vez que tomamos o controle, enviei metade de meu esquadrão de volta ao terraço inferior do monumento e mantive a outra metade comigo, caso os guardas estudantis de Qinghua tentassem invadir a rádio novamente. Depois pedi que alguém fosse buscar Bai Ling para que ela pudesse assumir o comando.

Duas horas depois, Zhang Rui e os outros retornaram para recolher suas roupas e documentos, e então Mou Sen e sua equipe de propaganda se transferiram para lá com mochilas e caixas de papelão.

— Vejam, há um telefone! — disse Nuwa. Ela tirou o telefone do gancho para verificar se a linha funcionava. — Podemos ligar, mas não poderemos receber nenhuma chamada porque não sabemos o número. — Todos estavam empolgadíssimos com a transferência para um novo lugar.

Antes que tivéssemos tempo de desempacotar tudo, porém, uma grande turba de moradores de Pequim correu para perto e cercou a tenda. Alguns marcharam para dentro e anunciaram que estavam tomando a rádio. Eles argumentavam que provavelmente estávamos muito cansados e que talvez fosse hora de voltarmos para nossas universidades.

Respondi que, mesmo que lhes entregássemos o controle, ainda havia dezenas de milhares de estudantes na praça que estariam prontos a tomar a rádio de volta.

— Quem vocês representam? — berrou Wang Fei quando um dos sujeitos tentou empurrá-lo para a cama dobrável. — Quem é seu líder? Diga a ele para se apresentar e falar conosco!

Mou Sen disse que a rádio representava cada organização estudantil na praça, e anunciou que seu nome seria modificado de Voz do Movimento Estudantil para Voz da Democracia.

Os moradores empurraram Nuwa e Mao Da para fora da tenda. Do lado de fora, Xiao Li e Chen Di falavam com a turba através de megafones, incitando-a a partir. Comecei a suar de nervoso. Arrependi-me de ter mandado metade de minha equipe de guardas de volta ao terraço inferior.

Continuamos a discutir, cada lado se recusando a ceder. Quando dois jovens torceram meu braço nas costas e estavam quase me atirando para fora, Nuwa voltou à tenda com três jornalistas estrangeiros. Os jornalistas empunharam seus gravadores e os apontaram para os sujeitos que estavam discutindo com Mou Sen.

— Tirem fotos deles! — gritou Mou Sen. — Fotografem todos, para que o mundo inteiro veja suas caras!

Os moradores recuaram, atemorizados. Então Tang Guoxian apareceu com um grupo de guardas que, somados aos trinta outros que mantive comigo, nos permitiram ganhar vantagem. Wang Fei e eu falamos por megafones, encorajando nosso lado a permanecer firme. Percebendo que estavam em minoria, os moradores desistiram da briga e se retiraram da tenda.

— Isso é ridículo! — exclamou Mou Sen. — Quem será o próximo a tentar tomar o poder? Corram e chamem Bai Ling para cá. Temos que pedir a ela para mandar todo mundo se acalmar. Tudo que ela tem a fazer é dizer, "Olá, quem fala é Bai Ling", e todos farão silêncio. — Sua franja molhada de suor estava colada na testa.

— Precisamos de mais guardas em torno desta tenda — constatei. — Mas onde vamos arranjá-los? — Eu não reconhecia nenhum dos guardas parados do lado de fora, a não ser por um pequeno grupo de estudantes de química do Bloco 48 da Universidade de Pequim.

— Sim, precisaremos de pelo menos cem guardas protegendo esta rádio de agora em diante — disse Wang Fei.

— Obrigado por nos ajudar, Tang Guoxian — agradeci.

— Não esperem que eu venha resgatá-los da próxima vez — ele resmungou quando saiu, esfregando o punho dolorido.

— Eu disse aos jornalistas estrangeiros que só precisávamos de ajuda para defender a rádio — explicou Nuwa a Mou Sen. — Eles não mencionarão o incidente em seus relatos. — Depois, ela se voltou para mim e riu: — Você não fez um trabalho muito bom em defender nossa rádio, senhor chefe de segurança!

— Nem o complexo Zhongnanhai é guardado por cem soldados, e é o lar dos líderes do governo! — reclamei. Quando Wang Fei e eu saímos vimos que os moradores de Pequim estavam agora sentados em filas organizadas. Havia centenas deles, todos homens jovens.

— Puta merda! É um exército da polícia secreta! — balbuciei. — Provavelmente vão ficar aqui até que escureça, e então nos atacarão novamente quando houver menos gente neste lugar.

— Chame Zhuzi e descubra o que ele acha disso — disse Wang Fei, segurando a armação dos óculos enquanto olhava para o alto.

— Eles não nos prenderam imediatamente, deve haver algum motivo para isso — comentei enquanto corríamos de volta para a tenda.

— Se eles tomarem o controle desta estação, terão mais facilidade em evacuar a praça — Mou Sen concluiu, nervoso.

— Meu Deus, como fede aqui dentro! — gritou Mimi quando entrou com Tian Yi. Ela se tornara bem mais expressiva no curso dos últimos dias.

— Sim, tem cheiro de urina — disse Tian Yi, franzindo o nariz.

— Quem teria imaginado que havia um lugarzinho tão fedorento como este escondido na praça? — riu Mimi.

— Mesmo assim, não podemos deixar que este lugar caia em mãos inimigas — disse Wang Fei. — Dai Wei, certifique-se de que os guardas estejam de prontidão. — Em seguida, ele se afastou para falar com Bai Ling e Lin Lu, que acabavam de entrar. Havia tanta gente na tenda que eu mal podia me mover.

— Está muito barulhento aqui! — gritou Nuwa. Ela falava em inglês com alguém pelo telefone. — É uma ligação importante. Será que vocês não podem sair daqui por um instante?

— Parem de discutir, vocês dois! — rilhou Bai Ling, encarando Wang Fei e Lin Lu. — O Quartel-General de Defesa da Praça da Paz Celestial só existe e funciona há um dia, e vocês já estão batendo boca. Se continuarem desse jeito, vou depor os dois. — Em seguida, ela puxou Wang Fei e a mim de lado e sussurrou: — Ouvi um boato de que a Federação dos Estudantes das Províncias planeja me sequestrar. Vocês da Universidade do Sul são um bando de marginais! — Sua testa estava coberta de picadas de mosquito. As picadas de insetos em seu pescoço pareciam chupões.

— Isso não pode ser verdade — respondi, procurando um pedaço grande de papel para escrever um aviso dizendo ESTAÇÃO VOZ DA DEMOCRACIA. — Tang Guoxian e Wu Bin não teriam coragem de planejar algo assim.

Todos saíram para deixar que Nuwa continuasse sua conversa em paz. O ar estava menos sufocante do que dentro da tenda. Eu me sentia tenso demais para sentar, por isso passei o cordão de isolamento em revista, lembrando aos guardas que eles tinham que pedir minha permissão antes de deixar o posto para ir ao banheiro.

Quando o crepúsculo começou a cair, o pelotão da polícia secreta se pôs de pé e se enfileirou para fora da praça. O aviso em papel vermelho que prendi na tenda se movimentava no ar fresco. A multidão estava tão barulhenta e agitada quanto as massas que se reuniam diante dos templos no Festival da Primavera. Enquanto examinava a aglomeração, fiquei surpreso por avistar Lulu. Ela estava sentada com um grupo de garotas, ouvindo o discurso de um morador de Pequim. Abri meu caminho entre as pessoas e gritei para ela. Lulu ergueu as sobrancelhas e sorriu.

— Eu me perguntava se conseguiria encontrá-la aqui! — falei, aproximando-me dela.

— Bem, aqui estou! — Seu cabelo recém-cortado oscilava suavemente na brisa.

— Você me deu uma garrafa de Coca-Cola durante uma passeata há algumas semanas. Eu não sabia se você tinha me reconhecido ou não. Por que não me disse nada?

— Havia muita gente em volta.

— Ouvi dizer que você abriu um restaurante. — Eu me sentia como se estivesse cara a cara com meu passado. Seu rosto era uma versão ligeiramente maior do que ela tivera aos 15 anos.

— Não sou tão inteligente quanto você. Não conseguiria entrar na universidade. — Ela usava um vestido púrpura e um colar de ouro.

— Não seja tão seca. Não é todo dia que se encontra um velho colega de escola. E não éramos apenas colegas... — De repente, vi-me inesperadamente de volta ao presente. O embaraço que sempre senti na presença dela parecia ter desaparecido.

— Acho que você tem razão. — Ela ergueu as sobrancelhas novamente. Por eu ser muito mais alto que ela, Lulu falava para meu distintivo da universidade, e não para meu rosto.

— Você ainda me odeia? — perguntei com cautela.

— Nunca odiei você. Só não gostei da forma como deixou que eu recebesse a punição por algo que você tinha feito. — O canto de sua boca se torceu por um segundo. Lembrei-me do quanto ela ficara nervosa quando nos escondemos juntos.

— É uma coisa boa que tenhamos entrado neste movimento — falei. — Estes protestos ajudarão a liberar toda a nossa raiva reprimida.

— Este movimento pertence ao povo! Você não deveria usá-lo para seus propósitos egoístas. Estamos aqui para combater a corrupção, e não para nos vingarmos de gente que nos machucou no passado. — Ela sorriu, claramente satisfeita consigo mesma.

Perdi interesse na conversa e não sabia o que dizer. Sentia-me confuso como alguém que entra empolgado num restaurante de massas apenas para descobrir que as massas acabaram. Felizmente, Lulu rapidamente preencheu o silêncio.

— Preciso ir agora, camarada estudante. Podemos ter uma conversa decente da próxima vez. Agora eu venho à praça todos os dias para distribuir bolinhos cozidos. Realmente espero que os estudantes tenham sucesso em mudar este país. Estamos fartos desse governo que nos apavora o tempo todo. — Quando ela ergueu a mão para jogar a franja para trás, revi os pelos pretos de suas axilas, aqueles finos fios de meu passado.

— Onde fica o seu restaurante? Um dia eu posso aparecer para uma refeição.

— Sim, apareça! Vou lhe dar um desconto de vinte por cento. Fica bem em frente ao Hospital Fuxing. Chama-se Café Lulu. — Ela então acenou seu adeus e caminhou de volta para as amigas.

Vi suas pernas e sapatilhas de couro preto desaparecendo entre a massa e suspirei aliviado. Lembrei-me da primeira vez em que ela teve permissão para comprar um picolé sozinha. Quando o vendedor de sorvetes levantou a manta que jogava por cima do isopor, tirou o picolé coberto de gelo e o entregou a Lulu, ela tinha o rosto iluminado de orgulho. Parada ao sol, esperando para colocar o picolé na boca, ela parecia um anjo. Eu estava a seu lado, suado e queimado de sol, enfiando meu palito na rua quente e depois espalhando as bolas de breu derretido no tronco da acácia.

Nem Bai Ling nem Wang Fei ousaram deixar a estação de rádio naquela noite, temendo mais uma tentativa de golpe. Eles pareciam ter esquecido por completo as tropas da lei marcial que estavam à espera nos limites da cidade.

Seus órgãos tentam impedir a passagem do tempo, ganindo e se debatendo como cães que perderam seus donos.

— Devo fechar as janelas, diretor?
— Sim, feche todas.
O homem sentado a meu lado pressiona meu ponto do Yang Supremo.
— Há um pedaço de crânio faltando aqui.
Minha mãe suspira profundamente.
— Eu sei. Está na geladeira do hospital em que ele foi operado pela primeira vez. Ele é insensível como uma tábua de madeira. Você acha que ele será capaz de absorver seu *qi*?
— A madeira pode pegar fogo, não esqueça. Mas, mesmo que ele não absorva meu *qi*, ainda posso entrar na raiz da doença dele e examinar sua alma.
— Aqui estão os registros médicos dele, diretor — diz uma jovem enfermeira parada a meu lado.
— Por favor, será que todos podem deixar a sala agora e fechar a porta?
— O diretor fala com o mesmo sotaque sichuanês de Wang Fei.

Na noite anterior, minha mãe sussurrou em meu ouvido que tínhamos chegado à Montanha Qingcheng da Província de Sichuan. Embora este seja um pequeno hospital privado no meio do nada, o diretor é membro da Associação Chinesa de Qigong e estudou no exterior.

Ele pressiona minha ferida mole novamente, transmitindo um brilho cálido até meu cérebro. Enquanto seus dedos se enterram em minha pele, posso sentir que um dedo é mais longo que o outro. Ele depois aperta o ponto do Olho do Céu entre minhas sobrancelhas, e vejo um forte clarão de luz. Enquanto suas ondas de energia pulsam por meu crânio, os neurônios de meu córtex cerebral começam a se torcer, e uma luz cruza os túbulos de meus retículos endoplasmáticos. Células cerebrais que estiveram dormentes por anos se põem em alerta, como se tivessem acabado de ouvir um sino de escola.

Depois, através de uma bola de luz branca, vejo um homem se aproximando. Ele me encara e diz:

— Você deve se imaginar como se fosse eu. Só assim poderei estimular os canais sutis de seu corpo e deixar que minha energia ressoe na mesma frequência que a sua. Você pode me ouvir?

Lembro-me de ter lido um artigo de pesquisa sobre transmissão de pensamento há alguns anos, mas jamais tinha vivenciado o fenômeno.

Minhas memórias começam a turbilhonar. As ondas eletromagnéticas do homem se infiltram por meu cérebro como vinho.

— Relaxe, relaxe, como se estivesse caindo no sono... — murmura o diretor enquanto sua imagem vacila diante de meus olhos. Posso ouvir um paciente ou enfermeira caminhando por um corredor de hospital, mas não sei bem que hospital é. Por ter nascido num corredor de hospital, sou muito sensível a sons que ecoam por eles. Talvez o diretor tenha desenterrado alguma lembrança há muito esquecida de meu primeiro momento neste mundo.

— A pele dele costumava ser boa, mas desde que ele começou a receber as transfusões está ficando manchada e ressecada — diz minha mãe. Presumo que o diretor está examinando meu braço descamado.

— O que ele gosta de fazer? — pergunta ele a minha mãe. Ao mesmo tempo, ele entra em meu cérebro e indaga, "O que você gosta de fazer?".

— Quando criança, ele gostava de fazer miniaturas de navios de guerra — responde minha mãe. — Quando ficou mais velho, gostava de ler biografias de gente famosa, especialmente memórias da Segunda Guerra Mundial. Em certo ano, passou o verão inteiro lendo o *Livro das montanhas e dos mares*.

Respondo:

— Gosto de viajar e jogar futebol e... — Reviro meu cérebro, tentando recordar algum outro passatempo, mas não consigo pensar em nenhum.

Dentro de meu cérebro, o diretor murmura para mim:

— Imagine-se sentado num barco, com mar por todo lado a seu redor. Você tem oito anos...

— Não, eu fico enjoado. Mas gosto de escalar montanhas... — Embora eu não reconheça seu rosto, ele tem algo de familiar.

— Tente, é fácil. É como ter um sonho. Você deve voltar à infância e começar tudo de novo. — Sua voz ecoa em meu cérebro. — Pense em suas apostilas de escola, suas coleções de selos, as miniaturas de navios de guerra que você fez...

— Não, foi uma miniatura de avião. O que eu mais gostava era de fazer pipas. Lembro-me de uma imensa pipa que fiz em formato de pássaro-sol... — Meu cérebro se torna mais quente e começa a porejar. Por um momento, o diretor desaparece. Tudo que resta é o eco de sua voz e a lembrança de seu olhar, tão intenso quanto o de Mou Sen.

Depois ouço um ruído alto e o som de vidro se quebrando.

— Isso foi uma muralha explodindo em sua mente. Estava bloqueando suas memórias. Tudo está bem agora. Você pode passar através dela. Pense num barulho alto que você ouviu quando criança, siga-o e veja até onde ele o leva...

Lembro-me do dia em que soltei fogos de artifício quando criança. As explosões altas me deixaram surdo por dias. Posso ver papel vermelho e amarelo de bombinhas estouradas espalhando-se por uma avenida. Estou parado numa calçada em que eu costumava caminhar quando criança. Mais à frente, avisto uma lata de biscoito queimada. Quando piso as cinzas de papel no interior da lata, elas voam para o alto e dançam na brisa. Continuo caminhando e encontro uma acácia. Na parede cinza atrás dela, vejo a sombra de seus galhos dançando ao vento. Um velho com uma braçadeira vermelha está agachado embaixo da árvore. Não, ele não está agachado; está sentado num banquinho dobrável.

— Continue andando. Você conhece estas avenidas muito bem...

Sigo em frente, viro à direita e chego do lado de fora da janela de Lulu. Os tijolos vermelhos do prédio estão secos e esfarelados. Todo o reboco está descascado, exceto por um grande bloco que pende da parede como um pedaço de pano velho.

— Volte à sua infância. Vá cada vez mais longe. Continue andando. Não tenha medo. Use seus pensamentos para abrir o caminho à frente...

Hesito por um momento, pois sei que há vários anos a família de Lulu se mudou daquele apartamento. Olho para o buraco sob a janela. Certa vez, encontrei uma chave velha e tentei vendê-la, mas nenhum ferro-velho queria comprá-la porque era feita de um metal vagabundo, e não de cobre. Então abri um buraco sob a janela de Lulu e escondi a chave lá dentro. Aproximo-me do buraco, indagando se a chave ainda está lá.

— Não posso ficar com você por muito mais tempo. Minha energia está acabando. Você deve se apressar.

Contraio cada músculo de meu corpo, dou uma cabeçada contra a parede e entro numa grande escuridão. Enquanto fragmentos de meu passado giram ao meu redor, o rosto de Vovó Li, escaldada até a morte pelos Guardas Vermelhos, aparece de repente diante de meus olhos.

— Veja, ele se moveu! — grita minha mãe. — Sua boca se moveu! Veja, veja! Os lábios dele se torceram, no mínimo três vezes!

— Não posso abrir o Olho do Céu dele — diz o diretor, tirando a mão de minha cabeça. — Restam-lhe pouquíssimas lembranças. Emiti fortes ondas eletromagnéticas, mas o DNA de seu tecido patológico está severamente danificado. Nunca poderá se reparar sozinho.

— O *quê* do tecido? — pergunta minha mãe.

— O DNA; ele contém a informação genética que determina como nossos tecidos se desenvolvem e funcionam. Às vezes o DNA danificado pode se reparar, permitindo que os tecidos se regenerem, mas a ferida dele é muito severa. Será necessário mais que *qigong* para curá-lo.

— Mas eu vi a boca dele se movendo agora mesmo. É a primeira vez que alguma parte dele se move desde que ele entrou em coma. — Minha mãe está ainda mais entusiasmada que eu.

— Eu sei. Mas para que ele faça qualquer progresso além disso, precisará tomar uma medicação específica para aumentar a vitalidade de suas células. Infelizmente, o remédio específico que tenho em mente ainda não está disponível na China.

— Ele tem um primo nos Estados Unidos. Se você escrever o nome do remédio, posso pedir a ele que nos mande.

— O remédio não pode ser comprado em farmácias. Precisa ser prescrito por um médico de hospital. Portanto, a menos que você leve seu filho para o exterior, não conseguirá encontrar a droga.

Minha mãe fica em silêncio.

Embora o diretor tenha removido a mão de minha cabeça, minha ferida ainda está pulsando. Os neurônios locais estimulados se reuniram numa bola comprimida que agora emite ondas de luz. Vejo o rosto do diretor em minha mente, mas infelizmente parece que ele não me viu.

Tudo fica escuro. Vovó Li e o buraco sob a janela desaparecem. Depois, a lembrança de estar parado numa fria sala de aula entra em foco gradualmente. Há um problema de aritmética no quadro-negro atrás de mim, e um monte de vassouras e pás de lixo apoiadas junto à porta. Observo os raios de sol na sacada de concreto da sala. A sacada está tão imaculada e vazia que parece uma foto em preto e branco. Qual é o significado desta imagem? Sem o diretor para me guiar, é impossível decifrá-la.

O sangue de meu cérebro flui para meus membros e jorra de volta novamente como as ondas do mar. Meus braços dormentes parecem querer se mover. Respiro fundo e, tenso de excitação, tento remexer meus dedos.

Outra voz masculina fala.

— O último paraplégico que o diretor tratou conseguiu ficar de pé depois de apenas uma sessão. O diretor curou centenas de inválidos. Ele é famoso por toda Sichuan. — O homem soa como um médico assistente. Está usando tênis, por isso não ouvi quando ele entrou. Suas mãos têm cheiro de sabão. Ele puxa meu queixo para baixo para dar uma olhada em minha língua.

Sem outra palavra, o diretor se levanta e deixa o quarto. Como ele pôde me abandonar dessa maneira? Ele é a única pessoa no mundo com quem posso falar. Tenho tantas coisas para lhe perguntar.

— Mas ele podia abrir os olhos quando veio para cá, diferente de seu filho — continua o médico assistente. — Não há paciente algum que o diretor não possa curar. Portanto, não se preocupe. Seu filho fará outra sessão amanhã.

Alguém grita do corredor:

— Chunhua! Tem uma mulher no telefone para você! Pode atender na recepção!

— Diga a ela que estou ocupada! — grita a enfermeira a meu lado. Ela então murmura: — Deve ser minha mãe.

— Não toque naquele cabo — diz uma enfermeira mais jovem. Também não ouvi quando essas duas mulheres entraram.

— Nem tudo depende de nós, tia — explica o diretor assistente, escrevendo algo numa folha de papel. — Os médicos são as estações de rádio e os pacientes são os aparelhos. Se os aparelhos não estão ligados, não receberão as transmissões das rádios.

— Você o alimenta por um tubo? — pergunta Chunhua.

— Sim, trouxe o tubo comigo. Não precisa trazer outro para ele. — Minha mãe sempre teme que os médicos acrescentem despesas desnecessárias à sua conta.

— Os tubos de alimentação precisam ser substituídos regularmente, tia, ou ficam infectados — diz o médico assistente. — Custam apenas sete yuans cada. Por que não deixa que compremos um novo para ele? Aqui estão seus frascos de transfusão. Ele receberá uma dose diária de três frascos de solução de glicose e seis frascos de fluido nutritivo. Os produtos são feitos localmente. É uma marca de alta qualidade. É mais barato comprá-los conosco que na farmácia.

— Vamos almoçar naquele restaurante taiwanês que abriu no fim da rua e que serve macarrão com carne desfiada — murmura Chunhua à jovem enfermeira.

— Passe-me aquela caixa de agulhas. Sim, aquela ali. — A jovem enfermeira se aproxima de mim e sinto o cheiro de seu xampu.

Uma voz chama da escadaria:

— Chunhua! Telefone para você de novo. Desta vez é um homem. Depressa.

— Tudo bem, estou indo, estou indo... — Quando Chunhua dá meia-volta, um odor almiscarado e feminino emana do meio de suas pernas.

Sentindo meu pênis começando a aumentar de tamanho, rapidamente me concentro nos ruídos a meu redor. Os sapatos de ponta de aço que resvalam contra o chão de concreto da escadaria soam como colheres de metal raspando uma tigela de cerâmica.

Minha mãe agarra um travesseiro e rapidamente o empurra entre minhas pernas para esconder minha ereção da jovem enfermeira.

— Vamos examinar o fluido cerebral dele nesta tarde. Nós o registramos como paciente internado, portanto ele terá um desconto de 52 yuans...

O médico e a enfermeira saem do quarto, deixando para trás uma confusão de cheiros.

Ainda estou trancado em minha cabeça. Continuo vendo as cinzas de papel se elevando da lata de biscoitos carbonizada. É uma imagem aleatória de pouco significado que até agora permanecera trancada em alguma parte remota de meu cérebro. Mas se eu posso recuperar *esta* lembrança perdida, talvez haja outras mais importantes que eu também possa reaver.

O diretor me disse que, se eu quisesse sair de meu coma, teria que fazer um esforço deliberado para lembrar eventos que escolhi esquecer. Antes de retornar a minha velha vida, devo completar esta jornada interior através de meu passado. Talvez eu finalmente consiga voltar àquele corredor de hospital e abrir meu caminho para o mundo mais uma vez.

Minha mãe não fechou a porta. Provavelmente planeja sair para uma caminhada.

Esta pequena vila não fica longe da terra de Wang Fei. Eu adoraria vê-lo, ou melhor, adoraria que ele viesse me ver...

A luz do sol está aquecendo o quarto, abrandando minha pele e fazendo com que meus poros se dilatem e secretem gotículas de suor. Os poros de minhas costas são imprensados contra o lençol pelo peso de meu corpo, e pouquíssimo sangue flui por seus capilares. Posso sentir formigas subindo por minha cama infestada de ácaros, transportando para seu ninho as migalhas de pão que minha mãe deixou cair sobre meu braço.

Você continua voltando àquele momento, procurando pelo som esquecido do único disparo.

À tarde, o céu sobre esta pequena cidade de Sichuan se enche de papagaios. Seu chalreio ruidoso e o cicio das rodas de bicicletas do lado de fora circulam pelo ar do quarto com seus odores estranhos.

Ouço uma chave raspando numa fechadura do andar de baixo. Parece uma criança tossindo.

Minha mãe marcha pelo quarto; os passos se tornam cada vez mais pesados. Sempre que ela passa pela porta à minha esquerda, as lajotas de plástico do chão parecem gemer.

Ela coça meu couro cabeludo. Quando sua mão resvala por minha orelha, ouço ondas batendo numa praia.

Ela morde e suga uma tangerina, e murmura:

— Sua caspa está piorando. Veja, está por todo o travesseiro. Seu pai também tinha uma caspa terrível. — Isso equivale a uma demonstração de carinho. Meia hora antes, ela dissera: — Os tratamentos que eles prescreveram para você são caros. Seria melhor para nós dois se você morresse dormindo.

Ela pega o jornal jogado na mesa de cabeceira e atira a casca de tangerina pela janela. Um forte cheiro cítrico cruza o ar.

— Ouça isto. Vinte e quatro turistas taiwaneses foram mortos num barco de passeio no Lago Qiandao. Bandidos invadiram o barco, roubaram o dinheiro dos turistas, trancaram todo mundo numa cabine e atearam fogo no barco para destruir as provas do crime. Como as pessoas podem ser tão perversas?... — Minha mãe descasca outra tangerina e continua: — Elas são muito mais baratas aqui que em Pequim. As cascas são um pouco finas, mas elas são bem doces.

Meu corpo se contrai vagarosamente. Meu cabelo tem cheiro de algas em decomposição. O suor entre meus dedos do pé se evaporou e minhas solas secas estão começando a rachar.

Você se lembra do prazer de levantar suas pernas no ar, seus tendões se estirando quando você girava os pés em círculos, aquele repuxão dolorido como uma fatia de limão puro deslizando por seus ossos.

Mosquitos e mariposas voavam ao redor da lâmpada nua na rádio Voz da Democracia. Mou Sen e eu estávamos sentados do lado de fora, fumando um cigarro.

— Veja toda essa gente — disse Mou Sen, os olhos varrendo a praça. — Assim que o perigo se aproximar, você não verá nem sinal dela.

— Mas você disse que esta praça é seu lar, e que quanto mais visitantes tivermos, maior será o nosso prestígio. — Olhei para o escritório de segurança que acabara de instalar no terraço inferior. Pedi a Xiao Li e Yu Jin que ficassem de olho nele. Estava posicionado logo ao lado do escritório de finanças do Velho Fu e do escritório de propaganda de Mou Sen. A rádio Voz da Democracia ficava diretamente abaixo deles, no canto sudeste do monumento. O monumento era o centro nervoso de nosso movimento. Enquanto ele permanecesse bem protegido, conseguiríamos manter a situação sob controle.

— Não, na minha opinião todos viramos sem-teto no momento em que entramos nesta praça — respondeu Mou Sen, esfregando seu cavanhaque. — Não temos para onde ir agora. Tang Guoxian quer transformar este lugar numa zona semimilitarizada. Ele tem coragem, mas nunca se dá ao trabalho de pensar as coisas com calma. Sua impulsividade é mais perigosa que todas aquelas bravatas sem fundamento de Wang Fei.

— O governo está tentando nos dividir — comentei, lembrando-me daquelas noites na Universidade do Sul em que Mou Sen e eu nos espremíamos em minha cama para ler o mesmo livro, os rostos colados um no outro. Felizmente ele não tinha bigode e cavanhaque naquele tempo.

— O último relatório de inteligência de Cao Ming diz que Li Peng se instalou no complexo Zhongnanhai ontem — disse ele, coçando a picada de mosquito em sua perna. — Ele está na mansão em que o Presidente Mao morou antes de morrer. Suponho que ele deseje estar mais perto da ação para que possa supervisionar a desocupação da praça.

— A Associação de Empresários de Pequim doou caixas de ovos e sabão. Estão empilhadas ali. Os ovos estragarão em alguns dias. — Apagamos nossos cigarros e voltamos para a tenda.

— As massas estão diminuindo e os jornalistas desejarão saber por quê — disse Nuwa, encarando Mou Sen quando entramos. — Você pode inventar uma explicação? Alguém me disse que você planeja deixar a praça para fugir e escrever um livro. — Como porta-voz de Bai Ling, Nuwa tinha que lidar com um constante fluxo de perguntas e pedidos da mídia estrangeira.

Eu ri.

— Quer dizer que ele finalmente vai escrever o tal romance, não é? Nós, ex-alunos da Universidade do Sul, somos tão picaretas! — A tenda tinha cheiro de alho. Provavelmente alguém tinha mastigado um dente de alho cru.

— Mou Sen é o escritor mais talentoso da praça — disse Nuwa, voltando os olhos para mim. Quando ela deu um passo à frente, notei uma pequena picada de mosquito na parte de dentro de sua coxa, mas todo o resto de suas pernas era suave e imaculado até as unhas dos pés pintadas de vermelho.

— Ele não precisa esperar que o livro fique pronto para começar a se gabar — respondi. No fundo, eu sabia que Mou Sen provavelmente era mais do que capaz de escrever um romance, sendo um leitor tão ávido.

Já passava da meia-noite e as transmissões haviam acabado, por isso o ânimo na tenda estava relativamente relaxado.

Wang Fei se sentou junto de Bai Ling, encarando os sapatos.

— A multidão diminuiu porque muitos estudantes partiram para ajudar a guarnecer as barricadas — ele disse, respondendo à pergunta que Nuwa fizera a Mou Sen. — O campo de batalha se transferiu para o perímetro da cidade. Se há duzentos mil soldados cercando a cidade, deve haver pelo menos duzentos mil estudantes bloqueando seu avanço. A praça é agora a retaguarda de nossas operações.

— Tem que haver um mosquiteiro por aqui — disse Tian Yi, numerando e guardando uma fita de áudio. — Será que alguém pode buscar um repelente de insetos?

— Fui picada até a alma — murmurou Mimi. Ela estava deitada no chão com os olhos fechados. Perguntei-me se ela falava dormindo.

— Ainda há algumas serpentinas naquela caixa — disse Mou Sen. Ele ficou de pé, lançando uma sombra escura na lona da tenda.

Tian Yi colocou uma fita no toca-fitas. A voz do cantor de rock Cui Jian cantou: "*Deixe-me chorar, deixe-me rir. Deixe-me correr loucamente na neve...*" A batida da bateria era forte e insistente. Nas sombras, os quadris de Nuwa começaram a se mover para a frente e para trás. Observei seu traseiro remexendo sob a saia jeans justa por um tempo, depois desviei os olhos rapidamente para Tian Yi. Mais cedo naquele dia, ela me dissera que não aprovava que Nuwa pintasse as unhas dos pés de vermelho.

— Quando os soldados nos arrastarem para fora, espero que vocês meninos se comportem como cavalheiros e venham em nosso resgate — disse Nuwa, ainda meneando os quadris. Seus lábios estavam sempre brilhosos e vermelhos. Os lábios de Tian Yi só ficavam vermelhos depois que ela se banhava.

— Temos que reunir uma multidão de um milhão de pessoas e sair num... — Lin Lu murmurou enquanto caía no sono no chão.

— Sair num quê? — zombou Nuwa. — Num passeio noturno por Pequim? Nuwa não gostava de Lin Lu. Ela o achava falso e afetado.

— Ei, Dai Wei, seu irmão acabou de ligar para o telefone do lado de fora do Museu de História da China — comentou Liu Gang, entrando na tenda. —Disse que vai ligar daqui a uma hora.

— Como ele descobriu o número?

— Todas as universidades de província ligam para aquele número quando precisam entrar em contato conosco. — Liu Gang me entregou o recado e saiu.

A veia pulmonar esquerda ascende à escarpa vermelha do coração, passando pela veia coronária direita no caminho. O peritônio se prende avidamente ao duodeno.

Por trás do aroma de botão de tangerina no ar, detecto um cheiro distante de carcaças apodrecidas. Talvez alguém esteja limpando a rua e o fedor venha da sujeira dos bueiros.

Se eu acordasse de meu coma agora, iria direto para a biblioteca e folhearia todos os livros e revistas recentes. Não, a primeira coisa que eu faria seria pegar um ônibus para visitar Wang Fei.

Ouço gente falando no quarto do andar de baixo.

— Você é casada?

— Sou casada, sem dúvida! Tenho um filho na escola!

O ar desliza por meu rosto como água quente. Quando o sol deixar o quarto nesta tarde, espero que o ar fique mais fresco e menos movimentado.

Alguém no fim do corredor abre uma janela novamente e grita:

— Vire à direita na torre de observação, depois à esquerda no cartaz do Antisséptico Bucal Taitai... O quê? Se não lhe derem um reembolso, volte imediatamente.

Em seguida, outra voz se infiltra em meu cérebro.

— Muito bem, vou lhe dizer a verdade. Eu não queria amassar minha saia. Está contente agora? — É Tian Yi falando comigo no dia em que nos conhecemos no ônibus. A motorista gritara impacientemente, as portas se fecharam e o motor estertorou ao acelerar. Foi uma conversa muito comum, mas, assim que as palavras deixaram sua boca, eu sabia que estava condenado a me apaixonar por ela.

Imagino-me caminhando sob a luz do sol na calçada esquerda de uma pista, erguendo os olhos para o céu azul. Quando me lembro de meu cabelo esquentando ao sol, sinto o sangue correr para meu couro cabeludo. Gosto de olhar para o céu quando caminho pelas ruas num dia ensolarado. Sinto-me absorto. Às vezes, quando baixo os olhos para ver onde piso e depois torno a olhar para cima de repente, esqueço que ainda estou andando.

Como é maravilhoso caminhar! Quando meus pés tocam o chão, nuvens de poeira se elevam no ar. Caminho em calçadas de pedras e ruas de asfalto, às vezes macio, às vezes duro. Passo por calçadas altas e também rasteiras, salto sobre caixas de papelão vazias acumuladas no canto da rua. Às vezes, piso num pedaço de vidro quebrado que ainda não foi feito em pedaços. Com um chute, posso fazer um sapato velho jogado sob uma árvore voar diversos metros pelo ar. Vejo uma estrutura de andaimes colocada contra uma parede. Se subir neles, poderei ver os galhos mais altos da árvore se elevando para o céu.

Quando a luz do sol desliza para o chão, minha mãe volta de seu almoço, cheirando a óleo e peixe frito.

— Os preços não param de subir. Até um prato de tomates fritos e ovos custa 1,8 yuan agora.

Alguém bate à porta e pergunta em voz baixa:

— A senhora tem algum fósforo?... Esse é seu filho? — É uma voz feminina.

— Não quer entrar e se sentar? Você está no quarto ao lado?

— Sim. Não posso ficar. Estou com problemas com o forno a querosene que comprei. É um pesadelo para acender. Acabei com uma caixa inteira de fósforos em apenas dois dias.

— Venha, sente-se, só por um minuto. Já almoçou?

— Realmente não posso ficar. — Mesmo assim, ela se instala em minha cama, estica o lençol e move o traseiro até encontrar uma posição confortável. — Hum, que pena — diz ela, finalmente ficando quieta. — Ele parece tão jovem. Há quanto tempo está assim?

— Dois anos — mente minha mãe. No trem para cá, ela dissera ao funcionário que fazia apenas dois meses que eu estava em coma.

— O que houve com ele? — A mulher fala direto sobre meu rosto. Seu hálito tem cheiro de alho.

— Ele trombou num varal enquanto corria por uma rua e caiu no chão. — Minha mãe contou essa história muitas vezes. Eu estava no hospital em Pequim quando a ouvi pela primeira vez.

— Está dizendo que ele ficou desse jeito só por causa de uma queda?

— Ele estava correndo muito rápido e o arame o pegou aqui, bem aqui. — Imagino que minha mãe está gesticulando para seu próprio pescoço. — Ele voou de costas e caiu de cabeça na calçada de concreto... — Suas mangas fazem um som agitado.

— Hum. Entendo o que quer dizer. Ele caiu de cabeça, feito um vaso de plantas virado...

— Por que você está aqui?

— Tenho tumores na bexiga.

— Há quanto tempo você tem isso?

— Onze meses, quase um ano. Esta é minha terceira internação.

— Você foi operada?

— Sim. Já tive dois tumores removidos. Gastei mais de quatro mil yuans em despesas hospitalares. Vendi todos os nossos porcos para esta operação, mas só fiz metade dos dois mil yuans de que preciso. O médico disse que se eu não pagar adiantado, terei que voltar para casa e esperar pela morte.

— Deve ser uma operação complicada.

— Estou aqui há seis dias. Encontraram vestígios de sangue em minha urina. Disseram que eu precisava ser operada imediatamente.

— Tem alguém aqui para cuidar de você?

— Meu marido está comigo. Ele teve que largar o trabalho no campo. Eu lhe disse para voltar para casa, mas ele se recusou.

— Ah, ele é o sujeito alto que estava aqui esta manhã? Quantos filhos vocês têm?

— Dois. Ambos já adultos. Minha filha foi para Shenzhen há três anos. Ela lava cabelos num salão de luxo. Já nos mandou mais de dois mil yuans. Ela ligou para o líder de nosso vilarejo certa vez e pediu para falar conosco. Conversei com ela. Foi muito estranho. Era como se ela estivesse parada logo a meu lado...

O quarto fica escuro. Um cheiro de arroz frito viaja pelo corredor e escapa por minha janela aberta. Os ruídos a meu redor se tornam abafados. Sinto-me como se estivesse deitado no vagão-dormitório de um trem em movimento.

Há um trem diante de mim. Ele parece se mover, mas na verdade ainda não partiu. Corro o mais rápido que posso, tentando agarrar uma alça. Percebo que estou perseguindo um objeto imóvel, mas sei que nunca vou alcançá-lo, não importa o quanto eu corra. Meus tendões resvalam os receptores sensoriais de minha pele, permitindo que eu meça a posição de minhas pernas e experimente uma sensação de cansaço.

As solas de seus pés trocam olhares saudosos. A grande verruga na curva de suas costas anseia por falar.

Bandos de papagaios se instalam no teto deste hospital que antes fora um pequeno hotel dirigido pelo governo. Os chilreios ruidosos são acompanhados por um aroma de folhas. Quando os papagaios adormecem, os mosquitos saem de seus ninhos. Na última noite, eles cobriram meu rosto de picadas.

Alguém num quarto do fim do corredor colocou uma fita. "*Não quero viver sozinha. Quero conhecer um novo alguém...*" A cantora pop tem um forte sotaque local. Nunca tinha ouvido antes.

Outra música se faz ouvir de um toca-fitas na pequena loja do lado de fora: "*Se quer ir, vá. Mas não volte nunca mais...*"

Quando a porta do quarto no fim do corredor se abre, provavelmente para deixar sair um pouco da fumaça da comida que é feita num fogareiro lá dentro, a música pop fica muito mais alta. *"Esta solidão é insuportável. Case-se comigo amanhã e me leve embora..."* Já está escuro o bastante para que as luzes sejam acesas. Agora que o calor do dia arrefeceu, todos estão em movimento novamente, fazendo barulho.

Minha mãe está sentada a meu lado em silêncio, lendo os jornais e revistas que pegou emprestados com a mulher do quarto ao lado.

Ninguém ouve seu silencioso arfar quando o desespero lhe dirige um aceno.

A noite é obscura e úmida. A umidade que se evaporou durante o dia se infiltra novamente em minha colcha, travesseiro e pele, e se condensa na mesa de cabeceira e no chão. Tudo se torna mais pesado no quarto de hospital. Minha mãe e a mobília parecem descair. Na verdade, todo o prédio está afundando.

É assim que todas as noites começam nesta pequena cidade das montanhas.

Ouço um horrível rangido quando minha mãe fecha a janela. A revista que ela atirou em minha cama derrama suas páginas vagarosamente. Uma vez que a janela se fecha, o cheiro de urina que sobe dos lençóis fica mais forte.

Minha mãe se dirige à porta, fecha a tranca e retorna à cadeira.

— Quando eu tinha a sua idade, fiz uma turnê pela União Soviética cantando no papel principal de *Carmen*. Se seu pai não fosse um direitista, eu teria sido uma solista famosa... — Minha mãe vira outra página da revista. — Veja, aí está ela novamente. Cantando para dignitários estrangeiros. Não sei como chegou a ser uma estrela tão grande. Ela nunca se dedicou à arte quando estava na companhia de ópera. Vivia ocupada demais flertando com os barítonos... — Ela vira a página seguinte e suspira. — Ah, quem dera eu não tivesse me casado com seu pai...

Sacudindo restos de comida ressecada de sua calça, ela continua:

— Eu era uma das garotas mais bonitas da companhia de ópera. Quando seu pai entrou para a orquestra, batia à minha porta todos os dias e me dava uma maçã. Naquela época, elas eram caras. Mas eu não deixava que ele entrasse em meu quarto. Alguns meses depois, nossa companhia de ópera viajou para o campo. A vila era muito pobre. Ficamos num quartel do exército e só recebemos uma tigela de arroz no jantar. Quando voltamos para o quartel depois da apresentação, todos estavam famintos. Seu pai foi até a cozinha sorrateiramente e roubou um pão para mim. A polícia o prendeu e o obrigou a escrever uma autocrítica. Se seu pai não tivesse roubado aquele pão, talvez eu jamais tivesse me casado com ele. — Quando minha mãe tagarela desse jeito, consegue falar até cair no sono.

Cidades desconhecidas às vezes têm cheiros estranhos e desconcertantes. Contudo, novos ambientes podem estimular o cérebro. Peixes que nadam em novas águas todos os dias são mais alertas e ágeis que os que ficam no mesmo lago por toda a vida. Desde que o diretor me aplicou o tratamento *qigong* em meu segundo dia neste hospital, tornei-me cônscio dos muitos cheiros incomuns desta cidade. Quando o vento da noite sopra no quarto, sinto os odores estimulando minhas células nervosas.

— Estou perdendo meu tempo falando com você. Seria mais útil tocar alaúde para uma vaca... Se eu não conseguir um reembolso por estas despesas médicas, você realmente vai ter que morrer. Não tenho mais dinheiro para mantê-lo vivo...

As palavras de minha mãe entram na cavidade de meu ouvido interno. O corpo é um quarto com uma porta fechada e uma janela aberta. Embora você possa olhar pela janela, jamais pode entrar no quarto ou controlar o que acontece ali dentro. Seus órgãos se comportam como bem querem. Podem derrubá-lo a qualquer momento e deixá-lo paralisado pelo resto da vida.

— Veja os preços que eles estão cobrando! A solução de glicose 90% custa nove yuans o frasco, e a atropina também está o dobro do preço normal. — Minha mãe está examinando a lista de preços do hospital. — Mas o serviço de enfermaria custa apenas oito yuans por dia, o que é menos do que cobram nos hospitais de Pequim. Se eu puder achar outro paciente para ficar com você amanhã, ao menos o preço do quarto sairá pela metade...

O cheiro de terra úmida sopra dos recantos da montanha até as paredes de minha traqueia. Ele me lembra o cheiro de morte que detectei em meu hálito depois que passei uma semana ou mais no hospital. Sei que o cheiro é apenas mau hálito e que a morte em si não tem cheiro, mas também sei que uma pessoa saudável que cai doente já está na sala de espera da morte. Depois que os pacientes ficam em leitos de hospital por mais de uma semana, começam a feder a desamparo.

Contudo, a doença é pior que a morte. Quando o corpo começa a apodrecer, você perde sua dignidade e seu respeito próprio. Tem de ficar deitado, expondo suas fraquezas e falhas ao mundo, permitindo que médicos o examinem e inspecionem todos os seus orifícios outrora tão bem guardados.

Eu estava ansioso por receber as ondas cerebrais do diretor mais uma vez em minha cabeça no dia seguinte, mas a enfermeira acabou de informar à minha mãe que ele ficou doente e precisou cancelar a sessão.

Imagino o vento me perseguindo. Estou seco e enrijecido. Minha pele contraída anseia por absorver a umidade de minha medula como cervos anseiam pela água de um lago no verão... Minha face deve estar encovada agora. Eu já parecia um cadáver antes da mudança de meu irmão para o exterior. Minha mãe tirou uma foto de nós dois juntos e lhe deu uma cópia para levar para a Inglaterra. Quando meu irmão viu a foto, disse:

— Não posso levar isso comigo. Dá azar ser fotografado com um cadáver.

Você entra na mente do homem que lhe aponta a arma e grita quando ele puxa o gatilho. As células cerebrais danificadas jamais se recuperarão. Depois que cai ao chão, você coloca a mão sobre o buraco carbonizado da bala, tentando conservar alguma dignidade, em vão.

Corri para o telefone e esperei pela ligação de meu irmão. Havia muito barulho ao meu redor. Um grupo de estudantes ali perto estava sentado em torno de um toca-fitas, cantando junto com a música: "*Avance, irmã querida. Não olhe para trás...*"

Assim que o telefone tocou, colei o receptor num ouvido e enfiei o dedo no outro.

— Eu só queria lhe dizer que chegaremos a Pequim em breve — disse meu irmão numa voz que parecia tão madura quanto a minha.

— Não acho que seja uma boa ideia — respondi num tom monocórdio, tentando derrubar seu entusiasmo. — Todos estão fartos dos estudantes das províncias. Eles imploram por donativos e depois gastam o dinheiro em presentes e quinquilharias...

— Não precisamos do seu dinheiro. Recolhemos cem mil yuans em doações.

— Sério? Impressionante. A maioria dos estudantes das províncias chega aqui sem nada. Está um caos.

— Eu sei! O que diabos está acontecendo? Há três dias, vocês nos disseram que a greve de fome foi encerrada e que os estudantes deixariam a praça.

Terminamos então nossa ocupação da praça pública de Chengdu e voltamos a nossas universidades. Mas assim que chegamos lá, vocês nos mandam uma mensagem pedindo que continuemos a lutar. Voltamos à praça no dia seguinte. Ontem, ouvimos que vocês planejam uma retirada novamente, e portanto voltamos para nosso campus. E hoje fomos instruídos a mobilizar os trabalhadores e organizar uma greve industrial em massa. Por que vocês não param de mudar de ideia? De quem são essas ordens que deveríamos seguir?

— Nem eu tenho certeza. Da Federação dos Estudantes de Pequim, acho. De qualquer maneira, apenas fiquem onde estão por enquanto. Não venham para cá...

Depois que desliguei, arrependi-me por desencorajá-lo de vir. Minha mãe me dissera que meu primo Kenneth se casara recentemente e planejava trazer a esposa para a China em lua de mel. Ele gostaria que eu os guiasse por Pequim. Percebi que meu irmão poderia fazer isso se estivesse na cidade, o que me pouparia de muitos problemas. Decidi que deixaria a praça pela manhã e descansaria em casa por alguns dias. Eu estava tão fraco de exaustão que não conseguia pensar direito.

Voltei ao terraço inferior do monumento e vi uma faixa que dizia REÚNAM O CONGRESSO NACIONAL DO POVO, PROMOVAM A DEMOCRACIA, DEPONHAM LI PENG, ABAIXO O GOVERNO MILITAR pendendo do obelisco como uma calcinha velha. Quatro caras de cabelos compridos e botas de ponta de ferro que formavam uma banda de rock chamada Flor de Maio se sentaram nos degraus do lado norte do monumento e tocaram uma de suas músicas. Uma multidão de estudantes se reuniu em torno deles, batendo palmas e celebrando. De repente, lembrei que o aniversário de Tian Yi era no dia 28, e que precisava comprar um presente para ela.

No terraço inferior, estudantes dormiam deitados ou conversavam sentados, enxotando os enxames de mosquitos e mariposas que flutuavam no ar. Os rapazes nos degraus fumavam e tentavam seduzir garotas. Parecia uma noite qualquer na praça.

Quando entrei na tenda da rádio, um estudante de cabelo comprido da Academia Central de Arte agitava as mãos animadamente.

— ... Vamos construir uma grande estátua chamada Deusa da Democracia — dizia ele. — Será fantástica.

— Para colocar na praça? Qual será o tamanho? — Bai Ling estava falando ao telefone e não podia dar atenção a ele e ao amigo. O telefone que ela usava era uma linha que instaláramos para seu uso particular, ligada a um circuito que descobrimos numa caixa de metal aos pés de um dos postes da praça.

— Será uma réplica da Estátua da Liberdade. Não tão alta, claro, mas mesmo assim será bem impressionante.

— O que você acha desta ideia, Mou Sen? — perguntou Bai Ling. — Acho que poderia funcionar. — Seus olhos estavam vermelhos e inflamados. Fazia dois dias que ela estava acordada, falando ao telefone com líderes estudantis, intelectuais e acadêmicos de todo o país.

— Adorei! — exclamou Mou Sen, revirando os bolsos em busca de um cigarro. — Os artistas sempre têm as melhores ideias.

— Sim, será brilhante! Vocês podem colocá-la bem no meio da praça, na frente do retrato de Mao. — Os olhos de Nuwa brilhavam e ela batia palmas de empolgação.

O outro estudante de arte tinha a cabeça raspada e usava uma camiseta.

— Milhões de pessoas correrão à praça para vê-la, o que vai tornar o édito da lei marcial do governo uma piada!

— Você ficou horrorizado quando aqueles caras de Hunan jogaram tinta no retrato de Mao — disse Tian Yi a Mou Sen —, mas fica feliz porque esses estudantes vão erguer uma Deusa da Democracia. Qual é a diferença?

Eu não conseguia ficar acordado por mais tempo, então achatei algumas caixas de papelão com os pés e me deitei sobre elas. Minhas roupas fediam a suor. Não ousei tirar os sapatos porque sabia que minhas meias tinham um cheiro ainda pior. Fazia dez dias que eu não escovava os dentes. Eu torcia para que A-Mei não aparecesse de repente e me visse nesse estado. Ela era muito sensível à higiene. Podia usar um rolo de papel higiênico inteiro por dia, limpando poeira dos móveis, janelas e copos. Depois que tomava banho, ela secava a água de seu umbigo com um cotonete.

Bai Ling se sentou por um momento, perdida em pensamentos.

— Muito bem — ela finalmente disse —, vamos erguer uma estátua! Façam um anúncio revelando o plano aos estudantes e depois tragam Wang Fei e o Velho Fu para cá para fazermos uma reunião. — Quando ela se levantou, seus dedos dos pés se espalharam, fazendo com que seus pés descalços parecessem muito maiores.

Se você viajar por mais 5.490 li, verá o deus do Monte Zhu, que tem rosto humano e corpo de cobra. Se você quiser um favor dele, enterre um galo e um porco vivos no chão.

Posso sentir a sujeira do hospital em minha pele. Este quarto de primeiro andar com vista para o sul tem um cheiro diferente da limpa sala de exames no térreo. Quando as pessoas usam a latrina na porta ao lado, um cheiro ácido de urina paira em meu quarto. Na verdade, senti cheiro de urina desde o momento em que fui trazido para cá. O odor se infiltrara no papel de parede, junto com cheiros fermentados de sol, ervas medicinais, desinfetante e frutas estragadas.

O paciente com câncer de pulmão que foi colocado na cama junto à minha geme de dor. Seu hálito tem o cheiro dos macarrões temperados de Sichuan que ele comeu há uma hora. Ele devora cerca de seis tigelas por dia. Depois de cada uma, ele acende um cigarro e cospe no chão.

Tudo fica quieto por uma hora depois do almoço, mas, no resto do tempo, o corredor e a escadaria ficam tomados de barulhos de pés em movimento. Ouço gente subindo as escadas. Parecem ser três pessoas. Os passos são apressados e confusos. Este prédio de concreto barato é uma câmara de ecos. Qualquer ruído é amplificado.

Alguém coloca um copo na cabeceira de minha cama e, de repente, minha mão parece querer tocá-lo. É um copo alto e cilíndrico, acho, cheio até a metade com chá que agora provavelmente está morno. Vejo minha mão se movendo em direção ao copo através de estilhaços de luz refletidos pela cobertura de plástico azul sobre a mesa. Quando o toco, os receptores sensoriais das pontas de meus dedos informam a meu cérebro que o copo é duro e está frio. Mas talvez a sensação que experimento seja uma lembrança, e as pontas de meus dedos não tocaram o copo coisa nenhuma.

Uma enfermeira limpa meu corpo com solução alcoólica e enfia agulhas de acupuntura em meus pontos de pressão. O diretor está sentado numa cadeira, falando com minha mãe.

— Ele não tem nenhuma consciência do mundo ao seu redor — diz ele. — Seu cérebro parou de processar novas informações. Ele é como um pedaço de madeira morta. Não posso trazê-lo de volta à vida. Tive uma dor de cabeça terrível depois da sessão que fiz com ele outro dia. A maior esperança para ele agora seria este plano de tratamento de vinte mil yuans. Inclui uma sessão semanal de terapia com raios ultravioleta e uma série de remédios importados da Inglaterra. O tratamento de dez mil yuans ainda daria direito à terapia com raios ultravioleta, mas os remédios são produzidos numa parceria sino-japonesa e não são tão eficazes. O plano de seis mil yuans em que ele está agora lhe dá direito a apenas cinco de minhas sessões de *qigong*, uma sessão de acupuntura e algumas ervas medicinais chinesas. Dura apenas 24 dias. Não há a menor possibilidade de que ele saia do coma só com isso.

— Gostei do plano de dez mil yuans, mas meu filho fez um mês de terapia ultravioleta em Pequim no ano passado e não apresentou nenhum resultado aparente. Você pode fazer um plano para ele que receba as drogas estrangeiras mas não o ultravioleta?

— Se você quiser alterar o plano, precisaremos da aprovação de cada departamento e depois imprimir novos documentos, o que custará dinheiro.

— Mas certamente não envolverá muito trabalho, não é? E que tal se fizermos um plano de oito mil yuans? — A voz de minha mãe vacila quando ela se lembra do pouco dinheiro que tem.

Outro médico liga o monitor cardíaco.

— Hoje está um pouco mais acelerado — diz a enfermeira. — Dezoito batidas por minuto.

— Insira uma agulha de dois centímetros no ponto do Portão Silente. Estou vendo que não é apenas a parte alta de sua cabeça que está bloqueada. Os pontos da Trilha do Espírito e do Poço dos Ventos na parte de trás e na base do crânio também estão nebulosos. É por isso que o *qi* não está fluindo livremente por seu corpo.

— O teste que você fez ontem provou que ele é sensível a sons — comenta minha mãe.

O diretor se põe de pé.

— Ele provavelmente tem apenas capacidades auditivas muito rudimentares. Muitas de suas funções corporais estão em estado vegetativo. Falando estritamente, ele já não é mais um ser humano. Não é capaz de processar pensamentos, e seu sistema nervoso está muito fraco. Se você quer ver alguma melhora significativa, deve escolher o plano de vinte mil yuans.

— Certo, mas eu trouxe meu filho aqui pelo *qigong*. Não tenho dinheiro para todos estes tratamentos adicionais...

Posso ouvir a água na chaleira elétrica começando a borbulhar. Os parentes do paciente de câncer de pulmão a meu lado a colocaram para ferver.

Um anúncio chia pelo rádio do quarto de cima: "Em dezembro, um incêndio no Teatro da Amizade em Kelamayi, Província de Xinjiang, tirou as vidas de 325 pessoas..." Alguém gira o botão para uma nova estação. "Neste Ano do Cachorro, nossos amigos caninos se tornarão um tópico controverso, especialmente porque o governo de Pequim anunciou uma estrita proibição a tê-los como bichos de estimação..." "Durante uma visita a uma fábrica de aparelhos de televisão em Shenzhen ontem, o primeiro-ministro Li Peng disse..."

Deixe que sua mente definhe, e depois tranque suas cinzas numa urna e observe como a chave enferruja vagarosamente.

"De pé, ó vítimas da fome..." A Internacional me acordou antes do nascer do sol.

Fitei meu relógio. Tinha dormido por quase duas horas. Embora minha cabeça ainda latejasse, pelo menos eu agora podia movê-la de um lado para o outro e pensava com um pouco mais de clareza. Virei-me. Tian Yi e Nuwa dormiam na cama dobrável a meu lado. Seus pés descalços estavam para fora do cobertor. Era fácil saber de quem era cada pé. Tian Yi tinha dedos distintamente grandes que se curvavam na ponta. Os pés de Nuwa eram menores. Quando olhei para eles, admirei seus longos e delicados dedos.

— A Federação dos Trabalhadores fará uma coletiva de imprensa do lado de fora do Museu de História da China às nove horas — disse Mou Sen, aproximando-se de Nuwa. — Eles querem a presença de Bai Ling. Eu me ofereci para ir no lugar dela, mas eles não aceitaram. O que devo fazer?

— Bem, se eles não querem você, não vá. — A voz de Nuwa soava diferente quando ela estava deitada.

As pessoas começavam a falar sobre Wang Fei e Bai Ling. Agora eles passavam mais tempo juntos. Embora Nuwa ficasse chateada, tentava não demonstrar. Quando alguém perguntava como ela se sentia, Nuwa não parava de repetir que sua relação com Wang Fei nunca tinha sido nada além de bons amigos.

— Vi Wang Fei e Bai Ling comendo carne da mesma costelinha — Mou Sen sussurrou para ela.

— Está com ciúmes? — riu Nuwa, esticando os dedos do pé.

— Não, só tive medo de que *você* acabasse enciumada.

— Ah! Sem chance! — respondeu Nuwa, dando um tapinha na mão de Mou Sen, ou talvez na perna. Depois ela o empurrou, ou ele a puxou. Quando vi seus dedos do pé se contraindo, desviei os olhos.

Yu Jin se aproximou para falar comigo. Quando me sentei, vi Mou Sen puxando Nuwa para fora da cama dobrável e levando-a para trás do equipamento de transmissão.

Sentia-me desconfortável por vê-los flertando. Eu sabia que Tian Yi nunca seria tão volúvel em seus afetos.

Chen Di entrou na tenda com Xiao Li, o binóculo pendendo do pescoço.

— Os guardas do turno da noite voltaram para o campus. Não há ninguém protegendo o monumento.

— Todo o sistema de segurança desmoronou, então não faz diferença — respondi.

Mou Sen saiu de seu esconderijo atrás do equipamento. Pude ouvir o clique de uma fivela de latão quando Nuwa fechou seu cinto. A Internacional chegou ao fim, e estava na hora de Nuwa ler as notícias da manhã.

Saí da tenda para fumar um cigarro. Os outros rapazes se juntaram a mim, e dei um cigarro a cada um. Durante a noite, Lin Lu invadira a estação na tentativa de dar um golpe, mas conseguimos chutá-lo para fora. A pequena vitória criou um senso de solidariedade entre nós.

— Não tivemos um segundo de paz desde que tomamos esta maldita estação — disse Chen Di, acendendo seu cigarro. A pulseira de seu relógio se rompera durante a briga.

A praça estava coberta pela neblina da manhã. Tudo estava quieto. As noites eram bem mais agitadas: garotos se sentavam escorados uns nos outros, tomando cerveja; casais se abraçavam em cantos tranquilos, murmurando canções de amor entre si, e depois se escondiam em tendas vazias para fazer amor. Era como uma grande festa. Quando Yang Tao entrou na tenda na noite anterior e propôs que deixássemos a praça e voltássemos para casa por algumas semanas, foi recebido com um silêncio sepulcral.

— Na verdade, Lin Lu é bastante inofensivo — eu disse a Chen Di. — Ele não é um espião, é só megalomaníaco. É com os agentes do governo como Zhao Xian que temos que tomar cuidado. — O Sr. Zhao, âncora da Televisão Central que fizera algumas locuções de notícias para nós, levara consigo muitos de nossos documentos. Depois que os boatos de que ele era um agente do governo se espalharam, ele desapareceu da praça e nunca mais voltou.

— Pode cortar meu cabelo, Dai Wei? — perguntou Mou Sen, pegando um pente de Nuwa.

Olhei para sua cabeça e disse:

— Você deixou crescer num estilo diferente. Eu não saberia mexer nele. Contudo, Mou Sen já havia tirado a camisa e me entregava a tesoura.

— Está cega — falei. — Não posso usá-las.

— Só dê uma aparada. Está muito quente para ter cabelo na altura do ombro.

Enquanto eu penteava seus dois redemoinhos, sentia cheiro de sebo capilar e xampu.

— Raspe tudo de uma vez — riu Chen Di, expelindo uma nuvem de fumaça de cigarro. — Ele está se achando o máximo.

Empurrei a cabeça de Mou Sen para baixo para cortar a parte de trás.

— Cuidado — reclamou ele. — Você cortou o colarinho da minha camisa na última vez.

— Cale a boca! — respondi. Depois de algum tempo, notei que havia tirado muito cabelo do lado direito, por isso comentei que ele ficaria melhor com um corte militar. Minhas mãos estavam ensopadas do suor que escorria de seu couro cabeludo.

— Tenho que ir ao banheiro e lavar a cabeça embaixo da bica — disse ele quando terminei. Seus olhos estavam vermelhos de cansaço.

— Não tão rápido! — gritei. — Volte aqui e espane esse cabelo antes de ir. — Bati palmas ruidosas, torcendo para que Nuwa me ouvisse.

Enquanto seus pensamentos se expandem no lago fermentado de seu cérebro, você vislumbra seu rosto cadavérico refletido na superfície.

A enfermeira recolhe alguns apetrechos médicos e resmunga para o paciente com câncer de pulmão:

— Eu lhe disse para praticar a respiração profunda antes da operação, mas você não me ouviu.

Ele teve o pulmão direito extraído. Quando inspira, soa como um pneu de bicicleta sendo inflado. Ele só tem dinheiro para cobrir mais uma noite no hospital, portanto terá que voltar para casa amanhã e esperar pela morte.

— Ninguém me disse que vocês tirariam o pulmão todo — reclama ele, arfando ruidosamente.

— Não saia daqui — minha mãe me diz. — Vou jantar lá embaixo. Seu soro só precisa ser trocado daqui a meia hora.

Ela apaga as luzes e tudo fica escuro. Quando ela fecha a porta, eu me imagino falando, "Pode me trazer umas bananas?"; posso sentir o cheiro dos cachos de banana na barraca de rua do lado de fora.

A enfermeira que me enfiou agulhas de acupuntura nesta tarde disse à minha mãe:

— É provável que ele não consiga sentir a entrada das agulhas. Estou estimulando seus meridianos da cabeça e dos pulmões. Curamos mais de dez paraplégicos com este tratamento.

Eu não sentia coisa alguma. Além da primeira sessão de *qigong* que o diretor fez comigo, nenhum dos tratamentos surtiu efeito.

Vejo uma mancha amarela flutuando na escuridão. Talvez seja a luz do poste do lado de fora da janela. Mais uma vez, penso em como seria acordar deste coma. Eu me imagino me sentando, abrindo os olhos, virando a cabeça para a direita, caminhando até a porta, movendo a maçaneta e saindo do quarto.

Embora eu esteja deitado como um fantasma silente, os sons moribundos do paciente com câncer soam com muita clareza, portanto sei que provavelmente ainda estou vivo.

No banheiro ao lado, ouço uma bacia esmaltada batendo contra a pia de cerâmica e uma escova de dentes chacoalhando dentro de um copo d'água.

Mais longe no corredor, alguém abre uma porta e pergunta:

— Já comeu?

— Sim — um homem responde de má vontade. O rádio em seu quarto está ligado numa discussão sobre a programação de hoje na TV. "No episódio de hoje da série dramática *Doce Escuridão*..." Estou farto destes detalhes banais escavando seu caminho até meu cérebro.

Sem se importar em lavar os pés, minha mãe se deita obliquamente na ponta da minha cama e se prepara para dormir. Isso lhe poupa a despesa de alugar uma cama dobrável. Quando cai no sono, ela trinca os dentes e balbucia:

— Deixem que elas saiam, deixem...

Imagino que minha mãe está sonhando com o incêndio no Teatro da Amizade da Província de Xinjian que matou 325 pessoas, entre elas 288 crianças. Hoje de manhã, ela me contou que os 25 oficiais que estavam na plateia insistiram em fugir do teatro antes das crianças, e que deveriam ser severamente punidos. Mas o paciente com câncer de pulmão disse que os oficiais eram VIPs e tinham direito de deixar o teatro primeiro.

O homem com câncer grita de dor, acordando-me de meu cochilo. Seu irmão acende uma lanterna rapidamente e torna a apagá-la.

Alguém calça um par de sapatilhas e se arrasta até o banheiro. Outro marcha de um lado para o outro no corredor usando chinelos de borracha. Duas pessoas no quarto do andar de cima estão jogando xadrez chinês. Uma delas bate uma peça no tampo de madeira e solta uma risada seca.

Lentamente, estas distrações irritantes silenciam, permitindo que eu volte a dormir.

Um cadáver aparece todas as noites; suas mãos, pernas, peito, cabeça e dentes se espalham por um campo. Aparentemente, é o cadáver do pastor assassinado, Wang Hai.

Pouco antes da aurora, a brisa tem cheiro de fumaça de carvão. Ocasionalmente, ouço uma caixa sendo atirada num caminhão de caçamba aberta ou algo caindo da traseira de uma carroça em movimento.

Pouco antes do amanhecer, a porta de metal que fecha a entrada do hospital é erguida. O rangido barulhento acorda minha mãe, que rola de lado e se senta na beira da cama. Ela pega minha mão, puxa o suporte do soro mais para perto da cama e depois insere a agulha em minha veia. Meus músculos se contraem por um segundo. Geralmente ela solta um muxoxo neste momento, mas hoje ela fica em silêncio.

Às oito da manhã, ouço médicos e enfermeiras trocando cumprimentos rápidos enquanto começam seu turno. Os ruídos e cheiros do prédio são menos complexos a esta hora do dia. Ouço um pássaro, que não é um papagaio, piando numa árvore no jardim dos fundos.

Meus receptores olfativos se tornaram mais sensíveis. Posso sentir o cheiro de peixe fresco nas barracas da feira a algumas ruas de distância. O cheiro acre e salino navega no ar, deixando para trás um aroma mais brando de mar banhado pelo sol.

Antes que o médico entre, minha mãe abre sua bolsa de mão mais uma vez. Quando ela tira o saco plástico contendo meus registros médicos e frascos de pílulas, sinto o cheiro impregnado do último hospital em que fiquei.

— Como se sente esta manhã? — pergunta o médico ao homem com câncer. — Você precisa continuar com os exercícios respiratórios. Agora você só tem um pulmão. Não pode depender apenas de seu balão de oxigênio. O oxigênio é mais caro que o vinho de arroz, sabia? — Quando ouve isso, o paciente imediatamente tira a máscara de oxigênio do rosto.

O médico se aproxima de minha cama e se dirige a minha mãe com um sotaque comum.

— Lembre-se de inspecionar as costas dele todos os dias para verificar se há sinais precoces de escaras. Elas podem ser muito difíceis de tratar. O diretor está fazendo uma série de sessões de *qigong* com o prefeito e voltará dentro de alguns dias. Transferimos seu filho para o plano de tratamento de oito mil yuans, como você pediu. Portanto, precisaremos dos dois mil yuans a mais até o fim do dia, por favor.

— Pobre tia! — diz a enfermeira com compaixão. — A senhora provavelmente vai morrer de exaustão antes que seu filho bata as botas.

Quando você se coloca no Monte Sublime, vê o Monte Imortal a norte, o Brejo do Amor a sul, a Montanha das Bestas em Guerra a oeste e o Rio Profundo a leste. A Árvore do Homem cresce na montanha. Seu fruto tem qualidades sobrenaturais. Quem o comer, ficará obcecado pelo desejo de continuar sua linhagem ancestral.

— Entre e tome uma xícara de chá, Mestre Yao — diz minha mãe, abrindo a porta para ele. — É exaustivo ter que subir até o terceiro andar.

— Estou acostumado. Moro no quinto andar de um prédio de apartamentos. O ascensorista sai às 11 da noite, e, sempre que chego tarde em casa, tenho que subir trinta lances de escada.

— Aqui tem um pouco de chá. Está tão quente hoje, não? Aposto que seu apartamento tem gás encanado. Os prédios deste conjunto sequer têm uma instalação elétrica apropriada. Assim que os vizinhos do andar de baixo ligam a máquina de lavar, todas as minhas luzes se apagam. As autoridades locais planejam demolir esse lugar em breve.

— Ele parece um pouco melhor do que estava na última vez em que o vi.

Minha mãe e o Mestre Yao estão de pé à minha esquerda. Posso ouvi-los respirando ruidosamente.

— Ele não tinha nenhuma ruga quando eu o trouxe de volta de Sichuan. Mas estas três linhas apareceram desde então. Ele parece um velho agora.

Bem, ele fará trinta anos dentro de alguns dias. Como o tempo voa! — Ela coloca sua mão úmida em minha testa. Os dois estão bloqueando a brisa do ventilador.

— Deixe-me ver a palma da mão dele — diz o Mestre Yao, e toma um gole de chá. — Aqui está a linha do céu, aqui a linha do homem e aqui a linha da terra. Elas são claras e fortes, o que é bom sinal.

— Ah, esqueci, você gostaria de uma latinha de refrigerante? — pergunta minha mãe, correndo para buscar duas latas na cozinha. — Estão geladas. Esta é uma bebida energética e isto é Coca-Cola. Quando você abre a lata, sai um monte de bolhas. Ah, meu Deus! — As latas caem das mãos dela. Posso sentir o cheiro do líquido doce e gasoso se espalhando pelo chão.

Quando minha mãe e o Mestre Yao se agacham para pegar as latas, trombam um no outro. Minha mãe pega um pano, ajoelha silenciosamente e seca o chão. O Mestre Yao se levanta.

Depois de algum tempo, ele diz:
— Seus cabelos ainda são muito pretos.
— Você também não tem muitos cabelos brancos. — Minha mãe provavelmente desviou o olhar quando disse isso. Embora o ventilador seja muito barulhento, produz apenas uma brisa leve. Há um ruído dentro de meu ouvido interno. Uma formiga entrou em meu ouvido no ano passado e sufocou até a morte, e seu corpo ainda está aprisionado aqui dentro.

O Mestre Yao segura minha mão e diz:
— Vou fazer uma sessão rápida. — Depois, ele se senta na cadeira que minha mãe lhe trouxe.

Ontem, minha mãe pagou uma enfermeira para me fazer uma sessão de acupuntura. Antes que a mulher saísse, disse a minha mãe:
— Você precisa encarar o fato de que seu filho pode morrer a qualquer momento, tia.

Depois de levá-la para fora, minha mãe se sentou no sofá por um momento e então entrou em meu quarto e disse:
— Faça o favor de se decidir. Você quer viver ou morrer? Eu preciso saber. Não posso continuar desse jeito por mais tempo. Não tenho energia... Tenho 56 anos agora. Nenhuma mãe deveria ser obrigada a enterrar o próprio filho... — Ela saiu para a sala de estar numa torrente de lágrimas, e depois foi ao banheiro e assoou o nariz ruidosamente num lenço de papel enquanto se agachava para mijar.

Depois de um mês fazendo terapia *qigong* em Sichuan no ano passado, minha saúde ficou instável. Ocasionalmente, vislumbro a chave que reativará meus neurônios motores, colocada logo além de meu alcance. Mas às vezes meu coração para de bater e sinto que estou me afogando num mar morto. Sempre que isso acontece, minha mãe chama uma ambulância rapidamente e me força a fazer abdominais, puxando-me para cima e depois me empurrando para baixo, tantas vezes que ela geme de exaustão.

— Posso sentir que ele está absorvendo uma pequena quantidade de meu *qi* — diz o Mestre Yao. Contudo, a verdade é que ainda não senti nada.

Apesar da nutrição que recebi das transfusões intravenosas e das fórmulas líquidas despejadas em meu tubo de alimentação, meu peso nunca sobe para mais de setenta quilos. Estou muito fraco. A enfermeira tinha razão. Se eu contrair uma infecção bacteriana, não terei forças para combatê-la.

Mestre Yao diz a minha mãe para desligar o ventilador e começa a massagear meus pés. Ele os gira lentamente e pressiona os arcos com as mãos. Sinto uma flecha de eletricidade subindo por minhas pernas. Meu corpo vibra e fica mais quente. Esta é a segunda vez que sinto uma ligação com meu corpo neste mês. Os dez dedos do Mestre Yao enviam cálidas ondas elétricas para o córtex motor de meu cérebro. Até meu cabelo parece estar vibrando na corrente.

— O problema não é só o cérebro dele — diz o Mestre Yao, fazendo uma pausa. — Seu sangue não está circulando bem e ele tem níveis excessivos de *qi* negativo.

Minha mãe coloca uma xícara de chá no aparador, tentando não fazer barulho, mas a tampa do copo tilinta. O Mestre Yao coloca suas mãos sobre minha cabeça e as desce por meu corpo até chegar a meus pés. É como uma garrafa térmica quente rolando por cima de mim.

— Ontem você fez o Toque da Mão Imortal. Que série está fazendo hoje?

— Esta se chama a Mão Rejuvenescedora de Buda. Estou tentando empurrar para baixo o *qi* negativo dele. Há pouco, fiz o exercício da Palma do Diabo para localizar a raiz da doença dele.

Uma bola de calor presa em algum lugar próximo de meu umbigo se dispersa por meu corpo. Os nervos entre minha vértebra lombar e o cóccix começam a estremecer. Subitamente, sinto como se estivesse mergulhado num *wok* de óleo quente e que logo me torcerei e contrairei como um pastel frito.

Mas, quando sinto que estou à beira de esticar minhas pernas, Mestre Yao afasta as mãos de mim.

Uma mosca zumbe pelo quarto e pousa em minha testa suada. Ouço alguém do lado de fora arrastando um bujão de gás para fora da caçamba de um caminhão. Meu corpo parece se elevar da cama. Escuto um estrondo e depois alguém gritando, "Queremos entrar! Deixe a gente entrar! Um estudante foi baleado! Aqueles canalhas filhos da puta, como puderam fazer isso? Veja se ele tem uma identidade no bolso. Tire a camisa e a envolva na cabeça dele." Há uma série de gritos abafados. Tudo que vejo diante de mim é uma luz mortiça e uma fita de pano esvoaçando. A imagem é tão fascinante que me esqueço de respirar.

— Abra a porta também — diz o Mestre Yao.

Respiro fundo e sinto o calor do verão descendo por minha traqueia.

— Descanse um pouco, Mestre Yao. Há três horas que está tratando dele. Por que não enxuga seu suor? — Nunca tinha ouvido minha mãe falar com tanta delicadeza.

Mestre Yao tira as mãos de meu ponto do Yang Supremo.

Minha mãe dá um piparote no frasco de soro, pega o ventilador e vai fazer companhia ao Mestre Yao na sala de estar. Frios líquidos intravenosos fluem para dentro de minha veia quente. É uma sensação agradável. Minha mãe volta para buscar sua xícara de chá e retorna ao sofá.

— O *qi* de seu filho foi severamente danificado — diz o Mestre Yao. — Não acredito que possa ajudá-lo.

— O que devo fazer? Estou ficando fraca. Não serei capaz de cuidar dele por muito mais tempo. Ele está com problemas para fazer passar a urina. Se eles colocarem uma bolsa de drenagem nele, como vou lidar com isso? Também tenho uma vida, sabe. Passei todos os dias dos últimos cinco anos cuidando dele. Quem dera ele pudesse ao menos abrir os olhos...

Retorno gradualmente ao estado em que me encontrava antes da sessão de *qigong*. Mestre Yao acha que fracassou, portanto duvido que ele se dê ao trabalho de me tratar novamente.

Se ele ao menos perseverasse um pouco mais, algo poderia ter acontecido. Senti os capilares de meu cérebro estremecendo em expectativa, e meus globos oculares girando num semicírculo. Mas quando minhas pálpebras estavam prestes a abrir, ele afastou as mãos de mim.

Na Montanha Buzhou cresce a árvore jia. Ela tem folhas ovais e flores com pétalas amarelas e sépalas vermelhas. Quem comer de seu fruto esquecerá todas as preocupações.

— Alguém me disse que você já foi professor de escola, Mestre Yao — diz minha mãe, enunciando as palavras com clareza.

— Trabalhei no departamento de educação de um distrito. Mas eu era do escritório de finanças. Nunca fui professor.

— Você pratica *qigong* há muitos anos, presumo.

— Mais de dez. Comecei depois que fui rebaixado e enviado para a Província de Henan.

— Então você também foi vítima das disputas políticas. — Minha mãe faz uma pausa para tomar um gole de chá. — Seu filho já trabalha?

— Tenho dois. Um garoto e uma menina. Ambos casados.

— E sua esposa, ainda trabalha?

— Ela faleceu há dois anos.

— Ah. — Minha mãe não faz mais perguntas, finalmente mostrando alguma discrição.

— Ela contraiu uma doença incurável — diz o Mestre Yao em voz baixa.

Minha mãe agora está pensando nele como um viúvo sem compromisso, e não mais como um mestre de *qigong*. Ela fica em silêncio por um momento, sem dúvida ruminando a nova informação.

— Deixe-me trazer algo para você comer antes de sair — diz ela.

— É muito cedo para mim. Geralmente, não janto antes das sete horas.

— Mas fico tão feliz em ter companhia. Nunca me dou ao trabalho de cozinhar quando estou sozinha.

— Pois bem, vamos fazer uma refeição. Não sou um grande cozinheiro, mas posso lhe garantir que você não ficará desapontada com os rins e fígado de porco que faço na chapa.

— Parece ótimo. Também tenho um pouco de peixe-espada e camarões na geladeira...

Pela primeira vez em anos, ouço minha mãe rindo. A nova chaleira que ela comprou assovia ruidosamente quando começa a ferver. Enquanto escuto o ruído irritante, ocorre-me que se eu não estivesse mergulhado neste coma, talvez estivesse explorando as Montanhas Tianshan na Província de Xinjiang no extremo oeste. Aquelas montanhas vivem congeladas, mesmo no verão.

Lótus da neve florescem nos picos nevados. Tian Yi me pedira muitas vezes para levá-la a Xinjiang. Agora, quando penso nela, sinto que estou contemplando um vasto e silencioso deserto.

Meus músculos estão relaxados pelo *qi* do Mestre Yao. O calor do verão é abrasador. Em geral, quando meus pensamentos se voltam para o *Livro das montanhas e dos mares*, posso vagar pelas paisagens imaginárias por horas, mas hoje o calor sufocante bloqueou todas as trilhas das montanhas.

Sua cabeça está submersa em água fria e fétida, mas você ainda respira.

— Saia daqui! Este é o dormitório das garotas! — gritou Mimi quando ergui a cortina que ela e Tian Yi tinham pendurado num canto da estação de rádio, bloqueando uma pequena área para seu uso privado.

— Estamos nos preparando para a batalha final, mas não somos otimistas quanto ao resultado... — dizia Bai Ling ao telefone. Ela não parecia estar falando com um jornalista.

Cutuquei seu ombro e disse:

— Os jornalistas lá fora querem saber o que você acha das manifestações que estão acontecendo ao redor do mundo hoje. — Eu tinha voltado ao campus na noite anterior para dormir um pouco. O dormitório estava apinhado de caixas e mochilas, e o corredor se via coberto de folhetos, saquinhos usados de chá e restos de comida.

— Não posso falar com eles agora, preciso sair e dar uma palavra com Lin Lu — respondeu ela, colocando o boné e os óculos escuros que sempre usava quando queria andar pela praça sem ser notada.

— Não sei como você aguenta Lin Lu — Mimi disse a Bai Ling. — Ele é tão frio e ambicioso.

— Precisamos trazê-lo para o nosso lado — respondeu Bai Ling. Ela passava pomada de menta pelas pernas. Sua pele era muito suscetível a picadas de mosquito.

— Se você estivesse se afogando no mar e só houvesse espaço para duas pessoas no bote salva-vidas, quem escolheria para ir com você, Wang Fei ou Lin Lu? — perguntou Mimi.

A pergunta parecia um pouco absurda, mas, sem hesitar, Bai Ling respondeu:

— Wang Fei, claro.

— Ha! Então você realmente se apaixonou por ele! — riu Mimi. — Hum, este movimento estudantil está ficando interessante...

O rosto de Bai Ling ficou vermelho vivo.

— Falei com um mestre de obras hoje, e ele sugeriu que façamos uma vasta tenda cobrindo a praça inteira em nossa próxima campanha — comentou Tian Yi, emergindo da cortina.

— Você acha que haverá uma próxima vez? — perguntei. — Se o governo lançar uma ação repressiva, todos nós passaremos os próximos vinte anos na cadeia.

— Será que você pode trazer alguma coisa para a gente comer, Dai Wei? — pediu Mimi, franzindo o cenho. — Os pães daquela caixa estão mofados.

— Eles me parecem ótimos — retruquei, pegando um. Mimi estava parada na frente do equipamento. A camiseta emprestada que usava era longa demais para ela.

Depois que tiver contemplado o passado tantas vezes que o tempo se dissolver, você poderá acordar de seu sono.

Mou Sen estava sentado com Nuwa sob a faixa do Departamento de Inglês. Ele se pôs de pé e avançou comigo para o lado sul da praça.

Ainda era o começo da manhã e ainda não havia muita gente chegando para nos apoiar. Professores do Instituto de Ciência e Tecnologia de Pequim vieram marchando do mercado Qianmen, brandindo vassouras e segurando faixas que diziam VARRAM A CORRUPÇÃO! Um estudante passou de bicicleta por eles, sacudindo um boneco de palha de Li Peng.

— Só restam três mil estudantes na praça — disse Mou Sen, desanimado. — Temos que nos retirar.

— Tenho certeza de que mais gente vai aparecer durante a tarde — respondi.

— O exército cercou a cidade. Se ficarmos aqui por mais tempo, estaremos condenados.

— Eu também gostaria de partir. Só fico por causa de Tian Yi.

— Ontem à noite eu disse a Bai Ling que deveríamos partir, mas ela me acusou de ser um covarde. Se ela não decidir evacuar a praça hoje, vou renunciar.

Exatamente naquele momento, Bai Ling se aproximou de nós com Mimi.

— Eu não fui claro ontem à noite — Mou Sen disse a ela. — A praça está um caos. Se não nos retirarmos logo, entrará em anarquia.

— Então você ainda acha que deveríamos ir embora, não? — retrucou Bai Ling, colocando seus óculos escuros.

— Sim. É nossa única opção. Se você não concorda, devo renunciar a meu posto. — Ele colocou a mão no bolso do casaco e tirou a carta de renúncia que redigira mais cedo.

— Não posso trair os estudantes — disse Bai Ling. — A história nunca me perdoaria. — Ela leu por alto a carta que Mou Sen lhe entregara, assinou seu nome no rodapé e se afastou.

— Aposto que você não imaginava que *isso* aconteceria — comentei, dando-lhe um tapinha no ombro. — Está desempregado agora, Senhor Diretor da Estação de Rádio.

— Na verdade, eu não queria renunciar... — resmungou Mou Sen. — Que confusão...

Demos meia-volta e retornamos à estação de rádio. Assim que entramos, Mou Sen anunciou que renunciara e planejava retornar a seu campus.

— Pois bem, renunciemos todos — disse Xiao Li. — Eu não me importaria de ir para casa por alguns dias.

— Aqui estamos no momento crucial, e assim que Mou Sen diz que está partindo, você dispara pela porta afora — reclamou o Velho Fu, irritado. — Ótimo, então caiam fora! Os dois! O restante de nós continuará muito bem sem vocês. Mas as fitas e documentos têm que ficar aqui. Ninguém deve tocá-los.

— Isto significa que você finalmente conseguirá tomar o controle da rádio, Velho Fu — devolveu Xiao Li, sacudindo a poeira de sua calça.

— E o que você quer dizer com isso? — retrucou o Velho Fu. Todo mundo sabia que ele se ressentia por ser secretário de logística e que achava que deveria ter sido nomeado Diretor da Voz da Democracia por ter instalado a primeira estação de rádio na praça.

— Continue com seu trabalho de logística — eu disse a ele — e deixe que Wang Fei dirija a rádio.

— Quem está guardando o forte aqui sou eu! — berrou o Velho Fu. — Sem mim, esta rádio teria desmoronado há séculos!

A atmosfera estava tão hostil que me senti obrigado a renunciar também, o que irritou o Velho Fu de tal maneira que ele atirou uma caixa de papelão no chão.

Nuwa entrou e tentou persuadir Mou Sen a ficar. Eu disse a ela que Bai Ling aprovara a renúncia dele.

Mou Sen pegou sua mochila jeans e disse:

— Estou indo agora. Vou visitar o cientista político Yan Jia para debater uma ideia minha. Planejo criar uma Universidade Democrática bem aqui na praça. Será aberta a todos. Convidaremos oradores para darem aulas sobre política e cultura. Os estudantes terão liberdade de tomar a palavra e questioná-los sempre que quiserem. Espero que todos vocês se envolvam. — Ele ergueu a mão em triunfo e saiu. Nuwa bateu palmas de empolgação e o seguiu para fora da tenda.

Na região oeste dos Grandes Desertos, o cadáver sem cabeça Xia Geng está de pé, segurando um machado e um escudo. Foi o guerreiro Shang Tang quem cortou sua cabeça.

— Você pode mandar cartas a qualquer parte do mundo com isso sem ter que ir ao correio? Não, não vou me dar ao trabalho de comprar um. Eu teria que me registrar na delegacia... Na semana passada, a Loja de Departamentos Haidian prometeu que qualquer cliente que gastasse mais de cem yuans receberia um bilhete de loteria. Comprei um par de tênis que custou 120 yuans, mas quando fui retirar o bilhete a mulher atrás do balcão disse que os sapatos estavam com desconto e por isso eu não podia ganhar um. Esses tubarões! Me enganaram completamente!

Minha mãe está conversando com An Qi, que trouxe consigo uma mulher chamada Gui Lan, cujo filho foi sentenciado a 18 anos de prisão por colocar fogo num tanque do exército durante a ação repressiva. Ela trouxe uma cópia por escrito da sentença que foi aplicada a seu filho. Ela não para de repetir que estará morta e enterrada quando ele for solto.

— Comprei uma garrafa térmica no mercado semana passada — diz Gui Lan. — Enchi a garrafa com água fervendo, e depois de apenas duas horas, a água estava morna. Tentei devolver, mas o dono da barraca disse que só reembolsava o cliente no máximo até três dias depois da compra. Mas o adesivo na garrafa diz que ela tem garantia de três meses. — Por seu sotaque, percebo que ela nasceu em Shandong.

— Hoje eu comprei um pacote de bolinhos de uma dessas redes de lanchonetes. Havia pedaços inteiros de gengibre no recheio. Não consegui comê-los, mas meu marido os engoliu com satisfação.

— Vocês viram as novas barracas de comida na rua? Uma delas vende gafanhotos fritos.

— A secretaria do distrito não se preocupa em mandar alguém para recolher o lixo. À noite, há tantos ratos na rua que nem ouso passar por ela.

— Agora cada bolo de sésamo custa dois yuans no mercado, e bolinhos de arroz custam três yuans por *jin*.*

— É estupidez gastar dinheiro com comida cara. Não importa se você come feijão-mungo ou lagosta, tudo fica igual quando sai pelo outro lado!

— No último aniversário do Quatro de Junho, a polícia me deu uma passagem de trem para a vila de meus pais. Não queriam que eu estivesse em Pequim e fizesse alguma coisa em homenagem às vítimas do massacre. Eles me seguiram por todo o caminho até lá e pelo trajeto de volta, por isso foi impossível relaxar. Independentemente do que digam este ano, não vou sair de casa.

— A polícia nos levou para um albergue do campo. Nem nos disseram o nome do vilarejo. Passamos a semana inteira no quarto, vendo televisão o dia todo.

— Talvez tenham nos levado para o mesmo albergue! Um dia eles me compraram um tomate e um ovo frito. Estava tão salgado que cuspi fora.

Minha mãe toma um gole de chá, torna a apoiar a xícara no radiador e diz:

— Este apartamento é vigiado como uma prisão. Às vezes tenho ganas de fugir.

— O que aconteceria com seu filho se você fosse embora? — pergunta Gui Lan. — Você tem sorte de tê-lo a seu lado... Terei que me mudar em breve. Operários passaram por nossa rua ontem e pintaram a palavra "demolição" em cada casa. O governo planeja derrubar o distrito inteiro.

— Que indenização estão oferecendo a você? — pergunta minha mãe.

— Três mil yuans por metro quadrado. Ou seja, ganharei apenas 18 mil yuans, o que não chega nem perto de comprar um novo apartamento por aqui.

— Por que você não se muda para Tongxian? — pergunta An Qi. — Fica a apenas uma hora de ônibus. Nosso bloco está em ruínas. Vivo perguntando ao comitê do bairro se ele será derrubado, mas eles me dizem que ainda não há planos.

Jin: unidade de medida de massa equivalente a aproximadamente quinhentos gramas. (N. da T.)

— Não se preocupe. Você mora dentro da Segunda Perimetral. O governo disse que tudo que chega até a Terceira Perimetral será demolido, portanto uma hora eles vão chegar até você. — Minha mãe se aproxima para verificar se a bacia esmaltada que recebe o fluxo de meu tubo de urina está cheia. Embora sua constante tagarelice seja de enlouquecer, sei que ninguém mais teria a paciência de cuidar de mim desta maneira por tantos anos.

— Espero que eu possa me mudar para um apartamento como este, com aquecimento central e água corrente — diz Gui Lan. — Meu quarto no cortiço fica muito frio no inverno. E odeio ter que usar aqueles banheiros públicos imundos que ficam no fim da rua.

— Nós vivíamos num cortiço tradicional — comenta An Qi. — Tínhamos que partilhá-lo com outras oito famílias. Era muito apertado.

— Pelo menos nas casas de um só andar vocês não têm vizinhos em cima ou embaixo — diz minha mãe. — E não há escadas para subir. Quando eu ficar mais velha e minhas juntas estiverem enferrujadas, não sei como vou vencer esses seis lances de escadas.

— Eu gostaria de viver num desses novos apartamentos com janelas do chão ao teto, como aqueles que vemos em anúncios de televisão.

— Li no jornal que as autoridades vão derrubar todos os prédios antigos de Pequim, exceto a Cidade Proibida, e substituí-los por blocos de arranha-céus feitos de concreto, aço e vidro. Ficará igual a Nova York.

Quando as duas mulheres se vão, já está escuro lá fora. O som das três virando folhas de papel e quebrando sementes de abóbora entre os dentes ainda paira no ar, junto com o cheiro da omelete de pepino que minha mãe fez ontem.

Suas conversas com o passado despertam seus músculos do sono.

À noite, minha mãe se senta numa cadeira junto ao pé da minha cama e massageia meus dedos atrofiados. Em seguida, começa a ler o diário de meu pai novamente. Depois de folhear algumas páginas, passa a recitar em voz alta:

— "As pessoas que têm camas para deitar são tão sortudas! Podem passar a vida sonhando..." Ah, isso é tão típico dele. Seu pai era muito confiante quando jovem. Vivia se gabando de que seria um violinista famoso um dia. Mas veja que ratinho assustado ele virou na Revolução Cultural. "As pessoas que têm camas para deitar são tão sortudas!" Ha! Ele não diria isso se visse você aí deitado agora!

A moldura de espelho que meu pai nunca terminou de fazer está embaixo desta cama, junto com uma cadeira de madeira quebrada que ele achou na rua. Lembro-me de meu pai dizendo que era uma cadeira da dinastia Ming, e que havia gente nos Estados Unidos que pagaria um monte de dinheiro por ela.

— "... Todos são mandados para trabalhar nos campos, independentemente de idade ou posição social. Estou tão fraco que desmaio de exaustão após algumas horas. Os oficiais dão bandeiras como prêmio ao fim do dia, dependendo de quanta terra cavamos. Recebemos um rolinho cozido inteiro por uma bandeira vermelha, meio rolinho por uma amarela, um quarto de rolinho por uma azul e apenas um oitavo de rolinho por uma bandeira preta. Temos que cavar quatro metros cúbicos de terra para conseguir uma bandeira vermelha. Pouca gente consegue. Quem trabalha o dia inteiro na esperança de conseguir uma bandeira vermelha, mas termina ganhando apenas uma amarela, desmaia de fome. Quem tem muito azar e só consegue uma bandeira azul pode até morrer. O direitista Velho Zhang morreu de fome enquanto sugava o pequeno pedaço de rolinho que sua bandeira azul lhe proporcionou. Ele não teve forças nem para engolir..."

Minha mãe fecha a janela. Um inseto em meu ombro alça voo, pousa em mim novamente e passeia por meu pescoço. Imagino-me erguendo a mão e espatifando o bicho.

— Não surpreende que ele se comportasse como um fantasma faminto quando voltou dos campos, catando restos de comida das latas de lixo — murmura minha mãe, enquanto torna a pegar o diário. — "Beethoven tinha paixão pela vida e sentia repulsa por assuntos mundanos e triviais..." Seu pai insistiu que a orquestra tocasse a *Sinfonia heroica* de Beethoven quando o maestro americano visitou o país. Foi tão impensado da parte dele... "Todo mundo deveria ter o direito de escolher seu caminho na vida..." Você escutou isso? É o bastante para que sejamos tachados de "parentes de um contrarrevolucionário" mais uma vez! — Ela fecha o diário. — Por que seu pai nunca me falou destas coisas?

Talvez amanhã ela chegue à página em que ele descreve como teve que recorrer a comer carne humana. Quando ela ler isso, talvez finalmente compreenda por que ele retornou do campo como um homem subjugado.

Alguém bate à porta. Minha mãe convida o visitante a entrar e pergunta seu nome.

— Meu sobrenome é Huang — responde o homem. — O Mestre Yao me disse que seu filho está doente e me pediu para ver se posso ajudar.

— Ah, você é o Velho Huang. Sim, o Mestre Yao me falou sobre seus dons especiais. Ouvi dizer que você fala a Língua do Universo.

— Muitos prédios por aqui estão sendo demolidos. A maioria das ruas está interditada. Levei séculos para encontrar este conjunto... Estudei medicina quando jovem. Meus ancestrais eram todos médicos. Infelizmente, não cheguei muito longe... Deixe-me dar uma olhada no paciente. — Ele e minha mãe entram no quarto.

— A temperatura dele está muito baixa... — diz ele, girando minha mão. — Muitas linhas horizontais.

— Esta linha que você está apontando é a linha do sol — retruca minha mãe bruscamente.

— Esta é a linha da saúde. Ele está claramente sofrendo de um caso sério de exaustão.

— Ele dormiu feito uma pedra por seis anos e ainda está exausto? — minha mãe ri, friamente.

— Ele tem uma linha escura passando bem no meio da testa.

— É só a luz. Não tem linha escura nenhuma na cara dele.

— Não, definitivamente há uma linha escura. Isso significa que uma calamidade está prestes a acontecer.

— Bem, ele conseguiu sobreviver a uma bala na cabeça, acho que provavelmente poderia sobreviver a qualquer coisa.

— Mas a pele dele está muito boa.

— Ele tem uma aparência pior que meu marido tinha quando estava morrendo no hospital. — Minha mãe está perdendo a paciência.

— O que ele come?

— Nada. Derramo um copo de leite no estômago dele todo dia e lhe dou três frascos de solução de glicose. Ele é praticamente um cadáver.

O homem se senta e eu sinto as molas de metal da cama se contraindo.

— Veja a cor disso aqui! — diz ele, erguendo meu recipiente de urina para a luz. — Isso é urina de ótima qualidade.

— Desde que comecei a dar fluidos vitaminados a ele, a urina ficou dourada.

— Eu gostaria de provar. Pode me trazer um copo?

— O *quê*? — minha mãe engasga. — Isso é muito peculiar. Se está com sede, posso lhe fazer uma xícara de chá.

— Não se preocupe. Há dez anos bebo urina. Já provei de todos os tipos, e posso lhe dizer que esta aqui é coisa de primeira qualidade.

— O que quer dizer com "primeira qualidade"? Você está falando de mijo, e não de álcool.

Rio comigo mesmo. Talvez os três frascos de solução de glicose que me alimentam todos os dias tenham transformado minha urina numa cerveja adocicada.

Minha mãe continua a expressar suas reservas por este estranho pedido, mas finalmente cede quando o homem diz que os imperadores chineses costumavam beber urina de bebês com propósitos medicinais. Ele diz que a última coisa que faz à noite e a primeira que faz pela manhã é beber sua própria urina, e que depois de anos fazendo isso seu cabelo se tornou mais preto e sua mente mais alerta. Ele aconselha minha mãe a despejar um pouco de minha urina num copo de suco e tomar um gole. O Velho Huang destaca que, no ventre, os fetos bebem um pouco de urina que expelem no líquido amniótico, e diz que a urina é a essência vital do corpo e que tem o poder de curar mil doenças.

— Veja estas pequenas manchas vermelhas nas unhas dele — comenta minha mãe. — Ouvi dizer que são sinal de que um vírus está atacando seu cérebro.

— Não, apenas indicam bloqueios no *qi* de seu sangue. Contanto que não fiquem pretas, você não precisa se preocupar. Traga um copo para mim, pode ser?

Já é muito tarde quando minha mãe finalmente consegue dizer adeus ao estranho visitante. Ela fecha a porta, senta a meu lado e resmunga para si mesma:

— Uma figura e tanto, esse homem...

Na cozinha, ouço a água de uma flanela molhada pingando dentro da pia.

Você adentra ainda mais a muralha de carne do passado, agarrando-se a objetos e emoções que não existem mais.

No começo da tarde, o Velho Fu invadiu a tenda e disse:

— Eu avisei, vocês não devem transmitir nada que abale o moral dos estudantes!

— Agora que Mou Sen renunciou, não sabemos quem deve vetar as pautas — disse Tian Yi, erguendo os olhos para ele.

— Quem leu aquela declaração fui eu — contou Nuwa. — Qual é o problema com ela? — Nuwa acabava de transmitir uma declaração da Federação dos Estudantes das Províncias anunciando que eles haviam decidido se fundir com a Federação dos Estudantes de Pequim para formar a Federação Nacional dos Estudantes.

— Você deveria ter cuidado antes de transmitir notícias sensíveis como esta — reclamou o Velho Fu.

Sentindo que um bate-boca estava começando, deixei a tenda.

A luz do sol estava escaldante. Todos usavam chapéus de palha ou bonés, exceto os poucos camponeses de cabeça descoberta vindos da zona rural. Vi muitos rostos novos na multidão. Eles me observavam e examinavam a tenda como turistas curiosos. Naquele dia, havia menos gente na praça. As bandeiras e faixas estavam amassadas e esfarrapadas. Parado no calor sufocante, senti o suor porejando de minhas coxas e virilhas. Dei meia-volta e me recolhi novamente à sombra da tenda.

— Transmita de novo, se quiser! — gritou o Velho Fu, abrindo caminho para fora aos repelões. — Já não dou a mínima.

— Não sou sua maldita porta-voz, está sabendo? — berrou Nuwa.

— Acalmem-se, gente — disse Bai Ling, entrando com Wang Fei. — Aonde quer que eu vá, as pessoas estão brigando...

— Abandonamos a reunião do Grupo de Coligação das Capitais mais cedo — anunciou Wang Fei, o suor escorrendo por seu rosto. — Shan Bo, aquele professor da Normal de Pequim, propôs que Ke Xi assumisse como líder estudantil. Ele disse que Ke Xi é o Lech Walesa da China.

— Que babaca! — exclamou Wu Bin. — Se Ke Xi se tornasse o líder, nosso movimento se desintegraria. — Seus olhos eram pretos e brilhantes como girinos. Sua cabeça raspada também era lustrosa.

— Ke Xi se levantou e se gabou de que todos os estudantes o veneram — continuou Wang Fei. — Senti arrepios!

— Ele disse: "Posso não ser tão preparado politicamente quanto vocês intelectuais, mas sou o estudante mais famoso da praça. E com o Sr. Shan Bo para me guiar..." — Bai Ling fez uma imitação tão boa de Ke Xi que Tian Yi riu, depois eu ri, e logo todos estavam às gargalhadas.

— Os intelectuais são tão adeptos de cultos a personalidades quanto o Partido Comunista — disse Chen Di. Ele parecia limpo e asseado. Era como se nunca suasse.

— Eles começaram uma discussão inútil sobre se o movimento é um fato isolado ou se pertence à longa tradição chinesa de protesto popular — comentou Wang Fei. — Não conseguimos aguentar mais, nos levantamos e saímos.

— Não podemos deixar que os intelectuais venham até aqui e criem problemas novamente — afirmou Tian Yi, abanando-se com um panfleto.

— Prefiro ser esmagado pelo exército a ser destruído pelo Grupo de Coligação das Capitais — disse Wang Fei, sacudindo seu colete suado.

— Pois bem, agora que Mou Sen se foi, quem está encarregado de vetar as pautas? — perguntou Nuwa. Seu cabelo curto estava uma bagunça. Havia uma grande mecha em pé na parte de trás.

— Bem, Tian Yi é editora-chefe, não? — respondeu Wang Fei, usando jeans emprestado curto demais para ele.

— Não perguntei a você — retrucou Nuwa bruscamente. Ela andava mal-humorada desde que Mou Sen deixara a praça.

— Ei, Wu Bin, ouvi dizer que sua turma quer criar uma unidade de operações especiais para controlar o Quartel-General de Defesa da Praça da Paz Celestial — declarou Wang Fei, tragando seu cigarro e soltando um anel de fumaça.

— O que queremos controlar é a praça, e não vocês — respondeu Wu Bin, calmamente.

— Os únicos estudantes que apoiam a Federação dos Estudantes das Províncias são os alunos da Universidade do Ferro e do Aço de Wuhan e a Universidade do Petróleo de Fushun — zombou Wang Fei. — O que acham que podem conquistar?

— Agora há cem mil estudantes das províncias aqui, e menos de dois mil estudantes de Pequim. Portanto, é inevitável que tomemos o controle da praça, cedo ou tarde.

— Só por cima do meu cadáver! — berrou Wang Fei, tomando um grande gole de água mineral. A água que ele deixou derramar se acumulou em torno de seus pés como uma poça de urina.

Pude sentir que minhas cuecas estavam rançosas. Lembrei que precisava comprar um presente de aniversário para Tian Yi.

Você jaz encolhido em sua cama de ferro como uma serpente adormecida. O paraíso pelo qual anseia não passa de um epitáfio gravado numa lápide.

Minha mãe se apoia em minha cama e puxa uma gaveta do armário, que não se abre completamente. Ela se move de lado e tenta destravar a gaveta por outro ângulo. Deve ser a terceira gaveta. Sempre rangia quando eu a abria. As tábuas de madeira do fundo estão gastas e faltam alguns parafusos.

— Eu deveria jogar esse maldito guarda-roupa que seu pai fez numa fogueira! — reclama ela. — Como ele pôde morrer daquele jeito, de uma hora para a outra? Ele prometeu que um dia me levaria para os Estados Unidos. Passei a vida inteira sonhando em ir para os Estados Unidos. Se não fosse por você, a essa hora eu estaria morando lá. Ah, que fardo você é para mim! — Ela ergue minha mão, provavelmente para examinar as feridas de injeção em meu braço. Quando ela torna a baixá-lo, sinto o ar se agitando um pouco.

Num vibrato incerto, ela canta, "*Aaaah, ela se apaixonou por você-ê-ê-ê...*", esticando a última nota até o máximo que consegue enquanto se encaminha para o banheiro.

Como sempre, minha mãe não se dá ao trabalho de fechar a porta. Ela não acha que precisa. Para ela, sou apenas um objeto jogado na cama.

Sua urina assovia em jorros e golfadas. Foi daquelas pernas abertas que eu emergi para o mundo. Ela está parada nos apoios de pé da latrina, cantando:

— "*Hoje é seu aniversário, Mamãe. Trago um adorável buquê de flores para você...*" — Sua voz soa fora de tom, mesmo nas notas mais altas. Ela está consciente disso, pois repete o verso, desta vez com um pouco mais de impostação: — "*Um adorável buquê de flores...*" — Escuto enquanto ela levanta as calças e lava o buraco com água de um copo de plástico. Em geral, ela só se importa de puxar a descarga depois que defeca, e, mesmo assim, só usa água limpa da pia se a água usada que ela guarda num balde depois de lavar louça tiver acabado.

Lembro que meu pai frequentemente lhe dizia:

— Você não coloca emoção suficiente em sua voz quando canta. Falta sentimento.

Minha mãe respondia:

— Uma vez você me disse que se apaixonou por mim por causa de minha voz, e agora você diz que a detesta. — Ou às vezes ela dizia: — Antes de nos casarmos, você implorava para me ouvir cantar. Mas agora, quando minha voz está muito melhor, você vive encontrando defeitos nela. — Meu pai ficava calado. Depois que ele foi solto dos campos, meus pais tinham conversas como esta quase todos os dias. Não me lembro de um único elogio de meu pai para minha mãe. Talvez ela não fosse mesmo uma grande cantora, afinal ela nunca conseguiu construir uma carreira solo.

Os olhos de meu pai aparecem diante de mim. Há três linhas paralelas em sua testa. Quando ele fala, a ponta vermelha de seu cigarro e sua boca cheia de fumaça se movem para cima e para baixo. O colarinho sujo que ele costurou à camisa deixou uma linha encardida em torno de seu pescoço. Ele está sentado na beira da mesa, junto a uma pilha de partituras e LPs. Há uma paisagem montanhosa pintada no porta-pincel de bambu ao lado do cinzeiro. Consigo até ver sua serra apoiada contra a parede às suas costas.

— "*Com mil braços em meu auxílio, eu giraria poderosamente a roda do moinho...*" — minha mãe canta da sala de estar.

Se meu pai ainda estivesse vivo, ele a interromperia agora e diria, "Esse *poderosamente* ficou alto demais..."

— "*Com a força do vento das tormentas, eu faria rolar as pedras moleiras...*" — Sua voz relaxa quando alcança as notas mais altas. Meu pai diria, "Isso é a *Bela moleira* de Schubert, não é? Eu a ouvi executada nos Estados Unidos"... E minha mãe retrucaria, "Pare de tagarelar sobre os Estados Unidos. Estamos na China agora. Se você gosta tanto dos Estados Unidos, por que não volta para lá?"

Certa noite, o violino de meu pai escorregou do sofá e caiu no chão. Provavelmente se quebrou. Ele ficou furioso e berrou:

— Pare de desafinar! Nunca vai conseguir um papel solo se continuar cantando desse jeito!

Minha mãe parou de cantar e, alguns segundos depois, ouvimos uma xícara se estraçalhando contra o piso.

Agora é o começo da tarde. Minha mãe liga o rádio e tosse. Por minha causa, ela nunca poderá se apresentar num palco novamente. "Na semana passada, especialistas de 17 províncias e cidades fizeram uma conferência para debater a ética da eutanásia. No momento, Xangai está conduzindo um programa de testes... Foi anunciado que dos cem milhões de cidadãos idosos da China, seis milhões já sofreram vários níveis de maus-tratos. Um homem em Wuhan colocou a mãe num caixão enquanto ela dormia e a levou para ser cremada..." O céu está carregado, por isso o sinal do rádio é fraco e há um constante chiado ao fundo.

— Quem dera você morresse contente em seu sono como essa velha — diz minha mãe, dando tapinhas em meu ombro. — Já se decidiu a morrer? Por que não inscrevo você para eutanásia? Poderíamos fazer uma viagem até Xangai. O que me diz? Estou avisando, não posso mais continuar desse jeito.

Lembro-me de um sonho que tive na tarde de ontem. Meu cabelo se tornava longo e espesso e virava uma densa floresta. Eu subia no alto de uma árvore. O céu estava azul. Um campo de girassóis se estendia à minha frente. Comecei a flutuar como uma nuvem. Olhei para baixo e tentei agarrar as pessoas que estavam paradas no chão, mas eu estava tão alto que meus braços não podiam alcançá-las.

Enquanto você espera para se decompor, o ferro da cabeceira se infiltra em seu corpo, transformando-o numa rígida árvore.

Quando o sol se pôs, o calor na praça se tornou menos sufocante e algumas luzes começaram a cintilar no pálido céu cinzento. Os moradores de Pequim tinham menos medo agora do que no começo da lei marcial, e as lojas e barracas do mercado Qianmen estavam lotadas de fregueses novamente. Tian Yi, Wang Fei, Bai Ling e eu entramos num pequeno restaurante. Eu os convidara para jantar.

Examinei o cardápio. No alto estavam os bolinhos cozidos de porco a dois yuans cada *jin*, e abaixo havia uma lista de pratos de frituras. Pedi tofu temperado com tomates e ovos fritos, coisa que eu sabia que Tian Yi apreciava, e duas garrafas de cerveja. Gastara cinco yuans no presente para Tian Yi e só restavam vinte yuans em minha carteira, por isso eu não ousei pedir algo muito caro.

— Vamos querer três *jins* de bolinhos também, um prato de amendoins cozidos e aletria com feijões frios — pedi ao gerente antes que ele se afastasse.

— Peça Coca-Cola também — disse Tian Yi. — Vamos precisar num dia quente como este.

— Eu não sabia que você estava convidando a gente para uma refeição vegetariana! — declarou Wang Fei, e chamou o gerente. — Ei, e traga algumas patas de porco assado também!

— Por que estão pedindo tanta comida? — perguntou Bai Ling. — Isso aqui não é a Última Ceia, sabiam? — Ela usava boné e óculos escuros.

— Por favor, deixe-me contar para eles — falei, olhando para Tian Yi. — Hoje é aniversário dela! — Eu estava sentado com Tian Yi de um lado da mesa, e Wang Fei e Bai Ling estavam na nossa frente.

— Ah, que vergonha! — disse Bai Ling. — Não tenho um presente para você. Vou compensar quando voltarmos para o campus. E aí, o que você deu a ela, Dai Wei? Mostre para mim. Lembro-me de como você se meteu em nossa festa ano passado só para ver Tian Yi. — Quando Bai Ling sorria, o que não acontecia com muita frequência, dava para ver seus dois caninos pontudos.

Eu tinha comprado um leque dobrável de sândalo para Tian Yi na loja de artesanato ao lado do restaurante. Lembrei que A-Mei comprara um leque semelhante na Loja da Amizade em Guangzhou. Ela me dissera que valiam muito dinheiro no exterior. Tirei o presente de minha bolsa e coloquei sobre a mesa. Tian Yi rasgou a embalagem, cheirou o leque e disse:

— Bem, acho que o que vale é a intenção.

Notei uma expressão glacial no rosto de Bai Ling. Era o que as garotas faziam quando se sentiam constrangidas e não queriam chamar atenção. Tentando aliviar o desconforto dela, falei, brincando:

— Eu me pergunto o que Wang Fei vai lhe dar no seu aniversário. Vamos, pergunte a ele! — Nisto, Wang Fei se inclinou e beijou sua bochecha. Bai Ling sorriu timidamente. Eles se deram as mãos sob a mesa. Embora estivessem sujos de lama, os tornozelos de Bai Ling eram suaves e rosados.

Tian Yi esfregou os dedos em meus cabelos e disse:

— Espero que em meu próximo aniversário possamos fazer um piquenique nos Montes Fragrantes.

— Sim, contanto que não estejamos na cadeia — respondeu Bai Ling, passando um dedo por dentro dos óculos escuros e coçando o canto do olho.

— Um estudante de Xangai me disse que seus colegas estão muito decepcionados com nosso movimento. Seiscentos estudantes da universidade dele viajaram para Pequim, e apenas dez deles ainda estão aqui.

— Muitos estudantes das províncias já partiram — constatei. — Os que ficaram perderam o entusiasmo e estão preocupados com o que acontecerá agora. Passo a maior parte do meu tempo tentando interromper brigas. Realmente acho que é hora de nos retirarmos.

— Uma retirada seria equivalente a uma rendição — disse Wang Fei. Ele tirou uma baforada de seu cigarro, pegou um amendoim com seus palitos e o atirou na boca.

— Concordo. Temos que dar um tempo e esperar até que o governo decida usar a força. Precisamos deixar que o povo veja a verdadeira face deste governo. — Os dedos de Bai Ling eram quase tão finos quanto os palitos que ela estava segurando. Ela fitou Wang Fei e acrescentou: — A declaração da greve de fome teve um grande impacto sobre os estudantes. Tenho a responsabilidade de continuar. — Ela colocou um pequeno emaranhado de aletria na boca e mastigou lentamente.

— Agora a praça é nosso único lar — disse Wang Fei. — Não temos mais para onde ir. Se voltássemos para nossos país, eles nos entregariam à polícia.

— Sim, Mao destruiu o sistema familiar tradicional para que todos tivessem que depender do Partido — disse Tian Yi. — Somos uma geração de órfãos. Nossos pais não nos deram apoio emocional. Assim que nascemos, nos entregaram ao Partido e deixaram que ele controlasse nossas vidas. — Ela fez uma pausa momentânea para engolir um pouco de comida. As alças de seu vestido jeans escorregavam de seus ombros constantemente. Eu tinha que levantá-las o tempo todo. Depois de beber cerveja e consumir alguns bocados de comida quente, comecei a suar. O pescoço de Tian Yi também estava coberto de transpiração. Peguei um bolinho e coloquei no prato dela.

— Se nos rendêssemos agora, nossos pais ficariam do lado do governo e exigiriam nossa punição — disse Bai Ling. — Eu me alistei no Partido no meu aniversário de 18 anos. Meu pai me disse: "De agora em diante, você pertence ao Partido. Deve dedicar sua vida a ele." Como eu poderia voltar para casa agora? Os órfãos devem aprender a abrir seus próprios caminhos na vida. — Bai Ling parecia muito abatida.

— Sim, temos que continuar firmes e fazer o melhor que pudermos para defender a praça — afirmou Wang Fei. Assim que ele começou a engolir a cerveja, seu rosto se tornou tão rosado quanto o de Bai Ling.

Tian Yi afastou algumas moscas com a mão e ergueu as sobrancelhas em aprovação quando o prato de fígado de porco frito que eu acabara de pedir foi colocado sobre a mesa.

— Comam! — disse ela. — Vejam, eles colocaram alguns amendoins.

— Os moradores estão distribuindo comida e água para os soldados que cercam a cidade — comentou Bai Ling. Ela mordeu um pedaço de fígado. —

Hum, tem um gosto muito melhor que o que nos servem na cantina da universidade... — Ela então tirou os óculos escuros e disse desoladamente: — Não quero morrer. — Os contornos de seus olhos estavam vermelhos.

— Ainda não está claro quem vencerá esta batalha. — Wang Fei apagou seu cigarro e pegou um pedaço de ovo frito.

— No fundo, eu gostaria de deixar a praça porque esta seria a opção mais segura — continuou Bai Ling. — Mas eu sei que, se partir, passarei o resto de minha vida com medo. — Ela dobrou um guardanapo de papel nervosamente.

— Quero lançar uma campanha para pressionar por autonomia regional — disse Wang Fei, espalmando as mãos sobre a mesa.

— Só entrei neste movimento para me certificar de que Dai Wei não faria algo precipitado — comentou Tian Yi. — Mas assim que me envolvi, sabia que não importava mais o que acontecesse, eu teria que continuar até o fim.

— Isso está começando a parecer uma de suas aulas de psicologia — reclamou Wang Fei.

— Pu Wenhua e Hai Feng andam passando informação aos militares para garantir seus futuros — revelou Bai Ling. — O governo não precisa mais se comunicar conosco. Aqueles dois sujeitos efetivamente destruíram nosso movimento. O que precisamos agora é de derramamento de sangue. Somente quando rios de sangue correrem pela Praça da Paz Celestial os olhos do povo chinês finalmente se abrirão. — Ela contraiu a testa e irrompeu em lágrimas.

— De novo não! Você prometeu que não choraria novamente — sussurrou Wang Fei, afagando as costas de Bai Ling. As pequenas e delicadas orelhas dela tremiam enquanto ela soluçava.

Baixamos nossos palitos. Havia poucos fregueses no restaurante, mas muitas moscas. Sempre que elas pousavam na mesa ou num prato de comida, Tian Yi as afastava com seu leque. Os rangidos e bramidos dos ônibus elétricos, carros e bicicletas do lado de fora se mesclavam num único e grande clamor.

— Estou na lista negra do governo — murmurou Bai Ling. — Quero fugir. Não me importo se as pessoas acharem que sou egoísta. Quero viver. Estou tão confusa... — Ela se desfez em lágrimas novamente, o cabelo preto-azeviche pendendo sobre os tomates fritos em sua tigela.

Wang Fei puxou seu banco mais para perto dela e a estreitou contra seu ombro. Tian Yi colocou outro guardanapo na mão de Bai Ling.

Aquela jovem tão resoluta e determinada em público agora soluçava como uma criança. Desde o início da greve de fome ela fora empurrada à linha de frente, e era preciso ter nervos de aço para ocupar aquele lugar por tanto tempo. Antes que ela começasse a chorar, eu pensara em lhe dizer que sua aprovação à renúncia de Mou Sen tinha sido uma decisão infeliz, mas, vendo sua angústia, decidi ficar calado.

— Ei, hoje é aniversário de Tian Yi — lembrou Wang Fei. — Não vamos falar da praça. Tian Yi, desejo a você toda a felicidade e sucesso do mundo! — Ele tirou a mão das costas de Bai Ling e ergueu seu copo de cerveja.

— Desenvolvi um caso grave de fadiga de guerra! — Bai Ling enxugou as lágrimas dos olhos e ergueu seu copo. — Conte qual é seu desejo de aniversário — pediu, não ousando desviar o olhar das mãos de Tian Yi.

— Meu desejo é ter liberdade de pensamento e ver o fim desta ditadura política — respondeu Tian Yi. — Não quero viver com medo.

— Isso é fácil. Você só precisa ir para o exterior com Dai Wei. — Wang Fei enfiou um guardanapo sob a axila para absorver o suor e depois jogou o papel no chão.

— Sou uma cidadã chinesa — ela replicou. — Não quero dedicar minha juventude a um país estrangeiro. — Ela se virou para Wang Fei e Bai Ling. — Ora, vamos, vocês dois! Quero brindar à sua felicidade também. Que todos os seus desejos se tornem realidade!

Tian Yi baixou seu leque de sândalo e serviu um pouco de Coca-Cola no copo de Bai Ling. Eu estava impressionado com a autoconfiança e a resolução que ela desenvolvera ao longo daquelas semanas. Minha mãe me enviara uma mensagem dizendo que meu primo Kenneth e sua esposa tinham chegado a Pequim. Eu queria pedir a Tian Yi que nos acompanhasse num passeio à Grande Muralha no dia seguinte, mas tinha medo de que ela me acusasse de abandonar meu dever.

— Obrigada, obrigada — respondeu Bai Ling, sorrindo. — Na verdade, meu único desejo é ter uma vida comum. Eu gostaria de ter filhos e vê-los crescendo. Vamos lá, saúde! — Ela olhou para Wang Fei e tocou seu copo no dele. Ele colocou o braço em torno dela e bebeu a cerveja num só gole.

O gerente do restaurante se aproximou com um cigarro pendurado na boca e disse:

— Há um boato correndo de que as novas tendas de lona que vocês colocaram na praça são parte da estratégia da fortaleza vazia, uma trama para assustar o governo e ganhar tempo de fazer uma retirada rápida.

— Não vamos nos retirar — respondeu Wang Fei. — Ficaremos na praça até o amargo fim. Veja, a comandante está sentada bem aqui. — Ele pousou a mão no ombro de Bai Ling orgulhosamente.

— Ah, você é Bai Ling! Vi sua foto no jornal! — O gerente estava surpreso.

Enquanto Bai Ling abria um sorriso relutante, as picadas de insetos em sua testa adquiriam um tom mais avermelhado.

— Bem, você pode chamar a polícia agora, se quiser, e pedir que apareçam e nos prendam — disse ela.

— Não, não, eu nunca faria isso. Não quero nenhum policial perambulando por aqui. Há alguns dias, dois estrangeiros entraram para fazer uma refeição. Assim que saíram, um agente da polícia secreta entrou e me perguntou o que eles disseram. Só há quatro mesas neste restaurante, por isso posso ouvir tudo. Mas os estrangeiros estavam falando inglês. Como eu poderia saber o que conversaram? Pois bem, não fui talhado para ser espião do governo, sabem. Aqui, peguem alguns cigarros!

Você quer impedir que a solução de glicose penetre sua veia, e morrer lentamente de inanição.

Meus ouvidos são como aberturas de ar. Não posso escolher quais ruídos os penetram. O mais frustrante é que minha urina se tornou agora foco do interesse da mídia. Durante os últimos cinco dias, repórteres apareceram para entrevistar minha mãe e tirar fotos minhas.

Ontem, um homem com uma voz esganiçada disse:

— Veja como a pele dele é translúcida! É um sinal de que seus anos de jejum o transportaram para um plano mais elevado.

— Pelos traços faciais, nota-se que ele está destinado a uma vida longa — diz um colega do primeiro.

— Ele é idêntico àquele mestre de *qigong*, Kong Hai, que tem a urina mais miraculosa de todos os mestres taoistas.

— Mestre Kong Hai não comeu nem dormiu por 13 anos — alguém acrescentou.

— Sim, a urina de Kong Hai foi declarada um tesouro nacional. Somente a esposa do primeiro-ministro tem permissão de bebê-la.

Como estes estranhos homens conseguiam acreditar que minha urina tem propriedades mágicas? Que tipo de tônico um cadáver como eu pode produzir?

Minha mãe está jogando majongue com outras quatro mulheres. Quando elas movem as peças de plástico, soa como se estivessem espalhando pedrinhas sobre a mesa.

— Descobrimos mais duas mortes — diz Fan Jing em voz baixa. — Isto eleva o número para 155.

As mulheres estão examinando a última lista de mortos no massacre e seus parentes.

— Conheço esta mulher, Zhang Li. Seu marido foi espancado até a morte na rua Fuxingmen em 6 de junho. Ela foi demitida de um emprego público depois disso. Está na miséria. Tudo que ela tem é uma cama e uma cadeira. Seu estado mental é muito instável. Ela não gosta de ficar em seu apartamento quando escurece, por isso passa a noite inteira vagando pelas ruas.

— Ainda havia gente sendo morta em 6 de junho? — pergunta minha mãe.

— Sim, o massacre que aconteceu em Fuxingmen foi chamado de um "mini Quatro de Junho". Os tanques passaram pela rua e dispararam indiscriminadamente contra a multidão. Veja, a Professora Ding colocou detalhes de três pessoas que foram mortas lá. Olhe aqui, "um menino de apenas 13 anos caiu na rua, as entranhas espalhadas sobre o estômago, e os soldados se recusaram a deixar que qualquer um corresse em seu auxílio".

— Vejam isso. Fui eu quem descobriu esse homem — diz Fan Jing. — A esposa dele vive numa cabana minúscula nos subúrbios. Ela lavra vinte *mu** de terra completamente sozinha. Ninguém a visita nunca, a não ser a polícia, que aparece a cada aniversário do massacre para adverti-la a não falar com jornalistas.

— Deveríamos convidá-la para uma reunião — diz minha mãe. — Ela deve ficar cansada de viver sozinha o tempo todo.

— Ela não conseguiria pagar a viagem de ônibus, não tem dinheiro nem para comprar roupas. Ela usa um uniforme masculino do exército que achou na rua.

---

*Mu: Unidade de medida de área correspondente a cerca de 667 metros quadrados. (*N. da T.*)

— Vejam estas fotos — diz Gui Lan. — Esta menina se chamava Zhang Chu. Tinha apenas 19 anos. É esta moça de blusa vermelha, apoiada no estrangeiro. Um sorriso tão bonito. Quando a bala acertou sua cabeça, o sangue espirrou de seus ouvidos... Alguém me deu o endereço dos pais dela. Fui até lá, mas descobri que eles se mudaram há muito tempo.

— Onde ela morreu?

— Na rua principal do Qianmen, nos braços do namorado...

Estas mulheres parecem um bando de ativistas subversivas enquanto conversam, jogando majongue.

— É incrível pensar que o mijo de seu filho pode ser usado como remédio — diz An Qi, pegando a cópia do jornal *Estrela Vespertina de Pequim* que Fan Jing trouxera consigo. — Veja esta manchete: "Urina de homem comatoso cura doente de câncer terminal."

— Então ela realmente pode curar as pessoas? — pergunta Gui Lan, reunindo suas peças de majongue. — Você deveria abrir um banco de urina, Huizhen. Poderia fazer uma fortuna.

— Seu marido foi baleado nos rins, não foi, An Qi? — pergunta minha mãe. — Talvez a urina dele tenha qualidades especiais também.

— Ele agora tem diabetes tipo 4, então não acho que a urina dele faria muito bem a ninguém — responde An Qi.

Eu ainda não compreendo como a urina pode ser usada de modo medicinal. Ela contém ureia, sódio e cromo, que são tóxicos quando em doses altas. Minha mãe engarrafa todo o meu mijo agora e o guarda na geladeira, pronta para vendê-lo a consumidores que nos visitam.

— Uma repórter disse que entrará em contato com os produtores do *Desafio da Vida Real* e para ver se eles estariam interessados em apresentar Dai Wei num de seus programas — minha mãe diz orgulhosamente.

— Eu já vi esse programa. Na semana passada, mostraram um velho paralítico competindo contra uma menina com câncer de fígado. Depois que ambos tiveram a chance de descrever seus sofrimentos, a plateia decidiu que o velho era mais doente e lhe deu um prêmio de sete mil yuans.

— É desumano fazer com que pessoas doentes disputem dinheiro desse jeito. E o valor do prêmio não chega nem perto do suficiente para salvar suas vidas.

— Mas eles não ousariam mostrar Dai Wei no programa — diz An Qi. — Não depois que descobrirem que ele foi baleado durante o massacre.

— Meu amigo do *qigong*, o Mestre Yao, está aprendendo Falun Gong agora — comenta minha mãe. — Ele me disse que se uma pessoa fizer os exercícios diariamente, suas doenças desaparecerão. Estou pensando em experimentar. — Isto é surpreendente, porque quando o Mestre Yao a incitou a experimentar a série de exercícios, ela se recusou terminantemente.

Filetes de chuva com cheiro de telha empoeirada espirram contra a vidraça. Algumas gotas d'água se infiltram pelas rachaduras da estrutura de madeira e caem na pilha de jornais no chão, sob a janela.

— A maior parte dos velhos cortiços de nosso distrito foi derrubada — diz Gui Lan. — Nossa rua está marcada para demolição dentro de algumas semanas. Ninguém mais se importa em recolher o dinheiro da eletricidade e da água.

— Se você não pode pagar por um apartamento recém-construído, compre um num prédio antigo. Será poupada de ter que pagar as taxas altas de condomínio, que são compulsórias nas novas construções.

— Acho que você deveria esperar até que o governo construa as habitações mais baratas de que vive falando — diz minha mãe, entrando em meu quarto e fechando a porta para a sacada coberta. — Ouvi dizer que um prédio será erguido em breve aqui perto.

— Como é que o outro lado da rua foi demolido mas este ficou intocado? — pergunta An Qi, cuspindo uma casca de semente de girassol.

— Perguntei ao comitê do bairro. Ao que parece, este lado pertence a várias unidades de trabalho diferentes, e eles estão com dificuldades para lidar com os direitos de propriedade.

Ainda posso ouvir a chuva batendo contra a janela. Embora o som seja muito mais fraco agora que a porta para a sacada foi fechada, ainda me traz lembranças de quando eu caminhava na chuva com sapatos molhados.

Gotas de urina se acumulam lentamente nos ductos coletores de seus rins, cuja floresta de túbulos se espalha profundamente até a medula, como fungos que nascem na chuva.

Mais ou menos às seis da tarde, alguém bate à porta.

O Velho Huang, o especialista em urina, trouxe alguns colegas entusiastas consigo.

— Convidei o Diretor Zhou da secretaria de saúde pública — diz ele a minha mãe. — Se ele mexer alguns pauzinhos em seu benefício, você não terá que se preocupar em conseguir reembolso para as despesas médicas de Dai Wei.

Minha mãe traz os convidados a meu quarto e acende a luz da cabeceira. Há quatro ou cinco pessoas falando. Reconheço uma delas como a mulher doente que nos visitou semana passada. Depois de beber um copo de minha urina, ela diz:

— É muito doce. Tem um gosto parecido com limonada que passou da validade. — Minha mãe se esquecera de me dar antibióticos naquele dia, portanto a urina que a mulher bebeu provavelmente era pura oxídase de glicose.

Posso sentir que olhos e narizes se aglomeram em torno de meu pênis, inspecionando o fluxo de urina que sai da ponta.

A urina que expeli nesta tarde e que está agora num copo sobre o guarda-roupa tem cheiro de vitamina K. Mas talvez o forte cheiro de borracha do tubo de alimentação em meu nariz esteja afetando meu olfato.

Mais visitantes entram e saem, trazendo cheiros de poeira do corredor para o quarto. Um homem tem passos tão pesados que fazem tremer o chão. Ele deve ser muito gordo. E há duas mulheres. Uma delas arrasta os pés como minha mãe, a outra usa saltos altos e sempre caminha junto à parede.

— Está saindo mais rápido que ontem.

— Hoje está vermelho-escura, da cor do chá preto. Minha urina não fica escura desse jeito nem quando como pimenta vermelha.

— Sempre me limito a comidas simples. Tomo um copo de leite e como uma maçã a cada noite antes de dormir. A urina que solto de manhã é a mais doce do dia. Depois que bebo o primeiro copo, sinto que meu corpo inteiro é purificado.

— Vejam, está ficando duro. Eu não sabia que homens em coma podiam ter ereções.

Sinto meu pênis se levantando. Minha mãe o pressiona para baixo rapidamente com uma fria toalha molhada e diz:

— Não se preocupem, quando eu o esfrio desse jeito ele encolhe de novo num estalar de dedos.

— Isso mostra que ainda há uma chance de que ele acorde — comenta o Velho Huang. — É um bom sinal.

Minha mãe pressiona a toalha molhada e aplica um forte beliscão em meu pênis. Eu a fiz passar vergonha mais uma vez.

Meu cérebro parece tão obstruído e confuso quanto um poço de lama sendo mexido com uma colher de pau.

— Tem gosto de cerveja — diz o gordo. — É estranho. Nos últimos dias, minha urina teve gosto de berinjela. Vou encher um copo num minuto e vocês podem cheirar pessoalmente.

— Se você comer melão no almoço, sua urina da tarde será bem mais clara — explica o Velho Huang. — Mas não beba as primeiras nem as últimas gotas. A urina do fluxo intermediário sempre tem um gosto melhor.

— Estas coisas aqui parecem traços de sangue — afirma alguém que está parado a meu lado, tamborilando na lateral do copo.

— Está pingando muito devagar — uma mulher comenta com minha mãe. — Quantos copos ele enche por dia?

Minha mãe costumava me dar dois frascos de solução de glicose todo dia, mas agora elevou a dose para quatro.

— Aquele copo lhe dará os mesmos benefícios de um mês de consumo de ervas medicinais — explica o Velho Huang com autoridade.

O aquecimento comunitário central está desligado e um cheiro de urina quente se eleva no ar. O mundo lá fora foge de mim à medida que o céu escurece.

Anseio por abandonar esta máquina produtora de urina que me tornei e correr lá fora, sentindo o vento frio atingindo meu rosto. Embora agora seja fim da primavera, o vento ainda é seco e frio o bastante para arrepiar a pele... A 110 *li* para o norte fica o Monte Primavera. Lá vive um animal que se assemelha a um macaco, mas seu pelo é crivado de pintas. Quando ele vê um homem se aproximando, finge estar morto...

— Este copo está cheio! — exclama o Velho Huang. — Traga mais um.

O grupo se reúne a meu redor novamente. Estou deitado com as pernas abertas, como uma mulher prestes a dar à luz. Eu gostaria de poder me sentar e enxotar este bando de entusiastas do mijo para fora do apartamento.

Alguém ergue meu pênis para fora do copo cheio, deixa que ele repouse sobre meu testículo esquerdo e o coloca num copo vazio. Sinto a cerâmica fria contra minha pele.

— Onde você trabalha?

— Na Fábrica de Fármacos Número Dois.

— Há seis meses desenvolvi paralisia no lado esquerdo do corpo, mas vejam, após apenas três doses da urina dele estou quase curado. Na primeira vez em que vim aqui, tive que ser carregado para dentro. Não conseguia mexer minha perna nem meu braço esquerdos. Agora vejam, posso movimentar todos os meus dedos...

— Você deveria trocar a agulha todo dia, ou o buraco no braço dele ficará infectado — alguém aconselha minha mãe.

— Este é um copo da urina da manhã de Dai Wei — declara minha mãe. —Guardei na geladeira para vocês.

— Eu pareço um senhor de sessenta anos? — Este homem já veio beber minha urina muitas vezes. Deve ter acabado de chegar. Ouço quando ele joga a bolsa no sofá, depois escuto a bolsa caindo no chão.

— Comecei a beber urina depois de ler um livro japonês chamado *Urina: a cura para uma centena de doenças*.

— Por que está lendo livros japoneses? Há mais de mil anos os chineses usam a terapia da urina.

— Eu tinha herpes-zóster. Sentia tanta dor nos pés que nem podia caminhar. Bebi minha urina por uma semana, mas nada aconteceu. Mas depois de beber apenas um copo da urina deste homem, estou completamente curado.

— Não se preocupe, pode beber este copo. Vou tomar o próximo. Ouvi dizer que você entrou com um pedido de autorização para formar uma associação de consumidores de urina.

— Ele está em condição estável agora. Eu lhe dou fórmulas de vitaminas e glicose todos os dias. Por favor, sirvam-se.

Eles continuam papeando e bebericando. O telefone toca por um longo tempo, mas ninguém vai atender.

— Na antiga dinastia Qing, fazia-se infusão de ervas medicinais com a urina de bebês.

— Você rejuvenescerá dez anos, prometo. A dez yuans por copo, é uma pechincha.

— Meu apetite melhorou tanto desde que comecei a beber a urina. Hoje comi quatro bolinhos cozidos no vapor e uma tigela de sopa quente.

— É muito salgada. Tem gosto de água do mar.

Imagino uma trilha de minhas pegadas na neve lá fora. Como será ficar de pé? Passei vinte anos podendo ficar em pé, mas ainda tenho dificuldade de recordar a sensação. Imagino-me caminhando pela trilha nevada, erguendo os joelhos sem esforço. A neve está intocada, exceto por algumas pegadas que levam às lixeiras. Caminho mais rápido e meu corpo se torna leve como uma folha de papel. Começo a correr no ritmo de minha respiração acelerada. Meus pés deixam o chão e eu alço voo para uma luz brilhante. Há gente que me persegue, atirando flechas às minhas costas. Abaixo, vejo um vale entre montanhas e suaves nuvens brancas. As flechas voam tão rápido quanto eu. Quando se aproximam, transformam-se em seringas hipodérmicas. As agulhas estão infectadas. Minha pele se estira e meus poros se dilatam.

Um copo cai no chão. Algumas pessoas se afastam enquanto outras chutam os pedaços quebrados para um canto.

— Segure o tubo para mim — diz um homem à minha esquerda. Ele está colocando leite em meu tubo de alimentação, na esperança de adocicar minha urina.

— O leite foi fervido? — pergunta uma mulher junto dele.

— Fervi esta manhã — responde minha mãe.

"*Rogo a ti, Imperador...*" Alguém aumentou o volume da televisão inadvertidamente. O ruidoso grito do ator é seguido pelo tom agudo de um alaúde de duas cordas.

Desejo recitar outra passagem do *Livro das montanhas e dos mares* para mim mesmo, mas minha mente ficou vazia. Tudo que vejo é um rio raso correndo por uma planície amarela... Agora vejo um dos sapatos de couro de A-Mei. Limpei a lama amarela da sola para ela. As rugas do couro lembram as linhas da palma de uma mão, e o contorno de seu dedão é visível na ponta gasta do sapato. As duas tiras cruzam a frente no mesmo ângulo que A-Mei cruza os braços sobre o peito. Alguns dos buracos nas tiras são mais alongados que os outros. Olhando para dentro, posso ver a marca lustrosa que seu calcanhar deixou na palmilha de couro e a misteriosa escuridão onde seus dedos se encerravam. Lembro-me de segurar seu pé e ver seus dedos se enlaçando suavemente nos dedos de minha mão.

Onde estará ela agora? Vejo um sorriso tímido se abrindo em seus lábios. Sempre que sua imagem aparece em minha mente, um córrego de tristeza se derrama em meu coração e a dor é bombeada para o resto do meu corpo.

— Olhem! O rosto dele ficou vermelho! Alguém passou óleo nas pálpebras dele ou o que estou vendo são lágrimas?

— Há quanto tempo ele está assim? — Ainda não tinha ouvido esta voz.

— Desde 4 de junho de 1989. Ele foi baleado na cabeça durante o massacre. Estava fazendo doutorado.

— Ah, este bipe não para de apitar. Posso usar seu telefone, tia?

— Vejam este artigo. Aqui diz que o Sr. Desai, Primeiro-Ministro da Índia, bebe um copo de urina todos os dias.

Uma luz cruza a escuridão. Meu coração começa a bater mais rápido. Olho para fora da janela de um trem e vejo mangues amarelos se estendendo ao horizonte e o céu cinza refletido nas poças de água da chuva. A-Mei baixa a janela, limpa a poeira dos dedos e diz:

— Adoro o cheiro do ar depois de uma tempestade. — Quando o vento atinge meu rosto, capto aromas de seu batom, de seu creme de cabelo, de seu creme para as mãos e do frango ao molho de soja que ela comeu no vagão-restaurante. O trem segue para a Província de Guangxi. Uma cortina de chuva e névoa passa correndo a distância.

O leite derramado dentro de mim cobriu as paredes de meu estômago e se misturou a meus sucos gástricos. Enquanto as paredes do estômago se contraem, gotas de líquido semidigerido fluem para meu duodeno. A urina descartada por meus rins se acumula em minha bexiga e atravessa a próstata.

— Ele nunca abre os olhos? — pergunta asperamente uma mulher que acaba de entrar.

— Talvez se você colocar um pouco da própria urina dele no tubo, isso o tire de seu coma — diz outra mulher, pousando sua mão úmida sobre meu rosto.

Minha urina desce pela uretra e pinga no copo de vidro. O rato sob minha cama se assustou com os passos de nossos visitantes e se escondeu na urna que minha mãe comprou para minhas cinzas.

— Sinto muito, mas ele nunca enche mais que sete copos por dia — minha mãe informa à última mulher que chega. — Volte amanhã. Guardarei a urina da manhã na geladeira para você.

Recordo o sonho que tive na noite passada. Um médico me trouxe uma seringa e disse: "Aplique você mesmo a injeção. Se fizer corretamente, acordará de seu coma." Mas quando peguei a seringa, ela se transformou numa corrente de bicicleta que me arrastou para um corredor de vidro. Tentei gritar por ajuda, mas nenhum som me saía da boca. Do lado de fora do corredor havia um deserto escaldante. Atirei-me contra as paredes de vidro como um pássaro aprisionado e sufoquei até a morte.

Aprisionado como um sapo num jarro de vidro, você gostaria que seu grito pudesse iluminar o céu da noite.

A praça estava agitada novamente. Moradores conversavam com seus amigos, desfrutando do ar fresco do anoitecer. Crianças corriam por todo lado, brincando de esconde-esconde. Ambulantes empurravam seus carrinhos e gritavam, "Picolés à venda!" Mais ao longe, uma coluna de manifestantes chegou brandindo faixas vermelhas.

Mou Sen se aproximou.

— Ouvi dizer que vocês saíram para jantar no Qianmen — disse ele, fixando seu intenso olhar em mim.

— Hoje é aniversário de Tian Yi. Convidei Wang Fei também. Você não estava por perto.

— Bai Ling também estava lá, não estava? Sabe, Nuwa adivinhou que Wang Fei tem um caso com ela. Parece sério desta vez, mas não acho que vá durar. Bai Ling tem um temperamento muito inflexível. É uma garota de Shandong, afinal. Acho melhor contar logo para você. Nuwa e eu estamos apaixonados. Foi ela quem me procurou, juro. Não conte a ninguém. Pelo menos não conte a Yanyan. — Seu nariz se contorcia estranhamente.

— Sei. "O sapo preguiçoso ousa provar da carne do cisne", como diz o ditado! — Baixei os olhos para Mou Sen e me senti frustrado por ver que alguém tão mais baixo que eu podia seduzir uma garota bonita como Nuwa.

— Você é o maldito sapo, Dai Wei! — reclamou ele, socando meu peito.

— Tudo bem, seu segredo está seguro. Ei, como estão progredindo as coisas na sua Universidade Democrática? — Eu não queria falar de Nuwa com ele. Em minha mente, eu a via com sua saia justa oscilando de um lado para o outro, seu traseiro se projetando um pouco a cada vez que ela trocava o peso da perna.

Ele me contou que quarenta pessoas já haviam se alistado para participar de sua Universidade Democrática. Avisei que não poderia ajudá-lo a organizar o primeiro evento porque meu primo Kenneth chegara a Pequim com a esposa e eu tinha que levá-los para passear.

— O espírito da praça está morrendo — disse ele. — Cabe a mim trazê-lo de volta à vida!

— Realmente não entendo você. Primeiro renuncia ao Quartel-General porque pensa que deveríamos nos retirar da praça. Agora incita todo mundo a ficar e entrar para sua universidade. Você ficou doido?

— Eu só tenho a intuição de que se não fizermos algo dramático agora nosso movimento se destruirá — respondeu ele, fitando a distância.

— Acho que o melhor plano é uma retirada da praça em 30 de maio, como Han Dan sugere, e depois continuar nossa campanha em cada campus.

Quando eu estava prestes a me afastar, ele segurou minha camiseta e me encarou sem piscar.

— Dai Wei, se algum de nós dois for preso, temos que ser fortes e resistir à rendição.

— Não seja tão melodramático — retruquei, dando-lhe um empurrão.

A Irmã Gao nos viu e se aproximou.

— O povo nas ruas foi muito frio conosco na passeata de hoje. Não celebraram, não aplaudiram, não nos ofereceram comida. — Ela então se voltou para mim e disse: — Dai Wei, há uma coletiva de imprensa acontecendo no monumento. Zhuzi está procurando por você.

Uma garoa refrescante caiu do céu noturno. Os moradores de Pequim começavam a se dirigir para suas casas. Eu queria encontrar Tian Yi e lhe pedir que fosse a meu apartamento comigo, mas não tive escolha a não ser dar meia-volta e me dirigir ao monumento.

Han Dan lia uma declaração com dez pontos. Yang Tao estava parado junto dele, segurando o megafone. Jornalistas aglomeraram seus gravadores e microfones na mesa escolar diante dos dois.

— Propomos que os estudantes se retirem da praça no dia 30 de maio, dando encerramento a este movimento... — concluiu Han Dan. Assim que fez esta declaração, ele saiu antes que qualquer um tivesse tempo de protestar.

O debate do *Fórum Democracia* que o Velho Fu começara a presidir na estação de rádio logo degenerou num bate-boca. Estudantes e moradores de Pequim invadiram a tenda, agarraram o microfone e gritaram sua oposição à proposta de retirada. O Velho Fu fugiu, temendo por sua segurança, deixando a mim e Chen Di para enxotar os invasores.

Procurei por Tian Yi até finalmente avistá-la sentada junto às árvores do lado do Museu de História da China.

— Este é o primeiro dia de meu vigésimo ano de vida — disse ela sem levantar os olhos para mim.

— Meu primo Kenneth e a esposa chegaram hoje a Pequim para a lua de mel deles. Você me ajudaria a levá-los aos pontos turísticos amanhã? Seu inglês é muito melhor que o meu... Minha mãe quer que a visitemos hoje à noite para conversar sobre lugares aonde deveríamos levá-los. — Captei um odor de restos de comida apodrecendo no chão sob as árvores.

— Parece um lugar estranho para passar a lua de mel. Eles não sabem que há uma revolução acontecendo aqui?

— Ao que parece, eles marcaram esta viagem há meses e não puderam mudar. E, de qualquer maneira, nenhum deles esteve na China antes, e por isso estão muito empolgados.

— Você viu a orquestra da Companhia Nacional de Ópera? — perguntou ela enquanto nos dirigíamos para a Avenida Changan.

— Não, onde?

— Eles vieram aqui há cerca de uma hora para demonstrar seu apoio. Fizeram uma apresentação do movimento final da *Heroica* de Beethoven logo ali, perto da bandeira nacional.

— Minha mãe estava com eles?

— Não, não veio ninguém do coro. Apenas o maestro e cerca de trinta músicos.

— Tocaram a *Heroica*, você disse? Eu me pergunto o que meu pai acharia disso se estivesse vivo...

Você quer procurar a saída, mas não pode se mover. Sua carne molhada o envolve como couro úmido.

"Relembrando as tendências da moda de Pequim em 1996, vimos uma grande guinada em direção a roupas mais relaxadas e casuais, com camisas largas e coletes curtos..." Minha mãe desliga o rádio e tira a seringa de meu braço, deitando minha mão na cama. O sangue corre para as pontas de meus dedos. Ela pousa minha mão direita sobre minha coxa e me coloca de lado. Ela se esqueceu de tirar minha mão esquerda do caminho, meu quadril a esmaga.

— Quem dera você morresse dormindo... — ela geme, colocando o joelho em minhas costas. Com toda sua força, ela me empurra para uma posição sentada. Quando está segura de que estou firme, gira minha cabeça lentamente de um lado para o outro. A cabeça descai e, quando gira, as veias de meu rosto ficam comprimidas e inchadas. Mas ao menos o sangue agora está correndo com facilidade por minhas costas.

Alguém bate à porta. Minha mãe deita minha cabeça no travesseiro.

— Olá! — ela exclama, abrindo a porta. — Você foi a primeira a chegar.

— Então a senhora está sozinha, tia?

— O que quer dizer? Sempre estamos nós dois aqui neste apartamento.

— É claro. Que indelicadeza minha. Perdão. Vim direto do trabalho. Achei que poderia ajudá-la antes que os outros cheguem. Coma uma destas frutas que trouxe para a senhora. Elas só crescem no Sul.

É Mimi. Ela nos visitou há alguns meses. Talvez Tian Yi tenha dito a ela para aparecer hoje. Mimi e minha mãe se sentam no sofá.

Uma mosca que está presa neste quarto há meses zumbe em torno da minha cabeça, pousa em meus cabelos e põe ovos em meu cabelo.

— Primeiro, deixe-me dar uma olhada em Dai Wei — diz Mimi, levantando-se e rumando para o quarto.

Não há lençol algum cobrindo meu corpo nu. Meu pênis está caído sobre minha coxa. Ela entra e dá um grito.

— Ah, aposto que isso assustou você! — diz minha mãe, correndo e jogando um lençol sobre meu corpo. — Sinto muito. Esqueci-me de cobri-lo. Acabei de virá-lo. Ele está magro como uma vara, mas ainda pesa uma tonelada. Ele precisa ser virado todos os dias, como um pernil de carneiro secando ao sol. Por favor, segure o braço dele, vou colocá-lo de bruços mais uma vez.

Mimi segura meu braço. Posso sentir seu hálito em minha bochecha. Seus dedos são pequenos e cálidos.

— Eu o viro três vezes por dia. Viro, desviro... Depois da Libertação, sempre cantávamos: *"Os pobres do mundo tiveram uma virada em suas vidas!"* Mas a minha vida ainda não deu uma virada. Veja esta escara no ombro dele. Ficou em carne viva e inflamada por um ano. Só se curou no último inverno.

— Mas as vidas dos oficiais do governo tiveram uma virada. Eles fizeram fortunas com o enriquecimento corrupto. A senhora quer dar um banho nele?

— Eu o limpei esta manhã — mente minha mãe. — Está fedendo aqui? Depois desses anos, fiquei acostumada com o cheiro.

— Tem cheiro de... hospital — diz Mimi, com delicadeza.

Elas me viram de costas novamente e sacodem o cobertor, cobrindo-me como se colocassem um lençol sobre um cadáver.

A voz de um âncora de jornal emana da televisão na sala de estar. "A política das autoridades de planejamento familiar, segundo a qual deve-se administrar compulsoriamente uma cápsula de óleo iodado a todas as mulheres que se inscrevem para permissões de parto, vem sendo um grande sucesso. Nos quatro anos desde que o programa foi introduzido, 17,7 milhões de mulheres casadas e em idade fértil tomaram as pílulas..."

De repente, recordo como meu primo Dai Dongsheng prendia um emblema da Fábrica de Relógios Bandeira Vermelha em sua lapela quando vinha a Pequim, na esperança de passar por morador da cidade. Imagino que sua esposa louca ainda esteja marchando por sua cabana, fazendo ameaças de levar seu caso ao imperador.

— Ele está tão magro que mal parece humano — diz minha mãe.

— Vamos, experimente essas frutas, tia. — Mimi não parece muito abalada com minha condição.

O telefone toca. Minha mãe pega o receptor.

— ... Sim, todos os seus velhos colegas estarão aqui. Sem problema. Pode trazê-la também. Seria ótimo ver você. — Ela desliga, estala os dedos e entra na cozinha.

Mimi a acompanha até lá. Pergunto-me como ela conseguiu caber lá dentro. Ouço o óleo fervendo no *wok*, mas os odores ainda não me alcançaram.

Os dias do fim do outono estão ficando mais úmidos agora, mas minha pele ainda está seca. A cada vez que uma brisa sopra da entrada, células epiteliais mortas se erguem de meu corpo, voam para minhas narinas e rodopiam por minha traqueia até os pulmões.

Minha pele está tão endurecida quanto as escamas rosadas, azuis e douradas do peixe-anjo que nadava no tanque do laboratório de biologia da Universidade de Pequim. Das glândulas sob suas escamas, eles secretam gotículas de uma gosma nutritiva microbial que cai diretamente na boca de sua prole.

Ouço estalidos e chiados quando a comida é mergulhada no óleo quente. Pelo cheiro, elas estão fritando almôndegas de cenoura. Eu adorava comer aquilo. Também gostava de berinjelas fritas, recheadas com carne de porco moída e coentro. Mas, acima de tudo, meu prato favorito era perca à milanesa, crocante por fora, mas ainda macia e suculenta por dentro. Até os pedaços de casca que restavam no fim eram deliciosos. Na verdade, quase tudo fica delicioso quando é frito em imersão. Sinto uma fraca agulhada de fome, mas ela permanece em meu cérebro e não viaja para minha boca ou estômago.

Na sala de estar, o apresentador continua tagarelando: "... A China se apaixonou pelo futebol. Este jogo é mais que apenas um esporte. Ele pode elevar o espírito de uma nação. Mas o contínuo fracasso de nossa equipe em apresentar resultados significativos na arena internacional vem sendo uma grande humilhação para nosso povo..."

— Muita gente aposentada vai aos parques pela manhã para praticar a tradicional dança dos leques yangge — diz Mimi. — A senhora deveria experimentar, tia. — Ela ainda tem a mesma voz aveludada e hesitante que tinha na universidade. Soa como uma viola fora de tom.

— Estou aprendendo Falun Gong — comenta minha mãe quando elas voltam ao quarto. — Estou tendo aulas com um professor chamado Mestre Yao. Os exercícios de meditação podem curar qualquer doença. É muito mais fácil que o *qigong* padrão, ou a tradicional escola do Qigong Perfumado.

— Veja este artigo, tia. É sobre um homem britânico que acordou recentemente depois de passar nove anos em coma. Esta é a foto dele. O homem disse que, embora não pudesse falar ou abrir os olhos enquanto estava em coma, podia ouvir tudo que acontecia à sua volta. Talvez Dai Wei possa ouvir nossa conversa agora. Nunca se sabe... Vou ler o artigo para ele. Não deveríamos passar um pouco de creme nas pernas dele?

— Tenho que admitir que o xinguei algumas vezes nestes últimos anos. Ele me fez passar por um inferno...

— Não há muita gente que teria forças para passar pelo mesmo. Acho a senhora maravilhosa, cuidando dele por todos estes anos. A senhora tem notícias do irmão de Dai Wei?

— Sim, ele me liga da Inglaterra com bastante frequência. Mas não ousa falar por muito tempo, por medo de que nossa linha esteja grampeada pela polícia.

— Eles ainda aparecem aqui?

— Eles nos mandam para longe a cada aniversário do Quatro de Junho, mas, fora isso, só visitam a cada dois ou três meses. E hoje estão menos intrometidos do que costumavam ser. Sentam-se, tomam uma xícara de chá, dizem que não devo falar com jornalistas estrangeiros e depois se levantam e saem. Veja, ele está quase morto agora. É bastante improvável que vá começar uma revolução, não é?

Minha mãe tem 58 anos agora. Sua voz está mais cálida e frágil que a de Mimi. Soa como um saltério. A voz de A-Mei soava como um violino, a de Tian Yi como uma flauta.

— Você ainda sai com aquele menino, qual é mesmo o nome dele... Yu Jin?

— É claro! Namorados não são camisetas, não troco todo dia. A corretora de seguros para a qual ele trabalha em Xangai acabou de transferi-lo para Pequim.

— Sim, Yu Jin. Que bom rapaz. Na primeira vez em que veio me ver, deu-me mil yuans. Vocês têm sorte de serem jovens nos dias de hoje. Podem sair para dançar, ir a bons restaurantes...

— Para ser sincera, não saio muito — comenta Mimi tristemente. — Sofro de ansiedade. Tenho medo do escuro, medo de atravessar uma rua. Parei de usar meu bipe porque apitos eletrônicos me assustam.

Ouço passos subindo as escadas. Os outros chegaram. A perspectiva de ouvir sons e conversas me alegra.

Mimi abre a porta.

— Ei! Chen Di!

Uma brisa traz o barulho para dentro do apartamento. Todos falam ao mesmo tempo.

— Você está parecendo um gângster italiano com esse chapéu, Yu Jin. Onde comprou isso?

— Não sabia que você usava óculos, Chen Di!

— Ei, Yu Jin e Mimi, quando é que vocês vão juntar os trapos? Com vocês é sempre isso: muito trovão mas nenhuma chuva!

— Isto é para a senhora, tia — diz Yu Jin. — É presunto de Jinhua. Imagino que Dai Wei ainda esteja em greve de fome, então é melhor que a senhora coma sozinha.

— Que linda caixa! — exclama minha mãe. — Parece importada do Japão.

— Nem me fale de importados do Japão! — diz Yu Jin. — Nosso escritório recebeu biscoitos japoneses outro dia. Cada um vinha numa embalagem de plástico com um sachê de agentes antimofo. A secretária achou que eram sachês de temperos, abriu os saquinhos e salpicou o pó sobre os biscoitos antes de servi-los. Acabamos com as bocas inchadas e tivemos que correr para o hospital!

— Tia, ainda não lhe apresentei — diz Chen Di. — Esta é minha namorada, Bingbing.

— Olá, tia — diz a moça. Ela tem sotaque sulista.

— Ela é tão bonita — responde minha mãe. — É ainda mais alta que Tian Yi.

— Vim direto do trabalho. Não consegui entrar em contato com Wang Fei pelo bipe. Ouvi dizer que ele voltou para a Ilha Hainan. Veja, eu trouxe um bolo.

— Encontrei-me com Yanyan no Hotel Xangrilá ontem à noite. Ela foi muito fria, nem se deu ao trabalho de me dar seu cartão. Agiu como se fosse uma jornalista de prestígio, mas continua trabalhando para o *Diário dos Trabalhadores*, pelo amor de Deus!

— Uma vez Yanyan veio aqui para uma refeição — comenta minha mãe. — Vamos, passem os casacos para cá e se sentem. Podem assistir televisão. A comida ficará pronta num minuto.

Eles se enfileiram para dentro do quarto. Dois, quatro, seis... oito olhos pousam sobre mim. Quem dera eu pudesse abrir meus olhos e vê-los.

— Ele parece o Presidente Mao deitado no mausoléu — diz Yu Jin. — Tem a mesma expressão serena no rosto. "Permanecer firme em condições instáveis." Lembra como você me disse isso uma vez, Dai Wei? Jamais esquecerei.

— Ele liderava nossa equipe de guardas estudantis na praça, Bingbing — explica Chen Di. — Ele era fantástico. Tão grande e tão forte. Dai Wei conseguia assustar a equipe de boxe de nossa universidade.

— É mesmo? Mas veja como ele está esquálido agora.

Nosso apartamento não ficava tão ruidoso desde quando a polícia apareceu e enxotou os bebedores de urina.

Lembro-me de uma vez em que acordei Chen Di certa tarde quando ele tirava um cochilo na tenda e falei:

— É hora de sua transmissão, meu amigo.

Ele tinha se despido e estava só de cuecas. Pude ver seu pênis pendendo para fora. Ele me encarou inexpressivamente e disse:

— Estou todo arrebentado. Assim que esse movimento acabar, vou agarrar minha garota e dormir por uma semana.

Bingbing provavelmente é mais alta que Tian Yi, mas duvido que seja tão bonita. Eu a imagino parecida com a garota alta que desenhou para nós um mapa da Praça da Paz Celestial.

— Parece até que ele encolheu. Agora não deve ter mais que um metro e setenta. Antigamente, ele tinha um metro e oitenta e três. O cara mais alto do Departamento de Ciências.

— Li que sua urina foi vendida por dez yuans o copo, Dai Wei. É incrível! Um homem foi curado de artrite crônica depois de beber um só copo.

— Quem bebeu urina? — pergunta Bingbing.

— Não está sabendo da história? Saiu até um artigo no *Le Monde*. "Urina de paciente chinês em coma cura câncer." Pode procurar na internet.

— No passado, só se bebia a urina de bebês — comenta Chen Di. — Pois bem, se estão bebendo o mijo de Dai Wei agora, talvez isto signifique que ele voltou à infância!

Estou feliz por ouvi-los brincando e rindo desta maneira. Chen Di me visitou muitas vezes antes, mas hoje ele ficará para o jantar. Sua namorada está usando um perfume caro. Provavelmente trabalha para uma empresa estrangeira.

Alguém desliga o rádio. Outro tromba o joelho contra a cama. Sinto que todos os olhares examinam meu corpo de cima a baixo.

— Dai Wei, seus velhos colegas vieram celebrar seu aniversário — diz minha mãe, entrando para recolher meu recipiente de urina. — Você tem muita sorte de ter tantos amigos verdadeiros.

O quarto fica em silêncio. Tudo que ouço é o som da respiração das pessoas. Então Chen Di diz:

— Dai Wei, se você pode me ouvir, saberá quem sou eu. Há seis anos você está deitado aqui... Não, sete anos. Hoje é seu aniversário de trinta anos. Confúcio disse que um homem de trinta deve assumir sua posição na vida. Todos torcemos para que um dia você consiga ficar de pé novamente. Quero ouvi-lo explicando todas aquelas suas estranhas teorias sobre respiração vegetal. Quero ver você tirar seu diploma de doutorado.

— Não zombe dele — reclama Bingbing, virando as costas para Chen Di.

— Não estou zombando dele. Ele pesquisava biologia celular das plantas.

— Espero que o governo já tenha modificado o veredicto sobre o movimento estudantil quando você acordar — diz Yu Jin. — Vamos nomeá-lo comandante da praça.

— Não falemos do passado — pede Mimi, apoiando-se em Yu Jin. — Deveríamos apenas desejar a ele um feliz aniversário.

Acho difícil acreditar que Mimi esteja saindo com Yu Jin. Eles mal se falavam na praça. Aposto que ela vai contar a Yu Jin que me viu nu. Que humilhação. Minha mãe voltou para a cozinha para cortar brotos de feijão.

Sua vida melhorou muito desde que conheceu o Mestre Yao. Agora ele a visita uma vez por semana.

— Ele pode ouvir o que dizemos? — pergunta Bingbing.

— Tenho certeza de que pode — responde Chen Di. — Ele é particularmente sensível a vozes femininas. Quando você falou há pouco, as pálpebras dele tremeram. — Chen Di está usando um pé protético. Posso ouvir o ruído do objeto quando ele anda pelo quarto.

— Provavelmente ele só está feliz por estarmos todos aqui — comenta Mimi. — Dai Wei, Yu Jin trouxe uma cinta especial de *qigong* para você. Ela é forrada com mais de trinta ervas medicinais diferentes. Ao que parece, pode curar muitas doenças. Vamos colocá-la em você.

— Desde quando você começou a acreditar em medicina chinesa, Yu Jin? — pergunta Chen Di.

— A fábrica mandou agentes de divulgação ao nosso escritório. Só saíram depois que compramos algumas.

— Aposto que eram garotas bonitas — diz Chen Di. — Provavelmente você as convidou a se sentar e ofereceu xícaras de chá. Quantas cintas você comprou?

— Pare de provocá-lo! Yu Jin pode ser culpado de muitas coisas, mas, se eu tenho uma certeza, é de que ele não é mulherengo.

— O jantar está servido! — grita minha mãe, colocando os palitos na mesa da sala de estar. — Venham, sentem-se.

— Vamos dar um descanso ao Presidente Mao aqui e celebrar o aniversário para ele — diz Chen Di.

Outra batida se faz ouvir à porta.

São Mao Da e Zhang Jie. Eles se sentam à mesa sem nem mesmo entrar no quarto para me ver. Odores de álcool penetram meu quarto.

— O grupo das Mães da Praça teve um grande impacto — Mao Da fala para minha mãe. — Ouvi dizer que sua líder foi nomeada para o Prêmio Nobel da Paz.

— O mundo inteiro conhece seu grupo agora, tia. Vocês deveriam estar orgulhosas. — Assim que Zhang Jie termina de falar, seu bipe toca. Ele se levanta para usar o telefone.

— A pobre Professora Ding foi perseguida impiedosamente por suas atividades — diz minha mãe. — Foi demitida de seu emprego, presa, interrogada.

Agora vive sob constante vigilância. Há sempre um carro da polícia estacionado do lado de fora de sua casa.

— Quando meus colegas descobriram que estive envolvido no movimento da Praça da Paz Celestial, trataram-me como um leproso. Ninguém quer falar daqueles acontecimentos.

Zhang Jie diz ao telefone:

— Tudo bem, conhecemos os prós e contras... Precisaremos de um certificado do Ministério da Informação antes de fazer o pedido de licença de serviço de internet. Temos que encontrar alguém com contatos de alto escalão ou nunca chegaremos a lugar algum. — Há um novo tom de sigilo em sua voz.

— Nenhum dos antigos professores jamais veio visitar Dai Wei.

— Eles perderiam seus empregos se viessem. A Vovó Pang lá do térreo os denunciaria à polícia.

— A Vovó Pang começou a fazer Falun Gong. Ela mudou completamente, sequer sonharia em denunciar alguém à polícia agora.

Minha mãe leva seu toca-fitas para o pátio todos os dias e pratica exercícios de Falun Gong com algumas mulheres do conjunto. A Vovó Pang agora sempre aparece para bater um papo. Ela disse a minha mãe que percebeu que era errado passar informações à polícia e que, de agora em diante, cultivaria a verdade, a compaixão e a tolerância para assegurar que não voltaria como um animal na próxima vida.

— Saia do telefone, Zhang Jie. Não é sempre que temos a chance de estar juntos.

— Está bem, está bem. Quando comprei este bipe há três meses, disseram que ele me daria informações sobre os preços diários dos ativos, mas o serviço ainda não foi instalado. Quando falo com a operadora, sempre prometem que vão resolver isso, mas nunca resolvem nada, claro...

— Pois é, aquelas atendentes parecem viver drogadas. Quando ligo para deixar uma mensagem para você, uma delas geme, "Alô. Com quem deseja? Entendido. Desligando!", num tom robótico irritante. — Todos riem da imitação de Yu Jin. — Por que todas as garotas jovens parecem falar desse jeito hoje em dia? Vamos lá, pessoal, vamos brindar ao nosso velho colega e lhe desejar uma recuperação rápida. Saúde!

— Adivinhem quem vi ontem! — diz Chen Di. — É alguém de nosso bloco de dormitórios...

— O Pequeno Chan, Liu Gang?

— Shao Jian... Dong Rong?

— É melhor contar logo, vocês nunca vão acertar. O vadio! Ele agora tem um emprego, trabalha numa construção. Encontrei-me com ele no mercado do meu bairro.

Minha mãe interrompe:

— Tenho uma carta aqui. Talvez algum de vocês consiga entender o que diz. Eu a encontrei no casaco de Dai Wei.

— Mostre para nós!

Meu coração para por um segundo. Talvez eu finalmente consiga ter notícias de A-Mei.

— Parece um pedaço de papel de caderno. O sangue manchou os ideogramas. Não posso ler nenhum deles...

— É um panfleto. Não, é uma carta escrita à mão... Estava no bolso dele, a senhora disse?

— Não se preocupem, não é importante. Guardei esse casaco manchado de sangue por todos estes anos dentro da urna que comprei para as cinzas dele. Vou colocá-lo na fornalha com Dai Wei quando ele for cremado. — Ela entra em meu quarto e coloca o casaco e a carta manchada de sangue de volta na urna sob minha cama.

— Hoje em dia os túmulos não são mais tão caros. A senhora não prefere enterrá-lo?

— Não falem disso agora. É aniversário dele. Vamos cortar o bolo! Em nome de Tian Yi, eu gostaria de desejar a Dai Wei um feliz...

No lugar onde se põem a lua e o sol fica a Montanha da Lua e do Sol. Lá vive uma moça que banha uma lua bebê. Esta foi a décima segunda lua que ela deu à luz.

Quando pus os olhos pela primeira vez em meu primo Kenneth no Hotel Yanjing, achei difícil acreditar que partilhávamos um laço genético. Embora seu cabelo fosse preto-azeviche como o meu, ele tinha a pele pálida, olhos redondos e um nariz comprido. Seu pai era tio de meu pai, e sua mãe era uma americana branca. Ele não falava uma palavra de chinês, e, já que meu inglês era fraco, nós só podíamos travar a conversa mais básica. Ele estava na casa dos quarenta anos e tocava violoncelo na Orquestra Filarmônica de Boston.

Quando lhe ofereci um cigarro, ele o recusou e disse que era proibido fumar no hotel e que eu teria que ir ao pátio frontal se quisesse fumar. A verdade era que eu não queria fumar. Só oferecera um cigarro por educação.

Sua esposa, Mabel, era uma sino-americana de segunda geração. Ela era 12 anos mais nova que ele e tinha o rosto pequeno e redondo, típico das mulheres do Sul da China. Seus pais nasceram na Província de Fujian. Ela falava algum fujianês, mas pouquíssimo mandarim.

Após uma breve troca de cortesias, desci para esperar no saguão com meu irmão, minha mãe e Tian Yi enquanto Mabel tomava banho e se trocava. Folheei os documentos fotocopiados que Kenneth trouxera para auxiliar meu pedido de visto para os Estados Unidos. Ele incluíra alguns extratos bancários recentes e uma cópia de seu passaporte.

Minha mãe passeava pelas lojas de lembranças do hotel. Era a primeira vez que ela visitava um hotel de luxo. Tian Yi estava usando as mesmas roupas que vestira na semana anterior. Quando entramos no quarto de Kenneth e Mabel, Tian Yi pediu desculpas por ter uma aparência tão desgrenhada e correu para o banheiro. Quando saiu novamente, notei que ela lavara o rosto e penteara o cabelo num perfeito rabo de cavalo. A sujeira sob suas unhas tinha desaparecido e havia batom em seus lábios. Eu não sabia que ela tinha um batom. Talvez tivesse pego um emprestado de Mimi.

A hora que passamos esperando no elegante saguão passou rápido. Depois que Kenneth e Mabel desceram, todos nos apertamos dentro de um táxi que nos deixou na Cidade Proibida. A bilheteria ficava no pátio atrás do Portão da Paz Celestial. Havia uma longa fila do lado de fora. Tian Yi e eu ficamos desanimados por ver um grande número de estudantes das províncias entre os turistas.

— Eles vieram a Pequim dizendo que queriam se unir a nosso movimento, mas passam todo o tempo em passeios turísticos — comentou Tian Yi, furiosa. — Onde conseguem todo esse dinheiro?

Meu irmão viera de Sichuan no dia anterior. Ele disse que foi direto para a praça quando chegou mas não conseguiu me encontrar, por isso passou a noite no apartamento. Tian Yi deu o braço a minha mãe e ficou com ela na fila. Ela não queria falar inglês com Mabel. Ela me disse que achava seu sotaque americano difícil de entender.

Mabel ficou boquiaberta com as majestosas muralhas que flanqueavam a principal entrada sul da Cidade Proibida e repetia em inglês, "It's *amazing*,

amazing..." Os gritos e palavras de ordem das multidões e alto-falantes na Praça da Paz Celestial a quatrocentos metros ao sul ecoavam fracamente contra as imensas muralhas vermelhas. Reconheci a voz de Chen Di lendo um anúncio. A voz hesitante de Mimi também se destacou do burburinho.

Quando chegou nossa vez, nos colocamos em torno de Mabel tentando fazer com que ela passasse por local para poder comprar um ingresso de cidadã chinesa. Kenneth, cujas feições estrangeiras eram impossíveis de esconder, teve que comprar um bilhete estrangeiro que custava o dobro do preço.

Kenneth e Mabel caminhavam na nossa frente, balançando os braços alegremente. Mabel se destacava da multidão em seu short de organza e colete branco.

— Por que as chinesas de além-mar andam por aí em suas roupas de baixo? — minha mãe sussurra para Tian Yi, enquanto seguimos o casal pelo arco central em direção ao antigo portão de entrada. — Na China, só os homens se despem até o colete.

— Homens estrangeiros andam sem camisa quando faz calor, então coletes não são considerados uma coisa particularmente reveladora — explicou Tian Yi. Ela se voltou para mim e disse: — Dai Wei, você não deveria buscar alguma coisa para bebermos? Seu primo pagou por nossas bebidas no hotel.

— Sim, vá comprar algumas caixas de suco de laranja — concordou minha mãe. — Eles já gastaram cem certificados de moeda estrangeira conosco. Mas não precisa comprar uma para mim. Trouxe uma garrafa de chá. — Ela puxou uma nota de dez yuans e a enfiou na minha mão.

— Não quero suco de laranja, obrigada — Mabel me disse antes de se afastar e tirar algumas fotos. — Apenas um pouco de água. — Fiquei constrangido. Presumi que ela estivesse tentando poupar nosso dinheiro, então lembrei que A-Mei também não tomava suco de laranja. Ela dizia que fazia mal para seus dentes.

— Os estrangeiros gostam de escolher pessoalmente o que querem beber — meu irmão explicou a Tian Yi. — Há alguns estrangeiros em minha universidade. Quando fumam um cigarro, nunca oferecem a mais ninguém.

Num vasto terraço de mármore diante de nós erguiam-se os pilares vermelhos e o teto dourado em dois níveis do Pavilhão da Suprema Harmonia. Um fluxo de turistas entrava e saía por sua porta central como formigas procurando por comida. Kenneth e Mabel paravam o tempo todo para trocar beijos e abraços, o que fazia com que os turistas chineses à sua volta se afastassem apavorados.

— Essa foi uma péssima ideia, mãe — reclamou meu irmão. — Os estrangeiros gostam de visitar os lugares sozinhos. Não gostam que fiquemos na cola deles.

Eu carregava as caixas de suco de laranja que ninguém quis beber. A lembrança do olhar fixo de Mou Sen subitamente cruzou meus pensamentos.

— Vá até lá e conte um pouco da história da Cidade Proibida — pedi a Tian Yi. Meu irmão estava constrangido demais para falar com eles e eu não sabia muito sobre o lugar.

Assim, Tian Yi se aproximou de Kenneth e Mabel e disse:

— A Cidade Proibida foi terminada em 1420, e foi lar de uma sucessão de 24 imperadores das dinastias Ming e Qing. Estamos agora no Pátio Exterior, que é conhecido como o "mar de pedras lavradas". É onde os imperadores faziam grandes cerimônias e passavam suas tropas em revista. Dentro da Galeria da Harmonia Suprema ali em cima fica o Trono do Dragão, no qual os imperadores se sentavam todas as manhãs para debater questões de Estado... Há 9.999 quartos entre as muralhas deste palácio. A maioria era ocupada pelas numerosas concubinas dos imperadores...

Mabel tirou seus óculos e enxugou o suor da testa. Ela tinha uma expressão de perplexidade no rosto. Seus brincos de ouro balançavam de um lado para o outro.

Massas de turistas enxameavam o calçamento do vasto pátio, comprando quinquilharias nas barracas de suvenires e tirando fotos. Kenneth deu sua câmera a Tian Yi e pediu que ela tirasse uma foto dele com Mabel.

Rumamos para o norte, em direção ao Portão da Pureza Celeste. Tian Yi agora conversava alegremente em inglês com Mabel. Eu ficava a seu lado, pescando o sentido do que ela dizia.

— Nós entramos agora no Pátio Interior, onde ficam os aposentos privados dos imperadores. Ali, na Galeria da Tranquilidade Terrena, fica o quarto vermelho de núpcias, onde o imperador e a imperatriz se recolhiam por três dias após seu casamento. As concubinas viviam nestas câmaras a oeste e a leste. E aqueles salões são as Casas do Tesouro. Abrigam milhares de relíquias e artefatos imperiais. Os turistas adoram visitá-los. Deveríamos dar uma olhada. As entradas não são muito caras...

— Que coisa mais tacanha, mãe, ficar carregando sua garrafa de chá desse jeito por aí — sussurra Dai Ru. — Veja como essa alça de plástico está encardida.
— Meu irmão adquirira algumas manias desde a última vez em que eu o vira. Ele corria os dedos pelo cabelo constantemente ou alisava as costeletas com um ar pensativo. Minha mãe sempre aparava seus cabelos quando ele era mais novo, mas ele sequer sonharia em deixar que ela o tocasse agora.
— O que quer dizer com "tacanha"? Estas garrafas plásticas são a última moda. Não viu as barracas na entrada? Estavam vendendo essas coisas em quatro cores diferentes.
— Esses imperadores sabiam como viver — disse Kenneth com um sorriso. — Imagine passar o tempo deitado nestes salões suntuosos, cercado por milhares de lindas concubinas...
— O Imperador Shizong foi quem teve o harém mais numeroso — contou Tian Yi. — Ele tinha nove mil concubinas, algumas com idades tão tenras quanto dez anos. Era raro que alguma delas tivesse a chance de vê-lo. Muitas acabavam morrendo de fome em suas câmaras. Quando o Imperador Chengzu suspeitou de deslealdade por parte de algumas de suas concubinas, mandou executar todas as 2.800 mulheres de seu harém.
— O quê? Aqui mesmo? — Mabel arregalou os olhos, incrédula.
— Todas as mulheres que viviam nestas câmaras foram mortas.
— É um imenso massacre! — Kenneth já não tinha o ar despreocupado de um turista.
— Que história tenebrosa tem a China... — Mabel também fazia uma careta.
— É por isso que ocupamos a praça. Queremos pôr um fim a milênios de governos autocráticos. — O tom de voz de Tian Yi sempre parecia ficar mais agudo quando ela falava inglês.
Quando chegamos ao jardim de pedras ornamentais do lado de fora da Galeria do Culto Mental pedimos a alguém que tirasse uma foto de nosso grupo. Então sugeri que deixássemos a Cidade Proibida pela saída norte e tomássemos um ônibus para a Grande Muralha. Mabel e Kenneth só passariam três dias em Pequim, por isso eu lhes disse que teriam que se apressar um pouco se quisessem ver todos os pontos turísticos.
Quando chegamos à bilheteria da Grande Muralha já eram três da tarde. Meu irmão disse que esperaria com minha mãe no estacionamento. Tian Yi e eu já tínhamos subido na Grande Muralha uma vez, por isso eu estava relu-

tando em entrar e pagar mais um ingresso caro. Mas Tian Yi me persuadiu a subir com ela, pois queria tirar algumas fotos. Quando atravessamos o portão de entrada, os alegres recém-casados já estavam a meio caminho morro acima. Mabel trotava junto de Kenneth, a câmera pendurada em seu ombro, balançando de um lado para o outro.

— Vamos lá, pegue sua câmera — eu disse a Tian Yi.

— A câmera de Mabel é muito sofisticada. Tem três tipos de lentes diferentes naquela bolsa. A minha só tem uma lente fixa. Estou muito constrangida para tirá-la da bolsa.

— Mas a sua foi feita pela primeira parceria entre empresas de fotografia da China — falei, tentando aumentar sua autoconfiança. Admirei seus cabelos esvoaçando ao vento e prometi que compraria um equipamento fotográfico profissional para ela quando tivesse dinheiro.

Tian Yi não me deixara tocá-la nas duas semanas desde o fim da greve de fome, por isso, assim que apertei sua mão, senti que começava a ter uma ereção. Tornou-se desconfortável subir a trilha íngreme. Inclinei-me para ela e murmurei:

— Você não quer se esconder atrás daquelas árvores comigo? — Sem responder, ela me pregou um olhar de soslaio e depois deixou que eu a levasse pelo caminho em direção aos bosques do morro a leste.

— É melhor não irmos muito longe — ela disse, com a mão suando na minha. — Pode haver policiais à paisana por aí.

— Aqueles caras que nos pegaram nos jardins do Velho Palácio de Verão não eram policiais. Eram um grupo de bandidos. Subornavam a secretaria de segurança pública local para que pudessem perambular pelos jardins e extorquir dinheiro de casais que encontravam fazendo sexo. Ao que parece, eram mecânicos de bicicletas. Tenho certeza de que vi um deles com a brigada dos Tigres Voadores.

Tian Yi ficou imóvel, as narinas dilatadas de ódio.

— Por que há tanta gente corrupta neste mundo? Como alguém pode ser tão maligno?

— Eles não são malignos, são apenas produto de um sistema maligno — falei, estreitando-a em meus braços. — Corrupção gera corrupção. É por isso que quero ir para o exterior quando este movimento acabar. Você vem comigo, não vem? Kenneth disse que ficaria contente em ser também seu patrocinador e em lhe dar todos os documentos de que você precise. — Ergui os olhos para o alto da encosta e vi uma fileira de cabeças se movendo por trás das amuradas recortadas da Grande Muralha.

Continuamos caminhando de mãos dadas em direção aos bosques do morro. Logo a Grande Muralha desapareceu de vista e nos vimos numa clareira ensolarada.

— Que vista maravilhosa! — exclamou Tian Yi, tirando a câmera da bolsa. — Veja aquelas cadeias azuladas de montanhas se multiplicando ao longe!

— As colinas no horizonte são ainda mais claras que o céu. — Coloquei-me atrás dela e pus os braços em torno de sua cintura. Ela baixou a cabeça. Beijei seu pescoço e seu queixo. Ela fechou os olhos e abriu a boca.

— Tome cuidado... — sussurrou ela, tentando afastar minha mão, mas a baixei para dentro de sua calcinha e toquei a carne úmida entre suas pernas. Seus joelhos cederam um pouco, deixando que meus dedos a penetrassem. Olhei em torno. Não havia ninguém. Tudo que eu ouvia era o vento nas árvores e algumas buzinas de carros ressoando no pé da montanha. Eu a trouxe mais para junto de mim, deitei-a no chão e a penetrei por trás. Após cinco ou seis pulsões, ejaculei. Sua mão e sua bochecha ainda estavam comprimidas contra o tronco da árvore. Baixei os olhos para suas nádegas brancas e imediatamente quis fazer amor com ela novamente. Pensei no quão maravilhoso era ter uma mulher a meu lado.

Mas, quando a estreitei em meus braços novamente, ela gritou:

— Tire as mãos de cima de mim! — Depois ela levantou as calças e se afastou.

Caí de costas e admirei o céu azul, derrubado pela sensação de vazio que sempre se segue ao êxtase físico.

Ela voltou, ajoelhou-se a meu lado e fitou meus olhos.

— Estou no meio do meu período fértil agora. O que vamos fazer se eu ficar grávida?

— Vamos nos casar, claro. Seria divertido ter uma criança só nossa, não acha? Você e eu combinados numa só pessoa.

— Pensei que você tinha dito que sairia do país.

— Bem, se você decidir não vir comigo, eu me caso com você antes de partir. Em todo caso, nem sei se vou mesmo embora. Não sou um desertor como Shu Tong.

— Do que está falando?

Eu não queria dizer a ela, mas acabei deixando escapar.

— Ele fugiu para os Estados Unidos nesta manhã.

— O quê? Não acredito. Ele não nos abandonaria num momento como este! — A expressão séria que ela sempre tinha na praça retornou de repente a seu rosto.

— E eu mentiria para você sobre uma coisa dessas? — Olhei meu relógio. Fazia quase uma hora que nos afastáramos. Peguei sua mão e disse: — Vamos voltar. A esta hora eles já devem ter retornado ao estacionamento. — Havia um pequeno pedaço de casca de árvore preso na palma de sua mão.

— Não acredito que Shu Tong partiu. Como você pôde mentir para mim? Você é horrível. — Ela soltou a mão e caminhou na minha frente.

Eu olhava suas costas enquanto a seguia. É sempre difícil falar com uma mulher logo depois de tirar seu pênis amolecido de dentro do corpo dela.

— Você foi ver seu pai em casa recentemente? — perguntei, procurando alguma coisa para dizer.

— Cale a boca! — ela esbravejou, olhando para o chão enquanto avançava a passos largos.

Fragmentos de seu passado flutuam por seu líquido linfático como estilhaços de uma bombinha detonada.

Minha mãe ainda não voltou. Provavelmente foi ao mercado para devolver alguns produtos indesejados.

Há uma massa de gente andando na rua. Seus passos fazem as paredes tremerem tanto que balançam a lâmpada acima de mim. Vozes de crianças que não reconheço gritam umas para as outras na escadaria. Embora tenham corrido boatos de que os prédios deste lado da rua seriam demolidos em breve, as lojas e restaurantes ainda funcionam todos os dias. Muitos trabalhadores migrantes que encontraram empregos neles se mudaram para este conjunto com suas famílias. Minha mãe está sempre lendo bilhetes que são passados por baixo de nossa porta por trabalhadores procurando quartos ou apartamentos para alugar.

Espero pelos passos de Wen Niao. Na última vez em que veio, ela usava sapatos de solas de borracha macia, então só ouvi seus passos quando ela alcançou o segundo andar. Naquele dia, ela trouxe um cheiro de neve para dentro do apartamento. Senti o aroma no cachecol de lã que ela deixou sobre meu ombro. Ao inspirar, captei também o cheiro urbano de conjuntos habitacionais e multidões apressadas. O mundo lá fora parecia tão próximo da mão que, por um segundo, senti o calor da alegria que alguém experimenta quando passeia por uma rua movimentada.

O dinheiro de minha mãe acabou. Ela anda planejando vender um de meus rins para pagar pelos remédios de que necessito. Por alguma razão, meu irmão parou de mandar dinheiro todo mês.

Wen Niao ainda trabalha no Instituto de Pesquisas Farmacêuticas de Pequim. Quando a conheci na praça, depois que Tian Yi desmaiou, não imaginei que ela apareceria em meu apartamento para cuidar de meu corpo comatoso tantos anos depois. Ela vem duas vezes por semana para me aplicar injeções. Às vezes traz novos remédios que o instituto desenvolveu e os aplica em mim sem cobrar nada.

É terrível que minha mãe não esteja aqui para deixá-la entrar. Ela bate à porta, faz uma pausa, depois bate de novo. Ela continua a bater por alguns minutos, depois dá meia-volta e vai embora.

Droga! Eu gostaria que ela voltasse. Sempre me parece que respiro com mais facilidade quando ela está no apartamento. Depois de viver na escuridão por tanto tempo, anseio por ter gente que me visite e me traga notícias do mundo lá fora.

Alguns minutos depois, ouço Wen Niao voltando com minha mãe.

— Vou lhe dar meu molho de chaves sobressalente — diz minha mãe, abrindo a porta da frente. — Não quero que isto aconteça de novo. Você deve estar congelando.

— Não, estou bem. Acostumei-me com o frio. Em Changsha, os invernos são bem mais rigorosos que isso.

Wen Niao e minha mãe tiram seus casacos e se sentam no sofá.

— Veja este suéter que comprei outro dia — minha mãe fala. — O dono da barraca me disse que era cem por cento lã de carneiro. Mas quando eu o trouxe para casa, vi que o rótulo diz: lã de carneiro, angorá e náilon. Odeio angorá. Agora o apartamento inteiro está coberto de pelos de coelho. Voltei lá para pedir meu dinheiro de volta, mas ele se recusou a devolver. — Minha mãe empurra a caixa de sementes de girassol sobre a mesa e diz: — Sirva-se. Estes suéteres que eles andam vendendo agora podem até ser bonitos, mas a qualidade é terrível.

Espero que Wen Niao não coma nenhuma das sementes de girassol com cinco temperos. O cheiro é repulsivo.

— Sua mãe ainda trabalha? — pergunta minha mãe, esquecendo que já tinha perguntado a mesma coisa na semana passada.

— Ela faleceu há muito tempo. Foi castigada publicamente durante a Revolução Cultural. Rasparam os pelos dela de um só lado, no estilo yin-yang. Ela ficou tão humilhada que bebeu uma garrafa de pesticida no dia seguinte. — Wen Niao fala muito casualmente sobre a morte da mãe. É estranho pensar que a mãe de Tian Yi cometeu suicídio pela mesma razão.

— Nós sobreviventes da Revolução Cultural tivemos sorte de escapar com vida.

— Vejo que montou um pequeno altar. A senhora é budista?

— Passei a praticar o Falun Gong. É uma forma de *qigong* que combina algumas filosofias do budismo e do taoismo. Eu tinha este livro, *Prática Falun*, por aqui há séculos, mas só comecei a ler no mês passado. É muito interessante. Comprei uma fita de instruções e venho praticando os exercícios de meditação com outras mulheres do conjunto. Tiveram um efeito miraculoso. Não tinha percebido quantas doenças acabei desenvolvendo ao longo dos anos: dores de cabeça, dores no peito, dores nas costas, artrite. Ao que parece, todas desapareceram desde que comecei a praticar.

— Pelo visto, esse Falun Gong pode colocar os farmacêuticos como eu no olho da rua!

— Por que não experimenta? É muito simples. Só há cinco séries de exercícios, quatro de pé e uma sentada. Você pode começar com a primeira série. Vai ajudar a abrir seus canais.

— Tenho boa saúde... Não preciso fazer *qigong*. Mas frequento templos budistas e leio suas escrituras.

— Veja, vou lhe mostrar a posição. Faça um círculo tocando o indicador no polegar e deixe que seus braços relaxem...

Minha mãe provavelmente já está sentindo o *qi* fluindo por seus canais a essa altura. Há alguns dias, ela praticou os exercícios por meia hora e depois dormiu por um dia e uma noite inteiros. Quando acordou, foi direto ao telefone para falar com o Mestre Yao.

— Há alguns meses, eu estava muito cabisbaixa, Enfermeira Wen. Decidi que se meu filho morresse, pularia na cova com ele. Havia chegado ao fim da linha. Mas quando comecei a ler os textos do Falun Gong, compreendi subitamente por que minha vida foi tão difícil. Todas as provações que alguém encontra resultam de más ações cometidas em vidas passadas... Agora entramos numa era de caos que precede o fim do mundo. O Buda não conseguirá salvar todo o mundo. Quando a terra for destruída, somente as almas de praticantes do Falun Gong serão admitidas no Paraíso... — Minha mãe está repetindo o que o Mestre Yao lhe disse, mas se desviou um pouco da versão dele.

Wen Niao me dá um tapinha no joelho. Posso sentir que a temperatura do corpo dela é mais alta que a minha. Ela coloca um termômetro em minha boca. Quando seus dedos resvalam por meu nariz, tenho uma visão momentânea de seu rosto.

— Você deveria experimentar. Nunca mais precisará tomar um remédio novamente.

— Mas eu sou budista, tia...

— Hum. Buda só cuida do próximo mundo, mas o Falun Gong cuida também do mundo atual. Em todo caso, quanto mais deuses você venerar, melhor. Quem sabe qual deles vai aparecer para ajudá-la na próxima vez em que tiver um problema?

— A senhora precisa ficar atenta caso ele dê sinais de querer engolir — diz Wen Niao, ansiosa para mudar de assunto. — Indicaria reparação ou regeneração de células neuronais.

— Você realmente parece se importar com meu filho. Preciso admitir, tenho medo de que ele acorde, pois se isso acontecer, a polícia invadirá esta casa e começará a fazer perguntas. Às vezes, só desejo que ele morra logo de uma vez.

— Não diga isso, tia. Uma empresa de Guangzhou está desenvolvendo uma droga a partir de cérebro de vaca que ajudará a estimular a regeneração das células cerebrais. Quando estiver em produção, vou tentar conseguir um pouco para vocês.

— Ha! Essas empresas de remédios enviam vendedores a cada hospital para obrigar os médicos a receitarem suas drogas. Eles trabalham por comissão. Se uma pessoa vai a um hospital hoje em dia, os médicos não a deixam em paz enquanto ela não gasta várias centenas de yuans em remédios.

— Falei com muitos institutos de pesquisa farmacêutica sobre a condição de Dai Wei, mas infelizmente, assim que descobrem que ele esteve envolvido nos protestos da Praça da Paz Celestial, recusam-se a ajudar.

Wen Niao abre sua maleta e prepara uma seringa do remédio que trouxe hoje.

— Você é tão boa, Enfermeira Wen — diz minha mãe, voltando da cozinha. — As enfermeiras que vinham antes não chegavam nem perto de serem tão atenciosas quanto você. Aqui, tome uma xícara de chá. Está fresquinho. Eu insisto que você almoce antes de sair. Comprei alguns brotos de alho e costelas de porco especialmente para você.

— Obrigada — responde Wen Niao, enfiando a agulha em minha veia. — Ainda me parece estranho que eu tenha conhecido seu filho na praça e esteja aqui sete anos depois cuidando dele. Deve ser o destino. Cheguei a vê-lo nas primeiras horas do Quatro de Junho. Ele me ajudou a colocar cadáveres na ambulância. Por que ele teve que terminar com uma bala na cabeça? É tão injusto...

— Então você estava na praça naquela noite? — pergunta minha mãe, surpresa.

— Eu estava na tenda de emergência, perto da Deusa da Democracia. Vi estudantes sendo mortos bem na minha frente. Havia corpos sob o retrato de Mao, junto ao mastro da bandeira no lado norte da praça e na frente do Museu de História da China. Consegui uma carona numa ambulância que levava feridos para o Hospital Pediátrico. Fiquei aliviada por deixar aquele lugar. Mas quando entrei na sala de emergência do hospital, vi poças de sangue por todo lado. Eu tinha sangue até os tornozelos... Meus colegas que ficaram na praça foram conduzidos a uma área cercada diante do Museu de História da China e só foram liberados às sete da manhã. Todos foram mandados para trabalhar em outras cidades depois do massacre, para assegurar que não falariam com jornalistas estrangeiros.

— A polícia interrogou você depois disso? — Elas agora estavam sentadas no sofá.

— Eles queriam que eu lhes desse o livro de registros da tenda de emergência. Foram a meu apartamento muitas vezes. Um dos policiais chegou a ser meu namorado por algum tempo.

— Um rapaz chamado Wang Nan foi baleado durante a repressão. Os soldados esconderam seu corpo num canteiro de flores logo a leste do complexo governamental de Zhongnanhai. Mas a cova ficou tão rasa que o corpo começou a aparecer alguns dias depois. Felizmente, ele estava usando um uniforme do exército e as autoridades presumiram que era um soldado ferido.

De outro modo, teriam mandado seu corpo para um crematório secreto e sua mãe nunca saberia o que aconteceu com ele.

Ambas ficam em silêncio. Wen Niao toma um gole de chá. Capto cheiro de jasmim no vapor que se eleva de sua xícara e no ar que ela exala. Inspiro e sinto seu hálito penetrando meus pulmões.

— Você esqueceu seu relógio aqui na última vez. — Minha mãe vai até a cozinha. — Vou preparar algo. Não vai demorar muito.

— Sempre deixo esse relógio onde não devo — responde Wen Niao entrando em meu quarto. — Sou tão distraída.

Eu a ouço engolindo em seco. Sei que ela está me observando e avaliando como a um coelho aprisionado em seu laboratório de pesquisas.

Ela mede minha pressão, inspeciona a pele de minhas pernas e remove cuidadosamente algumas escamas de pele morta atrás de minhas orelhas, guardando-as num pote tampado para analisar mais tarde.

Eu a ouço inspirando e expirando enquanto folheia algumas páginas de jornal. O ar está suave como seda.

Seus dedos deslizam por meu peito. São quentes, tão quentes quanto o hálito que ela exala. Suas unhas se enterram em minha pele por um momento, depois ela afasta a mão. Meu pênis enrijece imediatamente. Quero que ela me toque novamente. Ela é a primeira garota desde Tian Yi a demonstrar alguma preocupação por mim.

Ela nota minha ereção, ergue o lençol e a observa por algum tempo.

— Parece que este vegetal tem um considerável apetite sexual — sussurra ela.

Eu gostaria que meu pênis abaixasse.

Depois ela diz em meu ouvido:

— Não se preocupe. Tenho certeza de que você acordará um dia. As drogas que lhe dou são importadas. Está me ouvindo, homem-tábua? E eu disse a sua mãe várias coisas que ela pode fazer para apressar sua recuperação. Cuidei de muitos pacientes em coma durante minha residência.

Esta é a sexta vez que você me visita, Wen Niao. Uma vez você veio num sábado, dizendo que não tinha nada para fazer naquele fim de semana.

— Você era muito bonito há sete anos. Sempre havia uma multidão de gente a seu redor. Eu nunca ousava olhar seu rosto de frente.

E eu me lembro de seu rosto, tão parecido com o de Tian Yi: oval, leves sardas, mas com sobrancelhas mais espessas e um nariz mais longo.

— Pelo menos você está melhor que os estudantes enviados para o Quartel-General da Lei Marcial. Foram tão torturados que ficaram loucos. É deles que sinto pena.

Sim. Ouvi dizer que Shao Jian foi detido no Quartel-General da Lei Marcial depois de declarar que tinha visto estudantes sendo assassinados na praça, coisa que o governo ainda se recusa a admitir. Ele foi torturado por dias a fio, até que finalmente concordou em escrever uma declaração refutando o que dissera. Mas ele foi mandado para a cadeia mesmo assim.

— Se você acordar, poderemos formar um belo casal. Por isso, tente um pouco mais, está bem?

Você me disse que quando ingressou no instituto de pesquisa foi como se estivesse entrando num túmulo. Você não percebe que o próprio corpo é um túmulo. Eu a vi em meu sonho outra noite. Você estava presa numa gaveta. Eu tentava abri-la, mas a gaveta não cedia.

— Você é um milagre. Se estivesse num país estrangeiro, a essa hora seria famoso.

Sua voz sempre oscila entre o agudo e o grave. Lembro-me do quão delgado é seu pescoço e de como pensei que você provavelmente tinha uma laringe estreita quando a conheci. Perguntei-lhe a qual unidade de trabalho você pertencia e você ergueu os olhos para mim e disse, "Você até parece um policial".

Ela limpa meus olhos com um chumaço de algodão embebido em colírio. Seu dedo mindinho pressionado contra meu rosto parece penetrar minha carne.

— Suas córneas estão infectadas. Mesmo que você abra os olhos um dia, provavelmente não conseguirá ver muita coisa. Sua mãe deveria costurar suas pálpebras para evitar que voltem a se contaminar. — Seus dedos são mais frios que a palma da mão. Sua manga resvala em meu rosto quando ela movimenta o braço.

— Seu coração está batendo mais rápido. Você sabe que tem alguém falando com você, não sabe? Em que está pensando?

Estou pensando que sempre que você entra neste apartamento tudo parece ganhar vida... Você se lembra de minha namorada? Ela vai se casar. Já marcou a data: Natal de 1999. Ela será esposa de um arquiteto alemão e diz que nunca mais voltará para a China. Ela não quer viver num país onde a polícia bate a nossas portas todos os dias.

Todas as janelas estão fechadas. Você assa no apartamento quente como um peixe no vapor.

Mou Sen e eu caminhávamos em direção à Deusa da Democracia. Tínhamos ajudado a carregar pedaços da estátua para a praça na noite anterior.

— Alguém subiu nos andaimes ontem à noite e tentou derrubar a estátua — contava ele. — Os estudantes puxaram o sujeito para baixo, mas o deixaram escapar depois de alguns minutos. — Enquanto falava, ele tirou seu casaco bege importado, que imaginei ter sido presente de Nuwa.

— Qual é o problema conosco? — exaltei-me. — Se alguém vandaliza o retrato de um tirano, o detemos, mas quando alguém tenta destruir um símbolo da democracia, deixamos que o sujeito vá embora.

Zhang Jie se aproximou e disse:

— Estão sabendo? Estudantes taiwaneses querem reunir um milhão de pessoas para formar uma corrente humana por toda Taiwan em solidariedade a nós... O que houve com sua bochecha, Dai Wei? — Agora já estava muito quente, mas ele ainda usava sua jaqueta de couro preta. Desde que Zhang Jie retornara ao campus depois da greve de fome, eu já não o via na praça com tanta frequência.

— Desbaratamos mais um golpe ontem à noite — expliquei. — O cara que me deu um soco estava usando um anel com um ferrão escondido. — Chutei de lado uma garrafa de limonada que estava no caminho. As marmitas de isopor branco cobrindo o chão eram irritantemente alvas. Na noite anterior, um estudante invadira o terraço superior do monumento com um grupo de amigos e se declarara comandante. Tivemos que usar a força para mandá-los embora. Durante a briga, o binóculo de Chen Di caiu no chão e foi feito em pedaços.

Zhang Jie sorriu, constrangido, sem saber como responder. Ele era o tipo de garoto distraído e inseguro que as garotas achavam pouco atraente.

Mou Sen convenceu Tang Guoxian e Wu Bin a ajudarem na montagem de sua Universidade Democrática. Durante a reunião preparatória no dia anterior, ele se nomeara reitor, apontara Nuwa como secretária-geral, Tang Guoxian como secretário de admissões, o Velho Fu como vice-reitor e o Pequeno Chan como chefe de relações públicas.

Logo nos vimos esmagados entre a multidão empolgada que se reunira em torno da estátua. A deusa branca, construída com isopor e papel machê, assomava diante de nós, as mãos erguendo uma tocha para o céu azul. Era da altura de um prédio de três andares. Seu rosto estava coberto por um pano de seda vermelha.

— Quer dizer que eles finalmente conseguiram erguê-la! — gritou Mou Sen. — Aqueles estudantes de arte devem ter trabalhado a noite toda. Muitos moradores de Pequim vieram para ajudar depois que você foi embora. Eles foram maravilhosos. Os estudantes pediram serrotes quando estavam construindo o pedestal e imediatamente quatro ou cinco serrotes apareceram do nada. Algumas horas depois, disseram que estavam cansados e que seria bom tomar um pouco de mingau de arroz, e em alguns minutos os moradores chegaram empurrando um carrinho com mingau suficiente para alimentar um exército. — Mou Sen estava muito empolgado. A câmera de Tian Yi pendia de seu pescoço.

A multidão se tornava impaciente. Estudantes instalavam microfones e alto-falantes ao pé da estátua. Avistei Wu Bin por ali, supervisionando o cordão de isolamento que circundava a base. Ele nos deu passagem e deixou que nos sentássemos com os jornalistas. Representantes estudantis de oito escolas de arte de Pequim se sentavam por perto, esperando para tomar parte na cerimônia de inauguração.

Uma menina ainda mais graciosa e esbelta que Nuwa se pôs de pé e anunciou que a cerimônia estava prestes a começar. Se estivesse usando uma túnica branca, ela mesma teria parecido uma deusa. Mou Sen me disse que ela era atriz de cinema.

Os estudantes de arte se levantaram e, junto com alguns moradores de Pequim, puxaram o tecido de seda vermelha do rosto da estátua e soltaram balões no ar. Todos os olhos da praça se voltavam para a Deusa.

— Ela se parece com Tian Yi — disse Zhang Jie, espichando o pescoço. — O cabelo é um pouco mais curto, só isso.

Embora as feições fossem um pouco rústicas, era uma boa réplica da Estátua da Liberdade de Nova York. Ela se erguia majestosamente do meio da praça, diante do retrato do Presidente Mao, o olhar resoluto voltado ao horizonte, a boca firmemente cerrada. Quando a vi, tive uma sensação de coragem renovada.

Estudantes da Academia de Música se levantaram e cantaram a *Ode à alegria* de Beethoven e *O espírito tingido em sangue*. Rapazes sem camisa da Academia de Dança fizeram uma apresentação de dança folclórica da Província de Shaanxi, batendo tambores amarrados às cinturas. A emocionante cerimônia chegou ao fim e a multidão começou a se dispersar.

— O jornal de hoje diz que as autoridades declararam que a construção da estátua é um ato ilegal e uma afronta ao orgulho nacional e à imagem democrática da China — disse Hai Feng, aproximando-se com um jornal nas mãos. Ele também voltava para o campus todas as noites, só aparecendo na praça à tarde.

— Vejam, a marcha dos camponeses do Condado Daxing chegou! — exclamou Zhang Jie. A grande parada de manifestantes invadiu a praça repetindo "Apoiem Li Peng!" e "Abaixo o Professor Fang Li!".

— Então eles estão atacando o astrofísico Fang Li... — riu Hai Feng. — Aposto que nenhum desses camponeses sequer sabe ler.

— O departamento de propaganda do Condado Daxing os subornou para que participassem da marcha em troca de marmitas de graça — comentei, sentindo uma súbita pontada de fome.

Você jaz impaciente em seu ducto espermático, esperando a chance de jorrar para fora.

— Sua mãe saiu para fazer os exercícios de Falun Gong no pátio — diz Wen Niao. — Você consegue ouvir a música?

Ela aumenta o volume do rádio e começa a dançar ao som da música romântica que toca. Ouço seus pés girando, as pulseiras tilintando contra o relógio e o suave cantarolar que ecoa do fundo de sua garganta.

— Diga, é bom ter uma mulher dançando para você? Está feliz? — Sua respiração está acelerada.

O chá de jasmim esfriou e agora posso sentir o cheiro dos cabelos dela e o aroma feminino de seu pescoço quando ela tira seu lenço de musselina.

— "Você chegou em minha vida como um belo erro. Ainda não sei quem você é. Sua ternura me confunde. Estou perdida num labirinto de névoa..." — Ela rodopia e canta. Está muito contente, e eu também. Quase esqueci que estou em coma.

— "Eu lhe dei o meu amor, mas você disse que não queria. Eu o magoei de alguma forma?" — Ela se deita em minha cama, respira fundo e se senta sobre meu corpo. — "Agora você é meu, mas ainda não estou satisfeita. Se você me ama, diga isso para mim..."

Wen Niao se inclina e sussurra em meu ouvido:

— Quem dera todos os homens fossem como você. Você é maravilhoso. Nunca vai a boates nem flerta com outras mulheres. — Ela solta um longo suspiro e continua: — O que estará passando por sua cabeça, homem-tábua? Quero lhe contar um segredo. Fui um Buda encarnado em minha vida passada. Quando criança eu vivia olhando pela janela, esperando que os lamas tibetanos aparecessem e me levassem de volta para meu antigo monastério...

Posso sentir seus olhos fixos em mim. Ela respira sobre meu rosto. O cheiro de tabaco e álcool em seu hálito quente excita as células nervosas de meu nariz quando o inalo. Sinto minha respiração entrando por suas narinas e fluindo para fora quando ela expira. Meu hálito tem um cheiro diferente quando emerge do corpo dela. Capto o hálito de nós dois naquele único suspiro. A mescla de aromas masculinos e femininos é tão excitante quanto um beijo.

— É uma pena você não ter me visto dançar — diz ela em voz baixa, e então recomeça a cantar. — *"Não me diga que não compreende. Eu lhe dei meu coração..."* Bares de karaokê surgiram por toda a cidade. Quando alguém se sente meio para baixo, pode chamar um grupo de amigos e cantar a noite inteira. É fantástico. Você pode me ouvir? — A voz de Wen Niao de repente parece adquirir um lindo tom angelical.

Ela tira o relógio e o coloca sob meu travesseiro.

Sua mão está mais fria que minha pele. Quando ela acaricia meu abdome, é como a chuva que cai sobre um campo quente e ressequido.

Ela ergue a colcha que me envolve. Sinto que ela está observando meu pênis, e então o toca com seus dedos.

— Está duro como um obelisco. Você não se importa que eu o toque, não é? Você me deseja, não é?

Ele deve estar empertigado no ar agora, duro e ereto.

Wen Niao apaga a luz. Ouço quando ela abre o cinto e tira as calças e sapatos. Ela então se deita sobre mim, segura meu pênis com uma das mãos e se acaricia com a outra. Gemendo suavemente, ela se ergue e se senta sobre meu corpo. Sinto quando penetro sua carne macia. Ela arfa e se mexe de um lado para o outro, apertando minha carne firmemente entre seus muros cálidos e úmidos. Fico mais e mais quente, até que meu pênis finalmente jorra. Uma parte pinga do meio de suas pernas, o resto começa a morrer lentamente em seu interior.

Finalmente deixei meu corpo. Posso ouvir o tique-taque do relógio ainda sob meu travesseiro.

Meu pênis se recolhe do lago de esperma, mas a carne quente de Wen Niao ainda me mantém sob seu domínio, abrandando a sensação de vazio que transborda dentro de mim.

Inalo o cheiro do esperma que esteve trancado em mim por tanto tempo, o cheiro de nossos corpos quentes impregnado no lençol, o aroma de pasta de semente de sésamo em seu hálito e sinto que meus órgãos se tornam mais vigorosos. Enquanto o tecido esponjoso de meu pênis ainda pulsa, Wen Niao se veste e sai do apartamento.

Minha mãe volta, liga o rádio e pergunta:

— Onde está Wen Niao? Ela disse que esperaria até que eu voltasse.

Eu gostaria que ela calasse a boca e me deixasse em paz. Não quero que este momento de êxtase me escape. Talvez ele nunca mais retorne.

Vejo uma cintilante vastidão de neve marcada por uma trilha de pegadas de Wen Niao.

Suas palavras de despedida ecoam por minha mente.

— Você é maravilhoso — disse ela. — Não posso acreditar que sua mãe está pensando em vender um de seus rins.

Agora que você foi abraçado pelo corpo dela e purificado por seu hálito, seus pensamentos parecem muito mais claros.

— Se o governo reformar o sistema de seguro-saúde, terei problemas. A maior parte das despesas de medicamentos de Dai Wei é reembolsada pela companhia de ópera em que trabalhei. Preciso apenas pedir ao farmacêutico que coloque meu nome na receita em vez do nome dele. Você acha que as reformas vão mesmo acontecer? — Minha mãe se senta na sala de estar, conversando com a Tia Hao, do comitê do bairro.

— Bem, é o que diz hoje o *Diário do povo*. Também vamos levar um duro golpe. Meu marido recebe três mil yuans de reembolso de medicamentos a cada mês. Se o governo cortar os subsídios em 70%, não sei como vamos passar.

Até o mês passado, a Tia Hao só estivera em nosso apartamento duas vezes, mas agora ela aparece três vezes por semana. O comitê do bairro deixará de ser uma organização voluntária e se tornará uma unidade de trabalho oficial, com equipe assalariada. Provavelmente a Tia Hao pretende aumentar sua popularidade no conjunto, na esperança de que isso a ajude a ganhar uma posição permanente no comitê.

— O filho do Velho Wang abriu uma sala de projeção perto de minha antiga companhia de ópera — comenta minha mãe. — Ao que parece, ele faz trezentos yuans por dia passando filmes piratas.

— Duvido que ele esteja fazendo tanto dinheiro — respondeu Tia Hao. — Cinemas são coisa do passado. Todo mundo está mudando para DVDs. Os aparelhos custam apenas quatrocentos yuans, e você pode comprar DVDs piratas por apenas cinco yuans, então quem vai querer pagar três yuans para ver um filme naquela sala fedida? De qualquer maneira, ele não ficará lá por muito tempo. Aquela região será demolida em breve. Vão construir uma grande área comercial e residencial.

— Quando você acha que derrubarão nosso conjunto?

— Duvido que coloquem este lugar abaixo. Alguns blocos foram construídos nos anos oitenta, mas a maioria é de prédios de estilo soviético dos anos cinquenta. São muito resistentes. Poderiam durar mais cem anos.

— Há séculos não vou ao cinema. Já nem assisto tanta televisão. Vivem repetindo os mesmo programas.

— Você não vê aquela série nova, *O Diretor Incorruptível*? É ótima. Ninguém jamais ousou fazer um drama sobre a corrupção nos altos escalões. Até o governador da província aparece como um vigarista.

— O governador denunciou o próprio filho por práticas ilícitas, mas ele mesmo nunca foi culpado de corrupção.

— Bem, você deve ter perdido o último episódio. Nele, foi revelado que o governador também estava envolvido na fraude. A polícia o levou embora algemado.

— Aquela série dramática do ano passado, *A Tela Negra*, tinha um prefeito corrupto.

— Estamos cercados por corrupção. Todos estes novos cassinos e boates que aparecem por todo lado são financiados pelo auxílio-despesa do governo a oficiais corruptos. Estes lugares ficam lotados de agentes de alto escalão, gastando dinheiro público em comidas e bebidas de luxo.

Elas param de falar por um momento e estalam sementes de melão entre os dentes.

Quando fizemos nossa manifestação contra o enriquecimento ilícito dos oficiais em 1989, somente alguns casos de corrupção vieram à tona. O problema parece ter se tornado endêmico.

Minha mente retorna a Wen Niao. Duas semanas depois que fez amor comigo, ela parou de me visitar. Durante o Festival da Primavera, ela telefonou para minha mãe para nos desejar feliz Ano-Novo Chinês e disse que não poderia aparecer na próxima data marcada porque iria à liquidação da Loja de Departamentos Guiyou. Talvez ela já tenha se mudado para o prédio de apartamentos para funcionários que seu instituto construiu além da Terceira Perimetral. Wen Niao recebeu um apartamento de oitenta metros quadrados. Ela disse que fica perto da Perimetral e por isso é muito barulhento, mas ela pode ver o Templo Dagobá Branco da janela e acredita que é seu destino cármico viver ali.

Em sua última visita, ela me disse:

— Certa noite, eu estava num trem. Os passageiros ao meu redor estavam jogados sobre os bancos de madeira, dormindo profundamente. Levantei-me e caminhei até o fim do vagão. Quando olhei pela janela dos fundos e vi a lua se elevando do horizonte negro, uma terrível tristeza me dominou. Finalmente aceitei que tinha renascido como mulher e que os lamas jamais apareceriam para me buscar... Quando eu tinha 15 anos, fui ao Tibete e visitei todos os monastérios, mas nunca encontrei aquele em que morri em minha última encarnação.

Ela tem mais ou menos a minha idade, ou seja, sua encarnação anterior teria morrido no fim dos anos sessenta. Não poderia ter falecido num monastério. Naquela época, todos os prédios religiosos do Tibete já estavam destruídos pelo exército chinês, e a encarnação de Wen Niao como lama teria morrido na cadeia ou labutando nos campos.

Ela limpou meu rosto com água mineral e disse:

— Alguns anos depois, visitei a Cidade Proibida e tive certeza de que um dia também morei ali. Vi o pente que eu usava, o travesseiro em que repousava minha cabeça. Juro, tudo me parecia muito familiar. Apoiei-me num pilar e me desfiz em lágrimas. Eu não queria deixar o palácio. Quando eles fecharam às cinco, os guardas apareceram para me arrastar para fora. Fiz algumas pesquisas e descobri que fui a Imperatriz Wencheng numa vida passada. Ela morreu no Tibete, o que explica por que reencarnei como um lama tibetano... Os espíritos de minhas vidas passadas me visitam com frequência e me dizem que eu devo realizar algo grandioso. Mas o que uma mulher frágil como eu poderia fazer? Meu namorado policial era budista. Quando o conheci, soube imediatamente que ele usara a túnica do dragão de um imperador em sua vida passada. Percebi que meu papel nesta encarnação seria assegurar que ele se tornasse presidente da China. Eu achava que, com o poder de todas as minhas vidas passadas para impulsioná-lo, ele estava destinado ao sucesso. Infelizmente ele acabou se revelando um mulherengo. Tive que terminar o namoro. Ele frequentava boates e saunas quase todas as noites...

Ela envolveu seus dedos com musselina e depois esfregou cada um de meus dentes individualmente e limpou minha língua. Era uma sensação maravilhosa. Quando minha mãe esfrega meus dentes com cotonetes, sempre faz com que minhas gengivas sangrem.

Eu gostaria que Wen Niao entrasse por essa porta e me trouxesse um pouco de luz do sol e ar fresco. Mas duvido que ela queira repetir algo que certas pessoas consideram um ato sexual perverso. Wen Niao provavelmente pensa que seu comportamento naquela tarde foi causado por um lapso momentâneo de insanidade.

Ela me disse certa vez:

— Todo mundo lá fora é doente da cabeça. Quem sabe, talvez você seja a única pessoa sã que resta nesta cidade.

Faz trinta dias desde a última visita dela. Minha mãe tentou contatá-la pelo bipe na semana passada, mas ela não respondeu.

Posso ouvir minha mãe resmungando:

— O que fizemos para aborrecer a Enfermeira Wen? Por que ela não aparece mais? Será porque eu lhe pedi que esvaziasse o frasco de urina na última vez em que ela veio? Mas ela é enfermeira formada... Já teve que fazer coisas muito piores.

Quando o telefone toca, ela corre para a sala. Alguns dias atrás, apareceu um comprador para o meu rim. Foi acertado um preço provisório de oito mil yuans, com o intermediário levando uma parcela de mil yuans.

— Tudo bem... Você pode vir e fazer o exame de sangue amanhã. Quando ele entregará o dinheiro? Eu me pergunto se ele não poderia me dar um pouco mais...

A voz do outro lado diz:

— O transplante só acontecerá daqui a dois meses, no mínimo. O intermediário precisa ter certeza de que seu filho é compatível com o paciente antes de confirmar uma data. E quanto ao preço, acho que você já fez um negócio muito bom. Se tivesse vendido pouco antes do Festival da Primavera, provavelmente não teria conseguido mais que dois mil yuans. É quando a maior parte dos prisioneiros é executada, então sempre há fartura de órgãos disponíveis...

— Precisarei avisar à delegacia que ficarei fora por alguns dias, ou vão pensar que fugi.

— Pedirei ao intermediário que dê uma palavrinha com eles. Essas pessoas têm contatos fortes na polícia. É assim que conseguem acesso à lista de prisioneiros no corredor da morte.

Minha mãe me disse que não pode fazer mais nada por mim e que meu corpo terá que se virar sozinho de agora em diante. Tomara que eu morra durante a operação. Seria ótimo.

Embora eu saiba que Wen Niao jamais retornará, ainda me agarro às lembranças extasiantes de suas visitas. Cada palavra que ela me disse tranquiliza meus nervos. Quase desmaiei de prazer quando ela se deitou sobre mim e senti na gola de sua blusa o cheiro do fígado de galinha grelhado da barraca de rua por que ela passou antes de entrar no apartamento.

Wen Niao não vai voltar. Ela está sentada numa sala em algum lugar desta grande cidade, sem saber que meu corpo implora por fazer amor com ela mais uma vez para que eu possa morrer em uma última explosão de prazer.

O sangue jorra por seu corpo como água de uma fonte quente. As sementes que Wen Niao enterrou em sua carne começam a germinar.

Um menino de Bangladesh canta "Lindo Lago Tai" num concurso de calouros para estudantes estrangeiros na televisão. Quando a última rodada está prestes a começar, An Qi chega com seu marido inválido. Ele esteve aqui em outra ocasião. Ele consegue subir até o terceiro andar com a ajuda de muletas. Os cigarros que ele fuma têm cheiro de alas de hospital.

— Você deveria pedir que seus parentes estrangeiros façam pesquisas para você — diz ele em seu sotaque nativo de Pequim. — Talvez eles possam encontrar especialistas que pesquisem doenças como a de Dai Wei. Se eles usarem seu filho para pesquisas, você não terá que pagar pelas despesas médicas.

— Ele vive tendo ideias — diz An Qi orgulhosamente.

— Por que não pensei nisso antes? — comenta minha mãe. — Eu deveria pedir a meu filho Dai Ru para ver se consegue encontrar algum especialista na Inglaterra.

Ontem, ao telefone, meu irmão disse que não poderia voltar à China antes de sua formatura. Ele trabalha em regime de meio expediente num restaurante chinês e está saindo com uma garota inglesa. Na conversa de meia hora com minha mãe, ele não perguntou por mim nenhuma vez.

Agora todos estão sentados no sofá, bebendo chá.

— Ontem fizemos contato com outra vítima da repressão — diz o marido de An Qi. — Ele foi baleado na cabeça, assim como Dai Wei. Está paralisado do peito para baixo. Passa o dia inteiro na cama. Ficamos junto dele por meia hora e fizemos perguntas, mas ele não disse uma palavra. Quando saímos, sua esposa nos contou que no ano passado ele tentou se matar engolindo sessenta pílulas para dormir.

— Não deve ser fácil para vocês rastrear todas estas pessoas feridas. Quantas encontraram até agora?

— Quarenta e nove, se incluirmos as que a Professora Ding encontrou...

— Meu marido vive sentindo muita dor, mas insiste em continuar a busca — acrescenta An Qi. — Sua inflamação pélvica piorou novamente no mês passado. A velha ferida ficou infectada. Se tivéssemos dinheiro, poderíamos pagar por implantes de próteses de aço nas articulações danificadas, de modo que ele pudesse caminhar sem precisar de apoio.

— Eu me desloco mais rápido com estas duas muletas do que costumava andar com meus próprios pés! — diz ele, batendo as muletas no chão. — Além disso, se eu pudesse me livrar delas, iria a boates todas as noites e você não ficaria nada satisfeita!

— Não fale bobagens! Você não tem ideia do que são aqueles lugares agora. As garotas de Sichuan se lambuzam de maquiagem e depois se remexem por todo lado em biquínis minúsculos que não deixam nada para a imaginação. É uma baixaria.

— Parece ótimo! — ele ri, batendo as muletas no chão novamente.

— Também nos convertemos ao Falun Gong — diz An Qi. — Mas ainda não sentimos a roda da lei Falun girando em nossas barrigas. Da próxima vez que o Mestre Li Hongzhi fizer uma palestra pública, você deveria vir conosco e pedir a ele que instale uma roda Falun dentro de Dai Wei.

— Se vocês perseverarem com os exercícios de meditação, sua roda da lei eventualmente despertará — afirma minha mãe. — Quando gira no sentido horário, ela absorve a energia do universo, e quando gira no sentido anti-horário, desfaz o mau carma e as doenças do corpo. Vocês nunca mais terão que gastar dinheiro com remédios caros. Hoje em dia, quando alguém vai ao hospital, os médicos o forçam a fazer centenas de exames de sangue e radiografias desnecessários, tentando extrair o máximo de dinheiro.

— Os médicos trabalham por comissão. Precisam prescrever três mil yuans em remédios por dia para conseguir um bônus no fim do mês. E se você não paga a conta todo dia, eles o chutam para a rua. Não dá nem para conversar com eles.

— Eles não dão a mínima para salvar vidas. Tudo que lhes importa é dinheiro.

De repente, lembro-me de uma antiga cópia do *Livro das montanhas e dos mares* que folheei num sebo de livros em Guangzhou. Ela tinha um mapa dobrável na parte de trás. Quando tentei abri-lo, o mapa se desfez em pedaços.

Além da Montanha Qizhou vive o Povo Sem Descendentes. Todos partilham o sobrenome Ren, e são eles próprios descendentes do Povo Sem Ossos. Eles vivem de peixes e ar.

— Apenas quarenta pessoas se inscreveram até agora — disse Mou Sen a Tang Guoxian enquanto redigia seu discurso para a cerimônia de abertura da Universidade Democrática. — Precisamos ter pelo menos quatro mil. Se você não conseguir recrutar esse número, terei que procurar um novo secretário de admissões.

— Não venha mandar em mim dessa maneira — retrucou Tang Guoxian, sem tirar os olhos da lista de contatos que estava copiando. — Espere e verá. Um dia, serei mais famoso que qualquer um de vocês! — Ele fora deposto da Federação dos Estudantes das Províncias na semana anterior por apoiar a proposta de retirada da praça feita por Han Dan.

— Pode nos ajudar, Dai Ru? — perguntou Tian Yi, entregando alguns cartões de visita a meu irmão. — Telefone para estas pessoas e veja se consegue convencê-las a se alistar.

Meu irmão parecia distraído. Mais cedo naquele dia, ele me perguntara se eu tinha braçadeiras vermelhas sobressalentes. Tínhamos esgotado todas, então eu lhe dei alguns bonés. Não perguntei o que ele estava fazendo. Minha mãe parara de interferir na vida dele, e senti que deveria fazer o mesmo.

Fazia um calor sufocante no interior da tenda da rádio. Escrevi cem cartazes anunciando a cerimônia de abertura. Xiao Li e Zhang Jie pegaram os cartazes e os colaram pela praça. Todos estavam trabalhando duro para assegurar que a Universidade Democrática fosse um sucesso.

— Ouvi dizer que seu pai telefonou e implorou para que você deixe a praça — comentei com Tian Yi.

— Você disse "pai"? Essa palavra não me soa muito familiar.

— Não podemos ir para outra tenda, Dai Wei? — perguntou Nuwa. — Está fedendo aqui.

— Não temos outra tão grande quanto esta.

— Não teria um cheiro tão ruim se vocês apagassem seus cigarros em copos, e não nesses potes de tinta — reclamou Tian Yi, pregando os olhos em Mou Sen.

— Quem deixou cair esses bolinhos? — perguntou Shi Ye, a garota de óculos que partilhara o dormitório com A-Mei na Universidade do Sul. — Estão todos esmagados no chão. É nojento! — Ela chegara a Pequim alguns dias antes. Shi Ye estava esperando para levar Mou Sen para conhecer uma delegação de estudantes de Hong Kong. Ela falava cantonês e ajudaria na tradução.

— Façam silêncio, gente — pediu Nuwa, enxugando gotas de suor da sobrancelha. — A Voz da América está transmitindo uma matéria sobre nós. Deveríamos retransmiti-la para a praça, Mou Sen?

— Pelo visto, você esqueceu que não estou mais encarregado disso — respondeu ele.

"... O medo se abateu sobre a capital chinesa. Intelectuais liberais e líderes progressistas do Partido, que debateram a reforma democrática com tanto entusiasmo há duas semanas, agora não se encontram em lugar algum. Os cidadãos de Pequim estão evitando o contato com estrangeiros. Os que têm passaportes começam a deixar o país. Acredita-se que o astrofísico dissidente Fang Li e sua esposa partiram para um esconderijo nos limites de Pequim..."

— O que eles querem dizer com "o medo se abateu sobre a capital chinesa"? — indagou Tang Guoxian, com desprezo. — Que monte de merda!

— Ouviram o que ele disse? Um milhão de pessoas em Taiwan deram os braços e formaram uma corrente humana de quatrocentos quilômetros por toda a ilha. E sob um temporal! *Fantastic, fantastic!* — disse Nuwa, exclamando as últimas palavras em inglês.

— O mundo está observando cada movimento que fazemos — comentou meu irmão, empolgado. Depois, ele e um grupo de amigos se aproximaram de Tang Guoxian e disseram em tom conspiratório: — Você realmente deveria juntar forças conosco.

— Você tem alguma coisa para comer, Dai Ru? — perguntou Tian Yi. — Estou faminta.

— Nunca ando com lanches — respondeu ele, voltando-se para ela. — Quando éramos crianças, Dai Wei sempre revirava meus bolsos e roubava tudo que encontrava. — Sempre que eu ouvia meu irmão falando, lembrava-me do cheiro de mofo de nosso apartamento.

Suspeitei que meu irmão estava tentando formar uma nova organização estudantil nacional e tentei esfriar seu entusiasmo.

— Tive uma conversa com um policial à paisana esta manhã — comentei, olhando para ele. — O policial me disse que os estudantes que causam distúrbios geralmente são mandados a campos de reeducação por dois anos, mas como nossos protestos constituem uma rebelião contrarrevolucionária ele acha que seremos aprisionados por dez anos, no mínimo. Nenhum de nós conseguirá escapar. Eles têm nomes e fotos de cada estudante que esteve na praça.

— Uma vez você me disse que quem tem medo de ir para a prisão não deveria participar da revolução — retrucou ele.

— Não conseguimos depor Deng Xiaoping em 1987 — comentou Mou Sen. — Desta vez, não podemos desistir até que ele renuncie. — Ele então se voltou para Shi Ye e disse: — Perdão, não vou demorar muito. Só preciso escrever o último parágrafo.

— A palavra "prisão" faz meu sangue gelar — disse Nuwa. Ela acendeu a luz. O brilho suave do bulbo da lâmpada tinha sobre nós o mesmo efeito calmante que a beleza de Nuwa.

— Ir para a cadeia não é tão ruim — comentou Tang Guoxian. — No fim das contas, você acaba sendo solto. O que me apavora é a pena capital. Antes que a polícia execute um condenado, eles o amarram atrás de uma moto e o arrastam pelas ruas até esfolar toda a carne de sua bunda.

— Isso é horrível! — Nuwa deu um berro e olhou para Mou Sen, um pouco envergonhada pela reação que tivera.

— Qual é o seu problema, Tang Guoxian? — inquiriu Tian Yi. — Pare de assustar todo mundo.

— Dai Wei, falei com A-Mei pelo telefone ontem à noite — comentou Shi Ye. — Ela foi nomeada secretária-geral da Associação dos Estudantes Chineses no Canadá. Ela disse que virá a Pequim dentro de alguns dias e queria que eu lhe contasse.

Fiquei constrangido. Shi Ye não sabia que Tian Yi era minha namorada. Como esperado, Tian Yi ergueu os olhos e me pregou um olhar de suspeita.

— Se ela está vindo, que venha. O que eu tenho a ver com isso? — Minha expressão não parecia normal. Eu queria fugir dali.

— Mas você me pediu para entrar em contato com ela — insistiu Shi Ye, fitando-me por cima dos óculos.

Mou Sen correu para perto e disse:

— Vamos nessa, Shi Ye! — Ele me deu um furtivo beliscão no braço enquanto a arrastava para fora.

Tentei sair daquela situação.

— Desde que terminamos, eu não soube mais de A-Mei, Tian Yi. Eu só me perguntava o que teria acontecido com ela. Não pense que há algo além disso. — Como esperado, ela não queria fazer uma cena na frente dos outros. Apenas manteve os olhos fixos na pauta em seu colo e não disse nada. Balbuciei que precisava buscar um pouco de tinta e saí da tenda rapidamente.

Você vaga pelos desertos, buscando um pedaço de chão onde se enterrar. Você já não pode resistir ao desejo de deixar que seu corpo se desintegre em pó.

— Ele morreu há cinco dias, mas ainda estão tocando marchas fúnebres no rádio — diz minha mãe ao telefone.

Deng Xiaoping está morto. O homem que roubou minha vida está morto. Mas meu ódio por ele já morreu há muito mais tempo.

O décimo segundo episódio de uma série de documentários sobre a carreira de Deng Xiaoping está passando na televisão. Eu gostaria que minha mãe desligasse essa coisa. Meu velho colega de dormitório, Mao Da, telefonou para contar a ela que Han Dan foi solto da prisão e está planejando partir para os Estados Unidos.

Na semana passada, ela leu para mim uma carta de Wang Fei que trazia notícias de meus velhos colegas. Descobri que, depois que escaparam juntos para Hong Kong, Wu Bin e Sun Chunlin ganharam asilo político na França. Eu me pergunto como Sun Chunlin conseguiu convencer as autoridades francesas de que era um ativista. Ele nunca se interessou por política. Sua contribuição para o nosso movimento foi puramente financeira. Wu Bin não tinha muitos amigos. Suponho que Sun Chunlin tenha sido o único disposto a fugir do país com ele.

Tang Guoxian estava entre os 21 líderes estudantis que figuravam na lista dos mais procurados pelo governo. Para escapar da prisão, ele passou um ano como fugitivo, vivendo clandestinamente no Norte da China. Depois fugiu pela fronteira soviética, cruzou os desertos de gelo da Sibéria e da Europa Oriental e finalmente encontrou refúgio na Alemanha. Seus anos de maratona provavelmente foram uma boa preparação para esta épica jornada.

— Talvez após o décimo aniversário do massacre, a atmosfera política abrande um pouco — diz minha mãe a Mao Da. — Mas, por enquanto, provavelmente é melhor que você não nos visite. Desde que Tian Yi contou à imprensa americana o que aconteceu com Dai Wei, não tive permissão de retirá-lo do apartamento. Só consegui uma dispensa especial para levá-lo ao hospital de Hebei há pouco tempo.

Ela desliga o telefone e liga para outro número. Não consigo distinguir quem está falando desta vez.

— ... Eu sei, aqueles estúdios de fotos de casamento estão aparecendo em tudo quanto é lugar agora. Uma antiga colega minha da companhia de ópera abriu um. Ela investiu duzentos mil yuans. Outro dia passei por lá. Ela contratou um fotógrafo que tem um rabo de cavalo comprido. Ele realmente tem o estilo típico da profissão. O estúdio fica num local privilegiado da rua Wangfujing. Ah... Se eu não tivesse que cuidar desse meu filho vegetal, poderia trabalhar lá como maquiadora. Seria ótimo poder ganhar algum dinheiro. Não sei como vamos sobreviver quando meu dinheiro acabar. Acho que teremos que beber o vento nordeste, como se diz...

Como um espesso fio de algodão preso no buraco da agulha, você está preso em sua pele.

O chão do quarto do hospital foi salpicado com desinfetante, mas ainda sinto o cheiro de doença do paciente anterior.

Este hospital militar fica nos limites de uma cidade da província de Hebei. Lufadas de vento quente sopram entre os prédios altos da cidade e atravessam os corredores, enquanto o ar úmido dos campos irrigados ao longe se infiltra vagarosamente no quarto. É começo de maio, mas o calor já é insuportável.

Sempre que chove, minha pele se lembra de Wen Niao e do cheiro acre que ela deixava no apartamento após cada visita. Quando ela estava comigo, sentia que podia ver o céu e a terra e tudo que havia entre eles: casas, livrarias, cinemas. Que conseguia tocar coisas, prová-las, ouvi-las. Eu podia até correr novamente pela Avenida Changan e levar um tiro na cabeça.

O quarto em que eu e minha mãe estamos fica no térreo. O rico dono da mina de carvão que receberá meu rim está num quarto mais ao fundo do corredor. Ele pagou 150 mil yuans ao hospital pelo transplante e 8.500 yuans a minha mãe pelo rim — apenas quinhentos yuans a mais que o preço combinado provisoriamente.

Ouço enfermeiras passando pelo corredor do andar de cima. Suas solas de borracha fazem um som horrível, como se estivessem pisoteando folhas podres de couve. Uma enfermeira entra todas as noites para me dar uma injeção. Tenho que ficar aqui e me submeter ao destino, assim como o prisioneiro executado que dissecamos na Universidade do Sul. Os exames necessários já foram feitos. Tudo que posso fazer agora é esperar que os cirurgiões me levem sobre rodas até a sala de operações e me metam a faca.

À noite, quando todos vão dormir, ouço mutucas e mosquitos se agitando em torno da lâmpada ou batendo repetidamente contra as vidraças.

Ouço um avião atravessando o ar ruidosamente.

Minha mãe entra com um grupo de pessoas que têm cheiro de solução alcoólica.

— Ele tem um cartão de doador de sangue?

— Não.

— Se tivesse, o sangue lhe custaria apenas trezentos yuans por saco, em vez de quinhentos.

— De quantos sacos ele vai precisar para a operação?

— Pelo menos quatro...

As enfermeiras me despem e me erguem para uma maca com rodinhas. Posso sentir a lona fria contra minha pele nua. Dois ou três pares de mãos cutucam meu estômago e a curva das costas. Depois um lençol é colocado sobre meu corpo e sou empurrado para fora do prédio. O lençol escorrega para o lado, expondo meu rosto e peito à luz do sol. Meus poros rapidamente se abrem e sorvem o ar fresco.

Logo sou levado para outro corredor. Meus sentidos parecem mais alertas agora. Posso imaginar a porta de madeira na qual minha maca bate e o chão de concreto liso. As imagens são tão vívidas que quase me sinto como se estivesse caminhando pelo corredor com os olhos abertos.

Quando sou empurrado para a sala de operações resfriada por ar-condicionado, meus poros se fecham rapidamente outra vez. Uma enfermeira pega meu histórico médico.

— Diz aqui que ele foi admitido pela primeira vez em um hospital no dia... Não consigo entender a data... Sofrendo de um coágulo no cérebro. Tinha baixo ritmo cardíaco e baixa temperatura da pele... Depois que o coágulo foi removido cirurgicamente, a ferida na cabeça se infectou...

— Pule esta parte — diz um médico através de sua máscara cirúrgica. — Verifique apenas os registros mais recentes.

O histórico é forjado, claro. Minha mãe pediu a Wen Niao que o escrevesse.

Sou colocado de lado. Há três ou quatro pessoas me cercando, avaliando minha condição física.

— Há algum indício de ulceração por pressão na curva das costas dele?

— Não, a pele aqui parece saudável...

— Esta página diz: "Crescimento de tecido granuloso insuficiente sobre a ferida na cabeça, crânio esfacelado." A linha seguinte é ilegível...

— Vocês vão tirar o rim esquerdo ou o direito?

Alguém agora está passando solução alcoólica em minhas costas e pernas.

— Quer que eu raspe os pelos?

— Não, apenas desinfete com álcool. Certifique-se de que ele esteja limpo.

Uma enfermeira segura meu pênis e o limpa bruscamente, como se fosse uma garrafa de cerveja suja. Outro par de mãos acomoda alguns travesseiros a meu redor para me manter no lugar. Meus pensamentos retornam ao prisioneiro executado que dissecamos. Agora estou deitado na mesma posição em que ele esteve em nosso laboratório.

— Ele é magro como um cabo de vassoura... Vocês fizeram a contraprova do tipo sanguíneo?

— Sim, definitivamente O positivo.

— Posso preparar a anestesia?

— Creio que ele já esteja inconsciente o bastante!

— Existe alguma esperança para aquele homem em coma no quarto ao lado? Ele foi atropelado por um carro, não foi?

— Já faz uma semana desde o acidente. Se ele morrer agora, a causa da morte será registrada como negligência médica, e não como ferimento por impacto, e vamos perder nossos benefícios.

— Ninguém veio buscá-lo. As autoridades vão parar de pagar por seu tratamento amanhã. Acho que deveríamos desová-lo do lado de fora do hospital.

— Vamos colocá-lo no incinerador. Podemos dizer que ele morreu por septicemia.

— Não, vocês não podem fazer isso. Não é correto. E, quem sabe? Se ele for um empresário bem-sucedido, talvez nos reembolse quando recobrar a consciência.

— Quer dizer que está a fim dele? Bem, ele tem a idade certa para você.

— Cale a boca! Estou de saco cheio de você metendo o nariz onde não é chamado. Você faria melhor se ficasse de olho naquela sua esposa infiel!

— Ei, acalme-se, eu só estava brincando...

Outro bastonete com álcool é passado na parte baixa das minhas costas, então um bisturi atravessa minha pele e se enterra na fáscia superficial e no tecido muscular. Bolas de algodão são pressionadas dentro da incisão. Um sinal de dor dispara até o giro pós-central em meu cérebro. Se meus neurônios estivessem funcionando apropriadamente, a dor seria intolerável. Pequenas gotas de sangue alcançam a ferida através de uma rede de capilares e escapam para o mundo exterior.

O frio bisturi de metal cruza minha carne quente e macia. À medida que penetra mais fundo, a lâmina fica mais cálida e os músculos dissecados descaem perfeitamente para cada lado.

Grampos são presos rapidamente às pontas das veias seccionadas, mas já perdi tanto sangue que meus vasos sanguíneos estão flácidos. Não há oxigênio suficiente irrigando meu cérebro. Vejo um borrão diante de meus olhos, como a brancura confusa da tela de uma televisão quebrada.

A lâmina chega à fáscia transversal. A morte está ao alcance da mão. Logo poderei abandonar meu corpo e deixar que minha alma flutue para o éter... Vejo um coelho tremendo numa rua tomada de gelo. A calçada atrás dele está coberta por água congelada. Talos de couve, guimbas de cigarro, jornais, retalhos esfarrapados e frascos de remédios vazios jazem aprisionados na massa de gelo.

— Tome cuidado para não cortar o nervo subcostal.

— Se eu me demitir por motivo de doença, ainda recebo 45% de meu salário.

— Pince esta veia aqui o mais forte que puder.

— Eu poderia trabalhar numa clínica particular ou num hospital sino-estrangeiro. Os salários são muito mais altos.

— E agora...

Minha energia subitamente vaza de meu corpo, como o ar de um balão furado. Quando a fáscia renal é seccionada, vejo o rosto de meu pai morto. Rapidamente tento apagá-lo de minha mente. Quero que a última imagem que me venha antes de morrer seja poética e animadora. Um carro correndo por uma estrada longa e vazia, por exemplo, como numa cena final de filme.

— Podemos deixar a gordura aí por enquanto. Pince aquela. Não, aquela ali.

— Já abriram o outro paciente, doutor. Você deve levar o rim para eles dentro dos próximos cinco minutos.

— Diga ao Dr. Zhou que o rim estará lá em um minuto. Preparem a fita...

Uma tesoura fria é inserida entre a pelve renal e a uretra. Já não há mais veias a cortar. A veia e a artéria renal foram cortadas e pinçadas. Meu rim agora pode ser removido e transferido para o corpo do paciente no quarto ao lado.

— Está saudável?

— Sim, a membrana externa parece perfeita. Podemos usá-lo.

Meu ureter é puxado para cima de meu estômago. Puxam com tanta força que provocam espasmos em minha bexiga. De repente, tudo fica negro. Tento gritar por ajuda. Os nervos em meu esôfago instruem meus músculos da garganta a se contraírem. O sangue corre para meu rosto. Estou pronto para gritar, mas as ligações para a área da linguagem em meu cérebro foram tão severamente danificadas que são incapazes de transmitir o sinal correto.

O sangue em torno de minha ferida começa a oxidar e coagular... Vejo meu esqueleto caminhando pela rua. Caminho atrás dele. Nossos pés tocam o chão ao mesmo tempo. Sou minha própria sombra. A estrada em que caminhamos me parece familiar. As árvores enfileiradas na calçada foram desbotadas pelo sol. Há degraus de pedra à minha esquerda. Subo os degraus. Este é o percurso que eu fazia para voltar para casa depois da escola. Uma profunda vala aparece na minha frente. Salto sobre ela e caminho até a entrada no bloco de dormitórios da companhia de ópera. Agora estou no corredor. Está muito escuro. O esqueleto desapareceu.

— O que este livro está fazendo aqui? Jogue isso fora!

— Ele se chama *A China pode dizer não*. É um sucesso de vendas. Fala como devemos aprender a fazer frente aos Estados Unidos.

— Todos prontos agora? Pode cortar! Ótimo! Deixe um bom comprimento.

Meu rim é retirado de seu casulo quente e adiposo e levado embora. Dentro de alguns segundos, afundará como um submarino no corpo de um rico proprietário de uma mina de carvão.

— Parece um pouco menor que o rim que acabamos de tirar do receptor.

— Cuidado, não deixe cair.

O buraco está vazio agora. Finalmente, minha alma pode deixar meu corpo. Mas quando ela está prestes a escapar, uma enfermeira rapidamente costura a incisão. A morte se esquiva de mim mais uma vez. Minha pulsação volta ao normal. Esta massa de carne viva se recusa a me deixar morrer.

— Certifique-se de que removeu todos os grampos antes de terminar de dar os pontos.

Vejo-me repetidamente correndo atrás de meu pai e caindo numa vala. A luz fluorescente das salas de operação faz com que os rostos dos mortos ou moribundos pareçam corriqueiros e mundanos. É impossível ter uma sensação de transcendência ou uma intuição de um plano mais elevado neste lugar. Nestas alas, tanto a vida quanto a morte parecem sórdidas e banais.

— A operação correu bem. Pode esperar do lado de fora. Vamos chamá-la se precisarmos de você.

— Ah... — Minha mãe parece querer fazer uma pergunta, mas antes que ela tenha uma chance de falar, a porta se fecha.

Você flutua num oceano de pensamentos como um submarino silencioso. Ninguém pode ouvi-lo respirar.

— Uma multidão entrou aqui e enfiou uma flanela na minha boca — arfava Wang Fei. — Um deles disse: "Sinto muito, meu chapa, não é você que queremos, estamos atrás *dela*!" Por sorte, conseguimos nos soltar e fugir.

— Dai Wei, você deveria estar ocupado com a segurança — disse Bai Ling, ajeitando sua blusa. — Quase fomos sequestrados agora mesmo. Como eles sabiam que estávamos dormindo nesta tenda?

— Perdão. Tomei uma cerveja e cochilei. O que aconteceu com seus guarda-costas?

— Eu disse a eles que descansem e voltem pela manhã. — Wang Fei estava usando um short de náilon. Suas pernas magras eram muito brancas.

Algumas horas antes, Yu Jin e eu havíamos escoltado Bai Ling à tenda para que ela pudesse dormir um pouco. Chen Di e Dong Rong estavam na tenda dos estudantes de ciências atrás dela, portanto achei que ela estaria segura. Yu Jin comprou algumas cervejas e tofu seco. Nós dois entornamos algumas garrafas e depois caímos no sono. Ninguém de fora do nosso grupo sabia que Bai Ling estava na tenda. Eu me perguntava como aquelas pessoas conseguiram rastreá-la.

— Vocês viram os rostos deles? — perguntou Dong Rong. Ele nunca tirava seus óculos de sol de grife, nem mesmo à noite. Durante o dia, passava a maior parte do tempo mostrando os pontos turísticos de Pequim à namorada. Ela vinha de uma pequena cidade em Zhejiang e usava roupas apertadas e maquiagem pesada.

— Um deles tinha cerca de trinta anos — disse Wang Fei, pegando um cigarro. — Parecia um operário de fábrica.

— Alguém cortou os cabos de nossos alto-falantes no monumento — exclamou Chen Di, agitando sua lanterna por todo lado nervosamente. O feixe de luz iluminou seus surrados tênis brancos.

— Temos que fazer uma coletiva de imprensa — disse Wang Fei, acendendo um cigarro e tirando uma baforada. Uma voz saiu de seu walkie-talkie: "Zhuzi, Zhuzi. Se estiver me ouvindo, atenda... Temos uma emergência. Há trinta caminhões vazios do exército estacionados na rua e os moradores querem atear fogo neles..."

— Não há necessidade de uma coletiva de imprensa — reagiu Bai Ling, passando um pente pelo cabelo curto. — Vamos deixar o episódio morrer entre nós.

— Eles devem ter ouvido seu walkie-talkie, Wang Fei! — constatei. — Foi assim que encontraram vocês.

Yu Jin perambulava pela tenda empertigado como um galo, as laterais da camisa aberta se agitando como asas.

— Muitos líderes parecem ter dado no pé. Desde ontem à noite não vejo Han Dan, Yang Tao ou Pu Wenhua. Aliás, nem Zhou Suo e Fan Yuan. Precisamos trazer todo mundo de volta para cá. Acabei de circular pela cidade de bicicleta. Há uma grande faixa do lado de fora do Hotel Jianguo que diz, "Combatam o liberalismo burguês, apoiem o grande Partido Comunista Chinês!". Não é um bom sinal...

Ninguém fez nenhuma transmissão naquela noite. Era como se nosso movimento definhasse.

Uma voz gritou pelo walkie-talkie de Wang Fei mais uma vez. "Há um grupo de cerca de cem homens aqui. Estão vestidos como civis, mas suspeito que sejam soldados disfarçados do EPL. Carregam facões e barras de ferro, e se dirigem à praça..."

A manhã dispara ao encontro da tarde, ao passo que você ainda se agarra às sombras de seu passado.

— Como fede aqui! — resmunga minha mãe, abrindo uma janela. Imediatamente, uma corrente do cálido ar do anoitecer flui pela janela de seu quarto, passando pela sala de estar, captando cheiros de comida queimada, resvalando por meu nariz e escapando pela janela da sacada coberta.

Ela se dirige ao banheiro. Não ouço o barulho do mata-moscas de plástico que fica pendurado na maçaneta, portanto acho que ela não fechou a porta. Assim ela é poupada de ter que acender a luz.

Pergunto-me se o banheiro foi redecorado. Na última vez em que o vi, havia uma carcaça de mosca meio comida suspensa numa teia de aranha sobre a porta. As escovas e pasta de dente eram guardadas num copo de porcelana sobre uma prateleira de madeira, junto ao pequeno frasco de saponáceo em pó. Fazia tanto tempo desde que eu usara a escova pela última vez que ela estava coberta de pó. O espelho sobre a prateleira estava salpicado de resíduos de água e pasta de dente, e ainda tinha um retângulo de cola no canto onde antes havia um rótulo adesivo. Olhei pela pequena janela. Havia um cabo elétrico pendendo de uma janela do prédio de trás. Quando o cabo se movia, sua sombra se movia também.

Minha mãe falou ontem ao telefone com Tian Yi. Eu a ouvi dizendo:

— A polícia nos levou para nossa "viagem anual". Eles nos tiram de Pequim a cada aniversário da repressão e nos trancam num hotel dos subúrbios por alguns dias. Dizem que é parte de sua "limpeza anual do ambiente político da capital"... Ah, mas não é de Dai Wei que eles têm medo... Ele não tem forças nem para peidar... Eles só querem garantir que eu não fale com algum jornalista estrangeiro... Não, ainda não houve nenhum sinal de melhora. Duvido que ele acorde antes que eu morra... Você voltará à China? Então precisa vir me visitar. Vou logo avisando, ele não é uma visão bonita. Está tão esquálido que dá para ver o coração e as veias pulsando sob a pele. É como um daqueles relógios transparentes que vendem no mercado agora...

No calor do verão, minha pele se tornou fétida como um saco de lona cheio de lixo apodrecido. Minhas costas têm o pior cheiro. O pó medicinal que minha mãe salpicou em meu dorso há alguns dias foi absorvido pelas escaras abertas, que agora têm um cheiro cáustico como o de inseticida.

— Parece que os cientistas desenvolveram uma nova droga a partir de cérebro de vaca que pode ajudar a reparar neurônios danificados — diz minha mãe a Tian Yi. — Eu sei que não deveria criar expectativas... Tian Yi, você já é adulta. Entende que todo mundo precisa de dinheiro para se virar na vida. Bem, meu dinheiro acabou completamente há algum tempo, e eu tive que vender um dos rins dele. Mas o dinheiro que consegui só foi suficiente para três meses de medicamentos. Não posso comprar remédios apropriados para ele, por isso vou aos mercados das províncias e compro soluções antibióticas que já passaram da validade. São mais baratas, mas a qualidade não é confiável. Às vezes, quando injeto os líquidos, ele tem surtos de manchas vermelhas... Ah, quem dera ele morresse logo de uma vez...

— Posso dizer algumas palavras a Dai Wei?

— Claro. Vou colocar o telefone na orelha dele.

Minha mãe estava de pé a meu lado na cama. Ela puxou o fio do telefone e se aproximou de mim, fazendo ranger a cabeceira de metal.

O nariz de Tian Yi estava entupido. Percebi que ela estivera chorando.

— Dai Wei, você pode me ouvir? São dez horas da manhã aqui... Eu me sinto tão culpada. Não deveria ter pedido que você fosse comigo para a praça quando me alistei na greve de fome. Era eu quem deveria ter levado um tiro... Você quer ouvir os sons lá de fora? — Ela abriu sua janela, e ouvi um alvoroço de motores de carros e motos e vento soprando através de árvores. Era uma cidade grande e barulhenta.

— Ele ouviu tudo? — perguntou Tian Yi a minha mãe.

— Sim, tudo. É bom saber que você ainda pensa nele. — Na verdade, minha mãe não se dera ao trabalho de colocar o telefone em meu ouvido, mas eu consegui ouvir o que Tian Yi tinha dito mesmo assim.

— A senhora poderia tirar uma foto dele e mandar para mim? Eu não trouxe nenhuma de nossas fotos.

— A pele dele está parecendo uma casca de árvore. Descama em camadas grossas. Como posso tirar uma foto dele nesse estado?

Tian Yi riu.

— Suas descrições são muito vívidas, tia! Preciso ir para o trabalho agora...

Eu sabia que ela só rira para esconder seus soluços. Sua voz desapareceu, como uma lanterna cujas baterias estão acabando. Sob meu travesseiro, ouço o relógio de Wen Niao trabalhando discretamente.

Ultimamente minha mãe tem trazido o telefone para meu quarto com frequência. Na semana passada, começou a alugar a cama de solteiro da sacada coberta para um jovem estudante de graduação chamado Xue Qin. Minha mãe teme que ele use o telefone quando ela não está, por isso guarda o aparelho em seu quarto na maior parte do tempo. Mas Xue Qin fez uma cópia da chave do quarto de minha mãe. Se o bipe dele toca quando ela não está, ele destranca a porta do quarto e faz uma ligação. Ele já bisbilhotou todas as gavetas do apartamento, leu os diários de meu pai e tomou um gole de cada uma das garrafas de vinho de arroz que minha mãe guarda na estante.

— Ela tem um noivo estrangeiro — resmunga minha mãe quando desliga o telefone. — O que ela está fazendo pedindo fotos suas? Se está tão preocupada com sua condição, por que não nos manda algum dinheiro? Agora ela está vivendo uma vida confortável no exterior, mas esqueceu que nós a ajudamos a chegar até lá. Ela não me agradeceu nem uma vez...

Minha mãe dá descarga na latrina com um pouco de água usada para a louça e vai a seu quarto para se trocar. A trupe de dança de leques Fangee à qual ela se uniu fará uma apresentação numa festa de rua para celebrar a devolução de Hong Kong. Sei que ela colocará muita maquiagem. Lembro-me da maquiagem colorida que ela usava no palco. Quando ela me carregava para casa depois de uma apresentação, eu repousava a cabeça em seus ombros e inalava o doce aroma de seu pó compacto.

— Você trocará o frasco de soro quando acabar, Xue Qin, e se lembrará de colocá-lo de lado?

— Não se preocupe, eu cuido dele. Pode ir, e divirta-se.

Uma hora depois que minha mãe sai, Xue Qin ainda está na sala de estar, bebendo cerveja e vendo televisão. Minha mãe lhe foi apresentada pelo centro de serviço comunitário. Ele paga apenas cinquenta yuans por mês de aluguel, o que é muito barato, sob a condição de que tome conta de mim duas noites na semana para que minha mãe possa sair.

O telefone toca. A voz de meu irmão se faz ouvir pela secretária eletrônica. Diz que amanhã reservará o voo para Pequim e um quarto de hotel também. Não o culpo por querer ficar num hotel. Ele não gostaria que sua namorada inglesa tivesse que dormir neste apartamento de cheiro fétido.

Você vaga por seu córtex cerebral, tentando encontrar o local exato de sua ferida.

Timbres distantes de um coro feminino vagam por meu lobo temporal. Suas vozes serenas parecem se elevar ao céu. Mas a imagem que acompanha a música é de uma cabana destroçada com uma porta cinza e suja que tem as palavras LOJA DE REPAROS ELÉTRICOS pintadas em vermelho nos três painéis de vidro superiores. O batente da porta está crivado de marcas de rodas de bicicleta. Não consigo lembrar onde vi esta loja antes. Enquanto o coro continua a cantar a distância, as células onde a música está armazenada gradualmente entram em foco. Eu as vejo vibrando. Após tantos anos sem usar meus olhos, minhas lembranças auditivas por vezes me voltam antes das visuais.

Minha mente associou a imagem errada à música. Não ouvi aquela música numa loja. Eu a ouvi no rádio de meu dormitório na Universidade do Sul. Não, eu a ouvi com A-Mei, na primeira vez em que fui ao dormitório dela. Lembro-me de ver aquela menina de Hong Kong sentada na minha frente e de pensar o que eu podia fazer para que ela gostasse de mim. Eu não prestara atenção à música que ela colocara para tocar, mas meu córtex auditivo gravou cada nota, junto com os ruídos de A-Mei me servindo chá e das juntas de meus dedos estalando quando fechei meu punho...

Tento não pensar em A-Mei, mas não consigo evitar, e cada vez que ela retorna a meus pensamentos os neurônios que contêm as informações sobre ela se multiplicam e se enterram mais fundo em meu cérebro. Lembro-me de um dia úmido e carregado no quarto que alugamos mais tarde no bloco para chineses de além-mar. Ela estava deprimida. Fui à janela e vi um mendigo com cabelos brancos e fibrosos caminhando lentamente ao longo da rua. Ele passou pelo eucalipto ainda úmido da chuva que caíra algumas horas antes. Algumas folhas brilhavam como cacos de espelho quando refletiam a luz do céu. A-Mei baixou os olhos e disse:

— Estou farta deste lugar. Farta! Não aguento mais. — Depois ela disse, em cantonês: — Você trouxe para dentro as roupas que pendurou na sacada? E não fume aqui dentro. Detesto isso. Se quer fumar um cigarro, vá para o corredor. Vamos, saia. Estou de saco cheio de você...

O amor que sentiu por ela ainda está enterrado em você, no fundo da medula em seus ossos.

É 30 de junho de 1997. Alguns segundos antes da meia-noite, Xue Qin baixa seu copo de cerveja e aumenta o volume da televisão.

— Cinco, quatro, três, dois, um... Viva! — ele grita em uníssono com as massas na tela da TV. — Finalmente chutamos aqueles malditos ingleses para fora!

Lembro-me de quando peguei um dos jornais de A-Mei e vi uma foto de cidadãos de Hong Kong queimando cópias da miniconstituição que governaria o território após a devolução à China.

— Eles não estão contentes por Hong Kong retornar à pátria-mãe? — perguntei.

A-Mei me encarou friamente.

— Contentes? Eles se sentem como uma esposa que foi raptada do marido e forçada a viver com um brutamontes.

— Finalmente Hong Kong retorna ao seio da pátria-mãe! — anuncia a repórter na TV. Mas a voz dela logo é afogada pelas comemorações das hordas que a cercam e pelos fogos de artifício explodindo do lado de fora de minha janela.

Pequim começa a tremer quando multidões saem às ruas, gritando e celebrando, seus vivas ecoando pelo céu da noite. O camundongo sob minha cama corre para se abrigar na urna de cinzas de meu pai e depois na urna que minha mãe comprara para mim. Não entendo por que todo mundo está tão feliz nesta cidade. Quando meu irmão ligou na semana passada, disse que a maioria das pessoas na Grã-Bretanha não dava a mínima para qual país governava Hong Kong.

Xue Qin, que estava sentado no sofá há alguns momentos, agora está parado junto de minha cama. Ele levanta o lençol. Posso sentir que está observando meus genitais. Ele mastiga ruidosamente um doce cozido, depois se inclina, fecha as mãos em torno do meu pênis e as move para cima e para baixo. Meu corpo treme; a cama de ferro range. No andar de baixo, todos gritam em júbilo:

— Os chineses apagaram um século de humilhação nacional!

Os braços de Xue Qin se apoiam em meu estômago. O tecido erétil de meu pênis começa a inchar. Estou impotente para me defender deste imbecil. O sangue corre para minha virilha. Tento distrair minha mente, na esperança de interromper o fluxo, mas a testosterona que se derrama em minha corrente sanguínea continua a arrastar meus pensamentos de volta para meu pênis. Agora ele está duro. Xue Qin move as mãos mais rápido. Concentro-me nos barulhos lá fora. Há gente cantando e dançando, batendo tambores e gongos. Uma janela é escancarada. Quando o alarido aumenta na televisão, ele coloca a boca em meu pênis. Minha carne se comprime contra seus dentes e língua. Sentimentos de angústia e prazer se chocam dentro de mim. Centelhas luminosas disparam por minha cabeça. Às vezes elas parecem pequenas pedrinhas brilhantes numa avalanche em direção a meus testículos. O canalha agora está esfregando os dentes em meu prepúcio. Uma onda de inquietação me domina. Meus músculos se contraem por um segundo, depois sou lançado como uma bala para aquela boca podre junto com um fluxo de esperma.

A voz do presidente Jiang Zemin esbraveja da televisão:

— Após anos de exploração nas mãos de potências estrangeiras, os chineses finalmente reconquistaram seu respeito próprio!

As multidões do lado de fora gritam:

— Finalmente chutamos os britânicos daqui! — Ondas de barulho dos prédios, ruas e praças públicas se elevam ao céu.

Xue Qin engole meu esperma, fica de pé e grita:

— Isso, nós chutamos os canalhas daqui!

Meu pênis está mole e encolhido. Eu gostaria que esse cara desse o fora.

Ele acende a luz, empurra a bacia de metal de volta para o meio de minhas pernas e diz:

— Isso foi sensacional! Eu não sabia que vegetais podem ficar de pau duro. De agora em diante, vou chupar você todos os dias. — Depois ele me cobre com o lençol de algodão, apaga a luz e sai.

Felizmente, ele não viu o relógio que Wen Niao deixou sob meu travesseiro. Se tivesse visto, tenho certeza de que o roubaria.

Os gritos histéricos das multidões ainda rasgam a noite. Clarões de luz dos fogos de artifício e bombinhas explodindo do lado de fora vacilam através de minhas pálpebras secas e enrugadas.

Wen Niao ainda faz tique-taque sob meu travesseiro. Glicose, vitaminas C e E e antibióticos fluem vagarosamente para minhas veias através do plástico limpo do soro preso a meu braço.

Embora meu corpo não passe de uma carcaça em decomposição, ele continua a se aferrar a este mundo. A morte se tornou uma estrada eterna cujo fim jamais alcançarei. Meu esperma, minha única prova de vitalidade, tanto me excita quanto me humilha. Ele deixou meu corpo e agora está preso nos vãos entre os dentes de Xue Qin... Que dia desgraçado foi este!

O céu outrora tinha nove sóis, mas o Deus do Céu lhes atirou flechas e derrubou oito deles.

Em primeiro de junho, crianças da escola primária enxamearam a praça para celebrar o Dia das Crianças. Elas se colocavam em grupos espalhados em torno da base do monumento como buquês de flores. Quando olhei para o céu, ele parecia mais azul e transparente. A estátua da Deusa da Democracia era branca como neve intocada.

— É ótimo ter estas crianças aqui, não acha? — eu disse a Tian Yi. — Elas dão vida nova à praça.

— Eu tenho pena delas, que têm que crescer sob o comunismo — respondeu ela. — Este país só permite que os corpos das crianças cresçam, mas não suas mentes.

Embora tivéssemos desocupado o terraço inferior do monumento para dar às crianças algum espaço para correr, o resto da praça estava uma bagunça. Removemos todo equipamento, mobília e documentos dos escritórios do Quartel-General e os despejamos temporariamente do lado de fora de nossa velha estação de rádio, mas eu não conseguira encontrar nenhum guarda para proteger a confusa pilha de objetos. Os únicos voluntários que conseguira contatar estavam ocupados no lado norte da praça, erguendo as centenas de tendas de náilon azul que havíamos recebido de Hong Kong naquela manhã. Cerca de vinte das lustrosas tendas já se elevavam entre as faixas e bandeiras vermelhas. Aquela parte parecia uma colônia de férias de luxo se comparada à favela de abrigos improvisados que cobria o resto da praça.

— É estranho como as vastas multidões conseguem transmitir uma sensação de segurança — disse a Irmã Gao. — Elas dão um sentimento de invulnerabilidade. — Seus olhos estavam ocultos sob a sombra de seu chapéu de palha. Parecia uma amigável professora de maternal. Ela e Tian Yi tinham voltado ao campus na noite anterior para convidar alguns professores a se juntarem à Universidade Democrática.

Tian Yi estreitou os olhos à luz do sol e então viu uma pipa que se elevava acima de nós através das lentes de sua câmera. Era uma carpa vermelha com uma longa cauda fluida.

Perguntei se ela tinha alguma comida. Estava faminto. Passara a manhã ajudando Mou Sen a erigir um abrigo sob a Deusa da Democracia e instalar um sistema de comunicação pública.

Ela abriu o zíper de sua mochila e tirou um pacote aberto de macarrões instantâneos.

— Gosto desta marca. Dá para comê-los crus. São gostosos e macios. — Quando baixei os olhos para o pacote, vi os dedos limpos de seus pés espiando para fora de suas sandálias. Percebi que ela tomara banho na noite anterior.

— Ei, Dai Wei — disse a Irmã Gao. — Ouvi dizer que os líderes estudantis receberam números de telefone secretos para os quais podem ligar se tiverem problemas. Alguém aparecerá e os levará clandestinamente para Hong Kong. O que o resto de nós deve fazer? Ficar aqui e esperar até que sejamos jogados na cadeia? — A Irmã Gao tinha um tom rosado nas bochechas. Talvez fosse a luz que se refletia de sua blusa vermelha sem mangas. Nunca me dei ao trabalho de perguntar se ela tinha um namorado. Eu não tendia a prestar muita atenção em mulheres mais velhas que eu. Mas, na verdade, ela era apenas alguns anos mais velha. Ainda pertencíamos à mesma geração.

— Não são números secretos — respondi. — São apenas cartões de visita que Chen Di recolheu de alguns turistas de Hong Kong. Ele deu dois a cada um de nós. Duvido que servirão para alguma coisa.

— Depois que a Universidade Democrática deslanchar, o Quartel-General deve se dissolver — afirmou a Irmã Gao. Ninguém respondeu. Quando não estava claro para quem ela dirigia seus comentários, raramente nos dávamos o trabalho de responder.

Garotinhas de saias floridas subiram para o terraço inferior e começaram a girar bambolês na nossa frente, enquanto uma música revolucionária estrondeava dos alto-falantes de um caminhão que passava entre as densas massas abaixo. "*Se cairmos e jamais tornarmos a levantar, se a bandeira da República em nosso sangue se banhar...*"

— Eu gostaria de ser capaz de descrever esta cena — comentou Tian Yi. — É como um casamento e um funeral misturados.

— Ou um concurso de canto e dança num campo de batalha... — respondi.

— A praça está tão imunda agora. Nas reuniões, tenho que ficar junto de homens suados que não tomam banho nem escovam os dentes há dez dias... — reclamou a Irmã Gao.

Chen Di se aproximou segurando um jornal.

— Vejam o *Arauto de notícias* de hoje. Diz que a polícia arrastou um jornalista japonês para fora da praça ontem e lhe deu um soco na cara. — Ele usava uma camiseta em que desenhara grandes pontos de interrogação com caneta de ponta de feltro. Ele se voltou para mim e disse: — Liu Gang planeja fazer um discurso mais tarde. Você pode reunir um grupo de guardas e ajudar a protegê-lo?

— Seria melhor se vocês voltassem ao campus e recrutassem mais voluntários — respondi. — Veja, não há nenhum guarda protegendo este monumento. Se os cidadãos não estivessem bloqueando os cruzamentos, os tanques do exército conseguiriam avançar direto até aqui.

Tian Yi pegou o jornal de Chen Di. Havia um poema de Mou Sen na primeira página. Seu título, "Os céus azuis e as coronhas dos fuzis de maio", estava impresso em tipos grandes em negrito.

— É como se estivéssemos de férias — disse a Irmã Gao.

— Sim, nosso movimento tirou um dia de folga. É como o governo, que todo ano deixava de bombardear a Ilha Jinmen de Taiwan por um dia no Festival da Primavera.

— Quem deveria estar encarregado desta praça agora? — a Irmã Gao perguntou a Chen Di. — Temos duzentos mil soldados cercando a cidade, prontos para lançar uma ação repressiva, e aqui estamos, passeando como se não tivéssemos nenhum problema no mundo.

— O único líder que resta é o vice-comandante Wang Fei — respondeu Chen Di. — Mas ninguém segue as ordens dele, a não ser Bai Ling.

— Precisamos que alguém assuma o comando. Um pássaro sem cabeça não pode voar. — A Irmã Gao tirou seu chapéu de palha, coçou a cabeça e tornou a colocá-lo.

— Como assim, precisamos de um novo líder? — perguntei, depois de engolir um bocado de macarrões instantâneos secos. — Nosso problema é que temos líderes demais. Um pássaro com nove cabeças também não pode voar.

— Vejam só o Mou Sen! — exclamou Chen Di. — Ele me deu um monte de tarefas para fazer, só para que ele possa aparecer aqui com Nuwa e repetir a cena de amor entre Robert Taylor e Vivien Leigh em *A ponte de Waterloo*. — Chen Di nunca tirava seu boné. Por isso, embora seu nariz estivesse queimado de sol, o resto de seu rosto continuava branco.

— Este é o Monumento aos Heróis do Povo — a Irmã Gao disse em desaprovação. — Mou Sen não deveria ficar de namorico com ela desse jeito sob as vistas da praça inteira. Não é jeito de um líder estudantil se comportar.

Mou Sen estava apoiado contra a balaustrada de mármore do outro lado do terraço, com a mão na cintura de Nuwa. Eles se olhavam nos olhos e tomavam goles da mesma garrafa de água mineral. Nuwa baixou a cabeça. Era como se ela esperasse por um beijo de Mou Sen. Um monte de crianças com metade da altura deles corriam por perto, usando roupas de cores vivas e lenços vermelhos no pescoço.

Tian Yi me pediu que chamasse Mou Sen e disse à Irmã Gao:

— Não precisa ficar tão chocada! Não está sabendo que Wang Fei largou Nuwa e está saindo com Bai Ling agora?

Gritei para Mou Sen. Ele e Nuwa voltaram os rostos e caminharam em nossa direção. Senti mais uma pontada de fome.

— Ah! O amor em meio à revolução! — riu Chen Di. — Vocês parecem aqueles ativistas dos anos trinta que se casaram no campo de execução antes de serem fuzilados pelo Kuomintang.

— Se tenho que ser um rebelde, é melhor ser um rebelde por inteiro! — disse Mou Sen. — O inimigo cercou a cidade. Agora não resta muita esperança para nós.

— Sim, parece até que vocês estão representando a trágica cena de amor daquela ópera de Pequim, *O rei Ba dá adeus à concubina* — comenta a Irmã Gao num tom de desaprovação.

Lembro-me de A-Mei me dizendo que detestava homens fanfarrões e musculosos. As garotas de que eu gostava sempre eram atraídas por caras frágeis e intelectuais como Mou Sen.

— Enquanto ainda estivermos na praça, temos que continuar a lutar e amar! — exclamou Mou Sen, o rosto tostado de sol pingando de suor. — Por que vocês me chamaram?

— Aqui está sua grande obra-prima, na primeira página! — mostrou Tian Yi. Assim que ela esticou o jornal para Mou Sen, Nuwa o arrebatou das mãos dela.

— Ei! Deixe-me ver! "Chega agora o céu azul de maio, o vestido branco da primavera..." — Nuwa leu em voz alta o primeiro verso do poema e depois sorriu com adoração para Mou Sen.

A Irmã Gao limpou a garganta e riu.

— Vocês dois tinham que se casar logo de uma vez! Não podem ficar de namorico por aí desse jeito.

— É uma ótima ideia! — exclamou Mou Sen, empolgado. — Dai Wei pode ser nosso padrinho, Tian Yi, nossa madrinha, a Irmã Gao pode ser dama de honra e Chen Di... Você pode ser a testemunha. Pois bem, está tudo acertado. Vamos fazer um casamento imediatamente! — Mou Sen se virou e beijou os lábios de Nuwa, bem na minha frente. A luz que se refletia no batom de Nuwa distorcia o formato de sua boca. Comecei a sentir tonturas.

Chen Di gritou em seu megafone:

— Todo mundo se reúna aqui em volta! Estamos prestes a celebrar um casamento!

Uma multidão de estudantes e moradores correu para o terraço inferior e formou um círculo à nossa volta. As crianças gritavam, "Quando o noivo e a noiva vão dar doces?" O sol brilhante nos banhava com benevolência. Era como se estivéssemos comparecendo a uma cerimônia de casamento nos gramados verdes de uma bela propriedade. As pessoas na frente da multidão empurravam o povo que estava atrás. Também os empurrei e ordenei que todo mundo ficasse parado. Chen Di anunciou que o noivo devia colocar a aliança no dedo da noiva. Com um rubor aparecendo no rosto, Mou Sen tirou uma caneta esferográfica do bolso, ajoelhou, pegou o dedo de Nuwa e cuidadosamente desenhou um anel ao redor. Rapidamente, Tian Yi ajustou a abertura do diafragma e a velocidade do obturador de sua câmera e começou a tirar fotos. Segurei seus ombros quentes. A Irmã Gao não conseguiu se espremer para fora da massa e teve que ficar parada junto dos dois, sorrindo constrangida.

— Sensacional! Agora, vamos pedir ao noivo que nos conte a história deste belo caso de amor! Uma salva de palmas, pessoal, por favor!

Mou Sen se pôs de pé novamente, o rosto completamente vermelho.

— Eu... Eu acho que apenas vou recitar um poema, se não houver problema. — Ele pegou o jornal que Tian Yi lhe dera. Mou Sen estava sem os óculos, e eu sabia que ele não conseguiria ler direito. Decidido, ele estreitou os olhos para a página e começou a recitar: — "Nossas almas pertencem ao sol. / O céu é nosso berço eterno..."

Vendo que ele não conseguia ler, Nuwa se aproximou dele, ergueu o megafone de Chen Di para seus lábios vermelhos e continuou:

— "Nós, o povo, guardamos a praça, mil fuzis apontam para nossas cabeças. / Jamais abandonaremos o Monumento aos Heróis do Povo. / Nós o guardaremos para sempre, inflexíveis como um exército de terracota..."

Eu via seu dedo branco, marcado com a aliança de tinta preta, repousando na palma da mão de Mou Sen. Uma luz dourada se refletia no megafone enquanto ela o movia no ar.

— "... Que voem as balas. / Somos o sol que jamais será alvejado..."

Quando ela terminou, a multidão aplaudiu em júbilo. Nuwa e Mou Sen deram as mãos e disseram:

— Obrigado! Muito obrigado!

Chen Di pegou o megafone e disse:

— Excelente! Eu agora declaro Mou Sen e Nuwa marido e mulher. Nós lhes desejamos uma vida inteira de felicidades. Pode beijar a noiva!

Nuwa não parava de enxugar as lágrimas que pendiam de seus cílios. A camisa de Mou Sen estava ensopada de suor. Ele pegou meu megafone e disse:

— Muito obrigado. Nunca imaginei que me casaria na Praça da Paz Celestial. Estou tão feliz! Quando estivermos livres, convidarei todo mundo para nos visitar e partilhar conosco um licor Maotai!

Tian Yi baixou a câmera e se uniu aos aplausos. Peguei a mão dela e a apertei com força.

Yu Jin abriu caminho entre a multidão, sacudiu seu boné e gritou:

— Já chega, Mou Sen. Agora deixe que a noiva diga algumas palavras! — Todos prepararam suas câmeras. Alguém colocou uma fita no aparelho de som e pediu que os recém-casados dançassem.

— Eu só gostaria de agradecer ao Primeiro-Ministro Li Peng — disse Nuwa. — Se não fosse por ele, Mou Sen e eu nunca nos conheceríamos! Isso é tudo que tenho a dizer... — Ela enxugou o suor da testa e sorriu para Mou Sen. Depois rodopiou em torno dele, a saia vermelha e os cabelos negros dançando como um pincel sobre uma folha de papel. Mou Sen não sabia dançar, e apenas se mexia rigidamente. Eles deram as mãos brevemente e tornaram a soltá-las quando ela girou mais uma vez. As massas de crianças e adultos começaram a dançar junto. O ar e a luz do sol pareciam se mover ao ritmo da música. À medida que a multidão se agitava, o terraço começava a trepidar.

"*É a estação do amor. O perfume do amor está no ar. Todos devem se apaixonar...*" Logo todos na praça estavam dançando. Dezenas de milhares de pessoas cantavam, batiam palmas e moviam os pés. Os braços erguidos da Deusa da Democracia eram como uma revoada de pombas brancas elevando-se ao céu azul.

Na Terra dos Pensamentos Ocultos, um homem e uma mulher podem conceber uma criança apenas desejando um ao outro.

Minha mãe acordou. O sol está nascendo. Ela entra em meu quarto e acende a luz. Seus passos soam envelhecidos e exaustos.

Assim que a luz é acesa, manchas de luz cruzam meus olhos. Parecem centelhas de metal galvanizado.

Ela liga o rádio a meu lado, diminui o volume e muda a estação. "... O musical épico *A história gloriosa* é um dos maiores..." Pela manhã, qualquer barulho me dá nos nervos.

Minha mãe pediu a Xue Qin que deixasse o apartamento na semana passada, para que meu irmão tenha espaço caso se decida a ficar aqui. Graças a Deus aquele cara foi embora. Que tipo de sociedade produz uma criatura daquelas?

Ela entra na cozinha, no banheiro e depois novamente na cozinha. É como se fosse sonâmbula. Ela ainda não levou embora meu penico.

Meu irmão chegou a Pequim ontem à noite. É a primeira vez que ele traz sua namorada britânica para a China. Eles conversam entre si em inglês. Consegui entender apenas algumas palavras, como: *we, room, this smell, horrible, tonight, tomorrow, eat, mother, want, good, yes, too tired, no, bank, cash, travel.*

Não sei que aparência ele tem agora. Mas eu o invejo. Daria tudo para trocar de lugar com ele por um dia.

Ao sair, ele disse à minha mãe:

— Convide o Mestre Yao para um almoço conosco amanhã no restaurante de pato pequinês. Helen disse que gostaria de experimentar um pouco de comida tradicional chinesa.

Eles só ficaram por meia hora. Provavelmente foram repelidos pelo fedor de meu quarto e pelo cheiro de desinfetante que minha mãe salpicou pelo chão.

Se eu morresse agora, minha mãe poderia relaxar e desfrutar dos anos restantes de sua vida em paz. Em nossa viagem de trem para o hospital de Hebei onde meu rim foi removido, ela disse ao passageiro sentado a seu lado:

— Meu filho mais novo tem uma namorada inglesa. Em breve estarão casados, e querem que eu vá morar com eles em sua casa de dois andares com jardins na frente e nos fundos. Ah! Se eu não tivesse que cuidar deste meu outro filho, estaria morando lá agora.

Sei que sou um peso para minha família. Antes que Dai Ru se mudasse para a Inglaterra, ele disse a um velho colega de escola:

— Quando eu era criança, venerava meu irmão. Quando as crianças de nosso conjunto faziam competições para ver quem conseguia lançar sementes de abricó mais longe com um peteleco, ele sempre vencia. Ele era genial. Colocava o dedo indicador sobre o médio e o acertava na beira da semente com tanta força que ela era lançada direto para fora da calçada. Nenhuma das outras crianças conseguia vencê-lo.

Sei que jamais poderei fazer meu irmão sentir orgulho de mim novamente. Na noite de ontem, ele perguntou a minha mãe se ela já tinha pensado em me mandar para um asilo.

Lembro-me da criança brincalhona que ele foi. Quando eu ia buscá-lo na creche, sua professora de óculos fechava a cara e dizia:

— Seu pai é um direitista. Você deve ensinar seu irmão a não sorrir demais. Ele sempre tem um sorrisinho no rosto, até quando eu o coloco de castigo no canto.

Você vê uma vastidão de folhas secas com forma de coração iluminadas ao sol.

À tarde, Tian Yi e eu nos sentamos na plataforma de observação leste do Portão da Paz Celestial, em frente à Deusa da Democracia, e observamos um grupo de meninas de escola cantando músicas da revolução. Uma solista veio à frente e ergueu os olhos para o retrato de Mao pendurado acima de nós. Seu vestido branco era tão alvo quanto a Deusa atrás dela. A menina abriu a boca e cantou:

— *Grande timoneiro, Presidente Mao, lidere-nos à frente como uma estrela-guia...*

— Espero que essas meninas também não cresçam se sentindo órfãs — comentou Tian Yi, cabisbaixa.

Realmente era inquietante ver as meninas paradas junto da Deusa da Democracia e cantando músicas em honra de Mao. Suas vozes eram transmitidas pelos alto-falantes que seus professores prenderam à plataforma da base da estátua. O chão estava tomado de cabos elétricos, engradados de maçãs, frascos de desinfetantes, barras de metal e cordas. Eu sabia que deveríamos ter limpado todo aquele lixo, pois era onde planejávamos montar o palco da cerimônia de abertura da Universidade Democrática.

Estávamos sós na plataforma de observação. Contemplei as centenas de milhares de pessoas na praça abaixo, paradas entre faixas e bandeiras vermelhas ou sentadas dentro das tendas de náilon azul. De repente, tudo parecia organizado e disciplinado. Por um segundo, achei que estava sonhando. Os azuis e vermelhos fortemente contrastantes faziam com que a cena parecesse uma versão colorizada de um antigo documentário em preto e branco.

— Nem parece real, não é? — perguntou Tian Yi, colocando o braço a meu redor. — Como este movimento se tornou tão vasto? Estou exausta. Estou cansada de viver como uma mendiga. Eu gostaria de ter uma casa segura onde me recolher.

— Nenhuma casa é segura. Lembro que, quando eu era criança, uma velha vizinha nossa chamada Vovó Li foi arrastada para fora de seu quarto pelos Guardas Vermelhos e obrigada a ajoelhar no pátio do lado de fora. Eles a amarraram e viraram garrafas térmicas cheias de água fervente na cabeça dela. Ela agarrava os galhos de uma trepadeira e urrava de dor.

— Como você consegue se lembrar de todos esses detalhes horríveis? — ela resmungou. — Eu estava em casa quando minha mãe cometeu suicídio.

Só me lembro de ter sido acordada por um barulho alto. Era o corpo dela caindo no chão.

— Mesmo que você tivesse uma casa para onde voltar, o Partido sempre teria a chave da porta.

Afastei-me um pouco para que ela pudesse repousar a cabeça em meu colo. Eu também ansiava por me deitar.

— O ar aqui em cima tem cheiro de folhas — comentou Tian Yi. — Ele me faz pensar em campos e florestas.

— Talvez devêssemos apresentar seu pai à minha mãe. Ambos estão viúvos.

— Não, duvido que eles se entenderiam.

Uma coluna de manifestantes entrou na praça. Pareciam funcionários do governo. Alguns tinham braçadeiras vermelhas, outros empurravam bicicletas. Respirei profundamente e pensei nas montanhas e árvores, nas florestas de Yunnan, nos rios do *Livro das montanhas e dos mares*.

— De qualquer maneira, todo mundo precisa ter um lar — continuei. — É onde guardamos todas as nossas emoções.

— Meu pai não tem muitos amigos além dos velhos com quem ele joga xadrez no pátio externo de nosso bloco — ela comentou.

— Minha mãe é bem fácil de lidar. Suas visões políticas são um pouco rígidas demais, só isso. — Afaguei seus cabelos e disse: — Vamos voltar para o campus esta noite.

— Nossos dormitórios estão lotados. Todas as camas foram ocupadas por estudantes das províncias. Não faço a menor ideia de onde colocaram minhas coisas.

— Vamos dormir juntos num canto tranquilo. Será exatamente como Yunnan. — O corpo dela se abrandou depois que eu disse isso, e, como um passarinho, ela se aninhou junto a mim.

— Eu gostaria de ir para casa e tomar um banho — ela disse. Antes que Mabel e Kenneth deixassem Pequim, Tian Yi foi visitá-los novamente no hotel e usou o banheiro de sua suíte. Quando voltou, ela disse: "O banheiro tinha um espelho imenso, e grandes toalhas brancas dobradas perfeitamente numa prateleira. Era tão luxuoso."

Com a cabeça ainda repousando em meu colo, ela fechou os olhos e cantou em voz baixa:

— "Nos anos que virão, você ainda pensará em mim? Será que nossos caminhos tornarão a se cruzar?..."

— Podemos ir à casa de banhos pública na Ponte Beixin no caminho de volta ao campus. Fica aberta até as dez.

— Já são sete horas. Vamos à casa de banhos amanhã. Está tão gostoso aqui. Quero ficar um pouco mais.

Nas três semanas que vínhamos acampando na praça, aquela era praticamente a primeira vez que conseguíamos ter um momento tranquilo a sós.

— Mou Sen fez um papelão naquele casamento de brincadeira esta manhã — ela comentou, puxando a saia para cobrir os joelhos. — Ele é um líder estudantil. Deveria se comportar com mais dignidade.

— Mas foi por amor verdadeiro — respondi, afagando-lhe a perna.

— Você não me largaria, não é, como ele largou Yanyan? — Ela lançou os olhos para a praça novamente. — Aquela antiga namorada sua, A-Mei, aparecerá em Pequim a qualquer momento, não é? Você tem vontade de voltar para ela?

— Não seja boba — respondi, com meu coração começando a acelerar. — Nem me lembro mais de como ela é. Quando ela aparecer aqui, vou apresentá-la a você.

Tian Yi virou a cabeça e ergueu os olhos para mim.

— Você nunca pensou no que vai acontecer conosco, Dai Wei? — Ela raramente usava o pronome "nós" em nossas conversas.

— Vou pedi-la em casamento, faremos uma grande festa e depois vamos viajar para os Estados Unidos juntos e viver felizes para sempre. Você poderá ser jornalista, escritora ou professora. O que quiser. E eu serei biólogo e escreverei um artigo científico sobre o *Livro das montanhas e dos mares*.

— Se você quer se casar comigo, terá que me dar um banheiro com um espelho imenso.

— E eu lhe darei um grande armário para pendurar suas roupas também, e um jardim com uma cadeira reclinável... — continuei, lembrando-me de uma foto que tinha visto numa revista estrangeira.

— Não exagere! Contanto que nossos salários sejam o bastante para termos uma TV colorida e uma geladeira, ficarei satisfeita. Na verdade, tudo que realmente quero é uma banheira limpa. Vou enchê-la com água quente todas as noites e mergulhar por horas. — Tian Yi fechou os olhos. Lembrei que A-Mei insistia em tomar banho todos os dias. Imaginei que as mulheres provavelmente tinham uma afinidade natural com a água. — Você não é um desses homens infiéis, não é? — ela perguntou, ainda de olhos fechados.

— Não seja boba. Você é tudo que eu poderia querer. Por que procurar por mais em outro lugar? — Afaguei seus cabelos e orelha. Ela estava usando o colar com pingente de coração de prata que Mabel lhe dera. Não tive coragem de dizer que A-Mei costumava usar um pingente exatamente como aquele. Ergui o olhar novamente e observei as faixas e multidões coloridas que ondeavam à luz oblíqua do crepúsculo. Fiquei novamente sonolento e por um momento esqueci a praça e a situação em que estávamos. Então meu estômago roncou ruidosamente. — Hum, eu adoraria tomar uma tigela de sopa de macarrão.

Tian Yi se sentou e alisou os cabelos para trás.

— Está tão quente. Por que não comemos macarrões frios coreanos?

— Há dias que estou comendo pão frio e bolinhos frios. Eu gostaria de comer algo quente para variar...

— Você é tão do contra. Sempre quer fazer algo diferente de todo mundo...

Uma pomba cruza o ar, e a pequena flauta de madeira presa à sua cauda assovia um lamento.

— Como pode uma massagem nos pés dele ter algum efeito em seu cérebro, Mestre Yao? — pergunta meu irmão, esfregando mais óleo em meus pés recém-lavados.

Desde que o Mestre Yao se converteu ao Falun Gong, passa a maior parte do tempo fazendo demonstrações públicas das séries de exercícios. Ele costumava aparecer aqui duas vezes por semana, mas agora só nos visita duas vezes por mês.

— Cada ponto de acupuntura no pé está ligado a uma parte específica ou órgão interno do corpo. Se alguma parte do corpo não está bem, o ponto de pressão correspondente parece duro quando pressionado e muda de cor. Esta área abaixo do dedão corresponde à cabeça dele. Este ponto aqui corresponde especificamente ao cerebelo. Veja, este é o ponto ligado à ferida dele. Está vendo? Está mais escuro que a pele que o cerca.

— Sim, está um pouco mais escuro. — Anteontem, meu irmão levou o Mestre Yao e minha mãe para um almoço no restaurante de pato pequinês. Ele provavelmente já aceitou que este mestre de *qigong* talvez se torne nosso padrasto um dia.

— Se ele desenvolver febre nas próximas 24 horas, será prova de que seu corpo está tentando combater a doença e controlar a inflamação. — O Mestre Yao está sentado no chão junto a meus pés, respirando ruidosamente.

— Descanse um pouco, Velho Yao — disse minha mãe. — O Mestre Li Hongzhi disse que o propósito da prática não é curar as pessoas. Eu não gostaria que Dai Wei sugasse seus poderes.

— Só estou tentando ajudar. Eu costumava curar as pessoas com frequência quando praticava *qigong*. Em todo caso, se eu realmente perder minha roda da lei, só preciso pedir ao Mestre Li que me instale outra.

Meu sangue parece circular com mais facilidade. Um fluxo de energia corre por meu corpo. O polegar do Mestre Yao está pressionando o arco do meu pé.

— Este é o ponto do rim. Vou soltar a pressão num segundo e depois apertar novamente mais três vezes.

— Mas o rim esquerdo foi removido — diz minha mãe.

— Estou pressionando o ponto do pé esquerdo, que se liga ao rim direito.

— Eu gostaria que você não tivesse vendido o rim de Dai Wei, mãe. Eu lhe disse que você deveria me avisar se ficasse sem dinheiro.

— Bem, pelo menos ele ajudou a salvar a vida de alguém. Dai Wei passa o dia inteiro deitado numa cama. Ele não precisa de mais que um rim. Pedi que você procurasse alguns especialistas que pesquisassem condições como a de seu irmão, mas você nunca fez isso.

— Também não aprovo a decisão de sua mãe — diz o Mestre Yao. — Não se deve remover órgãos de pessoas vivas. Isso abala o *qi* primordial do corpo. Pode me passar uma toalha, por favor? — Ele pega a toalha e a enrola em torno de meu pé atrofiado. Após meia hora de massagem, minha cabeça parece mais quente e leve.

— Escrevi para um centro de pesquisa em neurociências, mas não recebi resposta — diz meu irmão, tossindo. — Mãe, você vai ter que inserir a agulha novamente. Veja, a pele está inchada. — Alguém trombou contra o tubo intravenoso preso a meu braço direito, e a agulha ficou deslocada.

— Os dois braços estão cobertos de buracos de agulha. Tive que enfiar tantos soros que as veias devem estar como peneiras agora. — Minha mãe se aproxima e tira a agulha. — Não vou colocar de novo. Ele já tomou meio frasco.

Eles apagam a luz e levam consigo o ventilador para a sala de estar. Minha mãe fez carne de porco frita e comprou uma garrafa de destilado Erguotou especialmente para meu irmão. O Mestre Yao parou de ingerir álcool e comer carne.

Desde que começou a ter aulas particulares de Falun Gong com o Mestre Yao, minha mãe se tornou muito mais cuidadosa. Ela toca as fitas de exercícios o tempo todo e passa horas sentada na cama, meditando. Ela também passou a chamá-lo de Velho Yao, em vez de Mestre Yao.

— Coma, Velho Yao. Podem dizer o que quiserem do governo, mas pelo menos há comida suficiente circulando hoje em dia. Nos tempos da fome, os músicos de sopro da orquestra de nossa companhia de ópera foram classificados como "trabalhadores braçais", mas nós coristas, que trabalhávamos tanto quanto eles, fomos classificados como "trabalhadores normais" e recebíamos oito *jin* a menos de arroz por mês. E eu ainda tinha que mandar o equivalente a vinte *jin* dos cupons de minha porção mensal a meu marido, senão ele morreria de inanição no campo de trabalhos forçados.

— A comida que recebíamos na cantina de nossa equipe durante aqueles anos era aguada e sem gosto — diz o Mestre Yao. — Às vezes, quando já não podia suportá-la, eu saía de fininho e ia a um restaurante. Mas eu tinha que escolher algum que ficasse a meia hora de caminhada, para me certificar de que ninguém do trabalho me veria. Sentava-me com outros fregueses nervosos e me fartava. Eu levava alguns pedaços de pato comigo para casa, para que minha família pudesse prová-los, mas sempre me sentia culpado. Uma refeição custava metade de meu salário mensal... Alguns anos depois, após a reestruturação de minha unidade, fui enviado para trabalhar no campo. A vida era tão dura por lá que perdi completamente o interesse por comida.

— Eu e meu marido nunca fomos a um restaurante juntos, nenhuma vez — suspira minha mãe. Antes da Libertação, a família dela sempre comia em restaurantes caros. Tenho certeza de que ela está pensando naqueles tempos.

— O Partido Comunista é mais cruel que qualquer um dos imperadores do passado — diz Dai Ru. — Dai Wei não pode falar nem andar, mas o governo ainda o mantém sob vigilância constante.

Lembro-me de como meu irmão deu um salto após ler algumas páginas do diário de meu pai e jurou que vingaria as injustiças cometidas contra ele.

— Você tem razão. Eles até me fizeram voltar as costas a meus ancestrais... Vamos, coma, Velho Yao. — Esta é a primeira vez que ouço minha mãe mencionando seus antepassados.

— Pois bem, como você vê as coisas hoje, mãe? Seu adorado Partido destruiu seu marido e depois seu filho. Eles devastaram nossa família. — Meu irmão fala exatamente como eu costumava falar.

— Talvez eu tenha sido esquerdista demais em minha juventude, mas fiquei junto de seu pai. Jamais pensei em me divorciar dele, nenhuma vez. Quando uma mulher era casada com um direitista naquele tempo, era tratada como lixo. A maioria das mulheres na minha situação teria abandonado o marido. Ah, se Dai Wei não estivesse desse jeito, eu teria retomado minha vida depois que seu pai morreu. Poderia ter feito carreira como duetista.

— Você tem sorte por ter nascido com uma bela voz — diz o Mestre Yao.

— E que negócio é esse de viver fazendo "ah, ah", mãe? Sempre que eu suspirava quando criança, você me dava um puxão de orelha. Dizia que dava azar. Mas agora você parece suspirar o tempo todo.

— Acho que estou frustrada. Eu era cantora profissional. Deveria começar a praticar novamente. Talvez isso levante meu ânimo um pouco. Ah... Antes da Libertação, minha família possuía uma casa de três andares. Meu pai tinha muitos amigos americanos, e dava bailes para eles em nosso lar. Tínhamos uma câmera e álbuns cheios de fotografias... Coma, Velho Yao!

— Há anos você está vivendo no mundo livre, Dai Ru — comenta o Mestre Yao. — Não se esqueça de tomar cuidado com o que diz agora que está de volta.

— Helen e eu fomos à praça ontem e colocamos um buquê aos pés do Monumento aos Heróis do Povo. Tinha seis rosas vermelhas e quatro rosas brancas para homenagear os estudantes mortos no Quatro de Junho. — Ouço meu irmão tirando e colocando o copo de Erguotou na mesa o tempo todo. Parece que ele passou a beber muito.

— Você poderia ter sido preso! Uma mulher chamada Wang Xing foi à praça há algum tempo e desdobrou uma faixa que dizia "Revoguem o veredicto sobre o Movimento da Praça da Paz Celestial". Ela foi presa, declarada "criminosamente insana" e enviada para um daqueles asilos Ankang* para doentes mentais dirigidos pela polícia. Só libertam alguém desses lugares quando a pessoa já foi tão torturada que realmente perdeu a sanidade.

---

*Ankang: denominação dada a alguns hospitais psiquiátricos na China, cujo significado é "paz e saúde". Algumas destas instituições são na verdade hospitais-prisões onde presos políticos e praticantes de Falun Gong são detidos por tempo indeterminado sob a alegação de doença mental. (N. da T.)

Dai Ru suspira e diz em voz baixa:

— Se eu não tivesse deixado o cruzamento para levar uma mensagem de volta à praça, provavelmente também teria sido atingido no tiroteio. Quatro estudantes de minha escola foram baleados naquela noite... Outro dia me encontrei com antigos colegas de turma. Nenhum deles queria falar sobre o que aconteceu. Só se interessam em fazer negócios e acumular dinheiro.

— Você não ficou nem um pouco mais inteligente no exterior. Já lhe avisei incontáveis vezes para ficar longe de política, mas você nunca me ouve... Quanto está pagando por seu quarto de hotel?

— Não pergunte, mãe. Eu lhe darei oitocentas libras antes de ir embora, para que você possa comprar o que precisa. Este apartamento está parecendo um depósito de entulho. Nenhuma pessoa normal ousaria colocar os pés aqui.

— A que horas o seu hotel tranca a porta da frente? Sua namorada deve estar esperando, você deveria voltar.

— Não se preocupe. Comprei para ela uma entrada para uma apresentação da Ópera de Pequim. Não vai acabar antes das onze. Está tão quente neste apartamento, mãe. Eu gostaria de instalar um aparelho de ar-condicionado para você. — Meu irmão comprou um micro-ondas para minha mãe ontem, de modo que ela possa ter comida quente sempre que queira. Mas ela descobriu que é uma máquina de cem watts, por isso sei que nunca a usará.

Depois que meu irmão sai, o Mestre Yao faz uma nova série de Falun Gong com minha mãe e depois toma um breve banho.

— Você pega as coisas tão rápido — elogia o Mestre Yao, sentando no sofá. — Imagino que artistas devem ter uma aptidão natural para o cultivo do espírito... Tenho uma estatueta de cerâmica do Bodisatva Guanyin em casa. Eu lhe darei de presente na próxima vez que vier. A única coisa que tenho nas paredes hoje é uma foto do Mestre Li Hongzhi.

— Este apartamento está tão apinhado de coisas. Eu não gostaria que a estatueta sumisse nessa bagunça. Onde eu poderia deixá-la?

— Naquela parede lateral da sacada coberta. Vou instalar uma prateleira de madeira e lhe darei uma foto do Mestre Li Hongzhi para pendurar ali. Deste modo, quando você queimar incenso, tanto Guanyin quanto o Mestre Li poderão desfrutar da fumaça sagrada enquanto meditam no paraíso Falun.

— Diga, como é o paraíso Falun?

— Depois que o Mestre Li instalar uma roda da lei em seu abdome, você verá por si mesma. É um reino belo e dourado. Há pavilhões feitos de ouro e ágata, e lagos esmeralda cobertos de flores de lótus. Você nunca mais terá que se preocupar com questões materiais. Pode colher qualquer comida ou roupa de que necessite das árvores. É ainda melhor que o reino budista do Êxtase Supremo.

— E o que acontece quando você alcança a iluminação?

— A alma escapa de sua prisão carnal. Alguns seres iluminados são capazes de subir nas costas de garças brancas e voar para as nuvens.

— Sim, o corpo é uma prisão. Assim que ele cai doente, você tem que ir a médicos e comprar remédios caros.

— Se você continuar com os exercícios, nunca mais precisará ver um médico outra vez.

— Compreendo os benefícios medicinais do Falun Gong, mas tenho que admitir, ainda acho os elementos místicos um tanto confusos. — Minha mãe também tomou um banho. Ela agora está sentada no sofá junto do Velho Yao. O ventilador ronrona atrás deles.

— Alguns acreditam que o Mestre Li é a reencarnação do Buda Sakyamuni. Outro dia, quando eu estava meditando, ele apareceu para mim como um velho com uma longa barba branca. Era idêntico ao sábio taoista Zhuangzi...

— O Mestre Li está num plano mais elevado do que o Buda Sakyamuni? — Minha mãe baixa sua xícara. Há água sobre o tampo do vidro da mesa. A xícara emite um som agudo quando desliza sobre ele.

— O Mestre Li existe em muitas formas diferentes. Às vezes ele aparece para mim como um luminoso Buda dourado. Quando alcanço estados mais elevados de consciência, sua expressão se torna fria e pétrea.

— Pois então você conseguiu abrir seu Terceiro Olho — murmura minha mãe.

— Minha roda Falun gira constantemente, mesmo quando estou dormindo. Se você se aproximar de mim, poderá senti-la girando.

— Eu costumava tomar pílulas para dormir, mas não tive necessidade desde que comecei os exercícios. Mesmo quando me levanto no meio da noite para esvaziar o penico de Dai Wei, consigo voltar a dormir logo em seguida. Venha, deixe-me colocar o ouvido em sua barriga para ver se ouço sua roda Falun girando. — Minha mãe pousa a cabeça no estômago do Mestre Yao. Cheiros de transpiração masculina e feminina se mesclam no ar.

— Eu gostaria de ser mais culto. Não sei nada sobre música ou ópera...

— Vamos subir nas costas de uma garça branca e voar para as nuvens! Não precisamos esperar até que sejamos imortais...

Você é um peixe que foi arrastado para a margem de um rio, um pássaro que foi mergulhado no mar.

Minha mãe fala ao telefone novamente.

— Ela investiu um milhão de yuans nisso. Chama-se Estúdio de Fotos de Casamento Paris, acho. Um monte de gente copiou a ideia dela. Há pelo menos cinco outros estúdios na mesma rua agora. São muito estilosos. Os gerentes os redecoram a cada dois ou três meses, tentando superar a concorrência... A maioria dos clientes vem das províncias. Chegam a Pequim em lua de mel e fazem as fotos quando estão aqui. Pode-se escolher o fundo que quiser: uma vista da Baía de Sydney, da Torre Eiffel ou um pátio chinês tradicional, e você pode trocar de figurino seis vezes. Se escolher o pacote de dez mil yuans, pode fazer fotos externas diante do Portão da Paz Celestial ou do lado de fora do templo da rua Wangfujing.

Mais cedo nesta manhã, Wen Niao telefonou para desejar um feliz Ano-Novo Chinês à minha mãe. Ela disse que agora tem um filho de quatro meses e que se mudou para Guangzhou, mas que não gosta de lá. É muito quente para seu gosto. Nossa TV estava muito alta, portanto isso foi tudo que consegui entender.

Fiquei chocado ao ouvir que ela teve um filho. Seria possível eu ser o pai?

— Há tanta infidelidade por aí. Todos os homens parecem ter casos com aquelas garotas das províncias que trabalham em salões de beleza e boates... As esposas? Só ficam em casa jogando majongue e fingindo que não sabem. O que mais podem fazer?... Eu me converti ao Falun Gong. Faço os exercícios de meditação todos os dias, tentando recuperar meu coração e cultivar meu caráter. — Não sei com quem minha mãe está falando. Faz meia hora que ela está no telefone com esta pessoa.

Wen Niao prometeu que, da próxima vez que vier a Pequim, fará uma visita e nos apresentará seu filho. Ainda posso sentir sua presença tiquetaqueando dentro de mim.

Ouço uma bicicleta sendo carregada pela escada acima e gente no andar térreo batendo os pés para tirar a neve de seus sapatos. O governo proibiu as pessoas de soltarem fogos na noite de hoje. Contudo, ocasionalmente ouço um explodindo depois de assoviar pelo céu.

— Não, não farei bolinhos hoje à noite. O escritório de propaganda municipal nos disse que devemos celebrar o Festival da Primavera num "estilo moderno e civilizado" este ano. Então sairei para almoçar num restaurante amanhã, com meu filho mais novo e minha nora. Será bom para variar.

A verdade é que Dai Ru e a namorada já não estão mais em Pequim. Eles voltaram para a Inglaterra em setembro. Minha mãe não quer admitir que passará o Festival da Primavera sozinha.

Ela disca outro número.

— Eu sei, não é ridículo? O escritório disse: "Que mil lojas pendurem lanternas vermelhas e mil restaurantes sirvam banquetes do Festival da Primavera! Todos devem celebrar o Ano-Novo Chinês num estilo moderno este ano!" Que piada! Vou passar sozinha no apartamento, olhando para a cara do meu filho em coma... O presidente do comitê do bairro me disse que o prefeito visitaria nosso distrito durante o feriado para distribuir sacos de arroz americano a famílias em dificuldade. Ele disse que eu ganharia um saco com certeza. Mas, no fim, o comitê Tuanjiehu conseguiu persuadir o prefeito a visitar o distrito deles em vez do nosso. Disseram que havia um prédio em Tuanjiehu que abriga cinco famílias em dificuldades, incluindo dois casais de idosos, uma viúva e uma criança órfã. Portanto, se ele visitá-los, distribuirá todo o arroz de uma só vez, o que lhe poupará um monte de trabalho. — Minha mãe não inventa histórias quando fala com An Qi.

As janelas de cada corredor da escadaria estão quebradas. Lufadas de vento sopram direto para dentro, trazendo cheiros de pólvora e fluido de isqueiro para dentro de meu nariz. Quando o vento é forte, ouço o farfalhar de sacos ou lonas de plástico.

A um só tempo, sinto afeto e repulsa por minha mãe. Vivemos juntos neste apartamento pequeno, ambos descartados pela sociedade, tentando ignorar a presença um do outro. Somos como pedaços de papel jogados num canto escuro da rua, atirados de um lado ao outro pelo vento.

Minha mãe se senta em sua cama, coloca uma fita de exercícios do Falun Gong e murmura para si mesma:

— O adivinho me disse que logo viajarei para fora, mas não acredito nele, porque vivo sonhando que estou fazendo as malas e entrando num avião e todo mundo sabe que os sonhos sempre significam o contrário do que sugerem. Em meus sonhos, sempre vejo a roda Falun girando dentro de mim, mas assim que acordo, ela some... Ó, Mestre Li Hongzhi, imploro que instale uma roda dentro do meu abdome. Quando alguém ganha a roda Falun, a energia que ela emite pode curar a família inteira...

Lembro-me de como A-Mei gostava de mexer em seu cabelo, examinando a ponta de cada fio. Ela sempre fazia isso antes de dormir. Enquanto mexia nos cabelos, ela murmurava banalidades para si, exatamente como minha mãe está fazendo agora. Tian Yi também gostava de falar sozinha enquanto examinava uma mecha de cabelo. Acho que também ouvi Wen Niao brincando com seu cabelo algumas vezes. Talvez seja apenas algo que as mulheres gostam de fazer. Mas Lulu nunca teve este hábito. Ela amarrava o cabelo numa trança perfeita, que deixava pender sobre o ombro por um instante antes de jogá-la para trás com um movimento de cabeça.

No momento da morte, meu espírito escapará. Mas como será e para onde irá? Embora eu anseie por deixar meu corpo decadente, não consigo imaginar uma vida além dele. Wen Niao parece ter invadido minha mente, colocando em segundo plano os pensamentos sobre Tian Yi. Talvez os envolvimentos emocionais só se formem para satisfazer necessidades físicas, e não exista nada particularmente sagrado a seu respeito.

O telefone toca outra vez. Minha mãe vai atendê-lo, resmungando que o Baile de Gala do Festival da Primavera na televisão está quase começando e ela não quer perdê-lo.

— Sim! Também lhe desejo fortuna e prosperidade!... Não se preocupe. Um amigo me trouxe uma caixa de comida. Tenho macarrões instantâneos, leite e ginseng americano... Dai Ru não está aqui, não vou me dar ao trabalho de fazer bolinhos. Vou comprar bolinhos congelados no supermercado... Jogar majongue com você? Não, não. Obrigada pelo convite, mas este é um momento em que as pessoas têm que ficar com suas famílias. Eu não gostaria de me intrometer. Além disso, não posso deixar Dai Wei sozinho...

Ela desliga o telefone e suspira:

— O que há para comemorar? A vida fica cada vez pior a cada ano que passa.

À medida que a sociedade muda, novas palavras e termos aparecem, como por exemplo: sauna, propriedade privada de veículo, reforma imobiliária, hipoteca e empréstimo pessoal em prestações. Ao que parece, agora a maioria das empresas tem computadores, e há uma "Rua dos Eletrônicos" no distrito da universidade apinhada de lojas que vendem computadores e programas de uso pessoal. Ninguém mais fala sobre os protestos da Praça da Paz Celestial ou sobre corrupção governamental. Os chineses são muito talentosos em "transformar grandes problemas em pequenos problemas, e transformar pequenos problemas em problema nenhum", como sugere o ditado. É uma técnica de sobrevivência que desenvolveram ao longo de milênios.

Agora já não há muito mais tempo a esperar. Meu corpo logo se desintegrará, e finalmente conhecerei minha alma...

Sua língua anseia por alcançar a medula ou as veias que estão a apenas alguns milímetros de distância.

— Um tanque do exército passou por cima de um cidadão perto do Museu Militar — anunciei ao entrar na tenda de transmissão. — O soldado que o dirigia estava vestido como civil.

Fazia um calor sufocante no interior da tenda. Shao Jian estava conversando com Tian Yi.

— Quando Wang Fei ordenou que todos se reunissem em torno do monumento, um bando de estudantes chegou brandindo mastros de tendas. Eles pareciam prontos para uma batalha. — Shao Jian pegou um jornal para abanar seu peito nu e depois esmagou um mosquito com ele.

— Não conte a ninguém sobre o tanque, Dai Wei — disse Tian Yi, voltando-se para mim. — Os estudantes podem entrar em pânico.

— O Ministério de Segurança do Estado instalou Pu Wenhua num quarto de hotel e lhe deu ordens de sabotar nosso movimento — revelei.

— Peça a Zhuzi para mandar reforços — disse Tian Yi nervosamente.

— Zhuzi saiu com os guardas estudantis para supervisionar as barricadas. Ele está exausto.

Shao Jian estava sentado na cama dobrável, preparando uma lista de assuntos para o debate do *Fórum Estudantil* que ele logo presidiria.

— Onde Nuwa colocou aquelas instruções sobre como se defender de um ataque a gás venenoso? — perguntou Mimi.

Um homem de meia-idade entrou na tenda e perguntou discretamente quem estava no comando. Apesar do calor, ele usava um espesso impermeável preto.

Tian Yi ergueu os olhos da mesa e perguntou:

— Por quê, o que você quer?

— Sou delegado do Congresso Nacional do Povo. Alguns de meus colegas e eu gostaríamos de fazer uma reunião com vocês. Há algo que precisamos debater.

— Se quer conversar, precisa sair — ordenei. — Isto aqui é uma estação de rádio. — Eu suspeitava de que ele era mais um policial à paisana.

Mas Tian Yi pegou seu cartão de visita educadamente e disse:

— Mimi, venha comigo. Vamos falar com eles lá fora.

— Não sou negociadora. Pode ir sem mim. — Mimi não gostava de receber ordens de Tian Yi.

Tian Yi ficou constrangida e então cedi:

— Tudo bem, você pode conversar aqui, se quiser. Mas que seja rápido.

— Meus colegas não estão aqui — disse o homem. — Estão esperando por nós num restaurante.

— Sairei para me reunir com eles — disse Tian Yi. — Shao Jian, não deixe que seu debate se prolongue.

Senti-me obrigado a acompanhá-la. Seguimos o homem do impermeável preto através da praça. Era quase noite. Grupos de estudantes de coletes e shorts jogavam cartas sob postes de luz. Sussurrei para Tian Yi que não deveríamos segui-lo para nenhuma viela escura e vazia.

Não era um sequestro, afinal. Ele nos levou a um restaurante na Avenida Changan.

— Gostaríamos que vocês fizessem uma refeição conosco — disse ele. — Por favor, sentem-se. — Havia dois homens de meia-idade esperando à mesa.

— Não há muita utilidade em conversar comigo — respondeu Tian Yi. — Embora eu seja encarregada da estação de rádio, todas as decisões importantes são tomadas por Bai Ling.

Era um belo restaurante, com paredes brancas e limpas, toalhas de mesa brancas e um delicioso aroma de carne assada. Atrás de nossa mesa havia um refrescante ventilador de um metro de altura.

— Temos uma proposta — disse o homem sentado na nossa frente. Ele tinha cabelo pintado e um sotaque do sul. — Se os estudantes declararem que se retirarão da praça amanhã, convocaremos uma reunião de emergência no Congresso Nacional do Povo e faremos com que os líderes do Partido prometam que não haverá perseguição depois que vocês retornarem a suas universidades. Queremos muito o seu aval para anunciar esta proposta.

— Sinto muito, mas isso não será possível — respondeu Tian Yi, o olhar baixando para o prato de bife de porco e pimenta verde que a garçonete acabava de colocar na mesa. — A estação de rádio é controlada pelo Quartel-General de Defesa da Praça da Paz Celestial. Só podemos receber ordens deles.

— Nós falamos com eles, mas eles se recusam a ajudar — comentou o terceiro homem, que usava uma camisa xadrez. Ele nos serviu um pouco de carne de porco. — Comam, comam! Não deve ser fácil para vocês, acampar na praça por tanto tempo.

— Quais são seus cargos, exatamente? — perguntei, pegando meus palitos. Os homens não pareciam agentes secretos, mas também não pareciam líderes do governo.

— Não podemos revelar esta informação — disse o homem de cabelo pintado. — Mas asseguramos a vocês que somos membros influentes da ala reformista do Partido, e temos acesso a informações do mais alto escalão. Vocês têm apenas 12 horas, no máximo. Se não se retirarem da praça antes deste prazo, será um desastre, não apenas para vocês, mas para aqueles que os apoiaram entre a elite política e intelectual.

— Bai Ling, Wang Fei e Lin Lu são radicais demais — disse o homem que nos levou ao restaurante. — Tentamos falar com eles, mas eles não ouvem. Han Dan e Ke Xi são muito conhecidos entre os estudantes, mas têm pouco poder. A praça está em tumulto. Só a estação de rádio pode influenciar os eventos. — Tian Yi me mostrara o cartão de visita de nosso anfitrião. Ele não era apenas delegado do Congresso Nacional do Povo, mas também consultor de uma companhia de investimentos estatal com filial em Hong Kong.

— Sua decisão de ficar na praça até o dia 26 de junho é absurda — disse o homem de cabelo pintado. — O governo os esmagará muito antes disso. Lembrem-se, vocês só têm até amanhã de manhã, no mais tardar.

— Hoje é o décimo segundo dia de lei marcial — acrescentou o homem da camisa xadrez. — Compreendo seu fervor e determinação, mas vocês devem recuar e examinar o quadro geral e também pensar em sua segurança pessoal.

— Eu lhes dou minha palavra de honra, vamos garantir que vocês não sejam perseguidos depois da retirada. — Agora sem o impermeável, nosso anfitrião estava mais parecido com um oficial.

Tian Yi pegou um pequeno bocado de comida e disse:

— Pessoalmente, sou a favor de uma retirada, mas duvido que qualquer um de nossos líderes consiga persuadir os estudantes a partirem.

— Por isso a estação de rádio é tão importante. Se vocês transmitirem nossa proposta, ela poderia ter um grande impacto.

— Temo que os três cavalheiros estejam fora de sintonia com o ânimo na praça — eu disse. — Os estudantes não vão querer ouvir sua proposta. Afinal, vocês são membros do Partido. Fazemos reuniões todos os dias para debater se devemos ficar ou partir. Nada que vocês digam mudará a cabeça deles.

— Nossa proposta beneficiará tanto o governo quanto os estudantes. Eles a apoiarão, com certeza. — O cabelo pintado do homem era agitado pelo ventilador.

— Se vocês são tão persuasivos quanto alegam ser, por que não convencem o governo a fazer algumas concessões? — perguntou Tian Yi, o olhar se deslocando para a janela. Provavelmente estava pensando no trabalho que esperava por ela na estação de rádio.

— Não podemos negociar com eles enquanto vocês não saírem da praça — disse o homem de camisa xadrez. — Se vocês não se retirarem, nós reformistas logo iremos para a cadeia. Milhões de oficiais que expressaram apoio aos estudantes serão expurgados do governo.

— As tropas rechaçadas pelos cidadãos foram retiradas e substituídas por regimentos mais implacáveis. Eles estão repassando as diretrizes de sua missão agora mesmo nos limites da cidade. Estão armados com munição explosiva. A ordem que receberão é muito simples: esmaguem a rebelião e protejam a pátria-mãe. — Por sua expressão, vi que ele falava a verdade, mas eu não queria aceitar isso.

Tian Yi baixou seus palitos e se levantou da mesa.

— Sinto muito, não posso ajudá-los. Preciso ir agora. Quatro proeminentes intelectuais logo chegarão à praça para começar uma greve de fome.

Eu me levantei também, mas me voltei para os três homens antes de sair e disse:

— Se vocês realmente estivessem do nosso lado, teriam insistido para que seu presidente, Wan Li, recebesse permissão de retornar a Pequim. Sem ele aqui, vocês não podem convocar nenhuma reunião de emergência.

Saímos. O ar estava quente e úmido. Eu disse a Tian Yi que ainda tinha fome, mas ela fingiu não ouvir.

— Eu me pergunto como vamos conseguir entusiasmar alguém para a cerimônia de abertura da Universidade Democrática — comentei. — O casamento de Mou Sen e Nuwa roubou a cena.

Ela contemplou a praça com uma expressão triste e preocupada.

— Eu gostaria de entender um pouco mais de política. Já não sei quem está certo e quem está errado.

— Liu Gang, Han Dan e Shu Tong compreendem a política, mas nunca conseguiram tomar o controle. A administração da praça foi monopolizada por radicais furiosos como Ke Xi.

— Como nos metemos nessa bagunça? Somos como um bando de gansos selvagens sem um líder para nos guiar.

— Tudo deu errado quando a greve de fome começou. Foi quando as divisões se aprofundaram.

— Você revelou aqueles filmes para mim? — Tian Yi perguntou de súbito. Ela nunca gostava que eu criticasse a greve de fome.

— As fotos só ficam prontas no dia 4 de junho.

— Estou ansiosa para ver como ficaram as fotos da Cidade Proibida. Mabel e Kenneth estão em Xangai agora?

— Sim, amanhã eles partem para Yunnan, e voltarão para Pequim no dia 10. Você tem que aprontar todos os seus documentos até o dia da volta deles. Kenneth irá ajudá-la a escolher uma universidade. Quando você receber uma carta de admissão, conseguirá tirar um passaporte muito rápido.

— E quanto a esta nova regulamentação que insiste que os estudantes devem trabalhar por dois anos antes de dar entrada num pedido de passaporte? — Ao longo das semanas, a pele de Tian Yi se tornara marrom-escura. Estávamos juntos há nove meses, mas de repente ela me parecia uma estranha.

— Não se preocupe — respondi. — Você pode pagar a alguém para forjar um certificado de emprego. Foi o que eu fiz.

— Esta cidade me deixa claustrofóbica. Quero sumir para longe.

— Entendo o que quer dizer — respondi, tentando partilhar de seu estado de espírito. — Eu gostaria de fazer algo absurdo, como colocar fogo naquelas caixas ali.

— Mabel disse que quando as pessoas fazem passeatas nos Estados Unidos, ninguém se dá ao trabalho de parar para ver. Talvez viver num país desses teria sido ainda pior. — Depois, ela me encarou e disse: — Meu estômago sempre se contrai quando ouço as palavras "repressão militar". Não quero morrer...

Um grande caminhão da empresa Rio Amarelo passou diante de nós. Dezenas de operários estavam de pé na caçamba aberta. Alguns estavam sentados sobre a boleia, agitando bandeiras vermelhas. O veículo avançava lentamente rumo à praça. As grandes faixas de papel presas nas laterais haviam sido despedaçadas pelo vento.

Você transpira como uma cesta de bambu no vapor, e a morte crepita por seu corpo como eletricidade.

O armário de madeira começa a ranger e gemer como fez no último mês de junho, quando a prateleira de madeira horizontal em seu interior se expandira devido ao ar quente e úmido. Eu mesmo havia pregado aquela prateleira solta de volta a seu lugar. Quando chega o outono, a brisa fresca carrega a umidade da madeira, e a prateleira se contrai novamente. A acácia do lado de fora cresceu mais ainda. Sua sombra se move por meu rosto lentamente, dando-me a sensação de que ainda estou vivo.

A cada ano, por volta da época do aniversário de Tian Yi, a polícia aparece e nos arrasta para fora de Pequim por alguns dias. No ano passado, ficamos num albergue do Condado de Miyun. O ar estava fresco e frio. Minha mãe insistiu em fazer uma caminhada. Ela me colocou numa maca com rodinhas e me empurrou em torno do reservatório de Miyun, com dois policiais à paisana seguindo atrás. Todos que passavam presumiam que éramos uma família num passeio vespertino, e que eu era um parente doente que vivia num asilo próximo. Este ano, minha mãe exigiu ser levada a uma área de belezas naturais. Portanto, a secretaria de segurança pública destacou um carro da polícia e nos levou por todo o caminho até o Monte Wutai, que minha mãe sempre sonhara visitar. Por uma semana, ela pôde orar nos antigos templos budistas e praticar Falun Gong no ar límpido da montanha. À noite ela dormia profundamente, e no fim de nossa estadia ela conseguiu sentir uma roda Falun girando dentro de seu abdome. Sem ter notícias nossas, o Mestre Yao ficou desesperado de preocupação. Minha mãe telefonou para ele assim que voltamos para casa esta manhã, e ele correu para nos ver.

— Assim que entrei no Grande Salão do monastério de Xiantong, senti a roda Falun girando logo atrás de meu umbigo — minha mãe lhe conta. — Eu me pergunto se o Mestre Li a colocou dentro de mim.

— É claro que sim. Foi ele quem a levou ao templo e desfez o carma de seu corpo. Todos que se opõem ao Falun Gong serão destruídos no final. — Mestre Yao se senta no sofá. Sinto o cheiro de seu couro cabeludo quando ele tira o chapéu.

Eu gostaria que minha mãe abrisse uma janela. Este apartamento está muito abafado. O quarto de minha mãe é apenas um pouco maior que sua cama de casal. Praticamente não há espaço para ficar de pé. Meu quarto é um pouco maior, mas parece entulhado e sem ar quando a janela da sacada é fechada. A sala de estar é um corredor sem janelas. Mas quando ela abre as janelas do banheiro e da cozinha e deixa a porta da frente entreaberta, uma pequena brisa corre por aqui.

O veneno que o Mestre Yao colocou há algumas semanas matou todos os ratos do apartamento. Mas minha mãe ainda não encontrou o rato morto que está na urna de cinzas de meu pai. O cheiro de seu corpo em decomposição é abominável. Ele me faz pensar no sapo que enterrei vivo dentro de um jarro de vidro. Por que a carne leva tanto tempo para virar pó?

— Outro dia passou um programa na TV Pequim atacando o Falun Gong — diz o Mestre Yao. — É um sinal de que o governo decidiu nos reprimir. Eu não ficarei surpreso se eles estiverem grampeando meu telefone.

— Você deve tomar cuidado — suspira minha mãe.

— Está muito quente aqui. Vamos abrir a porta. Todos estão tirando o cochilo da tarde. Ninguém nos perturbará.

Com o ombro, minha mãe dá alguns encontrões contra a pesada porta de metal e finalmente consegue abri-la. Uma canção taiwanesa sobe de um apartamento do andar de baixo. "*Sou um pequeno, pequeno, pequeno pássaro. Tento voar, mas não chego alto-o-o-o-o...*"

— As portas de aço que são fabricadas agora têm janelinhas no alto que deixam o vento fluir — diz o Mestre Yao. — Se quiser comprar uma, posso mandar instalar para você.

— Não quero fazer nenhuma mudança neste apartamento agora. Tenho que esperar até que a situação de Dai Wei se resolva. — O que ela quer dizer com isso é que terá que esperar que eu morra.

Minha mãe geralmente deixa a porta fechada, pois os vizinhos reclamam do fedor que emana de nosso apartamento. Eles dizem que o cheiro reduz o valor de seus imóveis. Todos neste prédio tiraram vantagem da nova política que permite que os moradores comprem do governo seus apartamentos estatais, exceto nós. Ou seja, agora nossos vizinhos são proprietários de imóveis, com escrituras oficiais. Mas, por minha mãe ter pedido demissão de seu trabalho, ela não estava qualificada para comprar o apartamento, e continuou a alugá-lo da Companhia Nacional de Ópera. Quando as autoridades demolirem este conjunto, ela só receberá uma indenização de dez mil yuans, o que não chega nem perto do suficiente para comprar um apartamento no novo prédio para onde a maioria de nossos vizinhos está se mudando.

— Então vocês estavam aqui o tempo todo! Bati à sua porta mais cedo, mas ninguém respondeu. Você é sensata em ficar em casa num dia quente como este. Assim que coloco o pé na rua, minhas roupas ficam ensopadas de suor. Então tenho que tomar um banho quando chego em casa, e isso gasta tanta água...

Como sempre, a porta da frente aberta trouxe problemas. A mulher do apartamento do andar de cima, que é agente de vendas de uma empresa de aparelhos de ginástica, quer descer para conversar.

— Sente-se, sente-se — minha mãe diz, de má vontade.

— Este cavalheiro alto parece um diretor de empresa. Estou certa?

— Não. Eu era contador. Fui demitido.

— Também fui demitida, mas transformei minha tristeza em sorte. Agora trabalho diretamente com vendas. Posso fazer pelo menos mil yuans por mês, o que é cinco vezes mais que o salário de subsistência que minha antiga unidade de trabalho me pagava. Você está em boa forma. Posso recomendá-lo a meu chefe, se quiser. Vendemos bicicletas ergométricas. Você recebe uma comissão de duzentos yuans por cada bicicleta que vender. No fim do ano, terá dinheiro suficiente para comprar uma casa, ou um carro. É um esquema fantástico...

Esta vizinha já tentou persuadir minha mãe a entrar em seu esquema de vendas em pirâmide três ou quatro vezes. Mesmo sem aceitar a oferta, minha mãe pegou números da lista telefônica e ligou para estranhos só para ver se seria capaz de fazer o trabalho.

— As bicicletas são caras — diz minha mãe. — E ocupam muito espaço. Só daria para vendê-las às pessoas ricas que vivem nos grandes prédios de apartamentos novos.

— E quando as pessoas têm algum dinheiro para gastar, compram um computador, e não aparelhos de ginástica — acrescenta o Mestre Yao.

— Não, quando as pessoas ficam ricas começam a comer demais, e então passam a querer perder peso — explica a mulher. — Academias de ginástica fazem mais dinheiro que centros de treinamento de informática hoje em dia. Vocês deveriam dar uma olhada em nossa página na internet e ver nossos produtos. Esta empresa tem um grande futuro.

— Não tenho dinheiro para usar a internet — diz o Mestre Yao. — Custa vinte yuans por hora. Para mim, sai mais barato pegar um táxi até seu depósito e ver os produtos pessoalmente.

— Gostei desse calendário com estrelas de cinema que você tem aí. Vejam, esta é a atriz que fez aqueles comerciais de pílulas dietéticas na TV.

Em um rádio do andar de cima, um locutor anuncia: "Em preparação à visita histórica do Presidente Clinton à China este mês, o Presidente Jiang Zemin expressou sua esperança de que os Estados Unidos conduzam um diálogo honesto e objetivo com a China, e que façam total uso das oportunidades comerciais proporcionadas pelo crescimento de nossa nação..."

O mundo em que eu vivia foi transformado, como farinha que se torna pão. Tenho que mastigar bem devagar para reavivar algum sentido do que ele foi outrora.

Você é um passageiro num avião derrubado, despencando em direção à morte numa velocidade aterrorizante.

— As tropas da lei marcial começaram a abrir caminho à força através das barricadas! — gritou Wang Fei em seu walkie-talkie enquanto rumava com alguns estudantes para o cruzamento Liubukou, logo a oeste do complexo Zhongnanhai. Eu estivera lá uma hora antes, construindo uma barricada com postes de cimento e ônibus vazios. A Federação dos Estudantes de Pequim vinha pedindo aos estudantes que estavam nas universidades que saíssem às ruas e ajudassem os moradores a guarnecer as barricadas.

Lin Lu entrou correndo na estação de rádio e gritou no microfone:

— É uma emergência! Precisamos que mais estudantes se desloquem imediatamente para os cruzamentos e ajudem a bloquear o avanço do exército! — Depois ele se voltou para Yu Jin e lhe disse para levar os guardas estudantis restantes na praça até o cruzamento Jianguomen a leste. Ele acabara de receber a informação de que um caminhão do exército fora derrubado e incendiado.

Todas as linhas telefônicas que estávamos usando estavam cortadas, e a maior parte dos jornalistas e equipes de televisão haviam deixado a praça. A atmosfera festiva e despreocupada dos dias anteriores tinha desaparecido.

Os anúncios transmitidos pela tenda da Federação dos Trabalhadores de Pequim do outro lado da Avenida Changan geralmente eram abafados por sons mais altos, mas agora eu podia ouvir seus líderes convocando os cidadãos de Pequim a se alistarem em seu Esquadrão Ousar Morrer.

— A situação deu uma grave guinada para pior. Os militares estão fechando o cerco em torno de Pequim...

— Dai Wei, convoque seus guardas e forme uma via de segurança — disse o Velho Fu. — Os quatro intelectuais querem entrar na praça e começar sua greve de fome. Acabei de descobrir que um deles é o cantor de rock taiwanês Hou Dejian. Ele é formado, o que acho que faz dele um intelectual. A multidão ficará louca quando o vir aqui.

— Resolva isso você — retruquei. — Estou cuidando da estação de rádio. E, de qualquer maneira, todos os meus guardas partiram para os cruzamentos.

— Ke Xi mencionou que eles viriam ontem, mas eu me esqueci completamente disso — comentou Lin Lu. — Deveríamos erguer uma tenda de greve de fome para eles no alto do monumento. — Ele então começou a falar em seu walkie-talkie, tentando reunir mais reforços.

— Você deveria estar encarregado de controlar a multidão, Dai Wei — reclamou o Velho Fu, jogando na boca um comprimido para o estômago. — Não posso instalar a via de segurança. Estou no meio da transferência de meu escritório de finanças para outra tenda. Isto não poderia estar acontecendo num momento pior.

— Os únicos guardas que ainda estão aqui são um pequeno grupo da Universidade Lanzhou. Vou ver se Tang Guoxian nos empresta seus guardas. Ele pediu que sua equipe forme os cordões de segurança durante a cerimônia de abertura da Universidade Democrática.

Os quatro intelectuais entraram na praça. Lin Lu trocou um aperto de mão com um deles e disse:

— Sejam bem-vindos! Estamos convocando alguém para erguer uma tenda agora mesmo para vocês. Venham e esperem dentro da tenda de nossa estação de rádio. — Ele falava com Shan Bo, professor da Normal de Pequim e crítico literário que fora ativo no Grupo de Coligação das Capitais. Atrás dele vinham Gao Xin, outro palestrante da Normal de Pequim, o economista Zi Duo e a estrela do rock Hou Dejian, que usava jeans surrados e uma camiseta branca.

Os estudantes estavam desesperados para conseguir um vislumbre de Hou Dejian, por isso eu bloqueei a entrada rapidamente depois que os quatro homens entraram em nossa tenda. Os únicos guardas que nos protegiam agora eram 12 estudantes de ciências sociais que Hai Feng enviara do campus. Cinco eram garotas.

Uma grande multidão cercou a estação de rádio. Um bando de repórteres apareceu do nada, agitando suas credenciais de jornalistas e exigindo entrevistar Hou Dejian.

Quando recebemos a informação de que a tenda da greve de fome estava erguida, Shao Jian, eu e um guarda estudantil demos as mãos em torno dos quatro homens e os conduzimos através das massas até o terraço superior do monumento. Lin Lu os levou às pressas para a tenda e disse aos guardas estudantis que se sentassem num círculo protetor em torno do lugar.

— Sinto-me como se minhas costelas estivessem moídas — gemeu Shao Jian quando nos apoiamos nas balaustradas, tentando recuperar o fôlego. Minha camisa estava ensopada de suor. Era uma camisa de grife que eu pegara emprestada com Dong Rong. Notei que o botão da gola fora arrancado no empurra-empurra.

A chegada dos grevistas de fome lançou uma onda de excitação por toda a praça. Os estudantes se plantavam em expectativa, como uma multidão na porta de um cinema na noite de estreia de um filme. Livros, camisetas e chapéus eram passados continuamente para que os homens autografassem. A multidão era agora maior do que fora no dia em que o astro do rock de Pequim Cui Jian veio cantar na praça. Centenas de pessoas tentavam se espremer para perto do monumento, gritando:

— Saia da tenda, Hou Dejian! Cante uma música para nós!

O terraço inferior estava agora lotado. Um estudante usando uma camiseta que dizia EU AMO A PRAÇA DA PAZ CELESTIAL! subiu e se balançou nas balaustradas, quase me dando um chute na cara. Um fluxo de gente o seguiu. Os guardas estudantis em torno da tenda ficaram de pé e foram imediatamente empurrados para trás pelas hordas invasoras. A tenda sacudia. Temendo que ela estivesse prestes a desabar, abri caminho até lá e disse aos intelectuais:

— Acho melhor vocês saírem. Não podemos segurar a multidão por mais tempo.

Zi Duo se sentou, ajeitou os óculos e disse:

— É a você que eles querem, Hou Dejian, não a nós. Você deve sair. Nós ficaremos aqui.

Shan Bo puxou uma tragada ansiosa de seu cigarro e gaguejou:

— Se vamos f-f-ficar apenas sentados na tenda, q-qual é a razão de termos vindo para cá?

— Bem, saia também, se quiser — respondi. Saí e gritei pelo megafone:

— Companheiros estudantes, por favor parem de empurrar. Recuem alguns metros. Nossos convidados estão saindo para cumprimentar vocês.

A multidão ficou em silêncio.

Assim que Hou Dejian saiu, todos aplaudiram. Alguém gritou:

— Hou Dejian! Você é o máximo! Cante uma música!

Baixei os olhos para as massas que corriam aos tropeções para o monumento, derrubando faixas e bandeiras no caminho. Hou Dejian deu as mãos a Shan Bo e Gao Xin e começou a entoar sua canção mais famosa, "Filhos do Dragão".

Passei meu megafone para Shao Jian e aproveitei a chance para ir ao banheiro. Eu não estava no clima para ouvir aquela música.

A canção pareceu trazer a praça de volta à vida. As faixas, as bandeiras e os estudantes ondeavam ao ritmo da música.

Enquanto eu abria caminho através da praça, dei de cara com Mou Sen e Nuwa.

— Veja a reação que seus dois palestrantes estão causando! — falei, mal-humorado. — Quando vinte professores de Pequim aderiram à nossa greve de fome, ninguém lhes deu nenhuma atenção. Eles se esqueceram de trazer junto um cantor de rock, foi isso!

— *Hurry up, my darling!* — Nuwa disse a Mou Sen em inglês. — Quero ver Hou Dejian! — Mou Sen pretendia conduzir Nuwa para a frente, de modo que ela pudesse ver melhor, mas eu sabia que ele não seria forte o bastante para empurrá-la através daquela multidão.

Enquanto eu me afastava, pude ouvir Shan Bo a distância, gritando em seu megafone:

— Nós o pegaremos no fim, Li Peng! Seu canalha! Vamos pegá-lo!...

Prossegui para o norte, na direção do Portão da Paz Celestial. Os papéis sujos e cascas de frutas pisoteados no calçamento tinham apenas cheiro de terra. Todos os cheiros de podridão e decomposição se dissiparam no ar quente. O Presidente Mao sorria secamente para a Deusa da Democracia, cujo rosto estava no mesmo nível e lhe devolvia o olhar diretamente.

Como o receptor de um antigo radar, sua ferida capta ondas eletromagnéticas refletidas pela ave que cruza o céu.

A chegada do pardal me deu um sentido mais claro de onde estou. Talvez o pássaro seja a alma de A-Mei que veio me visitar. Ele me faz pensar no pássaro sagrado do *Livro das montanhas e dos mares* que coloca ovos quadrados e lembra uma labareda de fogo quando voa pelo céu. Desde que ele pousou em minha cama pela primeira vez, sinto o calor de sua vida.

Há dias ele anda saltitando de um lado para o outro sobre meu corpo. Às vezes ele voa pelo quarto. Sonhei em voar por toda minha vida, mas esta criatura pode transformar o sonho em realidade apenas com um bater de asas e um salto. Por seus piados, percebo que é um pardal. Imagino que ele tem plumas marrom-acinzentadas e patas amarelas. Está esperando que eu acorde, para que possamos voar juntos. A-Mei certa vez me disse que queria voltar como um pássaro em sua próxima vida.

O mais leve barulho — mesmo o som de um feijão-mungo rolando pelo chão — faz com que suas pequenas garras estremeçam.

Minha mãe tentou espantá-lo para fora do quarto muitas vezes com um espanador, mas ele sempre consegue bater as asas no momento exato e voar através das plumas do objeto. Depois de cada uma dessas escapadas por um triz, capto um cheiro de cocô de pássaro.

— Tudo bem, fique no apartamento se quiser! — resmunga minha mãe. — Esse prédio será demolido em breve, então aproveite enquanto pode. — Há alguns minutos, ela beliscou alguns pontos de acupuntura de meu pé sobre os quais o Mestre Yao comentara, mas não senti coisa alguma.

Pelo telefone, o Mestre Yao explicou a minha mãe que o pássaro talvez seja uma alma reencarnada enviada por Buda para cuidar de mim, e que ela não deveria machucá-lo. O Mestre Yao anda muito ocupado ultimamente. Há alguns dias, 45 praticantes foram presos durante um protesto realizado em frente à redação de uma revista de Tianjin que publicou um artigo criticando o Falun Gong. O Mestre Yao agora está ajudando a organizar uma manifestação exigindo a libertação dos detidos em Tianjin e o reconhecimento oficial de seu movimento.

Os ruídos que o pardal faz quando se move pelo quarto me permitem formar uma imagem de meu ambiente. Quando ele salta pelo parapeito da janela na sacada coberta, sinto que estou tocando tudo que ele pisa. Descubro que há uma fileira de garrafas de cerveja vazias no parapeito, assim como meu velho tabuleiro de xadrez e uma caixa de sapatos que contém um martelo e uma chave de fenda. O pardal está sob minha cama agora, tentando bicar as folhas da cinta de ervas medicinais que Yu Jin me deu em meu aniversário de trinta anos. Ouço suas patas resvalando em alguns comprimidos que caíram ao lado da cama. Quando sua asa passa sobre a mesa da sala de estar, ouço que há uma pilha de jornais sobre ela, assim como uma lista telefônica. Ele derruba uma xícara de chá, que se despedaça no chão. Sinto tudo que o pássaro toca. Minhas memórias são despertadas pelos arranhões de suas garras.

Será de fato o espírito de A-Mei me visitando de outro mundo? Lamento não ter entrado com ela nas sete cavernas interconectadas da Província de Guangxi. Se tivesse atravessado as grutas, talvez já tivesse alcançado a iluminação a esta altura e seria capaz de vislumbrar os segredos do mundo dos espíritos.

Sinto uma mudança acontecendo.

Antes da chegada do pardal, eu estava dissipado pelo quarto — nas fibras de minha colcha, no cinzeiro sobre a mesa, na tigela de metal sob o radiador. Eu tinha sonhos em que era esmagado entre duas paredes em movimento, e outros em que via uma vastidão de bicicletas destruídas cintilando ao sol como um campo de trigo. Certa vez sonhei que reconstruía meu crânio despedaçado com cola, tomava um banho e depois embarcava num vagaroso trem para a morte. Eu me separei de meu corpo, ou talvez meu corpo tenha se separado de mim. Contudo, após a chegada do pássaro, fui arrastado de volta para meu túmulo de carne.

Você jaz em sua cama como uma pedra no leito de um rio, enquanto o fluxo do tempo corre sobre você.

— Dai Wei! Você ainda está se fingindo de morto? — É a voz de Wang Fei. Fazia dez anos que eu não a ouvia.

— Esse não pode ser Dai Wei! — balbucia Liu Gang. — Não pode ser...

— Ele parece ainda mais magro que da última vez em que o vi — diz Mao Da.

Wang Fei segura minha mão e começa a tremer.

— Ele é só um saco de ossos. Está mais magro que um corpo mumificado. Aquele filho da puta do premiê Li Peng! Se eu tivesse uma arma, mataria o desgraçado!

Mao Da e Liu Gang ainda estão recuperando o fôlego. Não deve ter sido fácil subir Wang Fei e sua cadeira de rodas por seis lances de escadas.

— Desculpem a bagunça — diz minha mãe, entrando no quarto. — Estou sempre querendo arrumar este lugar, mas nunca tenho tempo. O que os trouxe em visita assim tão de repente? O sol afetou seus miolos?

— O que quer dizer? — pergunta Wang Fei, dando um tapinha na lateral de sua cadeira de rodas. — Há anos escrevo e telefono para a senhora, tia. Está com uma ótima aparência. Não mudou nada.

— Como vão seus pais? — pergunta minha mãe.

— Meu pai foi tão perseguido durante a Revolução Cultural que ficou louco. Ele passa a maior parte do tempo num hospício.

Em todos os dias que estivemos juntos, Wang Fei nunca me contara aquilo.

— Sinto muito, não devia ter perguntado. E você? Me parece bastante familiar.

— Meu nome é Liu Gang. Eu era do dormitório de Dai Wei na Universidade de Pequim. Sou livreiro agora. Vivo em Hefei.

— Ah, eu lembro. Seu nome estava na lista dos mais procurados. Vi sua foto na TV. Seu cabelo ficou grisalho, por isso não o reconheci. Você foi sentenciado a sete anos de prisão...

— Então agora vocês estão criando pássaros? — pergunta Mao Da, sentando-se.

— Ah! Ele entrou voando um dia desses e se recusa a ir embora. Sou budista, por isso não posso matá-lo... Vou buscar algo para vocês beberem. Você tem irmãos, Liu Gang?

— Sim. Eles ainda vivem na casa de meus pais. Mas não os vejo. Desde que fui solto da prisão, meus pais não me deixaram voltar lá. — A voz de Liu Gang soa muito frágil.

— Passe um cigarro para cá — diz Wang Fei, largando minha mão. Um cheiro de tabaco se eleva das digitais que seus dedos deixaram marcadas em minha pele.

Wang Fei perdeu ambas as pernas, mas ao menos está vivo. Já faz quase dez anos que estou meio morto. Estou ainda pior que Shao Jian. Embora os espancamentos que sofreu tenham danificado seu cérebro, pelo menos ele pode usar computadores e ter um emprego.

— O que ele come, tia?

— Está vendo estes tubos de plástico? Coloco comida por eles: caldo de legumes, leite, suco de fruta, esse tipo de coisa.

— Cuidado para não dar a ele aquele leite falso que estão vendendo agora — avisa Wang Fei. — Bebi um vinho de arroz falso recentemente. Tive uma reação alérgica terrível. — Seu sotaque de Sichuan soa menos pronunciado agora.

— Por onde a senhora coloca os tubos? — pergunta Liu Gang. — Ele consegue abrir a boca?

— Geralmente enfio pelo nariz.

— Se ele pudesse abrir a boca, não estaria em coma, seu idiota! — exclama Mao Da.

— Ainda não tive tempo de lavar esses tubos. Faz dois dias que estão de molho nessa bacia. Vejam todos estes vidros, seringas, tubos de alimentação... Tenho que esterilizá-los todo dia. — Minha mãe sempre reclama dessas coisas quando temos visitas.

— Onde você esteve neste último ano, Wang Fei? — pergunta Mao Da. — Você não telefonou para nós nem uma vez.

— Voltei para a Ilha Hainan, e depois fui a Shenzhen ajudar um amigo a montar uma agência de publicidade. Mas estou decidido a ficar em Pequim agora, pelo menos até que a polícia me encontre e me mande de volta para Sichuan. O Centro de Deficientes de Pequim me selecionou para seu time de basquete em cadeiras de rodas. É parte da nova candidatura para sediar as Olimpíadas. Paguei para uma pessoa em Shenzhen me fazer uma identidade falsa. Mantive meu nome, mas mudei meu local de nascimento.

Eu me pergunto como Wang Fei conseguiu entrar no time. O único esporte que ele jogava na universidade era pingue-pongue.

— Ouvi dizer que a condição de Shao Jian melhorou, mas me encontrei com ele na Rua dos Eletrônicos outro dia e ele não pareceu me reconhecer quando eu disse "olá". Apenas me encarou com uma expressão vazia e sacudiu a cabeça para cima e para baixo.

— Adivinhem quem encontrei outro dia? Vocês se lembram daquele sujeito magrelo que dirigia a estação de rádio de Qinghua? Ele agora está no ramo de reformas imobiliárias, é um multimilionário. Ele tem uma grande mansão com 12 carros na garagem...

— Não, não lembro quem é...

— Shu Tong voltou para a China em segredo no mês passado — diz Mao Da. — Você se lembra dele, tia?

— Sim — responde minha mãe, parada na entrada. — Tian Yi se encontra muito com ele em Nova York.

— Ele formou uma organização de chineses dissidentes nos Estados Unidos chamada Clube da Liberdade — revela Mao Da. — No momento, ele está escondido em Sichuan, mas fizemos uma reunião secreta com ele em Pequim na semana passada. Estamos planejando fazer algo na praça para marcar o aniversário de dez anos do massacre de Quatro de Junho.

— Isso nos dará a chance de homenagear os mortos — diz Wang Fei. — Talvez possamos levar Dai Wei para a praça e deixar que ele revisite seu velho fantasma.

— Se vocês tirarem Dai Wei deste apartamento, não precisam trazê-lo de volta — retruca minha mãe, enquanto o ar se enche de fumaça de tabaco.

— Pediremos ao Pequeno Chan que pare na frente dos tanques de novo, como ele fez em 89. — Wang Fei parece agitar muito as mãos agora que não tem pernas.

— O quê? Aquele jovem que bloqueou os tanques era amigo seu?

— Sim. Graças àquela foto que o estrangeiro tirou, ele se tornou um ícone ao redor do mundo... Um símbolo de coragem e ousadia humana.

— Não, o Homem-tanque não era o Pequeno Chan, era um operário de fábrica das províncias.

— Ouvi dizer que o Pequeno Chan mora hoje em Yunnan e dá aulas numa pequena escola primária nas montanhas.

— O Homem-tanque atraiu muita atenção, mas ninguém fala sobre aqueles três sujeitos de Hunan que jogaram tinta no retrato de Mao — diz Liu Gang. — Eles são os heróis esquecidos de nosso movimento. Um deles pegou prisão perpétua, os outros pegaram 16 e 18 anos. Só passei sete anos na cadeia, mas quase fui destruído. Não sei como eles vão aguentar.

— Contudo, o fato é que estávamos protestando contra a corrupção — diz Mao Da. — Não estávamos tentando derrubar o Partido ou atacar Mao. Acho que eles foram longe demais.

— Bem, *eu* estava atacando Mao — diz Wang Fei. — Tínhamos coragem, mas nos faltava visão política.

— Ouvi dizer que o cara que pegou prisão perpétua, Yu Dongyue, foi muito torturado. Ele foi amarrado num poste no pátio da prisão e abandonado lá por dias, e depois foi colocado na solitária por dois anos. Tornou-se um resto de homem. Quando os pais o visitam na cadeia, ele nem mesmo os reconhece.

— Algum de vocês sabe o que aconteceu com Yang Tao?

— Nosso grande estrategista militar? É motorista de táxi. Li alguns artigos que ele publicou na internet...

— Fan Yuan é uma causa perdida. Não há motivo para chamá-lo para se unir a nós. Ele dirige uma agência de turismo. Dá para acreditar?

— Tenho certeza de que conseguiremos reunir pelo menos mil pessoas — diz Liu Gang. — Vamos apenas marchar pelas ruas. Nada de faixas.

— Yu Jin trabalha para a Rede de Educação Global. Podemos pedir que ele ajude a passar a informação sobre a passeata. Zhuzi é chefe de segurança de uma boate da moda. Ele manteve contato com colegas de turma que agora têm cargos de alto escalão no Partido.

— Vocês estão sabendo que Zhang Jie é delegado de uma assembleia municipal popular? — diz Wang Fei desdenhosamente. — Aquele miserável duas caras. Na praça, ele era um de meus soldados rasos!

— Se é que dá para chamar aquilo de municipalidade! Está mais para um vilarejo rural. Ele assumiu uma fábrica de algodão estatal que estava falindo, cortou o pessoal, transformou-a numa sociedade anônima e fez lucro logo no primeiro ano. Foi nomeado "gerente-modelo".

O pardal voou à sacada coberta para escapar do barulho no quarto. Minha mãe colocou uma caixa de papelão na sacada para que ele dormisse, e um prato de alpiste.

— E Hai Feng? Alguém sabe dele? — pergunta Mao Da.

— Ele passou cinco anos na prisão e teve um colapso nervoso quando saiu. Agora ele faz trabalhos manuais para a gráfica de seu tio. Com quem mais de Pequim podemos fazer contato? — A voz de Liu Gang está muito calma. Ele está sentado num banco, fumando um cigarro.

— Cheng Bing se casou. Suponho que a Irmã Gao ainda esteja nas redondezas... Por que a senhora não abre a janela e deixa o pássaro ir embora, tia? Pobre criatura...

O pardal não está acostumado a me ver recebendo tantas visitas. Ele se empoleirou sobre a estatueta do Bodisatva Guanyin sobre a prateleira de madeira e está piando ruidosamente.

— Deixo a janela aberta o dia inteiro, mas ele não quer ir embora. Vejam, ele caga por todo o apartamento, mas não cagou nenhuma vez em cima de Dai Wei.

— Muitos estudantes deixaram a universidade depois do massacre, por isso é difícil encontrá-los — diz Mou Da. — Chen Di ainda está em Pequim. Ele vendeu a livraria e abriu uma empresa de decoração de interiores. E, claro, temos Mimi. Depois que ela se divorciou de Yu Jin, abriu uma escola de etiqueta para meninas no distrito Qianmen. Não consigo me lembrar de mais ninguém...

— O que Dong Rong anda fazendo? Quando liguei para ele, uma secretária atendeu e disse: "O Diretor Dong não se encontra em seu escritório no momento."

— Ele está podre de rico. Dong Rong comprou um apartamento de luxo para a amante perto do Centro Comercial Internacional. É aquela garota de Hunan que costumava andar com os pintores e estrelas de cinema.

— Ele não gosta de chamar a atenção. Acho que abriu uma fábrica de cabos de fibra óptica que tem ligações com o Ministério do Comércio Exterior. Está sempre viajando para fora.

— Precisamos tirar vantagem do retorno de Shu Tong à China — diz Wang Fei. — A comunidade internacional estará vigiando para ver como o Presidente Jiang Zemin lidará com o décimo aniversário do Quatro de Junho. Precisamos fazer algo simbólico para marcar a ocasião. Se marcharmos pelas ruas, o pior que pode acontecer é sermos presos por alguns anos.

— Ativistas políticos não vão para a cadeia hoje em dia, eles ficam presos em hospícios Ankang. Você acabará num deles se não tiver cuidado, Wang Fei. Eles fazem com que os psiquiatras o diagnostiquem como maníaco político e o trancam por cinco anos. Toda a equipe é formada por empregados da secretaria de segurança pública, até os médicos e enfermeiros.

— Deveríamos adotar uma estratégia moderna e nos concentrar em pressionar por democratização gradual — diz Liu Gang.

— Não estou sugerindo que lancemos um novo movimento de massas — explica Wang Fei. — Mas, enquanto sobreviventes do massacre, temos o dever de exigir a responsabilidade do governo. Temos que exigir que eles revertam o veredicto sobre o movimento estudantil e que emitam um pedido de perdão público a todas as vítimas do massacre e a suas famílias. — Wang Fei cospe uma nuvem de fumaça. Há um cheiro de mijo de gato subindo de sua cadeira de rodas.

— Não comecem a tramar mais campanhas — reclama minha mãe. — Gente demais já foi morta e ferida. Combater o governo não os levará a lugar algum. É tão inútil quanto atirar ovos numa pedra.

— A manifestação que vocês praticantes de Falun Gong fizeram do lado de fora de Zhongnanhai foi o que inspirou nossa reunião, tia.

— Aquilo não foi uma manifestação, foi um apelo. Nenhum de nós se sentou, para que o governo não pudesse nos acusar de montar uma ocupação. Nem mesmo conversávamos. Só ficamos parados tranquilamente na rua, meditando.

— Se o governo está fazendo uma nova tentativa de sediar as Olimpíadas, terá que permitir que nossa marcha aconteça para levar a comunidade internacional a acreditar que a China virou uma nova página...

— Nós somos a "Geração da Praça", mas ninguém ousa se referir a nós desta maneira — constata Wang Fei. — É um tabu. Fomos esmagados e silenciados. Se não tomarmos uma posição agora, seremos apagados dos livros de história. A economia está se desenvolvendo num ritmo frenético. Dentro de alguns anos, o país será tão forte que o governo não terá nada a temer e nenhuma necessidade ou desejo de nos dar ouvidos. Portanto, se queremos modificar nossas vidas, temos que agir agora. É nossa última chance. O Partido está implorando ao mundo que dê as Olimpíadas à China. Temos que implorar ao Partido que nos dê direitos humanos. — A cadeira de Wang Fei estala e range quando ele se ajeita de ambos os lados.

O tempo se superpõe diante de seus olhos. O passado se espalha por sua carne como um labirinto de vasos sanguíneos.

Liu Gang chegou em sua bicicleta, voltando do cruzamento Fuxingmen. Havia manchas de sangue em sua camisa.

— Cao Ming teme que estejam monitorando nossas conversas por walkie-talkie. Ele voltou ao campus para dizer ao comitê organizador que o exército recebeu ordens de esvaziar a praça.

Bai Ling esbravejou roucamente em seu megafone:

— Companheiros estudantes, quem fala é Bai Ling... As tropas da lei marcial começaram a forçar sua passagem pelas barricadas e se dirigem para a praça. Houve derramamento de sangue em quase todos os principais cruzamentos. Companheiros estudantes, cidadãos, nós ficaremos na praça até o derradeiro fim! Por favor, procurem armas, vocês terão que se defender...

— Esta deve ser mais uma das ideias estúpidas de Wang Fei! Que armas eles esperam que os estudantes encontrem que tenham um pingo de utilidade contra tanques? — Hai Feng pisoteou algumas caixas com restos de comida. O walkie-talkie de Lin Lu chiava ao fundo.

— Xiao Li foi ferido, Dai Wei — declarou Yu Jin, tirando o boné para enxugar o suor da testa. — Ele está na estação de rádio.

Entrei e vi que o lenço envolto na cabeça de Xiao Li estava ensopado de sangue. Ele disse que as tropas da lei marcial usaram gás lacrimogêneo para tentar dispersar a multidão das barricadas, mas quando isto não funcionou, atacaram a massa com as coronhas dos fuzis. Eu lhe disse para deitar no chão e ficar quieto.

Um soldado reformado explicava aos estudantes como incapacitar tanques do exército e preparar coquetéis molotov. Ele murmurava algumas frases no microfone e depois se virava para o lado e gesticulava para ilustrar o que estava dizendo. Mas a cada vez que ele se virava, sua voz ficava inaudível. Um anúncio foi transmitido pelos alto-falantes do governo fixados nos postes, dizendo que uma revolta contrarrevolucionária irrompera em Pequim e que todos deveriam deixar a praça imediatamente.

O Grande e o Pequeno Chans chegaram às pressas com um repórter ferido, mas não havia espaço na tenda. O Grande Chan disse que se não tivesse tirado o repórter do caminho a tempo, o homem teria sido esmagado pelas esteiras de um tanque. O Pequeno Chan cortara os dedos. Suas unhas estavam cobertas de sangue. Gente afluía à tenda o tempo todo para nos mostrar os cartuchos de balas, capacetes de aço e bússolas que tinham pego de tanques abandonados.

— Onde está Wang Fei? — perguntou Bai Ling, nervosa. Sua pele estava amarelada e ela tinha os olhos vermelhos. Ao ver o pano lavado em sangue em torno da cabeça de Xiao Li, ela provavelmente teve medo de que Wang Fei se ferisse também.

— Não se preocupe — respondi. — Chen Di foi buscá-lo.

— Mandem estudantes aos cruzamentos para que lembrem aos cidadãos que não devemos usar violência — disse Hai Feng. — Se os soldados forem atacados, tratarão a todos como inimigos, e nenhum de nós sairá disso com vida.

Lin Lu o encarou com fúria e disse:

— Todos estão revoltados por Shu Tong ter fugido para os Estados Unidos. Acho que vocês da Universidade de Pequim deveriam ficar quietos de agora em diante.

— Parem de discutir! — ordenou Bai Ling. — Chegou o momento de mostrar do que somos feitos! — Talvez por ela falar tão baixo e ser a única menina na tenda, todos obedecemos.

— Tudo isso aqui será destruído até o chão — comentou Zhuzi, entrando na tenda. Uma contínua estática de ordens e relatos era emitida pelo walkie-talkie preso a sua cintura.

— Minha unidade de inteligência desenhou um diagrama da situação — disse Lin Lu, puxando um mapa cheio de anotações. — Vejam, estamos acabados. O 27º Pelotão está se aproximando via oeste com uma unidade que recebeu ordens específicas de prender os líderes estudantis. Acabei de ouvir no walkie-talkie que uma unidade secreta está montando guarda nos cruzamentos de todas as avenidas que levam de volta ao distrito universitário. Os soldados têm fotos de cada um de nós. Se tentarmos voltar às universidades, eles nos pegarão e nos mandarão para a cadeia. Melhor seria deixar que eles entrassem na praça e nos prendessem sob os olhos do público.

— Shao Jian, peça para sua unidade de implementação política dizer a todos que deixem suas tendas e se reúnam em torno do monumento — disse Bai Ling. — Todos devem ficar acordados hoje à noite e esperar por novas ordens.

— Há duzentos mil soldados avançando em nossa direção, mas só restam dez mil estudantes na praça — exclamou Liu Gang, o rosto mortalmente pálido. — Os cidadãos ainda estão conseguindo conter o exército, mas não poderão continuar por muito mais tempo.

Tirei meus óculos de sol, mas logo os coloquei de volta rapidamente. Embora tudo parecesse mais escuro através das lentes, elas bloqueavam uma parte do incontrolável pavor que pairava na atmosfera.

O céu escureceu de repente e uma pesada chuva começou a cair, acompanhada por fortes lufadas de vento. Pensei em Tian Yi, que fora telefonar para vários professores e convidá-los para a cerimônia de abertura da Universidade Democrática, e em meu irmão, que a ajudava, circulando de bicicleta pelas avenidas secundárias, visitando redações de imprensa por toda a cidade e pedindo aos jornalistas que comparecessem. Tian Yi estava determinada a fazer com que a cerimônia de abertura da Universidade Democrática ocorresse naquela noite, independentemente do que acontecesse.

Só os vivos têm o direito de morrer. Você deve tornar a galgar a margem do rio antes que possa saltar na água novamente.

Este bloco de apartamentos de tijolos vermelhos da década de 1950 tem paredes espessas e robustas, assim como os prédios que o cercam de cada lado. Ao amanhecer, o conjunto fica tão quieto quanto o cemitério de minha vila ancestral. Sempre que penso naquele lugar, sinto o cheiro das larvas pisoteadas no calçamento de pedra.

O trabalhador migrante que aluga o apartamento abaixo parou de gritar e xingar. Há alguns dias, a polícia levou sua esposa embora porque ela não tinha uma certidão de casamento ou permissão de parto para mostrar.

Minha mãe se esqueceu de fechar a janela da sacada coberta na noite passada, e minhas narinas estão cheias de um aroma verde e calmante. O cheiro vem da velha acácia do lado de fora. Suas flores devem ter caído agora. Há pó em seus galhos. A camada recente de cal em torno de seu tronco tem cheiro de gema de ovo cozido.

Lembro-me que há um prédio com uma torre de refrigeração de aço no final do conjunto. No inverno, ela parece uma escultura de gelo. As chaminés de ferro da sala das caldeiras atrás dela muitas vezes cospem dejetos enferrujados no ar.

O pardal foi ninado até dormir pelas batidas de meu coração. Suas asas estão abertas delicadamente sobre meu peito. Sua presença parece ter insuflado um pouco de vida em meu cadáver fétido.

Depois que minha mãe me deu à luz, ela ficou deitada nesta cama por seis dias. Eu estou deitado nela há quase dez anos. Quando minha mãe entrou ontem à noite para remover meu penico antes de dormir, ela resmungou:

— Quando eu o trouxe do hospital, você sugou meu peito e não largou a noite inteira...

Minha mãe tentava a técnica especial de massagem que o Mestre Yao lhe ensinara, mas eu não sentia seu *qi*. Enquanto esfregava o arco de meu pé, ela suspirava:

— Quantos anos mais terei que praticar estes exercícios até conseguir curar você?

O objeto mais sólido neste quarto é a cama de metal em que estou deitado. É tão pesada que praticamente não é possível levantá-la. É tão firme e durável quanto este prédio de tijolos. A tinta de cor cáqui está descascada em algumas partes, revelando o metal enferrujado abaixo, assim como as camadas inferiores de tinta siena, azul e marrom. A camada mais interna é branca. Ela cobre o primer antiferrugem como uma camada de roupa íntima branca. Minha mãe disse que seus pais compraram a cama quando se casaram. Ela pertencera a uma família inglesa cuja fábrica têxtil em Tianjin foi à falência na crise dos anos 30. Já que o branco não era considerado auspicioso, meus avôs repintaram a cama na cor de terra de siena. Depois que meu avô cometeu suicídio em 1951, após o confisco de sua fábrica, minha avó a pintou de azul-celeste. Quando ela morreu, a cama ficou para minha mãe, que a cobriu de emulsão marrom para esconder todos os vestígios de seus pais mortos. Quando meu pai morreu, eu finalmente pintei a cama da cor cáqui escura que era tão popular na época.

Durante o dia, o pequeno pardal saltita pela cama. Às vezes ele voa em círculos pelo quarto; depois, quando se cansa, aninha-se em meu peito e agarra minha pele com suas patas trêmulas. Desde sua chegada, o quarto parece ter ficado muito mais amplo. Eu o sigo quando ele se agita no ar. Ele me deu novamente um sentido de noite e dia.

Imagino-me erguendo as mãos lentamente e tornando a baixá-las para tocar a cálida plumagem de seu corpo. Ele puxa um pelo de minha narina, roça o bico em meu queixo e pia. Um episódio de meu passado me retorna de repente. É tão vívido que meu corpo todo parece se contrair. Vejo A-Mei erguendo os olhos para mim e dizendo:

— Se você pudesse realizar um desejo, qual seria?

— Viajar pelo país e subir o Monte Everest. E você?

— Parece muito cansativo. Meu desejo seria voltar como um pássaro na próxima vida e voar pelo céu.

— Sempre sonho que estou voando, mas quando chego nas nuvens, começo a sentir frio e tenho que descer de novo.

Ela olhou para o céu e disse:

— Na próxima vida, serei seu pássaro-do-amor e o aquecerei. Podemos voar juntos para os céus...

Você é o esqueleto de um pássaro levado pelo vento frio.

— Abra! Abra! — Tem gente batendo à nossa porta. Percebo imediatamente que é a polícia. Eles sempre aparecem ao amanhecer. Hoje são 2 de junho. Eu me pergunto onde planejam nos esconder este ano.

— Estou indo — minha mãe resmunga, sonolenta, acendendo uma luz.

— Você é... Chen Huizhen? — A voz masculina não me é familiar. Este homem nunca esteve aqui antes.

— Vieram para nos arrastar para fora da cidade antes do décimo aniversário do Quatro de Junho, não foi? Pois bem, tenho certeza de que vocês sabem quem sou eu.

— Você tomou parte no cerco do Falun Gong a Zhongnanhai em 25 de abril.

— Não foi um cerco, camarada. Tudo que fizemos foi tentar apresentar uma reclamação à Secretaria Central de Apelações.

— Dez mil pessoas cercando o complexo residencial de nossos líderes máximos do governo! Se isto não é uma tentativa de subverter o poder do Estado, então o que é?

— Somos um grupo tímido. Não ousamos marchar pelas ruas, nem mesmo colar cartazes. Como diabos poderíamos derrubar o Estado?

— Você não leu os jornais? O Falun Gong é uma organização enganadora e perigosa. Mil e quatrocentos praticantes já morreram por recusarem tratamento médico. Alguns seguidores se tornaram tão insanos que cometeram suicídio. Uma mulher chegou a estrangular a própria filha.

— O Falun Gong promove o cultivo da verdade, da compaixão e da tolerância. O que há de mau nisso? Se ele se opusesse ao Partido, eu não teria me convertido. Passo o dia inteiro presa nesta casa com este meu filho mudo. Assim que saio à rua, cada movimento meu é monitorado pela polícia. Quando fico doente, não há ninguém para me ajudar. Por que eu não deveria fazer um pouco de meditação para ajudar a liberar minha tensão? E não estou fazendo isso só por mim, mas também por meu filho. Já não posso comprar remédios para ele. Se eu continuar a praticar os exercícios, meu campo de energia há de ter um efeito benéfico sobre sua saúde.

— Você acha que sua meditação pode ajudá-lo? — pergunta uma policial.
— Se não tiver cuidado, você mesma acabará como um vegetal. — Ela entra e revira as gavetas, depois levanta o colchão de minha mãe. A polícia sempre traz uma oficial feminina consigo. Esta já esteve aqui duas vezes.

— Você foi à Universidade do Povo para falar com Ding Zilin.
— É claro que fui. Ela pediu auxílio à comunidade internacional para dar assistência humanitária aos parentes das vítimas do Quatro de Junho. Eu queria agradecer a ela. Mas isso já faz três anos.

— Você sabe que está estritamente proibida de ter contato com estas pessoas. E quanto àquelas outras mulheres do grupo das Mães da Praça? Elas vêm aqui toda semana. O que estão tramando? — Este policial é o mesmo que me interrogou quando eu tinha 15 anos. Ele é agora chefe da secretaria de segurança pública local.

— Elas só vêm aqui para conversar. Não temos permissão para ter um pouco de companhia? Vocês realmente acham que um punhado de velhas como nós poderia derrubar o governo?

— Só conversar, você diz? Isso não me engana.

— Escrevi uma declaração apoiando a ação repressiva do governo há nove anos. O que mais querem?

— Queremos saber por que você participou do cerco a Zhongnanhai. Diga quem os mandou para lá.

— Ninguém nos mandou. Eu estava praticando minha série de exercícios no pátio com minhas vizinhas naquela manhã. Estávamos abaladas com as prisões dos praticantes de Tianjin. Depois de nossa sessão, decidimos ir a Zhongnanhai para apelar pela libertação deles. Não sabíamos que tantos praticantes haviam tido a mesma ideia. Não era um cerco. Tudo que fizemos foi parar na rua e meditar. Ninguém nos comanda. Vocês precisam acreditar em mim. Os praticantes de Falun Gong nunca mentem.

— Somos oficiais de alto escalão, veja como fala conosco.

— Tivemos medo de que o governo nos acusasse de fazer uma manifestação. Por isso nenhum de nós se sentou, à exceção da Vovó Pang. Depois de ficar de pé por algumas horas, as pernas dela começaram a tremer, por isso ela teve que descansar os joelhos um pouco.

— Chega de nos contar mentiras. Estamos tratando este assunto com muita seriedade. Faça suas malas. Levaremos você e seu filho para fora de Pequim por alguns dias. Não queremos que você cause algum problema durante o aniversário do Quatro de Junho! — Lembro-me deste policial gritando comigo desta mesmíssima maneira quando me chutou as canelas há quase vinte anos.

— Sou uma cidadã que obedece à lei. Vocês não têm direito algum de me levar embora.

— Se você é tão obediente à lei, o que estava fazendo na manifestação de Zhongnanhai?

— Esta é a minha casa. Vocês não têm um mandado de prisão. Eu me recuso a sair.

— Estou avisando, as coisas vão ficar feias. O governo logo dará seu veredicto oficial sobre o Falun Gong. Se uma religião que causa a morte de 1.400 pessoas não é uma seita maligna, eu não sei o que pode ser.

— Vocês podem me derrubar, mas eu ficarei de pé novamente, e a roda Falun ainda estará girando dentro de mim. Podem me prender, se quiserem! Não me importo. Que diferença fará? A China é uma imensa prisão. Não importa se estamos na cadeia ou em nossas casas, cada um de nós é um prisioneiro! — Ela se vira bruscamente e sai bufando para seu quarto.

Nunca a ouvi tão furiosa antes. Ela certamente não reagiu com tanta raiva nas duas últimas vezes em que a polícia veio para nos levar no Quatro de Junho. Há seis semanas, ela ficou parada do lado de fora do complexo governamental de Zhongnanhai com dez mil outros praticantes por seis horas e voltou uma pessoa diferente. Provavelmente ela se sente exatamente como nós nos sentíamos no começo de nosso movimento estudantil. Quando as pessoas se tornam parte de um grupo, descobrem uma coragem que nunca antes imaginavam ter.

— Na verdade, a repressão ao Falun Gong já começou — diz a policial, seguindo minha mãe para o quarto. — A polícia já começou a buscar nos hotéis da cidade, rastreando membros que vieram das províncias. Logo nos concentraremos nos praticantes de Pequim. Nós a tivemos sob vigilância por todos estes anos devido ao envolvimento de seu filho com o movimento estudantil. Mas, desta vez, é sua participação na seita que nos preocupa... Ouvimos dizer que os membros do Falun Gong estão planejando um suicídio em massa nos Montes Fragrantes no aniversário de seu líder, Li Hongzhi. Vocês não podem esperar que o governo fique parado e não faça nada.

— Suicídio em massa? Isso é um absurdo! Tudo que queremos é cultivar nossas energias para que um dia alcancemos a imortalidade e voemos para o céu. Nenhum de nós deseja se matar. — Minha mãe se aproxima da mulher e pergunta: — Quem são esses dois policiais? Nunca vi nenhum deles antes.

— Foram mandados pela secretaria de segurança pública municipal. São eles que tratam de seus registros agora...

— Uma enfermeira vem duas vezes por semana para cuidar de meu filho. Já paguei adiantado a ela. Vocês não podem querer que a gente saia assim, num estalar de dedos...

Enquanto escuto o bate-boca, vejo Nuwa parada na base do mastro da bandeira nacional na Praça da Paz Celestial, incitando todos a cantarem com ela: "*Não te abatas! A bandeira da República será banhada em nosso sangue...*" Ela usava uma fina camiseta branca. Dava para ver o sutiã vermelho por baixo. Estava amanhecendo, e uma multidão se reuniu em torno do mastro para assistir à cerimônia diária de hasteamento da bandeira. Não sentíamos o frio do ar da manhã. Durante aqueles últimos dias na praça, sempre estávamos cantando "O espírito ensanguentado". Havia um grande engradado com sopa de ovos na caçamba de um triciclo ao meu lado. Uma mulher distribuía tigelas a uma longa fila de estudantes. Ela chegara à praça com os motociclistas da brigada dos Tigres Voadores. À primeira vista, pensei que era Lulu. Ela tinha o mesmo cabelo curto e artificialmente encaracolado e uma camisa florida de náilon. Talvez seja por isso que o cheiro de sua sopa de ovos continua tão vívido em minha mente.

O pardal de repente se põe de pé em meu peito, enterra suas unhas em minha pele e solta um grito agudo.

— O exército está prestes a invadir e você ainda está preocupada com sua cerimônia de abertura idiota. É tarde demais para isso. — É o Grande Chan falando. Sua boca feminina estava rosada, e os olhos chispavam. Ele usava uma luva de algodão na mão esquerda para proteger as unhas longas, e só a tirava quando entrava em sua tenda para dedilhar algumas músicas no violão. Era um cara muito popular. Até quando dormia, sempre havia um grupo de amigos junto dele. Eu e o Grande Chan caminhávamos na direção da Deusa da Democracia. Se soubéssemos que a aurora que estava chegando seria a última que veríamos, talvez tivéssemos admirado por mais tempo a bela luz cinzenta ao longe.

Os policiais me carregam pela escada abaixo e me colocam na parte traseira de sua patrulha. Minha mãe tem um sobressalto e diz:

— Esperem um minuto! O penico dele! Da última vez eu esqueci, e tive que colocar fraldas nele todo dia.

— Xiao Hu, suba com ela. Fique de olho para que ela não se atire do alto do prédio. Esta velha é muito ardilosa...

— Vamos aguentar esses dois por cinco dias! Espero que nos deem uma porcaria de um bônus decente.

Eles acendem seus cigarros. O carro tem cheiro de combustível. O motor começa a rosnar.

Droga. Quem vai cuidar do meu pardal?

O imperador amarrou o Deus dos Fardos Gêmeos ao tronco de uma árvore, atando uma mão à outra com fios de seu próprio cabelo. À medida que os anos passaram, o deus vagarosamente se cristalizou numa rocha.

A polícia nos levou para um pequeno albergue junto à Grande Muralha. Todos os dias, a policial lia artigos para minha mãe sobre os malefícios do Falun Gong. Ao longo do mês que se seguiu ao nosso retorno, a polícia nos visitava duas vezes por semana. Minha mãe recebeu ordens de ficar no apartamento, mas hoje ela saiu, deixando-me a escutar as mensagens deixadas na secretária eletrônica.

— É terrível! — grita a voz do outro lado da linha. — A polícia está batendo em todas as portas da cidade, rastreando membros do Falun Gong. Dois policiais vieram ao meu apartamento na noite passada, arrastaram meu pai pelos cabelos e o enfiaram à força num camburão. Prenderam cerca de trinta pessoas de nosso conjunto...

Minha mãe partiu com Vovó Pang esta manhã para encontrar o Mestre Yao do lado de fora da Secretaria Central de Apelação. Ele queria entregar uma petição. Já é noite agora, e ela ainda não voltou. Imagino que foi presa. O governo parece ter iniciado uma perseguição em larga escala.

Há uma energia sinistra no ar. Dois policiais subitamente invadem o apartamento e começam a revirar os pertences de minha mãe. Um deles se aproxima e me esbofeteia as duas faces.

— Meu Deus, veja o que eu achei. Ele está vivo ou morto?

— É o vegetal. Todos o conhecem. Já está assim há dez anos. No começo pensamos que ele estava fingindo e infiltramos uma enfermeira por alguns dias, mas ela confirmou que o coma dele é genuíno. Se ele estivesse fingindo, iria para a cadeia. Ele foi um dos líderes estudantis do movimento da Praça da Paz Celestial.

— Pois então mãe e filho são contrarrevolucionários.

— Vamos nos apressar e ver se encontramos alguma carta incriminadora ou fitas de Falun Gong.

Eles levantam a colcha, os lençóis e os travesseiros da cama de minha mãe e esvaziam suas gavetas no chão. Um terceiro policial arrasta o sofá na sala de estar e arranca a cobertura de couro falso. Depois eles levantam o espelho da parede e o arrebentam para ver se há algo escondido na moldura. A televisão foi empurrada para o meio do quarto e também é destroçada.

— Ei, vejam este livro: *A grande lei Falun*. Achei escondido na gaveta da cozinha.

— Bom trabalho, Detetive Holmes!

— Não foi difícil. Ela forrou uma gaveta imunda com uma folha de papel limpa. Qualquer imbecil adivinharia que havia algo escondido embaixo.

Eu temia que algo assim viesse a acontecer. O Mestre Yao foi colocado em prisão domiciliar. Ele ligou para minha mãe algumas vezes esta semana, dizendo que havia dois policiais armados guardando a porta da frente de sua casa e uma patrulha estacionada diante do prédio. À noite, os faróis ficam acesos e iluminam seu apartamento diretamente. Ele disse que todos os que participaram do apelo diante do Zhongnanhai em abril serão presos. Dez mil policiais armados foram mobilizados.

Ao fim da conversa telefônica que o Mestre Yao teve com minha mãe esta manhã, ele disse:

— O governo sente que o humilhamos em abril e quer nos punir. Mas eles não deveriam caluniar o Mestre Li Hongzhi. Ele nunca tentou impedir que qualquer praticante procurasse ajuda médica, e não tem intenção de derrubar o Partido Comunista. O Falun Gong não é uma organização política ou religiosa. É uma prática de desenvolvimento que promove o bem-estar através de exercícios de meditação e preceitos morais. Não há força estrangeira nos manipulando por baixo dos panos. As acusações do governo são injustas.

Quando os guardas forem almoçar hoje, vou sair de fininho até Zhongnanhai e entregarei uma petição à Secretaria Central de Apelação.

— Irei com você — disse minha mãe. — E vou chamar a Vovó Pang para ir também. Não me importo se me prenderem. A polícia veio ontem à noite e me disse para não deixar o apartamento. Pelo amor de Deus, do que eles têm medo? Não é provável que eu vá muito longe enquanto Dai Wei ainda está vivo, não é mesmo? Querem nos obrigar a renunciar ao nosso movimento, assim como forçaram os estudantes a renunciar ao deles depois do massacre de Quatro de Junho.

Depois que desligou o telefone, porém, minha mãe se agachou no chão e suspirou.

— Ah, tive que atravessar tantas disputas políticas. Será que esta é a que finalmente vai me derrubar?

Ela tirou a fotografia de Li Hongzhi da parede, reuniu todos os seus livros e fitas de instruções e começou a escondê-los pelo apartamento. Ligou o rádio e sintonizou todas as estações, procurando as últimas notícias. Cada estação transmitia a mesma leitura pré-gravada do artigo do *Diário do povo* intitulado "A verdade sobre Li Hongzhi".

— Será que teremos que nos submeter a mais uma Revolução Cultural? — ela murmura para si mesma. — O Presidente Jiang Zemin perdeu a cabeça?

Tenho medo de que minha mãe seja fisicamente punida por seus pensamentos e ações, assim como eu fui. Neste estado de vigilância, consegui liberdade de pensamento fingindo-me de morto. Meu silêncio é um manto protetor.

Você jaz oculto no interior de seu corpo como um clandestino que se esconde no porão de um navio.

— Mãe? Você está aí? Por favor, atenda. Sou eu! Lembro que você mencionou que entrara para o Falun Gong. Ouvi hoje na BBC que dez mil praticantes foram presos. O governo interceptou a internet. Nenhum e-mail que mando para meus velhos colegas de turma está chegando. Você está aí, mãe? Por favor, atenda...

O pardal voou pelo quarto o dia inteiro. Às vezes ele vai à cozinha para beber água ou bicar o saco de alpiste. Nos últimos dias, começou a cagar na minha cama. Lembro-me de ter dissecado um pardal quando estava na Universidade do Sul. Suas plumas tinham sido arrancadas. Através da fina pele de tom vermelho-arroxeado, eu via seu estômago translúcido, suspenso no interior do abdome como uma pequena salsicha.

Antes de morrer lentamente de inanição, preciso avaliar a extensão de meu infortúnio.

Minha pulsação é estável, meus órgãos funcionam bem. Se alguém colocasse leite ou sopa de legumes por meu tubo de alimentação, eu conseguiria produzir um pouco de urina.

Embora meu córtex motor esteja atrofiado, minhas sinapses foram fortalecidas por seu uso contínuo. Minha capacidade cognitiva melhorou e minhas memórias foram consolidadas. O policial à paisana que me baleou destruiu meu corpo, mas não destruiu minha mente. Provavelmente sou o único cidadão ainda vivo neste país que não assinou uma declaração apoiando a ação repressiva do governo.

Se eu acordasse desta hibernação, talvez me tornasse gerente de uma empresa de computação ou um segurança de boate. Ou talvez me convertesse ao Falun Gong e acabasse morrendo na prisão. Será que de fato desejo acordar deste sono profundo e me reunir às multidões comatosas lá fora? Retirei-me da sociedade e me recolhi neste quarto, e depois me retirei de meu quarto e me recolhi no interior de meu corpo. No fim, deixarei meu corpo para trás e me recolherei no interior da terra. Visto sob esta ótica, a morte parece uma saída fácil. Contudo, embora eu me sinta tentado a tomá-la, algo me puxa de volta. Ainda quero ler a edição ilustrada do *Livro das montanhas e dos mares* mais uma vez e viajar pelas paisagens que ele descreve, escrever um tratado científico elucidando cada detalhe geográfico, botânico, zoológico...

Uma pedra estilhaça a janela da sacada coberta. Uma criança no pátio provavelmente a atirou na tentativa de matar o pardal. Uma lufada de ar quente e seco invade o quarto.

O Pai Arrogante corre atrás do sol. Quando está prestes a agarrá-lo, ele desaba, desfalecido pela falta de água. Ele bebe o Rio Amarelo, depois bebe o Rio Wei, mas ainda assim morre de sede.

Além do pardal, agora há um rato no quarto. Há algumas noites, quando tudo estava quieto, ouvi o rato roendo um saco de farinha na cozinha. Agora, ele corre e saltita pelo apartamento o dia inteiro. Quando o pardal deixa meu quarto, o rato sobe em minha cama e rói meu rosto.

Há quatro dias não colocam comida dentro de mim. Se minha mãe não voltar logo, vou apodrecer até a morte. Se eu estivesse soterrado sob escombros depois de um terremoto, poderia ordenar a meu corpo que me desenterrasse. Mas já que estou enterrado em minha carne, tudo que posso fazer é esperar pacientemente até que as bactérias me consumam por dentro.

Uma luz tão forte que quase chega a ser negra paira sobre minha cama. Há dez anos estou deitado aqui. Revi cada detalhe de minha vida. Não resta mais nada a lembrar. Se eu morrer agora, não terei grandes arrependimentos, apenas tristeza e culpa pelos estudantes que morreram antes de mim.

Não quero ver Tian Yi novamente. Ela agora não passa de um fardo de memórias que levarei para o túmulo. Neste momento, ela provavelmente dorme com seu noivo, e está quase na hora de acordar.

Meu tormento é saber que não tenho como descobrir o que aconteceu com A-Mei, muito embora sua carta manchada de sangue esteja embaixo de minha cama, dentro da urna que minha mãe comprou para minhas cinzas. Jamais ouvi qualquer menção sobre uma estudante estrangeira sendo ferida ou morta durante o massacre. Lembro-me de uma ocasião em que parei à janela de nosso quarto na Universidade do Sul, observando A-Mei enquanto ela caminhava por uma trilha calçada. Ela parava constantemente. Na época eu não sabia por quê, mas compreendo agora. Ela nunca conseguia fazer duas coisas ao mesmo tempo; quando um pensamento lhe vinha à cabeça, seus pés se esqueciam de se mover. Eu a vi caminhando sob a grande árvore baniana. Sua bela imagem surgia e fugia de vista sob os galhos e folhas verdes. Quando ela emergiu do outro lado, eu a vi outra vez por completo. Observei seus joelhos nus movendo-se como duas pequenas pedrinhas sob a pele macia, depois admirei suas coxas e pensei no espaço cálido e úmido escondido entre elas...

Só agora entendo que, enquanto eu observava A-Mei sendo escondida pelos galhos da árvore, senti um ciúme irracional e me perguntei quem mais ou o que mais poderia fechar seus braços em torno dela. Assim, quando ela entrou pela porta, eu estava com uma cara péssima.

— Você anda devagar como uma vaca.

— O dia está tão lindo — ela disse, despreocupada. — Eu só estava aproveitando. Não é o mesmo que ter de correr para assistir a uma aula.

— Estou esperando há vinte minutos — ladrei.

Se eu tivesse percebido que minha raiva era alimentada por insegurança, teria feito um esforço para me controlar.

Outra imagem me vem à mente. Vejo sua boca aberta e a folha verde de *pak-choi* que acabei de colocar com meus palitos lá dentro cintilando entre seus lábios pintados de vermelho.

Já chega. Todos sentem saudades de coisas que perderam. As lembranças não passam de regurgitações do passado. Não levam a nada novo. Percebo que a luz do sol está prestes a deixar o canto mais afastado da janela. Quando ela se for, o quarto cairá na escuridão.

A pesada tempestade de duas noites atrás se infiltrou pelo parapeito da sacada coberta e nos lençóis de algodão que estavam no chão. O ar parece úmido e mofado. Eu mesmo estou ensopado em minha própria urina e fezes. Minha pele começa a se decompor. Enxames de mosquitos sugam meu sangue. Moscas penetram minha boca e narinas. No momento em que meu coração parar de bater, minhas bactérias internas se multiplicarão e começarão a me digerir por dentro. Alguns dias depois, não serei mais que uma pilha de larvas e ossos.

Mudanças químicas começam a acontecer. Vejo A-Mei refletida num espelho distorcido. Seu rosto se torna mais longo, divide-se em dois e depois se dispersa como tinta numa poça d'água. Depois vejo Tian Yi, Nuwa, Mou Sen e a Irmã Gao juntos, com grandes sorrisos nos rostos, esperando que eu tire uma fotografia deles. Chen Di e Yu Jin estão parados atrás deles. O Portão da Paz Celestial escarlate ao fundo se torna uma silhueta preta que derrete lentamente como um negativo queimado. Aquela foto estava num rolo de filme que nunca foi revelado. Antes que o negativo derreta completamente, a imagem se ilumina diante de mim uma última vez. Todas aquelas memórias que parecem tão sagradas desaparecerão no final...

Eu gostaria de ir a um banheiro de hotel, encher uma banheira limpa com água quente e mergulhar nela até morrer... De repente, quando minha mente começa a esvaziar, o rato salta da cômoda que está apinhada de frascos de remédios e aterrissa ruidosamente no chão. Ele pula em minha cama, dispara por minha coxa e barriga e se instala em meu ombro. Enquanto ele move a cabeça de um lado para o outro em seu temor, seu pelo resvala em meu pescoço. O pardal salta de meu peito, se planta na cabeceira da cama e pia furiosamente, mas o rato não é intimidado. Ele rói meu lençol por um tempo e depois enterra os dentes no lobo de minha orelha. Que maravilha. Se ele roer até chegar a alguns vasos sanguíneos, estarei morto em questão de horas. Quando a polícia nos levou para o Monte Wutai no aniversário do Quatro de Junho do último ano, um rato mordeu meu dedo e a ferida só se curou depois de dois meses.

Suas células cerebrais correm por sua carne morta como rios de lava jorrando de um vulcão.

Um vento frio sopra no quarto. Parece que a porta da frente foi aberta, mas não ouvi barulho algum.
    Uma criança no pátio do lado de fora grita:
    — Está nevando, mãe. Está nevando! — É o filho do trabalhador migrante que aluga o apartamento abaixo. Costumo ouvir o menino no começo da noite, mas agora é manhã. Ele deveria estar na escola.
    — Neve em julho! Deve ser uma demonstração de ira dos deuses. Como a polícia pode trancar as pessoas na cadeia por dias sem notificar suas famílias? — Quem fala agora é o pai da criança. Ele tem um sotaque do sul.
    — Pensei que era alguém soprando bolhas de sabão — diz outra voz. — Os flocos são tão pequenos. Derretem assim que tocam o chão. Mas, vejam, o céu ainda está azul daquele lado.
    — Os céus estão mostrando sua fúria! — repete o homem.
    — Ouvi falar sobre neve em agosto na história antiga. Era visto como um sinal da ira dos deuses em casos de injustiça. Mas nunca ouvi falar de neve em julho.
    — É inquietante que esteja nevando logo agora, apenas alguns dias depois da prisão em massa dos praticantes de Falun Gong.
    — Quando entrei na cozinha há um minuto, vi a torta de cebolinha que comprei esta manhã coberta de formigas. Definitivamente, tem algo estranho acontecendo.
    — O governo baniu o Falun Gong. Declararam que é uma seita maligna e uma ameaça à estabilidade social. Portanto, tenha cuidado com o que diz... O ar de fato parece estranhamente frio agora.
    — Pense só. Em maio, os americanos bombardearam a embaixada da China em Belgrado. Em junho... Bem, todos sabemos de que coisa o Quatro de Junho é aniversário. E agora, em julho, o Falun Gong foi reprimido. Todos estes eventos estão ligados a injustiças e morte.

— Eu me pergunto o que aconteceu com o vegetal lá em cima desde que a mãe dele foi presa. Tem alguém cuidando dele?

— Isso é problema do governo, e não nosso. É melhor você ficar de boca calada e não fazer perguntas. Veja, os flocos de neve desaparecem assim que tocam o chão.

— Mas já faz uma semana que ele está sozinho. Se estiver morto, teremos que informar às autoridades.

— Vá falar com a secretaria de segurança pública, então, se está se achando tão corajoso.

— Vejam, aquele pássaro vive voando para dentro da janela deles — diz a criança. — Deve ter construído um ninho ali.

— Por que seu filho não está na escola hoje?

— A escola que ele frequentava era para filhos de trabalhadores migrantes. Não tinha licença e era dirigida por voluntários. Não temos uma permissão de residência em Pequim, portanto nenhuma escola do Estado o aceitaria. Quando o Comitê da Candidatura Olímpica da China visitou a área na semana passada, encontraram a escola e disseram à polícia para fechá-la. Estão propondo a construção de um imenso estádio esportivo ali, o "Ninho do Pássaro". Todo este bairro será demolido até o chão.

— A cidade inteira está sendo demolida e reconstruída. É tudo parte do conceito do governo de "Nova Pequim, Nova Candidatura". Nosso conjunto logo será derrubado.

— A neve parou! Mal tive a chance de me refrescar e já está esquentando de novo.

— As escolas do Estado agora são muito caras. A que meu filho frequenta é de nível médio, mas custa dez mil yuans ao ano. Eu só ganho onze mil yuans. Como o governo espera que gente como nós arrume esse monte de dinheiro?...

A neve dá a meus vizinhos um breve alívio do calor do verão, mas meu quarto está sufocante de tão quente. À tarde, o sol bate na sacada coberta e a temperatura sobe ainda mais. Quando sinto que meu corpo finalmente começa a evaporar, experimento o mesmo alívio que sempre sentia quando deixava a abafada enfermaria hospitalar em que meu pai estava morrendo.

Uma imagem me vem à mente. Vejo uma mulher de calça azul parada em nosso apartamento com um bebê. Acho que é um menino. Há uma estrela amarela na touca da criança, e a cara de um cachorro bordada no joelho da calça. Os sapatos de couro falso que a mulher usa estão rachados e cobertos de pó. Ela não tem rosto. Quem será? A esposa louca de meu primo Dai Dongsheng? Talvez seja uma imagem construída com fragmentos de outras lembranças. Já não tenho controle sobre minha mente. Enquanto mergulho em inconsciência, uma série de imagens aleatórias passa diante de meus olhos... Na região ao norte dos Grandes Desertos fica o Monte Zhangwei. Um deus gigante com rosto humano e corpo de cobra vive no cume. Quando ele fecha seus olhos verticais, faz-se noite; quando ele os abre, faz-se dia. Ele não come, não dorme nem respira. Só se alimenta de vento e chuva. Ele lança seu brilho sobre as terras escuras, para que o povo o chame de Tocha do Dragão...

Tanto a noite quanto a morte se aproximam. Os mosquitos continuam a sugar meu sangue enquanto as bactérias internas começam a atacar minha carne. O pardal aninhado em minha axila chacoalha as penas e se prepara para dormir.

Ouço dois homens entrando no apartamento. O clarão de uma lanterna se desloca pelo quarto.

— Cuidado, há um cadáver naquele quarto. Venham, vamos ver o que tem aqui! — A voz parece ser a de Gouzi, o eletricista que trabalha no restaurante do outro lado da rua.

— Como é que alguém aguenta viver nesta imundície? Você disse que a TV tinha caixas de som estéreo. Onde estão? Meu Deus, este apartamento é um lixo. Que fedor!

— Veja todos estes jornais empilhados na mesa. Este aqui já deve ter dois anos. Tem uma foto do cadáver de Deng Xiaoping na primeira página.

— Revire aquela pilha de caixas de papelão e depois dê uma olhada na bicicleta.

— Ei, um modem! Quer dizer que a velha quer entrar na era da internet, é?

— O que tem em todos aqueles sacos plásticos ali?

— Este livro é imenso. Chama-se Edição ilustrada do *Livro das montanhas e dos mares*. Você acha que vale alguma coisa?

— Você não vai arranjar dinheiro nenhum com um livro, a menos que seja uma lista de contatos comerciais.

— Aaah! Tem um rato embaixo daquela cama!

— Aqui está o forno de micro-ondas que eu estava procurando. Quer dizer que é aqui que ela deixa...

— Já pegou tudo? Ótimo. Vamos dar o fora daqui...

Eles provavelmente levaram todos os objetos que minha mãe comprou quando estava colecionando bilhetes de loteria. Pelos cheiros, também percebo que a caixa de sabão em pó que esteve no canto da sala de estar durante os últimos seis anos já não se encontra mais lá. Depois que eles folhearam a Edição ilustrada do *Livro das montanhas e dos mares* e *Mistérios do mundo* de minha mãe, atiraram os livros sobre a cômoda.

O quarto fica em silêncio novamente. Se bem lembro, hoje é meu sétimo dia sem comida. Uma pequena distância me separa da morte. Ainda estou vivendo no que os budistas chamam de fétido saco de pele do corpo humano.

Lembro-me da noite em que minha mãe tentou enxotar o pardal do quarto. Ele saiu pela janela, aterrorizado, e eu senti que me libertava e flutuava para a acácia do lado de fora. Eu era leve demais para cair no chão, mas não tinha força suficiente para subir ao céu, e assim apenas pairei entre eles, preso por dois galhos como um balão.

Se alguém passasse uma semana trancado dentro do próprio corpo, decidiria fugir, mesmo que a única rota de fuga disponível fosse a morte.

Células canibais o mastigam. Seus órgãos se desligam e se separam.

Minha mãe deve ter sido solta mais ou menos uma hora antes do amanhecer. Ela cambaleia de volta ao apartamento num transe e se atira no sofá, sem se importar em acender a luz ou sequer fechar a porta.

Está silenciosa como um cadáver. Um cheiro azedo e pútrido emana de seu cabelo. Acho que ela desmaiou.

Quando o sol começa a iluminar o céu, o pardal pia. Minha mãe se move e solta um profundo suspiro. Ela entra em meu quarto, para à porta em silêncio como uma estranha e depois se retira novamente.

Fiquei sozinho por uma semana, mas ainda não estou morto. Sinto-me culpado por decepcionar minha mãe.

Há uma montanha chamada Monte Desértico, onde o sol e a lua se põem. O povo que lá vive tem três rostos: um na frente e um de cada lado da cabeça. Estas pessoas de três rostos nunca morrem.

Depois da chuva, o céu ficou limpo.

A multidão do lado de fora da tenda da rádio tornou-se inquieta. Shan Bo, o professor da Normal de Pequim, saiu da tenda da greve de fome e se espremeu entre a massa, segurando uma carta aberta que queria ler em voz alta. Wang Fei seguiu logo atrás dele, com um megafone numa das mãos e um walkie-talkie na outra.

— A estação de rádio é o centro de comando agora — sussurrou Lin Lu para Bai Ling, desligando seu walkie-talkie. — Não podemos permitir que os intelectuais venham e digam o que quiserem.

— Por que não? — perguntou Zhou Suo.

— Eles não fazem a menor ideia do quão volátil está o ânimo na praça. Se Shan Bo ler a carta, pode iniciar uma revolta. — A boca de Lin Lu se torceu num meio sorriso nervoso.

— Deixe que ele diga o que tem para dizer e depois o leve direto para a tenda da greve de fome novamente — disse Bai Ling.

Mimi levou os três microfones para fora e os entregou a Shan Bo.

Shan Bo segurou a carta e começou a ler em voz alta:

— "Nós, os quatro intelectuais, viemos à praça para mostrar ao mundo que também estamos preparados para colocar nossas vidas na linha de frente pela democracia. Nós nos opomos à lei marcial e apoiamos as exigências dos estudantes por um diálogo em pé de igualdade com o governo. Contudo, notamos recentemente que, apesar de nossas boas intenções, seu movimento está desfigurado pelas divisões. Ele é mal organizado e perigosamente não democrático. Se a ditadura militar for substituída por uma ditadura estudantil, o Movimento Democrático não realizará coisa alguma...

Wu Bin subiu numa caixa e gritou em um megafone:

— Professor Shan Bo, admiramos os senhores por terem entrado em greve de fome. Mas como podem vir aqui, neste momento crucial, tentando semear a discórdia entre os estudantes?

— Lin Lu, rápido, diga a Shan Bo para voltar à tenda — ordenou Bai Ling, irritada.

Antes que Wu Bin terminasse de falar, vozes gritaram na multidão:

— Intelectuais covardes! Traidores! Se não têm coragem para continuar sua greve de fome, saiam da praça!

Nisto, Shan Bo enrolou sua carta furiosamente, atirou-a para Wu Bin e gaguejou:

— Vocês v-v-vão se arrepender por não me ouvir! — E voltou bufando para a tenda.

Lin Lu agarrou um microfone e disse:

— Companheiros estudantes, neste momento final vamos nos reunir em torno do Monumento aos Heróis do Povo e permitir que a história nos dê seu veredicto. Quando o exército chegar para nos atacar, permaneceremos pacíficos e não violentos...

A distância, Ke Xi se movia entre uma multidão sobre os ombros de seu guarda-costas, berrando:

— Companheiros estudantes e cidadãos de Pequim! Este é nosso momento derradeiro. Não podemos desistir agora! A vitória está na perseverança! — A multidão urrava em apoio. Uma hora antes, ele pregava uma retirada em massa.

Os guardas estudantis que protegiam a base do monumento começaram a se dispersar. Alguns se colocaram num círculo protetor em torno da tenda da greve de fome. Além da estação de rádio e do cantor de rock taiwanês Hou Dejian, já não havia muita coisa na praça que necessitasse de cordão de isolamento.

Wang Fei sugeriu que fizéssemos uma última coletiva de imprensa incitando a mídia estrangeira a ficar na praça e testemunhar a repressão. O Velho Fu se aproximou com alguns estudantes de seu escritório de finanças. Ele concordou em ficar, mas disse que deveríamos persuadir as garotas a partirem.

Quando eu me preparava para sair e procurar Mou Sen, Yanyan se aproximou de mim e disse que Ge You, nosso velho colega da Universidade do Sul, viera de Shenzhen para nos oferecer mais uma grande doação.

— É uma ótima notícia — respondi. — Mou Sen precisará de mais dinheiro para sua Universidade Democrática.

Ela forçou um sorriso e se afastou, desaparecendo na passagem subterrânea de pedestres. Eu me perguntei se Mou Sen já teria conversado com Yanyan sobre Nuwa. Provavelmente Yanyan tinha visto a fotografia do casamento. Saiu em todos os jornais.

A estação de rádio tocou uma fita da Internacional. O som era mais alto e mais chiado que o normal. Todos na praça cantaram juntos. Os anúncios que estrondeavam dos alto-falantes do governo nos postes logo ficaram mais altos também, e os ecos aumentavam a barulheira.

— Onde posso recarregar minhas baterias? — perguntou Wang Fei, entrando na tenda. — Meu walkie-talkie não está funcionando.

— Então não o use! — retruquei. — E esconda isso no bolso. Se os soldados o virem com ele, vão atirar em você!

— Se quiserem, podem atirar em mim. Não me importo! Meu corpo é feito de aço. — A tinta preta de seu megafone estava muito descascada.

Bai Ling se sentou e falou ao microfone.

— Aqui quem fala é a comandante Bai Ling. Em nome do Quartel-General de Defesa da Praça da Paz Celestial, eu gostaria de pedir que se levantem agora todos que estão comprometidos em defender a praça.

Todos ficaram em silêncio. Os estudantes sentados nos abrigos de plástico saíram para ver o que estava acontecendo. A atmosfera era muito tensa.

— Por favor, ergam as mãos direitas, voltem-se para o Monumento aos Heróis do Povo e repitam comigo: "Eles podem cortar nossas cabeças e nos sangrar até a morte, mas nunca abandonaremos nossa luta pela democracia!"

Mesmo cercados de moradores, turistas e até policiais à paisana, os estudantes que ergueram as mãos direitas ignoraram todas as distrações e se concentraram no solene juramento.

Na última luz antes do cair da noite, a multidão corria freneticamente entre o retrato do Presidente Mao e a Deusa da Democracia. Pareciam hordas de formigas angustiadas pressentindo a iminente chegada de um maremoto.

A oeste da Besta das Nove Cabeças existe uma árvore que nunca morre. Se um homem a come, terá uma longa vida. Há outra árvore sagrada que, quando consumida, pode conceder sabedoria.

Quando o crepúsculo cai, os ruídos do lado de fora deslizam em direção a minha cama de metal e depois tudo fica escuro.

Minha mãe se arrasta da sala para o quarto como uma velha bolsa de lona e se atira na cama. Ela tem muito catarro na garganta. Posso ouvi-lo quando ela respira. Ela caiu no sono agora. À exceção do ocasional farfalhar de um saco plástico na cozinha, o apartamento está cadavericamente silencioso.

É o mesmo tipo de silêncio que dominava o apartamento quando voltamos do cemitério depois que meu pai foi cremado. Era crepúsculo, exatamente como agora. Não ouvi nenhum ruído de minha mãe por um longo tempo, então abri a porta de seu quarto discretamente para espiar. Ela estava sentada na cadeira, dormindo profundamente, as mãos caídas frouxas, caídas de cada lado do corpo. Um feixe de luz oblíquo vindo da luminária a seu lado iluminava as rugas em torno de seus olhos. Sua camisa alegremente estampada não combinava com a expressão de desespero em seu rosto. Ela estava perfeitamente imóvel. Por um momento, pensei que ela acompanhara meu pai para o outro mundo.

O quarto está escuro como breu. Os últimos raios de luz abandonaram as janelas.

O anoitecer sem o canto dos pássaros parece vazio... Tian Yi sempre falava do cuco de peito vermelho que vimos voando pela floresta tropical de Yunnan.

— Por que não tirei uma foto dele? — ela reclamava. — Eu tinha a câmera na mão...

Hoje é 1º de outubro de 1999 — o quinquagésimo aniversário de fundação da República Popular da China. Para assegurar que as celebrações sejam limpas e organizadas, a polícia prendeu milhares de trabalhadores migrantes ilegais e camponeses desmazelados que vieram à capital para apresentar reclamações e os trancou em centros de detenção dos subúrbios. Os restaurantes nesta rua foram inspecionados e perderam metade de suas equipes. Cada apartamento do conjunto foi inundado de panfletos do Comitê Organizador do Dia Nacional dizendo aos moradores que não recebessem hóspedes de outras províncias durante a semana comemorativa.

Quando a parada passou pela cidade hoje, ninguém teve permissão de olhar pelas janelas dos apartamentos, restaurantes ou lojas enfileiradas pela rua. Se alguém fosse visto à janela, era preso imediatamente. Para que os líderes do governo pudessem ver a cerimônia desta noite na Praça da Paz Celestial em segurança, todos os moradores foram aconselhados a ficar em casa e assistir ao evento pela televisão.

Pela manhã, o governo municipal enviou uma equipe de trabalhadores para espalhar tinta verde sobre qualquer pedaço sem relva das áreas gramadas ao longo da rota. As únicas pessoas no pátio externo são os policiais que vigiam as entradas dos prédios. Nosso telefone foi cortado há três dias. Minha mãe procurou o zelador incontáveis vezes, pedindo que o telefone fosse religado, mas ele respondia que não havia nada que pudesse fazer. Presumo que o telefone não será religado antes da meia-noite, quando haverá a queima de fogos de artifício e as comemorações chegarão ao fim.

— As axilas dele estão completamente podres — minha mãe murmura enquanto dorme. — Não tenho mais bastonetes com álcool.

Desde que minha mãe foi solta do centro de detenção há dois meses, sua voz parece ter envelhecido muito. Em vez de lhe dar um caminho para a salvação, o Falun Gong sugou toda sua força vital. Agora ela mal me diz uma palavra. De vez em quando, consigo algumas informações por suas conversas ao telefone. Sei que, para poder voltar para casa e cuidar de mim, ela escreveu uma declaração renunciando ao Falun Gong e deu à polícia os nomes de seus companheiros. Sei também que ela não conseguiu dormir enquanto esteve detida e que seu braço esquerdo quebrou quando a polícia a atacou com cassetetes elétricos. Ela ainda não consegue erguê-lo.

Quando minha mãe ligou o rádio ontem e ouviu as sentenças a um grupo de líderes do Falun Gong após um julgamento na Corte Popular Intermediária de Pequim, sua voz operística uivou em desespero. O Mestre Yao estava entre os nomes listados. Ele foi sentenciado a uma pena irrecorrível de 18 anos de prisão, com privação de direitos políticos nos dez anos subsequentes.

Nervosa, ela sempre vaga pelo apartamento, principalmente de madrugada. Às vezes ela vai à janela e olha para fora, ouvindo o rugido distante das máquinas enquanto prédios são demolidos ou construídos, e balbucia:

— Eles chegarão aqui a qualquer minuto. Estão vindo para nos prender. Não falta muito agora... — Depois ela fecha a bica gotejante da cozinha e, pé ante pé, sai ao corredor para ver se tem alguém chegando.

Quando meu irmão telefonou outro dia, ela não parou de repetir que o Falun Gong é maligno e perigoso e que jamais o praticará novamente, e que tudo que quer agora é ser uma boa mãe e uma cidadã obediente.

Meu irmão não detectou a mudança na voz de minha mãe. Ele apenas disse a ela para se cuidar e prometeu enviar mais quinhentas libras no fim do mês. Ele não sabe que, dentro de dois meses, este apartamento não estará mais aqui.

Minha mãe vive gritando com o pardal, censurando-o por comer alpiste demais ou por cagar em sua cama. Às vezes ela diz ao pássaro que ele deveria fugir voando para os Estados Unidos na primavera, quando suas penas tornarão a crescer. Outras vezes, ela proclama que o pardal é um bodisatva reencarnado, abençoado com a raiz da bondade, e depois acende um incenso e se prostra aos pés dele.

Ao norte da Terra Além dos Mares, um arco-íris feminino e um arco-íris masculino se enlaçam num abraço. Nas pontas, ambos têm cabeças humanas.

Minha mãe e eu ouvimos a comoção do lado de fora enquanto nos escondíamos em nosso apartamento como caracóis em suas cascas.

Faltam apenas dois dias para a Devolução de Macau, mas o comitê do bairro não convidou a companhia de dança dos leques de minha mãe para se apresentar na festa de rua. Seis praticantes de Falun Gong da vizinhança foram enviados a campos de reeducação-pelo-trabalho. A Vovó Pang foi solta da prisão junto com minha mãe. Sua família a manteve trancada no apartamento desde então.

Minha mãe não se dá ao trabalho de falar comigo. Ela chegou à conclusão de que sou incapaz de reagir a estímulos externos. Também não sei se ainda sou capaz de reagir a estímulos internos. A química de meu corpo não parece mais responder a meus estados emocionais. Se as plantas fossem capazes de pensar, eu me pergunto se elas conseguiriam sentir a tristeza de suas raízes e galhos.

Minha mãe se trancou no apartamento e está fazendo uma série de exercícios do Falun Gong em sigilo. Antes de chegar ao fim, ela entoa em voz baixa:

— Seres sensíveis foram destruídos por seus costumes corruptos. Somente a Grande Lei pode salvá-los do caos. Eles confundem o bem com o mal quando caluniam o paraíso. Os ventos do outono os varrerão para longe...

A Vovó Pang finalmente conseguiu uma chance de escapar de seu apartamento. Depois que começou a praticar Falun Gong, ela consegue subir as escadas com muito mais rapidez.

— Deixe-me entrar, Huizhen... — ela sussurra. — Muito obrigada. Não aguento mais. Minha família me vigia o tempo todo. Até quando levanto a mão, meu filho acha que vou começar um exercício do Falun Gong e a abaixa com um tapa. O que posso fazer? Você tem tanta sorte de viver sozinha. Pode meditar quando quiser...

— Eles confiscaram todas as minhas fitas de instruções e livros, só posso repetir as séries de que me lembro.

— Minha nora colou um cartaz das "Seis Regras" do Ministério de Segurança Nacional acima da minha cama. O cartaz diz que ninguém tem permissão de exibir símbolos do Falun Gong, fazer os exercícios em público, reunir grupos ou apresentar petições às autoridades. Ela me disse para aprender tudo aquilo de cor. Minha família é pior que a polícia. Ainda assim, quando fecho meus olhos, posso praticar as séries em minha cabeça, e eles não fazem a menor ideia do que estou pensando. — A Vovó Pang passou sua vida denunciando os outros à polícia, mas se tornou uma pessoa muito melhor depois que começou o Falun Gong.

Ela se aproxima de minha mãe e sussurra:

— Acho que meu Terceiro Olho se abriu. Ontem, este ponto entre minhas sobrancelhas ficou parecendo uma chaminé. Olhei através dele e vi o Mestre Li Hongzhi sentado numa flor de lótus e depois subindo para o céu. Em seguida, vi os operários caminhando pelo quarto que fica do outro lado de minha parede.

— Sim, isso é definitivamente o seu Terceiro Olho. Você também pode ver o futuro através dele. Rápido, diga-me qual é o futuro do meu filho!

— Ele... Ele parece estar sentado de olhos fechados.

— Ele não está voando para o céu nas costas de um pardal, está?

— O futuro é difícil de ver... Aquela estatueta do bodisatva está tremendo. Acho que você deveria jogá-la fora. O Mestre Li Hongzhi dizia que os praticantes de Falun Gong não devem adorar Buda. Não posso mais ver a estatueta. Está me dando dor de cabeça...

— É o barulho da construção que está dando dor de cabeça, não a estatueta. O Velho Yao me deu aquela miniatura. Não posso tirá-la de lá... Acabei de ganhar um vídeo chamado *Cinco Séries do Falun Gong*. Não quer assistir comigo? Há muito tempo não sinto minha roda Falun girando.

— Não, preciso ir. Minha nora voltará das lojas em breve. Ela achou que eu estava cochilando. Se descobrir que eu subi aqui, ficará furiosa.

— Ah! Quase não nos vemos mais. Quando ligo para alguém de nosso grupo, tudo que ouço é quem foi preso ou quem acabou de morrer na prisão. Nunca temos nenhuma boa notícia. Fazer os exercícios sozinha não é a mesma coisa. Mas se não faço todos os dias, meu corpo não fica bem.

— O clima está esfriando. Fiz esta calça acolchoada para mim, mas, já que minha família não me deixa sair do apartamento, ela não me serve mais. Achei que você poderia gostar dela. Se você tiver uma chance de ir ao parque e fazer alguns exercícios, ela pode ser útil. O Policial Liu apareceu hoje?

— Não. Que perguntas ele anda fazendo a você?

— As perguntas de sempre: com quem ando fazendo contato, quem entre meus conhecidos tomou parte do cerco de Zhongnanhai em 25 de abril e nos protestos de 20 de julho, se estou escondendo alguma faixa do Falun Gong... Antes de sair, ele mencionou que várias pessoas de fora da cidade andaram protestando na Praça da Paz Celestial nestes últimos dias, e que eu não deveria deixar meu apartamento ou acomodar qualquer praticante que venha das províncias... — Vovó Pang ainda está um pouco ofegante. — Fique alerta esta noite. Ouvi dizer que haverá uma nova onda de prisões.

— Isso é pior que a Revolução Cultural. Quando mais de cinco praticantes de Falun Gong viajam de uma província a Pequim para reclamar com as autoridades centrais, o governador da província é deposto. Por isso, as autoridades das províncias enviam a polícia às estações de trem para impedir que algum suspeito de praticar o Falun Gong suba nos trens. Se os praticantes resistem, a polícia os espanca até a morte. Meu filho Dai Ru me ligou outro dia e me contou tantas histórias que ouviu na imprensa britânica... Não podemos fazer nada, apenas tomar cuidado.

— Passei minha vida inteira tomando cuidado. Como pode ser que, somente por praticar alguns exercícios de meditação, eu tenha arrumado tantos problemas com o governo?

— Minha vida foi marcada por um conflito político atrás do outro, por isso estou acostumada. Mas o Velho Yao está na prisão agora. Provavelmente ficará lá até o dia de sua morte... — Minha mãe começa a soluçar baixinho, e depois irrompe em rios de lágrimas. — Realmente chegamos ao "Fim dos Tempos"! Não existe Terra Pura neste mundo. Temos que lutar para alcançar a perfeição espiritual de modo que possamos deixar este mundo para trás e voar até o céu... — Ela entra na cozinha para lavar o rosto, depois volta ao sofá e muda de assunto. — O bar do seu filho entre as embaixadas do bairro Sanlitun deve estar indo muito bem. Os estrangeiros gostam de gastar montes de dinheiro.

— Que nada, agora aquela rua está apinhada de bares e há muita concorrência — responde a Vovó Pang. — Ele já investiu todos os trinta mil yuans de seu seguro-desemprego no bar, mas ainda não está dando lucro... Mês que vem, este prédio será derrubado. Já encontrou um lugar barato para onde se mudar?

— Não vou nem me dar ao trabalho de procurar. Dai Wei e eu não estaremos vivos por muito mais tempo. Que diferença faz onde moramos?

A duzentos li ao norte fica o Monte Guyao, onde morreu a filha do Senhor do Céu. Seu nome era Cadáver de Mulher. Depois de enterrada, ela se tornou uma planta de densa folhagem e flores amarelas. Se uma mulher comer um fruto da planta, seu rosto se tornará mais belo.

— Vamos fazer a cerimônia de abertura imediatamente. Não podemos esperar até que o palco chegue. Os repórteres e convidados já estão aqui. — Já era noite, mas o rosto de Mou Sen estava coberto de suor. Seus longos cabelos pareciam recém-lavados.

— A fábrica que você contratou para fazer o palco provavelmente está apavorada demais para entregá-lo — respondi. — Vamos reunir algumas mesas e fazer um palco improvisado. As tropas da lei marcial já chegaram à Avenida Changan Oeste. Aliás, onde você esteve? Ge You andou procurando por você. Ele tem outra doação para lhe dar.

— Nuwa e eu fomos a um hotel para tomar um banho — ele disse, erguendo as sobrancelhas sugestivamente para que todos soubéssemos que ele tinha feito amor com sua esposa.

— Seu filho da mãe! E aí, como foi? — Eu podia sentir o aroma do sabonete se elevando de seu cavanhaque.

— Vou lhe dizer uma coisa, eu morreria feliz agora! Estou faminto! Tem algo para comer?

Terminei de pintar as palavras CERIMÔNIA DE ABERTURA DA UNIVERSIDADE DEMOCRÁTICA numa longa faixa branca e parti com Tang Guoxian para buscar algumas mesas no monumento. Queríamos colocar o palco aos pés da Deusa da Democracia, mas alguns estudantes das províncias tinham erguido uma tenda ali.

Entrei e pedi a eles que se deslocassem. Eles estavam bebendo e fumando.

— Tirar nossa tenda para vocês? É claro que é muito incômodo! — eles responderam e me empurraram para fora como se eu fosse um invasor.

— Eu dei essa tenda para vocês! — berrei. — Sou o chefe de segurança. Queremos fazer a cerimônia de abertura da Universidade Democrática aqui hoje à noite. Será que vocês não podem deslocar sua tenda um pouco para a direita, por favor?

— Você acha que pode nos enxotar só porque é uma espécie de alto oficial! Vá ler um pouco sobre democracia antes de entrar aqui de novo. Vocês não nos oferecem nada para comer ou beber e esperam que tiremos nossa tenda por pura bondade. Bem, não vai rolar! — Eles me empurraram novamente e fecharam o zíper da porta de náilon.

— Assim já é demais! — gritou Mou Sen, unindo-se a mim do lado de fora da tenda. — Se querem comer alguma coisa, vão até a barraca de provisões dos estudantes de Hong Kong. Eles têm pão e caixas de refrigerantes. Tudo que posso oferecer são panfletos.

— Pode dizer o que quiser, Senhor Chefe de Segurança. Eu sou o chefe da tenda, e estou lhe dizendo que não vamos sair deste lugar!

— Vocês sairão bem rápido quando as tropas da lei marcial chegarem! — devolveu Tang Guoxian, agachando-se junto à porta. — E, além do mais, o Quartel-General pediu a todos que deixem suas tendas agora e fiquem no monumento.

— Não vamos fugir quando o exército aparecer! — berrou uma voz lá dentro. — Estamos aqui agora e não vamos sair.

— Não perca seu tempo discutindo com eles! — gritou Nuwa para Mou Sen, preocupada. — Vamos colocar o palco do lado direito da Deusa. Os repórteres não param de me perguntar se a cerimônia vai acontecer ou não. Não posso pedir que esperem por mais tempo.

Xiao Li estava instalando os amplificadores e o gerador a diesel. Perguntei como estava sua cabeça e ele respondeu que a ferida parara de sangrar e que se sentia muito melhor. Ele então pegou um aparelho de som e disse:

— Veja o que acabamos de ganhar! Tem duas entradas para fitas, mostrador digital e sintonizador automático. Até a Voz da América soa cristalina nisso.

Eu já tinha visto aparelhos de som como aquele três anos antes, em Guangzhou. Mas Xiao Li nunca tivera a chance de viajar. Os únicos lugares que ele conhecia eram sua vila natal e Pequim.

— Aqui está a fita vermelha e a tesoura para a cerimônia de abertura — disse Tian Yi, entregando-as a Nuwa. Ela ainda tentava encontrar alguns convidados de última hora para levar ao evento.

Peguei a faixa que acabara de pintar e amarrei uma ponta na estrutura da base da Deusa e a outra num poste de luz.

O anúncio gravado se fez ouvir pelos alto-falantes do governo mais uma vez:

— Uma revolta contrarrevolucionária irrompeu em Pequim esta noite. Todos na praça devem sair imediatamente. Se não partirem, as tropas da lei marcial terão que retirá-los à força!

— Onde está essa revolta contrarrevolucionária de que eles estão falando? — perguntou Tian Yi, erguendo os olhos para mim.

— O governo provavelmente deu armas aos estudantes e cidadãos, tirou fotos deles e agora alegará que houve uma rebelião armada — respondi.

— Pare de tentar me assustar!

— Já são nove horas, e o Professor Yan Jia ainda não apareceu — disse Nuwa. — O que vamos fazer? — Suas bochechas estavam vermelhas e havia uma mancha de tinta preta no canto de sua boca.

— Vá falar com os outros convidados — replicou Tian Yi. — Veja se algum deles pode substituí-lo. Eles só precisam dizer algumas palavras.

— Yan Jia não foi o sujeito que nos disse que Deng Xiaoping tinha renunciado? — perguntou Xiao Li. — Por que ele foi nomeado reitor honorário?

— As fontes dele estavam enganadas — respondeu Tian Yi. — Não foi culpa dele. Yan Jia é um cientista político muito respeitado. Temos sorte por ele ter concordado em nos apoiar.

Finalmente, tudo ficou pronto. Os convidados e repórteres foram chamados a subir ao palco que montamos com oito mesas. A fita vermelha, que amarramos no meio com um laço decorativo, estava na frente do palco, pronta para ser cortada.

Tian Yi subiu numa cadeira e anunciou:

— Por favor, que todos os estudantes inscritos na Universidade Democrática venham tomar seus lugares. A cerimônia de abertura está prestes a começar...

Uma aglomeração se reuniu vagarosamente atrás dos convidados e jornalistas na ampla área isolada junto ao palco. A imensa Deusa da Democracia assomando sobre nós me dava a sensação de que estávamos fazendo história.

Os únicos guardas estudantis que restavam na praça pertenciam ao pequeno esquadrão de segurança de Tang Guoxian. Felizmente, todos se comportavam de modo organizado. Nenhum intruso tentou atravessar o cordão de isolamento.

— Bai Ling comparecerá? — perguntou Tian Yi, com gotículas de suor aparecendo em sua testa.

— Liu Gang foi buscá-la. Por quê? Qual é o problema?

— Ouvi aquele jornalista de camiseta preta falando que soldados dos distritos oeste abriram fogo. Ele fotografou corpos de estudantes e cidadãos. O exército está atirando para matar! — Tian Yi mordeu o lábio inferior. Havia terror em seus olhos.

— Temos uma multidão enorme aqui. Se o pânico explodir e houver correria, pessoas morrerão pisoteadas. Temos que dizer a Mou Sen para se apressar e acabar logo com essa cerimônia. Assim que terminar, levaremos todos de volta ao monumento. A maior parte da multidão está na Avenida

Changan. Os tanques do exército passarão ali dentro de algumas horas... Não se preocupe, Tian Yi, cuidarei de você. — Peguei sua mão. Estava fria e úmida como quando os bandidos nos encontraram nos bosques do Palácio de Verão. Havia um pedaço de pano úmido amassado na palma de sua mão.

— Quero um gole d'água. Estou enjoada. — Tian Yi ergueu os olhos e tirou os óculos escuros de meu rosto. Ela odiava que eu os usasse quando já era noite.

Corri para Mou Sen e disse que os convidados que não apareceram provavelmente estavam presos nas barricadas e que ele não deveria mais esperar por eles, e sim prosseguir com a cerimônia.

Bai Ling chegou correndo com o Velho Fu e disse:

— Acabamos de ler os últimos relatos que recebemos dos cruzamentos. O exército está chegando para evacuar a praça. Estão abrindo caminho pela cidade à bala, atropelando as barricadas com veículos blindados lotados de tropas com aparato de choque.

— Não importa o que aconteça, a cerimônia tem que prosseguir! — disse Mou Sen, os olhos chispando de determinação.

Yu Jin chegou correndo. Suas roupas estavam manchadas de sangue.

— Vejam, eu mesmo peguei este cartucho de balas. Os soldados estão atirando para matar! Eles levantaram suas armas e varreram as ruas com tiros, e dezenas de corpos caíram ao chão. Minha bicicleta foi achatada pelas esteiras de um tanque.

Nós o encaramos, incrédulos, e ele me fitou diretamente com os olhos arregalados.

— Se você encontrar guardas estudantis, diga-lhes para irem para o Monumento — instruí Yu Jin. Vasculhei meus bolsos em busca de meus óculos escuros, então lembrei que Tian Yi os tirara de mim.

Mou Sen se aproximou de Bai Ling e disse:

— O Professor Yan Jia ainda não apareceu. Você pode substituí-lo e cortar nossa fita vermelha? — Depois, ele se voltou para Tian Yi: — Rápido, faça um anúncio final convocando os estudantes que estão nos caminhões da barricada da Avenida Changan a comparecerem à cerimônia de abertura da Universidade Democrática.

Nervosa, Tian Yi subiu ao palco segurando um microfone.

— Por favor, que todos os estudantes venham à Universidade Democrática para comparecerem aos caminhões da barricada da Avenida Changan.

— Ah, assim já é demais! — rilhou Mou Sen, irritado com o erro de Tian Yi. Ele se aproximou e sussurrou para ela: — Eu disse para comparecerem à cerimônia de abertura, e não aos caminhões!

Tian Yi aproximou o microfone dos lábios e soltou:

— Quero dizer, todos devem se dirigir aos caminhões, e não comparecer a eles!

Mou Sen saltou sobre o palco e tirou o microfone da mão dela. Aproximei-me e ajudei Tian Yi a descer. Suas pernas estavam tremendo. Ela parecia prestes a desmaiar.

— Traga um pouco de água — ela pediu, fechando os olhos.

Mou Sen ergueu o microfone e gritou o mais alto que podia:

— Não queremos que vocês se desloquem para os caminhões. Queremos que todo mundo venha para cá e se inscreva em nossa Universidade da Democracia. Defenderemos a Praça da Paz Celestial até o fim e continuaremos nossa campanha de resistência pacífica. Declaro agora que a Universidade Democrática está oficialmente aberta. Peço a Bai Ling que se apresente e corte a fita. Venha, Bai Ling!

Bai Ling empertigou as costas e subiu no palco, os pequenos seios tremulando enquanto ela caminhava. Ela fechou as mãos em torno da tesoura que Mou Sen segurava e, juntos, cortaram o laço decorativo da fita de seda vermelha. Quando ergueram a fita cortada no ar, a multidão irrompeu em aplausos e mil câmeras dispararam seus flashes.

Tian Yi se acalmou um pouco. Ela apertou minha mão e disse:

— Prometa que você não vai me deixar.

— Não se preocupe. Se o inimigo avançar, recuaremos. Não temos que nos jogar na frente das metralhadoras como aquele soldado chinês patriótico na Guerra da Coreia. — Agora havia pelo menos dez mil pessoas reunidas em torno do palco. Nuwa estava parada junto a Mou Sen, traduzindo o discurso de um convidado estrangeiro para chinês. Suas sandálias vermelhas de salto alto davam a suas pernas uma aparência elegante.

— E agora, que nossas aulas comecem! — exclamou Mou Sen, jogando para trás seus longos cabelos suados.

Quando a multidão rugiu em aplausos novamente, um severo anúncio esbravejou de todos os alto-falantes da praça:

— Repetimos, a inauguração da Universidade Democrática não foi aprovada pelo Comitê Estatal de Educação. Os agitadores devem estar preparados para assumir responsabilidade legal por suas ações... — A voz ecoou de forma ameaçadora pela praça, aparentemente tentando provar que até o ar acima de nossas cabeças pertencia ao Partido.

Os disparos distantes pareciam uma série de rojões explodindo. Eu me sentia como se todos fôssemos caranguejos vivos sendo atirados numa panela fervente.

Mou Sen ainda fazia seu discurso.

— O presidente Mao dizia que o Exército Popular de Libertação é uma escola, mas por acaso o Comitê Estatal de Educação aprovou sua inauguração? O Partido treina o exército para reprimir o povo. Nós treinaremos democratas para servir à nação! A Praça da Paz Celestial é nosso salão de palestras. Toda esta vasta nação é nosso campus. Não precisamos da aprovação de um maldito comitê educacional para formar nossa universidade!

A multidão ria em aprovação.

— Muito bem, companheiros estudantes — disse Nuwa. — Agora pedirei a Bai Ling que leia uma mensagem de congratulações do Quartel-General de Defesa da Praça da Paz Celestial. Vamos dar a ela uma salva de palmas! — Caminhando graciosamente pelo palco, Nuwa parecia uma apresentadora de televisão. Os saltos altos de suas sandálias vermelhas faziam com que a pele atrás de seus tornozelos enrugasse.

Quanto mais Bai Ling falava, mais arregalados ficavam seus olhos.

— Quando este período de trevas acabar, seremos testemunhas do nascimento de uma república democrática, e todos os nossos esforços darão frutos...

Assim que Mou Sen desceu do palco, Yan Jia, o reitor honorário da Universidade Democrática, apareceu com sua esposa. Nuwa ficou tão aliviada que se desfez em lágrimas.

— Mandamos três pessoas em busca de vocês. Que ótimo que conseguiram chegar! Depois que os representantes dos círculos intelectuais terminarem de ler suas mensagens de congratulações, gostaríamos que você fizesse sua primeira palestra!

A luz dos dois holofotes alimentados pelo gerador a diesel era ofuscante num minuto e fraca no seguinte. O gerador que usáramos alguns dias antes para a cerimônia de inauguração da Deusa da Democracia era muito melhor.

Embora as pessoas estivessem correndo freneticamente pela praça, o público diante do palco ouvia atentamente a palestra de Yan Jia, aplaudindo com respeito de vez em quando.

Sempre que um flash espocava, todos se retesavam, confundindo-o com um tiro. Coloquei-me a distância da aglomeração e fiquei de olho nos quatro cantos da praça, alerta a qualquer sinal de problema.

Quando Mou Sen anunciou que a cerimônia de abertura estava encerrada, ainda havia mais de duas mil pessoas reunidas em torno do palco.

Ajudei Xiao Li a remover os holofotes e o gerador, e enrolei minha faixa. Os moradores que relutavam em partir juntavam-se em pequenos grupos para discutir o que tinham ouvido.

— Então a democracia é *isso* — dizia um homem. — Não percebi que teríamos que derrubar o Partido Comunista para alcançá-la...

— Eles ficam aqui e falam de democracia enquanto os tanques do exército avançam em sua direção. Essa gente acha que pode mudar este país. São tão ingênuos. Estamos lhes falando para deixarem a praça há semanas, mas eles não querem ouvir...

Alguns membros do Esquadrão Ousar Morrer da Federação dos Trabalhadores, todos usando braçadeiras vermelhas, correram para nós e gritaram:

— Os soldados estão matando gente na parte oeste da Avenida Changan. Os cidadãos precisam de nossa ajuda. Vamos, pessoal, venham conosco. Vamos combater aqueles canalhas até a morte...

Você baixa os olhos para sua cama, como se observasse a Terra do espaço.

— Acorde! Abra os olhos! — berra minha mãe, socando a cabeceira de ferro da cama. — Não posso continuar com isso! Estou farta! Farta! Não posso aguentar mais. Se você não morrer logo de uma vez, vou me matar. Vou pular do telhado. Vou me suicidar com gás, me enforcar, engolir uma garrafa de pesticida. Vou cortar os pulsos... — Ela agarra meu lençol e enterra a cabeça nele. Ouço um grito abafado que soa como palha crepitando num saco de pano.

Minha mãe então fica de pé e solta um berro alucinado em dó maior. Ela respira fundo, murmurando roucamente:

— Você não vai morrer nunca? — E depois solta o ar com um gemido: — Seu inútil pedaço de pau... — As palavras flutuam pela poeira que sopra do campo de demolição do lado de fora. — Eu vou botar fogo neste apartamento, eu vou...

Uma vizinha bate à porta:

— Tia, deixe-me entrar...

O pardal está assustado. Ele se aninha na curva de meu pescoço. O pássaro se esfregou tanto contra minha pele nos últimos dias que muitas de suas plumas caíram, e ele agora tem dificuldade de voar.

Há três pessoas gritando à porta. Seus chamados ecoam pela escadaria. Ainda soluçando e tremendo, minha mãe abre a porta vagarosamente.

— Você precisa encarar a realidade, tia. Pare de esconder a cabeça na terra. Peça a seu filho mais novo para voltar e cuidar de você. Não é do dinheiro dele que você precisa agora, é de sua ajuda. — É a vizinha que vende aparelhos de ginástica. Minha mãe a leva para seu quarto. As duas outras vizinhas que a acompanharam estão paradas na sala.

— Por que não paga a alguém para cuidar dele? Ou por que não o manda para um asilo?

— Contratei uma garota para ajudar, mas ela foi embora depois de dois dias. Disse que ele parecia um cadáver e que tinha medo de tocá-lo.

— Este apartamento tem dois quartos, não é? Por que está nesse estado? Parece uma loja de quinquilharias.

A polícia aparecia para revirar o apartamento o tempo todo. Mas agora ele está tão imundo que os policiais se recusam a vir, mesmo quando são atraídos com altos bônus. Eles dizem que o apartamento tem um cheiro tão ruim que, depois que passam por aqui, levam dias para tirar o fedor de sua pele.

— Eu estou bem — minha mãe diz em voz baixa. — Só um pouco cansada, só isso.

— Você precisa cuidar de si mesma. Aquele seu filho mais novo é muito egoísta. Como ele pôde se mudar para o exterior e deixá-la sozinha aqui lidando com tudo isso?

— Eu ainda não lhe contei sobre a demolição.

— Pois deveria. Não vai ser fácil comprar um apartamento e se mudar sozinha.

— Não vou me mudar. Se o governo não me der uma indenização apropriada, não darei nem um passo. Dediquei cinquenta anos de minha vida ao Partido. Eles não podem me chutar para a rua.

— Ouça, tia. Você e eu somos apenas cidadãs comuns. Você não pode se recusar a sair. Os oficiais do governo vão aparecer aqui e esmagá-la como uma mosca. E, além do mais, esta demolição é importante para nossa candidatura olímpica. Se os velhos prédios não forem derrubados, os novos não podem subir.

— E o que as malditas Olimpíadas têm a ver comigo? Estou ficando velha. Não tenho mais motivo para viver...

— Você passou por coisas piores, tia... Quando aquela tábua morrer, você pode pedir um passaporte e viajar para fora.

As duas vizinhas entram em meu quarto e me olham.

— É inacreditável pensar que a urina deste vegetal conseguiu curar tanta gente doente...

— Ele parece morto! E perdeu todo o cabelo.

— É um crime deixá-lo vivo. Ele deveria ser mandado para o crematório e ponto final.

— Não diga isso, pode lhe trazer má sorte. E, além do mais, quem sabe, se o governo reabilitá-lo um dia, talvez ele se torne uma espécie de herói.

— Quando você se muda? Você comprou mesmo aquele apartamento no conjunto Jardim Perfumado?

— Não, era muito caro. Ouvi dizer que o governo está planejando construir apartamentos baratos para famílias de baixa renda não muito longe daqui. Esperarei para comprar um deles.

— Bem, você não poderá comprar nem aqueles. Os preços dos imóveis entre a Segunda e a Terceira Perimetral subiram para seis mil yuans por metro quadrado. Este conjunto fica dentro da Segunda Perimetral, mas o gerente de reformas imobiliárias de Hong Kong só nos pagará cinco mil yuans por metro quadrado. Ele é muito ardiloso. Colocou a esposa chinesa como encarregada do projeto. Ao que parece, ela cresceu neste distrito e tem ligações com altos oficiais. Um monte de dinheiro que deveria ter vindo para nós foi gasto em propinas. Ontem cortaram a eletricidade e a água no lado oeste do conjunto e começaram a derrubar os prédios por lá. A mercearia já foi demolida.

— Eu vi os projetos. Eles vão derrubar o conjunto inteiro e construir um imenso shopping center. Haverá uma praça aberta exatamente onde está este prédio, cercada por árvores e com um chafariz enorme no meio. Será o shopping center mais luxuoso de Pequim. Que crápulas, despachando a gente com apenas cinco mil yuans por metro quadrado.

— De vez em quando você deveria aparecer para bater um papo. Meu marido sempre viaja a negócios. Tenho um tabuleiro de majongue. Poderíamos chamar duas outras vizinhas para nos acompanhar e jogar uma partida...

— Eu estou bem, mesmo, não precisa se preocupar... — diz minha mãe, entrando na sala de estar. Ela parece muito mais calma agora.

As vizinhas deixam o apartamento e fecham a porta, abafando um pouco do barulho incômodo do gerador a diesel que alimenta as máquinas do lado de fora. Minha mãe se senta. A distância, ouço tratores arrebentando os tijolos dos blocos de apartamentos.

O céu escuro me arrasta para fora da janela... Este prédio se tornará uma praça pública. Há dez anos, escapei do centro político da nação e me recolhi à minha casa. Mas logo minha casa será um shopping center. Para onde poderei me recolher então?

Você boia até o meio de um lago. A água se torna mais e mais profunda.

— Aonde você pensa que está me levando? — perguntou Tian Yi. — Não vou deixar a praça. — Seu rosto estava pálido.

Tirei alguns cadarços de meu bolso.

— Se houver corre-corre, poderíamos perder nossos sapatos. Vamos amarrá-los com isso.

— Não, não se preocupe. Esses cadarços não vão segurá-los. — Ela baixou os olhos para suas sapatilhas pretas. Provavelmente temia que os cadarços fizessem com que ela parecesse ridícula. Ela apertou o rabo de cavalo e o passou pela abertura na parte de trás de seu boné.

Ouvimos sons de tiros distantes a leste e a oeste. Mou Sen pediu que alguns estudantes da Normal de Pequim levassem nosso equipamento elétrico para seu campus. Depois, ele e Nuwa se sentaram no palco e observaram a multidão dispersa.

Dois jornalistas estrangeiros começaram a entrevistar Nuwa em inglês. Enquanto respondia suas perguntas, ela lançava o olhar ao longe e brincava com uma mecha de cabelo.

— Você precisa queimar a lista de inscritos da Universidade Democrática — falei para Mou Sen. — Os soldados que se aproximam logo chegarão aqui. Você deveria levar Nuwa e Tian Yi para a Normal de Pequim. As estradas para a Universidade de Pequim provavelmente estão interditadas. — Pedi então que Tian Yi me devolvesse meus óculos de sol, mas ela disse que não estava com eles.

Mou Sen tirou o maço de cigarros do bolso do casaco, descobriu que estava vazio e o atirou no chão.

— Não posso deixar esta praça enquanto a bandeira da Normal de Pequim estiver hasteada. Mas vou pedir para alguém levar nossas minutas e pautas para o meu dormitório. Vou precisar delas quando estiver escrevendo meu romance.

Quando a entrevista acabou, Nuwa se voltou para Mou Sen e disse:

— Você não deveria jogar lixo no chão desse jeito. — Ela então se inclinou para junto dele e sussurrou: — Posso ver que você está nervoso. Não se preocupe. Ficarei a seu lado. Se o jogarem na cadeia, eu me sentarei na frente dos portões da prisão e farei greve de fome... Aliás, o que você estava fazendo com aquele maço de cigarros? Pensei que tinha parado de fumar.

— Não estou nervoso. Estou decepcionado. A Universidade Democrática mal acabou de sair do papel e já terei que fechá-la.

Nuwa correu os dedos pelos cabelos e disse em inglês:

— *Your speech was wonderful, my darling. You are a hero. I love you.* — Quando Nuwa sorria, meus olhos eram sempre atraídos para a curva vermelha de sua boca.

— Estamos acabados — ele afirmou, os ombros encolhidos à frente em desespero. — Os soldados estão atirando. Com balas de verdade.

— Não se preocupe, isto é a escuridão antes da aurora — respondeu Nuwa. — O bem sempre vence o mal.

Mou Sen jogou sua franja suada para trás e disse:

— Você e Tian Yi deveriam ir embora agora.

— Eu não vou embora. *If you're not afraid, then neither am I* — disse Nuwa, escorregando novamente para o inglês.

Zhang Jie e Xiao Li se aproximaram e nos disseram que Tang Guoxian partira para a tenda da Federação dos Trabalhadores e se alistara no Esquadrão Ousar Morrer.

— Declaro oficialmente que a Universidade Democrática está dissolvida — disse Mou Sen. Depois, ele se voltou para Xiao Li. — Vá e junte-se a Bai Ling no terraço superior. É mais seguro por lá.

— Não, eu quero continuar aqui embaixo e ver o que está acontecendo. — Xiao Li agora usava um boné sobre o pano ensanguentado amarrado em sua cabeça ferida.

— Shu Tong não deveria ter desertado — comentou Mou Sen. — Ele se arrependerá pelo resto da vida.

— Venha, vamos para o monumento — falei, pegando Tian Yi pela mão. — Não podemos ficar aqui como soldados desbaratados. Venha conosco, Mou Sen. Os tanques chegarão a qualquer minuto.

— Assim já é demais. Alguém pegou meus cigarros? — Quando Mou Sen ergueu os olhos para mim, sua testa ficou crivada de rugas.

Vasculhei meu bolso e lhe dei meu maço de cigarros com filtro.

— Restam apenas dois. Não fume tudo de uma vez. — Depois tornei a pegar a mão de Tian Yi e a levei ao monumento.

Na Montanha da Amoreira Oca, a duzentos li ao norte, vive uma besta selvagem que parece um touro, mas é rajada como um tigre. Seu rugido soa como um ser humano gemendo de dor. Sempre que esta besta aparece, um desastre se abaterá sobre a Terra.

Quase todo mundo já havia recuado para o monumento, deixando o resto da praça vazio. Eu me perguntava onde estaria meu irmão. Eu estava preocupado. Não queria que nada acontecesse com ele.

Uma grande aglomeração cercara Bai Ling e o Velho Fu na base do monumento e afastara os guarda-costas de Bai Ling aos trancos.

— Dai Wei! Venha me ajudar a tirar Bai Ling de lá! — berrou o Grande Chan, acenando para mim.

Abri caminho com dificuldade. Estudantes furiosos apontavam facas, armas e barras de ferro para o rosto de Bai Ling, gritando:

— Você quer que nos retiremos? Vamos matá-la primeiro! Sabe quantas pessoas já sacrificaram suas vidas por nós esta noite?

Um sujeito de colete preto apontava uma arma para a cabeça de Bai Ling.

— Não ouça o que eles dizem. Ordene aos estudantes que se retirem da praça agora, ou vou atirar em você. Já morreu gente demais.

Eu não tinha armas comigo, por isso não ousava combatê-los. Tudo que eu disse foi:

— É inútil atacar Bai Ling. A decisão de ficar ou partir não será só dela.

Um operário de fábrica que tinha um pedaço de pau na mão e uma faca presa no cinto afirmou:

— Corto a garganta de qualquer um que ouse deixar a praça!

Tian Yi se espremeu para perto, segurou a mão de Bai Ling e gritou:

— O que pensam que estão fazendo, apontando uma arma para uma mulher? Saiam daqui!

— Em vez de nos atacar, por que não vão ajudar os estudantes que estão sendo feridos nas barricadas? — berrou o Velho Fu.

A multidão ficou em silêncio. Avançamos e eles abriram caminho para nossa passagem. Quando nos vimos livres, corremos para o terraço superior do monumento. Chegando lá, Bai Ling e Tian Yi desabaram no chão e irromperam em lágrimas.

— Onde vocês se meteram? — Mimi disse a elas, batendo os pés de raiva. — O monumento está um caos!

— Agora teremos que fazer nossas transmissões aqui em cima — sugeriu Chen Di, puxando o longo fio do microfone que acabara de trazer. A tenda da rádio estava cercada por uma massa impenetrável.

— Para onde podemos escapar quando o exército chegar? — perguntavam o Grande e o Pequeno Chans, aproximando-se de mim.

Olhei em torno. Alguns jornalistas estrangeiros ainda estavam perambulando por ali e tirando fotos nossas. Os estudantes haviam se aglomerado instintivamente, como peixes que formam um denso cardume quando sentem a aproximação de um tubarão. A tenda da greve de fome continuava no centro do terraço, pacífica como o olho de um furacão. Todos haviam se esquecido dos três intelectuais e do famoso cantor de rock que estavam ali dentro.

Aproximei-me da tenda, ergui a cortina plástica e espiei. Shan Bo estava deitado, a cabeça repousando no colo de sua namorada. O economista Zi Duo estava deitado de bruços enquanto sua namorada massageava suas costas. Eu não entendia como eles podiam se deitar ali naquela calma quando o som de tiros distantes já ecoava pela praça.

Liu Gang estava parado com Hai Feng e outros estudantes da Universidade de Pequim perto do friso esculpido da base do obelisco.

— Estamos cercados por um círculo externo de soldados que querem nos expulsar da praça e um círculo interno de estudantes e moradores que se recusam a deixar que nos retiremos. Estamos encurralados. Tudo que podemos fazer agora é esperar até que os soldados nos levem embora. — Ele pisou numa cesta de flores frescas que estava esmagada nas pedras do calçamento.

— Vamos ver o que os quatro intelectuais acham que deveríamos fazer — disse Hai Feng, aproximando-se da tenda da greve de fome.

Wu Bin estava com um grupo de seis ou sete homens, todos usando braçadeiras vermelhas e segurando barras de metal ou pedaços de pau. Pareciam um esquadrão de operações especiais.

— Os soldados que foram mandados para evacuar a praça combateram no Vietnã — ouvi um deles dizendo. — Estão usando camuflagem. São atiradores de elite.

— Quem dera tivéssemos algumas baionetas... — comentou um cara pequeno e musculoso usando colete branco. Ele tinha uma faca na mão.

— Estão malucos? — eu me intrometi. — Os soldados o executariam se o vissem com uma baioneta.

— E quem *você* pensa que é? — berrou o cara de colete, avançando na minha direção.

— Sou chefe dos guardas estudantis — respondi calmamente. — Sou responsável pela segurança da praça. Se você quer brigar, vá para a linha de frente e ajude a defender as barricadas. A praça é a retaguarda do campo de batalha. Não precisamos de força militar.

— Não vou deixar a praça! Tem alguma ideia de quantas pessoas foram mortas hoje tentando proteger vocês? — Ele sacudiu a faca ameaçadoramente e depois se virou e se uniu a Wu Bin. Outro membro do grupo estava instalando uma metralhadora no alto da balaustrada de mármore. Logo uma multidão se reuniu para ver o que eles estavam fazendo.

Fan Yuan sacudiu uma garrafa de combustível e berrou:

— Todos os estudantes desarmados devem deixar a praça agora! — A bandana que ele amarrara em torno de seu boné dizia LIBERDADE OU MORTE!

Duas guardas femininas da Federação dos Trabalhadores começaram a chorar e disseram:

— Não podemos esperar até que o exército nos mate. Venham! Vamos sair às ruas e combatê-lo!

Shan Bo saiu da tenda e berrou:

— Larguem suas armas! Como acham que podem gerar democracia com facas e armas nas mãos?

Um médico seguiu Shan Bo para fora da tenda e disse:

— Acalme-se! Você ainda está em greve de fome.

Meu irmão apareceu de repente com um grupo de amigos, gritando:

— Todos que têm medo de lutar devem sair da praça imediatamente! Os que ficarem devem fazer um juramento de defender a praça até a morte. — Eles estavam armados com pernas de mesas quebradas. Eu disse a meu irmão para largar as armas, mas ele me ignorou. Lembrei-me de uma ocasião de nossa infância, quando ele saltou em cima de mim e socou meu queixo para revidar o beliscão que eu lhe dera na orelha por ele ter roubado um de meus biscoitos.

— Vocês até poderiam combater a polícia armada com estas pernas de mesa — falei —, mas estamos cercados por soldados do Exército Popular de Libertação. Eles têm fuzis e munição explosiva e podem matá-los a cem metros de distância.

— Se estivermos armados, os soldados não terão coragem de invadir a praça. — Meu irmão passara a maior parte do dia anterior perambulando com Wu Bin. Após apenas três dias na praça, ele se tornara muito mais radical.

— Não pense que você é invencível — eu disse a ele. — Lembre-se: balas não têm olhos. Não podemos ficar os dois na praça. Sou chefe de segurança, e se tivermos problemas, os estudantes precisarão de minha ajuda. Você deve voltar para casa agora. Se não apresentarmos resistência, poderemos retornar a nossas universidades ou, na pior das hipóteses, iremos para a cadeia. Mas, se atacarmos, o exército vai disparar contra a multidão e rios de sangue correrão pela cidade. Um de nós tem que ficar vivo e cuidar da mamãe.

— Você acha que pode me convencer a virar um desertor? — retrucou meu irmão ao se afastar. — Sem chance!

— Então fique, se quiser — continuei, puxando-o de volta. — Mas largue esse porrete. Você não tem direito de arrastar todos nós para um confronto violento. — Quando eu discutia com meu irmão no passado, precisava apenas chutá-lo nas canelas e ele fazia o que eu queria. Mas agora ele era um jovem adulto, uma versão ligeiramente menor de mim mesmo, e já não aceitava receber ordens minhas.

— Dai Wei, Shi Ye está procurando por você — disse Chen Di, avistando-me ao passar por ali. — Ela está com uma garota bonita de vestido branco.

— Sério? — Olhei em torno e me perguntei se a menina poderia ser A-Mei. Minha mente se nublou. Eu queria vê-la.

Shan Bo gritou que deveríamos confiscar a metralhadora. Hou Dejian e Zi Duo saíram da tenda para ajudar.

— Vocês têm que acabar com sua greve de fome — Zhuzi lhes disse. — O exército está chegando. Ouçam os tiros. São balas de verdade! — Ele ligou seu walkie-talkie e apertou os botões para que eles ouvissem o barulho de tiros e gritos transmitidos dos principais cruzamentos da cidade.

— Estão atirando em qualquer um — disse Chen Di. — Cada boletim que recebemos traz notícias de mais mortos e feridos.

— Sim, temos que encerrar a greve de fome — concordou Zi Duo.

— O exército só atiraria em pessoas armadas — afirmou Hou Dejian. — Minhas mãos estão vazias. Eles não me atacariam. — Ele tentava falar alto, mas estava muito fraco. Nenhum dos quatro homens comera nada por quase trinta horas.

— Acabei de saber que meu amigo Wu Guofeng foi morto — Fan Yuan gritou para nós. — Ele foi baleado no estômago com uma bala explosiva. Suas tripas estão completamente espalhadas pelo chão! Vou para lá agora. Algum de vocês vem comigo?

— Não há por que combatê-los, vocês nunca vencerão. — Assim que Zi Duo disse isso, a namorada dele se aproximou e colocou um pedaço de pão em sua boca.

Eu podia ouvir Hai Feng gritando em um megafone ali perto:

— Jamais nos curvaremos diante dos carrascos!

Mimi e Tian Yi começaram a ler as ordens de batalha que o Velho Fu lhes entregou, mas os amplificadores não funcionavam direito e ninguém compreendia o que diziam.

— Esta é uma mensagem para todos os estudantes de Qinghua — berrou Zhou Suo em seu megafone. — Nossa universidade enviou vans para nos levar de volta ao campus. Todos que quiserem partir devem embarcar nos veículos agora.

— Diga aos estudantes que deixem as garotas partirem primeiro — disse Zhuzi, correndo em direção a Mimi. Tian Yi disparou freneticamente atrás deles. Eu me sentia como se estivesse assistindo a um vídeo acelerado.

— Que história é essa de retirada? — berrou o Grande Chan. — Temos que ficar na praça até o amanhecer. Não há por que ter medo. Ouvi dizer que quando os moradores nas barricadas jogam pedras nas tropas, os soldados mais novos fogem de terror.

— Ajude-me a esticar este cabo, Dai Wei — pediu o Velho Fu. — E Bai Ling, fique na tenda e não saia. Os estudantes precisam saber que você está aqui, ou perderão o moral.

— Por que você colocou guardas aqui em cima numa hora dessas? — esbravejou a Irmã Gao enquanto abria caminho com Shao Jian, desviando de um estudante que tentava bloquear seu caminho. A blusa marrom que ela usava tornava seu rosto muito pálido.

— Não são guardas estudantis — respondi. — São apenas alguns estudantes da Universidade de Política e Direito que se apresentaram como voluntários para proteger a tenda da greve de fome.

— Onde vocês estavam? — perguntou o Velho Fu a Shao Jian.

— Os soldados estão forçando a passagem pela Avenida Changan Oeste, descarregando rajadas de tiros no povo — revelou Shao Jian, aproximando-se de Zi Duo com o rosto pingando de suor e uma mochila jogada num só ombro.

— Diga aos estudantes que entreguem suas armas — disse-me o Velho Fu. — Não podemos permitir que estejam armados.

— Peça a Bai Ling que faça esse anúncio — retruquei. — Foi ela quem mandou todo mundo se armar.

— Foi uma ideia estúpida de Wang Fei, não dela — comentou o Velho Fu.

— Temos que nos ater à nossa política de não violência — disse a Irmã Gao. — Se usarmos armas, acabaremos todos mortos. — Ela tinha uma expressão de desespero que eu jamais tinha visto em seu rosto.

Enquanto ajudava Chen Di a levar mais equipamentos para a tenda da greve de fome, eu olhava à minha volta em busca de meu irmão, mas não o via em lugar nenhum.

— Lin Lu enviou o Esquadrão Ousar Morrer para bloquear os comboios a leste — informou Dong Rong, subindo ao terraço superior. — Mas só há 12 homens. De que serve isso? Agora os soldados estão abrindo fogo, atirando aleatoriamente nas pessoas. Eles já chegaram ao cruzamento Jianguomen. — Sua camiseta de grife estava rasgada na gola. Ele parecia um figurante de uma cena de batalha.

O terraço superior estava lotado. Éramos como refugiados confinados dentro de uma cerca. Todos falavam freneticamente e se afastavam antes que qualquer um tivesse a chance de responder. Assim que alguém chegava a nosso grupo, começávamos outra discussão.

Avistei o Grande Chan com seu violão pendurado por uma alça no pescoço, correndo de volta à praça com Qiu Fa e Wang Fei. Todos os três empurravam bicicletas.

Assim que Wang Fei subiu ao terraço, ligou seu megafone preto e berrou:

— Os soldados abriram fogo! Primeiro apontaram para o chão, mas depois alguns deles ergueram os fuzis e dispararam indiscriminadamente contra a multidão! — Dei-lhe apoio para o pé para que ele subisse na beira do friso e coloquei a mão em sua coxa para impedi-lo de cair. Todos podiam vê-lo agora.

— Depois disso, tanques, veículos blindados e caminhões do exército passaram por cima das barricadas... Vejam esta toalha! — Ele tirou uma toalha do bolso da calça. — Um estudante chamado Zhou Jiang levou um tiro na barriga e morreu bem diante de meus olhos. Tentei comprimir a ferida com esta toalha, mas o sangue não parava de jorrar. — Ele apontou para o umbigo. Com os óculos, seus olhos pareciam sem expressão. Eu podia sentir que suas coxas começavam a tremer. Wang Fei voltou a falar em seu dialeto de Sichuan, e poucos entendiam o que ele dizia. Aconselhei-o a passar o megafone para Qiu Fa.

Eu conhecia o estudante que Wang Fei mencionara. Ele participara de meu grupo de guardas estudantis na noite em que fomos à rua Wangfujing proteger as lojas contra saques. O rapaz era o oficial de inteligência de Zhuzi e tinha um walkie-talkie. Cao Ming me disse que todos que tinham walkie-talkies seriam inevitavelmente visados por agentes do governo.

Qiu Fa ergueu os olhos para o céu noturno e disse:

— Tropas armadas com munição explosiva correram para o alto de uma passarela e dispararam contra a multidão na rua abaixo, gritando o mais alto que podiam. Eu me escondi atrás de um poste telegráfico... Um dos soldados parecia estar drogado. Sempre que ouvia alguém gritando "Abaixo o Fascismo!", apontava sua metralhadora e disparava uma rajada de tiros. Às vezes os soldados atiravam nos prédios, matando gente que aparecia às janelas. Um professor da Universidade Popular subiu num tanque para falar com os soldados, mas quando ele chegou no alto, um soldado o puxou para baixo e atravessou seu peito com uma baioneta.

Todos fizeram silêncio. Eu ouvia um walkie-talkie chiando por perto.

Ajudei Wang Fei a descer e voltamos com o Velho Fu para nosso grupo junto à tenda da greve de fome. O Velho Fu se voltou para Bai Ling, Wang Fei e Lin Lu e disse:

— Como comandantes da praça, vocês precisam ordenar que todos os estudantes que estão portando paus, tijolos ou coquetéis molotov larguem as armas imediatamente!

— E temos que convencer todas as garotas a voltarem às universidades — acrescentou a Irmã Gao. — Elas estarão mais seguras lá, e isso ajudará a dispersar as tropas. Vou tentar atravessar os cordões do exército e buscar reforços na Universidade de Administração e Economia.

Bai Ling se trocara e usava agora uma camiseta de listras amarelas e brancas. Alheia, ela andava de um lado para o outro como uma paciente de hospício. Tian Yi ajudava Mimi e Chen Di a arrastar uma mesa para a tenda. As poucas garotas que restavam no terraço pareciam minúsculas se comparadas aos garotos que se colocavam a seu redor. Eu gostaria que A-Mei não tivesse decidido chegar a Pequim naquele momento, exatamente quando o exército estava abrindo caminho à bala pela cidade.

Chen Di colocou uma cadeira diante da mesa junto à tenda, pediu a Bai Ling que se sentasse e lhe passou o microfone.

Furiosa por ninguém responder ao que ela tinha dito, a Irmã Gao se afastou com dois jornalistas. Os soldados agora atiravam para o ar. Luminosas balas traçantes desenhavam arcos no céu na noite e explodiam num forte clarão branco. Quando tornei a olhar para a Irmã Gao, pensei ver uma bala penetrando suas costas.

Bai Ling ergueu os olhos para Wang Fei. A paixão e a determinação que ela mostrara nos vinte dias em que esteve na praça tinham desaparecido. Ela liderara os estudantes em direção a um precipício, e agora eles tentavam empurrá-la para o abismo. Ainda assim, de algum modo ela encontrou forças para abrir a boca e dizer:

— Aqui fala Bai Ling, comandante em chefe. Estou pedindo a todos que baixem suas armas, e às garotas que voltem a suas universidades imediatamente... Companheiros estudantes, o dia negro finalmente chegou. Neste momento final, eu gostaria de ler um poema de Li Qingzhao, uma escritora da dinastia Song: "Na vida, deveríamos ser heróis entre os vivos. / Na morte, sejamos heróis entre os fantasmas. / Até hoje choramos por Xiang Yu, / Que escolheu ficar e morrer e não cruzar o Rio Yangste!" Quando o general Xiang Yu se viu cercado por tropas inimigas, continuou firme e decidiu não fugir para sua família do outro lado do rio. Companheiros estudantes! Ainda somos jovens, e talvez nos falte coragem quando nos virmos frente a frente com este exército implacável, que abriu com tiros seu caminho pela cidade. Mas somos cidadãos honrados e idôneos. Não importa o que aconteça, temos que permanecer firmes e não decepcionar nossas famílias... Usemos nosso idealismo para acordar o povo chinês de seu torpor! — Ao fim de seu discurso, Bai Ling forçava as palavras através de soluços.

Todos no terraço estavam imóveis. Tian Yi e Mimi enxugavam lágrimas. Aproximei-me delas e disse:

— Se vocês começarem a chorar, todo o resto vai chorar também, e os ânimos ficarão perigosamente instáveis.

— Bobagem! — Tian Yi me empurrou, o rosto branco como papel.

Através do walkie-talkie de Wang Fei, uma voz gritou entre a estática, "Os tanques estão chegando!...", e depois foi interrompida. Wang Fei pressionou os botões freneticamente, mas não conseguiu restabelecer a ligação.

Eu estava angustiado. Queria encontrar um esconderijo seguro para Tian Yi antes que o exército chegasse. Percebi que ela já não tinha mais forças.

Nas encostas do Monte Shamen cresce a erva da imortalidade. Um grande pássaro pousa no cume, vigiando uma serpente negra que vive no escuro rio do vale.

— Onde está, onde está? — grita minha mãe, batendo a cabeça contra o guarda-roupa. Ela trinca os dentes e chora de dor. Ela tem frequentes acessos de gritos, mas geralmente consegue baixar sua voz profissionalmente treinada a um uivo grave, inaudível para os vizinhos.

Há anos minha mãe não joga nada fora, por isso ela tem dificuldade em encontrar coisas. Imagino que o apartamento esteja tão apinhado agora que não reste muito espaço para caminhar.

Ela se dirige ao sofá coberto de latas de biscoito, caixas de papel e cartas, contas e folhetos que são enfiados em sua caixa de correio. Enquanto chuta algumas caixas de papelão no chão, seu estômago ronca. Ouço-a chacoalhando suas chaves.

Minha mãe vive trocando nossas fechaduras, mas se esquece de jogar fora as velhas chaves. Elas ficam na mesma argola com as novas, e também com as chaves da mala de couro, da bicicleta e do pequeno barracão do lado de fora, onde ela armazena couve em conserva e briquetes de carvão. Às vezes ela se senta e examina cada chave, dizendo para si qual delas abre o quê, mas no meio do caminho perde o fio da meada e tem que começar tudo de novo. Ela começa dizendo, "Banheiro, porta da frente, janela", mas logo está dizendo, "Grande, pequena, cobre, alumínio..."

Quando não acha espaço para algo na sala de estar, ela joga a coisa no meu quarto. As caixas de leite, frascos de remédios e embalagens de comida vazias que ela jogou embaixo da minha cama atraíram colônias de formigas. Minha mãe não se dá mais ao trabalho de cozinhar. Come macarrão instantâneo no café da manhã, no almoço e no jantar. Nos últimos meses, deve ter consumido seis caixotes de macarrões. Ela joga a embalagem de papel em cima da minha cama. Imagino que os únicos objetos limpos no apartamento sejam os milhares de calendários pendurados na parede. Sua coleção continua a crescer. O calendário que ela comprou este ano tem 12 fotos do Grand Canyon.

Descobrindo que não podia acender a luz de minha cabeceira porque a tomada estava soterrada sob uma pilha de lixo, minha mãe saiu e comprou uma nova luminária. Incapaz de encontrar outra tomada em que ligá-la, ela deixou o objeto num canto por algumas semanas. Ontem, ela colocou a luminária sobre uma caixa de papelão junto ao pé de minha cama e ligou o plugue numa extensão que puxou da sala de estar, o que impede que minha porta seja fechada. A luminária chia. Sua luz recai em minha face esquerda. Sinto o cheiro de sua cúpula de plástico ficando cada vez mais quente.

A enfermeira que vem toda semana está censurando minha mãe como se ela fosse uma de suas pacientes. Ela parece mais jovem que Wen Niao.

— Quando foi a última vez que a senhora mediu a pressão dele? Passe as anotações médicas para cá. Estas são do ano passado. Por que vocês praticantes de Falun Gong parecem viver num transe?... Está muito baixa... Só 50 mmHg. Sim, deixe aí onde eu possa ver. Onde estão os exames de função renal que lhe dei?... Vou levar uma amostra da urina dele e trazer os resultados na semana que vem.

A enfermeira não se oferece para ajudar minha mãe a me virar ou a me limpar. Ela faz seu trabalho superficialmente e vai embora, batendo a porta atrás de si. Ouço a enfermeira resmungando enquanto desce as escadas:

— Um apartamento tão bom, e ela o transformou num depósito de lixo!

Desde que o Mestre Yao foi preso, minha mãe às vezes grita em seu sono. Se ela ouve alguém subindo as escadas, pega as chaves e verifica se todas as trancas estão duplamente cerradas.

A trezentos li ao sul fica o Monte Luminoso. Há cristais e cobras em suas encostas. Um animal selvagem parecido com uma raposa vive na montanha. Ele uiva o próprio nome. Sempre que ele aparece, o pânico dominará a Terra.

Wang Fei estava sentado dentro da tenda, os braços apertados em torno de Bai Ling.

— Não tenha medo — ele dizia. — Você tem seus ideais para lhe dar força.

Wang Fei tinha os olhos vermelhos. Agora que estava escondida da multidão, Bai Ling parecia um coelho assustado. Entre soluços, ela engoliu ar e respondeu:

— Não estou com medo. Estou completamente desesperada. Não consigo respirar.

Lin Lu segurou a mão do Velho Fu e disse:

— Se eles nos prenderem, não podemos sucumbir. Um dia, a vitória será nossa.

Hou Dejian estava sentado do lado de fora. Alguns jornalistas acendiam lanternas em sua cara e pediam que ele comentasse a situação. Em vez de responder, ele pegou um violão e cantou:

— *"Todos os amantes da liberdade, aprumem seus ombros e ergam a cabeça"...* — A música só aumentava a sensação de destruição iminente.

Perto da estação de rádio, Ke Xi gritava em seu megafone:

— Morrerei nesta praça se for preciso, mas jamais desertarei...

— Essa é a primeira vez que ouço Ke Xi brigando para ficar na praça — diz Yu Jin, entrando na tenda. Vendo que Wang Fei tinha os braços em torno de Bai Ling, ele se voltou para mim. — O exército nos cercou. Temos que tomar uma decisão.

Zhuzi retornou da Universidade de Pequim com cinquenta novos guardas vestindo camisetas brancas. Lin Lu ordenou que eles se posicionassem na base do monumento. Ele declarou que se encarregaria do lado leste do monumento, Zhuzi cuidaria do oeste, eu ficaria postado ao norte e Zhang Jie ao sul.

— Os homens mais fortes devem ficar do lado de fora e ali permanecer, mesmo que sejam baleados ou feridos. — Ele puxou uma tragada de seu cigarro. A ponta acesa lançava um brilho vermelho em seu rosto. Bai Ling acabara de criticá-lo por enviar centenas de guardas às barricadas, deixando-nos vulneráveis neste momento crucial.

— Estamos na linha de frente agora, e não temos medo de morrer! — Wang Fei berrou para o ar.

— Mou Sen está junto da Deusa da Democracia com Nuwa, Zhang Jie e Xiao Li — disse Qiu Fa aproximando-se de mim, os cabelos encaracolados caindo sobre seu rosto. — Ele se recusa a abandoná-la. Implorei que ele viesse ao monumento, mas ele disse que está a apenas duzentos metros de distância e pode nos ver de lá.

Zhuzi e eu fomos até as balaustradas e examinamos a cena. A oeste, um pequeno grupo colocara fogo em lonas, colchas e pedaços de pau. Agora podíamos ouvir o barulho dos tanques, além dos tiros. Sabíamos que, muito em breve, os soldados apareceriam nos quatro cantos da praça.

Corri para o lado norte do monumento. Eu não tinha megafone, então gritei o mais alto que pude para os homens se deslocarem para o limite externo da massa. Dez minutos depois, a maioria já tinha feito o que pedi, exceto alguns caras que continuavam sentados nos degraus com os braços em torno das namoradas. Uma parte dos estudantes começou a cantar junto com a Internacional que tocava pelos alto-falantes, logo seguida pelos demais, gritando em uníssono: "*Ó parasita que te nutres / Do nosso sangue a gotejar...*"

— Defenderemos a Praça da Paz Celestial até a morte! Defenderemos a República Popular da China! — Mimi berrava no microfone.

— Eles podem cortar fora nossas cabeças e fazer com que sangremos até a morte, mas jamais permitiremos que tomem a Praça do Povo! — Chen Di gritava dramaticamente.

Pedi a alguns dos homens de braçadeiras vermelhas que assumissem meu lugar, serpenteei entre a multidão de estudantes sentados e retornei à tenda da greve de fome.

— Todos devem cobrir as bocas com máscaras ou toalhas molhadas — Bai Ling instruía ao microfone, fazendo os preparativos finais para a batalha iminente. Havia tinta preta em sua camisa. Na escuridão, era como sangue.

O Velho Fu estava vigiando o microfone. Quando Bai Ling terminou de falar, ele percebeu que Chen Di ainda não tinha aprontado a fita seguinte e acrescentou alguns comentários.

— Quando o exército chegar, demonstraremos paciência, firmeza e autocontrole. Ficaremos aqui, de mãos dadas, ombro a ombro. Que o exército venha e nos esmague, se quiser. Nós não sairemos.

Ke Xi estava de pé entre dois estudantes de Hong Kong que pediram para tirar fotos com ele. Depois que o flash espocou, ele berrou:

— Quando eu estiver morto, vocês devem carregar meu caixão pelas ruas e depois trazê-lo para cá, para que eu possa ver a praça pela última vez! — Depois ele se aproximou de Bai Ling e disse: — Quero assumir como comandante em chefe pelo resto da noite.

Bai Ling lhe pregou um olhar de desdém.

— O inimigo já está nos portões. O que você faria como comandante?

— Eu sei o que precisa ser feito — Ke Xi respondeu.

— Só lhe entregarei o controle se você tiver um plano viável — disse Bai Ling, desviando os olhos.

— Não seja tão arrogante. Lembre-se de que você começou como minha secretária!

Assim que Ke Xi disse aquilo, Wang Fei deu um salto e o agarrou pela gola. Ele estava prestes a socá-lo na cara, mas os guarda-costas de Ke Xi o empurraram para trás a tempo. Yu Jin agarrou um pedaço de pau e correu para perto, tentando acertar a cabeça de Ke Xi. Zhuzi chegou e gritou, furioso:

— Os estudantes nas barricadas estão sacrificando as vidas por nós! Se vocês não pararem com estas disputas idiotas de poder, arrebento todo mundo!

Chen Di levou um estudante ferido até a mesa e colocou o microfone diante de sua boca.

— Meu colega Zhang Han foi morto a tiros! — soluçava o estudante. — Tenho seu sangue por todo o meu corpo. Sangue fresco. Por todo o meu corpo...

Zhang Han era outro dos guardas estudantis que tinham walkie-talkie.

Eu disse a Zhuzi para ordenar que todos com walkie-talkies os descartassem imediatamente.

Ke Xi arrebatou o microfone das mãos do estudante e disse:

— Defenderemos a Praça da Paz Celestial até a morte! Ficaremos no Monumento aos Heróis do Povo até o derradeiro fim... — Ele chegara a um estado de frenesi tão grande que desmaiou nos braços de seu guarda-costas.

Chen Di pegou o microfone.

— Precisamos de uma ambulância e um balão de oxigênio. Ke Xi desmaiou de novo.

— Companheiros estudantes, você devem permanecer acordados e se certificar de que todos tenham toalhas molhadas à mão — anunciou o Velho

Fu. — Não deixem o monumento. Todos devem ficar no centro da praça. — Sua voz calma e madura apaziguava os ânimos.

— Temos que concentrar nossas forças no lado norte da praça — eu disse a Lin Lu, pegando mais braçadeiras vermelhas de sua bolsa. — É para lá que as tropas do leste e do oeste convergirão. Vá e posicione mais guardas por ali.

— Vamos fazer uma última ronda na praça, Dai Wei, e assegurar que todos estejam reunidos em torno do monumento — pediu o Velho Fu.

— Alguém tem uma bicicleta que eu possa usar? — gritei, mas ninguém podia me ouvir. Eu queria ir até a Deusa da Democracia e persuadir Mou Sen e Nuwa a voltarem para o monumento, e depois encontrar um esconderijo para Tian Yi no Museu de História da China. Era um importante monumento nacional. Eu tinha certeza de que o exército não ousaria disparar contra ele.

Um pequeno grupo de estudantes estava destruindo armas nos degraus de pedra da beira do terraço. Shan Bo e Fan Yuan, que ainda usava braçadeira vermelha, revezavam-se para destroçar uma metralhadora. Outros desmantelavam coquetéis molotov. Um forte cheiro de combustível permeava o ar.

Células malignas corroem a mucosa de seu estômago. O tecido parece tão destroçado quanto as muralhas de uma cidade em ruínas.

— Onde está, onde está? — grunhe minha mãe, revirando folhas de papel.

Ela começou a perder a memória. Quando o filho do Mestre Yao bateu à porta e chamou minha mãe, ela não o deixou entrar. Acho que ela não reconheceu sua voz. Talvez tenha reconhecido, mas não quisesse falar sobre o assunto perturbador da prisão do Mestre Yao. Ou talvez ela pensasse que era o oficial de relocação, vindo para convencê-la a se mudar.

De repente, lembro-me de uma discussão que meus pais tiveram certa vez.

— Onde você escondeu minhas fotografias? — meu pai perguntara, furioso.

Eu tinha dez anos na época, e acabava de chegar da escola. Minhas calças com elásticos eram grandes demais para mim. Meus colegas já as haviam abaixado duas vezes para me humilhar. Eu estava muito abalado.

— Quero um cinto! — esbravejei, interrompendo a discussão deles.

— Se suas calças estão frouxas, é mais fácil para abaixá-las quando você tiver que fazer xixi — minha mãe respondeu e tornou a se dirigir a meu pai. — Há anos queimei aquelas fotos.

— Eles correram atrás de mim e abaixaram minhas calças. Pai, eu quero um cinto!

— Você não tem barriga. Para que precisa de cinto? — Meu pai baixou os olhos para mim e soltou uma baforada de seu cigarro. Seu rosto era tão manchado quanto o velho espelho pendurado em nossa parede.

— Vá brincar com seu irmão no jardim — falou minha mãe, saindo da cozinha com seus chinelos verdes.

— Estou de saco cheio de usar calças com elástico. Será que vocês não podem me comprar calças decentes?

Minha mãe me agarrou pela camisa e me bateu com força, e depois me empurrou para fora do quarto.

Meu pai, aquele que entrou na fornalha do crematório segurando um calendário de paisagens estrangeiras, jamais tentou ingressar no Partido após seu regresso dos Estados Unidos. Isso mostra o homem corajoso que ele foi.

A trezentos li para o sul, cruzando as areias movediças, ficam as Montanhas Ge. Suas encostas nuas são pontilhadas de pedras que podem ser usadas para amolar facas. Com apenas uma destas pedras é possível amolar todas as facas da Terra.

Já era quase uma da manhã. A maioria das meninas partira para a Universidade Qinghua nas vans, mas cerca de cem delas haviam decidido permanecer na praça. Voltei ao terraço superior. Queria buscar Tian Yi e levá-la para um local seguro. Eu sabia que ela não viria comigo se eu contasse meu plano, então menti:

— Minha velha colega da Universidade do Sul, Shi Ye, quer falar comigo. Você me ajuda a encontrá-la?

— Shi Ye é uma velha colega de A-Mei, e não sua — ela disse, seguindo-me de volta para a praça. O Grande e o Pequeno Chans mergulhavam pincéis num recipiente de tinta e escreviam na parede de pedra do monumento: QUATRO DE JUNHO É O DIA MAIS NEGRO DA HISTÓRIA DA CHINA.

Tian Yi agarrava meu braço. Percebi que ela estava tão apavorada quanto Bai Ling.

De repente, no canto noroeste da praça, tive o vislumbre de um veículo blindado. Ele se batia contra uma muralha de troncos que moradores haviam colocado ao largo da Avenida Changan, a alguns metros de onde Mou Sen realizara a cerimônia de abertura da Universidade Democrática. Uma pequena massa de estudantes correu para perto e atirou pedras e coquetéis molotov no veículo, e logo as chamas se elevaram do teto enquanto ele continuava se chocando contra a barricada. O reflexo das labaredas dançava sobre a Deusa da Democracia e as fileiras de tendas de náilon próximas.

— Corra! Há um blindado tentando forçar a entrada na praça! — Segurei Tian Yi pelo braço e disparamos na direção contrária. Antes que chegássemos muito longe, ergui os olhos e vi uma massa negra de soldados em trajes de combate e armados com longos cassetetes alinhando-se nos degraus do Museu de História da China.

Tian Yi ficou imóvel.

— Pare! — ela berrou, puxando-me para trás. — Não dê nem mais um passo.

De repente, compreendi que os soldados provavelmente estiveram o tempo todo à espreita no interior do Museu de História da China.

Eu tentava pensar em algum outro lugar onde Tian Yi pudesse se esconder, mas percebi que seria perigoso demais passar correndo pela praça naquele momento.

Moradores de Pequim espalhados à nossa volta empunhavam barras de ferro e garrafas de cerveja, e estavam prestes a lançá-los nos soldados nos degraus. Corri para perto e disse:

— Eu sou Dai Wei, chefe de segurança. O Quartel General de Defesa da Praça da Paz Celestial pediu que todos descartem suas armas e mantenham nossa política de resistência pacífica. — Depois falei para Tian Yi retornar ao monumento e dizer a Bai Ling que agora o exército estava plantado bem diante de nós.

Quando se virou para partir, Tian Yi viu uma garota sentada sob um poste, lendo um livro.

— O que você esta fazendo? — gritou Tian Yi. — Não vê que o exército está aqui?

— Se eles nos expulsarem, retornaremos ao nosso campus — a garota respondeu, erguendo os olhos. — Qual é o drama?

— Veja, isto é um cartucho de balas — disse Tian Yi. — O exército está atirando para matar. Preciso que você me ajude. Vá e diga ao Quartel-General que há um batalhão enorme postado nos degraus do Museu de História da China. Mande a mensagem a Bai Ling. Diga que é de Tian Yi.

A garota se pôs de pé com relutância e examinou o cartucho na mão de Tian Yi.

Depois, Tian Yi voltou para meu lado e gritou:

— Companheiros estudantes, vamos cantar o hino do Exército Popular de Libertação, "Três regras de disciplina e oito pontos de atenção".

Exatamente naquele momento, um sinalizador cruzou o céu. Seu brilho pálido parecia a luz fantasmagórica que ilumina o caminho das almas mortas para o inferno.

Uma rajada de tiros estrondeou do canto nordeste da praça. Os disparos ecoavam contra as paredes do lado norte do Museu de História da China. Os milhares de soldados do lado de fora do museu também ouviram, mas permaneciam completamente imóveis, em formação nos degraus como uma massa de morcegos verdes.

— Estamos acabados, acabados... — murmurei para mim mesmo, meu corpo retesado de pavor. Pensei em levar Tian Yi para uma passagem subterrânea sob a Avenida Changan, mas antes que eu tivesse tempo de me mover, um grupo de pessoas em pânico apareceu correndo do canto nordeste para a ambulância estacionada diante da tenda de emergência. Um homem ferido, coberto de sangue dos pés à cabeça, era levado sobre uma bicicleta. Enquanto era carregado para a ambulância, ele sacudiu a cabeça de um lado para o outro e gritou:

— Vocês viram isso? Viram isso? — Depois, fechou os olhos e ficou em silêncio.

Alguém berrava alucinadamente:

— Seus assassinos! Como podem apontar as armas para o povo? Os deuses punirão vocês!

Outros correram para o museu e atiravam pedras e garrafas de cerveja nos soldados sentados nos degraus. Os soldados ficaram de pé e pareciam prontos a revidar, mas o coronel parado na frente do pelotão fez um gesto e todos ficaram imóveis. Depois, três soldados correram em nossa direção pela Avenida Changan, perseguidos por uma multidão enfurecida. Um deles foi derrubado ao chão, os outros dois seguiram para os degraus do museu. As tropas ficaram furiosas e pareciam prestes a atacar. Quatro estudantes se aproximaram para ajudar o soldado caído. Enquanto os estudantes o erguiam, alguns moradores furiosos investiram contra ele, socando seu rosto e arrancando seu capacete.

Um menino que parecia ter cerca de dez anos passou correndo por nós. Tian Yi tentou segurá-lo, mas ele se desvencilhou e disparou na direção do museu.

— Meu irmão foi morto! — ele berrava, correndo na direção dos soldados nos degraus. Uma pequena multidão brandindo galhos e barras de ferro o seguiu. Tian Yi alcançou o menino e conseguiu contê-lo. Algumas estudantes cercaram o coronel e imploraram que ele proibisse os soldados de abrir fogo. Uma pequenina estudante de Hong Kong caiu de joelhos e soluçou:

— Vocês não podem disparar suas armas contra os estudantes!

Fiz com que todos gritassem para os soldados:

— O Exército Popular ama seu povo! O povo chinês não dispara contra seus compatriotas!

Tian Yi se aproximou do coronel, apontou para seu distintivo da universidade e disse:

— Sou da Universidade de Pequim. Nós seguimos uma política de não resistência. O senhor acabou de ver como ajudamos o soldado caído.

— Se atirarem em nós, a história jamais os perdoará! — eu me intrometi. O coronel baixou a cabeça e ficou em silêncio.

O menino viu um triciclo passando e correu atrás dele.

— Essa criança ficou louca...

— Talvez seja o triciclo do irmão dele — especulei. — Tian Yi, temos que voltar e contar a Bai Ling o que está acontecendo. — Wang Fei se apossara de uma metralhadora do exército e a escondera numa das tendas. Ele também havia formado seu próprio esquadrão suicida secreto. Eu sabia que se ele puxasse a arma e ativasse o esquadrão, provocaria um massacre.

Tian Yi e eu corremos para o monumento. Estudantes com pedaços de pau passaram correndo por nós, rumando em direção a um blindado em chamas. Um velho gritava para alguns membros do Esquadrão Ousar Morrer:

— Façam o que os estudantes pediram e baixem suas armas... — Depois ele ajoelhou e chorou.

Outra prolongada rajada de metralhadora irrompeu na Avenida Changan. Ouvi a massa gritando furiosas palavras de ordem e então alguém passou carregando o corpo inerte do menino que tínhamos acabado de ver. Sangue gotejava de seu corpo. Parecia ter sido morto a tiros.

Comecei a suar frio.

— Está muito perigoso lá fora! — gritei, puxando Tian Yi na direção da passagem subterrânea. Imaginei que estaríamos mais seguros ali dentro. Mas, quando nos aproximávamos da entrada, outra rajada de tiros se fez ouvir e nos atiramos ao chão, em pânico.

Ergui os olhos para ver o que estava acontecendo. Os soldados e tanques tinham interditado a Avenida Changan no canto nordeste da praça. Um pequeno grupo de civis estava escondido atrás do muro baixo de cimento da passagem subterrânea. Eu não conseguia distinguir se eram moradores ou estudantes. Presumi que eles estavam ao alcance das balas das metralhadoras e apavorados demais para se mover.

Dois trabalhadores segurando barras de ferro engatinharam até nós e disseram:

— Vocês serão mortos se ficarem deitados aí por mais tempo. Aqueles desgraçados estão atirando em todo mundo à vista! Se não têm armas, caiam fora daqui!

— Tem alguém na passagem subterrânea? — perguntei.

— Se vocês entrarem, nunca sairão. Já há milhares de pessoas ali dentro. Corram para a Avenida Qianmen ao sul. Ela ainda não foi interditada pelo exército.

Eu não podia acreditar. Aquele era um dos bandidos que nos enganara nos bosques do Antigo Palácio de Verão. Reconheci sua voz na hora, mas felizmente Tian Yi não percebeu quem era. Observei-o enquanto ele se afastava de nós.

Aquela expressão, presa no meio do fluxo, jaz imersa em sangue coagulado.

Mais tanques se aproximavam da praça vindos do leste, seguidos por fileiras e mais fileiras de soldados avançando como séries de muralhas vivas.

Vi uma garota parecida com Nuwa se dirigindo para as tropas da lei marcial, a saia vermelha esvoaçando enquanto ela caminhava. As pessoas agachadas atrás do muro de cimento da passagem subterrânea ficaram de pé e a seguiram, gritando:

— O Exército Popular ama seu povo!

Agora havia vinte ou trinta pessoas paradas diante das tropas no canto nordeste da praça. Entre a multidão, avistei o guarda magricelo da Federação dos Estudantes das Províncias que tentara depor Tang Guoxian no dia anterior. Seu punho estava erguido no ar.

Os tiros recomeçaram. Muitas pessoas foram atingidas. Algumas cambaleavam para trás, outras caíam e rolavam pelo chão em agonia ou desabavam de frente e ficavam imóveis. Mas a garota da saia vermelha continuava ilesa, e seguiu avançando em direção às armas apontadas diretamente para ela. Finalmente, quando ela estava a apenas dois ou três metros dos soldados, um tiro foi disparado... Seu pé esquerdo recuou um passo, os braços e o tronco se inclinaram para a frente, ela perdeu o equilíbrio e desmoronou no chão.

— Puta merda! Estão executando as pessoas a sangue-frio! — Desviei os olhos. Não aguentava olhar. Meu coração latejava. Voltei-me para Tian Yi. Ela estava sentada, os olhos fechados com força e os dentes enterrados em seu lábio inferior. Ela parecia prestes a desmaiar. Ajoelhei-me e a estreitei em meus braços.

— Vou levá-la para a tenda da Cruz Vermelha. É logo ali. — Eu queria encontrar um médico e pedir que ele lhe desse um tranquilizante.

— Monstros! Estão assassinando as pessoas! — ela gritou, o corpo todo tremendo.

Enfermeiras de jalecos brancos passaram por nós para atender os estudantes caídos na Avenida Changan. Ergui Tian Yi e tentei puxá-la na direção da tenda da Cruz Vermelha, mas ela não conseguia mexer as pernas, então a levantei em minhas costas e a carreguei. Uma ambulância com a sirene ligada estava estacionada do lado de fora da tenda. As luzes azul e branca girando no teto ofuscavam meus olhos. Quando chegamos, duas enfermeiras e um estudante apareceram carregando a menina de saia vermelha pelos braços e pernas. Baixei os olhos. Era Nuwa. Ela levara um tiro na coxa. O sangue jorrava da ferida. Os dedos cobertos de sangue de seu pé estavam comprimidos como as garras de um pássaro. Uma de suas sandálias vermelhas pendia do pé por uma fina tira de couro.

Uma enfermeira se agachou e gritou:

— Rápido, enfaixem a perna dela! Temos que colocá-la numa ambulância o mais rápido possível! Ponham a garota no chão. Ela tem que ficar deitada de costas.

Tian Yi me empurrou, desamarrou a toalha do braço e a colocou sobre a coxa de Nuwa. A enfermeira comprimiu a toalha com força sobre o ferimento e a envolveu com uma longa faixa de gaze para mantê-la no lugar. Depois, Tian Yi e eu pegamos os pés de Nuwa, a enfermeira pegou os braços e a levantamos cuidadosamente. Um vapor subia das gotas de sangue que pingavam no calçamento de concreto.

— Não deixe que ela morra! — Tian Yi berrou subitamente.

— Ela queria pedir aos soldados que parassem de atirar — disse a enfermeira. — As armas estavam apontadas diretamente para ela, mas ela continuou avançando. Apenas poucos minutos antes, ela estava me ajudando a carregar os feridos.

Quando a enfermeira ergueu os olhos, percebi que era Wen Niao. O chapéu sobre suas sobrancelhas espessas estava manchado de sangue. Ela limpou o sangue das mãos no jaleco branco.

— Rápido, vamos colocá-la na ambulância. Você é o chefe de segurança, não é? Diga a seus guardas estudantis para se afastarem dos soldados. Está acontecendo um massacre!

— Conhecemos esta garota. Ela é da Universidade de Pequim. — Eu mal podia respirar. Minha visão se turvava. Carregamos Nuwa para a ambulância e a atamos a uma maca. — E quanto a ele? — perguntei, avistando outro corpo deitado na porta da tenda de resgate.

— Já está morto — respondeu Wen Niao, ofegante. — Foi atingido por dois tiros.

Ajoelhei-me e olhei de perto. Um choque de horror correu por meu corpo. O jovem era parecido com Mou Sen, mas eu não ousava acreditar que era ele. Um dos olhos fora estraçalhado e seu rosto estava coberto de cabelos e sangue. Meti a mão em seu bolso e encontrei meu maço de cigarros.

— Mou Sen! Mou Sen! Assim já é demais! — Urrei o mais alto que pude. Minhas pernas tremiam como se atingidas por tiros.

Ouvi Wen Niao gritando.

— Rápido, estamos partindo! — Virei-me e vi que ela empurrara Tian Yi para dentro da ambulância. Ela bateu duas vezes na porta e exclamou: — Vá, vá!

— Cuide-se, Dai Wei... — disse Tian Yi, esticando a mão em minha direção. Quando ela desdobrou os dedos, o reluzente cartucho de balas que segurava se perdeu no céu da noite. Vi a ambulância acelerando, a sirene gemendo mais uma vez, e senti meu peito se contraindo.

— Provavelmente é a última viagem que a ambulância fará esta noite — disse Wen Niao. — Ela pode até chegar ao hospital, mas duvido que tenha permissão para voltar.

— Este cara aqui era meu melhor amigo. A menina que foi baleada era namorada dele... Não, era sua esposa. — Minha boca estava tão seca que eu mal podia falar. Eu olhava o sangue nos cabelos de Mou Sen, os cabelos que eu mesmo havia cortado, e pensei que, alguns instantes atrás, ele estava vivo e apaixonado. Eu não conseguia compreender como, de uma hora para a outra, Mou Sen estava morto.

— A ferida na perna da garota era profunda. Estava com uma hemorragia feia. Ela não vai sobreviver. — Depois que Wen Niao disse isso, ela se virou e abriu caminho para dentro da tenda da Cruz Vermelha.

O sangue correu para minha cabeça. Tudo ficou escuro. Baixei os olhos novamente para Mou Sen. Seu globo ocular vermelho refletia o brilho da luz. Agachei-me e sacudi seu peito, tentando acordá-lo.

— Você está mesmo morto? Assim já é demais, Mou Sen. Eu não vou deixar que você morra dessa maneira. — Abri o maço de cigarros. Os dois cigarros ainda estavam lá.

Sentei-me junto dele. O brilho de seu olho era estranho e desconhecido. Ele não se parecia em nada com meu pai em seu leito de morte. Seu rosto, dentes, cabelo, pescoço e cavanhaque estavam cobertos de sangue. Eu tinha sangue dele e de Nuwa cobrindo minhas mãos.

Minha mente ficou negra. Eu não sabia mais o que pensar ou para onde olhar.

Dentro da tenda de emergência, as enfermeiras guardavam os suprimentos médicos em caixas de papelão e se aprontavam para levar embora os feridos. Elas empurravam todos em estado menos grave para fora da tenda e diziam:

— Ande logo e fuja daqui!

Na Montanha Faiju vive um pássaro com bico branco e patas vermelhas. É a reencarnação da filha do imperador Yandi, que se afogou no mar Oriental. O pássaro canta, "jingwei, jingwei", por isso as pessoas o chamam de pássaro jingwei. Todos os dias, ele cata gravetos e pedras da montanha e os atira no mar Oriental, tentando aterrá-lo em vão.

Um estudante que acabara de ter o braço enfaixado correu na direção das tropas, gritando:

— Vocês vão pagar por isso, seus assassinos!

Eu o agarrei e disse:

— Volte para o monumento, meu amigo, e conte a todos o que aconteceu. Rápido!

Os alto-falantes do governo ainda repetiam os mesmos anúncios:

— Uma séria revolta contrarrevolucionária irrompeu em Pequim. Bandidos roubaram munição militar e atearam fogo em caminhões do exército. Seu objetivo é destruir a República Popular da China. Temos que lançar um contra-ataque...

Um blindado de transporte de tropas passou diante do Grande Salão do Povo, atropelando um homem que empurrava uma bicicleta. Deixei o corpo de Mou Sen, corri para onde o homem caíra e ajudei a reconstruir a barricada que o blindado derrubara. Alguns trabalhadores atiraram coquetéis molotov sobre o teto do veículo.

O blindado chegou a um grande bloqueio mais à frente na avenida e não conseguiu derrubá-lo. Seu motor rosnava enquanto lutava em vão para atravessar a barricada. Um grupo correu para perto e o atacou com mais coquetéis molotov. Avistei uma colcha, peguei-a do chão, corri para o veículo e a atirei sobre as garrafas que ardiam no teto. A colcha imediatamente pegou fogo. Alguns instantes depois, o blindado finalmente conseguiu romper a barricada e escapar pela avenida Changan a oeste, com a colcha no teto ainda em chamas. Os guardas da Federação dos Trabalhadores o perseguiram, berrando:

— Que merda estão fazendo, atropelando os outros desse jeito?

Outros correram para perto do veículo com barras de metal que enfiaram nas rodas, fazendo o blindado parar mais uma vez. Logo, centenas de pessoas cercaram o carro e o atacaram com barras de ferro e pedaços de pau. Algumas socavam as laterais de metal com os próprios punhos. Também me aproximei e o chutei algumas vezes, mas a fumaça preta expelida pelo escapamento me trouxe lágrimas aos olhos e corri de volta para o meio da praça. Balas cruzavam o céu negro, acompanhadas por um barulho contínuo de disparos.

Exatamente quando eu estava prestes a entrar no meio das fileiras de tendas de náilon, um homem se aproximou de mim, puxou-me de lado e me disse que era um agente disfarçado. Ele me pediu que incitasse os estudantes a deixarem a praça imediatamente, pois os soldados estavam prestes a entrar e evacuá-la à força, e matariam qualquer um que resistisse. Para provar sua identidade, ele tirou um walkie-talkie do bolso. Era um modelo usado apenas pela força de segurança do governo.

— Que diferença fará se sairmos agora ou se formos expulsos dentro de algumas horas? — respondi friamente e me afastei para buscar minha mochila na tenda. Quando cheguei lá, minha mente estava tão confusa que esqueci o que estava procurando. Vi um estudante na tenda em frente à minha escrevendo em seu diário à luz de uma lanterna. — Os soldados estão chegando para evacuar a praça! — berrei. — Caia fora daqui!

— Estou escrevendo meu testamento — ele respondeu, sem erguer os olhos. Depois ele apagou a lanterna e se deitou em sua cama dobrável.

— Você... Você vai se arrepender! — Minha mente estava em chamas. Eu não conseguia pensar com clareza.

Descendo quinhentos li rio abaixo, chega-se ao Monte Fartura. O Rio Li nasce de seu sopé, flui para oeste e desemboca no Rio Amarelo. Peixes venenosos habitam suas águas. Se um homem comer sua carne, morrerá.

Minha mãe está procurando alguma coisa novamente. Ela está em seu quarto. Ela sempre parece estar procurando por uma ou outra coisa, mas o que realmente busca é a si mesma. Ela já não liga o rádio, por isso quase todos os ruídos que ouço vêm dela ou dos tratores que se aproximam cada vez mais de nosso prédio.

Minha mãe deve estar abaixada. Ela chuta um monte de sacos plásticos. Posso ouvir que há catarro na base de seu esôfago. Está na abertura de seu estômago como uma batata podre, e dá a seu hálito um cheiro de doença.

Ela sobrevive com uma dieta de pepino cru, aipo e pequenos lanches vendidos envoltos em celofane. Ela acorda muitas vezes no meio da noite, resmungando de dor no estômago, liga a TV e assiste até amanhecer.

A enfermeira que vem toda semana para me trazer remédios enfia um termômetro em minha boca e diz:

— Por que você não abre as janelas e arruma este apartamento um pouco? Fede mais que um banheiro público.

— Não quero que o pardal voe para fora — minha mãe responde.

— Não surpreende que ninguém queira vir aqui. Você é uma mulher muito estranha. Você tem este vegetal para lhe fazer companhia, e agora quer um pardal também!

— Sinto muito...

— Há um novo remédio que você deveria comprar para ele. Nossa clínica acabou de receber um lote. É sintetizado de células de placenta e ajuda a estimular a regeneração cerebral. É injetado direto no sangue. Como cliente regular, você pode consegui-lo com desconto, por apenas duzentos yuans a caixa.

— Acho que não vou me dar esse trabalho. Não há nada de errado com ele. Todos os exames que ele fez nestes últimos anos mostram que sua condição é estável.

— Ele é seu filho. O que são duzentos yuans para você? Como você é avarenta! Não é possível que esteja sem dinheiro. Todos os moradores deste conjunto fizeram uma fortuna com as indenizações pela demolição.

— Hahaha, mesmo se eu conseguisse duzentos mil yuans, não poderia comprar um apartamento por aqui. Os apartamentos menores no novo bloco comercial da esquina custam pelo menos três vezes este valor.

— Bem, então você pode alugar. Terá dinheiro suficiente para pagar o aluguel pelo resto de sua vida.

— Não, não terei. Todos neste prédio se deram bem, exceto eu. Por eu ter pedido aposentadoria precoce, minha unidade de trabalho se recusa a me dar uma certidão de propriedade, portanto eu só posso pedir indenização de inquilino, que é um décimo do que todos estão ganhando. Eu disse à construtora de Hong Kong que, se não me pagarem o valor integral, não saio daqui.

— Eles pintaram a palavra "demolição" por todo o prédio. A maior parte das lojas e restaurantes do lado de fora já fechou. É como uma cidade fantasma. Não quero voltar aqui. Mesmo durante o dia, tenho pavor de andar por esta rua. Voltarei na semana que vem, mas se você quiser mais remédios para seu filho depois disso, terá que ir até a clínica.

— Está um canteiro de obras lá fora. Há tratores por todo lado e montanhas de destroços. Até as ruas estão cobertas de escombros. Como você espera que eu saia do apartamento?

— Ah! Sua velha louca. Ouvi dizer que você perambula pela rua o tempo todo! — Ela sai, batendo a porta.

Minha mãe está ficando frágil. Ao longo dos anos, sua vida se tornou pior que a minha. Nenhum de seus filhos pode ajudá-la agora, nem o que está na longínqua Inglaterra nem o comatoso a seu lado.

Ela verifica o radiador, senta-se sob um feixe de luz do sol na cama e fecha minha mão nas suas.

— Que estranho! As manchas vermelhas de suas unhas desapareceram! Quando isso aconteceu? Isto significa que você vai acordar, meu filho? Sinto muito, mas acho que a partir de agora você terá que fazer os exercícios para as mãos sozinho. Não tenho mais forças para dobrar seus dedos... — Ontem, minha mãe leu um livro chamado *Os benefícios médicos da quiromancia*, que An Qi lhe deu. Há algumas semanas, o marido de An Qi finalmente morreu. Sua velha ferida de bala inflamou novamente e ele contraiu septicemia.

Minha mãe arrasta os pés para a sala de estar e revira um monte de velhos pertences. Cheiros de poeira e fezes de pássaro enchem o ar mais uma vez.

Na velhice, minha mãe se tornou nostálgica. Ela contatou alguns antigos colegas da Companhia Nacional de Ópera e lhes perguntou se eles tinham fotos de sua apresentação em Moscou. Ela até telefonou para sua irmã mais nova, com quem rompera relações, e perguntou como ela anda. O Mestre Yao ainda está na prisão, mas ela parece tê-lo apagado de sua memória.

O pardal salta sobre meu peito novamente e ali se aninha. A luz do entardecer entra pela janela e dirige meus pensamentos para a morte. Se meu corpo voltar à vida, retornará minha alma a seu antigo estado comatoso?

Seu espírito se move incansavelmente por sua carne. Seu coração foi esmagado.

— Onde está? — pergunta minha mãe, fazendo uma breve pausa em sua busca. — Tenho certeza de que guardei entre as páginas de um livro...

Suspeito que minha mãe esteja procurando o cartão-postal que recebeu de um russo que conheceu enquanto fazia uma turnê pela União Soviética com a companhia de ópera. O desaparecimento do cartão a entristeceu por anos. Provavelmente foi a única carta de amor que ela recebeu na vida. Minha mãe se levanta, entra em meu quarto e diz, sonhadora:

— Ele tinha olhos azuis. Era um pouco mais alto que seu pai.

Ela nunca saberá que quem queimou o cartão-postal com a mensagem escrita em letras cirílicas fui eu.

Até hoje, quando penso naquele cartão ainda sinto uma pontada de medo. Certa noite, três cantores da companhia de ópera apareceram em nosso quarto usando braçadeiras vermelhas e ordenaram que minha mãe entregasse o cartão-postal. Minha mãe me disse para ir ao pátio, por isso não ouvi o que mais foi dito. Mas percebi que eles suspeitavam que ela fosse uma espiã.

Durante alguns meses depois daquela visita não ousei sair para brincar, porque, assim que me viam, as outras crianças gritavam: "Que livro é esse que você está segurando? É um panfleto. Sobre o quê? *O conto de Natasha*." Era um diálogo de um filme russo muito popular naquela época. Naquela cena específica, uma espiã se revelava para um agente do governo.

Foi só quando comecei a ir à escola primária que percebi que minha mãe não podia ser uma espiã a serviço da União Soviética. Ela não falava uma palavra de russo.

Os colegas de minha mãe não encontraram o cartão-postal, mas confiscaram outras cartas russas que encontraram em nosso quarto. Alguns anos depois, achei um cartão-postal da Praça Vermelha de Moscou enquanto espiava o diário de minha mãe. Quando ninguém estava olhando, eu o atirei nas brasas de nosso forno de carvão.

Minha mãe tinha um primo distante chamado Dr. Wan. Ela o visitou certa vez em busca de tratamento para uma infecção no peito e acabou ficando hospedada com ele por quase um mês. Ela disse que ele lhe preparava ervas medicinais todos os dias. Eles trocaram muitas correspondências depois que ela retornou. Talvez tenha sido outro breve episódio romântico em sua vida.

Quando acaba o turno do dia nas obras de demolição, o pardal canta durante algum tempo, mas logo tudo fica tão quieto que posso ouvir insetos roendo os feijões-mungo na cozinha. Embora o som de cada inseto seja minúsculo, quando multiplicado por dez mil o barulho se amplifica numa ruidosa mastigação que ecoa pelo ar. Os insetos têm cascas muito duras. Minha mãe peneira os que sobem à superfície quando ela coloca os feijões numa panela d'água, mas alguns se afogam e afundam. Depois que seus pequenos corpos deslizam por minha garganta junto com a sopa, posso senti-los aderindo às paredes de meu estômago. São mais duros que as cascas indigeríveis dos feijões-mungo.

Os trabalhadores da noite começam seu turno, e o barulho dos canteiros de demolição que nos cercam faz trepidar o ar noturno.

Desde que minha mãe perdeu o entusiasmo pela vida, seus dias se tornaram tediosos e miseráveis; provavelmente por isso o cartão-postal tenha assumido tamanha importância. As pessoas só escapam ao passado quando já não têm mais para onde ir. Durante os últimos dez anos, tive que retroceder por este caminho.

Quando chega a aurora, minha mãe arrasta uma cadeira para fora do apartamento, sobe nela e tenta derrubar um dos muitos objetos que ela pendurou acima da porta da frente. Há montes de caixas de papelão amassadas, cinzeiros enferrujados e o assento de bicicleta de bambu que meu irmão costumava usar quando criança. Um vento frio sopra para dentro. Quando ela mexe nos objetos, sinto cheiro de poeira velha. É mais refinado que os cheiros de cebolas mofadas, fezes humanas e excrementos de pássaro que permeiam este apartamento.

— Que vento frio — diz minha mãe, arrastando a cadeira de volta para a sala. Ela pega um folheto do chão. — O quê? Eles vão cortar o aquecimento central na semana que vem? Mas eu paguei por aquecimento até março do ano que vem... E o que é isso? Também cortarão a água e a eletricidade no mês que vem? Hahaha! Aqueles oficiais corruptos estão em conluio com os empresários ricos...

Ela ainda não começou a procurar um apartamento para irmos. Tudo que ela fez foi juntar alguns folhetos que anunciavam quartos para alugar. Como se recusa a assinar o contrato, minha mãe não recebeu nenhuma indenização até agora. Na verdade, ela leu os folhetos sobre os cortes de aquecimento, eletricidade e água na semana passada, mas os esqueceu por completo.

Duzentos li mais ao norte fica a Montanha do Cavalo Triunfante. Um cavalo alado com cabeça preta e corpo branco vive no cume. Quando ele vê um ser humano se aproximando, voa para longe.

— Ke Xi é um v-verme! — Ouvi Shan Bo dizendo a Bai Ling quando entrei novamente na tenda da greve de fome. — No momento crítico, ele se finge de doente e foge!

O rosto de Bai Ling estava apático. Lin Lu estava sentado de pernas cruzadas, fumando um cigarro. O Velho Fu travava uma discussão acalorada com o cantor Hou Dejian.

Decidi não contar a Bai Ling que Mou Sen e Nuwa haviam sido baleados. Eu temia que ela desmaiasse se soubesse da notícia. Mas eu não conseguia conter minha dor, por isso puxei o Velho Fu para fora e revelei:

— Mou Sen foi baleado!

— Você viu isso acontecer? — perguntou o Velho Fu, com os rasgos luminosos das balas traçantes refletindo-se em seus olhos.

— Ele está morto. A bala arrancou metade de seu rosto. Nuwa também foi baleada. Ela foi levada para o hospital. Veja minhas mãos. Houve um massacre no canto nordeste! Vi sete ou oito pessoas assassinadas. — Baixei os olhos para o sangue coagulado em meus braços. Não conseguia lembrar qual mancha de sangue pertencia a quem.

O Velho Fu torcia as mãos nervosamente.

— N-não vamos transmitir essa notícia ainda. Não temos nenhuma marcha fúnebre à mão.

— O Esquadrão Ousar Morrer da Federação dos Trabalhadores partiu para rechaçar as tropas a leste. Tenho certeza de que agora a maioria deles já está morta.

— Se meu binóculo não tivesse sido esmagado, eu poderia ver o que está acontecendo por lá — disse Chen Di. Ele também perdera sua poderosa lanterna do exército.

O som de tiros se intensificava de todos os lados. O estudante parado a meu lado tinha passado algum tempo no exército.

— Aqueles tiros são de fuzis e metralhadoras automáticas — disse ele com autoridade. — As tropas estão atirando horizontalmente na multidão. Apenas alguns estão disparando para o alto. Já devem ter matado um monte de gente.

Era como se estivéssemos parados nos bastidores de um teatro, entreouvindo o grande drama que acontecia no palco. Estudantes e civis ouviam os disparos, segurando suas máscaras e esperando que os soldados invadissem a praça. Alguns casais se envolveram em cobertores e deitaram no chão para dormir. Amigos se ajudavam a prender suas carteiras de estudante com alfinetes nos bolsos. Repórteres estrangeiros e fotojornalistas empunhavam suas câmeras, mas não sabiam para onde apontá-las. Vi um ônibus ardendo em chamas no local onde estive bloqueando a passagem do blindado. Espessas nuvens de fumaça rodopiavam e se dispersavam no céu noturno. Tanques e blindados de transporte de tropas cruzavam de um lado para o outro da Avenida Changan.

Meus dedos se lembravam do calor do sangue de Nuwa. O sangue de Mou Sen já estava frio quando o toquei. Era real, aquelas duas pessoas não estavam mais vivas? Eu ainda não podia aceitar. Sabia que àquela hora Tian Yi provavelmente já chegara ao hospital. Mesmo que ela quisesse retornar à praça, teria dificuldade em atravessar o cordão de isolamento. Eu sabia que ela sobreviveria, e que talvez eu acabasse morto como Mou Sen. Por um momento, pensei em fugir, mas a ideia me cobriu de vergonha.

— Vá buscar Wang Fei — disse Hai Feng, chegando com Shao Jian e Cao Ming.

— Acabamos de receber a informação de que o secretário-geral Zhao Ziyang quer que fiquemos aqui até o amanhecer — falou Cao Ming. — Se defendermos nosso terreno, os reformistas conseguirão ganhar a dianteira. Nao se esqueçam de que Zhao Ziyang é vice-presidente da Comissão Militar Central, bem como secretário-geral, portanto ele tem algum controle sobre o exército. Precisamos lhe dar tempo para mobilizar suas tropas.

— Tudo bem, continuaremos na praça — disse Lin Lu, esquecendo que apenas Bai Ling poderia tomar aquela decisão. — Façam um anúncio pedindo a todos que formem uma muralha humana. Há dez mil pessoas aqui. Se os soldados quiserem nos arrastar um por um, levarão no mínimo até o amanhecer.

— Não podemos ficar aqui — intervim. — O canto nordeste da praça foi isolado. Quando as tropas chegarem do oeste, desfecharão o ataque. — Eu ainda não ousava mencionar que Mou Sen fora assassinado.

— Sim, temos que partir — concordou Zi Duo, erguendo-se fracamente. — Não me importa se a informação sobre Zhao Ziyang que vocês receberam é verdadeira ou não. Vocês não têm direito de colocar as vidas dos estudantes em risco!

— Esta discussão é apenas para membros do Quartel-General de Defesa da Praça da Paz Celestial, senhor — retrucou o Velho Fu. — Você não tem autoridade para participar.

— Passamos as últimas três semanas discutindo se deveríamos partir ou ficar — disse Shao Jian, a voz normalmente branda elevando o tom. — Temos que chegar a uma decisão agora!

— Hou Dejian e eu queremos falar com as tropas da lei marcial — disse Zi Duo. — Pediremos a eles que deem tempo para que os estudantes evacuem a praça.

— Vocês devem retornar a suas universidades e manter acesa a chama do movimento — disse Hou Dejian, aproximando-se. — Não podem ficar sentados aqui esperando que o exército os prenda.

— Se vocês partirem para negociar com o exército, falarão apenas por si mesmos — avisou o Velho Fu. — Não podem falar em nome do Quartel-General.

— O exército já derrubou a tenda da Federação dos Trabalhadores — informou Tang Guoxian, abrindo caminho até nós com Zhang Jie. — O lado norte da Avenida Changan está tomado de soldados da lei marcial.

Puxei Tang Guoxian de lado e sussurrei em seu ouvido:

— Mou Sen foi morto.

— Ouvi dizer que ele foi atingido por uma bala e levado para a tenda de emergência. Ele está morto? Meu Deus... — Sua expressão se congelou em incredulidade.

Olhei para o Portão da Paz Celestial e vi milhares de soldados saindo do arco negro sob o retrato do presidente Mao. O reflexo das labaredas tremulava por seus capacetes de metal. As chamas que crepitavam a distância pareciam piras funerárias ardendo num cemitério.

Depois que o deus Zi You foi morto pelo imperador, ele se transformou num bordo. Uma serpente vermelha jaz enrodilhada sob a árvore, montando guarda a seus pés.

— Eu lhe imploro que assine o contrato. Tenho uma esposa inválida em casa que está me esperando chegar com seus remédios.

— Só concordarei sair daqui se vocês me derem a mesma indenização que meus vizinhos receberam. Por que tenho que ser punida pelos erros de meu filho? Dediquei minha vida ao Partido, e agora que estou velha e fraca, eles querem roubar meu apartamento. Grande coisa a tal política da "tripla representatividade"...*

— Não é fácil ser oficial de relocação. Ganho um salário miserável de três mil yuans por mês. Preciso de meus bônus para sobreviver. Se você assinar este contrato, meu trabalho estará concluído e eu a deixarei em paz...

— Está perdendo seu tempo. Nunca assinarei. Se eles tentarem me arrastar para fora daqui, vou pular do Portão da Paz Celestial ou vou saltar desta janela. — Quando minha mãe está lúcida, sua voz fica muito mais alta.

---

*Teoria política desenvolvida por Jiang Zemin, antigo secretário-geral do Partido Comunista e presidente da República Popular da China, delineando diretrizes para a atuação do Partido como representante da maioria e para o desenvolvimento do Estado chinês atual, abrindo o Partido ao setor empresarial e modificando a antiga imagem de vanguarda revolucionária com foco no proletariado. (N. da T.)

— Não é mais como nos velhos tempos. O governo não vai despejá-la à força. Mas pense um pouco. Se ficar aqui no inverno, como sobreviverá sem água, eletricidade ou aquecimento? E, além disso, os construtores de Hong Kong lhe prometeram uma recompensa se você concordar em se mudar a tempo...

— É melhor você ir embora. O telefone está tocando... — Ela empurra o oficial para a porta e atende o telefone. — Alô. É mesmo? Isso é maravilhoso. Parabéns!... O conjunto está sendo derrubado. Todas as avenidas foram bloqueadas. Os novos apartamentos por aqui são tão caros... — Não ouço o clique do telefone quando minha mãe desliga. Ela não deve ter colocado o fone no gancho direito. Eu a ouço resmungando: — O que há de errado com aquela garota? Ela está prestes a se casar com o noivo estrangeiro, mas ainda pensa em você. Isso é tão burguês!

Provavelmente foi Tian Yi quem ligou. Ela se casará neste Natal.

Quando minha mãe sai do apartamento hoje em dia, é comum que passe horas sentada do lado de fora. Se alguém pergunta o que ela está fazendo, ela responde:

— Vou para o aeroporto. Só estou esperando que um carro venha me buscar... — À tarde, ela esquece o que fez pela manhã.

Minha mãe já ficou trancada do lado de fora do apartamento diversas vezes. Ela diz às pessoas que se mudará para a Inglaterra e que só está esperando que seu visto seja emitido. Ela sempre confunde o Mestre Yao com meu pai, pergunta por que todos os homens que ela conheceu acabaram na cadeia e diz que a alma de seu pai morto lhe colocou uma maldição.

Às vezes ela se aproxima de mim e diz:

— Vou procurar um apartamento. Terá três quartos e dois banheiros...

Antes de sair, ela me faz uma tigela de mingau de maisena e salpica um pouco de carne de porco moída em cima. Depois ela insere o tubo de alimentação no meu nariz, prende o funil à ponta e derrama nele o mingau. Quando a tigela está vazia, ela resmunga, "Eu sei que você só está se fingindo de morto", ou "Agora vou embora com seu pai. Ele me levará para os Estados Unidos para conhecer seus velhos colegas de faculdade..." Às vezes ela fala suavemente: "Veja a sua pele. Está muito mais macia. É um sinal de que você voltará à vida em breve, meu filho..." Depois ela diz adeus e sai.

Alguns minutos depois, ela estará na esquina, sentada em sua mala, fitando os caminhões que passam pelo canteiro de demolição carregados de portas, estruturas de janelas e escadas de concreto. Ela sempre coloca muita maquiagem antes de sair. Imagino que é a mesma maquiagem que ela usava quando cantava no palco. Ela gostava de desenhar dois finos arcos pretos um pouco acima de onde deveriam estar suas sobrancelhas.

Minha mãe tira um cochilo rápido no sofá. Quando acorda, desliga a televisão e depois a liga novamente. É outro programa analisando o logotipo proposto para a candidatura olímpica de Pequim. Ela tenta fechar a porta de meu quarto, mas há coisas demais no caminho. Como eu, o apartamento se tornou um cadáver que apodrece por dentro.

Ela espana unhas cortadas ou migalhas do sofá e entra em seu quarto. Por alguma razão, ela fecha a porta. Há anos ela não fazia isso.

Você se desloca pelas camadas carnosas de ruas e prédios lá fora, observando pequeninos micróbios que disparam incansavelmente por todos os lados.

Agora que a linha telefônica foi cortada, o apartamento parece morto. Minha mãe disca o mesmo número sem parar até que finalmente descobre o que aconteceu.

A última ligação que ela recebeu foi de Mao Da. Ele disse que Liu Gang fora detido por trabalhar em Pequim sem permissão de residência. Alguns dias depois de ser libertado, foi atropelado por um carro da polícia e morreu num hospital. Mao Da também disse que Wang Fei foi preso e levado para um hospício Ankang. Quando ouviu isso, minha mãe disse:

— Um hospício? Que ótimo. Eu não me importaria de ficar internada para me tratar por um tempo...

Eu a ouço escovando o cabelo. Está tão coberto de poeira e laquê que crepita quando as cerdas da escova se movem através dele.

A poeira e a umidade lá fora tingem o céu de amarelo. Todos aqueles sólidos prédios de cinquenta anos de idade, todas aquelas camadas de tijolos vermelhos, todos estão desmoronando, um por um. Meu corpo também está sendo demolido e reconstruído. Desde que minhas glândulas gástricas pararam de secretar enzimas digestivas, células convergem para meu estômago como se ele fosse uma praça pública. Meu esperma inútil foi deslocado para minha medula óssea. As células cônicas de minhas retinas abandonadas se reacomodaram num distrito recém-reformado do lobo frontal de meu cérebro, e se reorganizaram de modo que eu agora posso sentir o mundo externo como o faria um morcego. Meu jejuno supérfluo também foi reposicionado. Enquanto esta comoção ocorre dentro de mim, permaneço imóvel, deitado em minha cama de ferro.

A velha acácia do lado de fora de nosso prédio foi derrubada ontem. Provavelmente está jogada em meio aos escombros agora, coberta de poeira cinza, ou talvez um caminhão já a tenha levado embora. Em minha infância, aquela árvore era meu único refúgio. Minha mãe logo vestirá seu boné amarelo e vermelho, e pegará o anel de ouro na gaveta e o colocará no dedo. Em seguida, ela cobrirá o anel com a mão esquerda para escondê-lo de quaisquer ladrões que possam estar vagando na rua.

Meu corpo ficou bem mais eficiente. Graças a um processo de conversão de energia, agora posso sobreviver por uma semana apenas com um copo de leite. Minha pele aprendeu a absorver de um pequeno feixe de luz solar a mesma quantidade de raios ultravioleta que a maior parte das pessoas absorve num verão inteiro. Em contrapartida, minha mãe se torna mais rígida e fraca a cada dia. Ela parece estar mergulhando num transe.

Ela liga a TV. "O Hospital Santa Maria em Hong Kong começou a usar estimulação cerebral profunda do tálamo para tratar a Doença de Parkinson. Os sintomas incluem rigidez e imobilidade, falta de expressão facial..." Ela aumenta o volume rapidamente. "O procedimento envolve o acoplamento de uma estrutura de metal à cabeça, a inserção de finas agulhas no cérebro para localizar o tálamo e depois a abertura de um canal no crânio com a espessura de um dedo..." Ela baixa o volume na hora e resmunga:

— Hahaha! Como se isso fizesse algum bem!

— Huizhen! Sou eu, Vovó Pang. Pode me deixar entrar?

— Que horrível tempestade de areia estamos atravessando — diz minha mãe, abrindo a porta.

— Não é areia, é a poeira do canteiro de demolição. Veja. A escadaria está coberta de pó. Os operários deveriam jogar água no chão para manter a poeira sob controle... Vim para lhe dizer que me mudarei esta tarde. Mas vou voltar e visitá-la quando puder.

— Ainda não sei para onde vou... — Quando sua mente está lúcida, ela esquece que frequentemente fala em se mudar para a Inglaterra ou para os Estados Unidos.

— Você é a última pessoa que resta no prédio. É melhor correr e se mudar. Logo cortarão a eletricidade.

O pardal caminha pela lateral de meu peito e se aninha em minha axila para se proteger do vento frio. Ele perdeu tantas penas que tudo que pode fazer é saltitar e correr sobre meu corpo. Minha mãe o pegou algumas vezes e o levou à janela, mas quando estava prestes a jogá-lo para fora, sempre mudava de ideia e dizia:

— Vou deixar que você espere até que meu filho acorde, depois vocês podem voar juntos pelo céu...

— Não ousei abrir minha janela — continua a Vovó Pang. — Tem tanta poeira lá fora. Estão trabalhando em horas extras para garantir que esteja tudo pronto antes da virada do milênio. Fica tão barulhento à noite que não durmo nem por um segundo.

— Eles podem derrubar tudo e cortar a eletricidade, não me importo! Reinstalei meu velho forno a carvão e posso cozinhar nele se preciso. Farei frente a eles. Até um coelho pode morder se é encurralado.

— Sejamos justas, deveríamos estar satisfeitas porque o governo finalmente está construindo novos apartamentos para nós...

— A Tia Hao do comitê do bairro veio ontem com o oficial Liu e tentou me convencer a me mudar. Mas eu não cedo. Sou como a tartaruga da fábula, que engole um peso de chumbo quando alguém chega para tirá-la de seu lago. Continuarei firme.

— Um bodisatva apareceu para mim ontem. Era idêntico à sua estatueta Guanyin. Como você explica isso?

— O Velho Yao dizia que durante os primeiros estágios do despertar, os deuses que aparecem para você são pequenos como um grão de arroz, mas eles ficam cada vez maiores à medida que você pratica. Se você viu um bodisatva tão grande quanto minha estatueta, mostra que você já está quase chegando ao estágio de Buda.

— É mesmo? Isto significa que poderei voar pelo céu em breve... O paraíso Falun é superior até mesmo ao reino de Buda. É uma terra de primavera eterna, com montanhas douradas e rios de prata...

Será que agora já explorei todas as 5.370 montanhas de *Livro das montanhas e dos mares*? Em minhas viagens por meu corpo, descobri que todas as maravilhas descritas no livro existem dentro de mim: os picos e pântanos, as pepitas enterradas, as árvores que crescem nas nuvens e os pássaros de nove cabeças. Agora sei que para se chegar à alma é preciso viajar ao passado.

Mas só as pessoas que dormem têm tempo para retroceder por este caminho. As pessoas despertas devem apenas avançar às cegas, até o dia de sua morte...

O crepúsculo está chegando. No escuro, minha mãe retira o penico do meio de minhas pernas e o esvazia no buraco da latrina. Ela praticamente deixou de me limpar. Desde que o eletricista Gouzi fez este penico de formato especial, ela nunca mais precisou lavar nenhum de meus lençóis e cobertores.

Minha mãe passou a fazer suas refeições no escuro. Ela quase nunca acende a luz para ler um livro ou jornal. Imagino que os dez volumes do *Mistérios do mundo* que ela costumava apreciar tanto e que mantinha perfeitamente enfileirados na estante estejam agora soterrados sob uma montunha de sacos plásticos. A foto de meu pai tocando violino provavelmente ainda está pendurada na parede. Esses objetos dão autenticidade às minhas lembranças. Eles sobreviverão em minha mente, não importando se de fato ainda existem ou não, e todo o resto desaparecerá.

O pardal pia baixinho. Quando dorme, ele se aferra a mim com suas garras e aquece minha pele. Este pássaro deveria estar no céu agora, voando tão alto que as pessoas teriam que erguer as cabeças para vê-lo.

Minha cama estremece quando os bate-estacas do lado de fora golpeiam barras de ferro para o interior da terra. Os estrondos parecem bater no ritmo de meu coração. Lembro-me das batidas dos corações de A-Mei e Tian Yi. Todas as outras pessoas parecem distantes de mim. O buraco em que esteve meu rim esquerdo começa a estremecer. Talvez meu ureter esquerdo esteja cheio de urina ou algumas gotas de sangue tenham se infiltrado em minha bexiga. Sinto uma mudança acontecendo. Meus órgãos parecem ter recebido algum sinal secreto. É como se estivessem em preparação para algo: morte, ou um retorno à consciência... Meus pensamentos retornam a Wen Niao e ao êxtase que senti na tarde em que ela fez amor comigo.

Ouço gente subindo as escadas. Não são agentes de despejo ou trabalhadores migrantes. Os passos são leves. Eles chegam ao terceiro andar e param diante de nossa porta.

— Você está residindo aqui ilegalmente — anuncia uma voz. — Todos já se mudaram deste prédio. Estamos lhe dizendo isto pela última vez. Este prédio será derrubado nos próximos três dias. Se você não sair agora, terá que assumir a responsabilidade pelas consequências.

Os estrondos ritmados dos bate-estacas ecoam pela escadaria.

— Quem são vocês? Outro bando de agentes de relocação tentando passar por oficiais do governo? Não assinei o acordo de demolição. Vocês não têm o direito de me dar ordem de despejo.

— Sei que você não assinou. Somos da secretaria de demolição e relocação. Todos os prédios têm um velho residente teimoso como você. No final, temos que removê-los à força. Se você resistir, não só arruinará qualquer chance de pedir indenização como também estará violando a lei. A empresa recebeu uma licença de demolição da secretaria de segurança pública. Quando este prédio for demolido daqui a três dias, a polícia estará presente para assegurar que tudo corra tranquilamente.

— Que fedor! Esse lugar tem cheiro de galinheiro. Como ela aguenta viver desse jeito?

— Vocês homens de negócios estão de conluio com o governo para oprimir os cidadãos comuns como nós. Mas eu não tenho medo de vocês! Vão em frente e construam seu shopping center, sua praça pública, seu estádio Ninho do Pássaro, mas não me botem para fora de meu pequeno ninho.

— Este é seu último aviso!

Eles se afastam sem fechar a porta. Ao longe, ouço tratores investindo e muros desabando ao chão.

Na face norte da montanha, a terra é vermelha. Lá vive um pássaro com seis olhos. Sempre que ele aparece, uma calamidade se abaterá sobre a Terra.

Os tanques e blindados enfileirados no lado norte da praça começaram a estrondear em nossa direção, seguidos por uma enorme massa de soldados com capacetes. Minha cabeça tremia tanto que eu não conseguia ver com clareza.

Wang Fei, Tang Guoxian e eu nos sentamos à frente da multidão e observamos enquanto os veículos se enfileiravam e o mar de soldados atrás deles se organizava em colunas perfeitas.

Arrependi-me por não ter levado o corpo de Mou Sen para fora do caminho. Um tanque já havia esmagado a tenda de emergência.

Hou Dejian e Zi Duo foram negociar com os soldados da lei marcial. Quando voltaram, a multidão abriu caminho para eles, permitindo que eles retornassem ao terraço superior.

Nossos alto-falantes foram ligados.

— Quem fala é Hou Dejian. Acabamos de ter uma discussão particular com os oficiais do exército. Eles garantem que ninguém se machucará, contanto que vocês se retirem da praça agora. Nós quatro suplicamos aos estudantes que se retirem. Vocês não podem se enganar por mais tempo. Se não partirem agora, ninguém sairá vivo daqui... — Embora sua voz não fosse muito alta, todos podiam ouvi-la. — Sei que os estudantes que ainda estão aqui não têm medo da morte. Mas vocês não podem desistir de suas vidas desta maneira, por nada! Vocês ainda têm muito a realizar... — Seu grito rouco foi engolido pela noite.

De repente, todas as luzes se apagaram. A praça e o céu ficaram negros como breu. Os únicos pontos de luz vinham do fogo que ainda ardia ao longe.

— Merda! Se eu soubesse que eles fariam isso, teria trazido uma lanterna.

— Canalhas! Eles não têm coragem de atacar com as luzes acesas!

A multidão se agitou. Algumas garotas começaram a berrar em pânico.

— Companheiros estudantes! Por favor, não se levantem nem se desloquem! — gritou o Velho Fu em um megafone. — Não queremos que alguém seja pisoteado.

Levantei-me e gritei:

— Guardas estudantis, quem está falando é Dai Wei, chefe de segurança. É agora. Chegou o momento. Todos vocês devem ficar de pé, dar os braços e proteger a multidão.

Naquele instante, milhares de soldados com capacetes chegaram correndo do Grande Salão do Povo a oeste e avançaram em nossa direção. Wu Bin se levantou de um salto, tirou um coquetel molotov do casaco e desatarraxou a tampa.

— Se alguém ousar chegar perto de mim, explodiremos juntos! Farei isso para vingar a morte de Mou Sen! — Antes que Wu Bin tivesse a chance de pegar seu isqueiro, Tang Guoxian saltou em cima dele e segurou suas mãos. Senti o cheiro da gasolina que se derramava no chão.

— Onde está o isqueiro? — perguntei, tentando arrebatar a garrafa da mão de Wu Bin. Todos a nossa volta entraram em pânico e empurraram a multidão atrás, tentando se afastar do cheiro de combustível.

No escuro, ouvi uma voz gritando:

— Dai Wei? Tem alguém aqui chamado Dai Wei?

Um estudante me entregou uma carta e disse que alguém na parte de trás da multidão a passara à frente. O papel era suave entre meus dedos, mas estava muito escuro para ler o que dizia. Guardei a carta em meu bolso.

Tang Guoxian conseguiu arrancar o isqueiro e a garrafa das mãos de Wu Bin. Alguém acendeu uma fogueira ao longe. As labaredas vermelhas fizeram meu sangue correr mais rápido.

— Jogue fora seu walkie-talkie, Wang Fei — falei, avistando uma luz vermelha piscando numa tampa metálica.

— Não o estou usando. Além do mais, as baterias estão quase acabando.

O hino nacional ribombou novamente dos alto-falantes do monumento. "*De pé, vós que recusais a escravidão! Com nossa carne e sangue, construiremos uma nova Muralha!*" Enquanto cantávamos, começamos a relaxar um pouco. Ocorreu-me que a maior parte das pessoas executadas pelo Partido desde 1949 gritara "Vida longa ao Partido Comunista!" quando as balas foram disparadas. Eu me perguntava se também morreria cantando o hino nacional sob a bandeira da pátria. Pensei em A-Mei e imaginei se ela estaria na praça, e se a carta que me fora entregue era dela. Eu torcia para que ela estivesse em segurança num quarto de hotel.

Ao longe, ouvimos a Deusa da Democracia desmoronando no chão. Todos berraram:

— Abaixo o Fascismo!

Sinalizadores vermelhos cruzaram o céu, e de repente os soldados se enfileiraram diretamente diante de nós. Uma dúzia deles se deitou de bruços, apontando as metralhadoras para nós e colocando os dedos nos gatilhos.

Os canos eram buracos negros. Eu sabia que teria o mesmo destino de Mou Sen se eles se iluminassem. Minhas veias começaram a latejar. Todos demos os braços. Nossos membros se retesaram quando o rugido dos tanques se tornou mais alto.

Hou Dejian gritou pelos alto-falantes:

— Suas vidas são preciosas! Não as joguem fora desnecessariamente!

Depois o Velho Fu berrou:

— Está escuro demais para erguermos as mãos. Vamos fazer uma votação por voz. Quem acha que devemos permanecer na praça, grite "Ficamos"!

— Ficamos! — Os urros em uníssono faziam com que a multidão parecesse unida.

— Quem acha que deveríamos partir, grite "Partimos"!

— Partimos! — Embora a resposta fosse mais baixa, ainda assim veio de muitas vozes.

— Por que você gritou "ficamos" e depois "partimos"? — Tang Guoxian perguntou a Wang Fei, que estava sentado a seu lado.

— Eu precisava gritar alguma coisa — respondeu Wang Fei. — Não posso mais controlar minha raiva. Aqueles canalhas filhos da puta!

Depois da votação, o Velho Fu disse:

— A resposta para a retirada foi mais forte. Portanto, eu agora declaro que nos retiraremos da praça! Todos devem se enfileirar em direção ao canto sudeste...

As luzes tornaram a acender. Um segundo depois, as metralhadoras abriram fogo, espalhando rajadas de balas nos alto-falantes acima de nós. As balas zuniram acima de nossas cabeças, acertaram o obelisco do monumento e lançaram uma avalanche de lascas de pedra sobre o chão de cimento. Os estudantes posicionados no terraço superior gritaram. Agora que os alto-falantes tinham sido silenciados, os soldados se colocaram em ação. Alguns foram esmagar as tendas, outros se ajoelharam e apontaram seus fuzis para nós. O resto avançou, desviando do combustível derramado em que Tang Guoxian acabara de atear fogo.

Então um destacamento de soldados e policiais armados investiu contra nós com cassetetes elétricos. Eles chutavam e empurravam para chegar ao terraço mais alto, expulsando todos dali. Soldados com baionetas correram para lá também, e encaravam ameaçadoramente os estudantes que pulavam para o terraço mais baixo, espetando com suas baionetas qualquer um que andasse muito devagar. Eles davam coronhadas nos estudantes que permaneciam sentados nos degraus. Alguns rapazes foram espancados com tanta força que seus rostos ficaram cobertos de sangue.

— Eles subiram para prender os líderes! — berrou Wu Bin. — Depressa, vamos proteger Bai Ling! — Wu Bin e Tang Guoxian subiram os degraus correndo. Wang Fei os seguiu, mas como ele não via coisa alguma sem seus óculos, tropeçou e caiu. Corri para perto e o levantei. Mas enquanto eu me erguia novamente, um soldado às minhas costas me nocauteou...

O passado se lança à frente como ondas brancas arrebentando numa baía.

É véspera de Natal. Meus pensamentos disparam alucinadamente, porque neste exato momento, do outro lado do mundo, Tian Yi está prestes a se casar.

Minha mãe fez sua mala e saiu de casa mais uma vez esta tarde. Um trabalhador migrante acabou de trazê-la de volta. Ele a encontrou deitada no chão a sono solto, apertando a mala contra o peito enquanto os tratores e caminhões rugiam ao redor.

O aquecimento comunitário foi desligado. Este prédio é como uma lata de lixo vazia plantada na neve.

A única parte quente de minha pele agora é o local sobre meu coração onde o pardal está aninhado. Penso no gélido tubo de concreto onde me escondi com Lulu. Penso em meu pai pegando seu violino no leito de morte e tocando um hino religioso. Embora duas cordas chiassem um pouco, ele tocou lindamente. As últimas notas pareceram pairar entre a terra e o céu.

Agora é manhã nos Estados Unidos. Talvez haja sinos badalando na igreja. Tian Yi estará vestida de branco e tirará uma foto cercada de buquês de flores. Tenho certeza de que ela terá algumas pétalas apertadas na palma da mão. Certa vez, prometi a ela que lhe daria uma casa e um jardim com uma cadeira reclinável...

Eu me pergunto se algum de nossos velhos colegas de escola comparecerá à cerimônia. Ke Xi deixou os Estados Unidos há alguns anos e se mudou para Taiwan. Ele abriu duas pequenas lanchonetes que vendem espetinhos de cordeiro temperado. Han Dan partiu para os Estados Unidos depois que foi solto e está fazendo doutorado em ciência política, e Shu Tong e Lin Lu estão em Boston. Ou seja, estes três provavelmente estarão no casamento. Ninguém mais ouviu falar de Wu Bin e Sun Chunlin desde que eles pediram asilo na França. Talvez tenham se reunido a Tang Guoxian. Depois de sua jornada épica pela Sibéria, ele encontrou Deus e se estabeleceu em Marselha, e agora é um padre católico.

O destino de Wang Fei é o reverso do meu. Seu corpo está vivo, mas seu espírito foi assassinado. Quando ele for solto do hospício Ankang, talvez possa voltar a jogar basquete. É possível que até lá ele já tenha perdido toda a capacidade de sentir dor.

Os faróis de um veículo que passa enchem este apartamento vazio de uma luz branca como a neve. Provavelmente estão iluminando as ruas semimortas, os postes de telégrafos e também os montes de blocos de concreto nos canteiros de obras, e fazendo com que os olhos dos gatos agachados nas vigas de aço brilhem como ouro. Lembro-me das luminosas áreas de neve intacta que pontilhavam o conjunto no fim de dezembro. Não importava onde estavam escondidas, sempre se podia avistá-las. Meninas com casacos finos paravam tremendo sob a acácia, movimentando os pés para se esquentar, soltando um gritinho ocasional que fazia estremecer o ar frio.

— Veja o que acabei de encontrar entre as contas do ano passado. Eu me pergunto quem enviou isso. Tem um endereço estrangeiro no verso. — Minha mãe entra em meu quarto, atira um envelope sobre a pilha de lixo no pé de minha cama e sai novamente.

Meu coração dá um salto. Talvez seja uma carta de A-Mei. Penso na carta manchada de sangue guardada na urna para minhas cinzas, e me pergunto o que dizia... Numa montanha a setenta li para o norte crescem flores vermelhas que podem curar a tristeza e os pesadelos... Quero ir para aquela montanha. Mas qual é seu nome, e onde fica?

O barulho de muros e tijolos desmoronando se aproxima cada vez mais...

No caos crescente, os tanques e blindados se aproximavam, fazendo o chão trepidar tanto que minha cabeça sacudia para cima e para baixo.

Eles continuavam a avançar, forçando os estudantes no lado leste do monumento a deixar a praça. As pessoas que restavam na base gritavam em pânico e corriam para a parte superior do monumento. Milhares de estudantes ainda estavam espremidos no terraço inferior. Ouvíamos berros quando as pessoas eram nocauteadas ou pisoteadas. Alguns estudantes que estavam sendo esmagados contra as balaustradas da beira do terraço conseguiram passar por cima delas e saltaram para baixo.

Vi os tanques rolando de um lado para o outro sobre as tendas de náilon a norte e me perguntei se o garoto que eu vira escrevendo seu testamento tinha escapado. Jamais tornei a ver minha mochila. A caneca térmica que Ge You me trouxera de Shenzhen provavelmente estava esmigalhada agora. Dois jornalistas estrangeiros tiraram fotos com flashes quando mais estudantes começaram a se enfileirar para o canto sudeste. Policiais disfarçados de repórteres agarraram as câmeras dos jornalistas, viraram seus braços para as costas e os arrastaram para os arbustos. Um de meus sapatos foi arrancado durante a correria. Tirei o outro e o atirei no batalhão de soldados às nossas costas. Eles nos empurravam à frente, acertando nossas cabeças com as coronhas de suas armas como se estivessem enxotando um bando de cães.

Prosseguimos para o sul, cruzando a praça através de uma rota paralela à polícia armada. Um estudante na frente de nossa coluna começou a gritar palavras de ordem em um megafone. A multidão se inflamava. Uma voz berrou:

— Não vou sair! Quero morrer aqui na praça!

Outra gritou:

— Alguém me ajude! Não consigo andar!

Os soldados atrás de nós brandiam as armas com as coronhas apontadas para o ar, prontos para atacar se saíssemos da linha. Wang Fei olhou para trás, gritou "Abaixo o Fascismo!" e foi imediatamente golpeado no rosto. A coronha da arma do soldado acertou meu ombro quando o atacou. Uma garota era ferozmente chutada por um policial armado e berrava:

— Mãe, socorro!

Finalmente conseguimos sair do cerco. Enquanto nos afastávamos, começamos a cantar o refrão da Internacional, olhando para a praça atrás e fazendo o sinal da vitória. O som de tiros e gritos parecia iluminar o ar.

Corajosamente, um sujeito desenrolou uma faixa que dizia TODOS OS DITADORES HÃO DE PERECER! Eu também sentia meu medo diminuir enquanto nos afastávamos da praça.

Tornei a olhar para trás. Cerca de trezentos estudantes ainda estavam sentados no lado sul do monumento, recusando-se a sair. A seu redor, soldados e policiais os chutavam e espancavam. Vi Zhang Jie entre a aglomeração. Ele se colocou de pé e agitou uma bandeira, mas foi rapidamente derrubado pela coronha de um fuzil.

Xiao Li apareceu diante de mim. Ele parecia menor. Seus olhos estavam vermelhos. A camisa estava rasgada no ombro, e a pele abaixo estava cortada. Ele estava coberto de lama e sangue.

Qiu Fa agarrou seu braço e perguntou:

— Onde você estava?

— Eles mataram Mou Sen — respondeu ele, num torpor. — Eu estava bem ao lado dele quando aconteceu. Estávamos no canto nordeste...

— Você viu se ainda há estudantes na passagem subterrânea? — Eu estava aliviado por não ter escondido Tian Yi lá embaixo.

— Avançamos na direção das tropas gritando "O Exército Popular ama seu povo!", eles abriram fogo e Mou Sen levou dois tiros... Hai Feng e eu pulamos num ônibus com outros estudantes e o conduzimos pela Avenida Changan para bloquear as tropas. Mas quando o ônibus deu a volta, os soldados desfecharam uma chuva de tiros. O cara que dirigia foi atingido. O ônibus ficou destroçado. Hai Feng e eu saltamos. Um soldado agarrou Hai Feng pelos cabelos e o atirou ao chão. Caí de joelhos e ergui as mãos. Os soldados passaram marchando direto por mim. — Seus olhos se nublaram.

— Um dia nos vingaremos por isso. Eu prometo, porra! — Qiu Fa geralmente andava imaculadamente arrumado, mas agora a única parte limpa de seu corpo era sua orelha esquerda. Ambos os sapatos haviam sido perdidos no empurra-empurra da retirada. Seus pés sangravam.

Xiao Li se agachou e encarou a estrada à frente com um olhar apático.

Wang Fei apertava os botões de seu walkie-talkie mesmo sabendo que as baterias tinham acabado.

Hou Dejian cambaleou em nossa direção, apoiado de cada lado por um estudante. Ele parecia em estado de choque. Paramos, dispersos como restos abandonados na ampla avenida vazia ao sul da praça.

— Abaixo o Fascismo! Abaixo Li Peng! — alguém gritou em um megafone.

Um morador de Pequim se aproximou com uma grande cesta cheia de tênis e os distribuiu aos estudantes que haviam perdido os sapatos. Verifiquei os tamanhos. Todos eram pequenos demais para mim. Retornei aos arbustos por onde alguns estudantes escaparam, peguei um tênis e um chinelo que eram mais próximos do meu tamanho e me virei com eles.

Os olhos de Bai Ling estavam tão inchados que agora não passavam de dois rasgos estreitos. Wang Fei caminhava a seu lado, segurando seus ombros.

Começamos a nos reorganizar em grupos de cada universidade. Bandeiras e faixas foram exibidas novamente. Muitas meninas soluçavam. Os garotos seguravam suas mãos e as conduziam à frente. Mimi chorava descontroladamente. Yu Jin a levantou sobre suas costas e a carregou. O Velho Fu gritou em seu megafone:

— Nós retornaremos! A Praça da Paz Celestial pertence ao povo!

Passamos a oeste do Portão da Paz Celestial, desviando do lado sul da praça. Os olhos de Wu Bin estavam vermelhos como sangue. Ele amarrou um cinturão de balas que roubara de um soldado na ponta de uma vara de madeira e marchou no meio de nossa procissão, agitando o cinto sobre a cabeça. O Grande Chan mancava na minha frente. Seus pés também estavam muito cortados. O Pequeno Chan segurava o violão para ele, pois a tira para pendurá-lo no ombro estava rompida. Mimi se aproximou para caminhar junto de Bai Ling. Seu vestido azul-claro estava imundo.

— Eles nos obrigam a comprar títulos estatais e depois gastam os fundos em munição para nos assassinar! — berrou o Grande Chan. Pelo visto, ele tivera que rastejar pelos arbustos durante a evacuação. Sua camisa de mangas curtas tinha grandes manchas verdes. As palavras HERDEIRO DO DRAGÃO, que Hou Dejian caligrafara na parte de trás, estavam manchadas de terra.

— Canalhas filhos da puta! — berrou o Pequeno Chan, erguendo no ar o violão do Grande Chan. — Partirei para as montanhas de Yunnan e retornarei com um exército de camponeses que nos livrará destes malditos tiranos.

— Tomem cuidado — disse Dong Rong, correndo para junto de nós. — Há poucos instantes, soldados dispararam uma rajada de tiros nos banheiros públicos ali atrás depois de verem alguém tirando uma foto com flash. — Dong Rong jogou o cabelo para trás. Ele tinha perdido seus óculos escuros.

— Assassinos! Assassinos! — Todos gritavam em uníssono quando um caminhão do exército se aproximou.

Andávamos devagar, em fileiras dispersas, ocupando apenas um lado da rua. Fizemos uma parada para inspecionar uma poça de sangue no chão. Havia um par de tênis jogado no líquido pegajoso, que estava dividido ao meio por uma grossa marca de veículo. Moradores nos disseram que tanques haviam passado por aquela rua atirando aleatoriamente na multidão, e que um jovem fora atingido. Seu sangue jorrara por todo lado, mas o exército não deixou que ninguém corresse em seu auxílio. Se a esposa não tivesse caído de joelhos e implorado que lhe permitissem chegar até ele, o homem teria morrido ali na rua...

Um refletor aceso do lado de fora faz com que a noite fique clara como o dia. Os operários estão tentando demolir a sacada do apartamento ao lado. Há um barulho ensurdecedor de furadeiras e martelos. O prédio inteiro sacode e, segundos depois, ouço a sacada despencando até o chão. As barras de metal que correm até nossa sacada se torcem tanto que as estruturas de metal da janela se deformam, despedaçando as vidraças. Nuvens de poeira invadem meu quarto.

— Essa é a minha sacada! — berra minha mãe. — Vocês não têm o direito de tocar nela! — Ela tosse, agarra uma lanterna e abre a porta da frente.

Quando ela sai, os trabalhadores gritam:

— Volte para dentro! O teto está prestes a desabar. Volte para seu apartamento agora!

— Como ousam derrubar aquele telhado? Meu filho ainda está deitado na cama...

— Deixaremos a parte do teto que cobre o seu apartamento — diz o mestre de obras. — Agora volte para dentro. Não é seguro ficar aí. Veja, o passadiço deste andar foi demolido...

Agora minha mãe não poderá mais buscar as caixas de papelão amassadas que pendurava sobre a porta e usava para acender o fogão.

Eles começam a furar canos de água e esgoto. O barulho é insuportável. O prédio treme tanto que meu corpo saltita. A cama de ferro desliza vagarosamente pelo chão. Sinto que meus tímpanos estão prestes a estourar... Há dez anos, prometi a minha mãe que a levaria para os Estados Unidos e cumpriria o desejo de meu pai de ser enterrado em solo livre. Ela deveria estar passando seus dias tomando banhos de sol, conversando com seus amigos aposentados ou desempregados, fazendo apresentações de danças de leques com os vizinhos no parque... Quando o sol brilha, até a poeira é transparente. Quero que ondas ultravioleta caiam em meu rosto, nas palmas e costas de minhas mãos, em minhas roupas, cabelos, sapatos. Não me importo se estou numa jaula ou se estou livre, contanto que a luz do sol me alcance. Quando o sol aparecer, haverá uma brisa cálida. Algumas folhas cairão das árvores. Será o começo de um novo dia...

— Vocês ousam violar os direitos de uma cidadã chinesa quando a bandeira nacional está tremulando?

Imagino que minha mãe tenha levado para fora a bandeira nacional que carreguei numa marcha há dez anos, e agora a agita para os trabalhadores. Ela deve ter colocado a bandeira num mastro há algum tempo, esperando que este momento chegasse.

— Baixe essa bandeira e volte para dentro imediatamente! Você está ocupando ilegalmente uma propriedade estatal. E você não tem direito nenhum de hastear a bandeira nacional...

— O povo será vitorioso! — berra minha mãe. — Abaixo o Fascismo!

Na Terra dos Nobres existe uma planta chamada xunhua. Sua vida é muito curta. Ela brota pela manhã e morre no crepúsculo do mesmo dia.

Quando a aurora se aproximava, o ar foi tomado pelo cheiro de pneus e uniformes queimados.

Um enorme comboio de caminhões do exército passou, lotado de soldados. Um grupo de cerca de trinta homens de cuecas brancas passou por nós do outro lado da rua e nos cumprimentou com o sinal da vitória. Tang Guoxian disse que eram policiais armados que despiram seus uniformes e se recusaram a seguir as ordens do governo.

O Grande e o Pequeno Chans prenderam a faixa de nossa universidade a algumas varas e a ergueram, o que fez com que nosso grupo parecesse um pouco menos desmazelado. Mas a esta altura eu já estava tão exausto que mal podia andar, e muito menos encontrar energia para repetir palavras de ordem. Um restaurante pelo qual passamos havia erguido uma faixa que dizia PROTEJAM RESOLUTAMENTE OS GRANDES LÍDERES DO COMITÊ CENTRAL DO PARTIDO. Quando Wu Bin viu a faixa, pegou de volta seu isqueiro do bolso de Tang Guoxian, correu até lá e ateou fogo nela.

Cerca de dois mil estudantes haviam deixado a praça, mas nosso grupo parecia diminuir à medida que avançávamos, como um córrego que flui por terra árida. Yu Jin levava a mochila de Mimi, que andava de mãos dadas com Bai Ling. Xiao Li caminhava descalço atrás de Chen Di. As bandeiras que leváramos conosco da praça estavam desfiguradas e rasgadas.

Avançando rumo norte, alcançamos o cruzamento Liubukou. Estávamos de volta à Avenida Changan, após um desvio pelo oeste. Paramos e observamos as muralhas vermelhas do Zhongnanhai, sabendo que, atrás delas, os líderes que ordenaram aquele massacre estavam descansando em suas luxuosas mansões. Milhares de soldados montavam guarda triunfantemente junto às muralhas, com os fuzis de prontidão. Uma longa fila de tanques e blindados formara um sólido bloqueio, impedindo a visão da praça. Atrás deles, um sol esverdeado assomava no horizonte.

Wang Fei ligou seu megafone preto e gritou:

— O povo será vitorioso! Abaixo o Fascismo!

Tang Guoxian sacudiu a bandeira de nossa universidade no ar, e todos ecoaram as palavras de Wang Fei, repetindo-as cada vez mais rápido. Assim que começaram a gritar, as garotas se derramaram em lágrimas.

Bai Ling pegou o megafone de Wang Fei e gritou:

— Não olhem para os soldados. Eles estão tentando nos intimidar. Vamos ignorá-los! — Bai Ling estava afônica. Ela fez um esforço tão grande para produzir um som que os tendões de seu pescoço ficaram saltados.

Um dos tanques subitamente deixou o bloqueio, rugiu em nossa direção e lançou uma bomba de gás lacrimogênio, que explodiu com um grande estrondo no meio de nosso grupo. Uma nuvem de fumaça amarela nos engoliu. Minha garganta queimava e meus olhos comichavam. Eu me sentia tonto e não conseguia ficar em pé direito. Mimi desmaiou. Quando tentei levá-la para a lateral da rua, tropecei e caí.

Enquanto ainda tentávamos nos arrastar para fora da fumaça acre, ouvi outro tanque rugindo em nossa direção. Ele parou por um momento no meio da pista, depois tornou a avançar e nos cercar. Deu meia-volta subitamente, e seu enorme canhão central passou por cima de minha cabeça e derrubou alguns estudantes que estavam de pé a meu lado. Levantei-me e corri para a calçada. Um blindado também avançou para nós e descarregou uma rajada de tiros. Todos corriam em busca de abrigo.

Ouvi Wang Fei gritando. Olhei para trás, mas a fumaça amarela ainda era muito espessa para ver qualquer coisa com clareza. Esperei. Sabia que o tanque provavelmente passara por cima de algumas pessoas. Quando a fumaça se dissipou, desvelou-se diante de mim uma cena que me calcinou os olhos. Na faixa de rua por onde o tanque acabara de passar, entre algumas bicicletas achatadas, jazia uma massa de corpos silentes, deformados. Vi a faixa e a camiseta de listras amarelas e brancas de Bai Ling lavadas em sangue. Seu rosto estava completamente esmagado. Um emaranhado de cabelos negros obscurecia sua boca alongada. Um globo ocular flutuava no lago de sangue junto dela. O megafone preto de Wang Fei estava achatado sobre seu peito, junto a um rolo de intestinos que emitia vapor. O braço e a mão direita ainda estavam intactos. Lentamente, dois dedos se contraíram, um testemunho de que, alguns segundos atrás, Bai Ling estava viva.

Wang Fei estava deitado a seu lado. Ele se apoiou num cotovelo, puxou a tira que estava segurando e arrastou seu megafone achatado para longe do peito de Bai Ling. Os ossos de suas pernas estavam achatados como caniços triturados de bambu. A calça banhada em sangue e pedaços de sua perna destroçada estavam colados a partes do corpo de Bai Ling. Olhei para o tanque imóvel e vi pedaços da calça e da perna de Wang Fei presos entre as esteiras de metal.

Tang Guoxian e eu corremos, erguemos Wang Fei e gritamos:

— Alguém vá buscar ajuda!

Quando alguns moradores correram para perto, o tanque se afastou, levando consigo a carne de Wang Fei e deixando dois rastros de sangue na estrada.

Tang Guoxian tirou sua camiseta e a rasgou no meio, depois tirou o jeans destruído de Wang Fei e amarrou firme as duas tiras da camiseta em torno das coxas sangrentas. Dong Rong arrancou seu casaco e com ele envolveu o peito de Wang Fei, que agora estava inconsciente. Nós o arrastamos para a calçada. Sua boca trêmula se enrijeceu. Uma luz vermelha piscava no walkie-talkie que ele ainda segurava. Uma voz berrou pelo aparelho:

— Abaixo o Fascismo! Vida longa a...

Avistei Chen Di. Ele estava agarrado às grades de metal que corriam na lateral da pista, o pé esquerdo transformado numa polpa. Os pontos de interrogação em sua camiseta pareciam gritar em agonia. Junto dele, Qiu Fa estava caído e imóvel numa poça de sangue. Quando Yu Jin e o Velho Fu o ergueram, viram que ele fora atingido por um tiro disparado pelo blindado. O sangue jorrava de uma ferida em suas costas.

Estudantes se abraçavam e choravam. Mimi caíra de joelhos e urrava de horror. O Velho Fu tirou sua bandana vermelha e com ela enxugou suas lágrimas.

O corpo do Grande Chan fora esmigalhado. Agora não era mais que a marca ensanguentada da esteira de um tanque. Alguns dentes brancos se viam no chão, onde antes estivera sua cabeça. Quando o Pequeno Chan avistou seu corpo, largou o violão que carregava e correu para perto. Enquanto se aproximava, ele escorregou numa massa de carne esmagada e caiu no chão. O sangue espirrou por seu rosto. Ele pegou a mão esquerda do Grande Chan, que estava intacta, ergueu a manga da camisa e fitou o relógio digital preso ao pulso.

Tang Guoxian berrou:

— Alguém me ajude a levantar Wang Fei!

De repente, percebi que ainda poderíamos salvar a vida de Wang Fei. Ajudei Tang Guoxian a levantá-lo para um carrinho de mão de madeira, agarrei os cabos e começamos a correr o mais rápido que podíamos.

— Onde fica o hospital mais próximo? — perguntávamos aos gritos enquanto corríamos.

Alguém gritou de volta:

— Corram para o Hospital Fuxing. Muitos feridos estão sendo levados para lá.

Continuamos a correr. Eu já não conseguia distinguir o que eram os objetos claros e escuros que passavam a meu lado. Minha mente estava anestesiada. Eu me sentia como se tentasse caminhar com água até os joelhos.

Quando chegamos à entrada do hospital, tentei erguer Wang Fei sobre minhas costas, mas havia tanto sangue no chão que escorreguei e caí.

Tang Guoxian e Wu Bin levaram Wang Fei até o saguão e gritaram por ajuda.

O médico que nos atendeu parecia ter acabado de rastejar para fora de um rio de sangue. Suas luvas e máscara estavam tingidas de vermelho vivo.

— Coloquem o rapaz deitado na maca e esperem aqui! — exclamou ele. — Não há mais lugar nas enfermarias.

O trator investe contra o prédio como um tanque do exército, fazendo com que nossas paredes trepidem e as vigas sacudam e rachem. Ele recua, as esteiras guinchando sobre vidro despedaçado e tábuas de madeira. Ao lado, uma escavadeira recolhe telhas e vigas de metal quebradas e as atira na caçamba de um caminhão. O trator investe novamente e nossas paredes chacoalham. Incapaz de conter o ataque por mais tempo, nossa sacada subitamente sucumbe e despenca ao chão, levando consigo nossa parede externa e o ninho do pardal. Quando os tijolos e o cimento desmoronam, ouço a estatueta do bodisatva se estilhaçando em minúsculos pedaços. O cheiro do combustível das máquinas invade meu quarto, junto com o fedor dos canos de esgoto arrebentados. Uma carreta passa rugindo a distância.

Minha mãe rosna como uma tigresa enfurecida.

— Esta é a minha casa! Seus fascistas! Se chegarem mais perto, eu vou pular!

— Certo, então pule, minha senhora! Depois a escavadeira pode recolher você do chão e levá-la embora. Assim você nos poupa um monte de trabalho! — A voz do operário é muito familiar.

É o vadio. Tenho certeza de que é ele. Mao Da mencionou que ele agora trabalhava em obras. Eu me pergunto por que ele não retornou a Sichuan.

— Volte ao trabalho. O sol já está quase nascendo. Não perca seu tempo atormentando aquela louca. Vocês dois, apoiem aquela escada contra a porta dela, para que ela possa descer se quiser.

— O que "fascismo" quer dizer?

— Você é retardado? *Fa-shi-si*. Significa "puni-lo com a morte". — O vadio não perdeu nem um pouco de seu sotaque de Sichuan.

Um vento frio e poeirento varre a pilha de receitas e registros médicos da cômoda, e arranca todos os calendários das paredes. Ouço as páginas farfalhando enquanto rodopiam no ar.

— Tenha cuidado, há um vento forte — grita uma voz do térreo. — Não fique parada junto da porta. Não há mais passadiço. Se você tem algo a dizer, desça daí amanhã e fale com a construtora de Hong Kong.

— Eu não vou pular — grita minha mãe para os faróis de um trator. — Eu quero viver!

— "Puni-la com a morte", minha senhora! Se você não sair daí, nenhum de nós receberá bônus anuais...

A sacada coberta e a maior parte das paredes e janelas externas do resto do apartamento já desabaram. Todos os apartamentos à nossa esquerda e direita foram demolidos, assim como a escadaria e o passadiço nos fundos. Nosso apartamento agora não é mais que um corredor ventoso. É como um ninho de pássaro preso a uma árvore. Posso sentir como ele é sacudido pelo vento.

O cuco chorou lágrimas de sangue, e o mundo foi pintado de vermelho.

O corredor do hospital que se estendia à minha frente parecia um abatedouro. Tudo era sangue escuro e coagulado, sangue fresco recém-derramado, fedor de sangue, lama e urina. Gente chorava e praguejava. Médicos e enfermeiras berravam ordens enquanto corriam de um lado para o outro. Havia cerca de dez corpos imóveis jogados no chão coberto de sangue. Eu não conseguia saber se estavam vivos ou mortos.

Wang Fei foi finalmente levado para a emergência. Não tivemos permissão para entrar. Outro ferido foi trazido, mas teve que ser deixado no saguão de entrada porque não havia mais espaço no corredor. Uma enfermeira saiu para atendê-lo, agachou-se e acendeu uma lanterna na ferida de bala sob seu queixo. Era um buraco muito pequeno, com apenas alguns pontos de sangue ao redor, mas, ao verificar sua pulsação, a enfermeira descobriu que estava parada. Ela virou a cabeça da vítima. Havia um enorme buraco em sua nuca.

Um morador se aproximou e deu uma olhada.

— Ele deve ter sido atingido por uma bala explosiva. Elas fazem um pequeno buraco quando entram no corpo, mas explodem ao sair, deixando grandes feridas como essa aí. Essas balas foram banidas pela comunidade internacional há décadas. Que animais!

— Nosso sangue esgotou! — gritou uma enfermeira. Imediatamente, as cerca de vinte pessoas que perambulavam por ali correram para ela e esticaram os braços, todos desesperados por doar sangue.

— Eu sou O positivo — falei.

— Se você sabe seu tipo sanguíneo, por favor fique ali — disse a enfermeira.

— Como puderam fazer isso? São dementes, dementes! — Um jovem médico correu para fora de uma enfermaria, sentou no chão e soluçou na manga do jaleco. Uma mulher parada na porta ajoelhou junto dele e gritou:

— Por favor, me ajude! Ele é meu irmão! Eu lhe imploro!

Depois que Wu Bin e eu terminamos de doar sangue, cutuquei Tang Guoxian, que estava apoiado contra a parede num estado de torpor, e disse:

— Vamos contar os corpos e tentar fazer uma lista de nomes. — Um soldado estava deitado no chão. Tinha os olhos fechados. Presumi que estivesse morto.

— Sim, temos que fazer isso agora, antes que os corpos sejam levados — concordou Wu Bin. — Vamos nos dividir. Vou ver se há corpos lá fora. — Ele arregaçou as mangas e saiu para procurar papel e caneta.

— Você verifica o necrotério, as salas de operações e as enfermarias lá em cima — falei. — Eu fico aqui embaixo, no ambulatório.

Observei o corredor banhado em sangue. Eu me sentia tão sufocado que mal podia respirar. Vi outro ferido deitado num banco, erguendo a mão no ar. Aproximei-me dele.

Seus olhos estavam abertos. Ele tinha perdido metade da perna e seu peito estava enfaixado. Pedi que ele me desse o nome de sua universidade e o endereço de seus pais.

— Haja o que houver, não conte a minha mãe. Eu... Eu nasci neste hospital. Meu nome é Tao. Sou estudante do ensino médio.

— Onde foi ferido? — As faixas em torno de seu peito pareciam muito apertadas. Sua perna esquerda, que fora amputada na altura do joelho, também estava coberta de ataduras.

— Minha perna foi esmagada e eu levei dois tiros no... no peito. O médico disse... que eu vou ficar bem. Mas eu sei... não vou sobreviver. — Seu rosto era menor que o de meu irmão. Sua voz ainda não tinha amadurecido. Estive prestes a lhe dizer que ele não deveria ter saído às ruas, mas me contive a tempo.

Revirei meus bolsos, procurando por um pedaço de papel para anotar o endereço, e finalmente encontrei algo. Era a carta que me fora entregue na praça. Estava tão manchada de sangue que eu não compreendia o que dizia.

Uma médica idosa gritou:

— Se alguém aqui está com gente que sofreu ferimentos leves, levemnos para casa agora! O exército logo chegará para prender os feridos.

— Sou da Universidade de Pequim — falei. — Quero fazer um registro dos mortos e feridos. Pode me emprestar uma caneta?

— Anotamos os nomes e as unidades de trabalho deles ali. — Ela apontou. — Há estudantes, trabalhadores e até oficiais do governo. Gente de todas as classes sociais.

Olhei para as folhas de papel afixadas à parede do corredor e percebi que era uma lista dos mortos. Os nomes estavam numerados. O número do último registrado era 281.

O homem a meu lado disse:

— Durante mais ou menos uma hora, não tivemos tempo de registrar todos os nomes. É melhor que você vá ao necrotério e às salas no subsolo para verificar novamente. As pessoas estão morrendo tão rápido que não conseguimos manter a contagem.

Vi Tang Guoxian na outra extremidade do corredor, com o rosto voltado para a parede e chorando compulsivamente. Os músculos de suas costas estremeciam e se contorciam. Uma mulher no fim da casa dos trinta anos se aproximou da lista. Quando viu o nome de um conhecido, perdeu o fôlego e caiu desmaiada. O bebê a seus pés se sentou aos berros no chão banhado em sangue. As luzes no teto pareciam falhar.

Outra vítima foi trazida por um velho na casa dos sessenta anos. Todos saíram do caminho para deixar que passassem.

— Ela foi baleada no joelho — disse o velho, segurando a moça ensanguentada em seus braços. — Ela precisa de uma cirurgia imediatamente!

— Alguém me dê uma lanterna! — disse um médico, passando por mim.

Peguei uma caneta e voltei para falar com o menino chamado Tao. Ele estava deitado no chão. Ajoelhei-me e o examinei. Seus olhos inertes fitavam os tubos fluorescentes no teto do corredor. Uma enfermeira se agachou a seu lado, escrevendo notas num pedaço de papel.

— Ele está morto? — perguntei, meu coração latejando.

— As pupilas dele estão completamente dilatadas — ela respondeu, continuando a rabiscar suas notas sem parar para me olhar. — Pode me ajudar a carregá-lo?

Uma onda de náusea me invadiu. Eu queria gritar. Minha boca estava torcida por dentro. Eu queria enfiar a mão na garganta e vomitar meu estômago inteiro.

A enfermeira tirou a máscara e me disse:

— Vamos, você pega a cabeça.

Não tive escolha. Coloquei minhas mãos sob o pescoço do menino. Parecia que ele começara a suar frio antes de morrer. A nuca estava molhada.

A enfermeira ergueu a perna dele e o carregamos para o bicicletário no pátio externo. Já havia cerca de vinte corpos deitados ali. As ataduras brancas que cobriam seus rostos, membros ou peitos estavam manchadas de sangue vermelho e negro. Alguns corpos não tinham sapatos.

— Baixe o corpo aqui, rápido! — A enfermeira estava exausta. Baixamos o corpo de Tao no chão. O cadáver a seu lado tinha uma carteira de estudante sobre o peito. Pela capa, vi que era da Universidade de Pequim. Peguei a carteira e li o nome. Dizia CAO MING... Desviei o rosto. Tudo que via era sangue. O tipo de sangue que jamais pode ser apagado. Levantei-me, corri para a parede e vomitei.

Minha mãe chega à beira do quarto para ver nossa sacada jogada entre os escombros no chão. Sua sombra oscila sobre meus olhos. Um forte ruído do trator abaixo a assusta, e ela retorna para dentro. Ela segura a estrutura de minha cama de ferro, agacha e, às lágrimas, puxa para fora a urna de cinzas de meu pai e a que comprara para mim. Ela se desloca para a beira do quarto novamente, atira as urnas no feixe de luz do holofote e, com sua voz mais clara e retumbante, canta:

— "*Finalmente estás livre! Foge, depressa...*" — Quando ela cai de joelhos, o pardal grita. Ele soa como se tivesse caído da cama e quebrado uma asa.

Um operário que está derrubando a parede do apartamento ao lado salta por uma viga quebrada e espia para dentro de meu quarto.

— Cacete! A fascista ficou louca. Chamem o mestre de obras. Se ela se matar, vão descontar do nosso pagamento...

Dois ou três operários entram em meu quarto e acendem suas lanternas no chão.

— Vejam, agora ela também virou um vegetal. Vocês podem despachá-la para o hospital, e, para não perder a viagem, mandem o que está deitado na cama também.

— Quero entregar uma petição! Quero sair numa marcha — minha mãe balbucia. — Abaixo a corrupção!

— Não a cutuque com essa vara. Se machucá-la, terá que pagar indenização...

— Vejam, tem uma espuma branca saindo da sua boca..

— Abaixo o... Abaixo o... Abaixo... Abaixo...

— Seja razoável, minha senhora. A construtora de Hong Kong tem o apoio do governo. Agindo desse jeito, você está apenas cavando seu próprio túmulo.

— Ouvi dizer que a diretora da empresa, cujo nome acho que é Zhang Lulu, vivia neste distrito quando criança — comenta o vadio. — Foi assim que conseguiram comprar um pedaço de terra grande como esse. Eles usaram todos os contatos pessoais dela.

Pois então é Lulu quem está construindo este shopping center... Minha mente retorna às alamedas sinuosas em que passeávamos juntos. As árvores ancestrais, a luz do sol...

— Eu quero ir para a praça. Quero entrar em greve de fome... — minha mãe repete, num torpor.

Você é corajoso como o pássaro-do-amor de bico vermelho que alça voo sozinho, apegando-se ardentemente ao vento.

Saí para me sentar no meio-fio do lado de fora do hospital. Olhei para o outro lado da rua e vi um restaurante com uma placa acima que dizia CAFÉ LULU. Lembrei que Lulu mencionara que seu restaurante ficava em frente ao Hospital Fuxing. A porta estava trancada. Os ideogramas pintados de seu nome pareciam tiras de toucinho cru. Baixei os olhos e vi sangue preso entre meus dedos dos pés. Engasguei e vomitei mais uma vez.

— Se alguém aqui tem alguma coragem, volte para a praça comigo e me ajude a resgatar alguns feridos — berrava um homem de meia-idade. Levantei-me e me aproximei dele. Um grupo de estudantes das províncias chegou aos tropeções, desgrenhados e exaustos. Alguns haviam perdido seus sapatos e amarraram tiras de pano nos pés.

— De onde vocês estão vindo? — perguntei.

— Estávamos com o último grupo de estudantes que ficou no monumento. Há um massacre acontecendo na praça. Não vá para lá.

De repente, ocorreu-me que eu deveria retornar ao cruzamento Liubukou e ver se alguém precisava de ajuda por ali. Pus-me a caminho, mas pouco antes de chegar ao cruzamento, um grupo de moradores bloqueou minha passagem e disse:

— Não dê nem mais um passo. Fuja, rápido. Eles acabaram de lançar outra bomba de gás. Não querem que ninguém veja os corpos.

— Aqueles animais! — disse um velho vestido com um blusão de algodão. — Devem estar drogados. Estão atirando em todos que veem. E com grandes sorrisos na cara.

Uma mulher saiu à rua de chinelos, com lágrimas rolando pelo rosto.

— Os soldados invadiram nosso pátio. Disseram que havia um bandido violento escondido em nosso telhado e o encheram de tiros. Fangfang só tinha dez anos. Ele ficou petrificado, nunca tinha visto algo assim. Ele tentou escapar pelo pátio dos fundos, mas assim que começou a correr, os soldados o fuzilaram. Como puderam descarregar tantas balas numa criança? Seu pobre avô está tão desesperado que não consegue falar.

— Você não tem sapatos, meu jovem. Seus pés estão sangrando. Você deveria ir ao hospital e tratar deles.

Olhei para baixo. Meus pés estavam cobertos de sangue, exatamente como quando emergi do ventre de minha mãe.

Pelos vãos entre uma e outra cabeça daquelas pessoas, vi o cadáver deformado de Bai Ling ao longe. Como se recusando a sucumbir, a carne e os ossos tinham se elevado um centímetro do pavimento.

Pensei em A-Mei e me perguntei onde ela estaria. Eu queria encontrá-la... Tive visões de seus olhos úmidos e de como ela olhava em torno e sorria para mim antes de entrar nua no banheiro... Então ouvi os tanques começando a se mover novamente. Todos a meu redor se viraram e fugiram. Uma mulher gritou:

— O número daquele tanque é 107. Alguém anote isso!

Fiquei onde estava. Não havia mais ninguém à minha volta.

Entrei na Avenida Changan e vi a longa muralha de soldados verdes mais uma vez. Tudo era verde: os soldados, os tanques atrás deles, os prédios de cada lado. O céu era verde, e o sol ainda mais verde...

E por fim eu a vi: A-Mei, num longo vestido branco, os cabelos recém-lavados esvoaçando delicadamente em torno dos ombros. Por que ela se colocava na linha de fogo daquela maneira? Tirei a carta manchada de sangue de meu bolso, agitei-a no ar e corri para ela...

Lembrei-me de um dia em que saíramos num passeio e me irritei com ela por andar devagar. Comecei a imitar seu jeito de caminhar, o que a aborreceu tanto que ela me empurrou para fora da calçada...

Houve um alto disparo, estilhaços de luz negra, e a vi caindo de joelhos.

O tiro acertou A-Mei? Quando a pergunta me chegou à mente, minha cabeça explodiu. Meu esqueleto foi sacudido por uma descarga de dor. Também fui atingido, e morreria. O sangue quente e pegajoso escorreu por meu rosto. Minha mão se levantou para tocar minha cabeça, mas não conseguia encontrá-la...

A-Mei ainda está vivendo dentro de mim. Quando minha alma se desligar de meu corpo, terei que deixá-la para trás... Mas nada disso é importante agora. Estou pronto, finalmente, para me libertar deste túmulo de carne e deixar que meu espírito se dissipe na luz...

Há uma espécie de pássaro que só tem uma asa e um olho. Ele precisa acasalar com sua parceira se quiser voar.

Sinto um vestígio da luz da aurora tocando minhas pálpebras. Meu corpo é como um ninho de pássaro que caiu ao chão. Tudo que resta de mim é uma jaula de costelas segurando o grosseiro saco de pele que permite que meus órgãos retenham o pouco de umidade que ainda possuem.

O pardal perdeu sua última pena. Ele se arrasta agora como um caracol que perdeu sua casa, tentando retornar ao lugar de onde caiu ontem à noite. Ele para por um momento, com a única asa que lhe resta raspando minha barriga como uma garra. Depois ele rasteja por meu travesseiro, desliza por meu pescoço e se aninha em meu peito. Lentamente, ele se transforma num pássaro-do-amor de bico vermelho, com asas marrom-escuras e peito dourado. Ele pia ruidosamente, como se algo chamasse sua atenção. A pele de meu abdome que ele raspou há alguns instantes começa a coçar um pouco. Talvez meu sistema nervoso esteja pronto para voltar a funcionar... Não sei bem se meus olhos já estão abertos ou não. Tudo que vejo são fragmentos de luz, como os que se espalham por um lago quando tentamos tirar dele o reflexo da lua com as mãos.

Vejo uma praça. Ela é uma vastidão de tijolos quebrados, telhas destroçadas, areia, pó e terra. Em lugar de um monumento, no centro estamos eu e minha cama de ferro, imóveis no interior deste prédio desbastado como uma pera comida até o talo. No chão abaixo, vejo o sapo que enterrei num jarro de vidro. Seu delicado esqueleto branco tem uma qualidade divina, e transmite muito mais que sua pele e carne jamais conseguiriam.

Pelo buraco escancarado onde antes havia a sacada, você vê que a acácia derrubada começa a crescer novamente. É um claro sinal de que você terá que levar sua vida a sério de agora em diante.

Você pega um travesseiro e o ajusta sob os ombros, elevando a cabeça para que o sangue em seu cérebro possa descer para o coração, clareando um pouco seus pensamentos. De vez em quando, sua mãe o ajeitava desta maneira.

Manhãs nubladas estão sempre repletas de novas intenções. Mas hoje é o primeiro dia do novo milênio, por isso a aurora nunca esteve tão carregada delas.

Embora os gelos do inverno ainda não tenham chegado, a brisa leve que lhe atinge o rosto parece bastante fria.

Um cheiro de urina ainda paira no quarto. Ele emana de seus poros quando a luz do sol bate em sua pele.

Você olha para fora. O ar da manhã não se eleva do chão como no dia anterior. Em vez disso, ele desce do céu sobre as copas das árvores, desliza lentamente entre as folhas e passa pela carta manchada de sangue presa nos galhos, absorvendo o orvalho ao cair.

Antes da chegada do pardal, você quase deixara de pensar no ato de voar. Contudo, no inverno passado, ele chegou planando pelo céu e pousou diante de você, ou, mais precisamente, no parapeito da sacada coberta adjacente a seu quarto. Você sabia que as vidraças imundas estavam cobertas de formigas mortas e poeira, e emitiam um cheiro tão azedo quanto o das cortinas. Mas o pardal não se importava. Ele saltou para dentro da sacada coberta e sacudiu as penas, lançando um doce aroma de casca de árvore no ar. Depois, voou para o interior de seu quarto, pousou sobre seu peito e ali permaneceu, como um ovo frio.

Seu sangue se torna mais quente. Os músculos de suas pálpebras vibram. Seus olhos logo estarão cheios de lágrimas. Saliva se acumula no palato mole do fundo de sua boca. Um reflexo é provocado e o palato se ergue, fechando a passagem nasal e permitindo que a saliva flua para sua faringe. Dormentes por tantos anos, os músculos do esôfago se contraem, projetando a saliva para dentro do estômago. Um sinal bioelétrico dardeja dos neurônios de seu córtex motor como uma centelha de luz, descendo por sua espinha dorsal até chegar à fibra muscular na ponta de seu dedo.

Você já não precisará recorrer a suas memórias para atravessar o dia. Isto não é um efêmero clarão de vida antes da morte. É um recomeçar.

Mas, uma vez que se livre deste túmulo de carne, para onde mais pode ir?

Este livro foi composto na tipologia
GoudyOldStyle, em corpo 11/15, e impresso em
papel off-white 80g/m² no Sistema Cameron da
Divisão Gráfica da Distribuidora Record.

Seja um Leitor Preferencial Record
e receba informações sobre nossos lançamentos.
Escreva para
RP Record
Caixa Postal 23.052
Rio de Janeiro, RJ – CEP 20922-970
dando seu nome e endereço
e tenha acesso a nossas ofertas especiais.

Válido somente no Brasil.

Ou visite a nossa *home page*:
http://www.record.com.br